Aus Freude am Lesen

Als der deutsche Marineoffizier Adrian Seiler im Sommer 1911 nach London geschickt wird, um an der Botschaft auszuhelfen, ahnt er nicht, was ihm bevorsteht. Er weiß nicht, dass in England eine hysterische Angst vor deutschen »Schläfern« und Spionen herrscht. Dass er deshalb von einem englischen Agenten überwacht wird. Dass er sich ernsthaft verlieben wird, ausgerechnet in Vivian, die Tochter des deutschstämmigen Buchhändlers Peterman. Dass er sich zu einem der ersten professionellen Spione umfunktionieren lassen wird und damit nicht nur sich selbst, sondern auch Vivian in große Gefahr bringt …

Gerhard Seyfried, 1948 in München geboren, lebt in Berlin. Er war als Comiczeichner der Chronist der linken und alternativen Szene, hat sich mit einer Reihe von Publikationen um den Hanf verdient gemacht und interessiert sich besonders für deutsche Kolonialgeschichte und die Geschichte des Kaiserreichs. Daraus sind auch mehrere erfolgreiche Romane entstanden.

Gerhard Seyfried

Verdammte Deutsche!

Spionageroman

btb

Die Entwicklung und Tätigkeit der Geheimdienste N und Secret Service Bureau (Vorläufer des MI5) in den Anfangsjahren 1911 bis 1914 ist nach sorgfältigen Recherchen dargestellt. Frei erfunden ist hingegen die Handlung um die ebenfalls erfundenen hauptsächlichen Protagonisten Adrian Seiler, Vivian Peterman und Randolph Drummond. Bei der Darstellung der historischen Personen Gustav Steinhauer und William Melville habe ich mir einige Freiheiten genommen.
G.S.

Verlagsgruppe Random House FSC® N001967
Das für dieses Buch verwendete FSC®-zertifizierte Papier *Lux Cream* liefert Stora Enso, Finnland.

1. Auflage
Genehmigte Taschenbuchausgabe Juli 2014
btb Verlag in der Verlagsgruppe Random House GmbH, München

Umschlaggestaltung: semper smile, München
Umschlagmotiv: © Corbis / E.O. Hoppe
Druck und Einband: CPI – Clausen & Bosse, Leck
MI · Herstellung: sc
Printed in Germany
ISBN 978-3-442-74790-0

www.btb-verlag.de
www.facebook.com/btbverlag
Besuchen Sie auch unseren LiteraturBlog www.transatlantik.de

»Die Invasion Englands ist kein ›Schreckgespenst‹,
sondern eine harte Tatsache und wir
müssen uns ihr stellen, wollen wir nicht der
›gepanzerten Faust‹ des Kaisers zum Opfer fallen.«

1911

Berlin, Hallesches Ufer, 29. Juni 1911, Donnerstag

Seit Wochen herrscht in Berlin drückende Hitze. Über dem Asphalt flimmert die Luft. Zur Mittagszeit sind nur wenige Fußgänger unterwegs, aber auf der Straße am Halleschen Ufer braust der Verkehr: Automobile, Omnibusse mit offenem Oberdeck, erschöpfte Pferde vor Droschken und Brauereiwagen.

Im Schatten der Kastanien am Landwehrkanal stehen zwei Männer und schauen einem qualmenden Schlepper nach, der mit Ziegelsteinen beladene Finowkähne zieht. Einer der beiden trägt die dunkelblaue Uniform eines Marineoffiziers im Kapitänsrang, goldene Knöpfe und Ärmelstreifen blitzen im Sonnenlicht, das durch das Laub spielt. Sein Begleiter ist ein Zivilist, ein stämmiger Mann mit Kaiser-Wilhelm-Schnurrbart, in einem etwas zerknitterten blaugrauen Sommeranzug, auf dem Kopf eine Kreissäge, wie die leichten Strohhüte genannt werden. Eben taucht der letzte Ziegelkahn in den Schatten der Großbeerenbrücke ein, und der Zivilist schnippt den Rest seiner Zigarre ins braungrüne Wasser des Kanals.

Der bärtige Offizier räuspert sich: »Sehen Sie, Steinhauer, das Problem ist, die Abteilung kann so gut wie keine Erfolge vorweisen. Existiert jetzt knapp zehn Jahre, mit nur drei Mann, von Ihnen mal abgesehen, und einem lächerlich geringen Budget. Wenn sich das nicht ändert, wird man uns früher oder später als überflüssig auflösen.«

Steinhauer nimmt den Strohhut ab und tupft sich mit einem Taschentuch den Schweiß von der Stirn.

»Das alte Lied«, seufzt er, »kein Geld. Ohne Geld keine Agenten. Jedenfalls keine guten.«

»Eben. Nun, gestern war ich zum Vortrag bei Tirpitz bestellt und mußte mir Vorwürfe anhören, weil wir so wenig Nachrichten aus England liefern. Die Aufklärung dort muß unbedingt forciert werden, sagt mir sein Stabschef. Im Gegensatz zum Generalstab ist die Exzellenz der Ansicht, daß im Konfliktfall Großbritannien in die Reihe möglicher Gegner aufrückt.«

»Aha. Mal wieder eine Strategieänderung«, bemerkt Steinhauer.

»Tja. Wir sollen uns weniger um die Flotten der Franzosen und Russen kümmern, sondern uns auf die Royal Navy konzentrieren. Hab die Exzellenz auf unseren chronischen Geldmangel hingewiesen und immerhin erreicht, daß man uns den Jahresetat um zehntausend Mark aufstockt.«

Steinhauer zuckt die Achseln. »Ein Tropfen auf den heißen Stein.«

Er weiß, daß N zuwenig Agenten in England hat. Eigentlich so gut wie keine. Die wenigen Spione, die sie dorthin geschickt haben, haben sich bisher allesamt als untauglich erwiesen. Ein paar dieser Männer waren im Gefängnis rekrutiert worden, gegen Straferlaß, um Geld zu sparen. Betrüger und Hochstapler, ja, aber man hoffte, die wären besonders gewieft und risikobereit. Doch was diese Leute lieferten, wenn überhaupt, war entweder unbrauchbar oder unglaubwürdig. Die wichtigsten Nachrichtenquellen der Abteilung für die zweiwöchentlichen Berichte an die Admiralität waren immer noch die britischen Zeitungen.

Unter dem Mützenschirm zieht der Kapitän die Brauen zusammen. »Und zum Abschied überreichte man mir einen Wunschzettel, mit dem dezenten Hinweis ›binnen Jahresfrist‹.«

»Was steht denn ganz oben auf der allerhöchsten Wunschliste, wenn ich fragen darf, Herr Kapitän?«

Der Offizier sieht sich um, ob niemand zuhören kann, aber sie sind ganz allein auf dieser Straßenseite. Trotzdem dämpft er seine Stimme: »An erster Stelle Rosyth am Firth of Forth. Oben in Schottland. Die Briten errichten dort einen großen Flottenstützpunkt. Wir wissen nichts darüber, wie der Ausbau fortschreitet, nur, daß er im Budgetjahr 1903 beschlossen worden ist. Die Arbeiten begannen angeblich erst im Sommer 1909. Das ist alles, Ende der Fahnenstange. Haut natürlich nicht hin, wir sind schließlich der Marinegeheimdienst.«

Er schüttelt ärgerlich den Kopf. »Letztes Jahr haben wir einen Mann hingeschickt, der sich das ansehen sollte. Das ist jetzt acht Monate her. Bis heute haben wir nichts von ihm gehört. Ist geschnappt worden oder hat unser Geld eingesteckt und sich damit aus dem Staub gemacht.«

»Rosyth?« Steinhauer zupft nachdenklich an seinem Schnurrbart. »War da nicht neulich ein Artikel in der britischen Presse, in dem kritisiert wurde, daß der Aufbau der Basis so langsam fortschreitet? Ich glaube, es hieß unter anderem, die Admiralität sei nicht mehr sicher, ob der Platz geeignet sei, und wolle die Flotte lieber weiter im Norden stationieren.«

Der Kapitän wiegt den Kopf. »Ja, hab ich auch gelesen. Hab da aber meine Zweifel. Könnte eine Finte sein, um uns glauben zu lassen, daß dort nicht viel passiert.«

Er macht einen Schritt zur Seite, um im Schatten zu bleiben, und sagt: »Sollten uns eine Scheibe von den Briten abschneiden. Die sind ganz schön aktiv bei uns. Immer öfter werden Leute erwischt, die Pläne und geheime Unterlagen stehlen, neulich sogar ein Werftbeamter. Letzten August hat die Geheimpolizei zwei englische Offiziere auf Borkum verhaftet, die dort die Festungsanlagen ausspioniert haben. Sie erinnern sich, der Fall Brandon und Trench.«

Er schaut stirnrunzelnd auf seine staubig gewordenen Schuhe, dann räuspert er sich: »Wie auch immer, ich möchte, daß Sie sich von jetzt an ganz auf England konzentrieren, Steinhauer. Tun Sie Ihr Möglichstes, um die Nachrichtenbeschaffung dort in Schwung zu bringen.«

»Jawohl, Herr Kapitän. Allerdings, es fehlt uns leider an geeigneten Leuten, die sich in Marinedingen auskennen.«

Über dem Kanal donnert ein gelber Zug der Hochbahn vorbei. Der Offizier wartet, bis der Lärm verklingt, und antwortet: »Ich weiß. Aber ein Anfang ist gemacht. Kapitän Widenmann, unser Attaché an der Londoner Botschaft, hat einen Marineoffizier angefordert. Er braucht einen zuverlässigen Mann mit Sachkenntnis und besonders guten Englischkenntnissen, der ihm bei der Dokumentation der Flottenparade im Spithead helfen soll. Die Anfrage ist an uns weitergeleitet worden, und wir haben etwa hundert Personalakten durchgesehen. Einer schien mir gleich in mehreren Punkten geeignet: Anfang des Jahres zum Oberleutnant zur See befördert und zur U-Boot-Flottille versetzt worden. In England aufgewachsen, Vater einer der NDL-Direktoren. Auf den Mann setze ich persönlich große Hoffnungen. Er ist schon unterwegs nach London. Mal sehen, wie er sich dort macht.«

»Weiß Widenmann, daß wir den Mann in England als Agent einsetzen wollen?«

»Nein. Der Attaché vertritt zwar die Ansicht, wir müßten erheblich aktiver in England sein, er will aber zugleich damit nicht in Berührung kommen. Das könnte seinen diplomatischen Status gefährden.«

»Und dieser Oberleutnant?«

»Weiß auch nichts davon. Sie werden ihn unter Ihre Fittiche nehmen, Steinhauer.«

London, Westminster, 3. Juli 1911, Montag

Adrian Seiler steigt die letzten Stufen der Waterloo-Treppe hinab und tritt auf die breite, von Bäumen gesäumte Mall hinaus. Er trägt einen dunkelgrauen Anzug mit marineblauer Krawatte, den Bowler hat er keck auf ein Ohr geschoben und ist recht gutgelaunt. Ein paar Minuten bleibt er stehen, blinzelt in die Morgensonne, die schon ziemlich hoch über dem Admiralitätsgebäude steht, und besieht sich das Treiben auf dieser berühmten Promenade an der Nordseite des St. James Park. Hier vergnügt sich allmorgendlich die bessere Gesellschaft und führt ihre schönsten Pferde und teuren Equipagen vor, Automobile sind auf der Mall nicht erlaubt. Zwei adrette junge Damen unter Sonnenschirmchen rasseln in einer eleganten Spider-Phaeton-Kutsche vorbei und winken ihm ausgelassen mit ihren Fächern zu. Seiler zieht höflich den Hut, aber sie hinterlassen ihm nur eine Staubwolke.

Er grinst, setzt den Bowler wieder auf und marschiert entschlossen auf den mächtigen Torbau des Admiralty Arch zu, der straff gerollte Regenschirm hängt über dem Arm.

Adrian Seiler ist siebenundzwanzig Jahre alt, Oberleutnant zur See in der Kaiserlichen Marine und vorübergehend an die Deutsche Botschaft kommandiert. Es ist sein vierter Tag in London. Er freut sich, wieder einmal in England zu sein, und genießt das herrliche Sommerwetter. Heute morgen soll er eine Buchhandlung aufsuchen und Bestellungen für Korvettenkapitän Widenmann aufgeben. Dessen Sekretär ist krank, und einen der Botschaftsdiener mochte der Attaché nicht beauftragen, da er deren Verschwiegenheit mißtraut. Eigentlich ein Auftrag, den auch ein Laufbursche erledigen könnte. Aber er ist froh, mal herauszukommen, es ist ziemlich langweilig im Vorzimmerbüro des Attachés, wo er dem Kapitän bei der Zusammenstellung einer umfassenden Dokumentation über den derzeitigen Stand der Royal Navy helfen muß. Immerhin, diese Kommandierung, wenn sie auch seine Ausbildung zum Wachoffizier bei der Kieler U-Boot-Flottille für ein paar Wochen unterbricht, bedeutet eine Anerkennung. Und vielleicht die Chance, schneller befördert zu werden.

Seiler kommt auf den Charing Cross Place, welcher der Mittelpunkt Londons sein soll. Er schlängelt sich durch den Verkehr, schreitet quer über den Trafalgar Square, nicht ohne einen Blick auf Admiral Nelson auf seiner hohen Säule zu werfen, und hält auf die imposante Fassade der National Gallery zu. Der weite Platz wimmelt von Menschen. Spaziergänger, Londonbesucher aus aller Herren Länder, Angestellte und Clerks in Schwarz oder Grau, eilige Boten, eine Schar Schulkinder um eine Lehrerin versammelt, ein paar Pflasterer bei der Arbeit.

Von Polizisten abgesehen, ist hier fast nie jemand in Uniform zu sehen. Das fällt ihm nicht zum ersten Mal auf. Uniformen sind in England fast schon verpönt, hatte Widenmann in Portsmouth bemerkt. Das Militär gilt als unproduktiv. Selbst Offiziere ziehen nach Dienstschluß Zivilkleidung an; die Arbeiterklasse sieht in ihnen Schmarotzer, die man miternähren muß.

In Kiel, in Berlin, ja im ganzen Deutschen Reich sind Uniformen allgegenwärtig. Der Bunte Rock verleiht auch dem kleinen Mann Ansehen und sogar eine gewisse Macht. Seiler denkt an den Hauptmann von Köpenick, vor fast fünf Jahren. Typisch Heer! Kann auch nur denen passieren.

Inzwischen hat er den St. Martin's Place erreicht und eilt im Zickzack zwischen den zahllosen Pferdeomnibussen hindurch, die mit ihren überladenen offenen Oberdecks, gekrönt von Dutzenden von Sonnenschirmen, noch höher wirken und gefährlich topplastig daherschwanken. Es wird ihm warm in seinem Anzug, die Sonne brennt erbarmungslos herab. Gegenüber von Wyndham's Theatre biegt er in eine gepflasterte Gasse ein, die den Namen Cecil Court trägt und so schmal ist, daß sie noch ganz im Schatten liegt. Etwa in der Mitte bleibt er vor einem Laden stehen, dessen Tür und Schaufensterrahmen dunkelblau gestrichen sind. Darüber steht in handgroßen Messingbuchstaben: J. PETERMAN · NAVAL & MARITIME BOOKS. Er mustert kurz die ausgestellten Bücher in dem kleinen Fenster, dann greift er nach dem Türknauf.

Eine Glocke schlägt an, als er eintritt und seinen Hut abnimmt. Nach dem grellen Sonnenlicht dauert es einen Moment, bis sich seine Augen an das Halbdunkel gewöhnt haben. Gott sei Dank ist es einigermaßen kühl. Der Laden ist klein, ein schmaler, langer Raum, an beiden Längswänden bis unter die Decke Buchregale. Links führt eine Stiege in den Keller, ein Pfeil weist hinunter und daneben steht: *Downstairs First Editions; Charts & Tables.* Ganz hinten ein großer Glasschrank, ebenfalls voller Bücher, alte und wertvolle Bände vermutlich, hinter den Scheiben schimmern Goldbuchstaben. Der Raum hat eigentlich fünf Ekken, denn ein Teil der Rückwand ist abgeschrägt. Sie ist mit dem gleichen Holz getäfelt, aus dem auch die Regale sind, und mit Bildern geschmückt, alles Schiffsportraits in dünnen schwarzen Holzrähmchen. Daneben eine offene Tür, die wohl ins Kontor führt, und von dort kommt ein Mann in Weste und Hemdsärmeln auf ihn zu. Er ist kleiner als Seiler, aber von kräftiger Statur, mit rotem Gesicht, grauhaarig, mit gestutztem grauem Vollbart. Er sieht so aus, wie man sich den Kapitän eines Passagierdampfers vorstellt. Vertrauenerweckend.

»Good Morning, Sir!«, grüßt er. »Julius Peterman, zu Ihren Diensten!«

Seiler stellt sich vor und erläutert sein Anliegen. Zusammen gehen sie Widenmanns Bestellung von Büchern, Seekarten und Tidentabellen durch. Peterman schlägt sein Bestellbuch auf und greift nach dem Bleistift, da erscheint eine junge Frau in der Tür zum Hinterzimmer.

»Da ist dein Tee, Vater«, sagt sie und stellt ein kleines Tablett mit einer dampfenden Tasse und einem Zuckerdöschen auf den Schreibtisch. Sie deutet einen Knicks zu Seiler hin an, und er verbeugt sich knapp. Nur einen kurzen Moment sehen sie sich an, dann schlägt sie die Augen nieder und wendet sich halb ab.

Wie hübsch sie ist! Große Augen in einem schmalen Gesicht unter hochgesteckten braunen Haaren. Sie ist schlank, beinahe mager, und trägt einen bodenlangen dunkelblauen Rock und eine weiße Bluse. Wie alt mag sie sein? Achtzehn oder neunzehn, schätzt er, sicher nicht älter.

Petermans Stimme dringt wie aus großer Entfernung an seine Ohren: »Wird eine gute Woche dauern, denke ich mal. Die Karte der Forth-Mündung werde ich aber spätestens morgen abend hier haben. Der Herr Kapitän kann sie übermorgen zusammen mit seiner Bestellung vom letzten Mittwoch abholen lassen.«

Seiler murmelt etwas Zustimmendes, und da sich der Buchhändler gerade über die Liste beugt, wagt er es, über dessen Schulter noch einmal zu ihr hinzusehen. Sie hat ein Buch aus dem Regal genommen und blättert darin herum, aber sie scheint seinen Blick zu spüren, denn sie sieht auf, und diesmal wendet sie sich nicht ab, sondern erwidert seinen Blick mit einem so lieb-reizenden Lächeln, daß ihm beinahe die Knie weich werden. Was für eine bezaubernde junge Frau! Hilft sie ihrem Vater im Laden?

Peterman muß sein Interesse doch bemerkt haben, denn er brummt: »Meine Tochter. Sie ist zu Besuch hier.« Ihren Namen unterschlägt er.

Das Mädchen stellt das Buch zurück, gibt seinem Vater einen flüchtigen Kuß auf die Wange und verschwindet mit leise raschelndem Rock wieder nach hinten. Seiler hält sich noch eine Weile auf und liest eine Reihe Buchtitel, ohne daß ihr Sinn in sein Bewußtsein dringt, aber als sie nicht zurückkehrt, muß er sich schließlich auf den Rückweg zur Botschaft machen.

Unterwegs grübelt er, was Peterman wohl gemeint hat, als er sagte, sie sei zu Besuch hier. Heißt das, sie wohnt in einer anderen Stadt? Oder wohnt sie irgendwo anders in London, ist vielleicht verheiratet? Ziemlich unwahrscheinlich, denkt er, daß eine so attraktive Frau noch nicht in festen Händen wäre. Und wenn ich ihr Avancen mache, lacht sie mich vermutlich aus.

Dazu fällt ihm noch die Mahnung des Attachés ein, er solle sich möglichst zurückhaltend betragen, denn Deutsche seien in England zur Zeit ziemlich unbeliebt. Das liege an der panikartigen Furcht vor deutschen Spionen, die hier seit fast zehn Jahren umgeht, hatte man ihm in der Botschaft erklärt. Die Presse schüre diese Ängste nach Kräften, sehr wahrscheinlich aus innenpolitischen Gründen. Deshalb glaubten viele Briten, alle deutschen Kellner, Bäcker und Friseure in England seien Geheimagenten, die eine Invasion vorbereiten sollen. Das sei sogar so weit gegangen, daß die Regierung dem Parlament gegenüber offiziell erklären mußte, sie wisse nichts von achtzigtausend deutschen Soldaten, die sich in London aufhalten sollten und nur auf einen Befehl des Kaisers warteten, um sich aus einem geheimen Lager zu bewaffnen und dann schlagartig alle wichtigen Punkte in der City zu besetzen. Kapitän Widenmann hatte ihm eine Ausgabe der *Weekly News* gezeigt: »Ist zwar fast zwei Jahre alt, aber immer noch bezeichnend für die Germanophobie, die hier herrscht.«

Die Schlagzeile auf der Titelseite lautete: *FOREIGN SPIES IN BRITAIN! £ 10 given for information! Have our readers met any spies?*

»Das sind stolze zweihundert Mark!«, hatte Widenmann dazu gesagt. »Die Redaktion soll innerhalb einer Woche Hunderte von Hinweisen erhalten haben.«

London, Westminster, 5. Juli 1911, Mittwoch

Drummond zieht seine Uhr aus der Westentasche: Schon Viertel nach acht! Kommt der Mann denn heute nicht? Dienstbeginn in der Deutschen Botschaft war offiziell um acht Uhr. Wenn er Pech hat, muß er den ganzen Tag hier herumlungern und den Eingang im Auge behalten. Früher oder später wird das jemandem auffallen. Der Bobby, der die Straße patrouilliert, wird ihn aber nicht verjagen. Für den ist er ein Scotland-Yard-Beamter, jedenfalls ist der Chief Constable entsprechend informiert worden.

Seit einer Dreiviertelstunde steht Randolph Drummond am Ende der Carlton House Terrace, einer Straße zwischen Mall und Pall Mall im St. James Distrikt der City of Westminster. Im Blick hat er das Prussia House, das westliche der beiden großen weißen

Stadtpalais, in dem die deutsche Botschaft ihren Sitz hat. Deren Lage könnte besser nicht sein, mit direktem Blick auf St. James Park, Horse Guards Parade und die Admiralität. Es ist ein freundlicher Sommermorgen, und das geschäftige Treiben auf der Straße läßt allmählich nach. Längst ist die Straße gekehrt, die Zeitungen sind ausgeliefert, und der Strom der Stenotypistinnen, Sekretäre und kleinen Beamten ist verebbt. Jetzt biegt ein Hansom Cab in die Straße ein, hält vor den London County Council Offices und entlädt einen beleibten Herrn, der eilig durch den Eingang verschwindet.

Drummond schlendert etwas näher zum Waterloo Place hin, bis er die hohe Duke-of-York-Säule sehen kann, und zündet sich eine Zigarette an. Er ärgert sich, immer noch gibt es keine Ablösung für ihn. Das Bureau hat zu wenig Beamte, mit ihm und dem Chef nur vier, und dazu einen Sekretär. Das Secret Service Bureau ist erst im Herbst 1909 gegründet worden, um zu untersuchen, ob es stimmt, was die Presse und der Schriftsteller William Le Queux nicht müde werden herauszuposaunen: Die Deutschen planten eine Invasion und hätten bereits Tausende von Spionen und getarnten Soldaten ins Land geschmuggelt. Bislang ist davon allerdings wenig zu merken, und soweit Drummond weiß, ist noch kein einziger deutscher Spion entlarvt worden.

Er geht ein paar Schritte weiter bis zur Statue von Lord Lawrence, um im Schatten zu bleiben, denn die Sonne steigt eben über die Dächer der County Council Offices und schießt ihm ihre blendenden Strahlen in die Augen. Fast hätte er deshalb die Gestalt übersehen, die soeben hinter dem Crimean Monument hervorkommt und auf das Portal der Botschaft zusteuert. Ist er das? Er erhascht nur einen flüchtigen Blick auf das Gesicht, aber das genügt. Ja, das muß der Deutsche sein, dessen Photographie ihm Captain Kell gestern gezeigt hat! Vor gut einer Woche war die große internationale Flottenparade anläßlich der Krönungsfeierlichkeiten von King George V. im Spithead zu Ende gegangen, und als Korvettenkapitän Widenmann, der deutsche Marineattaché an der Botschaft, nach London zurückkehrte, war er in Begleitung dieses jungen Mannes. Melville, Kells Chefdetektiv, hatte den Attaché während seines Aufenthaltes in Portsmouth im Auge behalten und berichtet, daß der Deutsche dort die Uniform eines Marineoffiziers getragen habe. Jetzt trägt er Zivil und unterscheidet sich in nichts von irgendeinem Bankangestellten. Er soll seit einer Woche jeden Morgen kommen, als würde er hier arbeiten, benützt aber nicht den Eingang zu den Büros am Fuß der Waterloo-Treppe, sondern den zur Wohnung des Botschafters, No. 9, Carlton House Terrace. Eben verschwindet er im Haus. Drummond zieht sich tiefer in den Schatten zurück und holt sein Notizbuch hervor. Er notiert Datum und Uhrzeit, *July 5th, 1911, 8 hrs 27 a.m.* und schreibt dahinter: *German (v) enters embassy.* Das kleine v steht für »visitor«.

Er steckt das Büchlein ein und überlegt, ob er den Constable bitten soll, ihn für ein paar Minuten zu vertreten, denn er verspürt ein allmählich dringend werdendes Bedürfnis. Dies ist keine Gegend, in der er mal schnell hinter eine Hausecke treten könnte. Aber der Bobby ist gerade am anderen Ende der Carlton House Terrace und unterhält sich dort mit einem Footman des Carlton Club. Es bleibt ihm nichts anderes übrig, als zu warten, bis sich der Polizist wieder hierherbequemt, dann kann er ihm Bescheid sagen und schnell im County Council Building hinter ihm verschwinden. Falls der Deutsche währenddessen herauskommen sollte, soll sich der Bobby genau merken, wohin er geht. Dann könnte er ihn mit etwas Glück noch einholen.

Der Constable denkt aber nicht daran, sein Schwätzchen zu beenden. Drummond flucht leise vor sich hin. Das ist wirklich unmöglich. Captain Kell gibt ihm den Auftrag, diesen unangemeldeten Besucher keine Minute aus den Augen zu lassen, aber zugleich hat er keinen zweiten Mann, der mal kurz für ihn einspringen oder ihn ablösen könnte. Er hätte ja wenigstens Scotland

Yards Special Branch um Unterstützung bitten können. Aber natürlich ist alles schrecklich geheim, es darf um Himmels willen kein Außenstehender einbezogen werden. Er faßt den Bobby scharf ins Auge und hofft, dieser möge trotz der Entfernung bemerken, daß er angestarrt wird, doch so sensibel scheint der Mann nicht zu sein.

Statt dessen tut sich etwas am Eingang der Botschaft. Ein Mann kommt heraus, der Livree nach einer der Diener. Und gleich nach ihm kommt der Deutsche heraus und marschiert schnurstracks auf ihn zu. Drummond verwandelt sich in einen Bewunderer von Lord Lawrence und blickt mit schiefgelegtem Kopf zu dessen ehernem Standbild hinauf, aber so, daß er den Deutschen noch im Blickfeld hat. Der beachtet ihn gar nicht. Er scheint kaum älter als fünfundzwanzig zu sein, ein bartloses, jungenhaftes Gesicht mit einer Stupsnase. Drummond wartet, bis der Deutsche in die Pall Mall einbiegt, und folgt ihm dann rasch. Der Mann geht schnell, hastet aber nicht. Seine Haltung ist aufrecht und selbstbewußt, wie es zu einem Marineoffizier paßt.

»Angeblich heißt er Adrian Seiler und ist Leutnant in der kaiserlichen Marine«, hatte Captain Kell gesagt und hinzugefügt: »Finden Sie heraus, wo er untergebracht ist. Wann immer er die Botschaft verläßt, folgen Sie ihm. Notieren Sie, mit wem er sich wo trifft, welche Geschäfte er besucht und so weiter.«

Auf Drummonds Frage, ob der Mann als Spion verdächtigt werde, hatte der Captain nur erwidert, es gebe bislang keinen Grund dafür, außer der Nationalität, aber er wolle über alle Kontakte der Militärattachés Bescheid wissen.

Inzwischen hat der Deutsche den Trafalgar Square erreicht und geht an der National Gallery vorbei, ohne sich auch nur einmal umzusehen. Er scheint keinerlei Verdacht zu hegen. Am St. Martin's Place biegt er in die Charing Cross Road ein. Wo will er hin? Hinauf zum Cambridge Circus? Oder vielleicht ins British Museum?

Auf der Charing Cross herrscht wie immer lebhafter Verkehr, Fuhrwerk hinter Fuhrwerk, Schlangen von vollbesetzten Pferdeomnibussen, ein Strom von flinken Hansoms, knatternde Automobile. Der Deutsche überquert die Straße, durch aufgewirbelten Staub und Auspuffqualm. Drummond folgt ihm eilig, bevor er ihn im Gewimmel der Passanten aus den Augen verliert. Jetzt erreicht der Mann die Einmündung des Cecil Court, wo früher der Camera Club residierte, und biegt in die kurze Gasse ein. Etwa in der Mitte bleibt er stehen, zupft an seiner Krawatte herum, nimmt den Bowler ab und fährt sich mit der Hand durch die blonden Haare. Er setzt den Hut nicht wieder auf, sondern tritt in ein Geschäft. Drummond, der ebenfalls stehengeblieben ist, schlendert näher. Das Geschäft ist ein Bookshop. J. PETERMAN · NAVAL & MARITIME BOOKS steht über Tür und Schaufenster. Und darunter, erstaunlich, wenn man sich die winzige Ladenfront vor Augen hält: *Over 3000 Volumes in Stock.* Durchs Schaufenster kann er den Deutschen sehen; da steht er mit dem Hut in der Hand und wartet anscheinend auf den Buchhändler.

Aber jetzt hält es Drummond nicht länger. Da vorn an der Ecke ist ein Pub und Restaurant, The Salisbury heißt es, und dorthin eilt er mit langen Schritten, der Mann wird hoffentlich soviel Anstand haben, im Laden zu bleiben, bis er sich erleichtert hat.

Als er zum Bookshop zurückkehrt, sind gerade mal fünf Minuten vergangen. Neben dem Eingang steht eine schmale, schwarz lackierte Klapptafel. Er bleibt davor stehen und studiert, was sie in schöner weißer Schreibschrift bekundet:

<u>Available within:</u>
Admiralty and Horse Guards Gazette
The Naval & Military Record & Royal Dockyards Gazette
Journal of the Royal United Services Institution
Naval Photographs by Symonds & Co.
The Jane Naval War Game (The Naval Kriegsspiel)

All the World's Fighting Ships by Fred. T. Jane
The Navy League Annual
Tide Tables & Sea Charts

Er späht durch die Glastür ins Innere, aber der Deutsche ist nicht zu sehen. Es scheint überhaupt niemand im Laden zu sein. Ist der Kerl sofort wieder gegangen, in den paar Minuten, die er im Salisbury war? Oder hat er bemerkt, daß er verfolgt wird, und ist durch eine Hintertür verschwunden? Es wäre zu ärgerlich, wenn er den Mann jetzt verloren hätte. Aber wahrscheinlich gibt es ein Hinterzimmer. Diese Läden hier sind alle recht klein, und draußen steht ja, es wären mehr als dreitausend Bände auf Lager. Können die alle in dem kleinen Ladenraum sein? Wohl kaum.

Er überlegt einen Moment, ob er hineingehen soll, entscheidet sich aber dagegen. Der Captain hat ihm eingeschärft, der Deutsche dürfe ihn keinesfalls wiedererkennen, da er ja keinen anderen Mann zur Beobachtung zur Verfügung habe.

Drummond zieht sich auf die gegenüberliegende Seite der Gasse zurück und stellt sich vor ein Schaufenster, in dem kinematographische Apparate und Zubehör ausgestellt sind. In der Spiegelung der Scheibe kann er die Ladenfront gut sehen. Dort tut sich nichts. Eine Weile betrachtet er die ausgestellten Kameras und Stative, dann sein eigenes Spiegelbild: ein hagerer Mann in einem abgetragenen grauen Straßenanzug, rote Merchant-Navy-Krawatte, auf dem Kopf eine graue, karierte Sportkappe, die seine rotblonden Haare verbirgt, aber nicht seine abstehenden Ohren. Die Augen blicken skeptisch unter dem Mützenschirm hervor, die Nase ist groß und leicht gebogen. Seinen Mund, zwischen tief eingekerbten Falten, hatte Geraldine einmal sinnlich genannt, ein Begriff, mit dem er wenig anfangen konnte, es hieß wohl, sie fand ihn anziehend. Sein Gesicht, schmal und lang, ein wenig zu pferdeähnlich für seinen Geschmack, kam ihm immer typisch englisch vor. Dabei stammt seine Familie aus Schottland, die Großeltern hatten noch in der Nähe von Edinburgh gewohnt. Mit dem Drummond-Clan ist er nicht verwandt, der Name ist im Norden recht häufig.

Geraldine war eine Liebelei aus vergangenen Tagen. Wer weiß, vielleicht wären sie heute verheiratet, wenn er nicht immer monatelang auf See gewesen wäre. Als er von seiner vorletzten Australienfahrt zurückkam, fand er einen Brief vor, in dem sie ihm ihre Verlobung mit einem Lieutenant der Horse Guards mitteilte. Er verdrängt sie aus seinen Gedanken, konzentriert sich wieder auf das Spiegelbild der Marinebuchhandlung, aber dort rührt sich noch immer nichts. Wenn er zu lange hier stehenbleibt, wird es auffallen. Er bummelt ein Haus weiter, ein Naval and Military Tailor hat hier sein Geschäft, rote Uniformröcke im Schaufenster, Mützen, ein Tropenhelm. Daneben ein Kunstblumenhersteller, dann folgt ein Laden mit Straußenfedern. Langsam wandert er vor bis zur Charing Cross Road, wobei er ein paarmal über die Schulter blickt, um seinen Mann nicht zu verpassen. An der Ecke zieht er sein Jackett aus, es ist weiß Gott warm genug, nimmt die Mütze ab und stopft sie in die Brusttasche. So verändert, schlendert er zurück, bleibt vor dem Fenster von Watkins Esoteric Bookshop stehen, wundert sich über die seltsamen Titel und kehrt schließlich zu dem Geschäft mit den Filmapparaten zurück, um von hier aus seine Beobachtung der Buchhandlung fortzusetzen.

Ein paar Minuten später bewegt sich dort etwas hinter der Glastür, jemand hängt von innen ein Schild hin. Er bleibt noch eine Weile stehen, dann wendet er sich ab und geht in Richtung St. Martin's Lane, wobei er einen Blick auf das Schild hinter der Glastür wirft. *Closed,* steht darauf und darunter: *Back by 1 p.m.* Beim Salisbury an der Ecke bleibt er stehen und notiert Uhrzeit und Adresse in sein Büchlein. Dazu vermerkt er: *BShop 10 min nach betreten von v geschlossen.* Ungewöhnlich an einem Freitagvormittag. Anscheinend will man nicht gestört werden. Was gibt es dort drin zu bereden, das niemand hören soll?

London, Petermans Bookshop, 5. Juli 1911, Mittwoch

Punkt neun Uhr betritt Adrian Seiler den Bookshop im Cecil Court. Keine Kunden im Laden, auch Peterman scheint nicht da zu sein, aber aus dem Keller ruft eine Mädchenstimme: »Coming! One minute, please!«

Seiler will antworten, aber auf einmal ist ihm die Kehle wie zugeschnürt, zugleich spürt er, wie ihm Röte warm in Wangen und Ohren steigt. Petermans Tochter! Seiler räuspert sich, um zu zeigen, daß er gehört hat. Aber sie kommt schon die Treppe herauf, flink und leichtfüßig, und als sie ihn sieht, lächelt sie und sagt: »Oh! It is you, Sir!« und fährt auf deutsch fort: »Der Herr von der deutschen Botschaft, nicht wahr? Sie möchten die Bücher für Herrn Kapitän Widenmann abholen?«

»Yes, indeed«, erwidert Seiler, »ich meine, ja«, und stottert: »Ich wußte nicht, daß Sie, also, daß Sie auch Deutsch sprechen.«

Sie erinnert sich an mich, denkt er freudig überrascht, dabei hat sie mich doch erst einmal gesehen! Ob sie dasselbe empfunden hat wie ich, vorgestern, als sich unsere Blicke begegnet sind?

Sie lacht ihn an: »Aber ja! Mein Vater ist doch auch Deutscher. Er ist nur schon so lange hier, da merkt man es ihm kaum mehr an.« Sie deutet einen Knicks an: »Ich heiße Vivian.«

Seiler verbeugt sich militärisch knapp, klappt die Hacken zusammen und erwidert steif: »Sehr erfreut! Adrian Seiler, Oberleutnant zur See in der Marine Seiner kaiserlichen Majestät, vorübergehend an die Londoner Botschaft kommandiert.« Er fühlt sich furchtbar verlegen. Er hätte sich natürlich zuerst vorstellen müssen, so verlangt es die Etikette. Seine Ohren glühen, und der steife Kragen schnürt ihm auf einmal die Luft ab. Zum Teufel mit diesen Zivilklamotten! In Uniform würde er eine bessere Figur machen und sich auch entschieden sicherer fühlen. Aber in diesem grauen Anzug? Und die dämliche Melone, die er unter den Arm geklemmt hat, als wäre sie seine Offiziersmütze. Macht man das mit einem zivilen Hut? Bestimmt nicht.

Hübsch ist sie. Große, blaugrüne Augen in einem schmalen, blassen Gesicht unter den braunen Haaren, ein zartes Gesprenksel von Sommersprossen um die Nase. Seitlich über dem Nasenflügel hat sie einen kleinen roten Punkt, vielleicht ein Muttermal. Heute trägt sie einen blaßgrünen Rock, der sich eng um ihre Hüften schmiegt, und eine weiße Bluse mit hohem Spitzenkragen. Die Ärmel hat sie bis über die Ellbogen hochgekrempelt.

»Ich bin auch sehr erfreut, Ihre Bekanntschaft zu machen, Herr Seiler«, lächelt sie mit einem spitzbübischen Zug um den Mund und wischt sich eine Haarsträhne aus der Stirn, »Falls Sie meinen Vater sprechen wollten, müßten Sie aber am Nachmittag wiederkommen. Er ist nämlich heute morgen nach Greenwich gefahren. Vor ein Uhr wird er nicht zurück sein.«

Seiler nickt und will sagen, daß er nur Widenmanns Bücher abholen will, aber sie fährt schon fort: »Die Bestellung für den Herrn Kapitän ist unten im Basement.« Sie nickt zur Treppe hin: »Ich war gerade dabei, es, wie sagt man, wickeln? Einpacken? Ein-zu-packen? Ach, ich bin ganz aus der Übung mit meinem Deutsch! Möchten Sie sich vorher überzeugen, ob alles komplett ist?«

»Ich bitte Sie, ich glaube Ihnen das auch so, Miss Peterman«, antwortet Seiler.

»Tun Sie es lieber trotzdem«, befiehlt sie, »ich komme gleich nach.« Sie eilt in den hinteren Teil des Ladens, und Seiler steigt die steile Treppe hinab, vorsichtig, um mit seinen glatten Ledersohlen nicht auf den gewachsten Stufen auszugleiten. Der Kellerraum ist genauso geschnitten wie der Ladenraum darüber, ist aber ein wenig niedriger. Auch hier Regale, wo immer sich Platz fand; ihr poliertes Holz, vielleicht Mahagoni, schimmert wie dunkler Honig im warmen Schein einer elektrischen Deckenlampe. Ein Fenster gibt es natürlich nicht, aber eine Tür in der Rückwand. Halb unter der Treppe steht ein großer, tischhoher Kartenschrank, der bis in die Mitte des Raumes ragt. Hier bewahrt Peterman wohl die See- und Landkarten auf. Ein kleines Sofa, eine Stehlampe und eine dreistufige Klappleiter komplettieren die Einrichtung. Auf dem Kartenschrank liegen auf einem Bogen Packpapier zwei Bücher und eine große Seekarte; das wird die Bestellung für den Attaché sein. Seiler tritt näher und schaut sie sich an. Das obenauf liegende Buch ist in dunkelblaues Leinen gebunden, der Titel in Goldbuchstaben eingeprägt: *Naval Gunnery* heißt es und darunter: *A Description & History of the Fighting Equipment of a Man-Of-War*. Ein Buch über Schiffsartillerie also. Er schlägt es auf. Der Autor ist ein Herbert Garbett, erschienen ist es 1897, eine Erstausgabe mit dem Eindruck *Published with the Approbation and Permission of the Lords Commissioners of the Admiralty*. Das andere Buch ist eine technische Abhandlung über Stahlveredelung und Schmiedestähle, voller Tabellen und Formeln.

Die Karte ist noch lose gerollt. Bezeichnet ist sie als *Scotland-East Coast, FIRTH OF FORTH, surveyed by H. M. Surveying Ship* RESEARCH *1897*. Dreizehn Jahre alt, denkt Seiler, warum interessiert sich Widenmann für die Mündung des Forth River oben in Schottland? Ist dort nicht auch die berühmte Eisenbahnbrücke, eine der größten der Welt?

Über seinem Kopf hört er die junge Frau hin und her laufen, dann klicken ihre Absätze auf der Treppe.

»Excuse me«, sagt sie atemlos, »father always –«, sie unterbricht sich, »Vater hat gesagt, ich soll die Türe abschließen, solange er nicht hier ist, vor allem, wenn ich nicht oben im Laden bin. Er hat immer Angst, ein Dieb oder so jemand könnte hereinkommen.« Sie schüttelt den Kopf, als wäre das eine völlig unsinnige Vorstellung. Sie legt die beiden Bücher aufeinander, den Lieferschein obenauf und schlägt alles schnell und geschickt in Packpapier ein. Seiler schaut ihr zu und spürt, wie ihm warm wird. Sie sind ganz allein in diesem Kellerraum. Was, wenn er sie einfach in den Arm nähme und küßte?

»Und wie gefällt es Ihnen so in London, Mr. Seiler?« fragt sie mit einem Seitenblick zu ihm hin, während sie Schnur um das Päckchen schlingt und verknotet.

»Nun, es ist eine wirklich faszinierende Stadt, Miss Peterman«, erwidert er auf englisch, »leider werde ich nur ein paar Tage hier sein.«

»Darf ich Sie fragen, wie es kommt, daß Sie so ausgezeichnet Englisch sprechen?« fragt sie, »Ich kann nicht einmal eine Spur von Akzent entdecken.«

»Meine Mutter ist Engländerin«, antwortet Seiler, »und ich bin in Southampton zur Schule gegangen. Mein Vater ist Deutscher, er war dort Agent für den Norddeutschen Lloyd.«

»Ach«, sagt sie, »das ist ja komisch. Ich habe auch einen deutschen Vater, und meine Mutter war ebenfalls Engländerin. Ich bin aber hier in London aufgewachsen.« Sie knotet blaue Bändchen um die gerollte und verpackte Karte, dann sagt sie: »Fertig!« Sie sieht ihn an und fragt: »Wann müssen Sie denn zurück nach Deutschland?«

Goldene Pünktchen vom Lampenlicht spielen in ihren Augen, er kann den Blick gar nicht abwenden. Ihre Pupillen sind erstaunlich groß, und ein dunkelblauer Kranz umrahmt die blaugrüne, fast türkisfarbene Iris. Noch nie hat er einer Frau so in die Augen gesehen, er kommt sich vor wie hypnotisiert. Und wie natürlich und unkompliziert sie ist! Keine Spur von Schüchternheit, kein geziertes Getue.

Irgendwie fühlt er sich auf einmal an Betty erinnert, seine große Kinderliebe in Southampton. Seiler war damals vierzehn und Betty, die Tochter einer Freundin seiner Mutter, dreizehn. Das war kurz bevor die Familie Seiler England verließ, um nach Bremen zu ziehen. Zwölf Jahre lang hatten sie in Southampton gelebt. Dann war eine britische Agentur mit der Vertretung des NDL betraut worden, und der Vater wurde in die Bremer Direktion berufen. Für den Vater war es eine Beförderung und ein großer Schritt auf der Karriereleiter, aber für ihn eine Tragödie. Den Schmerz der Trennung von Betty hat er bis heute nicht vergessen.

»In fünf Tagen muß ich abreisen«, erwidert er, »am kommenden Montag.«

Ihr Blick läßt ihn nicht los, das ermutigt ihn, und er sagt: »Sie würden mir eine große Freude machen, wenn Sie mir erlauben würden, Sie noch einmal wiederzusehen, bevor ich London verlassen muß.«

Sie lächelt ihn an, ein wenig bedauernd. »Ich würde Ihnen das gerne erlauben, Herr Seiler, aber ich fürchte, es geht nicht. Ich muß morgen früh zurück ins College.« Mit einer trotzigen Geste wirft sie den Kopf zurück, um die widerspenstige Strähne wegzuschütteln, die ihr immer wieder ins Gesicht fällt. »Es ist ein Boarding College in Cheltenham. Ich habe nur Urlaub wegen der Krönungsfeierlichkeiten, und den habe ich schon verlängert, weil Vater so viel zu tun hat. Nächste Woche bin ich wieder hier, da ist das Trimester zu Ende. Aber dann sind Sie ja schon fort.« Sie löst sich vom Kartenschrank und macht einen Schritt auf ihn zu. »Ich hasse das College«, sagt sie, »aber im September beginnt mein letztes Jahr dort. Das muß ich noch durchstehen, schon Vater zuliebe.«

Herrgott, morgen reist sie schon ab! Jähe Sehnsucht packt ihn. Was kann er nur tun, um sie wiederzusehen? Aber er sieht nicht die geringste Möglichkeit. Er kann ihr ja nicht gut ins College folgen.

Sie sieht ihn forschend an und fragt: »Möchten Sie eine Tasse Tee mit mir trinken? Ich habe vorhin welchen gemacht, ich hole ihn rasch!« Seiler zögert, er möchte ihr keine Umstände machen, aber sie ist schon auf der Treppe und ruft über die Schulter: »Setzen Sie sich! Bin gleich wieder da!« Er nimmt also auf dem kleinen Sofa Platz und rückt ganz in die Ecke. Wird sie sich neben ihn setzen? Eine andere Sitzgelegenheit gibt es hier nicht, außer vielleicht der kleinen Klappleiter.

London, Petermans Bookshop, 5. Juli 1911, Mittwoch

Vivian stellt ihre Tasse zurück auf die kleine Klappleiter, die sie als Teetischchen ans Sofa gerückt hat, da fällt ihr Blick auf die kleine Wanduhr neben der Hintertür. »Goodness!«, ruft sie. »Schon halb eins! Vater wird bald zurück sein!«

Seiler erhebt sich sofort: »Ich habe Sie aufgehalten! Wie gedankenlos von mir!«

Sie schüttelt den Kopf: »Aber nein, keineswegs! Ich fand es sehr interessant, mit Ihnen zu plaudern!«

Er sagt verlegen, und das amüsiert sie: »Ja, mir hat es auch sehr gefallen! Aber jetzt muß ich mich sputen, ich darf den Attaché nicht zu lange warten lassen.«

Wahrscheinlich hätte er schon vor zwei Stunden wieder in der Botschaft sein sollen, denkt Vivian. Man wird ihn fragen, was er so lange getrieben hat. Sie erhebt sich mit einer geschmeidigen Bewegung und steht so nahe vor ihm, daß sie den Duft seines Rasierwassers riechen kann.

»Gehen wir hinauf«, sagt sie, »ich muß den Laden wieder aufmachen, sonst wird Vater ärgerlich.« Er folgt ihr auf die Treppe, und sie spürt seinen Blick im Rücken. Was er wohl denkt?

Oben schließt sie die Tür auf, nimmt das *Closed*-Schild ab und legt es beiseite. Dann sieht sie ihn an. Sie spürt, wie ihre Wangen warm werden. Hoffentlich merkt er es nicht, denkt sie und sagt schnell: »Dann werden wir uns wohl nicht wiedersehen.« Sie versucht, ein gleichgültiges Lächeln aufzusetzen. Irgendwie macht er sie unsicher. Diese seltsame Mischung aus Scheu und Männlichkeit.

Da räuspert er sich endlich: »Leben Sie wohl, Miss Vivian!« Sie sieht ihm an, daß er noch etwas sagen möchte, aber dann sagt er nur: »Good-bye!«, läßt ihre Hand los, die er ein wenig zu lang gehalten hat, wendet sich ab und geht davon. Sie schaut ihm nach, bis er vorn an der Charing Cross um die Ecke biegt.

Nicht einmal hat er sich nach ihr umgedreht. Schade, daß sie sich nicht mehr sehen werden. Er gefällt ihr, mit seinem jungenhaften Gesicht und den offen blickenden blauen Augen. Er hat eine Stupsnase und im Kinn ein hübsches Grübchen, das gibt ihm etwas Lausbübisches. Die dunkelblonden Haare sind kurz geschnitten und links gescheitelt. In dem anscheinend maßgeschneiderten Anzug macht er eine gute Figur und wirkt auf eine männliche Art sogar elegant. Und er ist ein echter Gentleman. Im Keller, als sie dicht nebeneinander auf dem kleinen Sofa saßen, allein und ungestört, hat er nicht einmal versucht, die Situation auszunutzen. Eigentlich war das ganz schön unvorsichtig von ihr. Vater wäre außer sich, wenn er es erführe.

Viel hat sie nicht von ihm erfahren. Wohl hat er von seiner Kindheit in Southampton erzählt, über die Rückkehr nach Deutschland und auch ein wenig über seine Anfangszeit bei der deutschen Marine, aber den größten Teil der Unterhaltung hat doch sie bestritten. Nachträglich wird sie verlegen, er hält sie hoffentlich nicht für eine Plaudertasche. Sie hat über das College gesprochen und darüber, wie kleinstädtisch und langweilig Cheltenham ist, wie sie die Ferien bei ihrem Vater in London verbringt und daß er nie mit ihr verreist, weil er keine Zeit hat, er muß ja den Buchladen führen und hat niemand, der ihn einmal vertreten könnte. Doch, einmal hat er sie nach Deutschland mitgenommen, drei Wochen immerhin, und sie hat Hamburg und Berlin gesehen und eine Kunstausstellung besucht. Als Mutter noch lebte, da war sie dreizehn, waren sie einmal vier Monate in Deutschland. Aber der Gedanke an das letzte Jahr mit ihrer Mutter hatte sie traurig gemacht. Ob sie ihm zuviel von ihrem Interesse für moderne Kunst vorgeschwärmt hat? Von ihrer Sympathie für die Maler der deutschen Sezession, Max Liebermann, Walter Leistikow und so weiter? Daß sie selbst zeichnet, hat sie ihm nicht gesagt. Sie tut es heimlich und wagt nicht, ihre Arbeiten irgend jemandem zu zeigen, Vater ausgenommen, aber er hat auch nur die Bilder gesehen, die sie im Kunstunterricht gemalt hat.

Zum Schluß hatten sie sich dann auch noch über diese unsägliche Deutschenfurcht unterhalten. Sie hatte ihn gefragt, ob er glaube, daß man in Deutschland über eine Invasion in England nachdenke, aber er hatte gelacht und gesagt: »Ausgeschlossen! Die Armee schielt nur nach Frankreich und Rußland, und unsere Marine ist längst nicht stark genug, um es mit der mächtigen Royal Navy aufzunehmen, und wird es wohl auch nie werden. Nein, keine Angst, niemand denkt an so etwas. Im Gegenteil, wir bewundern England und möchten es zum Freund haben. Es ist in jeder Hinsicht unser Vorbild.« Er hatte einen Augenblick gezögert und hinzugefügt: »Wenigstens von unserer Marine kann ich das mit Sicherheit behaupten.«

Sie kehrt in den Laden zurück, stellt die Klappleiter an ihren Platz und nimmt das Teegeschirr mit hinauf. O weh, ich hab mich ein bißchen in ihn verschossen, denkt sie, aber es hat ja keinen Sinn. Trotzdem, das muß ich unbedingt Emmeline erzählen. Wenn er wüßte, daß ihre beste Freundin in der WSPU, der Women's Social and Political Union, ist, die für das Wahlrecht der Frauen kämpft. Würde er das billigen? Was er wohl gesagt hätte, hätte ich ihm erzählt, daß ich mit ihr zusammen vorige Woche sieben Fensterscheiben im Carlton Club eingeworfen hab? Spätabends natürlich, als es längst dunkel war. Sie hatten auch den Zettel gemeinsam geschrieben, den sie vorher an den Zaun des Clubs geheftet haben: *Wir wählen mit Steinen, Jungs. Da seht ihr's.*

Sie lacht vor sich hin. Das hatte Spaß gemacht, obwohl sie ganz schön Angst dabei hatte.

London, Secret Service Bureau, 5. Juli 1911, Mittwoch

»Kurz vor eins kam der Deutsche wieder heraus, Sir«, berichtet Drummond, »er hatte ein Päckchen dabei, der Größe nach ein eingewickeltes Buch, und eine Papprolle. Er ist dann zur Botschaft zurückgegangen. Dort angekommen, habe ich mich überzeugt, daß er hineingegangen ist, und bin dann sofort hierher.«

Captain Vernon Kell notiert die Anschrift des Buchladens auf einen Zettel und murmelt: »Also, dieser Peterman schließt sich mit dem Deutschen in seinem Laden ein, und das drei Stunden lang. Zwei Kunden sind ihm dadurch entgangen. Na, die kommen wahrscheinlich morgen wieder.« Er legt den Bleistift weg und fragt: »Ist Ihnen sonst noch etwas aufgefallen?«

»Nun ja, Sir«, erwidert Drummond, »ich kann mich irren, aber ich hatte den Eindruck, er war einigermaßen verwirrt, als er den Laden wieder verließ.«

Captain Kell zieht die Brauen hoch: »Verwirrt?«

»Ja, Sir. Er wirkte irgendwie, wie soll ich sagen, geistesabwesend. Auf der Charing Cross wäre er beinahe unter ein Automobil geraten. Und dann ist er in die Green Street gelaufen, wohl versehentlich. Er ist gleich wieder umgekehrt. Auf dem Hinweg war er völlig sicher, so als wäre er den Weg schon oft gegangen. Mein Eindruck ist, daß sie irgend etwas besonders Bedeutsames besprochen haben.«

»Wer weiß«, meint Kell, »vielleicht hatten sie ja nur ein paar Drinks da in dem Laden. Sonst noch was?«

»Nein, Sir. Doch, Sir! Als er herauskam, hatte er seinen Schirm nicht dabei.«

»Tja, das beweist leider auch nicht viel. Na gut. Essen Sie irgendwo etwas, und beziehen Sie danach Ihren Posten wieder. Wir wollen doch herausfinden, wo er untergebracht ist.« Drummond ist schon an der Tür, als sich der Captain räuspert und sagt: »Hören Sie, ich weiß, es ist ziemlich viel verlangt, einen Mann ganz alleine zu beschatten. Ich habe aber niemanden außer Clarke und Melville, und beide sind momentan mit anderen Aufgaben beschäftigt. Daher habe ich beantragt, mir zwei erfahrene Detektive zuzuteilen. Einen hat man mir wenigstens bewilligt, er fängt morgen an, und Sie können sich vorläufig die Beobachtung der deutschen Botschaft mit ihm teilen. Er heißt John Regan und kommt direkt von der Metropolitan Police zu uns.«

»Ja, Sir. Vielen Dank, Sir.«

Drummond macht sich auf, zurück zur Carlton House Terrace. Dann sind wir ab morgen also vier Mann, wenn ich den Captain und den Sekretär nicht mitrechne, denkt er. Wie sollen wir mit so wenig Leuten jemals deutsche Spione ausfindig machen? Melville ist wenigstens Detektiv, und der Neue vermutlich auch, aber ich bin ganz und gar unerfahren in diesem merkwürdigen Gewerbe. Und anscheinend bin ich mit meinen zweiunddreißig Jahren der Jüngste in dem ganzen Verein.

Drummond hatte erst am 19. Mai bei Kell angefangen, als sogenannter Marine Assistant, und sein Verantwortungsbereich war die Beschaffung von Informationen in den Häfen der Ostküste, beginnend mit dem Port of London. In den eineinhalb Monaten, die er nun für das SSB arbeitete, war es ihm immerhin gelungen, sich der Unterstützung von sechs Handelsschiffskapitänen zu versichern, die regelmäßig zwischen London und dem Kontinent verkehrten. Die Kapitäne, alle Briten natürlich, versprachen, die Augen offenzuhalten und alles zu berichten, was ihnen in ausländischen Häfen als bemerkenswert auffiel.

Vorgestern jedoch hatte ihm Kell diese neue Aufgabe zugeteilt. Er hatte ihm eine Photographie von dem Deutschen in Marineuniform gezeigt, nicht besonders scharf, aber das Gesicht war ganz gut zu erkennen gewesen, zumal er die Mütze nicht aufhatte. Er stand an ein Geländer gelehnt, offensichtlich in Portsmouth aufgenommen, wahrscheinlich auf Spice Island, am Ende der Broad Street Tramway, denn im Hintergrund war verschwommen, aber unverkennbar H. M. S. VICTORY zu sehen.

Drummond selbst hatte es in der Navy bis zum Lieutenant gebracht, hatte dann seinen Abschied genommen und war als Dritter Offizier auf einem P & O-Liner eingestiegen. Mit neunundzwanzig war er bereits Zweiter Offizier auf der MOLDAVIA der

Peninsular & Oriental Steam Navigation Company, die auf der Route London – Melbourne fuhr. Nach der letzten Übung in der Royal Naval Reserve hatte er seinen dritten Ärmelstreifen bekommen, der ihn als Lieutenant mit mehr als acht Dienstjahren auswies. Mitte März bot man ihm an, für 350 Pfund per annum zum Secret Service Bureau überzuwechseln. Das war weniger, als er bei der P & O verdiente, aber er hatte trotzdem angenommen, denn der Dienst auf einem Fracht- und Passagierschiff hatte begonnen, ihn zu langweilen. Auch hatte er genug von diesem frauenlosen Dasein. Er wollte seßhaft werden und vielleicht heiraten, wenn er eine Frau fände, die ihm gefiel.

Bei der Deutschen Botschaft angekommen, bummelt er die Straße hinab bis fast zum Marlborough House und dort den kleinen Weg zur Mall hinunter. Er will einmal um die ganze Western Terrace herumgehen, um sich mit der Umgebung vertraut zu machen. Er schlendert unter den Bäumen der Mall entlang und späht möglichst unauffällig zu den Fenstern der Botschaft hinauf. Niemand zeigt sich dort, nur der Himmel spiegelt sich in den Scheiben. Er steigt die breite Waterloo-Treppe hinauf zur Duke-of-York-Säule, die hoch wie ein Fabrikschornstein in den blauen Himmel ragt, und bezieht wieder seinen Posten, diesmal jedoch am Fuß der Säule. Von hier aus kann er sowohl den Eingang zu den Räumen des Botschafters als auch zu den Büros sehen.

Er zündet sich eine Zigarette an, bläst eine Rauchwolke in die warme Luft und überlegt. Hat der Deutsche in dem Bookshop für sich selbst eingekauft, oder war es im Auftrag des Attachés? Das wäre allerdings seltsam, denn für derlei Botengänge verfügt die Botschaft doch über Diener. Und abgesehen davon würde jeder Buchhändler für einen solch hochgestellten Kunden ins Haus liefern. War dieser Buchkauf, falls es überhaupt ein solcher war, nur ein Vorwand? Ich sollte mir diesen Peterman und seinen Bookshop einmal genauer ansehen.

London, Deutsche Botschaft, 8. Juli 1911, Samstag

»Seiler«, sagt Korvettenkapitän Wilhelm Widenmann, »wir müssen Ihren Aufenthalt hier verlängern, um einen Monat, vielleicht sogar mehr.«

»Jawohl, Herr Kapitän!«, antwortet Seiler, denn etwas anderes kommt nicht in Frage, wenn ein Vorgesetzter etwas anordnet. Er zögert einen Augenblick und fügt hinzu: »Bitte Herrn Kapitän gehorsamst darauf aufmerksam machen zu dürfen, meine Rückkehr zur Flottille in Kiel ist für Dienstag, den 11. Juli, vorgesehen.«

Der Marineattaché nickt knapp: »Weiß ich. Flottillenchef wird informiert, keine Sorge. Aber jetzt geht es hier um Wichtigeres.« Er senkt die Stimme ein wenig: »Heute morgen die Zeitung gelesen? Rede von Asquith, gestern vor dem Unterhaus?«

Herbert Henry Asquith ist der britische Premierminister, das weiß Seiler natürlich.

»Nein, Herr Kapitän.«

»Na, denn passen Sie mal auf: Asquith hat vor dem Unterhaus erklärt, die Entsendung des deutschen Kanonenbootes Panther nach Marokko habe eine Situation geschaffen, die auch britische Interessen berühre. Man werde Sorge tragen, diese Interessen gebührend zu berücksichtigen, und im übrigen werde man ohne Wenn und Aber zu den Bündnisverpflichtungen Frankreich gegenüber stehen.«

Widenmann blickt Seiler scharf an: »Wissen Sie, was das bedeutet?«

»Nein, Herr Kapitän, nicht genau.«

»Dann will ich es Ihnen erklären. Vorgeschichte: Im Mai sind die Franzosen in Fes einmarschiert. Fes ist die Hauptstadt von Marokko und Sitz des Sultans. Grober Verstoß gegen den Vertrag von Algeciras, der Marokko Souveränität zusichert. Signatarmächte außer Marokko Frankreich, das Deutsche Reich, Österreich-Ungarn, Italien, Großbritannien, Spanien, Portugal, USA und noch ein paar. Keine ist unterrichtet worden. Prompt haben sich die Spanier gedacht, was die Franzosen können, können wir auch, und haben ebenfalls Truppen gelandet, um sich ein Stück vom Kuchen abzusäbeln. Franzosen und Spanier haben zusammen jetzt hunderttausend Mann dort stehen.«

Widenmann steht auf und tritt ans Fenster. Mit dem Rücken zu Seiler fährt er fort: »Das Reich schickt also ein Kanonenboot hin, um deutsche Interessen zu schützen und höflich anzudeuten, daß wir, als Mitunterzeichner der Algeciras-Akte, uns auf den Schlips getreten fühlen, wenn Frankreich sich Marokko einverleibt, ohne sich um die Vereinbarungen zu scheren.«

Im Clock Tower am Palace of Westminster schlägt Big Ben an, die größte Glocke im Turm. Neun Uhr vormittags. Das Fenster, vor dem der Attaché steht, blickt auf den Horse Guards Parade Ground hinaus, und Seiler weiß, dort findet jetzt die stündliche Wachablösung statt, eine Zeremonie, zu der sich jedesmal Hunderte von Schaulustigen einfinden.

Widenmann sieht eine Weile schweigend zu. Dann wendet er sich mit einem Ruck um und sagt zornig: »Kanonenboot! Lachhaft! Wen soll das beeindrucken?« Etwas ruhiger fährt er fort: »Hat man in Berlin auch begriffen, wenn auch spät, und einen Kreuzer nach Agadir in Marsch gesetzt.«

»Jawohl, Herr Kapitän.«

»Will mir gar nicht gefallen, wie sich die Briten in der Angelegenheit verhalten. Franzmann pfeift auf die Algeciras-Akte, schnappt sich Marokko, und Asquith droht: Wehe, ihr tut ihm was! Tut so, als hätten wir schon den Krieg erklärt. Hat natürlich kein Mensch vor.«

Er kehrt zu seinem Schreibtisch zurück, setzt sich jedoch nicht, sondern bleibt dahinter stehen, die Fingerspitzen auf der grünen Schreibunterlage, und sagt: »Lage ist augenblicklich ziemlich gespannt. Ich halte es nicht für ausgeschlossen, daß die Briten still und heimlich ihre Flotte mobilisieren. Wenn das nicht in der Zeitung steht, kriegen wir das doch gar nicht mit. Wir haben ja kaum Beobachter in den Hafenstädten, wahrscheinlich nicht mal ein Dutzend, und alles Zivilisten, höchstens mal ein pensionierter Handelsmariner. Wollen nicht riskieren, daß die Brüder uns einen Streich spielen à la Nelson in Kopenhagen. Kurz und gut: Ich will, daß Sie mal einen Blick in die Kanalhäfen werfen, Seiler. Portsmouth, Dover, Sheerness und dann rauf nach Harwich. Zwei, höchstens drei Tage pro Hafen, das muß genügen.«

»Jawohl, Herr Kapitän.«

»Achten Sie auf Sonderzüge mit ankommenden Reservisten, verstärkten Bootsverkehr an den Liegeplätzen, Anlieferungen von Vorräten wie Kohle, Öl, Lebensmittel, Munition. Alles, was aus dem Rahmen fällt. Als Seeoffizier sollten Sie die Anzeichen erkennen können. Und hören Sie hin, was die Leute so reden, am Hafen, in den Pubs und so weiter.«

»Jawohl, Herr Kapitän.« Seiler fühlt sich plötzlich wach und munter. Das ist ja alles recht spannend, aber viel aufregender ist, daß er noch eine Weile in England bleiben wird und Vivian wiedersehen kann! Wahrscheinlich sogar bald, sie wollte ja am Elften wieder nach London kommen und bis Ende August bleiben, und er wird wohl kaum länger als zehn oder zwölf Tage unterwegs sein. Was für ein Glück! Ja, er will sie wiedersehen! Er muß sie wiedersehen! Mit der Verlängerung seines Aufenthaltes ist die grausame Sinnlosigkeit seiner Gefühle wie weggeblasen. Er muß an sich halten, um nicht zu lächeln.

Widenmann scheint ihm seine Gefühle anzusehen. »Das ist mehr nach Ihrem Geschmack«, sagt er, »als hier herumzusitzen und Listen zu führen, was?« Die Standuhr läßt einen hellen Glockenschlag hören, und Widenmann hat es auf einmal eilig: »Gut! Übermorgen fahren Sie los, mit dem Frühzug am besten, und selbstverständlich in Zivil. Sollten Sie bereits in Portsmouth oder Dover etwas feststellen, kommen Sie zurück und melden sich bei mir. Kein Telephon!«

Seiler glaubt sich entlassen, aber der Attaché ist noch nicht fertig. »Eins noch. Sie werden hier nicht zum Spionieren aufgefordert. Sie sollen lediglich Ausschau halten, ob Anzeichen für eine heimliche Mobilmachung der Navy erkennbar sind. Versuchen Sie also nicht, Leute auszufragen, schon gar kein Marinepersonal, und betreten Sie keine gesperrten Bereiche. Keinen Staub aufwirbeln, einfach nur Augen und Ohren offenhalten. Ist das klar?«

»Jawohl, Herr Kapitän.«

Widenmann räuspert sich und sagt: »Sie sind doch in England aufgewachsen, nicht wahr? Kann ich sicher sein, daß Sie wissen, auf welcher Seite Sie stehen? Ihre Loyalität zu Kaiser und Reich über alle Zweifel erhaben?«

»Jawohl, Herr Kapitän!« erwidert Seiler und nimmt Haltung an, Hände an der Hosennaht. Er ist Deutscher, daran hat er nie gezweifelt. Deutscher mit einer englischen Mutter. Und einem Faible für England. Und für eine junge Engländerin mit einem deutschen Vater. Deutschland ist mein Vaterland, und England ist mein Mutterland. Daß sich Vater und Mutter streiten, ist ihm nichts Neues. Sie haben trotzdem immer fest zueinander gestanden.

LONDON, SECRET SERVICE BUREAU, 10. JULI 1911, MONTAG

»Verschwunden?« Captain Kell runzelt die Stirn. »Was heißt ›verschwunden‹?«

»Nicht mehr im Hotel, Sir«, erwidert Drummond. Er hatte am Freitagabend herausgefunden, wo Seiler wohnt, nämlich im Arundel Hotel, Ecke Arundel Street am Victoria Embankment, direkt hinter der Temple Underground Station.

»Ich habe heute morgen bis zehn Uhr fünfzehn gewartet, als er dann nicht aufgetaucht ist, bin ich hinein und habe mich nach ihm erkundigt. Man hat mir gesagt, Mr. Seiler habe das Hotel kurz nach sechs Uhr morgens verlassen und sei samt Gepäck in einem Cab davongefahren, wohin, wisse man nicht. Das Zimmer ist aufgegeben, im Gästebuch hat er eine Adresse in Southampton eingetragen, die habe ich mir gemerkt. Ich habe mich als Photograph ausgegeben, Sir, und gesagt, er habe mich für eine Fahrt nach Weybridge bestellt.«

Captain Kell macht ein skeptisches Gesicht: »Als Photograph? Das hat man Ihnen abgenommen?«

»Ich denke schon, Sir. Gerade als ich hineinwollte, kam ein junger Mann mit einer Kamera und einem Stativ daher. Das hat mich auf die Idee gebracht. Ich bat ihn, mit hineinzukommen und einfach neben dem Eingang zu warten. Das sah so aus, als wäre er mein Gehilfe. Ich habe ihm nachher einen Shilling gegeben.«

»Nicht schlecht«, sagt Kell anerkennend, »aber Sixpence hätten auch gereicht. Na ja, den Shilling kriegen Sie natürlich wieder.« Er lehnt sich in seinem Stuhl zurück und nickt zum Telephon hin: »Regan hat vor einer halben Stunde angerufen. Er steht seit sieben Uhr vor der deutschen Botschaft, Seiler ist dort auch nicht aufgetaucht. Sieht so aus, als wäre unser Freund abgereist, zurück auf den Kontinent. Ein Ausflug wird es kaum sein, wenn er sein Zimmer aufgibt.«

Er schabt sich das glattrasierte Kinn und überlegt. Schließlich beugt er sich vor, legt die Unterarme auf den Tisch und die Hände mit den Fingerspitzen zusammen. »Wir machen vorläufig so weiter: Sie behalten morgen noch einmal die Botschaft im Auge, falls Seiler doch noch dort auftauchen sollte. Regan kommt mittags dazu, dann können Sie sich abwechseln. Ich werde versuchen herauszufinden, was es mit der Adresse in Southampton auf sich hat.«

Der Captain greift nach einem Blatt Papier, wirft einen kurzen Blick darauf und fährt fort: »Was den Buchhändler Peterman betrifft, so haben wir inzwischen folgendes erfahren: Der Mann ist naturalisierter Brite, aber gebürtiger Deutscher, verwitwet, Tochter Vivian aus zweiter Ehe, 1894 in London geboren. Der Vater hat sie nach dem Tod der Mutter Joceline, geborene Cecil-Porter, im Januar 1908 als Boarding Pupil auf das Ladies' College in Cheltenham geschickt. Dort könnte sie noch bis Anfang Dezember 1912 bleiben, dann wird sie achtzehn, ich glaube, das ist die Altersgrenze. Teures College. Muß den Alten ein schönes Sümmchen kosten, aber seine Frau stammte aus einer alten und betuchten Familie und hat ihm das Haus im Cecil Court hinterlassen und vermutlich auch genug Geld.«

Er schaut noch mal auf das Blatt und ergänzt: »Außerdem beschäftigt er eine Haushälterin, eine Miss Rutherford, die jeden Tag kommt, außer Samstag und Sonntag. Putzt und kocht für ihn, vermute ich mal.«

Drummond schlägt vor: »Vielleicht sollte ich mir diesen Bookshop einmal ansehen, Sir? Wenn ich mich nicht irre, gibt es keine maritime Fachbuchhandlung, die näher bei der Admiralität liegt. Eigentlich kenne ich nur Potter, die Seekartenhandlung in den Minories, aber die ist ja ziemlich weit weg.«

»Na ja, da wären Williams und Norgate«, sagt Kell, »der große Buchladen an der Henrietta Street in Covent Garden. Die haben sicher auch eine Abteilung für maritime Literatur. Aber ich sehe, worauf Sie hinauswollen: Eine Fachbuchhandlung in unmittelbarer Nähe zur Admiralität, da darf man annehmen, daß die Gentlemen von der Marine dort einkaufen oder einkaufen lassen, nicht wahr?« Noch ein Blick auf das Notizblatt. »Wie lange hat er das Geschäft schon – ah, seit Anfang 1895. Da dürfte er inzwischen eine ganze Reihe von Stammkunden in der Admiralität haben, Offiziere und Beamte.«

»Ja, Sir«, sagt Drummond, »beste Beziehungen für einen Spion, der sich für unsere Marine interessiert, Sir.«

London–Portsmouth, 10. Juli 1911, Montag

Der Frühzug der London & South Western Railway nach Portsmouth sucht sich klirrend und ratternd seinen Weg durch das Gleisgewirr von Clapham Junction. Vor elf Minuten, pünktlich um 7 Uhr 05, hat er die Waterloo Station verlassen. Jetzt, an einem Montagmorgen, ist er bis auf den letzten Platz besetzt, und Seiler ist froh, daß er in einem Nichtraucherabteil sitzt. Er ist müde. Er hat lange nicht einschlafen können und sich um halb sechs wecken lassen, in aller Eile rasiert, eine Tasse Tee getrunken und die Hotelrechnung unterschrieben, die von der Botschaft beglichen wird. Dann die kurze Fahrt mit dem Cab über den Fluß zur Waterloo Station. Dort gab er den schweren Schrankkoffer in die Gepäckaufbewahrung. Der enthält die sogenannte Kleine Uniform für formelle Anlässe, die er während der Flottenparade getragen hat, komplett mit Zweispitz und Säbel, dazu einen seiner guten Anzüge und Schuhe. Was er für die paar Tage in Portsmouth brauchen könnte, hat er im Handkoffer.

Fünf Leute sind mit ihm im Abteil, eine alte Dame in Schwarz, ein Ehepaar, das steif und stumm ihm gegenübersitzt, ein Herr mit Strohhut, hinter der *Daily Mail* verborgen, und ein hochaufgeschossener Midshipman in Uniform. Knapp zwei Stunden wird die Fahrt dauern. Hinter Wimbledon kommt der Zug auf freie Strecke und beschleunigt, schneller wird das Schlagen der Räder auf den Schienenstößen. Rauch wirbelt am Fenster vorbei, auf und nieder schwingen die Telegraphendrähte.

Er hat keinen Fensterplatz bekommen, also drückt er sich in die Ecke und versucht zu schlafen. Doch seine Gedanken kommen nicht zur Ruhe. Vivian geht ihm nicht aus dem Sinn. Die junge Frau hat ihn so bezaubert, daß er kaum an etwas anderes denken kann. Sie ist erst siebzehn, weiß er jetzt, und wird noch bis zum Herbst 1912 auf dem College bleiben. Seit ihrer Begegnung im Keller des Buchladens hat er nicht mehr richtig geschlafen, ist stundenlang wach gelegen, schwankend zwischen Glück und Zweifeln. Sie ist die große Liebe seines jungen Lebens, da ist er sich ganz sicher, aber ob sie seine Gefühle erwidert, weiß er nicht. Gut drei Stunden haben sie im Keller miteinander geplaudert, das würde sie ja wohl kaum mit jemandem machen, der ihr nicht sympathisch ist. Hätte sie nicht diesen ersten Schritt mit dem Tee gewagt, sie hätten wohl kaum zueinandergefunden. Steif wie ein Stockfisch hat er neben ihr gesessen, voller Selbstzweifel, gehemmt von der Furcht, das zarte Flämmchen der Zuneigung, das zwischen ihnen glomm, zu ersticken. Der Gedanke daran läßt ihn beinahe stöhnen. Wie mutig sie war! Vielleicht hatte sie genauso viel Angst wie er, daß sie einander nicht mehr wiedersehen würden. Sie konnten ja beide nicht ahnen, daß er noch länger in England bleiben würde. Am liebsten würde er an der nächsten Station aussteigen, einen Zug zurück nehmen und sie bitten, ihn zu heiraten. Aber das geht natürlich nicht. Und mit seiner Zeit in England wird es früher oder später auch vorbei sein. Bald heißt es, zurück nach Kiel mit seiner glitzernden Förde, den langen Reihen der ankernden Kriegsschiffe, den rauchenden Schloten der Werften und Fabriken. Und zurück in die enge Röhre eines Unterseebootes, in der es immer feucht und kalt ist und die Luft kaum atembar vom betäubenden Petroleumdunst.

Erst am 17. Januar dieses Jahres hatte er seinen Dienst bei der Unterseeboot-Flottille angetreten. Diesen Tag würde er nie vergessen. Gleich bei seiner Ankunft am frühen Morgen war er auf U 1 eingeschifft worden, das gerade zu einem Übungstauchen auslaufen wollte, zusammen mit U 3. Beide Boote hatten U-Schüler an Bord. Die Übungen fanden in der Kieler Förde statt, und zwar in der flachen Heikendorfer Bucht bei einer Wassertiefe von nur 12 bis 15 Metern. U 3 tauchte zuerst, während U 1 als Sicherung oben blieb. Sobald U 3 wieder an der Oberfläche erschienen war, wäre U 1 an der Reihe gewesen. Aber U 3 kam nicht hoch.

Hier wird seine Erinnerung unterbrochen, der Zug hält in Guildford, ein Drittel der Strecke von London. Das Ehepaar verläßt das Abteil, aber es kommt niemand hinzu, obwohl auf dem Perron ein ziemliches Gedränge herrscht. Die Leute warten wahrscheinlich auf einen der langsameren Personenzüge. Vor dem Fenster preist ein Bauchladenverkäufer Zigarren und Zigaretten an, ein Zeitungsjunge drückt die Titelseite seines Blattes an die Scheibe, *France and Germany to resume Talks* lautet die Schlagzeile, und eilt schon weiter zum nächsten Abteil; ein Schild mit der Aufschrift *Milk & Soda* wandert über den Köpfen der Wartenden vorbei. Jetzt schrillen Trillerpfeifen, die Türen knallen zu, die Lokomotive stößt einen heiseren Warnpfiff aus, und der Zug ruckt an. Mit Gepolter geht es über Weichen, vorbei an einem rußigen Bahndepot mit Kohlenhaufen und Wasserkränen und hinein in einen Tunnel. In der jähen Schwärze glimmt trübe die Gaslampe im Abteil auf, der Lärm der Räder auf den Schienen steigert sich zu einem laut hallenden Dröhnen, Rauchgeruch dringt ins Abteil. Schlagartig wird es wieder hell, Bäume huschen vorbei, und schon geht es in den nächsten Tunnel, der aber nur sehr kurz ist. Hinaus ins grelle Sonnenlicht, der Zug donnert durch die kleine Station Arlington, und Seiler erhascht einen flüchtigen Blick auf den River Wey, auf weite Wiesen, auf einen sehr spitzen, kupfergrünen Kirchturm über Baumwipfeln.

Er setzt sich bequemer zurecht und verschränkt die Arme. Seit ihrem Abschied am Mittwoch hat er Vivian nicht wiedergesehen. Sie kam ihm so gelassen vor, blickte ihn ruhig an mit ihren schönen, blaugrünen Augen, während er ihre Hand hielt, viel zu lange vermutlich, und vergebens nach ein paar Worten suchte, um auszudrücken, was er für sie empfand. Und wie gerne hätte er sie zum Abschied geküßt!

Aber er war davongegangen, ohne sich umzusehen, denn in diesem letzten Augenblick mit ihr hat ihn ein Gefühl der Einsamkeit überwältigt, das er so noch nie erfahren hat. Es hat ihm die Kehle zugeschnürt, und eine Welle der Rührung, oder war es Selbstmitleid, ist in ihm aufgestiegen. Er hat Angst bekommen, Tränen würden ihm in die Augen treten, wenn er sich nicht schnell genug abwandte. So ist er von ihr weggegangen, aufrecht, hat sich zu einem gelassenen Gang gezwungen, bis er die Charing Cross erreichte, und hat nicht mehr gewußt, ob er nach links oder nach rechts gehen sollte. Er bog nach rechts ab, weil er so schneller aus ihrem Blickfeld geriet, denn er hatte das Gefühl, daß sie ihm nachsah. Es war die falsche Richtung, aber das war egal, ein Schleier hatte sich vor seine Augen gelegt. Er sah alles unscharf und mußte blinzeln. Es hat ja keinen Sinn, hat er sich vorgesagt, bald muß ich zurück nach Kiel und sie in dieses College, und wenn ich sie noch einmal sehe, wird alles nur noch schlimmer.

Mit einem Schlag war ihm bewußt geworden, was er für ein Leben führte, in einer Männerwelt, in der Frauen keinen Platz und keine Zukunft hatten. Nie hatte er das so heftig empfunden, noch nie hatte er eine Frau so intensiv wahrgenommen wie Vivian in diesem vergangenen Augenblick.

Freilich hatte er mit Mädchen herumgeschäkert, beim Ausgang mit den Kameraden, auf dem Offiziersball oder einem Theaterabend, und es hatte zuweilen ein leises Bedauern gegeben, wenn er sich von einer hübschen jungen Frau verabschiedet hatte, die er vermutlich nicht wiedersehen würde. Ein, höchstens zwei Tage später war sie vergessen. Aber diese Vivian hatte ihn mitten ins Herz getroffen, und er ahnt, diese Wunde wird so schnell nicht heilen. Zu dumm, dass es ihn ausgerechnet in London so erwischt hat.

Mit jähem Schreck erwacht er bei der Ankunft in Portsmouth Town. Nach der riesigen Halle der Waterloo Station macht der Bahnhof einen kleinstädtischen Eindruck. Da er bis Portsmouth Harbour gelöst hat, bleibt er sitzen, während sich der Waggon mit Arbeitern und Händlerfrauen füllt. Zehn Minuten später, pünktlich um 9 Uhr 27 Minuten, ist der Hafenbahnhof erreicht.

Von hier ist es nicht weit zum kleinen Dolphin Hotel in der High Street, gleich gegenüber der St. Thomas Cathedral. Auf

Widenmanns Empfehlung trägt er sich unter englischem Namen ein, als Mr. Tony Benneth aus London. Er läßt sein Gepäck aufs Zimmer schaffen, wäscht Gesicht und Hände, zieht sich um und macht sich auf zum Hafen. Portsmouth kennt er noch aus seiner Kinderzeit, als er den Vater gelegentlich hierherbegleiten durfte. Hier am Ärmelkanal ist der Himmel bedeckt und grau, aber die Luft ist dennoch warm und schwül. Er zieht sein Jackett aus und legt es über den Arm. Vom Hotel aus geht er vor zur Broad Street, folgt den Schienen der Tramway durch Spice Island und gelangt zum Point, wo die Straße direkt am Wasser endet.

Vor ihm breitet sich der Hafen aus, drüben auf der Gosport-Seite die grauen Mauern von Fort Blockhouse und dahinter der hohe Turm der Trinity Church. Mitten durch das Fahrwasser kriecht die Floating Bridge auf ihn zu, die an Ketten entlanggeführte Fähre zwischen Gosport und dem Point. Ein höchst merkwürdiges Fahrzeug, zwei hohe, dünne Schlote auf dem großen Deckshaus zwischen den beiden Fahrbahnen, die sogar bespannte Pferdeomnibusse aufnehmen können. Vor dem Hard, gleich bei der Harbour Station, liegt die VICTORY verankert, Nelsons Flaggschiff bei Trafalgar. Im Großtopp des mächtigen Dreideckers weht die weiße Admiralsflagge mit dem roten St.-Georgs-Kreuz, denn das 1760 in Dienst gestellte Linienschiff ist seit seiner Restaurierung das Flaggschiff des Oberbefehlshabers der Royal Navy.

Der Dienstag ist bereits am frühen Morgen ein sehr warmer Tag. Die Sonne, noch tief über den Dächern von Southsea, brennt schon heiß auf seine Stirn. Am Tickethäuschen der Harbour Station, dem Terminal der Fähren nach Ryde auf der Isle of Wight, löst Seiler ein Billett für die Überfahrt. Über die Stelling steigt er auf die DUCHESS OF FIFE hinüber, einen weißen Raddampfer, der schon bis auf den letzten Platz besetzt ist. Langsam schaufelt sich die DUCHESS auf die enge Durchfahrt an der Point Battery zu und passiert sie mit einem dumpfen Gruß aus der Dampfpfeife.

Nach der Enge weicht das Land zu beiden Seiten zurück und gibt den Blick frei auf die weite glitzernde Wasserfläche des Spithead. Die Isle of Wight, vielleicht vier Meilen entfernt, ist eine flache, graugrüne Silhouette im leichten Dunst. Der Dampfer hält sich etwas näher an der Westküste und dampft an den Mauern und Bastionen von Fort Monkton vorbei. An Backbord erhebt sich das runde Fort Spitsand, eine künstliche Insel aus Beton und Granitquadern. Aus den schwarzen Löchern der Kasemattpforten glotzen die Mündungen der Kanonen. Obenauf sitzt ein kleiner Aufbau aus Ziegeln, darauf ein Flaggenmast, ein Scheinwerfer und zwei kleinere Geschütze.

Neben Seiler lehnt ein Matrose an der Reling, ein einfacher Navy Seaman, auf seiner Mütze steht H. M. S. AMPHITRITE. Seiler fragt ihn, wobei er seinen Hampshire-Dialekt durchklingen läßt, ob es ein sehr altes Fort sei. Der Seemann mustert ihn einen Augenblick; Seiler in seinem grauen Anzug wird ihm wie ein typischer Stadtfrack vorkommen, bevor er antwortet: »Not really old, Sir, so um die dreißig Jahre, glaub ich.«

»Wirklich?« Seiler tut erstaunt. »Ich hätte gewettet, es ist noch aus Nelsons Tagen, mit alten Vorderladerkanonen.«

Der Matrose lacht: »No way, Sir! Da stecken moderne Zwölf-Inch-Geschütze drin. Neun Stück! Schußweite achttausend Yards.«

Schwere Geschütze also, mit einem Kaliber von 30 Zentimetern und einer Reichweite von fast 7,5 Kilometern. Seiler wundert sich scheinheilig: »So weit? Hätte ich nicht gedacht.«

Der Matrose klopft seine Pfeife auf dem Handlauf aus und sagt: »Ja, das sind ordentlich dicke Brocken. Werden den bloody Germans den Spaß ganz schön versalzen, wenn die hier reinwollen.«

Seiler nickt anerkennend, aber er denkt, besonders weit ist das nicht. Der neueste und größte Panzerkreuzer der Hochseeflotte, VON DER TANN, könnte das Fort aus der Entfernung zusammenschießen, ohne sich dem geringsten Risiko auszusetzen. Seine acht 28-Zentimeter-Geschütze tragen 19 Kilometer weit.

Weiter draußen im Spithead, nach Südosten zu, liegen zwei ganz ähnliche Forts, Horse Sand Fort und Noman Fort. Portsmouth ist zur See hin gut geschützt, Festungen und Batterien säumen die Küsten, dazu patrouillieren Torpedoboote vor den Einfahrten. Als sich der Dampfer der weit vorgelagerten Promenade Pier von Ryde nähert, sieht Seiler vor Nettlestone Point einen Kleinen Kreuzer unter Dampf. Er liegt vor Anker, vermutlich also das Wachschiff. Ein zweites dürfte in der Nähe von Selsey Point liegen, denn die Einfahrt ins Spithead vom Ärmelkanal ist mehr als vier Seemeilen weit. Sicher ist auch die enge Einfahrt in den Solent an der Westseite der Isle of Wight in ähnlicher Weise bewacht. Schwer zu sagen, ob das die übliche Bewachung in Friedenszeiten darstellt oder ob sie wegen der politischen Spannung verstärkt wurde.

Vor Alverstoke ankern ein paar ältere Linienschiffe und weiter weg, nach Cowes Road zu, drei Großkampfschiffe, deren Typ er auf die Entfernung nicht erkennen kann. Ansonsten sind Dampfer und Fähren unterwegs und, bei dem schönen Wetter, Hunderte von Segelbooten, von winzigen Jollen bis zu hochseetüchtigen Yachten. Das macht alles einen friedlichen und normalen Eindruck. Die zahllosen Kriegsschiffe aus aller Welt, die während der Flottenparade fast den ganzen Meeresarm zwischen Portsmouth und der Isle of Wight bedeckt haben, sind längst verschwunden. Ende Juni ankerten hier einhundertfünfundachtzig Kriegsschiffe, vom Horse Sand Fort bis hinauf nach Cowes, davon waren nur achtzehn Besucher aus dem Ausland, darunter S. M. S. VON DER TANN. Als die königliche Yacht erschien, um diese größte Flottenparade, die die Welt je gesehen hatte, abzunehmen, erzitterte die Luft vom rollenden Donner der Salutschüsse.

Das Wasser rauscht auf, die Schaufelräder schlagen rückwärts. Der Dampfer legt mit einem leichten Stoß an der Pier an, reibt sich knarrend an den Dalben. Die Passagiere drängen an Land, Herren in Schwarz oder Hellgrau, Damen in Weiß oder Pastellfarben, und fast alle tragen flache Strohhüte, auch die Kinder. Viele haben Picknickkörbe und Sonnenschirme dabei. Ein paar steigen in die elektrische Tramway, die hier wartet, aber Seiler, wie die meisten der Angekommenen, macht sich zu Fuß auf den Weg. Entlang der fast 700 Meter langen Pier wehen Fahnen, und am fernen Ende liegt Ryde im hellen Sonnenschein, weiße Häuser an der Seefront, zwei spitze Kirchtürme, dahinter sanfte Hügel mit Laubwald. Trotz des frischen Windes vom Solent her ist es heiß.

Seiler hält sich in der kleinen Stadt nicht lange auf, sondern geht zum Bahnhof weiter und steigt in den Zug nach West Cowes über Newport. Die Fahrt dauert nicht einmal eine halbe Stunde. In Cowes ißt er zu Mittag, bummelt die Esplanade entlang und bewundert die eleganten Segelboote der Royal Yacht Squadron, die hier vor Anker liegen. Und weiter draußen gleitet eine herrliche Yacht dahin, ein hochseetüchtiger Schoner, weit überliegend unter seiner gewaltigen Segelfläche, das helle Tuch von der Sonne durchleuchtet. Ein wundervoller Anblick! Fast hört er den scharfen Bug durchs Wasser zischen, das vibrierende Summen der Wanten und Stage, das Knarren der Hölzer und Blöcke. Jähe Sehnsucht nach der See packt ihn und zugleich der Wunsch, Vivian zu zeigen, wie schön das alles ist. Was, wenn er sie zu einer Segelpartie einladen würde? Ob ihr Vater das erlauben würde? Eine Weile steht er da und träumt. Allein mit ihr in einem kleinen Boot auf dem glitzernden Wasser, wie herrlich das wäre! Und mit dem dazugehörigen Picknickkorb bestimmt ein teures Vergnügen, das einen ordentlichen Batzen seines mageren Gehalts verschlingen würde.

Seufzend macht er sich auf zur Victoria Pier und steigt auf den Dampfer nach Portsmouth, der eine Viertelstunde später ablegt. Diese Fahrt gewährt einen guten Blick über Cowes Road, die Wasserfläche zwischen dem Solent im Westen und dem Spithead im Osten, traditioneller Schauplatz der berühmten jährlichen Cowes-Regatta.

Seine Eltern waren regelmäßig Zuschauer der Regatten gewesen, und zwar stets auf einem der Ausflugsdampfer für privilegierte und zahlungskräftige Personen, der sie so nahe wie nur möglich an die segelnden Yachten heranbrachte. Seit er acht Jahre alt war, hatten sie ihn mitgenommen, und aus dieser Zeit stammt seine Begeisterung für schnelle Schiffe. So war er, kaum war das Abitur in Deutschland bestanden, als Seekadett in die kaiserliche Marine eingetreten und hatte sich auf das Torpedowesen spezialisiert, denn Torpedoboote waren die schnellsten Fahrzeuge, die es auf dem Wasser gab. Im März 1908 war er auf das neue Torpedoboot V 158 kommandiert worden und auf dem Boot geblieben, bis er, zugleich mit seiner Beförderung zum Oberleutnant, im Januar dieses Jahres nach Kiel zur Unterseeboots-Flottille kommandiert worden ist.

Vor Stone Point, ungefähr eineinhalb Kilometer westlich der Fährschiffroute, liegen die drei modernen Großkampfschiffe, die er auf der Hinfahrt gesehen hat. Jetzt kann er sie mit bloßem Auge recht gut erkennen. Dreadnoughts der BELLEROPHON-Klasse, vermutet er, und schlägt sie im *Taschenbuch der Kriegsflotten* nach, ein kleiner, aber dicker Band in marineblauem Leinen. Drei Schiffe umfaßt die BELLEROPHON-Klasse, sieht er, alle 1907 vom Stapel gelaufen, Linienschiffe, aber die Engländer nennen sie Battleships, also Schlachtschiffe. Sie sind von Booten und Leichtern umringt, aber das ist nicht ungewöhnlich. Derart riesige Schiffe werden, solange sie nicht in See sind, ständig versorgt, damit ihre schnelle Einsatzbereitschaft gewährleistet ist. Trinkwasser und Kesselspeisewasser, Viktualien, Kohlen, Teeröl, Schmierstoffe, Farbe und Ersatzteile müssen laufend ergänzt werden. Dazu kommt eine Unzahl kleiner, aber wichtiger Dinge für die achthundertfünfzig Mann Besatzung pro Schiff: Seife, Schlämmkreide, Arzneimittel, Tabak, Briefpapier und so weiter. Auch die Wäsche wird während der Liegezeit an Land gewaschen, und für die Mannschaften werden regelmäßig Ausflüge, Sportveranstaltungen und gelegentlich auch Konzerte oder Filmvorführungen organisiert. Insgesamt macht alles einen ziemlich friedensmäßigen Eindruck.

Er denkt wieder an Widenmanns Bemerkung: Sie werden hier nicht zum Spionieren aufgefordert. Ist das nun Spionage, was er hier treibt? Eigentlich nicht, denn er schaut sich ja nur an, was jeder sehen kann. Keine Gesetzesübertretung im Spiel. Und der Matrose auf der Herfahrt hat ihm ganz von selbst alles über das Fort und seine Bewaffnung erzählt. Das könnte übrigens eine nützliche Information sein, falls das im Admiralstab noch nicht bekannt ist.

So ganz ohne Risiko ist diese Informationsarbeit für den Marineattaché wohl dennoch nicht. Was, wenn man ihn wegen Spionage verhaftet? Der Gedanke beunruhigt ihn. Wochen oder gar Monate in einem englischen Gefängnis? Die Ausbildung unterbrochen, Beförderung entsprechend verzögert. Nein, sagt er sich, warum sollte mich jemand verhaften? Ich darf nur nichts tun, was verdächtig wirkt, etwa vor aller Augen ein Kriegsschiff skizzieren oder Notizen machen. Und schließlich sieht man mir den Deutschen ja nicht an, ich kann ohne weiteres als Engländer gelten. Andererseits arbeite ich zur Zeit an der deutschen Botschaft, das läßt sich leicht herausfinden und würde natürlich einen Strich durch die Ich-bin-Engländer-Rechnung machen.

Aber wenn ich ehrlich bin, macht mir das Ganze Spaß. Kein langweiliger Dienst, kann in meinem England herumfahren, ein bißchen Abenteuer ist auch dabei, und das Wichtigste ist, ich bin in Vivians Nähe.

Portsmouth, 13. Juli 1911, Donnerstag

Seiler biegt gegenüber der New Gun Wharf in die Lombard Street ein, die direkt zum Hotel führt. Er hat einen langen Spaziergang durch Portsea hinter sich, von den Gaswerken an der Flathouse Wharf, vorbei an den Naval Barracks bis zum Haupteingang der Royal Naval Dockyards. Nirgendwo hat er irgendwelche außergewöhnliche Aktivität wahrgenommen.

Es ist sein letzter Nachmittag in Portsmouth, morgen will er nach London zurückkehren, sich dort ein Hotelzimmer nehmen und dann dem Attaché berichten, daß er nirgends Hinweise auf eine Mobilmachung gefunden hat. Übermorgen will er Vivian besuchen, die dann wieder in London sein müßte, und anschließend nach Chatham fahren, um sich dort und in Sheerness am Medway Docks und Häfen anzusehen. Jetzt aber ist er erschöpft vom vielen Herumlaufen in der Hitze, dazu hungrig und durstig. Er wird sich umziehen und danach in ein Restaurant irgendwo im Zentrum gehen.

Als er das Dolphin Hotel betritt, in dessen winziger Lobby außer dem Rezeptionstisch nur drei Sessel Platz haben, reicht ihm der Portier ein versiegeltes Kuvert; ein amerikanischer Gentleman habe es für ihn abgegeben, erst vor einer halben Stunde. *Mr. T. Benneth, Dolphin Hotel,* steht darauf, weiter nichts. Das kann eigentlich nur von Kapitän Widenmann sein, denn sonst weiß ja niemand, daß er sich als Tony Benneth in diesem Hotel aufhält. Er geht hinauf in sein Zimmer und reißt den Umschlag auf. Er enthält eine Visitenkarte mit dem Aufdruck *Fritz Reimers, Pressekorrespondent, Lloyd's News, London* und ein Blatt Papier, auf deutsch beschrieben:

Geehrter Herr Benneth,

Herr Albert Mellentier bat mich, Ihnen seine Grüße und eine persönliche Nachricht zu überbringen. Darf ich mir aus diesem Anlaß erlauben, Sie zu bitten, heute abend gegen sieben Uhr im Restaurant des Central Hotel mein Gast zu sein?

Mit vorzüglicher Hochachtung,
Fritz Reimers

Albert Mellentier, so heißt der Sekretär von Kapitän Widenmann. Anscheinend handelt es sich um eine Nachricht des Marineattachés, dessen Name wohl nicht erwähnt werden soll. Seiler zieht sich um und wundert sich, woher dieser Mr. Reimers gewußt hat, daß er noch vor sieben Uhr ins Hotel zurückkehren würde. Hat er ihn etwa beobachtet?

Um Viertel vor sieben steht er an der Haltestelle vor dem Hotel und wartet auf die Straßenbahn. Da kommt sie auch schon bei der Broad Street um die Ecke, ein kleiner doppelstöckiger Triebwagen, auf der Stirnfront eine schreiend rote Bovril-Reklame. Seiler löst ein Billett beim Schaffner und steigt aufs offene Oberdeck hinauf, wo nur die Hälfte der Plätze besetzt ist. Die Tramway rumpelt über die große Cambridge-Kreuzung, als ein Herr neben ihm Platz nimmt und ihn in amerikanischem Englisch wie einen alten Bekannten begrüßt: »Why, it's Mr. Benneth! Good evening! I'm Reimers, remember me?«

Der Fremde trägt einen hellen Strohhut, ist glattrasiert bis auf einen dunklen Schnurrbart, hat schmale, fast geschlitzte Augen und macht einen jovialen Eindruck. Seiler schätzt ihn auf etwa vierzig. Er erwidert den Gruß und fragt: »Ich bin nicht sicher, Mr. Reimers. Sind wir uns denn schon einmal begegnet?«

»Oh yes«, erwidert Reimers, »wir sind einander während der Flottenparade vorgestellt worden, am vorletzten Abend, beim Dinner mit den deutschen Pressevertretern. Es ist aber kein Wunder, daß Sie mich nicht erkennen, denn da trug ich einen Backenbart und eine Brille. Hin und wieder erfordert es meine Tätigkeit, mich ein wenig zu verändern. Und bevor Sie sich Sorgen machen: Ich habe Ihnen eine Nachricht von Herrn Kapitän Widenmann zu übermitteln.«

Inzwischen nähert sich die Tramway der Town Hall, und Reimers erhebt sich: »So, da drüben ist das Central Hotel, das beste in Portsmouth. Kommen Sie, man speist dort ganz ausgezeichnet.«

Im Restaurant des Hotels führt sie der Kellner zu einem Tisch für zwei Personen, den Reimers offensichtlich bestellt hat. Der Wein wird gebracht, und nachdem sie gekostet haben, sagt er, Reimers sei eigentlich nicht sein richtiger Name.

»Ich bin auch kein Pressevertreter, sondern arbeite für die Nachrichtenabteilung des deutschen Admiralstabes, kurz N genannt«, erklärt er und reicht ihm ein zusammengefaltetes Blatt Papier. »Unser Marineattaché war so freundlich, mir ein Beglaubigungsschreiben zukommen zu lassen.«

Auf dem Blatt, welches das Datum von vorgestern trägt, steht in Maschinenschrift: *Für Herrn Adrian Seiler: Herr Fritz Reimers ist von mir beauftragt, Ihnen eine mündliche Mitteilung zu überbringen.* Unterschrieben ist sie mit *W. Widenmann, Korvettenkapitän.*

Reimers nimmt den Brief wieder an sich. In englischer Sprache unterhalten sie sich über allerlei Belangloses, bis das Essen kommt. Reimers hat sich die Seezunge bestellt und Seiler einen Kalbsbraten mit Erbsen-Karotten-Gemüse und Kartoffeln. Erst danach, bei einem Whisky und einer Zigarre, kommt Reimers zur Sache.

»Also, die politische Lage ist nach wie vor gespannt«, beginnt er, »auch wenn die Gespräche mit Frankreich wieder in Gang gekommen sind. Allerdings steht England eindeutig auf seiten der Franzosen, und wenn die Verhandlungen scheitern, müssen wir uns auf eine feindselige Haltung gefaßt machen, eventuell sogar auf einen Überfall auf unsere Flotte!«

Er sagt durch den Rauch seiner Zigarre: »Kapitän Widenmann hält es deshalb für geraten, daß Sie jeden Kontakt mit ihm beziehungsweise der deutschen Botschaft vermeiden. Sie sollten ja ursprünglich noch Erkundungen in Chatham, Sheerness und Harwich durchführen, aber Widenmann hat es sich anders überlegt.

Sie sollen sich in London zur Verfügung halten. Ich habe dort deshalb für Sie ein möbliertes Zimmer angemietet, das Sie so lange wie notwendig unter dem Namen Anthony Roper bewohnen können. Die Miete ist für einen Monat im voraus bezahlt. Denken Sie daran, Sie sind dort Engländer aus Southampton.« Er reicht ihm ein Kuvert: »Hier drin sind Adresse und Schlüssel, außerdem 20 Pfund zur Deckung von Ausgaben! Ich komme am Sechzehnten bei Ihnen vorbei, ich denke mal, am frühen Abend. Dann kann ich Ihnen sagen, was Widenmann inzwischen ausgebrütet hat.«

Seiler nickt. Es ist ihm recht. Je mehr Zeit in London, desto besser.

»Eins noch«, sagt Reimers, »Ihr Englisch und auch die Südenglandfärbung sind vollkommen überzeugend. Da Sie aber seit Ihrem vierzehnten Lebensjahr in Deutschland gelebt haben, sind Sie vielleicht nicht mehr ganz auf dem laufenden. Ausdrücke, die derzeit hier in Mode sind und dergleichen. Sollte jemand mißtrauisch werden, sagen Sie einfach, Sie hätten die letzten Jahre in Kanada verbracht, oder irgend etwas in der Art.«

Reimers hat es nicht eilig. Er läßt noch zwei Whisky bringen und steckt sich eine weitere Zigarre an, nachdem Seiler die angebotene Virginia dankend abgelehnt hat. Er blinzelt ihn vergnügt an und sagt: »Also, wenn Sie zur nächsten Besichtigungstour aufbrechen, gehen Sie vorsichtig an die Sache ran! Machen Sie's bloß nicht so wie unser Landsmann Siegfried Helm.« Er macht ein verschmitztes Gesicht und beugt sich ein wenig vor: »Helm war, oder ist vielleicht noch, Leutnant im 21. Nassauischen Pionierbataillon. Der ist auf eigene Faust hierhergefahren und wollte die Verteidigungsanlagen und Forts auskundschaften. Das war im vergangenen Herbst, Anfang September. Er hat sich zu diesem Unternehmen von Berichten über britische Offiziere, die in Deutschland spionierten, inspirieren lassen. Dabei bezog er sich besonders auf zwei Offiziere, die kurz vorher auf

Borkum verhaftet worden waren, ein Fall, der durch alle Zeitungen gegangen ist.«

Seiler wundert sich über das vergnügte Grinsen seines Gegenübers: »Der gute Mann brachte es fertig, sich innerhalb von zwei Tagen so verdächtig wie nur irgend möglich zu machen. Noch am Tag seiner Ankunft in Portsmouth fing er eine Liebesaffäre mit einer Zwanzigjährigen an! Die war eine Bekannte eines Offizierskameraden, und er hatte ihr seinen Besuch in einem Brief angekündigt. Scheint so, als hätte er durchblicken lassen, er sei ein deutscher Spion, womit er sie wohl beeindrucken wollte.«

Reimers schüttelt den Kopf, als könnte er selbst nicht glauben, was er da erzählt, und fährt fort: »Am selben Nachmittag spaziert der Mann dann hinunter zur South Parade, späht durch eins der öffentlichen Teleskope dort die Forts aus und skizziert sie in aller Gemütsruhe in sein Notizbuch! Ausgerechnet den Vermieter des Teleskops, einen invaliden Pensionär der Royal Navy, fragt er aus, wie die Forts heißen, welche Geschütze dort stehen und wie es mit der Betonnung des Hafens aussieht. Abends zeigt er dem Mädel Postkarten, auf denen er die Befestigungsanlagen vermerkt hat. Die erzählt das gleich am anderen Morgen einem Lieutenant der Royal Marines, aber der kümmert sich nicht weiter darum. Helm marschiert inzwischen zum Fort Widley hinauf, fröhlich pfeifend, wie ich mir vorstelle, und fängt an, einen Grundriß der Festung zu zeichnen. Dabei ertappen ihn zwei britische Offiziere und nehmen ihn fest.« Reimers lacht. »Er kam allerdings glimpflich davon. Er saß zwar im Gefängnis bis zu seiner Verhandlung im Dezember, wurde dann aber nur zu einer Geldstrafe von 250 Pfund verurteilt und durfte nach Deutschland zurückkehren.«

Reimers nimmt einen Schluck, beugt sich vor und sagt verschwörerisch: »Ein Grund für das milde Urteil war das Fehlen von Beweisen. Man verhörte das Mädel erst ein paar Tage später, und da stellte sich heraus, daß sie sämtliche Beweise, also seinen

Brief, die Postkarten, einen gezeichneten Plan und ein weiteres Notizbuch, einem Unbekannten gegeben hatte, einem angeblichen Mitarbeiter des War Office.«

Er lehnt sich zurück, hebt sein Glas und sagt lachend: »Dieser Unbekannte war ich!«

LONDON, HOPE & ANCHOR, 13. JULI 1911, DONNERSTAG

Das Pub ist mäßig voll und von Tabakrauchschwaden vernebelt. Drummond, ein volles Glas Porter in jeder Hand, manövriert sich vorsichtig durch das Gedränge am Tresen nach draußen. Vor dem Hope & Anchor stehen wegen des warmen Wetters vielleicht zwanzig Gäste, Arbeiter, Clerks und zwei, drei Gentlemen dazwischen, trinken Bier und schwatzen miteinander. Es ist spät, beinahe halb zwölf, und über den Dächern gegenüber hängt der noch fast volle Mond. Melville nimmt ihm ein Glas ab, sagt »Cheers!« und leert es in einem Zug fast bis zur Hälfte. Drummond nimmt nur zwei Schlucke. Das ist immerhin schon das vierte Pint Porter, und er beginnt, den Alkohol zu spüren. Vor zwei Stunden hat er sich hier mit Melville getroffen, und da hatte der wahrscheinlich schon die doppelte Menge intus, inklusive einiger Scotch, seinem Atem nach. Anzumerken ist ihm aber nichts.

Drummond ist ihm erst dreimal begegnet, ein älterer Herr, mürrisch, die Augen verkniffen, der graue Schnurrbart unter der dicken Nase nikotingelb verfärbt. Er trägt einen dunkelgrauen Anzug, Krawatte mit altmodischem Vatermörderkragen und hat einen zerknautschten grauen Filzhut auf. Mit der Linken stützt er sich auf seinen Spazierstock, in dem sich, wie Drummond gehört hat, ein Stockdegen verbergen soll.

William Melville, Captain Kells Chief Detective, ist Ire und im April einundsechzig geworden. Er hat als Inspektor bei Scotland Yard einige Berühmtheit erlangt, als er 1887 das Jubilee-Komplott gegen Queen Victoria vereitelte. Fünf Jahre später deckte er die sogenannte Walsall-Verschwörung auf und festigte damit seinen Ruf als erbarmungsloser Anarchistenjäger. 1893 wurde er Superintendent von Scotland Yards Special Branch und blieb es zehn Jahre lang, bis er Ende 1903 zur allgemeinen Überraschung seinen Abschied nahm und sich in den Ruhestand zurückzog. In Wirklichkeit jedoch tarnte er damit seinen Übertritt ins War Office, wo er unter dem Namen William Morgan die Leitung der neugegründeten Intelligence Section MO5 übernahm. Seither hatte er sich unermüdlich für die Einrichtung eines Spionage-Abwehrdienstes eingesetzt, der mit der Schaffung des Secret Service Bureau Mitte 1909 Wirklichkeit geworden ist.

Drummond hat schon gehört, daß Melville überzeugt ist, das ganze Königreich sei von einem Netz gut getarnter deutscher Spione überzogen, die eine Invasion der Britischen Inseln vorbereiten sollten. Bei ihrer letzten Begegnung in Kells Büro hatte Melville ihn aufgefordert, *Spies of the Kaiser* zu lesen, William Le Queuxs jüngstes Werk, vor eineinhalb Jahren erschienen und sofort ein Bestseller.

Neugierig geworden, hatte Drummond das Buch erworben, das den Untertitel *Plotting the Downfall of England* trägt. Im Vorwort, betitelt *If England knew,* schreibt Le Queux: *Was Sie im vorliegenden Band, in Romanform geschrieben, lesen, basiert auf ernst zu nehmenden Fakten* und behauptet weiter, die deutsche Geheimpolizei unterhalte derzeit über fünftausend Agenten in England. Über deren Organisation macht er höchst detaillierte Angaben, bis hin zum monatlichen Gehalt, das zwischen 10 und 30 Pfund Sterling liegen soll, je nach der sozialen Position des Agenten und dessen Aufgaben.

Drummond hat das Buch vom Anfang bis zum Ende gelesen und über den Erfolg dieses Machwerks gestaunt. Es war miserabel geschrieben und teilweise unzusammenhängend erzählt, und der Autor verwechselte sogar mehrmals seine Protagonisten miteinander. Im Stil lehnte sich Le Queux kräftig an Sir Arthur Conan

Doyles *Sherlock Holmes* an, ohne auch nur annähernd dessen Brillanz zu erreichen.

Erst als Drummond nach der Lektüre das Vorwort noch einmal überflog, fiel ihm ein Satz besonders auf: *In den vergangenen zwölf Monaten habe ich, mit Hilfe eines wohlbekannten Polizeidetektivs, persönlich Ermittlungen zu diesen Spionen durchgeführt.* War dieser wohlbekannte Polizeidetektiv etwa Melville?

Der hat gerade sein Glas leer getrunken und verschwindet nach drinnen, um Nachschub zu holen. Drummond, müde vom vielen Bier, wünscht sich, er könnte endlich ins Bett. Ein Glas noch, schwört er sich, dann gehe ich. Er hat erwartet, Melville wolle etwas mit ihm besprechen, aber der ist den ganzen Abend schweigsam gewesen. Captain Kell hatte gestern erklärt, er halte die Angelegenheit Seiler und Peterman für die bislang interessanteste Spur zu dem vermuteten deutschen Spionagering und werde deshalb Melville auf den Fall ansetzen, während Drummond ihm als Assistent beigeordnet werde. Melville hatte sich angehört, was bisher geschehen war, hatte jedoch keinen Kommentar dazu abgegeben.

Schon eine ganze Weile nimmt er wahr, daß sich neben ihm ein paar Männer streiten, aber auf einmal wird der Ton laut und aggressiv.

»Bei uns rumschnüffeln, was! Steckt eure Schweinerüssel in euren eigenen Trog!«, hört er, und ein anderer schreit: »Verfluchte Hunnen! Haut ab zu eurem gottverdammten Kaiser!« Ein junger Mann wird angerempelt und verschüttet sein Bier, ein Älterer tritt dazwischen und ruft auf englisch mit dickem deutschem Akzent: »Vott is zis? Laßt uns in Ruhe!«

Drummond macht ein paar Schritte zur Seite, um nicht mit hineingezogen zu werden, als Melville mit dem Bier zurückkommt und ihm ein Glas in die Hand drückt.

»Was ist denn da los?«, brummt er, aber im selben Moment erhält der ältere Deutsche einen heftigen Stoß vor die Brust und taumelt gegen Melville, dem das volle Glas aus der Hand fällt und auf dem Pflaster zerspringt, Bier bespritzt seine Hose. Der Deutsche weicht zurück und stammelt: »Excuse me! I haff not …« Weiter kommt er nicht, denn Melvilles Faust trifft ihn mitten ins Gesicht, so hart, daß er rücklings zu Boden stürzt und mit dem Hinterkopf auf das Pflaster prallt. Drummond ruft erschrocken: »Um Himmels willen! Was machen Sie denn – ?!« und hat gerade noch soviel Geistesgegenwart, Melvilles Namen zu verschlucken.

»Blasted bastard!« Der Detektiv tritt wütend gegen das Bein des Deutschen, aber der liegt da und rührt sich nicht mehr. Melville tritt noch einmal zu, gegen den Oberkörper, und noch einmal, gegen den Kopf. Blut rinnt dem Bewußtlosen aus der Nase und tropft auf die Steinplatten.

Der andere Deutsche läuft über die Straße und schreit: »Hilfe! Help! Police!« Vom Ende der Straße her schrillt die Pfeife eines Constables, eine zweite antwortet aus der anderen Richtung. Drummond ist plötzlich allein mit Melville und dem reglosen Mann auf dem Gehweg. Er packt Melville am Arm und zischt: »Was ist denn los mit Ihnen? Los, weg hier!« Der Detektiv starrt ihn aus blutunterlaufenen Augen an, einen Augenblick lang glaubt Drummond, er gehe ihm an die Kehle.

»Schon gut«, grunzt Melville. »Verdammte Deutsche! Einer weniger! Ab nach Hause.«

London, Gatti's Café, 16. Juli 1911, Sonntag

Vivian und Emmeline betreten Gatti's Café an der Ecke Strand und Adelaide Street, das für gutes Eis und mäßige Preise bekannt ist. Sie sind fast eine Viertelstunde zu spät, und Vivian ist aufgeregt. Gestern kam ein Briefchen von Seiler, in dem er schrieb, sein Aufenthalt in London sei um mehrere Wochen verlängert worden, und sie bat, ihm ein Wiedersehen zu gewähren. Er schlug auch gleich den Ort und die Zeit vor, und nun ist sie hier. Sie hat sich fein gemacht, trägt ein eng geschnittenes Sommerkostüm im Empirestil aus dunkelgrüner Schantung-Seide, darunter die weiße Bluse mit hochgeschlossenem Spitzenkragen und einen Hut in der gleichen Farbe wie das Kostüm mit dunkelvioletten Pleureusenfedern. Sie weiß nicht mehr, wie oft sie Emmeline auf dem Weg hierher gefragt hat, ob sie auch richtig gekleidet sei. Sie hatte Stunden vor dem Kleiderschrank verbracht und sich nicht entscheiden können, deshalb auch die Verspätung. Und dann hatte Emmeline sie auch noch wegen ihrer offensichtlichen Verliebtheit aufgezogen.

Das Lokal ist ziemlich voll, aber sie entdeckt ihn an einem der Tische vor der Fensterfront. Er sieht sie im selben Augenblick, steht auf und wartet, bis sie sich zu ihm durchgeschlängelt haben. Ob er auch so aufgeregt ist? Sie begrüßen sich, und Vivian stellt Emmeline und Seiler einander vor. Dann nehmen sie an dem kleinen Tischchen Platz. Seiler hat schon ein Kännchen Kaffee vor sich stehen, und Vivian und Emmeline bestellen sich jede einen kleinen Eisbecher, Emmeline auch einen Café filtré dazu.

Vivian geht gerne hierher. Die Caféstube, neben dem Speisesaal gelegen, ist ein hoher Raum mit gewölbter Decke, mit großen Wandgemälden und vergoldetem Stuck. Topfpalmen stehen zwischen den Tischen, und an der Rückseite des Raumes spielt ein Pianist, ungeachtet der Tageszeit, die Mondscheinsonate von Beethoven. Doch heute merkt sie kaum etwas von ihrer Umgebung. Warum sagt Seiler denn nichts? Er schaut sie an, dann Emmy, dann wieder sie.

Endlich räuspert er sich und erklärt, ein wenig steif, wie ihr vorkommt, wie sehr er sich freue, noch eine Weile in London zu sein. Dabei sieht er sie an, und sie weiß, mit London meint er nur sie.

Sie lächelt: »Das ist schön! Es freut mich auch!« Mehr fällt ihr nicht ein. Ein kurzes Schweigen entsteht.

»Na, da könnt ihr euch ja noch öfter sehen«, platzt Emmeline trocken heraus: »O je! Bitte um Verzeihung, Herr Seiler. Ich fürchte, das war recht vorlaut!«

Vivian stößt sie unter dem Tisch mit dem Fuß an, ist aber erleichtert, daß Emmeline den peinlichen Moment beendet hat. Und schon erwidert Seiler vergnügt: »Da gibt es nichts zu verzeihen, Miss Emmeline. Sie haben nur ausgesprochen, was ich gerne gesagt hätte, wenn mir meine Schüchternheit nicht in die Quere gekommen wäre.«

Emmeline lacht ihn an: »Ein schüchterner deutscher Offizier! Hat man so etwas schon gehört?«

Wie frech Emmy ist! Vivian wagt kaum aufzusehen, bis dieses Mal sie einen leichten Tritt gegen ihren Fuß spürt. Verdutzt blickt sie ihre Freundin an, dann Seiler, und weil die beiden so heiter sind, muß sie auf einmal auch lachen. Seiler fragt sie, wie lange ihr Vater den Buchladen schon hat.

»Sechzehn Jahre«, antwortet sie, »er hat ihn mit meiner Mutter gegründet«, und erzählt, wie der Vater sie nach dem Tod der Mutter ins Internat abgeschoben und wie allein gelassen sie sich gefühlt habe. Doch Vater habe getan, was er konnte, sie besucht und versorgt. In den Ferien wohne sie selbstverständlich bei ihm in London. Im Lauf der Zeit habe sie ihn als Vater schätzen gelernt. Seiler hört aufmerksam zu und wirft nur hin und wieder eine Bemerkung ein. Irgendwann merkt Vivian, dass sie nur redet und redet, inzwischen ist sie bei ihrem Interesse für die Malerei angekommen. Hat sie ihm das nicht schon im Laden erzählt? Warum blickt Emmeline sie denn so amüsiert an? Sie hat ja die ganze Zeit gar nichts gesagt, was so gar nicht ihre Art ist. Vivian verstummt.

»Ich fürchte, ich muß mich verabschieden«, sagt Seiler da, »sosehr ich Ihre Gesellschaft genieße. Leider habe ich noch eine Verabredung mit einem Vorgesetzten, da darf ich nicht zu spät kommen.«

Vivian erschrickt. Hat sie ihn mit ihrem Monolog vergrault? Ich bin eine verdammte Plaudertasche, denkt sie. Aber er sieht sie an: »Wann darf ich Sie wiedersehen, Miss Vivian, und Sie hoffentlich ebenfalls, Miss Emmeline?« Das beruhigt sie ein bißchen.

Sie vereinbaren ein weiteres Rendezvous für den kommenden Mittwoch, und er besteht darauf, sie beide einzuladen. Galant küßt er erst Emmeline, dann Vivian die Hand, setzt seinen Hut auf und geht. Vivian sieht ihm nach, bis er durch die Drehtür verschwunden ist.

»Netter Kerl«, sagt Emmeline, »für einen Offizier, noch dazu einen Preußen! Und schlecht sieht er auch nicht aus.« Sie nimmt ein Schlückchen Kaffee und zwinkert Vivian zu: »Na, ob du dir da nicht einen deutschen Spion geangelt hast, mein Täubchen?«

Vivian beugt sich mit leuchtenden Augen vor: »Glaubst du, er könnte ein Spion sein? Ach, das fände ich wahnsinnig aufregend!«

Emmeline lacht: »Das meine ich doch nicht ernst! Für einen Spion ist er viel zu sympathisch!«

»Schade. Das wäre doch bestimmt spannend, nicht wahr? Na ja, du hast wahrscheinlich recht.« Sie kratzt mit dem Löffelchen in ihrem leeren Eisbecher herum. »Ich finde ihn süß«, sagt sie, »aber er ist schon siebenundzwanzig. Das ist ganz schön alt.«

»Das ist perfekt«, sagt Emmeline, »laß bloß die Finger von den ganz jungen, das sind allesamt Dummköpfe! Die sehen in uns Frauen nur Spielzeug.«

Vivian leckt den Löffel sauber: »Weißt du, daß er in England aufgewachsen ist? In Southampton! Bis er vierzehn war.«

Emmeline nickt. »Das merkt man. So akzentfrei spricht doch keiner, der nicht hier erzogen worden ist. Und den Hampshire-Klang hört man immer noch durch, auch wenn's lang her ist.« Sie grinst. »Der würde für die Deutschen schon deswegen einen guten Spion abgeben!«

Ob Emmeline ein wenig eifersüchtig ist? Vivian streicht sich eine Haarsträhne aus der Stirn und sagt trotzig: »Würde mich nicht stören. Ganz im Gegenteil.« Sie wirft einen Blick über die Schulter, ob auch niemand zuhören kann, dann beugt sie sich vor und fragt leise: »Sag mal, Emmeline, meinst du nicht, daß meine Brüste viel zu klein sind?«

Emmeline lacht. »Sei froh, Kindchen! Große Titten können eine schwere Last sein. Zugegeben, viele Männer mögen das, aber ich kenne auch welche, die sich dann zu sehr an ihre Mutter erinnert fühlen.«

Vivian macht ein zweifelndes Gesicht, und Emmeline, die in diesen Dingen schon so Erfahrene, sagt: »Wenn er sich wirklich in dich verliebt hat, spielt das auch gar keine Rolle. Du glaubst doch nicht wirklich, daß du ihm gleichgültig bist?«

Vivian zieht die Nase kraus und murmelt: »Weiß nicht. Er ist nicht gerade redselig. Vielleicht sucht er nur ein bißchen Zerstreuung.« Sie dreht ihre Teetasse hin und her. »Spielt wahrscheinlich sowieso keine Rolle. Früher oder später muß er ja ohnehin nach Deutschland zurück und wird mich bald vergessen haben. Wer weiß, vielleicht wartet dort eine Verlobte auf ihn.«

Emmeline lehnt sich zurück und lächelt: »Dummes Ding. Ich habe ihn mir sehr genau angesehen. Ich sage dir, der kommt wieder.«

LONDON, SECRET SERVICE BUREAU, 17. JULI 1911, MONTAG

Es ist halb neun, und Kell entläßt sie endlich in den Feierabend. Der Captain sieht müde aus. Er nimmt den Kneifer ab und massiert sich mit Daumen und Zeigefinger die roten Druckstellen, die dieser hinterlassen hat. Seine Augen sind gerötet, und eine steile Falte zieht sich von der Nasenwurzel bis fast zur Mitte der Stirn.

Drummond und Clarke warten noch, bis er das Büro abgeschlossen hat, und begleiten ihn bis zur Straße. Wie immer nimmt Kell eine Aktentasche mit nach Hause.

Clarke lädt Drummond ein, mit ihm noch ein Bier zu trinken. Stanley Clarke ist ein ehemaliger Army Captain, hat elf Jahre Dienst in Indien hinter sich und ist jetzt Kells Assistent. Er ist nur ein paar Monate länger beim SSB als Drummond. Er hat am 1. Januar 1911 angefangen, und seine erste Aufgabe war, Kell beim Umzug zu helfen. Der Captain verlegte sein Büro von der Victoria Street nach Temple.

Clarke erzählt Drummond, daß er gleich nach dem Umzug zu einer dreiwöchigen Wanderung entlang der Küste von Essex und Suffolk aufgebrochen war. Er sollte Gerüchten über verdächtige Deutsche nachgehen, die in dieser Gegend angeblich eine Invasion vorbereiteten.

»Haben Sie etwas gefunden?« fragt Drummond.

»Nicht das geringste«, erwidert Clarke. »Ich schätze, diese Gerüchte stammen letztlich allesamt von diesem Le Queux. Die Leute, die seine Fortsetzungsgeschichten in der *Daily Mail* gelesen haben, sahen natürlich überall deutsche Spione, und daher kamen all diese Hinweise. Deutsche Kellner, die nachts verdächtige Lichtzeichen abgeben. Deutsche Touristen, die Brücken photographieren und den Verlauf von Telegraphenleitungen notieren. Entpuppte sich alles als leeres Gerede. Sprach darüber mit den zuständigen Chief Constables. Die sagten übereinstimmend, das sei pure Hysterie, hervorgerufen durch Le Queuxs Invasionsgerede. Wir sollten diesen Quatsch nicht ernst nehmen!«

Drummond sieht, als er den Namen des Schriftstellers hört, unwillkürlich Melville vor sich, wie dieser völlig von Sinnen auf den am Boden liegenden Deutschen losgeht. Er versucht, die Bilder zu vertreiben, und konzentriert sich auf die Erzählung seines Kollegen.

Als Clarke Mitte März von seiner Wanderung zurückgekommen ist, hat Kell ihn und Melville zu einer Unterredung gebeten. Der Captain machte sich Sorgen, denn das Büro werde aufgelöst, wenn es zwei Jahre nach seiner Gründung keine Erfolge nachweisen könne. Er erwarte, sagte Kell, daß wir uns etwas Neues ausdächten, wie an zuverlässige Informationen über Spione und Agenten zu kommen sei. Dabei sei es nur um die Deutschen gegangen und ihre angebliche Absicht, in England zu landen.

»Aber da gab es doch den Fall Helm«, sagt Drummond, »letztes Jahr, nicht wahr? Der hat doch bewiesen, daß es deutsche Spione gibt.«

»Natürlich gibt es welche«, sagt Clarke, »aber bestimmt nicht so viele, wie dieser Schriftsteller behauptet. Kann mir auch nicht vorstellen, daß sie eine Invasion vorhaben. Und dieser Helm, nach allem, was ich gehört habe, war der doch nur ein naiver Möchtegernspion.«

Clarke zögert, bevor er fortfährt: »Trotzdem, der Fall Helm war der erste Erfolg für uns. Ohne ihn würde das Bureau wahrscheinlich bald aufgelöst werden. Und Captain Kells Karriere wäre jäh zu Ende, denn er hat aus der Armee austreten müssen, um die Leitung zu übernehmen. Wegen seines Asthmas kann er auch nicht zur Army zurück. Wenn Helm nicht zufällig in Portsmouth erwischt worden wäre, hätte er wahrscheinlich einen Spion erfinden müssen.«

Drummond nickt nachdenklich. Er weiß, die Entlarvung des Leutnants Helm war der von der Politik dringend erwünschte Gegenschlag zur Borkumaffäre gewesen, die Anfang des Jahres 1910 England in Verruf gebracht hatte. Die deutsche Polizei hatte zwei britische Offiziere beim Auskundschaften der Befestigungen auf der Insel Borkum verhaftet und auch alle nötigen Beweise dafür bei ihnen gefunden. Im Dezember waren sie zu je vier Jahren Festungshaft verurteilt worden.

Clarke erzählt ihm auch, wie die Geschichte ausging: Kell hatte am 5. September 1910 durch ein Telegramm aus Portsmouth von Helms Verhaftung erfahren. Schon am nächsten Tag erhielt er alle Gegenstände, die Helm bei sich getragen hatte, darunter dessen Notizbuch. Kell fuhr sofort nach Portsmouth und übernahm die Leitung der Ermittlungen. Nach der Verhandlung Ende September bezahlte Helms Vater, der angereist war, die Geldstrafe und fuhr mit seinem Sohn nach Deutschland zurück. Captain Kell reiste unerkannt im selben Zugabteil mit, aber Vater und Sohn sprachen zu seiner Enttäuschung kaum ein Wort miteinander.

London, Secret Service Bureau, 18. Juli 1911, Dienstag

Morgens verteilt Kell Aufgaben. Außer Drummond ist nur Clarke anwesend. Melville ist mit einem Sonderauftrag unterwegs, Regan beobachtet die deutsche Botschaft. Der Captain leidet unter einem seiner Asthmaanfälle, sein Atem pfeift, und gerade kämpft er mit einem heftigen Hustenanfall. Beide Fenster in seinem Büro sind weit geöffnet, um Luft hereinzulassen.

Kell hat herausgefunden, daß es mehrere deutsche Buchhandlungen in London gibt, beispielsweise Schauers Buchhandlung in No. 63, Charlotte Street am Fitzroy Square in North Marlybone. Ein Haus weiter ist das heruntergekommene Hotel-Restaurant Alpes, das häufig deutsche Gäste haben soll. Benutzt der Spionagering deutsche Buchhändler als Mittelsmänner? Post nach und von Deutschland wäre in diesem Fall doch ganz selbstverständlich und unauffällig. Noch können wir kaum etwas anderes tun als spekulieren, denkt Drummond.

Kell hat in Schauers Buchhandlung einen *Baedeker London* gekauft. Dieses kleine rote Reisehandbuch behandle die 8-Millionen-Stadt auf über 450 dünnen Seiten mit großer Genauigkeit. Dazu kämen ein Straßenverzeichnis und vollständige Stadtpläne, komplett mit eigenen Plänen für Untergrundbahnen, Buslinien und Eisenbahnstrecken.

»Das ist schon die 16. Auflage in englischer Sprache. Ein überaus nützliches Buch«, sagt Kell und zeigt Drummond, daß es in London eine ganze Reihe deutscher Vereine gibt, darunter einen deutschen Offiziersklub, der sich jeden Mittwoch um neun Uhr im Restaurant Gambrinus, 56 Regent Street, trifft; auch eine German Gymnastic Society. Beide seien wohl eine Beobachtung wert. Aber das geht natürlich nicht. Es fehlt an geschulten Beobachtern, es fehlt an gewichtigen Verdachtsgründen, und last but not least ist es nicht die feine englische Art.

Kell entscheidet, daß der Bookshop beobachtet werden soll; Peterman darf aber keinesfalls darauf aufmerksam werden. Durchsuchungen und Festnahmen wie von Melville vorgeschlagen, lehnt er ab. Die Deutschen würden sich doch nur neu organisieren, wären gewarnt, und um so schwerer würde es werden, sie dann aufzuspüren. Erst im Kriegsfall oder bei unmittelbar drohender Kriegsgefahr seien sie alle zu verhaften. Das ist die vernünftigste Vorgehensweise, findet Drummond. Gut, daß Melville nicht da ist, sonst gäbe es eine endlose Debatte über diese Strategie.

London, Cecil Court, 19. Juli 1911, Mittwoch

Vivian öffnet das Mansardenfenster, um sich ein wenig Kühlung zu verschaffen. Es ist zu warm in ihrem Dachkämmerchen, doch die Luft draußen ist fast genauso warm. Es wird erst in den Morgenstunden ein wenig abkühlen. Sie schaut eine Weile hinaus, dann schließt sie das Fenster wieder, damit keine Nachtfalter hereinkommen. Jetzt schaltet sie das elektrische Licht ein und setzt sich ans Tischchen vor dem Fenster. Sie schlägt ihr Skizzenbuch auf und blättert darin herum. Das Buch, im Foolscap-Format, ist in dunkelrotes Leinen gebunden und bereits halbvoll mit Zeichnungen, die sie meist mit Bleistift, hin und wieder auch mit Feder und Tusche, gemacht hat. Es ist ihr privates Skizzenbuch, ihr offizielles Drawing Book liegt im College und enthält hauptsächlich Studien von Blumen und Pflanzen, perspektivische Übungen, keltische Muster und dergleichen mehr.

Dieses rote Zeichenbuch aber mag sie niemandem zeigen, hauptsächlich, weil es auch ihre zeichnerischen Träumereien enthält. Und weil sie nur wenige davon gelungen findet. Das jüngste Bild, eine Federzeichnung, ist schon fünf Wochen alt, aber es ist das erste, das ihr wirklich gut gefällt. Sie hat es in den Victoria Embankment Gardens gezeichnet: die geschwärzte Bronzestatue der trauernden Muse am Denkmal des Komponisten Sir Arthur Sullivan. Die lebensgroße Frau lehnt an dem Obelisk, der die Büste des Komponisten trägt, das Gesicht in der Armbeuge verborgen, und wendet dem Betrachter den Rücken zu. Sie ist nackt bis zu den Hüften, der Rest ist verhüllt von einem weiten Rock, der ihre Beine vollständig bedeckt und noch bis über die Stufe des Denkmals herabfällt. Sie findet ein paar Kleinigkeiten daran zu verbessern, schraubt ihr Tuscheglas auf und taucht die Feder ein. Sie schraffiert ein wenig an den Falten des Rockes herum, um sie plastischer zu machen, detailliert die zu einem kurzen Ponytail gebundenen Haare etwas mehr und korrigiert den Schatten der Muse auf dem weißen Stein des Obelisken. Sie hält das Buch weiter von sich weg und studiert die Zeichnung genau. Jetzt hat sie nichts mehr daran auszusetzen.

Sie bekommt Lust weiterzuzeichnen. Eine Weile skizziert sie ziellos herum, Dinge, die sie heute nachmittag während des Spaziergangs mit Adrian so nebenbei bemerkt hatte; versucht sich aus der Erinnerung an dem runden Bootshäuschen an der Serpentine, das ein bißchen wie eine afrikanische Hütte mit Grasdach aussieht, zwei kleine Mädchen am Ufer beim Entenfüttern, aber das mißlingt ihr, und sie kritzelt es ärgerlich zu. Vom Trafalgar Square her schlägt die Glocke von St. Martin's in the Fields. Es ist zehn Uhr, und ein paar Minuten danach ruft ihr Vater unten von der Treppe: »Gute Nacht, Vivian!«

Sie öffnet die Tür einen Spalt und ruft zurück: »Gute Nacht, Vater! Schlaf gut!« Er geht immer um diese Zeit zu Bett, denn er steht stets um halb sechs auf. Sie schließt die Tür und dreht geräuschlos den Schlüssel im Schloß, dann kehrt sie zu ihrem Tisch zurück.

Am Nachmittag hat sie sich zum zweiten Mal mit Adrian getroffen, wieder in Gatti's Café, und Emmeline war auch diesmal wieder dabei, hat sich jedoch bald verabschiedet, wie sie es mit ihr verabredet hatte. Danach waren sie, trotz der Hitze, Arm in Arm im Hyde Park spazierengegangen. An den Ufern der Serpentine wimmelte es von Menschen, die Abkühlung suchten. Junge Frauen wateten mit geschürzten Röcken im seichten Wasser herum und scherzten mit klatschnassen Kerlen, die voll angezogen untertauchten und herumtollten. Von der Brücke beim Buck Hill Walk sprangen halbnackte Knaben in die lauwarme Flut, und der Park hallte wider von Kindergeschrei, Gelächter und Drehorgelmusik. Als die Sonne allmählich auf Bäume und Dächer herabsank, nahmen sie ein Cab zur Rupert Street, aßen ein italienisches Dinner im Hotel de Florence und tranken Chianti dazu. Dabei haben sie vereinbart, einander mit Vornamen anzusprechen. Adrian hat sie danach bis zur Haustür begleitet, wie es sich gehört, und sich verabschiedet. Zu Hause unterhielt sie sich eine Stunde mit ihrem Vater und trank ein Gläschen Sherry mit ihm, dann ging sie nach oben in ihr kleines Reich.

Eine Weile sitzt sie da und träumt vor sich hin, dann beschließt sie, zu Bett zu gehen. Sie kleidet sich aus und wäscht Gesicht und Oberkörper mit dem lauwarmen Wasser vom Waschstand, das erfrischt sie ein bißchen. Nackt stellt sie sich vor den großen Spiegel und will sich das Nachthemd überziehen, aber mitten in der Bewegung hält sie inne, das Nachthemd noch über den erhobenen Armen. Der Anblick erinnert sie an die Musenstatue, das gefällt ihr. Sie läßt das Nachthemd fallen, greift nach der dünnen Tagesdecke und wickelt sie sich um die Hüften, in der Art, wie die Statue ihren Rock trägt, verharrt in der gleichen Haltung, den linken Arm erhoben, und studiert ihren Körper. Die Muse vor dem Denkmal ist allerdings etwas üppiger geformt als sie. Ihre Brüste werden wohl auch nicht mehr größer werden. Und sie ist zu mager, ihre Rippen zeichnen sich deutlich ab, ihr Bauch ist flach wie der eines Knaben. Trotzdem, ein hübscher Anblick! So würde ich mich gerne zeichnen, denkt sie, aber das wird schwierig werden, ich müßte doch alle Augenblicke aufstehen und wieder vor den Spiegel treten. Sie knotet die Decke fest und schlägt ihr Skizzenbuch auf. Ohne sich hinzusetzen, wirft sie mit ein paar Bleistiftstrichen einen groben Umriß ihrer Gestalt aufs Papier, von vorn gesehen, also ohne den Obelisken. Es gelingt ganz gut, nur mit dem erhobenen Arm stimmt etwas nicht. Natürlich, die Muse lehnt sich ja an den Stein. Sie tritt wieder vor den Spiegel und ahmt die Haltung der Statue nach, jedoch so, als würde diese frei stehen. Dazu muß sie den linken Arm so ändern, daß die Hand auf ihrem Haupt ruht, die andere Hand hält den improvisierten Rock an der Hüfte fest. Ja, das sieht gut aus.

Sie setzt sich und arbeitet eifrig an der Skizze, die Unterlippe zwischen den Zähnen. Ihr Gesicht, nicht mehr vom Arm verborgen, gelingt ebenfalls gut, sie ist tatsächlich zu erkennen. Schließlich ist sie fürs erste zufrieden. Auch wird sie müde, und ihre Augen brennen ein wenig vom schlechten Licht. Sie läßt die Dekke fallen, dreht das Licht ab und öffnet das Fenster weit. Dann schlüpft sie nackt, wie sie ist, ins Bett. Morgen zeichne ich es mit der Feder ab, nimmt sie sich vor. Eigentlich schade, daß ich es niemandem zeigen kann Aber das geht nicht, wo ich doch zu erkennen bin. Das Gesicht verändern will ich auch nicht, es ist mir zu gut gelungen. Sie stellt sich vor, wie es wäre, wenn Adrian das Bild sähe. Wenn sie es ihm schenken würde? Schon beim bloßen Gedanken fühlt sie, wie sie errötet. Es wäre ihr schrecklich peinlich, und zugleich ist es eine aufregende Vorstellung. Sie versucht, sich die Situation auszumalen, aber ihre Gedanken werden träge und wandern im Kreis herum, bis sie schließlich einschläft.

London, Windmill Street, 22. Juli 1911, Samstag

Seiler wischt das Rasiermesser ab, tupft sich die Schaumreste von Kinn und Wangen und zieht sich an, langsam und nachdenklich. Er hat von Vivian geträumt, aber er weiß nicht mehr, was. Er erinnert sich nur noch an ihr Gesicht im Traum, ganz nahe vor ihm, und eine leise Wehmut klingt noch in ihm nach. Er hat keine Lust auf das Frühstück mit der Wirtin und den beiden Mitbewohnern, Spiegeleier mit Speck, Bohnen und gezwungener Unterhaltung. Lieber will er rausgehen und sich ablenken. Er setzt den Hut auf, steckt Geldbörse und Zigarettenschachtel ein und verläßt das Haus.

Als Anthony Roper hat er gleich nach seiner Rückkehr von Portsmouth dieses möblierte Zimmer bezogen, das Reimers für ihn angemietet hat. Es liegt in einem dieser dreistöckigen Londoner Reihenhäuser aus schmutzigbraunen Backsteinen. Die Adresse ist 28 Windmill Street, nahe der Tottenham Court Road, knapp zwanzig Minuten zu Fuß von Petermans Buchladen. Es gehört einer schwerhörigen alten Witwe, und außer Seiler wohnen noch zwei Herren dort, beide Studenten. Im Haus gibt es einen Telephonanschluß, Reimers hat es deshalb ausgewählt, denn so kann er ihn leichter erreichen oder ihm eine Nachricht hinterlassen.

Am Sonntag vor einer Woche, nach dem Rendezvous mit Vivian, hat er sich, wie in Portsmouth vereinbart, mit Reimers getroffen. Der erzählte ihm, Widenmann werde ihn nach Schottland schicken, es stehe aber noch nicht fest, wann. Wahrscheinlich hänge das von Nachrichten über die Dislozierung der britischen Flotte ab. Während Seiler zuhörte, spielte er mit dem Gedanken, ihm von Vivian zu erzählen, ließ es dann aber sein. Reimers war ihm nicht allzu sympathisch.

Er schlendert gemächlich vor bis zur Tottenham Court Road. Hier ist die Station Goodge Street der Tube, wie die Londoner Untergrundbahn von allen genannt wird. Am Kiosk vor der Station holt er sich *The Times*, geht ein paar Schritte zur Seite und schlägt sie auf. An erster Stelle steht die Rede des britischen Schatzkanzlers Lloyd George am Abend zum Bankett der City of London für die Bankiers. Lloyd George, als radikaler Pazifist und deutschfreundlich bekannt, warnt in seiner Rede Deutschland vor kriegerischen Aktionen gegen Frankreich im Zusammenhang mit der Marokkokrise.

Im Anschluß daran verkündet das Blatt, die deutsche Hochseeflotte, bestehend aus sechzehn Schlachtschiffen und vier Panzerkreuzern, sei in See gestochen und in der weiten Wasserwüste der Nordsee verschwunden. Sie könnte, schreibt die *Times*, wie ein Blitz aus heiterem Himmel einen Schlag gegen die Royal Navy unternehmen. Es folgen beängstigende Spekulationen: Was, wenn die Hochseeflotte, anstatt nach Norwegen zu gehen, direkt nach Portland vorstoßen würde und im Morgengrauen, nach einem nächtlichen Torpedoangriff, die Kriegsschiffe der Kanalflotte dort angreifen würde, Schiffe ohne Dampf, ohne Kohlen und mit reduzierten Besatzungen?

Seiler läßt die Zeitung sinken und denkt, so ein haarsträubender Unsinn! Die Isle of Portland liegt an der englischen Südküste im Ärmelkanal, ungefähr gegenüber von Cherbourg. Nie im Leben würde sich die Flotte soweit in den Kanal wagen. Denn nach einem Überfall auf die dort liegenden Einheiten wäre sie auf dem Rückweg spätestens in der Enge von Dover erbitterten Angriffen der Royal Navy ausgesetzt. Erhebliche Verluste wären das mindeste, was wir dann zu erwarten hätten. Ebenso undenkbar ist die Weiterfahrt nach Westen mit anschließender Umrundung der Britischen Insel, dazu reicht der Kohlenvorrat der Schiffe keinesfalls, und sie wären noch sehr viel mehr Angriffen ausgesetzt. All das muß man in der Londoner Admiralität doch wissen!

Offensichtlich will man der Öffentlichkeit Angst einjagen. Wenn die Hochseeflotte in See ist, dann ist sie unterwegs zur jährlichen Norwegenreise mit dem Kaiser an Bord. Und hieß es nicht vor ein paar Tagen, daß die britische Atlantikflotte unter Sir

John Jellicoe in Rosyth ist und auslaufen wird, um mit der deutschen Hochseeflotte gemeinsame Manöver in norwegischen Gewässern abzuhalten?

Er faltet die Zeitung zusammen und überlegt, was er mit dem Tag anfangen soll. Ich könnte die Charing Cross Road hinunterwandern und bei Petermans Buchladen vorbeischauen, ob Vivian da ist. Ob es ratsam ist, sie in Gegenwart ihres Vaters anzusprechen? Vermutlich soll Peterman nichts von unserer Affäre erfahren, auch wenn sie noch gar keine ist. Auf keinen Fall will ich sie in Verlegenheit bringen.

Er marschiert trotzdem los, bis zum Oxford Circus, weiter in die Charing Cross, und denkt, vielleicht habe ich Glück, und sie ist allein im Laden oder steht sogar vor der Tür. Dann könnten wir zumindest ein wenig miteinander plaudern. Und falls nicht, könnte ich in der Strand etwas frühstücken und dann runter zur Themse gehen, eine Zeitlang dem Betrieb auf dem Fluß zuschauen oder mal mit dem Boot nach Greenwich fahren.

Doch an der Ecke Cecil Court kommt er sich dumm vor. Morgen sind wir ja ohnehin verabredet. So lange werde ich wohl warten können. Er vergißt, daß er zur Themse wollte, und macht sich auf den Rückweg hinauf zur Goodge Street. Unterwegs wird er irgendwo eine Kleinigkeit essen. Dann sehen, ob ein Brief oder Anruf von Reimers auf ihn wartet, und nachmittags ins British Museum gehen. Den Abend wird er dann einsam in seinem Zimmer verbringen. Und Trübsal blasen, ergänzt er; ich habe nicht einmal etwas zu lesen dort.

Kurz entschlossen betritt er eine der großen Buchhandlungen. Er fragt nach Spionageromanen, es solle aber nichts von Le Queux sein. Der Angestellte empfiehlt ihm Erskine Childers *The Riddle of the Sands,* aber das hat er schon gelesen. Der Mann weiß noch zwei, die in Frage kämen, nämlich *The Secret Agent* von Joseph Conrad und Rudyard Kiplings *Kim.* Seiler kauft beide, und weil er nicht genug Kleingeld hat, bezahlt er mit einer der beiden Zehn-

Pfund-Noten, die Reimers ihm gegeben hat. Das macht ihm kein schlechtes Gewissen, der Geheimdienst soll ruhig auch für seinen Zeitvertreib aufkommen. Wegen denen muß ich ja hier rumlungern und Zeit totschlagen. Eigentlich sollte ich dankbar sein, denkt er, schließlich bin ich froh darüber, wenn ich hier und in der Nähe von Vivian sein kann, Karriere hin, Karriere her.

LONDON, PETERMANS BOOKSHOP, 24. JULI 1911, MONTAG

»Quetschen Sie aus ihm raus, was möglich ist, aber so, daß er keinen Verdacht schöpft«, sagt Melville in seiner knappen Art, bevor er ihn beim Salisbury absetzt. Drummond geht die paar Schritte zu Petermans Laden, bleibt kurz davor stehen und tupft sich den Schweiß von Stirn und Kinn. Erst zehn Uhr und schon so warm! Die Zeitungen schreiben bereits von einem ungewöhnlich heißen Sommer.

Er will gerade nach der Klinke fassen, als jemand von innen die Tür öffnet und beinahe mit ihm zusammenstößt. Wohl Peterman, der Buchhändler, denn er tritt sofort zur Seite und macht eine einladende Geste: »Good Morning, Sir! Bitte treten Sie ein!« Drummond erwidert: »Good Morning, thank you! Ich suche nichts Bestimmtes. Ich möchte nur mal sehen, was es bei Ihnen so an Büchern gibt.«

»Natürlich, Sir, gern«, entgegnet der Buchhändler, »fragen Sie einfach, wenn Sie etwas wissen möchten!«

Drummond schiebt die Hände in die Hosentaschen, wandert langsam die Regale entlang und überfliegt mit schiefgelegtem Kopf die Titel. Die Bücher sind nach Sachgebieten geordnet und die Regale entsprechend beschildert: Seewege, Seerecht, Seekriegsgeschichte. Navigation, Segelhandbücher, Tidentabellen, Wetterkunde, Meereskunde. Maschinenkunde, Schiffbau, Handelsschiffe, Kriegsschiffe, Seezeichen, Signalwesen und so weiter. Ein Fach ist als *German – Naval, Nautical & Maritime* beschriftet. Er nimmt einen dünnen Band heraus: *Seestern 1906*. Das Wort bedeutet Starfish, wie er zufällig weiß, sonst kennt er nur wenige deutsche Wörter. Er blättert darin herum, aber es ist nicht illustriert, also stellt er es zurück.

Da und dort entdeckt er ein Buch, das er kennt oder von dem er zumindest gehört hat. Da ist Mahans *The Influence of Seapower upon History*, man könnte sagen, die Bibel aller Admiralitäten und Kriegsmarinen weltweit. Drummond hat Mahan selbstverständlich gelesen, und gleich fällt ihm der Satz ein: Great Britain cannot help commanding the approaches to Germany. Das ist wahr. Großbritannien liegt wie ein riesiger Sperriegel über den Seewegen der Deutschen hinaus in den Atlantik. Kein Wunder, wenn die sich eine große Schlachtflotte bauen. Sollten sie mit Frankreich, das mit Rußland verbündet ist, in einen Krieg verwickelt werden, könnte England ihnen leicht den Seehandel abschneiden und sie so möglicherweise zum Aufgeben zwingen.

Seine Oberlippe juckt unter dem aufgeklebten Schnurrbart, und er kann sich gerade noch beherrschen, bevor er daran herumkratzt. Er ist natürlich nicht hier, um in Büchern zu blättern. Er soll sich mit Peterman unterhalten, einen Eindruck von ihm gewinnen, ihn aushorchen, mit aller Vorsicht natürlich.

Melville hatte ihn heute morgen um acht Uhr abgeholt und mit zu Clarksons, den Maskenbildnern, genommen. Die residieren in der Victoria Street, nicht weit von den Army & Navy Stores. Während der Maskerade, die er als peinlich empfunden hat, hat er über seine Situation nachgedacht, seinen seltsamen neuen Beruf. Er hat die Stelle angenommen, nicht sosehr, um England gegen heimtückische Feinde zu schützen, eher weil er, eine Zeitlang zumindest, an Land bleiben will. Und natürlich, weil er Geld braucht. Er sei jetzt Beamter im Intelligence Department des War Office, hatte man ihm erklärt, doch das Secret Service Bureau existiere offiziell nicht.

Und nun folgt er Fremden durch Londons Straßen und soll in

Verkleidung einen Buchhändler aushorchen. Ein Geheimpolizist ist er geworden. Kein sehr schöner Gedanke im liberalen England. Ob er sich anders entschieden hätte, wenn er gewusst hätte, was er jetzt empfindet?

Schließlich war die Prozedur abgeschlossen und sein Äußeres verändert. Er hat sich selbst kaum wiedererkannt. Die Haare sehr kurz geschnitten und viel dunkler als zuvor, dazu passende Augenbrauen und ein falscher Schnurrbart. Trotz dieses Bartes wirkt er ein paar Jahre jünger. Er hat eine Drahtgestellbrille aus dem Fundus, den Melville dort zu seiner Verfügung hält, erhalten, einen Strohhut, ein leichtes Jackett und dazu eine Krawattennadel, wie sie Offiziere der Handelsmarine tragen. Anschließend hat man ihn photographiert, von vorn und von beiden Seiten, damit sich diese Verkleidung wiederholen läßt, falls nötig. Inzwischen ist er am Ende der Regalwand angelangt und holt sich in die Gegenwart zurück. Peterman ist beschäftigt. Er steht über seinen Schreibtisch gebeugt und liest mit gerunzelter Stirn in einer Kladde. Er wirkt konzentriert, und Drummond zögert, ihn anzusprechen.

Schließlich räuspert er sich und sagt: »Excuse me, Mr. Peterman, Sie haben nicht zufällig ein Buch von diesem Le Queux?«

Peterman blickt auf: »Le Queux? Der diese Spionagegeschichten schreibt? Nein, leider nicht, Sir!«

»Haben Sie mal etwas von ihm gelesen?«

Peterman zuckt die Achseln: »Nur, was in der *Daily Mail* von ihm erschienen ist. Aber ehrlich gesagt, halte ich nicht viel von seinen Auslassungen. Seine Bücher passen auch nicht in mein Sortiment.«

»Das ist wahr«, gibt Drummond zu, »es fiel mir nur gerade ein, weil mir ein Bekannter eins seiner Bücher empfohlen hat, irgend etwas über eine Invasion, wenn ich mich nicht irre.«

Peterman sagt nichts dazu, und Drummond überlegt, was er noch sagen könnte, um ihn in ein Gespräch zu verwickeln, als eine junge Frau den Laden betritt, einen vollen Einkaufskorb am Arm. Drummond nimmt seinen Strohhut ab, wie es sich in Gegenwart einer Dame gehört. Sie geht an ihm vorbei, nickt ihm dabei freundlich zu und verschwindet durch die Tür ins Hinterzimmer. Das muß Petermans Tochter Vivian sein. Er wird verlegen. So ein bildhübsches Mädchen, und er steht da in diesem schäbigen Jackett mit den abgetretenen staubigen Schuhen, und dazu der dumme aufgeklebte Schnurrbart! Aus der Nähe muß der doch als Fälschung erkennbar sein, nur gut, daß er mit dem Rücken zum Licht steht. Am liebsten würde er kehrtmachen und gehen, aber was soll er Melville erzählen? Er hat so gut wie nichts herausgefunden, nur daß die Tochter verdammt hübsch ist und Peterman keinen hörbaren Akzent hat. Er spricht wie ein ganz normaler Engländer.

Zum Teufel, denkt er, Kell oder Melville hätten mir ruhig etwas Geld mitgeben können, damit ich dem Mann ein Buch abkaufen kann. So wäre ich vielleicht besser mit ihm ins Gespräch gekommen. Ich habe grade mal zwei Shilling sechs Pence in der Tasche, und die brauche ich für mein Abendessen. Unter dem aufgeklebten Bart juckt es wie verrückt, und Drummond weiß mit einem Mal nicht mehr weiter.

»Well, thank you, Mr. Peterman«, sagt er und wendet sich zum Gehen. Dabei hat er das Gefühl, Petermans blaue Augen bohrten sich in seinen Rücken. Ein leiser Schauer läuft ihm über den Nacken, bis die Tür hinter ihm ins Schloß fällt.

Bei Le Queux geben sich die deutschen Spione jovial und freundlich, sind unter dieser Maske jedoch heimtückisch und skrupellos und mit Messern oder Revolvern bewaffnet, manchmal sogar mit einer Dynamitbombe. Er schüttelt den Gedanken ab. Blödsinn. Deutschland ist eine mächtige und zivilisierte Nation, vielleicht ein wenig zu laut und zu hemdsärmelig, aber solche Räuberpistolen? Nein, wir sind hier doch in Europa, der Wiege der Kultur, und schreiben das zwanzigste Jahrhundert! Und nicht zuletzt ist der Kaiser ja der Enkel der Queen Mother, gleichsam eng mit England verwandt.

Bei Clarksons gibt er die geliehene Jacke, den Hut und die Brille zurück, läßt sich den Schnurrbart entfernen und die gefärbten Haare auswaschen. Immerhin ist er so zu einem kostenlosen Haarschnitt gekommen. Dann kehrt er nach Temple zurück. Drummond schildert Kell seinen Eindruck von Peterman. Er entschuldigt sich dafür, so wenig herausgefunden zu haben, aber der Captain entgegnet, das sei besser als durch zu viele Fragen Verdacht zu erregen. Er erkundigt sich nach der Tochter, und Drummond sagt, falls der Buchhändler wirklich ein Spion sei, so glaube er nicht, daß die Tochter etwas davon wisse. Freilich sei das nur ein flüchtiger Eindruck.

Wo Seiler sich aufhält, ist nach wie vor unbekannt. Der Captain vermutet, er sei wieder in Deutschland. Inzwischen hat er über einen Kontakt an der deutschen Botschaft gehört, der Mann sei von Kapitän Widenmann anläßlich der Flottenparade als Ordonnanz angefordert worden. Der Attaché arbeite angeblich an einer umfassenden Darstellung der Royal Navy für seinen Dienstherrn, Großadmiral Tirpitz, aber dagegen sei nichts zu sagen, das gehöre zu den Aufgaben eines Marineattachés. Seiler habe bei diesem Bericht assistiert und sei anscheinend nur zu diesem Zweck in London; ausgesucht vermutlich wegen guter Englischkenntnisse. Um herauszufinden, wo Seiler bei der deutschen Marine Dienst tue, müsse Kell eine Anfrage an Captain Mansfield Cumming richten, der zusammen mit ihm beauftragt worden sei, das SSB aufzubauen. Vor etwas mehr als einem Jahr hatten sie ihre Aufgaben und zugleich auch ihre Büros geteilt. Cumming sei jetzt für die Informationsbeschaffung im Ausland zuständig, während Kells Abteilung die eigentliche Spionageabwehr im Inland betreibe. Ob Cumming inzwischen Agenten in Deutschland hat, weiß Kell nicht, nimmt es aber an.

Kell beauftragt Mr. Westmacott, seinen Clerk, die Photographie

Seilers zu vervielfältigen. Sie soll im Lauf der nächsten Woche an die Chief Constables verteilt werden, die für die Häfen zum Kontinent und die großen Bahnhöfe zuständig sind. Sollte Seiler irgendwo erkannt werden, ist das sofort an Kell zu melden. Er soll, sicher ist sicher, so unauffällig wie möglich beobachtet werden, bis jemand vom SSB übernehmen kann. Keinesfalls ist er zu verhaften. Es muß auf jeden Fall vermieden werden, daß er Verdacht schöpft.

London, Bedford Square, 5. August 1911, Samstag

Während des Frühstücks wird Seiler ans Telephon gerufen. Am Apparat ist Reimers. Seiler soll sich mit ihm treffen, in der kleinen Parkanlage am Bedford Square. Das ist gleich um die Ecke. Als er zehn Minuten später dorthin kommt, sitzt Reimers auf einer Bank, in Hemdsärmeln, eine halbgerauchte Zigarre zwischen den Zähnen, und blättert in der *Times* herum. »Morgen, Seiler!«, begrüßt er ihn. »Das ist ein Wetterchen, was? Kommt mir mehr wie Sansibar vor.«

Seiler fragt: »Waren Sie da mal?« Reimers nickt. »Ja, während des Araberaufstands, anno 1889. War damals bei der Marine, auf dem Aviso Pfeil, mit Admiral Deinhardt. Höllische Hitze, sogar vor der Küste!«

Da niemand in der Nähe ist, der sie hören könnte, unterhalten sie sich auf deutsch.

»Übrigens ist es überall in Europa genauso heiß, und sogar an der Ostküste der USA«, sagt Reimers und klopft auf die Zeitung. Er faltet das Blatt zusammen und steht auf. »Kommen Sie, gehen wir ein Stückchen.«

Sie schlendern die Bloomsbury Street entlang in Richtung Russell Street, und Reimers teilt ihm mit, Widenmann habe jetzt einen konkreten Auftrag für ihn: »Er möchte, daß Sie übermorgen nach Edinburgh fahren und sich von dort aus einmal Rosyth ansehen, gleich hinter der großen Firth-of-Forth-Brücke. Die britische Admiralität will den Platz nämlich zum Hauptstützpunkt der Flotte an der nördlichen Nordsee ausbauen. Von dort aus könnte sie dann jeden deutschen Flottenvorstoß verhindern und die Handelsschiffahrt in den Atlantik unterbrechen. Durch den Ärmelkanal ist für uns ja sowieso kein Durchkommen.«

Seiler erinnert sich an die Karte, die er für den Attaché bei Peterman abgeholt hat, und nickt.

Reimers zieht ein Kuvert aus der Brusttasche und hält es ihm hin. »Sie nehmen den Flying Scotchman nach Edinburgh, Abfahrt zehn Uhr, Kings Cross Terminus. Hier drin sind Ihre Fahrkarten und genug Geld für Auslagen und Unterkunft. Gehen Sie aber keinesfalls in ein großes Hotel, sondern suchen Sie sich lieber eine unauffällige kleine Pension irgendwo am Stadtrand. Noch ein Tip: Geben Sie Ihr Gepäck heute abend oder morgen früh auf, und gehen Sie danach wieder nach Hause. So werden Sie übermorgen am Bahnhof nicht gleich als Reisender erkannt. Und verraten sie keinem, daß Sie Deutscher sind!«

Seiler nickt wieder: »Natürlich. Ich werde mich hüten, Herr Reimers.«

»Gut. Sehen Sie sich Rosyth an, aber mit aller Vorsicht! Betreten Sie keinesfalls einen gesperrten Bereich, wenn es dort so etwas gibt, was ich stark vermute.« Er bleibt stehen, holt ein Taschentuch heraus und wischt sich damit den Schweiß von der Stirn. »Gott, ist das heiß! Na ja, die Hundstage.«

»Widenmann wundert sich jedenfalls über den angeblich schleppenden Ausbau von Rosyth«, fährt er fort, »und hält es für ein Manöver, um den Fortschritt der Arbeiten zu verschleiern. Stellen Sie also fest, wie es dort aussieht, Hafenanlagen, Docks, Schleusen, Kräne, Werkstätten und so weiter. Ob dort viel Betrieb ist oder nicht. Schauen Sie, ob Kriegsschiffe dort liegen, und wenn, was für welche.«

Sie biegen um die Ecke und gehen vor bis zum Haupteingang

des British Museum. Hier sind viele Leute unterwegs, und Reimers spricht deshalb auf englisch weiter: »Okay. Now listen: Sie müssen am 10. August zurückfahren, und zwar wieder mit dem Flying Scotchman, der fährt ebenfalls um zehn von der Edinburgher Waverley Station ab. Verpassen Sie den Zug ja nicht! Sie fahren aber nicht bis London, sondern steigen in Peterborough aus, eine gute Stunde vor London. Nicht vergessen! Ich warte dort auf Sie.«

London, Petermans Bookshop, 6. August 1911, Sonntag

Vivian macht den letzten Eintrag und klappt das Rechnungsbuch zu. »Fertig, Vater«, sagt sie, steht auf und streicht ihren Rock glatt. Sie schickt sich an, nach oben zu gehen, aber Peterman sagt: »Warte mal, Vivian. Ich möchte mit dir über etwas reden.«

»Ja? Worüber denn?«

Peterman zögert. »Über eine deiner Bekanntschaften. Sag mir, dieser junge Herr Seiler von der Botschaft, hast du etwas mit dem?«

Oje, denkt Vivian, und spürt, wie sie errötet.

»Nein, natürlich nicht«, sagt sie, »was soll ich mit ihm haben?« Sie zögert ihrerseits. »Ich finde ihn aber recht sympathisch.«

Peterman nickt. »Du hast dich aber schon einmal mit ihm getroffen, nicht wahr?«

»Ja, na ja, einmal«, gibt Vivian zu und versucht, unbefangen zu klingen, »bei Gatti's zum Kaffee. Aber Emmeline war natürlich dabei. Als Anstandsdame.« Sie holt tief Luft. »Mach dir keine Sorgen, Vater. Es ist nichts gewesen zwischen uns. Er ist nur ein netter Kerl.« Dann fällt ihr ein: »Du bist mir doch nicht etwa nachgegangen, oder?«

Peterman schüttelt den Kopf. »Nein. So etwas tue ich nicht. Aber der alte Schaber hat euch bei Gatti's gesehen und es mir natürlich prompt erzählt. Er kennt Seiler nämlich aus der Botschaft.«

Vivian atmet auf. Wenigstens hat Schaber sie im Café gesehen und nicht im Hotel beim Dinner. Einen Moment lang schwankt sie, ob sie dem Vater nicht doch die Wahrheit erzählen solle. Der scheint jedoch erleichtert. »Was macht dieser Seiler an der Botschaft eigentlich? Hat er dir etwas über sich erzählt?«

Für ein Geständnis ist es zu spät. »Ja, ein wenig«, sagt sie. »Er ist Marineoffizier, in Kiel. Er ist nur für ein paar Wochen hier, weil er Kapitän Widenmann in der Botschaft bei irgendeinem Bericht helfen soll.«

»Was hat er denn für einen Rang bei der Marine?«, will Peterman wissen.

»Oberleutnant, glaub ich«, erwidert Vivian, »und er will Kapitän werden und dann ein eigenes Schiff bekommen. Oder so ähnlich.«

»Aha«, brummt Peterman, »nun ja, das wird seiner Karriere kaum schaden, wenn man ihn an die Londoner Botschaft beruft. Das zeigt eigentlich, wieviel man von ihm hält.« Er zögert noch einen Moment. »Paß auf, Vivian, wenn du dich wieder mit ihm treffen willst, dann habe ich nichts dagegen. Ich will nur nicht, daß du mir etwas verschweigst, hörst du? Und bitte, sieh zu, daß Emmeline immer dabei ist.«

Peterman mag Emmeline, das weiß Vivian. Er ist immer besonders freundlich zu ihr. Sie vermutet, ihrem Vater wäre ein englischer Schwiegersohn lieber, etwa der junge Herr Carruthers, der in der Admiralität arbeitet und gelegentlich im Laden auftaucht. Der ist ganz nett, aber mehr auch nicht. Es gibt noch ein paar andere Verehrer, aber aus keinem macht sie sich besonders viel.

Mit Adrian ist das anders. Was ist es eigentlich, das sie an ihm fasziniert? Das Aussehen allein bestimmt nicht. Er ist irgendwie anders als englische Männer, nicht so locker, aber auch nicht so berechenbar; ob das diese deutsch-englische Mischung macht?

Dann ist da seine Selbstsicherheit, aber darunter kann sie Scheu oder Empfindsamkeit und eine gewisse Naivität spüren. Das gefällt ihr. Es gibt ihr das Gefühl, daß irgend etwas in ihm schlummert, das sie anzieht und ihm selbst vielleicht verborgen ist.

Sie eilt die Treppe hinauf, um sich in ihrem Dachkämmerchen umzuziehen, und spürt, wie Traurigkeit in ihr aufsteigt. Er muß ja doch bald nach Kiel zurück. Und alle reden zur Zeit von Krieg mit Deutschland. Was, wenn es wirklich soweit kommen sollte? Nicht auszudenken! Sie sieht sich im Spiegel an. Da sind sie wieder, die beiden senkrechten Falten auf ihrer Stirn.

Eine halbe Stunde später hat sie die trüben Gedanken abgeschüttelt, sich umgezogen und ist ausgehbereit. Emmeline hat ihr mitgeteilt, Adrian müsse ein paar Tage weg und möchte sich gern von ihr verabschieden. Sie wollen sich diesmal in Fullers Tea Rooms an der Strand treffen.

Edinburgh, 7. August 1911, Montag

Drummond steht in einer Telefonkabine in der Eingangshalle des Wellington Hotel, den Hörer ans Ohr gepreßt, und wartet mit gerunzelter Stirn, was der Captain zu sagen hat. Soeben hat er Kell mitgeteilt, daß er Seiler im Cecil Court gesehen hat, ihm nach Edinburgh gefolgt ist und ihn dort aus den Augen verloren hat. Er wirft einen Blick auf die Uhr über der Rezeption: Es ist 7 Uhr 55 abends. Am frühen Vormittag, kurz nach neun Uhr, war er noch vor Petermans Bookshop und hat darauf gewartet, daß sich etwas tat. Er war diesmal gut gekleidet, trug einen leichten, hellgrauen Sommeranzug mit Bowler und Spazierstock, ein Gentleman, der Zeit und Muße für einen Schaufensterbummel hat. Der Buchhändler hatte sein Geschäft wie jeden Tag Punkt acht Uhr geöffnet. Um 8 Uhr 30 kam die Haushälterin, und eine Viertelstunde zuvor hatte die Tochter das Haus verlassen, vermutlich, um einzukaufen.

Er hielt sich die Hand vor den Mund und gähnte. Das würde wieder ein langweiliger Tag werden. Aber er sollte nicht dauernd hier vor dem Laden stehen. Er machte ein paar Schritte in Richtung Charing Cross Road, da sah er Vivian Peterman an der Ecke stehen, mit einem Mann, der auf sie einredete.

Drummond durchfuhr es wie ein elektrischer Schlag: Seiler! Der Mann war also noch oder wieder in London und hatte sich nicht einmal die Mühe gemacht, sein Äußeres zu verändern. Er überlegte fieberhaft, was er tun solle, das nächste Telephon, von dem aus er Kell anrufen könnte, war im Salisbury, am anderen Ende der Gasse. Zu riskant. Jetzt gaben sich die beiden die Hand, sie sagte irgend etwas und lachte, dann wandte sich Seiler ab und ging, während Vivian mit dem Korb am Arm die andere Richtung einschlug. Beide sahen sich gleichzeitig noch einmal um und winkten sich zu, dann verschwanden sie jeder hinter einer Ecke. Drummond drückte sich den Hut tiefer in die Stirn und eilte vor zur Charing Cross.

Der Deutsche war schon hundert Meter weiter und marschierte zielstrebig in Richtung Leicester Square. Diesmal trug er ein graublaues Jackett zur dunkelgrauen Hose und einen hellen Strohhut mit dunklem Band. Der machte es leichter, ihn im Auge zu behalten. Drummond folgte ihm eilig. Am Square steuerte Seiler auf die Tube Station zu und ging hinein. Drummond sah ihn auf der eisernen Wendeltreppe nach unten zur Plattform der Piccadilly Line. Gerade fuhr ein Zug ein, und Drummond schob sich hinter dem Deutschen in den Waggon. Vier Stationen weiter, an der Kings Cross Station, stieg Seiler aus und ging hinauf in die Bahnhofshalle. Drummond folgte ihm durch das Gewühl. Seiler trat in eins der Restaurants, bestellte Kaffee und frühstückte, während Drummond in der Nähe des Eingangs Platz nahm.

Als Seiler bezahlte, ging er hinaus und wartete auf ihn. Der kaufte zuerst einem Zeitungsjungen eine *Daily Mail* ab. Dann spazierte er ohne Eile die Bahnsteige entlang, die Zeitung unter dem Arm. Er hatte kein Gepäck dabei, und so war Drummond völlig überrascht, als Seiler in den Expreß nach Schottland stieg, und zwar nur eine Minute vor dem Abfahrtspfiff um zehn Uhr. Es gab keine Möglichkeit mehr, Kell anzurufen. Er rannte los und schaffte es gerade noch, auf den letzten Wagen des bereits rollenden Zuges zu springen.

Er wanderte durch die schwankenden Waggons nach vorn und blickte in jedes Abteil. Im dritten Wagen der zweiten Klasse schließlich entdeckte er Seiler, der allein im Coupé saß und in die Zeitung vertieft war. Da tauchte der Kondukteur auf und kontrollierte die Fahrkarten. Drummond wich ihm ans Ende des Wagens aus, aber als der Beamte wieder aus Seilers Abteil herauskam, sprach er ihn an und erkundigte sich, wohin der Herr darin reise. Der Kondukteur fragte, warum er das wissen wolle, und Drummond erklärte ihm, er sei Detektiv und habe den Auftrag, den Mann nicht aus den Augen zu lassen. Dieser sei aber kein Verbrecher, sondern es handle sich um eine Erbschaftsangelegenheit. Er bat den Mann, dies für sich zu behalten, und drückte ihm eine Pfundnote in die Hand. Der Kondukteur ließ den Schein in der Hosentasche verschwinden und antwortete, der junge Herr habe ein Single Ticket bis Edinburgh. Drummond löste daher eine Fahrkarte zum selben Ziel, die ihn fast seine gesamte Barschaft kostete. Damit setzte er sich zu zwei alten Damen ins Nachbarabteil.

Der Flying Scotchman war nur mäßig besetzt. Nach einer guten Stunde hielt er zum ersten Mal in Peterborough, dann ging die Fahrt weiter bis York, wo er zehn Minuten Aufenthalt hatte. Drummond stieg aus und suchte ein Telephon, doch alle Kabinen waren besetzt, und vor jeder standen auch noch Leute Schlange. Fluchend eilte er zum Zug zurück, kaufte in aller Hast ein Sandwich und eine Flasche Wasser und stieg wieder ein. Seiler saß Gott sei Dank noch in seinem Abteil, nach wie vor allein. Drummond setzte sich wieder auf seinen Platz und aß sein Schinkensandwich.

Eine halbe Stunde später kam der Deutsche auf dem Gang vorbei. Drummond folgte ihm zum Speisewagen, wo Seiler den letzten freien Platz erhielt. Also kehrte er in sein Abteil zurück und behielt den Gang im Auge, bis Seiler nach einer guten Stunde wieder vorbeikam. Der Expreß hielt noch ein drittes Mal in Newcastle und erreichte Edinburgh nach insgesamt achteinhalb Stunden Fahrt pünktlich um 6 Uhr 30.

Drummond folgte Seiler durch die Waverley Station, verlor ihn jedoch in der riesigen Halle, in der es von Reisenden und Wartenden wimmelte, aus den Augen. Vergebens suchte er die Halle und den Vorplatz ab. Seilers heller Strohhut war dabei keine Hilfe, bei diesem Wetter trug hier fast jeder Zweite einen. Nach einer halben Stunde gab er auf und ging in das große Wellington Hotel neben dem Bahnhof. Dort hat er sich telephonisch mit Kell verbinden lassen und ihm in knappen Worten Bericht erstattet.

Jetzt wartet er immer noch auf eine Antwort von Kell, während es im Hörer rauscht und knistert. Die Uhr über der Rezeption zeigt 7 Uhr 58. Ist die Verbindung getrennt worden? Da hört Drummond ein Scharren wie von einem Stuhl, Räuspern und gleich darauf die Stimme des Captains: »Drummond? Hören Sie? Gut. Seien Sie morgen nachmittag um sechs Uhr dreißig an der Waverley Station, Melville kommt mit dem Expreß rauf. Sie suchen dann beide den Chief Constable auf und informieren ihn über die Angelegenheit.«

»Ja, Sir.«

»Nehmen Sie sich für die Nacht ein Zimmer im Moray Hotel in der Canongate Street. Um die Rechnung wird sich Melville kümmern. Im übrigen folgen Sie seinen Anweisungen.«

»Ja, Sir. Vielen Dank, Sir.«

Kein Lob vom Captain, aber auch kein Wort des Vorwurfs.

Edinburgh, 8. August 1911, Dienstag

Am Morgen nach dem Frühstück überläßt Seiler der Wirtin seinen von der gestrigen Reise zerknitterten Anzug zum Bügeln. Pünktlich um 6 Uhr 30 war er gestern nachmittag mit dem Expreß der Great Northern Railway von London in Edinburghs Waverley Station angekommen. Er hatte sich etwas beklommen gefühlt in dieser neuen Umgebung, während er sich durch das Menschengewühl in der großen Glashalle zur Gepäckabfertigung gekämpft hatte. Dort löste er seinen Koffer aus und verließ den Bahnhof durch den Haupteingang. Er nahm sich eines der Cabs, die in langer Schlange am Straßenrand warteten.

»Ich suche eine Pension irgendwo im Westen«, erklärte er dem Kutscher, »nicht zu teuer, nicht zu billig. Und ruhig gelegen.«

»Aye, Sir!«, erwiderte der Cabbie von seinem hohen Bock herunter. »Da weiß ich eine in Stockbridge, die wird Ihnen gefallen.«

Die Pension lag ganz nahe an dem Fluß, der den seltsamen Namen Water of Leith trägt. Seiler bezahlte den Cabbie und ging durch einen hübschen, gepflegten Vorgarten mit Rosen und Rhododendren auf das mit Efeu überwucherte Haus zu. Die Tür stand offen, wohl wegen der Hitze, und er trat in einen holzgetäfelten Raum. Hinten führte eine Treppe in das obere Stockwerk, und es gab einen kleinen Rezeptionstisch mit Glocke. Davor saß eine ältere Frau lesend in einem Sessel.

»Sie sind hoffentlich nicht einer dieser gräßlichen deutschen Spione, mein Herr?«, sagte die Wirtin und blickte von ihrem Buch auf. »Oder gar so ein englischer Verräter?«

Seiler erinnert sich, wie verdutzt er gestern war, aber er hatte sich schnell wieder gefasst und erwidert: »Aber sicher doch, meine Dame! Mein Auftrag lautet herauszufinden, wo es das beste Frühstück in Schottland gibt. Dort will ich dann für immer bleiben.«

Da lachte die Wirtin, legte das Buch weg und gab ihm seinen Schlüssel. Das Buch war Le Queuxs *The Invasion of 1910*.

Jetzt sitzt er in einem langsamen Vorortzug nach Dalmeny,

einem kleinen Ort südlich des Forth River, der letzten Station unmittelbar vor der Firth-of-Forth-Eisenbahnbrücke. Die alte Dame hat mich ganz schön erschreckt, denkt er, aber angemerkt hat sie es mir nicht. Verdammt schlagfertig bin ich auch gewesen. Vielleicht bin ich ja der geborene Spion.

Er steigt in Dalmeny aus und geht eine lange Treppe mit vielen Stufen hinunter zur Uferstraße, auf der er unter der Brükke hindurch zum Fähranleger von South Queensferry gelangt. Hier wartet das Boot nach North Queensferry, ein klappriger alter Raddampfer. Beide Orte liegen einander gegenüber und fast im Schatten der mächtigen Eisenbahnbrücke. Nach einer Viertelstunde, als niemand mehr kommen will, legt das Boot ab und dampft, schräg gegen die Strömung ansteuernd, auf das Nordufer zu. Außer ihm sind gerade mal sieben Leute eingestiegen, ein paar Arbeiter, eine Marktfrau mit Körben und ein Pastor mit einem Fahrrad.

Seiler geht ganz nach vorn und schaut nach Rosyth hinüber. Selbst von seinem niedrigen Standpunkt aus ist leicht zu sehen, daß der Flottenstützpunkt noch sehr unfertig ist.

Der Fluß ist hier nicht ganz eine Meile breit. Nach ein paar Minuten legt die Fähre an. Er verläßt das Boot und sieht sich um. Eine Straße führt von hier in Richtung Stützpunkt, aber sie ist unfertig. An ihrem Ende schläft eine Dampfwalze in der Sonne, Arbeiter sitzen im Gras und machen Pause. Da er nicht direkt auf die große Baustelle gehen will, die sicherlich für Unbefugte gesperrt ist, wendet er sich nach rechts. Er hofft, auf der anderen Seite einen Weg zu finden, der auf den Höhenzug hinter Rosyth führt.

Das Jackett über dem Arm, die Krawatte gelockert, wandert er bis unter die Brücke. Hoch ragt sie über ihm auf, er bleibt stehen und staunt hinauf. Schwarz steht das komplizierte Gitterwerk der Träger und Streben gegen den blendendblauen Himmel. Was für ein gewaltiges Bauwerk!

Er geht weiter bis zu einer Straßengabelung und folgt der linken Straße, da sie bergauf führt, auf dem Wegweiser steht *Inverkeithing*. Die Straße windet sich bis fast zur Bahnstrecke hoch. Oben unterquert ein Seitenweg, der nach Dunfermline führen soll, die zweigleisige Bahnlinie. Der Weg zieht sich an einem steilen Abhang entlang und bietet ihm einen guten Überblick über die Anlage von Rosyth. Da er weit und breit niemanden sieht, hängt er die Jacke über einen Zaunpfahl, zeichnet eine Skizze der Anlage in sein Notizbuch und schreibt seine Beobachtungen dazu. Er notiert auch, daß auf dem Höhenzug oberhalb von Rosyth eine größere Arbeitersiedlung entsteht. Darunter, nicht weit von der großen Brücke und nahe am Wasser, steht die Ruine von Rosyth Castle. Etwas westlich davon hat man mit der Aufschüttung einer künstlichen Landfläche begonnen. Ein quadratisches Hafenbecken ist ausgespart und weiter dahinter noch ein größeres Becken. Eine Schleuse verbindet es mit dem Fluß. Vor dieser Schleuse, zum Forth River hin, liegt eine dreieckige Pier, auf der sich riesige Kohlenberge türmen. Ein Dampfkran auf Schienen dient offensichtlich zur Kohlenverladung. Seltsamerweise führt kein Eisenbahngleis dorthin, also werden die Kohlen wahrscheinlich von Dampfern oder Leichtern ausgeladen. Bis auf einen langgestreckten Ziegelbau und mehrere Wellblechbaracken ist kein fertiges Gebäude erkennbar. Seiler entdeckt Feldbahnschienen, Loren und gelagerte Baumaterialien – und nur wenige Arbeiter. Mit Hochdruck wird hier nicht gerade gearbeitet.

Nicht weit vom Ufer und auf gleicher Höhe mit der Burgruine liegen zwei Baggerprähme im Fahrwasser, ein großer Eimerkettenbagger und ein kleinerer Dredger. Der große Bagger arbeitet und wühlt eine breite braungelbe Lehmspur aus dem Grund, die mit der trägen Strömung langsam unter der Brücke hindurch treibt. Größere Kriegsschiffe sieht er nirgends, nur ein paar ältere Zerstörer sind in der Mitte des Forth River verankert.

Gegen drei Uhr fährt er zurück nach South Queensferry. Er bemerkt, wie er von den wenigen Fahrgästen neugierig betrachtet wird, und ist erleichtert, als das Boot anlegt. Wie ein gelangweilter Besucher bummelt er durch den Ort und entlang der Straße nach Edinburgh unter der Brücke hindurch. Ein Stück weiter verweilt er eine halbe Stunde am steinigen Strand und betrachtet die große Brücke und die kleine Insel Inch Garvie, auf die sich einer ihrer Pfeiler stützt. Auf ihr glaubt er Geschützstellungen zu erkennen, Mauern, halb im Gestrüpp verborgen, und eine mit Gras bewachsene Schanze. Auf die Brücke, die ihm den besten Überblick ermöglichen würde, wagt er sich nicht. Das wäre zu auffällig und würde womöglich die Polizei anlocken. Er sieht sich das imposante Bauwerk an und denkt, alle Kriegsschiffe, die in Rosyth kohlen oder repariert werden, müssen unter dieser Brücke durch. Würde sie einstürzen, wären sie im Forth River gefangen. Ein überraschender Vorstoß der schnellen Panzerkreuzer böte die Gelegenheit, sie aus 18 Kilometern Entfernung zusammenzuschießen und zum Einsturz zu bringen. Vielleicht könnte man sie auch einfach in die Luft sprengen. Damit wäre zugleich die strategisch wichtige Bahnverbindung nach dem Norden unterbrochen. Er wundert sich, was für ein Risiko die Briten auf sich nehmen.

Nun, hoffentlich kommt es nie soweit. Krieg mit England wäre das Ende seiner Liebe und auch ihrer Liebe, falls sie das gleiche fühlt wie er. Aber warum sagt sie ihm das nicht? Er schilt sich selbst: Du hast es ihr ja auch nicht gesagt.

EDINBURGH, 9. AUGUST 1911, MITTWOCH

Am Morgen zieht er sich für einen weiteren Ausflug an, mit Kniehosen und festen Schuhen. Er frühstückt ausgiebig und bittet anschließend die Wirtin, ihm einen kleinen Imbiß zurechtzumachen, da er eine Wanderung entlang des Flusses unternehmen möchte. Sie packt ihm Brotscheiben, kalten Braten, Äpfel und eine Flasche Selterswasser in ein Einkaufsnetz. Damit macht er sich auf zur Waverley Station, um von dort mit dem Zug noch einmal nach Dalmeny zu fahren. Er will zu Fuß zum Hounds Point und dann die Küste entlang bis Cramond wandern. Mal sehen, was sich im Firth außerhalb der Brücke so tut. Er geht die Queen Street vor bis zur St. Andrew Street und biegt dort zum Bahnhof ab. Als er die Straße überquert und sich dem Haupteingang nähert, sieht er, daß zu beiden Seiten Polizisten und Männer in Zivil stehen, die Karten, vielleicht Photographien, in der Hand halten und jeden Passanten aufmerksam mustern. Er verlangsamt seinen Schritt. Was hat das zu bedeuten? Könnte es sein, daß nach ihm gesucht wird? Es weiß doch niemand, daß er hier ist, Reimers ausgenommen. Vielleicht fahnden sie einfach nach irgendeinem Kriminellen? Aber er hat ein ungutes Gefühl. Warum ein Risiko eingehen? Kurz entschlossen wendet er sich nach rechts und folgt der Princess Street nach Westen, weg vom Bahnhof. Es kribbelt ihm im Nacken, als würden ihm die Polizisten nachsehen, aber er widersteht der Versuchung, sich umzudrehen. Am westlichen Ende der Princess Street kommt er an der kleinen Caledonian Station vorbei und sieht auch dort einen Constable am Eingang. Jetzt wird ihm endgültig unheimlich. Er überquert die breite Straße wieder, biegt in die Queensferry Street ein und kehrt von da aus zur Pension zurück. Der Wirtin sagt er, daß er sich nicht wohl fühlt und deswegen seinen Ausflug abgebrochen hat. Den Lunch, den sie ihm mitgegeben hat, nimmt er mit auf sein Zimmer. Dann verbringt er die Zeit auf dem Bett liegend und grübelt. Eigentlich hat er ja gestern schon das Wichtigste gesehen und notiert. Nein, er wird heute lieber nichts unternehmen, und übermorgen früh muß er ohnehin abreisen. Hoffentlich sind die Polizisten dann verschwunden, bis auf die üblichen, die ja immer im Bahnhof präsent sind.

Erst nach dem Abendessen verläßt er das Haus wieder und wandert ziellos herum. Er will den Abend nicht in dem tristen kleinen Zimmer verbringen und über Vivian nachgrübeln. Wenn sie nur hier wäre, bei ihm. Seine Sehnsucht nach ihr wächst mit jedem Tag und damit die Angst, er sei ihr im Grunde gleichgültig.

Er kommt an den Fluß und schlendert den Uferweg entlang. Das Wasser ist dunkelgrün in der Abenddämmerung und schwarz im Schatten der Bäume am Ufer. Ein Stück weiter taucht eine runde Kuppel aus dem dichten Laub auf, ein Monopteros. Schwarz steht das kleine Rundtempelchen vor dem letzten Abendlicht, verblassendes Lachsrosa unter dem grauvioletten Himmel, in den sich ein paar dünne Wolkenschleier weben. Eine Statue der Hygieia, der Göttin der Gesundheit, steht darin. Daneben führt eine Steintreppe hinab zu einer schmalen Uferterrasse. In die Mauer dieser Treppe ist ein Brunnen eingelassen, Wasser plätschert in ein kleines Becken. Darüber steht *St. Bernard's Well.* Er setzt sich auf die Einfassung der Treppe, zündet sich eine Zigarette an und nimmt einen tiefen Zug.

Das also ist das Leben eines Spions. Einsamkeit und die Angst, enttarnt und ins Gefängnis geworfen zu werden. Auch der Marineoffizier hat manchmal Angst, aber er ist wenigsten nicht so mutterseelenallein und muß sich nicht verstellen.

Was Vivian jetzt wohl macht? Er versucht, sich vorzustellen, wie sie in ihrem Zimmer auf dem Bett liegt, lesend, das Kinn in die Hand gestützt, im goldenen Schein einer Nachttischlampe. Er beißt die Zähne zusammen. Ein doppelter Whisky käme jetzt recht. Aber er hat keine Lust, in ein Pub zu gehen. Wer weiß, vielleicht sieht man ihm den Deutschen doch an. Irgendwelche Kleinigkeiten im Ausdruck, in der Haltung, in der Art, sich zu bewegen. Und Vivian? Stört sie sich etwa daran, daß er kein Engländer ist? Aber sie ist ja selbst halb Deutsche. Was, wenn sie wüßte, dass er ein Spion ist? Er versucht, sie aus seinen Gedanken zu verdrängen. Auch sollte er längst im Bett sein. Aber die Stille hier ist zu schön, auch der ruhig fließende, tintenschwarze Fluß. Darüber funkeln die ersten Sterne.

Edinburgh, 8. August 1911, Dienstag

Der Scotch Expreß aus London trifft mit zehn Minuten Verspätung ein. Drummond reckt den Hals, um Melville unter den vielen herausströmenden Passagieren zu erkennen. Doch der kommt als letzter, ganz am Schluß der Menschenflut, einen Koffer in der linken Hand, in der Rechten seinen Stock. Sein grauer Anzug ist von der langen Reise zerknittert. Drummond begrüßt ihn und bietet sich an, ihm den Koffer abzunehmen, aber Melville will nichts davon wissen und knurrt nur: »Gleich zum Chief! Haben schon Zeit genug verloren.«

Der Detektiv ist schlecht gelaunt. Wohl weil ich zum zweitenmal den Deutschen aus den Augen verloren habe, denkt Drummond. Schweigend gehen sie nebeneinander her, bis sie das große Steingebäude der Police Headquarters erreichen.

Roderick Ross, der Chief Constable von Edinburgh, ist ein respekteinflößender Schotte Mitte der Vierziger, in schlichter dunkelblauer Uniform, stämmig gebaut, mit hoher Stirn und angegrautem Vollbart. Drummond findet, er sieht dem verstorbenen King Edward VII. verblüffend ähnlich.

Er läßt seinen Blick durch den großen, bis Hüfthöhe mit dunklem Holz getäfelten Raum schweifen. Zwei hohe Fenster erhellen ihn, trotzdem wirkt er düster. Gerahmte Photograpien zieren die Wände; auf den meisten sind Gruppen uniformierter Polizeibeamter zu sehen. Hinter dem Schreibtischsessel des Chief sieht er zu seinem Erstaunen ein waagrechtes Brett an der Wand, aus dem die trichterförmigen Mündungen von sechs Sprachrohren ragen. Auf dem großen Schreibtisch steht ein moderner Telephonapparat, ein Kasten aus lackiertem Ebenholz mit blankpolierten Messingbeschlägen. Daneben ein übergroßer Tintenstand aus Bronze und Kristall, mit Nymphen verziert. Bis auf eine grüne Schreibtischunterlage ist der Tisch ansonsten leer.

Chief Ross begrüßt Melville herzlich, sie schütteln sich die Hand, und der Detektiv nimmt im Besuchersessel vor dem

Schreibtisch Platz. Drummond wird von ihm kurz als Detective-Assistant vorgestellt, bekommt aber keinen Händedruck und muß mit einem Stuhl in der Ecke vorliebnehmen. Melville kommt ohne Umschweife zur Sache. Er wuchtet seinen großen Reisekoffer auf den Schreibtisch, läßt die Schlösser aufschnappen und zieht eine dicke Aktenmappe heraus. Er schließt den Koffer wieder, stellt ihn neben den Sessel und klappt die Mappe auf. Sie enthält einen Stapel Photographien samt Beschreibung von Seiler. Melville schiebt sie dem Chief hin, der wieder hinter dem Tisch Platz genommen hat, und sagt: »Das ist unser Mann.«

Der Chief holt einen Kneifer aus der Schublade, drückt ihn sich auf die Nase und studiert das oberste Blatt. Melville setzt ihn knapp ins Bild: »Deutscher Spion. Der Mann ist jetzt hier und schnüffelt vermutlich in Rosyth herum.« Er weist mit einer Kopfbewegung zu Drummond hin und sagt: »Unser junger Mann hier hat ihn gestern in London auf der Straße erkannt und ist ihm hierher gefolgt. Da hat er ihn dann prompt verloren.«

»Kann dem besten Mann passieren«, erwidert der Chief, und Drummond ist ihm dankbar dafür.

»Na, wenn er nicht schon wieder weg ist, werden wir ihn schon aufspüren.« Ross erhebt sich und tritt vor die große Karte, die fast die ganze Forthmündung zeigt, mit Edinburgh in der Mitte. »Was glauben Sie, Melville, wo er sich noch herumtreiben könnte?«

Der Detektiv studiert die Karte mit zusammengekniffenen Augen und brummt: »Überall, wo es für Spione was zu sehen gibt, denke ich. Leith, euer Hafen. Vielleicht auch die Inseln, Leuchtfeuer, Küstenbatterien, falls ihr hier welche habt.«

Chief Ross streicht sich nachdenklich den Bart und brummt: »Batteriestellungen gibt es reichlich. Die meisten sind aber nicht oder noch nicht bestückt.«

Mit einem Seitenblick zu Drummond sagt er: »Ist selbstverständlich alles streng geheim. Trotzdem weiß jeder, wo sie sind. Und dann ist da auch noch die Brücke.« Er zuckt die Achseln.

»Können natürlich nicht alles rund um die Uhr bewachen. Aber ich werde einen Mann nach Queensferry schicken, der soll mit den Constables dort die Fähre im Auge behalten. Von der aus sieht man nämlich die Hafenbaustelle in Rosyth recht gut.«

»Ist mir recht«, brummt Melville. »Und wir wären Ihnen verbunden, Chief, wenn Sie uns einen Inspector oder Detektiv ausleihen würden, der sich in der Stadt auskennt und mit Drummond hier die Hotels und Pensionen abklappert. Irgendwo muß unser Freund ja unterkommen.«

Alle in Frage kommenden Polizeistationen werden alarmiert, nach einem allein reisenden Deutschen Ausschau zu halten und sofort zu melden, wenn er irgendwo gesehen wird. Kell hat telegraphisch angeordnet, alle Fährhäfen nach dem Kontinent zu überwachen, ebenso alle in Frage kommenden Bahnhöfe in London. Seiler ist innerhalb Englands zu beobachten, er soll jedoch nicht festgenommen werden und darf keinen Verdacht schöpfen.

Drummond geht noch am selben Abend mit dem Edinburgher Detektiv von Hotel zu Hotel, um die Gästebücher einzusehen. Das ist fast sinnlos, weil Seiler aller Wahrscheinlichkeit nach unter falschem Namen reist, daher richtet er seine Aufmerksamkeit auf allein reisende Herren. In jedem Fall aber ergibt die Befragung des Hotelpersonals, daß keiner dieser Gentlemen in Frage kommt. Bisher fehlt von Seiler jede Spur.

EDINBURGH, 10. AUGUST 1911, DONNERSTAG

Um 9 Uhr 40 nähert sich Seiler mit gemischten Gefühlen der Waverley Station. Er muß den Zehn-Uhr-Expreß nach London erreichen, den Reimers ihm genannt hat und den er nicht verpassen darf. Heute steht nur ein einzelner, baumlanger Constable vor dem Eingang. Das sieht schon besser aus. Er hat den auffälligen Strohhut in seinen Koffer gepackt und statt dessen eine dunkelgrüne Schiebermütze aufgesetzt. Die drückt er sich nun tiefer ins

Gesicht und geht mutig auf die Treppe zu. Gott sei Dank herrscht reger Publikumsverkehr, Leute kommen und gehen. Und er hat Glück. Eine ältere Lady spricht den Polizisten an, und der beugt sich zu ihr hinab. Seiler hört ihn im Vorbeigehen sagen: »How may I help you, Madam?«

Die Bahnhofshalle ist voller Menschen, die hin und her eilen, herumschlendern oder auf ihren Zug warten. Trotzdem bemerkt er, daß mindestens ein Dutzend Polizisten in der Halle ist und aufmerksam die Vorbeigehenden beobachtet. Auch Detektive in Zivil scheinen sich für die Reisenden zu interessieren, Männer ohne Gepäck, ohne Zeitung, mit wachen Augen.

Er zögert, befiehlt sich aber sofort, scheinbar zielbewußt weiterzugehen. Da lacht ihm das Glück ein zweites Mal. Direkt vor ihm bleibt eine jüngere Frau mit einem schweren Koffer in jeder Hand stehen und sieht sich hilflos um. Unter den linken Arm hat sie auch noch eine große Hutschachtel geklemmt und dazu einen Beutel über der Schulter. Sie wirkt erschöpft, und Seiler bietet ihr seine Hilfe an. Sie will ebenfalls zum Expreß nach London und akzeptiert dankbar. Er nimmt ihr die Koffer ab, sie sind wirklich viel zu schwer für diese zierliche Person, gibt ihr dafür seinen kleinen zu tragen und geht neben ihr her, während sie ihm fröhlich erzählt, daß sie ihre Schwester in York besuchen will. Munter plaudernd besteigen sie den Zug, als wären sie ein Ehepaar. Die Polizisten, vielleicht beauftragt, nach einem einzelnen Mann zu suchen, ignorieren sie nach einem kurzen Blick.

Bis York sitzen sie sich im selben Abteil gegenüber, dann verabschiedet sie sich und steigt aus. Seiler reicht ihr Koffer und Hutschachtel nach, und sie bedankt sich noch einmal überschwenglich. Schon eilt eine Frau mit einem spitzen Freudenschrei auf sie zu, das wird ihre Schwester sein. Die wird ihr weiterhelfen.

Knapp sieben Stunden später erreicht der Zug Peterborough. Reimers erwartet ihn auf dem Bahnsteig. Er hat sich mit Backenbart und Hornbrille unkenntlich gemacht und spricht Seiler an, der sich suchend nach ihm umsieht. Sie bleiben auf dem Bahnsteig stehen, bis der Zug wieder abfährt, denn Reimers will sich vergewissern, daß niemand Seiler gefolgt und ebenfalls ausgestiegen ist. Er hat vor, einen Anschlußzug nach Ely zu nehmen und von dort mit der Great Eastern Railway über Cambridge weiter nach London zu fahren. Sie werden dann in der Liverpool Station ankommen. Falls Seiler in Edinburgh aufgefallen wäre, würde die Polizei davon ausgehen, er käme mit dem Flying Scotchman zurück, der im Kings Cross Terminus endet. Während sie warten, berichtet ihm Seiler, was er in Rosyth gesehen hat, und auch, wie bewacht Edinburghs Bahnhof bei seiner Abreise war.

Nach einer halben Stunde wird ihr Zug bereitgestellt, ein kurzer Personenzug oder Local, wie er hier genannt wird, mit einer grünen Lokomotive. Reimers wählt eins der wenigen Abteile der ersten Klasse, und nachdem der Kondukteur ihre Fahrkarten kontrolliert hat, verriegelt er die Tür und zieht die Vorhänge zum Gang zu. Aus einer großen Reisetasche holt er eine braune, karierte Jacke hervor sowie eine passende Mütze und weist Seiler an, sich umzuziehen. Dann klebt er ihm einen dunkelblonden Schnurrbart an. Schließlich gibt er ihm noch eine Drahtgestellbrille sowie ein Päckchen Visitenkarten, mit denen er sich als dänischer Reporter namens Jens Malte Svenssen ausgeben kann, der für die Zeitung *Politiken* arbeitet.

Reimers zieht die Vorhänge wieder auf, setzt sich, zündet sich eine Pfeife an und pafft vor sich hin.

Nach einer Weile sagt er: »Was haben Sie eigentlich in London gemacht, bevor wir uns in Portsmouth getroffen haben? Sie waren ja schon eine ganze Woche da, oder?«

»Zehn Tage«, erwidert Seiler. »Ich bin mit Widenmann am dreißigsten Juni von Portsmouth raufgekommen.« Er zuckt die Achseln. »Eigentlich mußte ich nur in der Botschaft herumsitzen. Hab Schreibarbeit für ihn erledigt, Zeitungen und Listen durchgesehen.«

Reimers nickt nachdenklich. »So. Hm. Aber Sie waren ja sicher auch mal draußen, wie?«

»Nicht oft«, sagt Seiler. »Bin natürlich abends ins Hotel. Mittags immer essen gegangen. Ein paarmal hab ich Besorgungen für ihn erledigt, zum Beispiel Buchbestellungen aufgeben, Seekarten abholen, so etwas.« Er denkt an Vivian und die Verabredungen mit ihr, sagt aber nichts.

»Und wo mußten Sie da hin? Zu Williams and Norgate?«

Seiler schüttelt den Kopf. »Nein, in eine kleine Marinefachbuchhandlung im Cecil Court, an der Charing Cross Road. Peterman's Naval and Maritime Books heißt sie. Warum fragen Sie?«

»Tja«, sagt Reimers, und kneift die Augen zusammen, »ich bin inzwischen ein paarmal an unserer Botschaft vorbeigegangen, und da ist mir aufgefallen, daß sie immer von mindestens einem Detektiv beobachtet wird. Jetzt frage ich mich, ob man Ihnen mal nachgegangen ist und so vielleicht rausgefunden hat, wo Sie untergebracht sind, wohin Sie diese Besorgungen geführt haben und wahrscheinlich auch, wer Sie sind und wie Sie heißen.«

Seiler ist betroffen. »Oh. Glauben Sie, die Polizei war in Edinburgh wegen mir am Bahnhof?«

»Wer weiß?«, sagt Reimers. »Es könnte sein. Vielleicht ist man Ihnen nach Edinburgh gefolgt? Haben Sie nichts bemerkt?«

Seiler schüttelt den Kopf: »Nein. Ich habe allerdings auch nicht darauf geachtet.«

»Nun, Sie sind ja auch neu in diesem Gewerbe«, erklärt Reimers. »Ich denke aber, es kann nichts schaden, wenn Sie von nun an vorsichtiger vorgehen. Sie sollten nichts mehr unternehmen, ohne sich äußerlich gründlich zu verändern.«

Seiler sieht ihn an, wie er da sitzt, mit Pfeife, Hornbrille und dem häßlichen Backenbart, und denkt, du lieber Gott! Ich kann mir doch keine falschen Bärte ankleben, wenn ich mich mit Vivian treffen will! Sie wird denken, ich bin verrückt geworden! Wie soll ich ihr das erklären, um Himmels willen?

Reimers klopft seine Pfeife im Aschenbecher aus und sagt: »Eine neue Unterkunft für Sie wäre wahrscheinlich auch ratsam. Wenn wir in London sind, gehen wir gleich zu Ihnen und schauen, ob das Haus sauber ist oder schon beobachtet wird. Wenn nicht, holen wir Ihre Sachen, und ich bringe Sie fürs erste in einem Hotel oder einer Pension unter.«

Bei der Ankunft in Liverpool Street Station ist es halb zehn Uhr abends. Auch hier passen Polizisten und Detektive auf. Die achten jedoch nur auf die Fernzüge und schenken ihnen keine Aufmerksamkeit.

LONDON, 12. AUGUST 1911, SAMSTAG

Seiler nennt sich jetzt Anthony Stuart. Vorgestern, gleich nach der Ankunft, hat er die Bude in der Windmill Street verlassen. Hat seinen Koffer gepackt und ist, ohne sich zu verabschieden, zu seiner neuen Unterkunft gegangen, während Reimers weit hinter ihm aufpaßte, ob jemand folgt.

Die neue Unterkunft ist das Strand Palace Hotel, nicht weit von der Waterloo Bridge und nur eine Viertelstunde vom Cecil Court entfernt. Nicht weit ist auch das Arundel Hotel, in dem er die erste Zeit in London gewohnt hat, auf Kosten der Botschaft. Nun hat anscheinend N die Kosten übernommen. Das Strand Palace ist ein großes Hotel mit fünfhundert Zimmern zu sechs Shilling inklusive Bad und Frühstück. Seiler war mit seiner Situation zufrieden und Reimers in seiner Achtung gestiegen. Der Mann brachte etwas zuwege, von dem konnte er was lernen.

Heute morgen weckten ihn die Kirchenglocken von St. Mary's und St. Paul. Er ließ sich Zeit mit dem Aufstehen, rasierte sich und kleidete sich an. Als er zum Frühstück hinunterging, war es schon neun Uhr vorbei. Er bestellte sich ein Bad, das eine halbe Stunde später bereit war, und genoß es ausgiebig. Danach unternahm er einen Spaziergang zum Embankment, setzte sich auf eine Parkbank und las in Conrads *The Secret Agent,* bis es Zeit zum Lunch war. Den nahm er im Restaurant der Charing Cross Station ein und kehrte danach ins Hotel zurück.

Ein Blick auf die Uhr. In einer guten Stunde ist er mit Vivian verabredet, wie sie es bei ihrem letzten Treffen vor seiner Abreise ausgemacht haben. Hoffentlich hat sie es inzwischen nicht vergessen. Ob der Buchladen wohl beobachtet wird? Dann könnte es sein, daß ihr welche folgen. Herrgott, Reimers hat ihm richtig Angst eingejagt! Eine Weile wandert er ziellos im Zimmer herum, öffnet den Schrank, schließt ihn wieder, geht ans Fenster und blickt in den tristen Hof des Hotels. Grauer Verputz, Mülleimer, Teppichstangen. Schließlich legt er sich aufs Bett und verschränkt die Arme hinter dem Kopf. Er starrt an die Decke und läßt seine Gedanken wandern.

Da liegt er jetzt in einem angenehmen Hotel im Herzen von London und führt das merkwürdigste Leben. Noch nie hatte er soviel freie Zeit und Muße. Er kann schlafen, solange er will, hat Geld genug, um jeden Tag auswärts zu essen, und mußte bisher nichts weiter dafür tun, als einmal nach Portsmouth und einmal nach Schottland zu reisen.

Welch seltsame Wege das Schicksal nimmt! Vor sechs, nein, vor sieben Wochen war er noch in Kiel bei der Unterseebootsflottille, ein frischgebackener Oberleutnant. Bilder ziehen vor seinem inneren Auge vorbei. Er sieht die U-Boote im Torpedohafen an der Wiker Bucht vertäut, grau und niedrig im graugrünen Wasser. Jenseits der Mole dehnt sich die weite Förde und dahinter die grünen Hügel beim Kap Kitzeberg. Und mit der Vorstellung steigt ihm sogar der Geruch in die Nase, diese Mixtur aus Hafenwasser und Schlick, Schweröl, Kohlenrauch, ein Hauch von Gras und Laub aus dem Düsternbrooker Wäldchen und dazu der faule Gestank der Abwässer.

Aber die Erinnerung fängt an, unscharf zu werden, wie in die Ferne gerückt. Herausgerissen, denkt er, das ist das richtige Wort, ich bin herausgerissen aus dem einzigen Leben, das ich mir vorstellen konnte. Kindheit und Jugend in England, dann Bremen und das Gymnasium, gleich nach der Reifeprüfung zur Marine, Seekadett, Fähnrich, Leutnant und jetzt Oberleutnant zur See. Bordkommandos, Ausbildungsfahrten, Lehrgänge, pauken für die nächste Prüfung. Selbst die knappe Freizeit war geregelt. Offiziersabende, Segelsport, gemeinsame Ausflüge, etwa zu den Düppeler Schanzen, gelegentlich mal ein Theaterabend. Und nicht einmal in diesen Jahren war er einer Frau begegnet, die ihn wirklich interessierte.

Ist das alles, was ich vom Leben kenne? Will ich so weitermachen? Wie anders ist es hier in der größten Stadt der Welt, hier pulst das Leben in unendlichen Variationen, hier könnte ich sein, was immer mir gefällt. Und hier ist Vivian. Seit Vivian ist alles anders.

Er greift nach seiner Uhr auf dem Nachttisch: Es wird Zeit loszugehen. Er überlegt, ob er vorher noch in der Charing Cross Station ein paar Blumen für sie kaufen solle, entscheidet sich aber dagegen, denn dann müßte sie den Strauß die ganze Zeit mit sich herumtragen.

Unterwegs blickt er sich ab und zu verstohlen um. Folgt ihm jemand? Aber woran soll er das erkennen, bei den vielen Passanten? Jetzt leidet er ja fast schon an Verfolgungswahn!

Punkt drei steht er am Treffpunkt vor Cleopatra's Needle und hält nach ihr Ausschau. Vivian erscheint nur zehn Minuten später. Diesmal kommt sie allein, in einem pastellgrünen Rock und fliederfarbener Bluse, ohne Hut, aber unter einem weißen Sonnenschirmchen. Er küßt ihr die Hand, und sie lacht darüber, dann nimmt sie seinen Arm, und sie schlendern eine Weile am Embankment auf und ab.

»Weißt du, Adrian«, sagt sie, »letzten Sonntag hat mich Vater auf dich angesprochen. Ein Bekannter von ihm hat uns gesehen, als wir uns im Gatti's getroffen haben, und hat es ihm natürlich prompt gesagt. Nun wollte er alles mögliche wissen.«

»Was hast du ihm denn erzählt?«, fragt Seiler.

»Ach«, sagt sie, »nur daß du bei der deutschen Marine bist und für eine Weile hier an der Botschaft. Das hat ihn beeindruckt, glaube ich. Jedenfalls hat er gesagt, er hätte nichts dagegen, wenn wir uns treffen, ich solle ihm nur nichts verschweigen. Er sorgt sich natürlich, der Gute.«

Das heißt, ich muß mich ihrem Vater vorstellen, wie es der Anstand verlangt, denkt Seiler. Aber wie soll ich das tun, falls das Haus unter Beobachtung steht? Vielleicht weiß Reimers Rat? Aber dann müßte ich ihm von Vivian erzählen.

»Und, was hast du ihm noch erzählt?«

Sie lacht wieder und drückt seinen Arm. »Na, das Übliche. Daß wir uns ein wenig angefreundet haben und darüber hinaus nichts miteinander haben.«

Später, auf dem Rückweg zum Hotel, grübelt er, was aus ihrer Liebe werden soll, sofern sie seine Gefühle im gleichen Maß erwidert, was er immer noch nicht sicher weiß. Ein wenig angefreundet, hat sie gesagt, und daß wir nichts miteinander haben; zu ihrem Vater, freilich. Oder war es für ihn gedacht? Will sie ihn auf Abstand halten? Ärgerlich schüttelt er den Kopf. Nein, das ist ein dummer Gedanke. Er spürt doch, daß sie ihn mag. Aber würde sie ihn heiraten? Und mit ihm nach Deutschland kommen? Oder sollte er seine Marinekarriere aufgeben und nach London ziehen? Er erschrickt fast, als ihm bewußt wird, daß er selbst das für sie tun würde. Jedenfalls, wenn es gar nicht anders geht. Aber was könnte er hier arbeiten, um sie beide zu ernähren? Als Deutscher? Wer würde hier in diesen Zeiten einen Deutschen einstellen? Aber vielleicht könnte N einen Agenten brauchen, der einen festen Wohnsitz in London hat? Vivian dürfte den wahren Grund dafür allerdings nicht erfahren. Dafür kennt er sie noch zu wenig. Wer weiß, wie sie darauf reagieren würde. Außerdem will er sie nicht in Gefahr bringen. Aber wie soll er ihr dann seine Reisen erklären? Er bräuchte einen Tarnberuf, irgend so etwas wie Vertreter oder Pressekorrespondent.

London, Cecil Court, 17. August 1911, Donnerstag

Am Freitag letzter Woche ist Drummond, zusammen mit Melville, nach London zurückgekehrt. Der Detektiv hat die Vermutung geäußert, Seiler halte sich entweder in Edinburgh versteckt oder habe das Land bereits unerkannt verlassen, vielleicht mit dem Schiff von Dundee oder Newcastle.

Drummond muß weiter Peterman beobachten. Am Tag nach ihrer Ankunft in London hat Melville alles so eingerichtet, daß er sich als angeblicher Angestellter in dem Kamerageschäft gegenüber von Petermans Bookshop aufhalten kann. So wird er nicht mehr im Cecil Court herumlungern, was dem Buchhändler früher oder später zweifellos aufgefallen wäre. Dem Inhaber gegenüber sind sie als Beamte von Scotland Yard aufgetreten, und Melville hat den Mann zu strengstem Stillschweigen verpflichtet.

Drummond steht daher, wie jeden Tag seitdem, hinter der Ladentür, behält den Bookshop im Auge und langweilt sich. Kurz vor zehn Uhr sieht er, wie Petermans Tochter das Haus verläßt, und macht sich eine Notiz. Gegen Mittag kehrt sie mit Einkäufen zurück. Die Stunden vergehen. Hin und wieder setzt er sich auf einen Stuhl, der so plaziert ist, daß er durch das Schaufenster die Petermansche Tür sehen kann, und blättert in Kameraprospekten herum. Bisher hat kein einziger Kunde den Laden betreten, den Kamerashop übrigens auch nicht.

Erst am späten Nachmittag tut sich wieder etwas. Eine attraktive junge Frau mit auffallend kupferroten Haaren unter einem grünen Hut betritt den Bookshop. Eine halbe Stunde später kommt sie wieder heraus, zusammen mit Vivian. Die beiden unterhalten sich angeregt, während sie in Richtung St. Martin's Lane gehen. Drummond setzt seine Mütze auf und folgt ihnen. Damit vernachlässigt er zwar die Beobachtung des Buchladens, aber er hält es im Kameraladen einfach nicht mehr aus, zumal der Inhaber von seiner Anwesenheit alles andere als begeistert ist.

Die beiden Frauen gehen Richtung Victoria Embankment und

setzen sich in der Parkanlage bei Cleopatra's Needle auf eine Bank. Vivians Bekannte nimmt den Hut ab und schüttelt ihre Locken, rotes Feuer blitzt im grellen Sonnenlicht, als stünde ihr Haupt in Flammen.

Das ist mal eine Frau nach meinem Geschmack, denkt Drummond. Er muß sich zwingen, sie nicht anzustarren. Er setzt sich auf die Ufermauer neben eine der beiden großen Sphinxe, die den Obelisk flankieren, und steckt sich eine Zigarette an. Die beiden Frauen plaudern miteinander und teilen sich Vivians Sonnenschirm. Die Rothaarige ist eindeutig die lebhaftere, sie lacht und gestikuliert, während Vivian still dasitzt, die Hände im Schoß.

Was sie reden, kann er nicht hören, es würde ihnen auffallen, wenn er näher heranginge. Er tut, als sähe er sie nicht, und schaut dem Verkehr auf der Themse zu. Das Wasser glitzert in der Sonne, und wie immer wimmelt es auf dem Fluß von Schleppzügen, Barkassen und Kähnen. Eben legt das Greenwichboot von der Temple Pier ab und schaufelt sich qualmend in den Strom, das Deck voller Ausflügler. Kein Wölkchen am Himmel, denkt er, seit sechs Wochen schönstes Sommerwetter. Wenn es nur nicht so heiß wäre.

Gerade noch rechtzeitig bemerkt er, daß die beiden aufgestanden sind und in Richtung Waterloo Bridge gehen. Vor dem Savoy Hotel trennen sie sich nach einer kurzen Umarmung, die Rothaarige biegt in die Carting Lane ein, während Vivian umkehrt und anscheinend wieder nach Hause will. Er schwankt einen Augenblick, ober er ihr folgen soll oder ihrer Freundin, um herauszubekommen, wo sie wohnt und wie sie heißt. Sein Pflichtgefühl siegt, und er folgt Vivian zurück zum Cecil Court. Auf dem Weg nimmt er sich vor, diesen Abstecher zu verschweigen, denn er möchte nicht, daß Melville den jungen Frauen, besonders der schönen Rothaarigen, zu nahe kommt.

Weil er den Laden alleine beobachten muß, trinkt er noch, so schnell es geht, ein Glas Porter im Salisbury, ißt einen Bratfisch dazu, benützt dann die Toilette und kehrt zum Kamerageschäft zurück. Er bleibt dort eine halbe Stunde bis sechs Uhr. Dann sieht er zu, wie Peterman die Tafel vor dem Schaufenster hereinholt und seinen Laden von innen abschließt. Jetzt kann er nach Hause gehen. Das Bureau braucht er nicht aufzusuchen, solange es nichts Wichtiges zu berichten gibt. Er wünscht dem Ladeninhaber einen guten Abend und macht sich auf zur Tube Station am Leicester Square, um mit der Central Line nach South Kentish Town zu fahren, wo er seine winzige Junggesellenwohnung hat. Die Hitze hat ein wenig nachgelassen, merkt er. Ein leichter, aber kühlender Wind weht von Nordosten her.

LONDON, SECRET SERVICE BUREAU, 18. AUGUST 1911, FREITAG
Besprechung in Kells Büro. Anwesend sind, außer ihm, der Captain, Clarke und Melville. Wieder sind die Fenster weit geöffnet. Kell unterrichtet sie, daß gestern in Portsmouth ein Deutscher namens Dr. Max Schultz unter dem Verdacht der Spionage verhaftet worden sei. Dieser habe dort auf einem Hausboot gewohnt, komplett mit deutscher Flagge, und habe wilde Partys gegeben, auf denen er versucht habe, seine Gäste über die Navy auszuhorchen. Nachdem er bei Schießübungen versehentlich seine Haushälterin angeschossen und Kell davon gehört habe, habe er ihn über den lokalen Anwalt Hugh Duff mit Scheininformationen versorgt. Am 17. August hätten dann genug Beweise für einen Haftbefehl vorgelegen.

Drummond fühlt sich an den Fall Helm erinnert. Wieder so ein Möchtegernspion und offenbar verrückt wie ein Hutmacher. Haben die Deutschen denn keine professionellen Agenten? Leute, die sich tarnen und schweigen können? Dieser Max Schultz kommt ihm vor, als wäre er gerade aus einer von Le Queuxs Phantastereien entsprungen.

Kell streicht sich mit dem Daumennagel über den Schnurrbart, einmal nach links, einmal nach rechts. Dann sieht er sie alle der

Reihe nach an und sagt: »Aber das Beste kommt noch!« Er blickt Clarke an und sagt: »Erzählen Sie!«

Clarke, der entspannt in seinem Stuhl hängt, die Beine weit von sich gestreckt und einen Arm lässig über der Rückenlehne, setzt sich aufrecht und räuspert sich: »Nun, vor ein paar Tagen war ich mit der Bahn nach Leith unterwegs. Das ist der Hafen von Edinburgh. Dort sollte ich einem Bericht über verdächtige Deutsche nachgehen. Also, ich saß in einem Abteil mit zwei Gentlemen und las, ohne auf ihre Unterhaltung zu achten. Irgendwann fiel das Wort ›Potsdam‹, und ich wurde aufmerksam, natürlich ohne es mir anmerken zu lassen. Der eine erzählte dem anderen, daß er kürzlich einen merkwürdigen Brief aus Deutschland erhalten habe. Der war in Potsdam abgestempelt und fragte an, ob ihm etwas über britische Kriegsvorbereitungen bekannt sei. Als ihn sein Gegenüber fragte, ob er denn den Brief den Behörden übergeben habe, erwiderte der Mann, er habe diese Anfrage für so dumm gehalten, daß er den Brief einfach wegwarf. Allerdings, fügte er hinzu, habe er ihn dann wieder aus dem Papierkorb gefischt, um ihn für alle Fälle zur Hand zu haben. Dann wandten sich die beiden einem anderen Thema zu.«

Clarke schlägt die Beine übereinander, faltet die Hände übers Knie und fährt fort: »In Leith bin ich dem Empfänger des Briefes nachgegangen. Er ging ins Peacock Hotel in Trinity, und es stellte sich heraus, daß das Hotel ihm gehört. Kurz und gut, der Mann heißt Francis Holstein, in Deutschland geboren und seit dreißig Jahren naturalisierter Brite. Ich sprach ihn an, und er erzählte mir bereitwillig alle Einzelheiten dieser mysteriösen Korrespondenz. Er hatte vorher bereits zweimal solche Anfragen erhalten. Er lud mich in sein Büro ein und zeigte sie mir. Alle drei Briefe waren unterzeichnet mit F. Reimers, als Absender war Brauerstraße, Potsdam, angegeben. Ich habe sie mit seiner Einwilligung mitgenommen. Übrigens sagte er mir, er empfinde diese Schreiben als Frechheit. Er fühle sich als Brite, sei mit einer Engländerin verheiratet und habe zwei Kinder mit ihr. Nie im Leben würde er auch nur im Traum daran denken, etwas gegen Britannien zu unternehmen, das längst seine Heimat geworden ist.« Clarke lehnt sich zurück und sagt: »Das ist alles.«

Melville meldet sich zu Wort: »Wir wissen jetzt, wer sich hinter dem Absender des Briefes, F. Reimers in Potsdam, verbirgt. Ein Deutscher namens Gustav Steinhauer.«

»Wie haben Sie das herausgefunden?«, will Clarke wissen.

»Über die Handschrift«, erwidert Melville, »die kam mir bekannt vor. Steinhauer war früher bei der Marine und wurde dann Kriminalbeamter. Als ich noch bei der Special Branch war, habe ich mehrmals mit ihm zusammengearbeitet. Er begleitete nämlich Kaiser Wilhelm als Leibwächter auf dessen Englandbesuchen. Spricht gut Englisch mit amerikanischem Akzent.«

Kell erläutert: »Steinhauer war eine Zeitlang in den USA. Hatte in Milwaukee ein kleines Tabakwarengeschäft und hat dann als Detektiv für die Pinkerton-Agentur gearbeitet. Anschließend war er in Berlin bei der Kriminalpolizei und hat sich dort einen Namen gemacht.«

»Fähiger Mann«, brummt Melville. »Jetzt hat er also seine Finger im Spionagegeschäft. Wundert mich nicht.«

Cheltenham, Ladies' College, 4. September 1911, Montag

Am Montagnachmittag ist Vivian in Cheltenham angekommen. Sie ist immer noch furchtbar enttäuscht. Warum hat Adrian sich am Sonntag nicht mehr gemeldet? Sie hat sich verzehrt vor Sehnsucht. Hat er ihre Zeichen nicht verstanden? Die ganze Fahrt über hat sie darüber gegrübelt.

Sie hatte viel Gepäck dabei, das Portemanteau und den anderen großen Koffer, zwei Hutschachteln und das Handköfferchen. Deshalb hat sie sich einen Dienstmann genommen, der alles auf seine Handkarre lud und sie begleitete. Als diesem eine Hutschachtel herunterfiel, hat sie ihn wütend beschimpft und war sich selber ganz fremd. Ihr Boarding House, Sidney Lodge genannt, liegt nicht weit vom Bahnhof an der Western Road. Als sie dort ankamen, gab sie dem Dienstmann ein gutes Trinkgeld, weil sie sich schämte, ihn so angefahren zu haben.

Ausgerechnet am Tag zuvor hatte sie ihre Tage bekommen. Ihre schlechte Laune konnte selbst ihre Collegefreundin Christabel nicht aufheitern. Und auch der Mal- und Zeichenunterricht machte ihr keinen rechten Spaß. Die ersten Tage im College vergingen zäh und langsam.

Jetzt geht es ihr besser. Nachmittags hat sie sogar ein paar Runden Tennis gespielt und fühlt sich sogar regelrecht aufgekratzt.

Abends im Bett kann sie lange nicht einschlafen. Sie denkt über Adrian nach. Im Halbschlaf läßt sie ihrer Phantasie freien Lauf und träumt, wie er sie nach Italien entführt und sie dort in wilder Ehe leben. Ohne das ganze bürgerliche Getue. Ohne College. Ohne Marine. In einem alten Bauernhäuschen nahe am Meer. Noch nie war sie dort, dabei soll es am Mittelmeer so schön sein. Venedig! Rom! Florenz! Was für herrliche Städte müssen das sein! Und was für Motive! Sie kennt ja nur Bilder. Römische Ruinen mit umgestürzten Säulen und Statuen, malerische Szenen mit Landarbeitern und Eselskarren. Lauschige Olivenhaine. Sanfte Hügel, von der Sonne Italiens vergoldet, getupft mit dunklen Pinien und Zypressen. Ach, wäre das schön, sie würde sofort anfangen zu malen! Eine Staffelei, Leinwand, Pinsel und Ölfarben, und hinaus in die Landschaft.

Zum Teufel mit der Kunstschule! Sie wird sich das Malen selbst beibringen, unbeeinflußt von würdigen Professoren, vom flüchtigen Zeitgeschmack, von moralischen Zwängen. Sie denkt an ihre heimlichen Skizzen, erotische Szenen in romantischer Umgebung, abends im Lampenlicht flüchtig aufs Papier geworfen, die sie oft in ihre Träume begleitet haben.

Leider hat sie die meisten davon zerrissen und weggeworfen,

aus Angst, Vater könnte sie finden. Aber die schönsten hat sie aufgehoben und in einem Kuvert versteckt.

Italien! Romantische Abende mit Adrian im Mondschein. Sie würden am Strand sitzen, Wein trinken und dem Plätschern der Wellen lauschen. Sich über Kunst unterhalten. Sie seufzt. Er macht ihr nicht den Eindruck, sich dafür zu interessieren. Kein Wunder bei einem Offizier. Ob sie ihn wohl dafür begeistern könnte? Er scheint ihr recht offen und einfühlsam zu sein. Und er ist Deutscher. Da muß er doch eine tiefere Beziehung zur Malerei, zur Musik, zur Literatur haben. Wer weiß, vielleicht schlummert sogar eine versteckte Begabung in ihm? Das wäre wundervoll. Sie könnte seine Muse sein, und er die ihre, in männlicher Gestalt natürlich. Komisch, daß es kein Wort für eine männliche Muse gibt.

CHELTENHAM, PITTVILLE PARK, 8. SEPTEMBER 1911, FREITAG

Kurz vor halb sieben ist Seiler auf dem Weg zur Paddington Station. Er trägt einen dunkelblauen Sommeranzug, einen der beiden Anzüge, die ihm die Botschaft finanziert hat. Er hat seinen kleineren Handkoffer dabei, der gerade groß genug ist für den zweiten Anzug und ein paar Schuhe. Er will nach Cheltenham, um Vivian zu überraschen. Heute hat er nichts zu tun, auch übers Wochenende voraussichtlich nicht, und sie fehlt ihm. Cheltenham ist nicht aus der Welt, drei Stunden mit dem Zug. An der Paddington angekommen, hält er nach Polizisten und Detektiven Ausschau, sieht jedoch nur ein paar Bobbies, die man ja in jedem Bahnhof erwartet. Kurz vor dem Abfahrtspfiff steigt er in den Frühzug der Great Western Railway über Oxford nach Cheltenham. Während der Fahrt denkt er über seine letzte Begegnung mit Vivian nach.

Es war Samstag, zwei Tage bevor sie ins College mußte. Tagelang vorher hatte er überlegt, wie er es anstellen sollte, sich ihrem Vater vorzustellen. Reimers' Warnungen, daß er mit der Möglichkeit rechnen solle, von Scotland Yard oder dem Geheimdienst beobachtet zu werden, hatten ihn unsicher gemacht. Und womöglich wurde auch der Petermansche Buchladen überwacht.

In der Nacht zum Samstag hatte es endlich zu regnen begonnen, und als er morgens erwachte, goß es in Strömen. Jetzt oder nie, dachte er während des Frühstücks, bei diesem Wetter würde ein Detektiv, falls denn ein solcher vor dem Laden herumlungerte, irgendwo Unterschlupf suchen, vielleicht in dem Pub an der Ecke. Und er könnte seinen Regenmantel anziehen und sich mit Hut und Schirm einigermaßen unkenntlich machen. Außerdem regnete es derart stark, daß man kaum etwas sehen konnte. Er beendete sein Frühstück, zog im Zimmer den Mantel an, drückte sich den Bowler auf den Kopf und griff nach dem Schirm. Dann eilte er los. Es war kein weiter Weg, durch die Maiden Lane in die St. Martin's und von dort im Laufschritt zum Laden, ohne links und rechts zu schauen, den Kragen hochgeschlagen und den Schirm vor dem Gesicht. Trotzdem war er klatschnaß, als er den Laden betrat, das Wasser troff nur so an ihm herab. Peterman war da, nahm ihm den Schirm ab, stellte ihn in einen Ständer und bemerkte: »Sie müssen ein begeisterter Leser sein, Sir, wenn Sie sich bei so einem Hundewetter in mein Geschäft bemühen. Oder möchten Sie nur warten, bis es nachläßt? Auch dann sind Sie herzlich willkommen!«

»Besten Dank«, erwiderte Seiler und zog sein Taschentuch aus der Jacke, um sich wenigstens Gesicht und Hände abzutrocknen. Doch das Tuch war ebenfalls nass. Peterman lachte und rief nach hinten: »Vivian! Sei so gut und bring rasch ein Handtuch!«

Sie ist da, dachte Seiler erleichtert. Er nahm den durchweichten Bowler ab und hängte ihn über den Griff seines Schirms, als sie schon hereinkam. Sie lachte, als sie ihn so durchnäßt sah, und reichte ihm das Handtuch.

»Vater«, sagte sie auf deutsch, »das ist Herr Seiler, der mich zu Gatti's eingeladen hat, du erinnerst dich?«

»Ah! Sieh da! Der junge Herr von der Botschaft!«, sagte Peterman, ebenfalls auf deutsch, und gab ihm die Hand. »Dachte doch, ich habe Sie schon einmal gesehen.«

»Ich bin nur vorübergehend an der Botschaft«, erwiderte Seiler verlegen, »ich werde bald nach Kiel zurückkehren müssen.« Er verbeugte sich und sagte: »Wenn Sie gestatten: Adrian Seiler, Oberleutnant zur See in der kaiserlichen Marine. Ich möchte mich bei Ihnen entschuldigen, daß ich Miss Vivian ausgeführt habe, ohne vorher Ihre Erlaubnis einzuholen, Herr Peterman. Das war wirklich unverzeihlich von mir.«

Währenddessen stand Vivian hinter dem Rücken ihres Vaters und schnitt Grimassen, was ihn ganz aus der Fassung brachte.

Peterman sagte ernst, aber mit freundlichem Blick: »Nun, Sie haben es ja eben wiedergutgemacht. Damit ist für mich der Fall erledigt. Kommen Sie, trinken Sie eine Tasse Tee mit uns.«

Als er gute zwei Stunden später aufbrach, regnete es immer noch, aber nicht mehr so stark. Den Hut tief in die Stirn gedrückt, hielt er nach etwaigen Detektiven Ausschau, sah aber niemanden, der einer sein könnte. Die wenigen Passanten in der Gasse hatten es eilig, wichen den Pfützen aus, und keiner achtete auf ihn. Auf dem Weg zum Hotel sah er öfter einmal über die Schulter, aber niemand schien ihm zu folgen.

Was hatte Vivian nur für komische Grimassen geschnitten, hinter ihrem Vater? Und beim Tee hat sie ihn ein paarmal unterm Tisch mit dem Fuß angestoßen. Sollte das bedeuten, sie wolle ihn noch einmal alleine sehen? Aber wie hätte er das anstellen sollen? Na, jetzt kann er das wieder in Ordnung bringen.

Um elf Uhr hält der Zug in Cheltenham. Weit und breit ist kein Polizist in Sicht. Ein Plan der Stadt ist am Bahnhof ausgehängt, Seiler studiert ihn aufmerksam. Cheltenham ist eine kleine Stadt, fast alles ist in wenigen Minuten zu Fuß erreichbar. Und es regnet nicht. Weiße Wolken treiben über den blauen Himmel, die Luft ist angenehm mild.

Er nimmt sich ein Zimmer im Queen's Hotel am Südende der Promenade, gerade in der Mitte zwischen dem Bahnhof und dem Cheltenham Ladies' College, und trägt sich als Mr. Stuart aus Southampton ein. Er macht sich kurz frisch, dann sucht er das College auf und betritt das Büro der Head Mistress, Miss Faithfull.

Er stellt sich als Anthony Stuart vor und bittet darum, Miss Vivian Peterman in einer Familienangelegenheit unter vier Augen sprechen zu dürfen. Miss Faithfull ist eine ältere Dame mit freundlichem Gesicht, die dunkelbraunen Haare, die an der rechten Seite ergraut sind, lose zurückgebürstet und zu einem Knoten gebunden. Sie trägt ein schlichtes dunkelgrünes Kleid, ein cremefarbener Kragen umschließt ihren Hals. Sie hört sich an, was er zu sagen hat, und entscheidet: »Gut, Mr. Stuart, ich werde Miss Peterman rufen lassen.« Sie erhebt sich, klopft kurz an eine Seitentür und kehrt zu ihrem Schreibtisch zurück. Die Tür öffnet sich nur ein paar Augenblicke später, und ein ältliches Fräulein fragt: »Ja, Miss Faithfull?«

»Seien Sie so gut, Margret, und bitten Sie Miss Peterman zu mir. Sie hat Besuch.«

»Ja, Miss Faithfull, sofort.« Damit schließt sich die Tür wieder hinter ihr.

Es vergehen nur wenige Minuten, bis es klopft.

»Come in, please!«

Vivian tritt ein, in einer weißen Bluse und einem langen grünen Rock. Erstaunt bleibt sie stehen, als sie ihn sieht. Doch sogleich blickt sie die Head Mistress an und fragt: »Sie haben mich rufen lassen, Miss Faithfull?«

»Dieser Gentleman hier möchte Sie sprechen, Miss Peterman.«

Die Head Mistress wird sich vergewissern wollen, ob alles seine Richtigkeit hat, denkt Seiler und sagt, bevor Vivian den Mund öffnen kann: »Good day, Miss Peterman! Mein Name ist Stuart, Anthony Stuart. Ich bin nicht sicher, ob Sie sich an mich erinnern. Ich bin der Sohn des Cousins Ihres Herrn Vater. Er bat mich, Ihnen Grüße auszurichten und Sie über seine Pläne für eine Geschäftserweiterung zu unterrichten.«

Vivian reagiert ohne Zögern: »Aber natürlich erinnere ich mich an Sie, Mr. Stuart! Es ist sehr freundlich von Ihnen, sich extra hierherzubemühen!«

»Oh, ich muß ohnehin nach Gloucester«, er muß fast lachen über das Theater, das sie hier spielen, »und Cheltenham liegt ja auf dem Weg. Sagen Sie, würde es Ihnen etwas ausmachen, heute abend gegen sechs Uhr mit mir zu dinieren? Das ist zwar ein wenig früh, aber da ich den Abendzug nach Gloucester um zehn Uhr dreißig nehmen muß, bitte ich hierfür um Ihr Verständnis.«

Das hat er sich so ausgedacht, damit die Direktorin nicht auf den Gedanken kommt, sie könnten die Nacht zusammen verbringen wollen. Gleich bei der Ankunft hat er nachgesehen, ob es einen späten Zug auch wirklich gibt. Er fügt hinzu: »Bei der Gelegenheit möchte ich Ihnen dann auch ein Päckchen überreichen, das mir Ihr Herr Vater mitgegeben hat.«

Vivian blickt fragend zu Miss Faithfull. Die nickt freundlich. »Natürlich. Gehen Sie nur, Miss Peterman. Warum zeigen Sie Mr. Stuart nicht unseren schönen Garten? Dort können Sie sich ungestört unterhalten.«

Vivian bedankt sich mit einem Knicks. Sie verlassen das Büro und gehen einen langen Korridor entlang, dessen Boden mit weißen und schwarzen Marmorplatten schachbrettartig ausgelegt ist. Es ist vollkommen still in diesem College, kein Ton ist zu hören außer dem Geräusch ihrer Schritte.

An der Pforte angekommen, lacht sie und sagt: »Das hast du dir ja fein ausgedacht! Du fährst doch nicht wirklich heute abend schon?«

Seiler schüttelt den Kopf: »Ach wo! Ich hab mich übers Wochenende im Queen's Hotel einquartiert. Ich wollte nur nicht, daß die gestrenge Dame auf dumme Gedanken kommt.«

Vivian grinst. »Ja, das soll sie mal lieber uns überlassen.«

Der Garten des College ist großzügig angelegt. Kieswege durchschneiden den perfekt gepflegten Rasen, und Bänke stehen unter noch recht jungen Bäumen. Zwei hohe und betagte Ulmen zieren den entfernteren Teil der Anlage. Dort sitzt eine Gruppe Schülerinnen im Gras, alle in grünen Röcken und weißen Blusen. Die alten Hauptgebäude erinnern Seiler an die Architektur von Ritterburgen, aus grob gehauenen Sandsteinquadern aufgemauert, mit hohen gotischen Spitzbogenfenstern, Pfeilern und steilen Dächern.

Sie plaudern eine Weile, dann muß sie zum Unterricht zurück. Sie verabschieden sich, und er macht sich auf, ein wenig in der Stadt herumzuschlendern.

Am Abend erscheint Vivian pünktlich im Hotel, in einem tiefvioletten Abendkleid, mit einem breitrandigen Hut in derselben Farbe und einem hauchzarten, durchsichtigen Schleier, der ihre Augen verdeckt und nur Nase und Mund freiläßt.

»Ich hab mich verkleidet«, sagt sie, »damit mich keine vom College erkennt. Das wär nicht gut, mit dir allein im Hotel gesehen zu werden.«

Seiler hat sich ebenfalls umgezogen und trägt den dunkelgrauen Abendanzug mit Weste und Krawatte. Im Speisesaal trinken sie ein Gläschen Sherry und studieren die Speisekarte. Vivian entscheidet sich für das Rumpsteak.

»Well done, please«, sagt sie dem Ober, »und dazu hätte ich gerne Stampfkartoffeln und, mal sehen …«, sie fährt mit dem Finger die Speisekarte entlang, »… ja, grüne Bohnen, bitte!«

Der Ober empfiehlt Seiler den Steinbutt, aber er bestellt dasselbe wie sie, dazu einen leichten Hock, wie die Engländer den Rheinwein aus Hochheim nennen.

»Good Hock keeps off the doc«, zitiert Adrian seinen Vater. Er mag keinen Fisch. »Bei uns in der Marine heißen die Fische ›Außenbordskameraden‹. Kein Seemann ißt gern Fisch. Ich glaube, das hängt damit zusammen, daß man hofft, nicht auch eines schönen Tages von den Fischen gefressen zu werden.«

Vivian lacht laut. »Das ist ja komisch! O weh, und ich hab Rumpsteak bestellt! Heißt das, daß ich irgendwann von einem Ochsen gefressen werde?« Sie schüttelt sich vor Lachen und kichert noch lange darüber.

Während sie essen, fragt er sie, ob ihr Name Vivian eine Bedeutung habe. Er fühlt sich ein wenig befangen, und was Besseres fällt ihm nicht ein.

»Aber ja«, sagt sie, »es heißt soviel wie lebendig oder die Lebhafte. Und in der Artussage gibt es eine Vivian, die manchmal auch Vivienne geschrieben wird. Sie war es, die König Artus das Schwert Excalibur gegeben hat, und sie hat Lancelot großgezogen, als dessen Vater starb.«

Ihre Augen leuchten, er hört ihr gebannt zu.

»Sie wird auch Lady of the Lake genannt«, fährt sie fort, »weil sie in einem Schloß lebte, das von einem See umgeben war. Sie war eine Magierin: Das Zauberhandwerk hat sie von Merlin gelernt, den sie bezirzt hat. Zum Schluß hat sie ihn verhext und in einem Baumstamm eingesperrt.«

Seiler nimmt sich vor, die Sage so bald wie möglich einmal selbst zu lesen. In der Schule hat er sich nicht dafür interessiert. Dafür kannte er schon alle englischen Kriegsschiffe mit Namen.

Jetzt will sie Seilers Sternzeichen wissen.

»Oh«, sagt er, »ich fürchte, das weiß ich nicht.«

»Wann bist du denn geboren?«

»Am 10. März 1883«, sagt er.

»Oje, Fische! Wasserzeichen! Das paßt zu deinem Beruf. Und da ist es natürlich klar, warum du keine Kameraden essen willst. Bist ja kein Kannibale.« Sie lacht, bis ihr die Tränen in die Augen treten. Als sie sich wieder beruhigt hat, sagt sie leise: »Dann solltest du aber auch ein ziemlich romantischer Mann sein. Das paßt dann wiederum nicht so recht zu deinem Beruf, oder?«

Er zuckt die Achseln. »Darum hab ich mich nie gekümmert. Was ist denn dein Sternzeichen?«

»Schütze«, erwidert sie, »ich bin im Dezember geboren, am fünften Dezember werde ich achtzehn. Schütze ist ein Feuerzeichen, genauer, ein labiles Feuerzeichen.«

»Und was schreibt man ihm für Eigenschaften zu?«, will er wissen.

»Schütze, na ja. Schützen sollen spontan sein, begeisterungsfähig, voller Freiheitsdrang, Idealismus und mit einem Hang zur Übertreibung.« Sie lacht ein wenig verlegen. »Ich hab mich mal ziemlich intensiv damit beschäftigt, da war ich fünfzehn. Aber irgendwie ist es auch Unsinn. So recht glaub ich nicht dran. Obwohl, ein bißchen davon scheint manchmal zutreffend zu sein.«

Will sie ihm damit etwas durch die Blume mitteilen? »Es schmeckt hervorragend«, sagt sie, bevor er fragen kann, und strahlt ihn an, »hundertmal besser als im College!«

Nach dem Dinner schlendern sie Arm in Arm die baumgesäumte Promenade entlang. Es ist ein herrlicher Abend, die Sonne steht bereits tief und taucht Dächer und Bäume in orangefarbenes Licht. Der Weg führt sie in den Pittville Park im Norden des Städtchens. Es wird dunkel, am Himmel leuchten die ersten Sterne. Gemächlich bummeln sie um den Pittville Lake herum. Nur wenige späte Spaziergänger sind hier noch unterwegs. Auf einer kleinen Brücke am westlichen Ende bleiben sie stehen, ans Geländer gelehnt. Zwischen den Wipfeln der Bäume wird der Mond sichtbar, groß und rund, und sie schauen schweigend zu, wie er langsam höher steigt, bis er sich im Wasser des Teiches spiegelt. Vivian löst sich vom Geländer und nimmt seinen Arm. Schweigend wandern sie weiter. Der Park ist hübsch gestaltet, zwischen moosbewachsenen Felsbrocken plätschert ein kleiner Bach von einem kleinen Wasserfall zum andern. Sie kommen an eine rustikale Holzbrücke, die den kleinen See an einer schmalen Stelle überquert. In der Nähe finden sie eine Bank, von Büschen umsäumt, die einen Blick aufs Wasser gewährt. Darüber leuchtet der Vollmond.

»Ach, ist das schön!«, sagt Vivian in ihr Schweigen hinein, »beinahe schon kitschig, findest du nicht?«

»Ich finde es sehr romantisch«, sagt er heiser und räuspert sich. Sein Mund ist ganz trocken.

Sie sieht ihn an und sagt leise: »Ich freue mich, daß du gekommen bist. Ich habe oft an dich gedacht.«

»Und ich an dich.«

Im Gebüsch hinter ihnen raschelt es leise. Ein Eichhörnchen hüpft auf den Weg, verharrt, macht ein paar kleine Sprünge und setzt sich auf die Hinterpfoten, den buschigen Schwanz erhoben. Aus schwarzen Knopfaugen blickt es sie an, die Pfötchen vor der Brust, reglos, eine halbe Ewigkeit lang. Dann macht es plötzlich einen Satz, jagt wie der Blitz über den Weg und huscht am Stamm einer Esche empor, wo es im dunklen Laub verschwindet.

»Schade«, flüstert Vivian, »so ein süßes kleines Ding!«

Sie wendet ihm ihr Gesicht zu und öffnet den Mund, als wollte sie etwas sagen, schließt ihn aber gleich wieder. Zwei senkrechte Falten erscheinen auf ihrer Stirn, sie scheint auf einmal betrübt zu sein. Seiler sieht sie besorgt an. Hat sie Kummer?

Sie blickt geradeaus, an ihm vorbei, und in ihren Augen spiegeln sich winzig klein zwei Monde.

»Was ist denn?«, fragt er leise. »Du wirkst auf einmal so traurig?«

»Ach, ich mußte nur gerade daran denken, daß du ja bald wieder nach Deutschland zurückmußt«, sagt sie, »ich glaube, dann wirst du mir fehlen.«

Da hellt sich ihr Gesicht schon wieder auf, die Stirn glättet sich, und sie lächelt. »Vielleicht besuche ich dich einmal? In den Ferien. Wenn du das möchtest?«

Sie beugt sich vor und steckt die Hände zwischen ihre Knie, aber gleich glättet sie den Rock wieder und sieht zu ihm auf. Ihr

Gesicht ist bleich im Mondlicht, Augen und Lippen dunkel. Seiler spürt sein Herz klopfen. Wie wunderschön sie ist! Ihr Blick läßt ihn wieder nicht los. Es ist, als würden ihre Augen ihn ansaugen, und auf einmal berühren sich ihre Lippen. Sie schlingt die Arme um seinen Hals, zieht ihn an sich, und sie küssen sich lange. Dann sitzen sie eng aneinandergeschmiegt. Er riecht den Duft ihrer Haare, spürt ihre Wärme und lauscht ihrem ruhigen Atem. Noch nie hat er sich *so* glücklich gefühlt.

LONDON, CHARING CROSS STATION, 30. SEPTEMBER 1911, SAMSTAG

Der Tag seiner Abreise ist da. Vivian ist gestern extra von Cheltenham gekommen, um sich von Adrian zu verabschieden. Nun sind sie hier in der großen Halle der Charing Cross Station, und es sind nur noch zehn Minuten bis zur Abfahrt des Dover-Expreß zum Hafenbahnhof. Dort wird er die Fähre nach Calais nehmen und dann mit der Bahn nach Kiel weiterreisen. Ob sie sich dann jemals wiedersehen?

Seit gestern regnet es in Strömen. Das verstärkt ihre traurige Stimmung noch mehr. Sie stehen voreinander und halten sich an den Händen. Sein Gesicht ist ungewöhnlich ernst. Alles Jungenhafte ist verschwunden, er wirkt auf einmal viel älter. Zwei Furchen sind an seinen Mundwinkeln erschienen, als sollten sie jeden Versuch zu lachen oder zu weinen unmöglich machen. Vivian kann kaum die Tränen zurückhalten, aber sie nimmt sich zusammen. Es muß ihm ähnlich gehen, wahrscheinlich genauso. Sie sieht es ihm an. Er kämpft dagegen, daß ihn seine Gefühle überwältigen, und das macht ihn ganz starr, seine Lippen sind fest aufeinandergepreßt. Über seine Schulter hinweg sieht sie den Zeiger der Uhr weiterrücken. Noch sieben Minuten. O Gott! Ein dumpfer Druck sitzt ihr in der Brust und will durch ihre Kehle nach oben, sie schluckt mehrmals, um ihn zurückzudrängen. Sie will etwas sagen, bringt kein Wort heraus, und auch er sieht sie nur schweigend an. Sein Blick ist liebevoll, und nun schimmert es feucht in seinen Augenwinkeln. Da läßt sie seine Hände los und umarmt ihn. Vor allen Leuten, aber das ist ihr egal. Sie drücken sich verzweifelt aneinander und küssen sich wild. Es vergeht eine Ewigkeit, bevor sich ihre Lippen voneinander lösen, aber sie halten sich nach wie vor eng umschlungen.

»Zeit einzusteigen, Sir, Madam, bitte!« Der Kondukteur lächelt verständnisvoll, einladend hält er die Waggontür auf.

»Vivian«, sagt Adrian heiser, »ich werde wiederkommen, das verspreche ich dir.«

Sie schmiegt sich enger an ihn: »Küß mich noch einmal.«

Der letzte Kuss. Er löst sich aus ihrer Umarmung, nimmt den Koffer und steigt ein. Der Schaffner folgt ihm auf dem Fuß und knallt die Tür zu. Abfahrtspfiff. Ein leichter Ruck, noch einer, dann rollt der Zug.

Sie geht ein paar Schritte mit und sieht ihn noch einmal kurz durchs Fenster, dann ist es vorbei. Schon ist der Zug aus der Halle, das rote Schlußlicht erlischt im grauen Regenvorhang. Blind vor Tränen tastet sie nach ihrem nassen Schirm, den sie auf eine Bank gelegt hat.

DOVER–CALAIS, 30. SEPTEMBER 1911, SAMSTAG

Dover Castle, auf seiner Klippe hoch über dem Hafen, bleibt zurück, verblaßt langsam als grauer Schemen im Regen. Die Fähre passiert die Ausfahrt zwischen den Molenköpfen und geht auf nordöstlichen Kurs. Die See ist rauh hier im Kanal, und das Schiff beginnt leicht zu stampfen. Gischtfahnen wehen über das Vorschiff. Es stürmt und regnet, die Passagiere sind alle in die Salons geflüchtet. Seiler ist wehmütig zumute, er kämpft sogar mit den Tränen. Er verläßt den schwankenden Salon, in dem die Luft zum Schneiden dick ist, und tritt auf das achtere Sitzdeck hinaus. Die Holzbänke dort triefen vor Nässe.

Es fällt ihm ein, was Vivian ihm beim Abendessen im Queen's Hotel erzählt hat: Vivian sei in der Artussage eine Zauberin, the Lady of the Lake, weil sie in einem Schloß lebe, das von einem See umgeben sei. Das Schloß ist England, denkt er, der See der Nordatlantik. Wie soll ich zu ihr kommen? Der nächste Urlaub ist in weiter Ferne. Und was, wenn zwischen unseren Ländern der Krieg ausbricht?

Er steht am Heck an der Reling, allein. Regentropfen und salzige Gischt mischen sich mit seinen Tränen.

Als er in Calais an Land geht, hat er sich wieder einigermaßen gefaßt. Im Zug nach Köln, wo er Anschluß an den Zug nach Kiel über Hamburg hat, drückt er sich in eine Abteilecke und schließt die Augen. Das Ende in London war schnell gekommen, viel zu schnell. Vorgestern war Reimers im Hotel aufgetaucht und hatte ihm ein Kuvert von Widenmanns Sekretär Mellentier überreicht. Es enthielt ein offizielles Schreiben des Reichsmarineamtes, das ihn nach Kiel zurückbeorderte. Am 2. Oktober habe er sich um acht Uhr morgens bei der Flottille zu melden.

Er sagte es Reimers, und der nickte: »Tja, die Pflicht ruft. War zu erwarten. Die Marokkokrise entspannt sich allmählich, eine Einigung mit Frankreich steht ins Haus.«

Er sah ihn prüfend an. »Besonders glücklich scheinen Sie nicht zu sein?«

Seiler zuckte die Achseln. »Ich glaube, ich habe mich ein wenig zu sehr an England gewöhnt. War ja fast drei Monate hier.«

»Glaub's Ihnen gerne. Hier läßt es sich aushalten, nicht wahr. Na ja, ich muß auch nach Berlin zurück, aber erst in eineinhalb Wochen. Mein Verein wird ungeduldig.«

Seiler hat ihn wohl ein wenig verwundert angesehen, weil Reimers ergänzte: »Reichsmarineamt. Unser winziger Nachrichtendienst. Ich sage meistens N dazu.«

Er reichte ihm die Hand. »Leben Sie wohl, Seiler. Und falls Sie Zweifel haben: Sie haben gute Arbeit geleistet.« Dann grinste er, bis seine Augen nur noch schmale Schlitze waren, und schlug vor: »Kommen Sie! Darauf trinken wir noch einen, oder meinetwegen fünf!«

DOVER, FERRY TERMINAL, 30. SEPTEMBER 1911, SAMSTAG

Drummond folgt Seiler am Hafenbahnhof von Dover zum Fährterminus und sieht zu, wie der Deutsche unbehelligt den Zoll passiert. Er hat am Bahnhof die Abschiedsszene beobachtet. Die beiden lieben sich, kein Zweifel! Er hat ganz hinten beim letzten Wagen gewartet, bis Seiler eingestiegen ist, dann ist er selbst aufs Trittbrett gesprungen und hat die Tür des anfahrenden Zuges hinter sich geschlossen. Drummond fährt mit, denn er muß sich vergewissern, ob der Mann auch wirklich England verläßt. Wegen Kompetenzstreitigkeiten mit Cumming von der Foreign Section kann er Seiler nicht auf den Kontinent verfolgen. Sie werden daher auch weiter nicht wissen, ob und für welche Dienststelle der deutschen Marine Seiler arbeitet. Drummond entdeckt einen Detektiv, der zwischen zwei Constables steht und ebenfalls aufmerksam zusieht, wie Seiler über die Stelling die Fähre betritt. Der hat ihn also auch erkannt und kennt offensichtlich ebenfalls den Befehl, ihn nicht zu behelligen. Merkwürdig, daß der Deutsche keinen Versuch unternimmt, sich zu tarnen. Ist er so naiv? Oder ist er einfach harmlos, und sie haben den falschen Mann unter Verdacht?

Kells Entscheidung, diesen Seiler nicht weiter zu behelligen, hatte Melville übel aufgenommen. Nachdem der Captain gegangen war, hatte er versucht, Drummond von seiner Sicht der Dinge zu überzeugen, obwohl er wissen mußte, daß Drummond auf die Entscheidungen des Chefs keinerlei Einfluß nehmen kann. Warum nimmt er den verdammten deutschen Spion nicht hoch, hatte Melville gegrollt, und räuchert das Agentennest in Petermans Buchladen endlich aus? Mit Zimperlichkeit kommt man in diesem Geschäft nicht weit! Dabei hatte er wütend gegen den Schreibtisch Kells getreten. Wenn es nach mir ginge, würde ich diese Leute in die Mangel nehmen, bis sie uns sämtliche Namen und Adressen aller Spione vorsingen!

Drummond konnte sich das gut vorstellen. Er hatte ja miterlebt, wie Melville den Deutschen vor dem Hope & Anchor traktiert hatte. Der Mann war bestimmt schwer verletzt gewesen, wenn nicht sogar tot. Gegen den Detektiv war nie ermittelt worden, sie waren ja auch schon weg, bevor die Constables heran waren. Und selbst wenn Melville als Täter ermittelt worden wäre, hätte die Polizei sicher nichts gegen ihn unternommen. Als hochdekorierter ehemaliger Chef der Special Branch hat er zweifellos mächtige Freunde, die im Notfall schützend die Hand über ihn halten.

Nach seiner Rückkehr aus Dover erfährt Drummond von Kell, die sogenannten Reimers-Briefe hätten bereits zur Enttarnung eines deutschen Agenten namens Karl Ernst geführt, der als Mittelsmann Korrespondenz innerhalb Englands weitergeleitet habe. Captain Kell hat innerhalb von wenigen Stunden mit Hilfe des Home Office, dem Winston Churchill vorsteht, erreicht, daß die Post Verdächtiger überwacht und geöffnet werden kann. Drummond kann das kaum glauben, für das liberale England ist das ein unerhörter Vorgang. Er runzelt die Stirn, wagt aber keinen Einwand.

Der deutschstämmige Brite und Friseur Karl Ernst werde intensiv beobachtet, erklärt Kell unbeeindruckt. Melville habe dank seiner Verbindungen durchgesetzt, daß zwei Scotland-Yard-Detektive ihm auf Schritt und Tritt folgten und notierten, wann er wo Briefe aufgebe. Diese sollen dann vom General Post Office aussortiert und an das SSB übergeben werden. Die Leitung des General Post Office habe sich zuerst geweigert, da ein Vertrauensschwund der Post gegenüber befürchtet werde, falls der Vorgang bekannt werde. Doch eine scharf formulierte Eilverfügung des Home Office zwinge sie, der Anweisung Folge zu leisten.

London, Cecil Court, 2. Oktober 1911, Montag

Gerade mal zehn Minuten nachdem Drummond seinen Beobachtungsposten im Kamerashop bezogen hat, hält ein Hansom Cab vor der Tür. Eine junge Dame steigt aus, und durch die Scheibe erkennt er gerade noch Vivians rothaarige Freundin, bevor sie in Petermans Buchladen verschwindet. Das Cab macht keine Anstalten weiterzufahren. Der Kutscher sitzt unbeweglich auf seinem hohen Bock an der Rückseite des zweirädrigen Gefährts, also soll er wohl auf sie warten. Die Gelegenheit, der jungen Frau zu folgen, um zu sehen, wo sie wohnt, ist zu günstig. Zu Fuß kann er mit dem schnellen Cab nicht mithalten, also schnappt er sich seine Mütze und verläßt den Laden. Die Gasse ist zu eng für das Cab, um zu wenden, daher nimmt er an, daß es gleich zur St. Martin's Lane vorfahren wird. Er eilt dorthin und hält an der Ecke Ausschau nach einer anderen Droschke. Ein paar Hansoms traben vorbei, sind aber alle besetzt. Fünf lange Minuten verstreichen, in denen er immer wieder über die Schulter blickt, ob das Cab noch vor dem Buchladen steht. Endlich entdeckt er eine Automobildroschke zwischen all den Fuhrwerken und Radfahrern und winkt sie heran. Dem Fahrer sagt er: »Hier aus der Gasse wird gleich ein Cab rauskommen, dem folgen Sie bitte!« Dann geht er die paar Schritte bis zur Ecke und wartet. Hinter ihm knattert der Motor der Droschke im Leerlauf. Der Fahrer ist ausgestiegen und raucht eine Zigarette.

Es dauert fast eine Viertelstunde, bis die junge Frau wieder aus dem Laden kommt, jedoch zusammen mit Petermans Tochter, die einen Koffer trägt. Beide nehmen Platz, und das Cab trabt sofort los und biegt nach links in die St. Martin's Lane ein. Er winkt sein Motortaxi heran und nimmt im Fond Platz.

Durch chaotischen Verkehr folgen sie dem Cab über den Oxford Circus, dann geht es weiter an der Nordseite des Hyde Park entlang, schließlich endet die Fahrt vor der Paddington Station. Vivian hat wohl die Absicht, ins College zurückzufahren, und ihre Freundin bringt sie zum Bahnhof. Er drückt dem Fahrer einen Half-Sovereign in die Hand und bedeutet ihm zu warten, dann folgt er den beiden Frauen bis auf den Bahnsteig der Züge nach Oxford und Gloucester. Dort plaudern sie miteinander, aber sie scheinen beide in ernster Stimmung zu sein, Vivian zumindest wirkt recht bedrückt. Währenddessen wird der Zug bereitgestellt, und der Bahnsteig füllt sich mit Reisenden. Er schlendert an den beiden vorbei, ohne sie zu beachten, bleibt etwas hinter ihnen stehen und steckt sich eine Zigarette an. Wegen des Lärms in der Halle versteht er kaum etwas von ihrer Unterhaltung, vernimmt aber, wie Vivian ihre Freundin Emmeline nennt. Er entfernt sich langsam wieder, wobei er sie im Sichtfeld behält, und studiert den ausgehängten Fahrplan. Die Abfahrt ist auf 9 Uhr 48 festgelegt, also wird es noch gut zehn Minuten dauern. Endlich umarmen sich die beiden, und Vivian steigt in den Waggon.

Emmeline, so nennt er sie jetzt für sich, verläßt den Bahnhof, und er rechnet damit, daß sie die U-Bahn nimmt oder zu Fuß geht, wohin auch immer. Doch sie steuert sofort auf eins der wartenden Hansoms zu und nimmt darin Platz. Wohin sie will, kann er nicht hören. Er eilt zu seinem wartenden Motortaxi und weist den Mann an hinterherzufahren. Das Cab trabt schnell vor ihnen her, überholt Pferdebusse und Fuhrwerke, sein Taxifahrer hat Mühe, es im Auge zu behalten. Jetzt biegt das Gefährt in die Strand ein und hält vor Gatti's Café. Emmeline steigt aus und geht hinein. Drummond entlohnt seinen Fahrer und legt noch einen Shilling drauf. Ein teurer Spaß. Er wird die Quittung im Büro einreichen und erklären, er sei Petermans Tochter gefolgt.

Inzwischen hat es leicht zu regnen begonnen. Er bleibt dennoch draußen und beobachtet durch eins der großen Fenster, wie

Emmeline zu einem älteren Gentleman an den Tisch tritt. Der erhebt sich sofort, verbeugt sich und bittet sie mit einer einladenden Handbewegung, Platz zu nehmen.

Sie trinkt Kaffee und unterhält sich mit ihrem Gegenüber. Drummond bewundert ihre selbstbewußte Haltung und ihre sparsamen, aber eleganten Gesten. Sie sitzen nahe genug am Fenster, so kann er sehen, daß sie keinen Ehering trägt. Auch keinen Verlobungsring, dafür einen hübschen Ring mit grün funkelndem Stein an der linken Hand. Der Gentleman könnte ein Bekannter sein oder eine Zufallsbegegnung. Da das Lokal gut besetzt ist, war dies möglicherweise der einzige freie Platz. Jedenfalls wirkt die Situation auf ihn nicht so, als wären sie verwandt oder gar liiert. Eben schüttelt sie lachend den Kopf, unter dem Hut fliegen ihre roten Locken, und der Gentleman schmunzelt unter seinem grauen Schnurrbart. Drummond wird es langsam ungemütlich. Er hat seinen Schirm nicht dabei, sein Kragen wird feucht, und die Nässe dringt allmählich durch die Schultern seines Jacketts. Er geht ein wenig auf und ab, kehrt aber immer wieder ans Fenster zurück.

Endlich, nachdem ungefähr eine Stunde vergangen ist, sieht er, wie sie sich erhebt, Umhang und Schirm vom Garderobenständer nimmt und zum Ausgang will. Draußen spannt sie ihren Schirm auf und geht an ihm vorbei in Richtung Trafalgar Square. Er läßt ihr ein paar Meter Vorsprung, dann folgt er ihr, wobei er ihren Gang bewundert, gelassen, aber mit erhobenem Kopf und dabei raffiniert und zugleich dezent die Hüften wiegend.

Mal sehen, wo sie wohnt und wie sie mit vollem Namen heißt. Es wäre auch interessant herauszufinden, ob sie alleine lebt. Schließlich ist er jetzt Detektiv, da ist das zumindest eine nützliche Übung. Er muß grinsen, als ihm klar wird, daß er versucht, sich vor sich selbst zu rechtfertigen.

Sie erreicht den Square und biegt rechts ab, steuert auf die City Hall zu und geht weiter in die Charing Cross Road. Will sie noch mal zu Petermans Bookshop? Nein, sie betritt ein großes Geschäftshaus gleich am Anfang der Straße. Nr. 4, sieht er, als er den Eingang erreicht. Eine Messingtafel zeigt an, daß im ersten Stock ein Büro der District Messengers untergebracht ist, und auf einer weiteren Tafel liest er: *International Society of Lady Couriers and Guides. 2nd Floor.* Er geht hinein und findet sich in einer Eingangshalle mit Marmorfußboden, Säulen mit Goldverzierungen und einem uniformierten Portier, der in einer Zeitung blättert und nicht die geringste Notiz von ihm nimmt. Neben der Treppe setzt sich gerade der Aufzug in Bewegung. Er schaut zu, wie der Zeiger der Etagenuhr mit einem Glockenton auf die Eins springt, dann auf die Zwei. Dort bleibt er stehen.

Arbeitet sie etwa hier, als Lady-Courier oder Fremdenführerin? Wohnungen scheint es in diesem Haus nicht zu geben. Unschlüssig bleibt er eine Weile in der Halle stehen. Soll er sich bei diesem Damen-Kurierdienst nach ihrem Namen und ihrer Adresse erkundigen? Nein, lieber nicht. Sie könnte ja als Empfangsdame oder Stenotypistin dort arbeiten. Oder bei einer der fünf oder sechs anderen Firmen im Haus beschäftigt sein. Den Portier will er auch nicht fragen, er könnte es ihr verraten, selbst wenn er ihm eine Pfundnote in die Hand drückte. Vor dem Haus wartet er noch eine halbe Stunde, dann gibt er auf und kehrt zum Cecil Court zurück, ein Weg von nur drei Minuten.

London, The Dover Castle, 4. Oktober 1911, Mittwoch

The Dover Castle ist ein Pub wie jedes andere auch. Zehn Handpumpen für verschiedene Biere ragen aus dem Tresen aus dunklem, fast schwarzem Holz mit einer Fußleiste aus Messing. An der Wand dahinter fensterartige Nischen mit Flaschen und Gläsern, darüber eine Reihe kleiner Fäßchen mit Zapfhähnen für Gin, Brandy und Whisky. Tische und Stühle gibt es nur in der abgetrennten Saloon Bar, hier vorne ist der Boden mit Sägespänen bestreut. Das Pub liegt in der Westminster Bridge Road in Lambeth, nicht weit von Clarkes Wohnung. Es ist kurz vor ein Uhr nachts, und außer ihnen sind nur noch neun Gäste da, die meisten stille Trinker. Der Wirt putzt Gläser und gähnt dabei ganz unverhohlen.

Drummond steht neben Clarke am Tresen und blickt in sein halb geleertes Glas Porter. Er fühlt sich zu dem Kollegen hingezogen. In ihm habe ich so etwas wie einen Gesinnungsgenossen gefunden, denkt er. Clarke hält auch nicht viel von dieser ganzen Deutschenpanik, die im SSB herrscht. Und er ist der einzige, von dem ich ab und zu etwas über diesen geheimniskrämerischen Verein erfahre. Nicht daß Stanley Clarke redselig wäre, er ist aber ebenfalls der Meinung, man kann um so besser arbeiten, je mehr man von den Zusammenhängen kennt.

Wieso ihr Chef die Postüberwachung so schnell durchsetzen konnte? Clarke weiß es: »Kell ist mit Winston Churchill befreundet, unserem Home Secretary«, erklärt er, »die beiden kennen sich von der Royal Military Academy her. Und Churchill ist ein Feuerfresser. Was der für richtig hält, setzt er durch, und zwar ohne auch nur eine Minute zu verlieren, und zum Teufel mit der öffentlichen Meinung.«

Und zum Teufel auch mit der liberalen Tradition Englands, ergänzt Drummond im stillen.

Captain Kell ist zwar auch von dieser Germanophobie befallen, aber er vertritt immerhin einen professionellen Standpunkt. Meine Strategie ist, sagte er neulich, deutsche Agenten ausfindig zu machen und zu beobachten, um ihre Kontakte festzustellen. Verhaftet werden sollen sie aber erst vor einem drohenden Kriegsausbruch. Melville sieht das ganz anders, das wissen sie beide nur zu gut. Drummond liegt es auf der Zunge, seinem Kollegen zu erzählen, wie Melville den Deutschen im Hope & Anchor zusammengetreten hat, läßt es aber doch sein.

Clarke sieht Schwierigkeiten für ihren Chef voraus. Er hat gehört, woher, will er nicht sagen, daß politische Kreise, darunter Churchill, mit Kells vorsichtiger Vorgehensweise nicht einverstanden sind. Sie wollen schnelle und publikumswirksame Erfolge. Motive dafür seien in erster Linie die Innenpolitik, die Flottenrüstung und Industrieaufträge.

»Würde mich nicht wundern«, meint er, »wenn Churchill sich über Major Edmonds im War Office an Melville gewandt hat, da Kell sich nicht unter Druck setzen läßt. Melville zieht nun im Hintergrund die Fäden und manipuliert Kell.« Clarke traut ihm zu, den Fall Peterman um jeden Preis forcieren zu wollen, selbst wenn Peterman unschuldig sein sollte.

»Wie kommt es, daß Sie so viel darüber wissen, Stanley?«, fragt Drummond. »Sie sind doch auch erst seit Anfang des Jahres dabei?«

»Na ja, wissen ist zuviel gesagt«, erwidert Clarke, »ich vermute hier nur. Allerdings hatte ich letztes Jahr hin und wieder mit dem War Office zu tun und bin dort auch Edmonds begegnet. Er leitet die Abteilung MO5, der wir unterstellt sind, ist also Kells Vorgesetzter. Recht intelligenter Mann, trotzdem halte ich nicht viel von ihm. Er nimmt alles, was dieser unsägliche Le Queux schreibt, für bare Münze und ist dabei noch verbohrter als Melville. Spionage durch andere Länder, damit meine ich vor allem Franzosen und Russen, ignorieren wir inzwischen vollständig. Dabei sind gerade diese Länder hier viel aktiver als die Deutschen.«

Kiel, 10. Oktober 1911, Dienstag

Seiler steht auf der Seegartenbrücke 3 und blickt über die Förde zur Mündung der Schwentine hinüber. Dort glühen die Schornsteine und Werkshallen der Howaldtswerft in den letzten Strahlen der Sonne, die bald hinter den Dächern von Kiel versinken wird. Links davon, vor Dietrichsdorf, liegen die acht Linienschiffe des II. Geschwaders vor Anker. Die dicken Schiffe haben Backspieren ausgebracht, Boote flitzen hin und her, ein qualmender Schlepper müht sich mit einem tief im Wasser liegenden Leichter ab. Hinter den Kriegsschiffen wellen sich die sanften Hügel des Ostufers, rot und orange leuchtet das Herbstlaub der Bäume im Abendlicht herüber, da und dort spitzt ein Kirchturm über den Wipfeln hervor. Von Kitzeberg her strebt ein weißer Dampfer der Hafenrundfahrt AG auf die Reventlou-Brücke bei der Marineakademie zu, und eine Segelyacht kreuzt gegen den leichten Nordwest die Förde hinauf.

Kiel hat auch seine schönen Seiten, aber in seiner schwermütigen Stimmung nimmt er sie kaum wahr. Diese erste Woche der Trennung von Vivian war schlimm, mit schlaflosen Nächten, und es geht ihm immer noch nicht viel besser. Sein Herz ist schwer, und zwar im wörtlichen Sinn. Ein Druck ist in seiner Brust, der nicht weichen will, der wie ein eiserner Reif das freie Durchatmen behindert.

Am Montag vor einer Woche hat er sich bei der Kieler U-Flottille zurückgemeldet. Korvettenkapitän Walter Michaelis, der Flottillenchef und der einzige Offizier in Kiel, der von seiner Kommandierung nach London weiß, hatte ihn noch einmal darauf hingewiesen, er dürfe keinesfalls erwähnen, daß er die letzten drei Monate in England verbracht habe. Offiziell sei er im Berliner Reichsmarineamt in einem Ausschuß für U-Boot-Konstruktionen tätig gewesen, dies sei bereits in seine Personalakte eingetragen worden.

Die Woche war angefüllt mit einem sogenannten Auffrischungskurs, den er zum größten Teil in der Marineakademie absolvieren mußte. Dazu kamen ein paar Stunden auf dem Dockschiff VULKAN, das oben in der Wiker Bucht im Kohlenhafen lag und als Wohnschiff der Besatzungen und Sitz der U-Boot-Schule fungierte. Mit ihm saßen drei Leutnants den Kurs ab, die vom Ostasiengeschwader zurückgekehrt und ebenfalls zu den Unterseebooten kommandiert waren.

Die Boote sollen einem forcierten Testprogramm unterzogen werden, denn Admiral Tirpitz will ihre operative Eignung bis Dezember 1912 festgestellt wissen, und man weihte sie in die Einzelheiten ein. Das Übungstauchen der Boote werde intensiviert werden, die bisher hauptsächlich auf die Förde konzentrierten Ausbildungsfahrten sollen ausgeweitet werden, nach Norden bis ins Kattegat und nach Osten bis über Stettin hinaus. Auch die Anzahl der Torpedoschießübungen werde erhöht, und für das kommende Jahr seien Erprobungsfahrten in der Nordsee vorgesehen, in denen die Hochseetauglichkeit der Boote geprüft werden sollte. Technische Neuentwicklungen, zum Beispiel eine elektrische Tiefenrudersteuerung, sollen in der Praxis getestet, Tauchtiefe und Tauchzeit bis an ihre Grenzen ausgelotet werden.

Es war ihm schwergefallen, sich zu konzentrieren. Vivian beherrschte seine Gedanken, und wie damals, als er mit den Eltern Southampton verlassen hatte, quälte ihn ein Heimweh nach England.

Jeden Abend versuchte er, ihr einen Brief zu schreiben, aber einer nach dem anderen landete im Papierkorb. Es wollte ihm nicht gelingen auszudrücken, was er wirklich empfand. Einmal niedergeschrieben, wirkte es irgendwie beschämend auf ihn, dann wieder zu hölzern. Und wer weiß, vielleicht liest ihr Vater die Briefe?

Heute nachmittag gelang ihm endlich doch einer. Während der Kaffeepause schrieb er ihr, er besuche Lehrgänge in Kiel, und schilderte ihr die Schönheit der Förde und der herbstlichen Landschaft. Von seinem Dienst schrieb er nicht viel, das würde sie nur langweilen, es langweilt ja auch ihn. Eine Weile rätselte er, ob er schreiben soll, wie oft er an sie denkt, tat es schließlich und schloß den Brief mit dem Wunsch, daß es ihr gutgehe und sie sich bald wiedersähen. Das Kuvert adressierte er an das College in Cheltenham und brachte den Brief gleich nach dem Ende des Kurses zum Hauptpostamt. Von dort würde er einen Tag früher abgehen, als wenn er ihn einfach in den nächsten Briefkasten geworfen hätte.

Er verwünscht seine Versetzung zur U-Boot-Flottille. Nichts als Lehrgänge, Vorträge, technische Prüfungen. Wenn er wenigstens auf See wäre! Stürmischer Wind im Gesicht, salzige Gischt um die Ohren, straffer Dienst. Das würde ihm guttun. Oder von London aus die Royal Navy ausspionieren.

Vorhin, bevor er zur Seebrücke gegangen ist, verkündete der Flottillenchef beim gemeinsamen Abendessen der Offiziere, gestern sei in Portsmouth der britische Super-Dreadnought KING GEORGE V. vom Stapel gelaufen. Das Schlachtschiff verdrängt 27000 Tonnen, soll 22 Knoten laufen können und trägt zehn 34,3-Zentimeter-Geschütze in fünf Drehtürmen.

Und hier in Kiel ist vor drei Tagen der neue Große Kreuzer MOLTKE in Dienst gestellt worden, ebenfalls ein Super-Dreadnought mit 25400 Tonnen, 25,5 Knoten schnell und mit zehn 28-Zentimeter-Geschützen in fünf Drehtürmen armiert.

Spätabends macht er noch einen Spaziergang, vorbei am Bahnhof und wieder hinauf zu den Seegartenbrücken. Dort ist nicht mehr viel los, von ein paar einsamen Bummlern abgesehen. Er geht auf die Schloßbrücke, wandert ganz hinaus bis zum Kopf, wo die hell strahlenden Laternen der Promenade die Sicht auf die nächtliche Förde nicht mehr beeinträchtigen. Lichter funkeln über der weiten Wasserfläche, rote und grüne Positionslampen bewegen sich wie Glühwürmchen, schieben sich langsam durcheinander, gelbe Punkte leuchten da und dort auf und erlöschen wieder. Ankerlaternen spiegeln sich im Wasser, weit dahinter glimmen Lichter an Land. Vor der Holtenauer Schleuse blinken die Leuchtfeuer der Kanaleinfahrt, und der Leuchtturm vor Friedrichsort schickt seine weißen Blitze rundum. Jenseits des Fahrwassers liegen die Kriegsschiffe, massige schwarze Silhouetten mit langen Reihen leuchtender Bullaugen.

Über den Werften am Ostufer wabert rötliches Glühen, der Feuerschein aus den Schmieden und Glühöfen, in denen Tag und Nacht gearbeitet wird. Der ferne Lärm der Niethämmer und

Kräne dringt bis zu ihm herüber. Das Wettrüsten zwischen Großbritannien und dem Deutschen Reich ist in vollem Gange.

LONDON, KENTISH TOWN, 16. OKTOBER 1911, MONTAG

Hartnäckiges Klopfen an der Tür weckt Drummond auf. Schlaftrunken angelt er die Uhr vom Nachttisch, während er die Beine aus dem Bett schwingt. Es ist zehn Minuten nach drei Uhr, mitten in der Nacht, gottverdammt! Was, zum Teufel, ist los? Er steigt in seine Hose, streift das Hemd über, ohne es zuzuknöpfen, und stolpert zur Tür. Er entriegelt sie und sieht sich einem Sergeant der Metropolitan Police gegenüber. Der Mann salutiert und sagt: »Sir, entschuldigen Sie, Sir, aber Inspector Shiel schickt mich. Sie möchten gleich mitkommen, wenn Sie so freundlich sein wollen!«

»Was ist denn los, Sergeant? Ist etwas passiert?«

»Weiß nicht, Sir, aber es scheint sehr eilig zu sein!«

»Gut, warten Sie. Ich bin sofort fertig.« Drummond kleidet sich hastig an. Dann folgt er dem Sergeant die Treppe hinunter. Es regnet, aber nicht allzu stark. Vor dem Haus wartet ein Automobil, besetzt mit zwei Constables. Er hat kaum den Schlag hinter sich geschlossen, als der Wagen schon losfährt, in die Kentish Town Road einbiegt und mit halsbrecherischer Geschwindigkeit in Richtung City rast. Die Straßen sind um diese Zeit fast leer. Sie begegnen nur einem frühen Milchwagen, ein paar Fuhrwerken mit Stangeneis auf dem Weg zum Markt und einem einsamen Hansom Cab. Während der Fahrt dreht sich der Sergeant um und ruft ihm durch das infernalische Knattern des Motors zu: »Wir bringen Sie zum St. Martin's Court an der Charing Cross, Sir! Inspector Shiel erwartet Sie dort. Und Mr. Melville ist bei ihm, Sir!« Etwas wie Ehrfurcht klingt im letzten Satz durch.

St. Martin's Court ist eine Parallelgasse zum Cecil Court. Drummond ahnt Böses. Der Wagen bleibt an der Einmündung der Gasse stehen. Der Fahrer, ein uniformierter Constable, bleibt sitzen, während Drummond dem Sergeant und dem anderen Mann folgt. Es ist noch dunkel, nur zwei Gaslaternen brennen in der Gasse und werfen ihren trüben Schein auf nasses Pflaster und Fassaden. Vor einem Wohnhaus wartet eine Gruppe dunkler Gestalten. Beim Näherkommen erkennt er Melville in einem schwarzen Mantel mit Pelzkragen, den Bowler schief auf dem Kopf. Neben ihm ein Zivilist, ebenfalls in Mantel und mit steifem Hut, und drei Constables in schwarzglänzenden Regenumhängen, schnurrbärtige Gesichter unter den Helmen.

»Morgen, Drummond«, begrüßt ihn Melville, kurz angebunden und mürrisch wie immer. Er nickt zu dem anderen Zivilisten hin: »Inspector Shiel, Special Branch.«

»Sir!« Drummond verneigt sich knapp vor dem Mann, dessen dunkler Schnurrbart an beiden Seiten fast bis übers Kinn hängt. Ende der Vorstellung. Eine Haustür hinter ihnen steht offen. Melville geht wortlos hinein und verschwindet im Dunkel, gefolgt von dem Inspector, Drummond und den fünf Uniformierten. Durch eine Hintertür geht es in einen engen, ummauerten Hof voller Gerümpel. Es ist stockdunkel, Drummond kann Melvilles Gestalt kaum erkennen, obwohl er nur zwei Schritt hinter ihm ist. Ein plötzliches Klappern, als wäre einer über einen Eimer gestolpert, ein gezischtes »Ruhe!« folgt. Eine kleine Pforte in der Mauer führt in einen zweiten, noch engeren Hof, an einem Werkstattanbau vorbei und zur Rückseite eines Hauses, das schon zum Cecil Court gehören muss. Ein Streichholz flammt auf, und in seinem flackernden Schein sieht Drummond, daß einer der Constables mit einem Dietrich eine Tür aufschließt. Die Männer eilen durch einen langen dunklen Flur, an einer Treppe vorbei, dann durch die Vordertür hinaus in den Cecil Court, genau gegenüber von Petermans Bookshop. Sie versammeln sich vor dem Eingang. Eine Gaslaterne, zwei Häuser weiter, spendet gerade genug Licht, um Tür und Schaufenster zu erkennen.

Mit gedämpfter Stimme befiehlt Inspector Shiel den Uniformierten: »Sergeant, sie bleiben bei mir! Mound, Sie machen die Tür auf, sobald ich das Zeichen gebe!« Der Constable nickt und holt eine lange Axt unter seinem Umhang hervor. Der Inspector wendet sich an die drei übrigen Polizisten: »Einer von euch geht sofort durch bis zum Hinterausgang und bewacht ihn. Niemand darf raus! Sie da, in den ersten Stock, Treppe blockieren! Und Sie bleiben hier in der Tür stehen, keinen raus- und keinen reinlassen, verstanden?«

Die Männer nicken, und der Scotland-Yard-Mann schaut Melville fragend an. Der hat einen Revolver aus der Manteltasche gezogen, jetzt klappt er ihn auf und prüft die Trommel. Er klappt ihn wieder zu und steckt ihn ein.

»Gehen wir rein!« sagt er kurz. Der Inspector nickt dem Constable mit der Axt zu, und der tritt vor die verglaste Tür, holt aus und zertrümmert mit einem Schlag die Scheiben. Ein zweiter Hieb kracht in den Spalt zwischen Türknauf und Rahmen, ein kräftiger Fußtritt gegen den unteren Teil der Tür, und sie fliegt auf, Scherben klirren zu Boden. Der Inspector, gefolgt vom Sergeant, ist mit einem langen Schritt im Laden, Melville und die übrigen folgen dichtauf. Drummond geht zögernd hinterher. Was um Himmels willen ist in Melville gefahren? Weiß Kell davon? Eine Blendlaterne flammt auf, dann schaltet einer der Männer das elektrische Licht ein.

Von oben dröhnt Petermans Stimme laut und wütend: »Was ist hier los? Was haben Sie hier verloren, Constable?«

Melville ruft hinauf: »Schicken Sie den Mann runter!« Der Inspector ist schon dabei, die Schubladen von Petermans Schreibtisch herauszuziehen und ihren Inhalt auf den Boden zu kippen. Der Sergeant drängt sich an Drummond vorbei und trampelt die Treppe in den Keller hinab. Peterman, das Nachthemd in eine hastig angezogene Hose gestopft, taucht auf der Treppe auf, das Gesicht rot vor Zorn. »Was erlauben Sie sich!«, herrscht er Melville an. »Was haben Sie in meinem Haus zu suchen?«

Melville macht zwei rasche Schritte auf ihn zu und schreit ihm ins Gesicht: »Wo sind die Waffen? Heraus damit, oder wir schlagen hier alles kurz und klein!«

LONDON, CECIL COURT, 19. OKTOBER 1911, DONNERSTAG

Drummond sieht vom Kamerageschäft aus zu, wie bei Peterman die neue Ladentür eingepaßt wird. Der Buchhändler bringt seit Tagen seinen beschädigten Laden wieder in Ordnung. Drummond weiß, ihm war nichts nachzuweisen. Kein Waffenlager, nirgends auch nur der geringste Hinweis darauf, daß Peterman ein deutscher Spion sein könnte. Der Mann hat sich gleich am nächsten Morgen in scharf gehaltenen Schreiben beim Home Office, beim War Office und bei der Admiralität beschwert. Die Aktion war eine Pleite, und gestern erhielt das SSB einen Rüffel von der Admiralität. Auch Cumming von der Foreign Section des SSB hat sich eingeschaltet, Drummond vermutet, weil er Peterman als Kontakt anwerben wollte. Die beiden Abteilungen des Secret Service Bureau, Kells Home Section und Cummings Foreign Section, sind sich schon mehrmals ins Gehege gekommen, wie Drummond weiß. Ein Informationsaustausch zwischen ihnen findet so gut wie gar nicht statt.

Melville ist aber trotz des offensichtlichen Fehlschlages überzeugt, Peterman sei ein Spion. Drummond bezweifelt das. Bei Seiler ist er sich da nicht sicher, aber der hat England verlassen. Er hat seine Zweifel Melville gegenüber geäußert, aber der hat ihn angeschnauzt: »Spielt keine Rolle. Ein Deutscher ist und bleibt ein Deutscher, und die halten alle zusammen. Was zählt, ist der Erfolg! Hier geht es um Politik, junger Mann, also halten Sie Ihre vorwitzige Nase da heraus!«

Drummond hätte ihm am liebsten ins Gesicht geschlagen. Wie einen Schuljungen behandelt ihn dieser arrogante Kerl!

London, Secret Service Bureau, 20. Oktober 1911, Freitag
Während der Morgenbesprechung beim Captain läßt Clarke die Bemerkung fallen, es sei bereits vor zwei Jahren im Cecil Court nach einem Waffenlager gesucht worden, ebenfalls ergebnislos.

»Tatsächlich?«, fragt Kell. »Wissen Sie mehr darüber?«

»Ja, Sir«, erwidert Clarke, »ich hatte damals für MO5 an einem Fall verdächtiger Deutscher gearbeitet, der sich aber als bloßes Gerücht herausstellte. Das war, kurz nachdem Northcliffes *Daily Mail* anfing, Le Queuxs Spionagegeschichten und Invasionsgerüchte zu verbreiten.«

»Lassen Sie hören«, sagt der Captain und beugt sich interessiert vor. Sie sind nur zu dritt im Büro, Kell, Drummond und Clarke.

»Also, Le Queux hatte behauptet, es gebe in der Nähe von Charing Cross ein geheimes Waffenlager der Deutschen. Die *Daily Mail* hat das aufgegriffen und ein bißchen ausgeschmückt. Hunderte, wenn nicht Tausende von Gewehren seien dort gelagert, samt Munition, und die deutsche Armee hätte bereits an die sechzigtausend Soldaten in London eingeschmuggelt, getarnt als Kellner, Friseure, Bäcker und was weiß ich nicht alles.«

Kell lehnt sich zurück und verschränkt die Arme vor der Brust. »Ah! Jetzt erinnere ich mich«, sagt er, »aber nur ungefähr. Bitte fahren Sie fort.«

»Ja, Sir. Auf diese Meldung hin ist die Polizei im Cecil Court aufmarschiert und hat die Räume der Firma Graham & Latham durchsucht. Die lagen in Nummer 20–22 Cecil Court, nur zwei Häuser von Petermans Bookshop. Die Firma stellte kinematographische Apparaturen her und bot bizarrerweise zugleich Schießstände mit elektrisch betriebenen Zielscheiben an. Der Verdacht ist noch erhärtet worden, weil zugleich mit der Zeitungsmeldung eine ganzseitige Anzeige der Firma im *Bioscope,* einem Magazin der englischen Filmindustrie, erschienen ist. Ich habe die Annonce hier, Augenblick, Sir.« Clarke kramt in seiner Tasche und zieht eine zusammengefaltete Seite hervor, von der er abliest: »Electric

Targets and Jungle Apparatus when worked in conjunction with Picture Shows provide an extra attraction and will double your income. Use up your basements and spare grounds!« Er reicht die Seite an Kell weiter, der sie kopfschüttelnd überfliegt und ihm zurückgibt.

Drummond zieht die Augenbrauen hoch. Graham & Latham wollten also die Besitzer von kinematographischen Theatern dazu animieren, in ihren Kellern Schießstände einzurichten, die mit elektrisch betriebenen Zielscheiben und Dschungelfilmen das Publikum anlocken sollten. Was den Leuten nicht alles einfällt!

»Wie dem auch sei«, fährt Clarke fort, »Scotland Yard hat im Keller der Firma weder Waffen noch Pickelhauben gefunden. Ich vermute, daß damals die Nachbarn, wahrscheinlich auch Peterman, befragt worden sind, ob sie Schüsse gehört oder sonst Verdächtiges beobachtet haben.«

»Tja, seltsame Angelegenheit«, bemerkt Captain Kell, »und peinlich obendrein. Ich habe Mr. Melville von der Durchsuchung abgeraten, aber er bestand darauf.«

Er schlägt mit den flachen Händen auf den Tisch und erhebt sich: »Well, meine Herren, lassen wir es damit gut sein. Mr. Drummond, Sie beziehen bitte wieder Ihren Posten, und Sie, Mr. Clarke, hätte ich heute gern vor der deutschen Botschaft. Ich danke Ihnen.«

London, Victoria Embankment, 29. Oktober 1911, Sonntag

Vivian hat nur ihr Nachthemd an und die chinesischen Pantöffelchen, aber keiner der Vorbeiflanierenden scheint sich daran zu stören. Wie ist sie nur hierhergeraten, am hellichten Tag? Und warum hat sie sich nicht vorher angezogen? Sie steht am Embankment neben dem hohen Obelisk, weit über die steinerne Brüstung gebeugt, und starrt hinunter ins träge strudelnde

Wasser. Adrian wartet hier auf sie, unter Wasser in einem Tauchboot, auch wenn nichts davon zu sehen ist in diesem trüben Fluß. Aber wie will er denn zu ihr kommen, wenn das Boot nicht heraufkommt? Vielleicht kann er nicht heraus? Soll sie hineinspringen und anklopfen? Das ist ein bißchen viel verlangt, aber sie klettert auf die Brüstung, die bloßen Knie auf dem rauhen Stein. Das Wasser ist bestimmt kalt, aber sie will es versuchen. Sie setzt sich, schwingt die Beine über den Rand und rutscht langsam nach vorn. Dabei verliert sie die Pantöffelchen, sie plumpsen in den Fluß und treiben davon. Macht nichts. Sie rutscht noch ein Stückchen vor, da sieht sie zwischen ihren bloßen Füßen plötzlich Luftblasen aus den Wellen blubbern. Nein, sie springt lieber doch nicht hinein, aber im selben Moment rutscht sie ab und stürzt mit einem Schrei hinunter.

Zu Tode erschrocken setzt sie sich im Bett auf. Der Schrei klingt ihr noch in den Ohren, und ihr Herz klopft wie verrückt. Ein Traum! Nur ein Traum.

Draußen ist es noch dunkel. Sie steht auf, macht Licht und sucht nach ihren versteckten Zigaretten. Sie zündet sich eine an und merkt, daß ihre Hand ein bißchen zittert. Dann setzt sie sich vor das Tischchen und nimmt einen tiefen Zug.

Ach, Adrian! Sie sehnt sich nach ihm und grübelt, wie sie ihn wiedersehen könnte. Daß er ohne Erlaubnis nicht wegkann, ist ihr klar. Ob sie zu ihm nach Kiel fahren soll? Würde Vater das erlauben? Wahrscheinlich nicht, jedenfalls nicht ohne ihn. Sie darf auch nicht zuviel von ihm verlangen. Sie will Kunst, besser gesagt Malerei studieren, sobald sie mit dem College fertig ist, und muß Vater überreden, ihr das Studium zu finanzieren.

Sie sucht Adrians zweiten Brief heraus, den sie vor drei Tagen erhalten hat, und liest ihn noch einmal durch. Wie schön er schreibt! Dann nimmt sie ein Blatt Papier mit ihrem Briefkopf aus der Schachtel; Vater hat es zu ihrem siebzehnten Geburtstag für sie drucken lassen. Es ist zartviolett, und der Aufdruck ist im

Blaugrün ihrer Augen gehalten. Sie greift zur Feder, taucht sie ein und beginnt:

Lieber Adrian,

über Deinen Brief habe ich mich sehr gefreut! Ich denke oft an die schönen Stunden, die wir miteinander verbracht haben, und dabei ganz besonders an unseren Abend im Pittville Park. Weißt Du noch, das süße Eichhörnchen, wie es uns angeguckt hat?

Ich hoffe nur, Du mußt nicht allzuoft unter Wasser herumfahren. Es kommt mir immer schrecklich gefährlich vor.

Sie lehnt sich zurück, kaut am Ende des Federhalters und überlegt, ob sie ihm von dem Ärger erzählen soll, den Vater mit der Polizei hatte. Aber andere Gedanken drängen sich in den Vordergrund: Ach, Adrian, du fehlst mir! Warum mußt du so weit weg sein? Du bist doch viel zu schade für das Kriegshandwerk. Ich will dich wiedersehen, so bald wie irgend möglich. Und ich wünsche mir so sehr, daß du anfängst, dich für die schönen Dinge im Leben zu interessieren, für Malerei zum Beispiel, für Musik, für die Wunder der Natur.

Ich fühle doch, daß mehr in dir schlummert, und das möchte ich wecken. Vielleicht ist das meine Bestimmung? Vielleicht weiß ich besser als du, was gut für dich ist?

Sie seufzt. Hat Emmy nicht neulich gesagt, ein verliebter Mann sei zu allem bereit und auch fähig? Emmeline ist zweieinhalb Jahre älter als sie und im Gegensatz zu ihr ziemlich erfahren im Umgang mit Männern.

Vivian hängt buchstäblich an ihren Lippen, wenn sie etwas von ihren Verhältnissen erzählt. Sie hat sie einmal gefragt, ob sie nicht heiraten wolle, aber Emmeline hat gelacht und gesagt: »Nein, ich denke gar nicht daran! Was ist das denn anderes, als sich auf Gedeih und Verderb einem Mann auszuliefern? Ein Geschäft ist das, weiter nichts, Liebe gegen Lebensunterhalt. Und früher oder später wird daraus Haushalt gegen Lebensunterhalt. Irgendwann sitzt du nur noch da mit dem Strickzeug auf dem

Schoß. Nichts gegen Männer, aber so fest binden möchte ich mich an keinen.« Und sie setzte ein süffisantes Grinsen auf: »Ich verschleiße sie lieber. Das macht viel mehr Spaß!«

Vivian war geschockt, und es war ihr wohl anzumerken, denn Emmeline griff nach ihrer Hand und sagte: »Hör mal, Vivian, nimm das nicht so ernst, was ich gerade gesagt habe. Ich gebe zu, daß ich ziemlich abenteuerlustig bin, aber ich nütze meine Kavaliere nicht aus. Ich sehne mich genauso wie du nach dem Richtigen. Und sollte der mir eines Tages wirklich über den Weg laufen, dann will ich auch bei ihm bleiben, selbst wenn er kein weißes Pferd reitet. Nur heiraten lasse ich mich nicht.«

KIEL GAARDEN, 4. NOVEMBER 1911, SAMSTAG

Als Seiler am späten Abend in sein tristes möbliertes Zimmer im Stadtteil Gaarden zurückkehrt, findet er wieder einen Brief von Vivian vor. Er reißt das blaßviolette Kuvert auf, setzt sich aufs Bett und liest. Sie schreibt, daß sie sich über seinen Brief sehr gefreut hat und daß auch sie an ihn denkt. Eine verrückte, wilde Sehnsucht nach ihr packt ihn, und eine Weile starrt er blicklos vor sich hin. Dann liest er weiter. Sie schreibt von der Durchsuchung des Buchladens und welche Verwüstung die rohen Polizisten dabei angerichtet haben:

Denk Dir nur, sie haben ein geheimes Waffenlager der deutschen Armee bei ihm vermutet, diese Dummköpfe! Natürlich haben sie nichts gefunden, und natürlich haben sie sich nicht einmal bei ihm entschuldigt.

Es ist gut, daß Du Deinen Brief ans College adressiert hast, denn ich befürchte wegen des Verdachts gegen meinen Vater, daß meine Post gelesen werden könnte, obwohl das einfach unerhört wäre. Wenn ich aber in London bin, das nächste Mal wahrscheinlich erst zu Weihnachten, sende Briefe bitte an Emmeline. Ich füge ihre Adresse gleich hier an.

Weiter teilt sie ihm mit, auch in Cheltenham sei die Invasionsangst ausgebrochen. Das Ladies' College wolle im Kriegsfall als Militärhospital dienen, habe ein Red Cross Detachment gegründet und richte in der Lower Hall ein Lazarett ein. Wegen ihres deutschstämmigen Vaters habe sie keinen leichten Stand mehr im College, obwohl seine Loyalität doch eindeutig England gehöre. Das Ausmaß der Deutschenangst in England habe erschreckende Züge angenommen. Der Krieg scheine vor der Tür zu stehen. Sie hoffe inständig, daß alle rechtzeitig wieder zur Besinnung kämen. Falls aber nicht, sollten sie zusammen in ein Land fliehen, das diesen Unsinn nicht mitmache. Italien vielleicht.

Trotz der eher schlechten Nachrichten ist er glücklich über ihren Brief. Zugleich aber wird ihm um so stärker bewußt, wie weit sie voneinander entfernt und wie gering die Chancen für ein baldiges Wiedersehen sind. Wieder spürt er diesen schmerzhaften Druck in der Brust.

Er wird sich in die Arbeit stürzen. Morgen beginnt ein vierwöchiger Lehrgang in der Torpedowerkstatt Friedrichsort. Wann lassen sie ihn endlich wieder auf ein Boot?

Kiel, 3. Dezember 1911, Sonntag

Alles ist grau. Der Asphalt der Promenade vor der Seebadeanstalt, der Himmel über der Förde, das Wasser, die Kriegsschiffe, und grau ist auch seine Stimmung. Und es ist kalt. Er hat nur den leichten Überzieher zur Uniform an und friert ein wenig. Umsonst hat er versucht, sich einzureden, daß ihm eine andere begegnen würde, irgendwann, bei irgendeinem Theaterbesuch vielleicht. Es ist Vivian, die er will, keine andere, und selbst das hübsche junge Mädchen, das unter Bewachung seiner Eltern gerade an ihm vorbeispaziert und ihm einen langen Blick schenkt, läßt ihn gänzlich kalt.

Er schnippt die halb gerauchte Zigarette übers Geländer, wendet sich ab und geht langsam die Wasserallee in Richtung Marineakademie hinauf, obwohl es schon dunkel wird und die Laternen angehen. Der Lehrgang in der Torpedowerkstatt ist gestern zu Ende gegangen, und heute ist kein Dienst. Aber was er mit dem Abend anfangen soll, weiß er nicht. Herumsitzen in seiner trostlosen Kammer in Gaarden, bis ihm die Augen zufallen? Nein. Nach einem Bierabend mit den Kameraden ist ihm auch nicht. Er könnte weitergehen bis zum Leuchtturm, der die Einfahrt in den Kaiser-Wilhelm-Kanal markiert, dort gibt es immer etwas zu sehen, Schiffe aller Größen beim Einschleusen zum Beispiel. Drei oder vier Kilometer Fußweg sind das, an der Wiker Bucht entlang. Dann zu Fuß zurück. Das wird ihn wenigstens müde machen.

Ein Herr kommt ihm entgegen, in einem geschmacklosen braunkarierten Reiseulster, eine Sportkappe auf dem Kopf und einen gerollten Schirm schwingend. Als sie fast auf gleicher Höhe sind, lüftet der Mann seine Kappe und sagt: »Da sind Sie ja! Hab Sie schon gesucht, Seiler!«

Seiler schaut ihn verblüfft an. Der Mann trägt einen gestutzten, graumelierten Spitzbart und zwinkert ihn aus geschlitzten Augen vergnügt an. Natürlich! Reimers, der Mann mit den vielen Gesichtern. Oder besser gesagt, mit den vielen Bärten. Er freut sich, ihn wiederzusehen, obwohl er ihn anfangs nicht recht gemocht hat.

»Haben Sie Zeit?«

Seiler nickt stumm.

»Dann lassen Sie uns hinaufbummeln zum Bellevue«, schlägt Reimers vor, »dort können wir einen Happen essen und uns dabei unterhalten, natürlich nur, wenn's konveniert. Sie sind selbstverständlich eingeladen.«

Im noblen Restaurant Bellevue ist ein Tisch für sie reserviert. »Auf Verdacht«, erklärt Reimers, während er den häßlichen Mantel auszieht und der Garderobiere überläßt, »war ja nicht sicher, ob ich Sie finde. Hätte sonst versuchen müssen, noch schnell eine einsame Dame aufzutreiben!« Er grinst und kneift ein Auge zu.

Reimers hat den Filetbraten mit Trüffeln und Kartoffeln à la Royal bestellt und läßt es sich schmecken. Dazu trinkt er einen Portwein. Seiler hat sich für Königsberger Klopse entschieden, aber mit seinem Appetit ist es nicht weit her. Auf den Nachtisch verzichtet er. Beim Kaffee erzählt ihm Reimers, daß er soeben von einer weiteren Reise durch England zurückgekehrt sei. Er hat von der Durchsuchung von Petermans Buchhandlung Mitte Oktober gehört und ist neugierig auf den Mann geworden. Daher hat er, mit aller gebotenen Vorsicht, mit ihm Kontakt aufgenommen, aber ohne zu verraten, daß er deutscher Agent ist. An drei aufeinanderfolgenden Tagen hat er dabei festgestellt, daß das Geschäft unter Beobachtung steht. Jedesmal ist ihm ein Detektiv besonders aufgefallen, ein großer Kerl mit abstehenden Ohren. »Der bummelte zuerst in der Gasse auf und ab, am nächsten Tag stand er in der offenen Tür des Kamerageschäfts gegenüber, und tags darauf war er auch wieder da, lungerte an der Ecke zur Charing Cross herum und las Zeitung, als ob es dafür keinen bequemeren Platz gäbe.«

Seiler vernimmt es mit Unruhe und macht sich Sorgen um Vivian. Von ihr scheint Reimers nichts zu wissen. Um die Zeit ist sie ja auch in Cheltenham.

Beim Whisky kommt Reimers in Erzähllaune und verrät Seiler, daß in England nicht mehr als fünfzehn deutsche Agenten tätig sind, die ausschließlich Informationen über die britische Flotte sammeln und weitergeben. Den meisten von ihnen fehle das Fachwissen in Marineangelegenheiten. Der Generalstab des Heeres, dessen Abteilung IIIb, also der Nachrichtendienst, eigentlich für Informationsbeschaffung im Ausland zuständig sei, unterhalte Agenten nur in Rußland und Frankreich. Die gelten der Armee als potentielle Kriegsgegner, nicht aber England. Dort nähre man sogar noch die Illusion, daß die Briten uns in einem Krieg mit Frankreich und Rußland zur Seite stehen würden.

»Von einer Invasionsvorbereitung, wie von den meisten Engländern befürchtet, kann keine Rede sein«, sagt Reimers.

Nach seinem dritten Whisky teilt er Seiler mit, daß man im Reichsmarineamt mit den Ergebnissen seiner Kundschaftertouren sehr zufrieden sei. Man habe beschlossen, ihm eine finanzielle Vergütung für die drei Monate in England zukommen zu lassen. Da dies aber nicht auf offiziellem Wege geschehen könne, sei er beauftragt, ihm das Geld in bar zu übergeben, hier und jetzt. Er schiebt ihm ein Kuvert hin und sagt: »Bitte sehr! Dreihundert Mark.«

Das ist viel Geld. Seilers Monatsgehalt als Oberleutnant zur See beträgt, den Wohngeldzuschuß eingerechnet, gerade mal 145 Mark. Er unterschreibt die Quittung. Reimers faltet sie sorgfältig zusammen und schiebt sie in die Jackentasche. Dann verlangt er die Rechnung.

Nebeneinander gehen sie zum Hauptbahnhof, Reimers will den Nachtzug nach Berlin nehmen. Beim Abschied sagt er: »Machen Sie's gut, Seiler! Würde mich freuen, wenn sich irgendwann in der Zukunft mal wieder eine Gelegenheit zur Zusammenarbeit ergäbe!«

Er zwinkert ihm zu. »Vielleicht wieder im guten alten London, wer weiß? Dort hat es Ihnen doch besonders gut gefallen, nicht wahr?«

Auf dem Heimweg nach Gaarden grübelt Seiler über Reimers' letzte Worte nach. Weiß er etwa doch von seiner Affäre mit Vivian?

1912

LONDON, SECRET SERVICE BUREAU, 2. JANUAR 1912, DIENSTAG

Drummond sitzt im Vorzimmer von Kells Büro und schreibt an seinem abendlichen Bericht. Der Captain ist vor einer halben Stunde nach Hause gegangen und dessen Sekretär, Mr. Westmacott, zieht eben seinen Mantel an und wünscht ihm eine gute Nacht.

»Und denken Sie bitte daran, sorgfältig abzuschließen, wenn Sie fertig sind, Mr. Drummond!« sagt er, während er die Tür öffnet. In diesem Augenblick schrillt die Haustürglocke.

»Nanu«, wundert sich Westmacott, »wer kann das denn sein?« Er wartet, den Hut auf dem Kopf und den Schirm in der Hand, während Drummond hastig die letzten Zeilen aufs Papier kritzelt.

Im Flur nähern sich Schritte, forsch und zielbewußt, dann ein: »Guten Abend! Ich bin hier richtig, nicht wahr?«

Drummond legt den Stift weg und blickt auf.

»Wo möchten Sie denn hin, Sir?«, fragt Westmacott zurück, ohne die Tür freizugeben.

»Ich wünsche Captain Kell zu sprechen. Ist er nicht da? Das wäre zu dumm.«

Die Stimme des Sekretärs wird eisig. »Darf ich fragen, mit wem ich die Ehre habe, Sir?«

»Ich bin ein Freund des Captain, guter Mann. Mein Name ist Le Queux, William Le Queux!«

Drummond schiebt den Stuhl zurück und steht auf. Das ist dieser vermaledeite Schriftsteller! Wo, zum Teufel, hat der Mann die Adresse des Büros her? Kell wird sie ihm bestimmt nicht gegeben haben, Freund hin, Freund her, falls das überhaupt wahr ist.

»Ich bedaure sehr, Sir, aber ohne die Zustimmung des Captain darf ich Sie nicht hereinlassen!«, sagt Westmacott, der immer noch den Türrahmen ausfüllt, mit fester Stimme.

Drummond entschließt sich einzugreifen und sagt an dem Sekretär vorbei: »Mr. Le Queux, mein Name ist Colridge«, der erstbeste Name, der ihm einfällt. »Captain Kell wird erst übermorgen wieder im Büro sein. Warum unterhalten wir uns nicht unten im Pub über Ihr Anliegen, falls es dringend sein sollte? Ich werde es dem Captain gleich nach seiner Rückkehr ausrichten.«

Westmacott macht ihm erleichtert Platz. Drummond sieht sich einem mittelgroßen Herrn im dunkelgrauen und offensichtlich teuren Paletot gegenüber, der einen glänzenden Zylinder trägt, außerdem Handschuhe aus gelbem Schweinsleder. Hohe Stirn, ein goldgefaßter Kneifer auf der geraden Nase, ein Schnurrbart mit hochgezwirbelten Spitzen.

»Mein Anliegen ist in der Tat dringend«, erwidert der Schriftsteller, »ich fürchte, daß es nicht bis übermorgen warten kann.«

»Dann bitte ich Sie, sich mir anzuvertrauen«, sagt Drummond. »Ich vertrete den Captain während seiner Abwesenheit.« Das ist glatt gelogen, aber Westmacott erhebt keine Einwände, und Drummond sagt über die Schulter zu ihm: »Meinen Mantel, bitte!« Er zieht ihn an, setzt den Bowler auf und lädt den Besucher mit einer höflichen Handbewegung ein vorzugehen.

Das klappt, und er folgt dem Schriftsteller die Treppe hinab, während Westmacott oben abschließt, alle drei Schlösser.

Sie betreten das gut gefüllte Pub und begeben sich in den Saloon, der bis auf einen zeitunglesenden Gentleman leer ist. Le Queux nimmt Platz, ohne abzulegen, stellt den Zylinder mitten auf den Tisch und sieht sich um. Dabei rümpft er tatsächlich die Nase. Sein dunkles, fast schwarzes Haar glänzt vor Pomade, und eine fettige Strähne fällt ihm in die Stirn.

»Nun, Sir«, sagt Drummond, »was möchten Sie trinken?«

»Scotch mit Soda, bitte.«

Drummond stellt sich am Tresen an und wartet geduldig, bis

er an der Reihe ist. Als er mit den Getränken zurückkommt, blättert Le Queux in einem kleinen Notizbuch herum und bedankt sich, ohne aufzusehen.

»Ich fürchte, Inspector Shiel hat mit der Durchsuchung dieses Bookshop im Cecil Court zu lange gewartet«, beginnt er, »obwohl ich ihn, by Jove, frühzeitig genug auf meinen Verdacht aufmerksam gemacht habe. Dieser Deutsche, dem der Laden gehört, hatte daher Zeit genug, alles diskriminierende Material aus dem Haus zu schaffen.«

Drummond spürt, wie Zorn in ihm hochsteigt. Dieser Kerl hat den Buchhändler denunziert? Auf bloßen Verdacht hin? Mühsam beherrscht erwidert er: »Wenn das so ist, setzt das doch voraus, daß der Mann bereits vermutet hat, sein Geschäft könnte durchsucht werden?«

»Nicht unbedingt, Mr. Colridge, nicht unbedingt. Unterschätzen Sie die Deutschen nicht! Diese Leute sind Perfektionisten. Ich bin sicher, daß es zu ihren elementaren Vorsichtsmaßnahmen gehört, belastendes Material in regelmäßigen Abständen zu verlagern, um einer Entdeckung vorzubeugen.«

»Aber Sir! In diesem Fall soll es sich doch um Gewehre und Munition in großen Mengen gehandelt haben. Sogar von Uniformen war die Rede! All das immer wieder an einen anderen Ort zu schaffen stellt doch ein erheblich größeres Risiko dar, meinen Sie nicht?«

Le Queux schüttelt den Kopf. »Ganz im Gegenteil. Ich habe ermittelt, daß diesen Leuten ein Lastautomobil zur Verfügung steht. Und daß man die Ware in großen Kisten transportiert, deren Inhalt als Klaviere deklariert ist.«

»Darf ich fragen, wie es Ihnen gelungen ist, dies zu …«, er zögert, das Wort zu wiederholen, »… zu ermitteln, wie Sie sagen?«

Der Schriftsteller blättert eifrig in seinem Büchlein und vermeidet es, ihm in die Augen zu sehen. Seinen Scotch hat er noch nicht angerührt.

»Ich fürchte, darauf darf ich Ihnen nicht antworten, Mr. Colridge. Meine Informanten wären in höchster Lebensgefahr, wenn auch nur die kleinste Indiskretion vorkäme.«

Drummond kann seinen Zorn kaum mehr unterdrücken. Das ist ja unsäglich. Und doch muß der Mann Kontakt zum SSB haben. Wer kommt dafür in Frage? Captain Kell? Höchst unwahrscheinlich. Edmonds im War Office? Dem ist er noch nicht begegnet und kann sich daher kein Urteil über ihn bilden. Inspector Shiel? Der hat doch nur getan, was Melville als ehemaliger Chef der Special Branch von ihm verlangt hat. Melville also? Vorhin hat Le Queux gesagt, er habe den Inspector auf den Buchladen aufmerksam gemacht. Ja, das riecht nach Melville. Er beschließt, das Gespräch in andere Bahnen zu lenken, und atmet tief durch.

»Nun gut, Mr. Le Queux, Sir. Sie gehen also davon aus, daß dieses Waffenlager, um es mal so auszudrücken, an einen anderen Ort gebracht wurde. Konnten Sie denn auch, äh, ermitteln, wo es sich jetzt befindet?«

»Noch nicht genau. Aber ich werde es bald herausfinden, Mr. Colridge, verlassen Sie sich darauf.« Jetzt blickt er Drummond an: »Und dann wird es darauf ankommen, unverzüglich einen bestens vorbereiteten und energischen Schlag zu führen! So ein Mißgeschick wie im Cecil Court darf nicht noch einmal vorkommen!«

»Verzeihen Sie, Sir, aber wenn man erst einmal weiß, wo diese Waffen untergebracht sind, sollte man dann nicht lieber den Ort unauffällig beobachten, um so viele der Beteiligten wie möglich zu identifizieren?«

Le Queux schüttelt den Kopf. »Es darf keine Zeit verloren werden! Niemand weiß, wann der Kaiser den Befehl zum Losschlagen gibt.« Er nimmt den Kneifer ab, poliert ihn an seinem Revers und starrt Drummond mit großen, runden Augen an. »Das kann jederzeit sein, vielleicht schon morgen! Und dann gnade uns Gott! Sechzigtausend Hunnen, bis an die Zähne bewaffnet, in London losgelassen? Das wäre des Ende des Empire!«

Er steckt das Buch ein, nimmt seinen Zylinder und erhebt sich. »Bitte teilen Sie dem Captain mit, daß ich ihn in dieser Angelegenheit dringend zu sprechen wünsche, sobald er wieder erreichbar ist!«

Drummond steht ebenfalls auf. »Das werde ich tun, Sir, und vielen Dank für Ihre Mitteilungen!« Er schlägt einen vertraulicheren Ton an. »Wissen Sie, was den Aufenthaltsort der Waffen angeht, da tappen wir noch sehr im dunkeln. Es wäre für uns eine sehr große Hilfe, wenn es Ihnen gelänge, das bald herauszufinden, Sir.«

Der Schriftsteller lächelt geschmeichelt, während er sich die gelben Handschuhe überstreift. »Verlassen Sie sich darauf. Ich habe Mittel und Wege, die mich sicher zum Ziel führen werden.«

Draußen hat es begonnen zu schneien. Drummond macht seine Stimme so bescheiden wie möglich: »Ich finde es durchaus bewundernswert, wie Sie sich für unsere Sache einsetzen, Sir. Wie gelingt es Ihnen nur, soviel über diese deutschen Spione und vor allem über ihre Invasionspläne herauszufinden?«

Le Queux erwidert: »Im Vertrauen, Mr. Colridge, ich bin Mitglied eines neuen Secret Service Department auf freiwilliger Basis. Wir sind patriotisch gesinnte Männer, die sich im geheimen zusammengeschlossen haben und ihre Auslagen aus eigener Tasche bestreiten. Wir sind nicht viele, aber ein jeder von uns hat es sich zur Aufgabe gemacht, in Deutschland und anderswo Informationen zu sammeln, die unserem Mutterlande im Falle der Gefahr nützlich sein können. Good-bye, Mr. Colridge.«

Er tritt an den Straßenrand und späht nach einem Cab aus, aber dann wendet er sich noch einmal um. »Übrigens, wußten Sie, daß man mich in den Clubs von London als den Mann feiert, der es wagt, die Wahrheit zu sagen? Hören Sie sich ruhig mal um!«

Kiel, Torpedobootshafen, 2. Januar 1912, Dienstag

Seiler erwidert den Gruß des Matrosenpostens und geht auf die Blücherbrücke hinaus, die vom Westufer wie ein abgewinkelter Arm in die Förde ragt und in seinem Schutz den Torpedobootshafen bildet. Links und rechts vom Zugang liegen noch schmutzige Schneehaufen. Im Osten dämmert der Tag herauf, aber es wird etwa eine Viertelstunde dauern, bis die Sonne aufgeht. Ein eisiger Nordostwind treibt schaumgekrönte Wellen über das graue Wasser, und vom Ostufer herüber blinzeln die Lichter der Werften. Am Querarm der Brücke liegen, immer sechs nebeneinander, achtzehn schwarze Torpedoboote und reiben sich knarrend und ächzend an den hölzernen Fendern. An ihren kurzen Masten klappern Blöcke, Stage summen im Wind. Eine Abteilung Matrosen treibt Frühsport auf dem Steg, angetrieben von einem dicken Oberbootsmannsmaat. Ganz am Ende des Querarms, im Lichtkreis der Kopflaterne, stehen zwei Offiziere, einer im langen Mantel mit Gold an der Mütze und dem Marinedolch an der Seite. Das ist Korvettenkapitän Walter Michaelis, der Chef der U-Boot-Flottille. Neben ihm ein Oberleutnant im Lederzeug, eine weiße Mütze schief auf dem Kopf. Den kennt er auch, es ist Otto Weddigen, der Kommandant von U 9.

Neben den beiden, eineinhalb Meter tiefer und im Morgengrauen eben erkennbar, liegen Seite an Seite zwei Unterseeboote. Ihr Rumpf ragt kaum einen halben Meter übers Wasser, und auf ihm verläuft wie ein schmaler Steg das eigentliche Oberdeck. Mittschiffs erhebt sich der Kommandoturm, gerade mal mannshoch und hinten abgeschrägt. Oben ragen silbrig blank zwei Sehrohre heraus. Starke Trossen und Laufplanken verbinden die Boote, und an Deck des innen liegenden Bootes steht ein rundes Luk offen, zwei Matrosen reichen Kisten hindurch. Am Bug ist groß die weiße Ziffer 9 aufgemalt. Das äußere Boot ist U 8 und trägt seine Nummer an der Seite des Turms.

Seiler geht auf den Korvettenkapitän zu und salutiert: »Oberleutnant Seiler, Herr Kapitän! Als auszubildender Wachoffizier an Bord U 9 kommandiert!«

»Morgen, Seiler«, erwidert der Chef und nickt zu dem Offizier neben ihm hin: »Oberleutnant Weddigen, Ihr Kommandant.«

Seiler hat als Oberleutnant zwar den gleichen Rang wie der Kommandant, aber Weddigen ist um ein paar Jahre dienstälter und steht zur Beförderung zum Kapitänleutnant an. Er wiederholt seine Meldung vor ihm, und der sieht ihn von oben bis unten an und sagt: »Dünn sind Sie ja. Gut, dann quetschen wir Sie noch rein.«

»Jawohl, Herr Oberleutnant!«

»Na denn, willkommen auf U 9!« Er zieht an seiner Zigarette und sieht Seiler mit schiefgelegtem Kopf an. »Sie waren zuletzt im Reichsmarineamt, höre ich? Da sind Sie bestimmt froh, wieder im schönen Kiel zu sein, was!«

»Jawohl, Herr Oberleutnant!«

Michaelis mischt sich ein. »Aber so kann er nicht ins Boot, da ruiniert er sich ja die schöne Uniform!« Und zu Seiler: »Wo haben Sie Ihr Zeug?«

»Noch nicht empfangen, Herr Kapitän!«

»Das kriegen wir schon hin«, sagt Weddigen und ruft zu einem Maat an Deck hinüber: »He, Schoppe, bringen Sie mir mal meine alten Bordklamotten rauf!«

Der Maat verschwindet durch das offene Luk nach unten. Nach zwei Minuten ist er wieder da. »Jacke und Hose, Herr Oberleutnant!«

Es ist eine dicke Jacke aus grobem Drillich mit Oberleutnants-Achselstücken, dazu eine Segeltuchhose, beides ziemlich verschmutzt. »Zieh'n Sie das über«, rät Weddigen, »unten im Boot kriegen Sie nämlich unvermeidlich Ölflecken ab!« Seiler reicht Mantel und Jackett dem Maat und steigt, ein wenig verlegen, in die steife Hose.

»Gut so! Los, kommen Sie, ich zeige Ihnen das Boot, bevor die Leute einsteigen, dann wird's da drin nämlich ziemlich eng.«

Vom Knick der Brücke her kommt ein Trupp Matrosen im Blauzeug anmarschiert, etwa dreißig Mann, offenbar die restlichen Besatzungen der beiden Boote.

Seiler folgt dem Kommandanten über die schräg abwärts führende Laufplanke an Bord. Der entert behende über ein paar Steigeisen hinauf auf den Turm und läßt sich dort durch ein rundes Luk ins Bootsinnere hinab. Seiler tut es ihm nach und stützt sich am Lukrand mit den Händen ab, bis seine Füße die Sprossen der Eisenleiter ertasten. Das Innere des Turms ist ein enges Oval, in dem die runden Schächte von zwei Sehrohren enden. Da sind zwei Sitze, die wie Fahrradsättel aussehen, Manometer und ein kleines Steuerrad. Durch ein weiteres Luk steigt er ganz hinunter in einen röhrenförmigen, nur von zwei Glühbirnen trüb erhellten Raum voller Leitungen, Rohren und Armaturen. Ein dicker Dunst nach Öl und Petroleum hängt in der Luft, und dazu eine Vielzahl von Gerüchen, die sich auf Anhieb nicht einordnen lassen.

»Die Zentrale«, erklärt ihm der Kommandant, »unter Wasser wird das Boot von hier aus gefahren. Hier, das ist unser Einzelkreiselkompaß. Die großen Handräder steuern die Tiefenruder vorn und achtern.«

Durchs Schott kommt ein Leutnant in der steifen Bordkleidung aus grauem Leder. »Mein Erster«, stellt Weddigen vor, »Leutnant Carl Edeling – Edeling, das ist Oberleutnant Seiler, frisch aus der U-Schule. Zur Ausbildung hier, Dienst als Zwo W.O., also einstweilig Ihnen nachgeordnet.« Sie reichen sich die Hand, und Weddigen sagt: »Ich muß noch mal rauf zum Alten. Seien Sie so gut, und zeigen Sie ihm das Boot!«

Edeling nickt und sagt: »Gut, kommen Sie mit, Herr Oberleutnant! Gehen wir mal bis ganz nach vorne durch.« Er öffnet ein schmales Schott und fragt: »Sie sind schon auf dem Schulboot gefahren, auf U 1, nicht wahr?« Seiler bejaht, und Edeling erwidert: »Unser Boot ist natürlich größer. Besatzung ist vier Offiziere und fünfundzwanzig Mann. Und wir können viel tiefer tauchen, bis runter auf fünfzig Meter.«

Sie treten in eine ziemlich lange, enge Röhre.

»So, das ist der Mannschaftsraum, zugleich der vordere Akkumulatorenraum«, sagt der Erste, »hier ist eine Hälfte der Batterien untergebracht.« Fast bis zur Brusthöhe sind die mächtigen Blöcke der Akkumulatoren hier verstaut, zu beiden Seiten des Mittelganges. Darüber ist eine Reihe Kojen angebracht, mit blauweiß kariertem Bettzeug.

»Die Kojen reichen nicht für alle«, erklärt Edeling, »wer nicht gerade Wache hat, kann sich eine Hängematte aufhängen. Wenn wir im Hafen sind, schlafen die Leute natürlich auf dem Wohnschiff.«

Zwei Mann quetschen sich an die Wand, um sie vorbeizulassen. Nach vorne ist der Raum durch ein druckfestes Schott mit runder Durchsteigeöffnung abgeschlossen. Seiler folgt dem Ersten hindurch.

»Hier sind wir im Offiziersraum«, sagt der über die Schulter. Gleich rechts ist ein winziges Schapp für die elektrisch betriebene Kombüse abgeteilt. Im Raum links und rechts eine gepolsterte Backskiste.

»Dazwischen kann ein Klapptisch aufgestellt werden. Hier essen der Kommandant, der Wachoffizier und der leitende Ingenieur. Sie ab jetzt natürlich auch. Jedesmal, wenn einer der Leute nach vorn oder achtern will, muß der Tisch aus dem Weg geräumt werden. Da wird es beim Essen nie langweilig.«

Danach folgt ein kleiner Raum, die Kommandantenkammer, an Backbord Koje und Spind, für einen Schreibtisch reicht der Platz nicht. Auf der anderen Seite die schmale Koje des Wachoffiziers. Mitten im Gang, zwischen den Kojen, führt eine Eisenleiter zum vorderen Ausstiegsluk hinauf. An der Leiter vorbei, durch einen braunen Vorhang und in die nächste Abteilung.

»Der Deckoffiziersraum«, sagt der Erste, »hier schlafen der

Steuermann und der Ingenieur.« Durch eine schmale Tür geht es in den Torpedoraum. Im Schott, das ihn nach vorn abschließt, befinden sich zwei nebeneinanderliegende runde Luken mit schweren Verschlußdeckeln, die Torpedorohre. Davor, links und rechts an der Decke, hängen an Schienen die Reservetorpedos, fettig glänzend und sechs Meter lang.

Er zwängt sich an Seiler vorbei und erklärt: »Wir führen als Bewaffnung zwei Bugrohre und zwei Heckrohre. Unsere Torpedos sind C/06er, wenn Ihnen das was sagt.«

Seiler nickt. »Ja, ältere Stahltorpedos, 45-Zentimeter-Kaliber. Ich bin zwei Jahre auf Torpedobooten gefahren. Zuletzt habe ich noch den Lehrgang für den neuen G/6D mitgemacht.«

»Den haben Sie bestimmt mit Gut abgeschlossen, sonst würde Sie der Alte wohl kaum angefordert haben. Er nimmt nur Leute, die wir hier brauchen können.«

Zurück in der Zentrale, nickt Edeling zu einem senkrechten Rohr hin. »Das ist unser Hilfssehrohr.« Dann klopft er mit den Knöcheln gegen die Leiter zum Turm. »Da oben sind unsere Hauptsehrohre, ein normales und das Angriffsperiskop mit Fadenkreuz. Abfeuerung der Torpedos erfolgt ebenfalls vom Turm aus. Keine sonstigen Waffen auf U 9, außer daß jeder Mann mit der Pistole 04 ausgerüstet ist.«

Er grinst. »Hinter dem Vorhang da ist das Klosett. Werfen Sie mal einen Blick rein.«

Die Porzellanschüssel ist in die Ecke zum Schott gequetscht. Darüber, dahinter und sogar darunter verlaufen dicke und dünne Rohrstränge aller Art, Handräder und Absperrhähne blinken. Es ist so eng, daß es fast unmöglich scheint, das Klosett zu benutzen. Seiler verzieht das Gesicht, und Edeling grinst noch breiter. »Empfehle Opium bei längeren Fahrten. Das stopft.«

Jetzt geht es nach achtern in den Motorenraum. Elektrische Glühlampen beleuchten diesen langen stählernen Tunnel mit seinem Gewirr von Rohren, Leitungen und Aggregaten unter der gewölbten Decke. Vier mächtige, mannshohe Motoren, je zwei an jeder Seite, füllen ihn fast ganz aus, dazwischen bleibt nur ein schmaler Mittelgang. Den Durchgang versperren zwei Männer, die mit Spannschlüsseln an einem der Motoren arbeiten.

»Unser Ingenieur«, sagt Edeling, »und sein Gehilfe. Die stören wir mal lieber nicht.« Der Ingenieur, hager und hohläugig, die bloßen Arme mit schwarzem Öl verschmiert, hat nur ein kurzes Nicken für sie übrig. Edeling erklärt: »Das sind zwei Körtingsche 6-Zylinder 2-Takt-Petroleummotoren, je einer pro Propeller, Leistung maximal 225 Pferdestärken.« Er zeigt an den Maschinisten vorbei nach achtern. »Dahinter noch mal zwei, aber größere mit acht Zylindern und 300 PS. Wenn die alle laufen, verstehen sie kein Wort mehr, machen einen Mordskrach. Noch weiter dahinter liegen die beiden Elektromotoren, je 580 Pferde, direkt um die Schraubenwellen gebaut. Ganz achtern kommt noch die Rudermaschine, darüber die beiden Hecktorpedorohre, und dann hört der Druckkörper auf. Folgen außen Ruder und Schrauben.«

In der Zentrale erklärt er Seiler noch: »Alle wichtigen Einrichtungen sind hier im zylindrischen Druckkörper untergebracht, der den Wasserdruck in der Tiefe aushält. Die dünne Außenhülle des Bootes ist mit Spanten mit ihm verbunden. Zwischen Innen- und Außenhaut befinden sich die Tauchtanks, die bei Unterwasserfahrt mit Wasser gefüllt sind. Dabei bleiben ihre Bodenventile offen, um den Wasserdruck mit dem Außenwasser auszugleichen. Zum Auftauchen wird Preßluft in die Tauchtanks geblasen, dadurch wird das Wasser unten aus den Ventilen herausgedrückt, und das Boot steigt auf. Aber das kennen Sie sicher alles schon von U 1 her!«

Eine halbe Stunde später löst sich U 9 vom Pier und dreht den Bug in die kurze, kabbelige See. Aus dem Auspuff am Heck quillt gelblichweißer Rauch und zerflattert im Wind. Das ist einer der

Nachteile der Petroleummotoren, dieser weithin sichtbare helle Qualm.

Seiler legt einen Arm ums Sehrohr und lehnt sich nach Backbord hinaus, um dem Ersten Platz zu machen, der sich gerade aus dem engen Turmluk stemmt. Mit dem Kommandanten und dem Rudergänger, der vorn hinter seinem Rad steht, sind sie zu viert auf der winzigen Plattform.

Das Boot tuckert im Kielwasser von U 8 auf die Förde hinaus. Auf dem schmalen Vordeck stehen zwei Matrosen, breitbeinig, die Hände in den Taschen, und schauen zum Kohlenhafen hinüber, wo die Panzerkreuzer YORCK und ROON festgemacht haben. Die großen Vierschornsteiner, erst 1906 in Dienst gestellt, gelten bereits als veraltet. Ihre Zeit ist vorüber, die Zukunft gehört den modernen, doppelt so großen Schlachtkreuzern, von denen bereits zwei in Dienst gestellt und zwei weitere in Bau sind.

Die beiden Unterseeboote laufen jetzt schneller, der leicht hochgezogene Bug von U 9 schneidet die anrollenden Wellen, schäumend rauscht das Wasser an den Seiten vorbei, spült über die flache Oberseite der Tauchtanks und klatscht ab und zu über das Vordeck. Die beiden Matrosen entern auf den Turm und steigen ein. Vom kurzen Flaggstock am Heck flattert die Kriegsflagge und am Bug die kleine Gösch mit dem Eisernen Kreuz. Der Wind ist beißend kalt, und die Gummituchbespannung um die Turmplattform bietet kaum Schutz. Das Sehrohr, an dem Seiler sich festhält, vibriert, ab und zu dringt das Wummern der Motoren aus dem offenen Turmluk herauf.

Der Erste nimmt eine Peilung vom Mönkeberger Kirchturm an Steuerbord, und Seiler muß sich noch weiter hinauslehnen, um ihm die Sicht nicht zu versperren.

»Was war Ihr letztes Bordkommando, abgesehen von U 1, Seiler?«, fragt der Kommandant unvermittelt über die Schulter, und Seiler antwortet: »Torpedoboot, Herr Oberleutnant! V 158, zwote Torpedobootflottille in Wilhelmshaven!«

Der Kommandant hebt das Doppelglas an die Augen und kommentiert: »Da muß Ihnen unser Eimer ja wie eine Schnecke vorkommen. Wir können grade mal vierzehn Knoten. Dafür machen wir acht *unter* Wasser, das soll uns so ein Torpedoflitzer erst mal nachmachen.«

Das Kap bei Kitzeberg wird passiert, und dahinter öffnet sich die Heikendorfer Bucht. Fünf Minuten später wird U 8 langsamer und bleibt schließlich gestoppt liegen. Auch U 9 nimmt Fahrt weg. Weddigen beugt sich übers Luk und ruft hinunter: »Zwo Mann Deck! Klar zum Ankern!« Seiler verzieht sich hastig hinunter aufs Achterdeck, um Platz zu machen, denn die Matrosen kommen durchs Turmluk herauf, die anderen Ausstiege müssen zubleiben, weil immer wieder Wellen übers Deck waschen. Das Boot fährt zwei Pilzanker, die unter dem Rumpf in Mulden verstaut sind. Auf einen Wink des Kommandanten löst ein Mann den Sperrhebel des Bugankers, während der zweite mit der Spillbremse das Auslaufen der Kette kontrolliert. Kein Platschen ist zu hören, nur das Rattern der Kette, der ganze Vorgang spielt sich unter Wasser ab. Das Boot treibt nach Lee ab, bis der Anker faßt. Langsam schwingt das Achterschiff herum, bis der Bug in den Wind zeigt. Einer der beiden Matrosen verzieht sich nach achtern, um auf Befehl den Lüftungsmast dort umzulegen, der andere hält sich beim vorderen klar.

Drüben vor der Holtenauer Schleuse strebt ein Dampfer Friedrichsort zu, und weiter draußen jagt ein weißes Torpedoboot dahin, die CARMEN, das Depeschenboot des Generalinspekteurs der Marine.

Knapp hundert Meter an Backbord macht U 8 tauchklar. Die Persenning um die Turmreling ist bereits abgetakelt, der Kommandant hakt die Flagge vom Sehrohrmast los. Zwei Matrosen legen den vorderen Ventilationsmast um, der achtere liegt schon an Deck. Der weißliche Auspuffqualm wird dünner und hört ganz auf, also ist gerade auf die Elektromotoren umgekuppelt worden.

Jetzt steigen die Leute ein, der Kommandant winkt noch einmal herüber, dann fällt das Turmluk zu. Das Boot dreht in den Wind und läuft langsam gegen die Wellen an. Allmählich neigt es sich vorn tiefer, bis der hochgezogene Bug eintaucht und Wellen übers Oberdeck spülen. Schäumend branden sie gegen den Turm. Und dann, ziemlich schnell, ist das Boot unter Wasser. Die Sehrohre ziehen Schaumstreifen durch das kabbelige Wasser, werden kürzer und sind weg.

»Weg isses«, sagt Weddigen und ruft durchs Luk hinunter: »U 8 getaucht! Notiere Tauchzeit 9 Uhr 53 Minuten!«

Er wendet sich zu Seiler um: »Steigen Sie ein, Mann, bevor Sie erfrieren!« Seiler gehorcht erleichtert, er hat ja weder Schal noch Handschuhe, und vom langen Sitzen im kalten Wind ist er durchfroren und steif. In der Zentrale wärmt er sich die Hände am elektrischen Heizkörper. Es ist kalt im Boot, und die gewölbten Stahlplatten des Druckkörpers glänzen vor Nässe. Tropfen hängen unter den Rohren und Leitungen und rieseln über die weiße Platte der elektrischen Schalttafel. Der Steuermann sieht seinen Blick und sagt: »Ja, gegen die Nässe kann man nix machen. Ab und zu gibt's da auch mal 'nen Kurzschluß.«

Seiler schaut ihm über die Schulter. Der Steuermann hat eben die Position ins Logbuch eingetragen: *54°22'5 N – 10°11'6 O, Bake Anleger Heikendorf peilt Steuerbord 90, Distanz 9 Hektometer.* Er tippt mit dem Bleistift auf die Karte. »Wir sind hier, Herr Oberleutnant, auf der Zwölf-Meter-Linie. Das ist sozusagen unser Übungsplatz!«

Seiler hat dieselben Worte schon einmal gehört, vor fast einem Jahr, und exakt auf dieser Position. Es ist wie ein Déjà-vu. U 3 ist hier verunglückt, am 17. Januar und ebenfalls bei einer Tauchübung. Er erinnert sich, wie er damals den Steuermann auf U 1 gefragt hat, ob zwölf Meter nicht zu flach für eine Tauchübung seien. Würde das Boot da nicht auf Grund stoßen?

»Wollen wir ja«, hatte der Mann erwidert, »wir legen das Boot einfach auf Grund, damit die Frischlinge mal spüren, wie das so ist unter Wasser. Außerdem, tiefer als fuffzehn Meter gehen wir nicht gerne.«

»Warum nicht?«

»Weil keiner weiß, was dann passiert. Der Wasserdruck nimmt ja mit jedem Meter zu, und da kann schon eine kleine Undichtigkeit irgendwo gefährlich werden.«

»Aha«, hatte Seiler gesagt und versucht, es ganz unbeeindruckt klingen zu lassen, »und wann sind wir dran?«

»Sobald U 3 wieder auftaucht. Normalerweise bleibt jedes Boot 'ne halbe Stunde unten, und das andere paßt währenddessen auf.«

»Verzeihn, Herr Oberleutnant!« Ein Maat reißt ihn aus dieser Erinnerung, er muß mit einem großen Werkzeugkasten durch die Zentrale nach vorn, und Seiler drückt sich an die Rohre, um ihm Platz zu machen.

Ohne den Maschinenlärm ist es im Boot beinahe still, und er kann das Geräusch des Wassers außerhalb des Druckkörpers hören, ein seltsames Murmeln, Knirschen und Poltern. Gelegentlich plätschert es unter den Flurplatten, das ist das Bilgewasser, das hin und her schwappt. Es riecht durchdringend nach Petroleum, nach heißem Öl und Schmierfett, und er wünscht sich, wieder an Deck zu dürfen.

Es ist eigentlich nicht viel anders als unter Deck auf einem Torpedoboot. Auch da war es eng und stickig, aber nicht so kalt, weil die Kessel Wärme verbreiteten und zudem eine Dampfheizung vorhanden war. Bei grober See war es unten aber kaum auszuhalten, und er war mehr als einmal seekrank geworden, aber daran sollte er jetzt nicht denken. Schon wird ihm flau im Magen, dabei liegt das Boot fast ruhig. Es ist dieser Petroleumgestank. Den anderen, dem Steuermann und den beiden Maaten an den Tiefenrudern, scheint er nichts auszumachen, sie sind wohl längst daran gewöhnt.

Von oben ruft der Erste: »Seewache an Deck, Deck tauchklar machen!« Drei Mann drängen in die Zentrale und entern die Eisenleiter zum Turm auf. Noch ein Ruf: »Klar bei Entlüftungen! Oberleutnant Seiler an Deck!«

Er soll sich wohl ansehen, wie an Oberdeck klargemacht wird. Bevor er den Fuß auf die Leiter setzen kann, reicht ihm der Steuermann einen dicken Wollschal und ein paar Lederhandschuhe: »Hier, nehmen Sie meine, Herr Oberleutnant!« Seiler dankt ihm, wickelt sich den Schal um den Hals und steigt erleichtert nach oben.

KIEL, 17. JANUAR 1912, DIENSTAG

Ein grauer, kalter Vormittag. Über dem Dach der Torpedoinspektion recken kahle Bäume ihr schwarzes Astgewirr in den grauen Himmel. Es geht kein Wind. Nebelschwaden über dem bleigrauen Wasser der Förde, Wellen lecken mit sachtem Plätschern ans Ufer. Aus der Ferne klagt ein Nebelhorn.

»Meine Damen, meine Herren, wir gedenken heute unserer Kameraden, die bei dem tragischen Unfall von U 3 an diesem Tage vor einem Jahr ihr Leben gelassen haben«, beginnt Admiral Wilhelm Lans, der Chef der Torpedoinspektion, und bringt das leise Gemurmel zum Verstummen. Seiler wacht aus seinen Gedanken auf und richtet seine Aufmerksamkeit auf den Redner.

An der Vorderseite des Rednerpultes sind große, mit Trauerflor geschmückte Photographien der drei Toten aufgehängt, in der Mitte erhöht der Kommandant von U 3, Kapitänleutnant Ludwig Fischer, rechts von ihm sein Erster Offizier Leutnant Kalbe und auf der anderen Seite der Rudergänger, Torpedomatrose Rieper. Die Namen sind sauber in großen schwarzen Lettern unter die Portraits gemalt.

Es ist die Gedenkfeier für die drei Opfer des U-Bootunfalls. Vor dem Podium ist eine Reihe Stühle aufgestellt, auf denen die Angehörigen Platz genommen haben, dick vermummt gegen die Kälte. Dahinter stehen im Mantel barhäuptig die Offiziere in Dunkelblau und Gold. Da ist Korvettenkapitän Michaelis, der Chef der Flottille, da sind die Kommandanten der Boote, Boehm-Bezing von U 1, Weddigen von U 9, Forstmann von U 11, Max Valentiner, der Bergungsoffizier der VULKAN, der sich bei der Rettung der Besatzung hervorgetan hat, dann der Kommandeur der U-Schule und die Offiziere der Marinestation Ostsee, der Torpedoinspektion und der Marineakademie. Schließlich eine Abordnung der Besatzungen in Paradeuniform unter der halbstock gesetzten Kriegsflagge.

»Mitten im Frieden hat sie der Tod aus unseren Reihen gerissen. Getreulich bis zum letzten Atemzuge haben sie ihre Pflicht erfüllt. Opfer des Fortschrittes, der zu allen Zeiten seinen Tribut gefordert hat.«

Unterdrücktes Schluchzen ist aus der Reihe der Angehörigen zu hören.

Seiler hat den Unfall von U 3 miterlebt. Er war an diesem 17. Januar, seinem ersten Tag in der Flottille, Zeuge von dessen Untergang und der dramatischen Bergungsversuche geworden.

Das Unglück geschah am Vormittag. Wasser war durch eine Lüftungsklappe in die achtere Abteilung eingedrungen, dadurch ließ sich das Boot nicht mehr hochbringen. Da der Bug aus dem Wasser ragte, konnte die Besatzung durch die Torpedorohre herausgezogen werden. Drei Leute blieben jedoch im Turm eingeschlossen.

Erst zwanzig Stunden später gelang die Bergung. Zwischen den beiden Rümpfen der VULKAN stachen die Sehrohre durch die Wasseroberfläche, und gleich danach erschien der kleine Turmaufbau. Sogleich jumpten Leute mit Brechstangen und Vorschlaghämmern hinüber. In fünf Minuten waren die Schraubmuttern abgeschlagen, und das Luk flog mit einem Knall auf, gasdurchmischte Luft entwich fauchend, im Turm herrschte

Überdruck. Mit dem Schlauch wurde Druckluft hineingeblasen, dann sprangen mehrere U-Boot-Offiziere hinein. Ihre Kameraden fanden sie leblos auf ihren Sitzen zusammengesunken. Sie wurden durch das enge Luk herausgehoben und ins Lazarett des Hebeschiffes gebracht. Dort konnten die Ärzte nur noch den Tod feststellen, der wohl schon vor mehreren Stunden eingetreten war.

Märtyrer der Seemannspflicht, hieß es anderntags in der Zeitung, *sie opferten sich, um das Leben ihrer Kameraden zu retten.* Doch das war erfunden. Die drei, die erstickt waren, hatten keine Gelegenheit gehabt, durch ihren Tod die anderen zu retten.

Wie würde das erst im Krieg werden? Wie viele würden den Heldentod sterben, hüben wie drüben? Von den Fischen gefressen. Er denkt an sein Abendessen mit Vivian. Ist das nicht alles sinnlos? Keiner will den Krieg, und doch arbeiten beide Seiten mit aller Kraft darauf hin. Wäre es nicht besser, er ginge als Spion nach England, um zu belegen, daß die Engländer, die schließlich auch Germanen waren, nichts Böses gegen ihre Verwandten im Schilde führten?

London, War Office, 9. Februar 1912, Freitag

Es ist kalt, und ein leichter Regen fällt, als Drummond und Captain Kell sich auf den Weg zum War Office machen. Vom Büro bis zum War Office sind es knapp fünfzehn Minuten Fußweg. Der Captain trägt wie immer Zivil, heute einen sandfarbenen Regenmantel, dazu einen olivgrünen Filzhut.

Vor vier Wochen, gleich am Morgen nach der Begegnung mit Le Queux, hatte Drummond dem Captain ausführlich darüber berichtet. Kell zeigte sich empört über die Frechheit des Schriftstellers, einfach in seinem Büro aufzutauchen, dessen Adresse als streng geheim galt, und sich obendrein als sein Freund auszugeben. Von wem der Mann wußte, wo das Büro untergebracht war,

war auch ihm ein Rätsel. Die Vermutung Drummonds, daß Melville, eventuell auch Major Edmonds, eine Indiskretion begangen haben könnten, wies er, zumindest ihm gegenüber, von sich.

Sie gehen nebeneinander am Embankment entlang in Richtung Waterloo Bridge, und erst hier weiht ihn Kell in den Grund für die Visite im Kriegsministerium ein. »Major Edmonds möchte Sie sehen, Drummond. Der Major leitet die Abteilung MO5, der wir in gewisser Weise unterstellt sind. Ich selbst habe zur selben Zeit eine Unterredung in einer anderen Abteilung.«

Ein, zwei Minuten lang schreiten sie schweigend weiter, dann fährt Kell fort: »Wie Sie wissen, unterliegt unsere Tätigkeit strenger Geheimhaltung. Wir haben Sie deshalb über die Organisationsstruktur unserer kleinen Dienststelle im Unklaren gelassen. Wie Ihnen aber sicherlich längst bekannt ist, wurde im vergangenen Jahr eine Aufgabenteilung beschlossen. Ein Teil unserer Organisation, die Foreign Section, wie wir sie nennen, befaßt sich mit der Beschaffung von Informationen aus dem Ausland. Darunter fiel ja auch Ihre anfängliche Tätigkeit. Und die Aufgabe meiner Home Section ist das Aufspüren von fremder Spionageaktivität.«

Drummond nickt und wartet ab, was der Captain noch zu sagen hat. Doch Kell schweigt wieder. Drummond sieht ihn von der Seite an. Kell hat die Brauen zusammengezogen und denkt offenbar angestrengt nach.

Endlich spricht er weiter: »Nun, gelegentlich überschneiden sich diese beiden Bereiche, wie beispielsweise im Fall Seiler, mit dem ich Mr. Melville und Sie betraut habe. Da erwies es sich als besonders ungünstig, daß Sie Seiler nicht auf den Kontinent folgen durften. Das würde normalerweise in den Zuständigkeitsbereich der Foreign Section fallen. Ich hätte also bei Captain Cumming, der die Abteilung leitet, eine Fortsetzung der Observation ab Calais beantragen müssen. Das ist natürlich unsinnig, wenn ein Verdächtiger überraschend das Land verläßt. Die Foreign

Section erweist sich auch nicht immer als flexibel und kooperativ. Kompetenzgerangel, Sie verstehen.«

»Ja, Sir. Ich verstehe, Sir.«

»Ich habe Major Edmonds deshalb darum ersucht, unseren Spielraum dahingehend zu erweitern, daß ich meine Detektive auch im Ausland einsetzen kann, sollte die Notwendigkeit eintreten. Das hat er mir zugesichert, und ich nehme an, daß er Sie in diesem Zusammenhang ein wenig beschnuppern will.«

Inzwischen haben sie die Charing-Cross-Eisenbahnbrücke unterquert. Sie kreuzen die Northumberland Avenue und biegen in den Whitehall Place ein. Dort steuert Kell auf einen Seiteneingang des War Office zu. Der Posten kennt den Captain, er salutiert und läßt sie ein.

Erst auf der breiten Marmortreppe bleibt Kell stehen und sagt mit gedämpfter Stimme: »Major Edmonds hat die Abteilung vor vier Jahren übernommen und außer alten Akten aus dem Burenkrieg so gut wie kein Material vorgefunden. Seither hat er den Laden einigermaßen auf Vordermann gebracht. Er ist der Überzeugung, daß in einem kommenden Konflikt Deutschland unser Hauptgegner sein wird; nicht zu Unrecht, wie ich meine. Ich nehme an, er wird Ihnen einen Vortrag zu diesem Thema halten. So, ich lasse Sie jetzt allein. Sein Büro ist im ersten Stock, links den Korridor entlang bis zum Ende. Dort gelangen Sie in sein Vorzimmer.«

Er zieht seine Uhr aus der Westentasche, klappt sie auf und wirft einen Blick aufs Zifferblatt. »Halb zehn. Sagen wir um zwei in meinem Büro?«

Major Edmonds ist in Uniform und hält sich kerzengerade. Er hat rotblondes Haar, das bereits weit zurückgewichen und an den Schläfen ergraut ist. Sein Gesicht ist blaß, und er trägt einen blonden, präzise gestutzten Schnurrbart. Der Blick, mit dem er ihn mustert, erinnert Drummond an einen Schuldirektor, der einen Verweis erteilen will.

Der Major deutet auf einen Sessel vor seinem Schreibtisch und nimmt selbst dahinter Platz.

»Mr. Drummond«, beginnt er ohne Umschweife, »als die Preußen 1870 in Frankreich einmarschiert sind, hatten sie das mit großer Weitsicht und Präzision vorbereitet. Offiziere in Zivil haben das Land bereist und nicht nur Festungen und Waffenplätze erkundet, sondern auch jede Kleinigkeit notiert, die der preußischen Armee beim Einmarsch von Nutzen sein könnte: Brücken, Bahnstrecken, Wasserläufe, Pferdedepots und so weiter. Deutsche, die in Frankreich ansäßig waren, sind in großer Zahl rekrutiert worden, um den Truppen den Weg zu weisen, aber auch, um Telegraphenleitungen zu unterbrechen und den Eisenbahnverkehr zu stören. Die sprichwörtliche preußische Gründlichkeit! Entsprechend schnell sind die Franzosen überrannt worden.«

»Ja, Sir!« erwidert Drummond. Er ahnt, dank Captain Kells Hinweis, worauf das hinauslaufen wird.

Major Edmonds legt die Hände flach auf den Tisch und fährt fort: »So wird es uns auch ergehen, wenn die Politik weiterhin die Augen verschließt und sich weigert, die Zeichen der Zeit zu erkennen! Sowohl die Informationsbeschaffung im Ausland, und hier meine ich insbesondere das Deutsche Reich, als auch die Erkennung und Verhinderung ausländischer Spionage werden auf geradezu kriminelle Weise vernachlässigt!«

Seine Miene ist mit den letzten Sätzen ernster und zugleich strenger geworden, aber jetzt schiebt er seinen Stuhl zurück, schlägt die Beine übereinander und fährt zu Drummonds Erstaunen im Plauderton fort: »Sie müssen sich vor Augen halten, Mr. Drummond, daß es bis vor eineinhalb Jahren keine Organisation auf unserer Seite gab, die sich auf professionelle Weise mit derlei Dingen auseinandersetzen wollte, obwohl natürlich alle Welt davon ausgeht, daß wir Briten einen großartigen und weltumspannenden Geheimdienst unterhalten. Kiplings Great Game and all that! Gut, wir kundschaften ein wenig bei den Russen, wegen Indien und Asien natürlich, und auch bei den Franzosen, aber das mehr aus alter Gewohnheit. Immerhin gibt es seit ein paar Jahren hier im War Office eine winzig kleine Abteilung für Nachrichtenbeschaffung, aber die eigentliche Arbeit bleibt meist der freiwilligen Initiative von Offizieren oder gar Privatleuten überlassen. Das ist die eine Seite. Und wer kümmert sich um die deutschen Spione, die in großer Anzahl hier gegen uns tätig sind? Eine Handvoll Männer gegen einen skrupellos planenden und mit großzügigen Mitteln ausgestatteten Gegner, den immer noch allzu viele als harmlosen Freund betrachten!«

Er blickt zum Fenster hin, streicht sich mit dem Daumennagel über den Schnurrbart und scheint zu überlegen. Dann faßt er Drummond wieder ins Auge. »Ich nehme an, Sie haben die Gerüchte über deutsche Spione gehört, die für eine geplante Invasion unsere Insel auskundschaften sollen? Seit Jahren spricht man davon.«

Drummond nickt. »Ja, Sir, ich habe davon gehört.« Das ist doch alles alter Käse, denkt er, und riecht obendrein nach Le Queux.

»Gut, Mr. Drummond. Sie wissen also Bescheid. Nun zur Sache: Captain Kell hat mir gegenüber angedeutet, daß sich Umstände ergeben könnten, die es geraten erscheinen lassen, daß einer seiner Detektive einer verdächtigen Person auch ins Ausland folgt. Dafür kämen auch Sie in Frage.«

Er lehnt sich zurück, trommelt mit den Fingern der linken Hand einen kurzen Wirbel auf die Schreibtischplatte und will wissen: »Sprechen Sie Deutsch?«

»Nur ein wenig«, erwidert Drummond, »ich verstehe einiges, aber ich kann nicht behaupten, daß ich es fließend spreche.«

»So. Nun, das ist schade.« Major Edmonds schiebt die Unterlippe vor und überlegt.

»Hm. Haben Sie Verwandte oder Freunde in Deutschland?«

»Nein, Sir.«

»Kein Mädel oder so was?«

»Nein, Sir«, antwortet Drummond und denkt, was meint er mit *so was?* Sein Mund will sich zu einem Grinsen verziehen, er preßt aber noch rechtzeitig die Lippen zusammen.

»Aha. Beruhigend. Nun gut, was ich Ihnen zu sagen habe, ist folgendes: Sollte Sie ein dienstlicher Auftrag nach Deutschland führen, so sind Sie hiermit verpflichtet, neben Ihrer eigentlichen Aufgabe alles, ich wiederhole *alles,* was unserem Lande von Nutzen sein könnte, jede Information, sei sie in Ihren Augen noch so unwichtig, in Ihren Bericht aufzunehmen. Ihr Bureau wird diese Informationen dann unverzüglich an meine Abteilung weiterleiten. Haben wir uns verstanden?«

»Ja, Sir. Ich werde daran denken, Sir.«

»Denken Sie nicht nur daran, handeln Sie danach!«

»Ja, Sir!«

London, Cecil Court, 19. Februar 1912, Montag

Drummond zieht seinen Mantel an und verabschiedet sich vom Besitzer des Kameraladens. Sie haben sich längst aneinander gewöhnt, unterhalten sich über alles mögliche, und manchmal hilft Drummond ihm sogar im Geschäft, wenn sich gegenüber nichts tun will. Er tritt auf die Gasse hinaus und schlägt den Mantelkragen hoch. Es ist kühl und neblig. Im Bookshop brennt Licht, Peterman wird allein in seinem Kontor sitzen, denn die Tochter ist im College.

Wieder fällt ihm Emmeline ein. Er muß fast jeden Tag an sie denken. Seit dem zweiten Oktober hat er sie nicht mehr gesehen. Über vier Monate ist das jetzt her, und sie will ihm dennoch nicht aus dem Kopf. Er weiß immer noch nicht, wo sie wohnt, und kann nur vermuten, daß sie bei diesem Lady Couriers and Guides Service arbeitet. Das ist gleich da vorn um die Ecke. Er hat sich angewöhnt, morgens und abends dort vorbeizugehen, manchmal auch mittags, wenn er sich etwas zu essen holt, ist ihr aber nie mehr begegnet.

Der Nebel ist nicht besonders dicht, die Häuser gegenüber sind gut zu sehen, aber wenn er die Straße hinunterblickt, verliert sich alles im Grau. Darin schwimmen die zahllosen Lichter der Straßenlaternen, Busse, Cabs und Autos. Da ist die No. 4, das Geschäftshaus ist hell erleuchtet, und gerade kommt eine Schar Leute heraus. Er weicht einem älteren Herrn aus und stößt deshalb mit jemandem zusammen.

»Oh! I beg your pardon!« sagt er, zieht den Hut und sieht sich Emmeline gegenüber.

»Nichts passiert«, sagt sie freundlich und will an ihm vorbei, aber dann bleibt sie stehen und sieht ihn an. »Sagen Sie, Sie kommen mir bekannt vor – ah, jetzt weiß ich's, ich habe Sie öfter mal im Cecil Court gesehen, kann das sein?«

»Gut möglich«, erwidert er, »ich besuche gelegentlich die Petermansche Buchhandlung dort.«

»Ach! Dann kennen Sie womöglich auch seine Tochter, Vivian?«

»Nur vom Sehen. Sie dürfte jetzt im College sein, nicht wahr? Sind Sie mit ihr bekannt, Miss … äh?«

Sie lacht. »Mein Name ist Riley, Emmeline Riley. Und mit wem habe ich das Vergnügen?«

Zum Teufel mit der Geheimhaltung, denkt er, jetzt oder nie, und lüftet noch einmal den Hut. »Randolph Drummond, Miss Riley, entzückt, Ihre Bekanntschaft zu machen!«

London, Piccadilly, 1. März 1912, Dienstag

Ein Meer von Damenhüten wogt in der Piccadilly, so weit Vivians Auge reicht. Banner und Schilder schwanken über der Menge, die sich am Geologischen Museum vorbei zäh und unaufhaltsam in Richtung Piccadilly Circus schiebt. Ab und zu wächst aus Rufen, Kreischen und Schreien ein lauter Chor: »Votes for Women!« oder »Taten statt Worte!« und geht wieder unter im vielstimmigen Gemurmel. Dazu das Klacken und Schuffeln von Tausenden von Schuhen auf dem Pflaster und den Platten der Gehwege. Vereinzelt schrille Pfiffe oder das gräßliche Zerklirren einer großen Schaufensterscheibe. Vor einem Herrenausstattungsgeschäft wird unter Beifallklatschen die rot-weiß gestreifte Markise heruntergerissen.

Vivian hält Emmelines Hand fest, die Menge macht ihr Angst, und zugleich ist es ein ganz unbeschreiblich erhebendes Gefühl, mit dabeizusein, unter so vielen Frauen. Frauen jeden Alters, beinahe jeden Standes, und alle von dem gleichen wütenden Willen erfüllt: Wahlrecht für Frauen! Zu dieser Demonstration, die größte, die London je gesehen hat, hat Emmeline Pankhurst aufgerufen, die Gründerin der Women's Social and Political Union.

Ein Pferdebus hat es nicht geschafft, rechtzeitig zu entkommen, und steckt fest. Frauen umfließen ihn auf beiden Seiten und versuchen, den nervösen Tieren nicht zu nahe zu kommen. Vom Oberdeck schreien erboste Männer Beschimpfungen herunter, schamloses Weibergesindel, euch sollte man den Arsch versohlen oder gleich richtig durchficken, drohen mit den Fäusten und werfen zerknüllte Zeitungen in die Menge, was mit Hohngelächter beantwortet wird. Vivian spürt, wir ihr die Röte ins Gesicht steigt, vor Scham und Wut zugleich.

Die vordersten müssen schon die letzten Gebäude vor dem Piccadilly Circus erreicht haben, und der weite Platz wird von Frauen überschwemmt werden. Auf einmal erheben sich vorn wütende Protestrufe, Polizeipfeifen schrillen, und durch den Lärm ist das harte Stakkato von Hufeisen auf Pflastersteinen zu hören.

Vivian reckt den Hals, aber sie ist zu klein, um über die Hüte und Köpfe hinwegzusehen. Der Tumult vorn wird immer lauter, wüstes Gebrüll, Angstschreie, Pferde wiehern. Emmeline packt ihre Hand fester und ruft ihr ins Ohr: »Berittene Polizei! Sie wollen uns nicht durchlassen!« Sie zieht sie nach rechts. »Los, weg hier, raus aus dem Gedränge!« Das wird nicht leicht, Frauen drängen von vorn nach hinten, von hinten wollen sie nach vorn, ein schreckliches Durcheinander entsteht. Vivians Jacke wird halb heruntergerissen, ihre Haare sind zerzaust, und wo ist der Hut?

»Mein Hut!«, ruft sie, »Emmy, mein Hut ist weg!« Aber Emmeline läßt sie nicht los und zerrt sie weiter, bis sie die Ecke zur Regent Street erreicht haben und, an eine Hauswand gedrückt, einen Moment verschnaufen können. Auf dem Platz vor ihnen herrscht das reinste Chaos. Frauen rennen schreiend durcheinander, Männer prügeln mit Stöcken und Schirmen auf sie ein, dazwischen traben berittene Polizisten, lange Knüppel in den Fäusten und Pfeifen im Mund, die unaufhörlich schrillen. Jetzt fliegen Flaschen, einige Frauen wehren sich. Emmeline zieht sie um die Ecke und fängt an zu laufen, ein paar Schritte nur, dann in einen Eingang. Dicht an die verschlossene Tür gedrückt, heftig atmend, stehen sie da und hoffen, daß keiner der wildgewordenen Männer auf sie losgeht. Ein Dutzend Frauen hastet vorbei, die hinderlichen Röcke mit den Händen hochhaltend, um schneller laufen zu können. Emmeline will sich ihnen anschließen. »Komm mit!«, ruft sie, und sie eilen hinterher. Verängstigt läßt sie sich in Emmelines Sog mitreißen.

In der breiten Straße stauen sich Schlangen von aufgehaltenen Fuhrwerken, Bussen und Cabs, und hier vorn ist sie zudem übersät mit Hüten, zerknickten Schirmen, weggeworfenen Protestschildern und Pferdeäpfeln. Schaulustige säumen den gegenüberliegenden Bürgersteig, und aus fast allen Fenstern spähen neugierige Gesichter.

Vor der Einmündung der Jermyn Street haben sie die flüchtenden Frauen fast eingeholt, als plötzlich drei Constables um die Ecke biegen und sich ihnen mit ausgebreiteten Armen in den Weg stellen. »Holla, Ladys, wohin so eilig?«

Zwei packen Emmeline an den Armen, einer greift nach Vivian, ein gemeines Grinsen unter dem ausgefransten Schnurrbart. Sie kreischt und schlägt um sich, aber der Kerl dreht ihr den Arm auf den Rücken, bis sie laut aufschreit. Unter dem Gejohle männlicher Passanten zerren die Polizisten sie die Straße entlang, zu einer geschlossenen schwarzen Kutsche mit dem Wappen der Metropolitan Police an der Seite. Ein Gefangenenwagen mit einem kleinen vergitterten Fenster in der Tür. Roh werden sie hineingestoßen. Drei Frauen mit angstgeweiteten Augen sitzen schon auf den harten Holzbänken, einer laufen die Tränen über die Wangen. Die Tür knallt zu. Ein Ruck, die Pferde ziehen an, der Wagen rollt. Vivian ist starr vor Angst. Vater, denkt sie, Vater. Und Adrian. Adrian, hilf mir!

Vor dem New Bow Street Police Court werden sie alle ausgeladen und in das Polizeigericht gebracht. Vor einem schnauzbärtigen Sergeant muß jede Name und Adresse angeben, dann führt man sie in eine große, fensterlose Zelle, in der bereits zwölf Frauen warten.

Nach einer Weile stellen sie sich gegenseitig vor, trösten die Weinenden und erzählen sich im Flüsterton ihre Erlebnisse. Eine gut gekleidete und stolze Dame, bestimmt schon über vierzig, erzählt, wie sie mit einem Trupp von vielleicht sechzig Frauen bis in die Downing Street vorgedrungen ist, wo sie sämtliche Fensterscheiben der Wohnung des Premierministers eingeworfen haben, aber dann von der Polizei gejagt wurden. Dabei ist sie festgenommen worden und harrt nun mit ihnen der Dinge, die da kommen sollen. Aber es vergehen fast zwei Stunden, bis sich die Tür zum erstenmal öffnet. Die Dame, die in der Downing Street war, wird herausgerufen. »Viel Glück, ihr Lieben!«, ruft sie über die Schulter, bevor sich die Tür wieder schließt. Dann wird alle Viertelstunde eine von ihnen herausgeholt.

»Was machen die mit uns?«, fragt Vivian, ihre Stimme zittert, und ein geschminktes Mädchen, das eine Prostituierte sein könnte und so etwas anscheinend nicht zum erstenmal erlebt, antwortet: »Ach, die führen uns bloß dem Polizeirichter vor. Der entscheidet, ob wir freigelassen werden oder verurteilt. Meistens gibt's ein paar Tage Gefängnis, das ist alles. Also keine Angst.«

Vivian ist entsetzt. Gefängnis? Um Himmels willen! Sie faßt nach Emmelines Hand, aber da geht die Tür auf und eine barsche Stimme ruft: »Miss Emmeline Riley! Los, aufstehen! Mitkommen!« Emmeline flüstert hastig: »Hab keine Angst, sie lassen dich bestimmt frei, weil du so jung bist.« Dann ist sie weg. Vivian treten die Tränen in die Augen, ihr Herz klopft wie verrückt.

Schließlich ist auch sie dran. Ein Constable führt sie in ein kleines Sitzungszimmer ohne Zuschauerbänke. Hinter einem hohen Pult thront der Polizeirichter, ohne Perücke, aber in Uniform, die Schirmmütze vor ihm auf dem Tisch. Daneben steht eine dicke Frau mit einem Bulldoggengesicht. Auf Stühlen neben der Tür sitzen zwei Herren in Mänteln, ihre Hüte auf den Knien. Der Constable bleibt vor der Tür stehen. Sonst ist da niemand.

»Miss Vivian Peterman? Treten Sie vor!«

Sie tritt vor den Tisch.

»Wie alt sind sie?«

»Achtzehn«, sie zögert, dann fügt sie »Sir« hinzu.

»Eltern?«

»Nur mein Vater. Mutter ist tot.«

Sie wird befragt, was sie während der Demonstration getan hat, und sie antwortet: »Nichts. Überhaupt nichts. Ich bin mit meiner Freundin spazierengegangen, in der Regent Street, und plötzlich haben uns Polizisten gepackt und mitgenommen.«

»So. Na, das habe ich heute schon dreißigmal gehört.« Er schaut zu den beiden Herren hinüber, Vivian folgt seinem Blick und sieht, wie der ältere kurz nickt.

»Gut«, sagt der Richter, »Miss Peterman, aufgrund Ihrer Jugend spreche ich Ihnen hiermit in aller Form eine Verwarnung aus. Nehmen Sie noch einmal an einem solchen Aufruhr teil, werden Sie nicht mehr so leicht davonkommen. Ist das klar?« Er blickt sie mit strenger Miene an.

»Ja, Sir.«

»Sie können gehen, aber vorher wünschen diese Herren noch, mit Ihnen zu sprechen.«

»Was ist mit meiner Freundin?« fragt sie mit bebender Stimme.

Der Richter runzelt die Stirn, aber er fragt: »Wie heißt die Dame?«

»Emmeline Riley, Sir. Sie war vor mir dran.«

»Miss Riley. Richtig. Zu einer Woche Haft verurteilt.«

Die Herren sind aufgestanden, und der ältere sagt: »Kommen Sie mit, Miss Peterman.«

Auf dem Flur muß sie auf einer Bank Platz nehmen. Der ältere der beiden führt das Wort. Er hat ein mißmutiges Gesicht, einen gelbbraun verfärbten Schnurrbart und stützt sich auf einen Spazierstock. Der jüngere steht ein wenig abseits und sagt kein Wort.

»Was macht Ihr Vater?« will der Alte wissen.

»Mein Vater ist Buchhändler. Er hat ein Geschäft im Cecil Court, Sir.«

»Ihr Vater ist in Deutschland geboren, stimmt das?«

»Ja. Aber was hat das mit mir zu tun?«

»Ich stelle hier die Fragen. Sie antworten nur, verstanden?«

Sie sieht ihn an und sagt nichts.

»Fährt Ihr Vater öfter nach Deutschland?«

Sie sieht ihn nur schweigend an.

»Bekommt Ihr Vater öfter Besuch aus Deutschland?«

»Nicht daß ich wüßte«, sagt sie widerwillig.

»Sprechen sie Deutsch zu Hause?«

»Ich will jetzt gehen!«, sagt sie mühsam beherrscht. »Der Richter hat mich freigesprochen, nicht wahr?«

»Machen Sie, daß Sie rauskommen«, knurrt der Mann.

Cheltenham, Ladies' College, 4. März 1912, Freitag

Am Vormittag wird Vivian ins Büro der Principalin zitiert. Was die Head Mistress ihr zu sagen hat, ist knapp, kalt und von oben herab. »Miss Peterman, ich bedaure es, aber ich muß Sie vom College verweisen. Sie wollen heute noch Ihre Sachen zusammenpacken und uns spätestens morgen vormittag verlassen.«

Vivian ist wie vor den Kopf geschlagen. »Aber warum denn«, fragt sie, »was habe ich denn getan, um Himmels willen?«

»Das wissen Sie besser als ich. Sie haben sich drei Tage ohne Erlaubnis vom Unterricht ferngehalten. Und gestern habe ich eine Mitteilung von Scotland Yard bekommen, daß man Sie wegen Beteiligung an einem Aufruhr in London festgenommen hat. Das sind für mich Gründe genug. Mehr als genug! Leben Sie wohl.«

Vivian fährt noch am selben Nachmittag mit dem Zug um 5 Uhr 08. Ihr Gepäck hat sie allein zum Bahnhof geschleppt. Sie fühlt sich wie betäubt von der plötzlichen Entlassung. Nur weil sie drei Tage geschwänzt hat. Aber damit hat sie nicht gerechnet, daß die Polizei das College verständigt. Der graue Mann im Polizeigericht fällt ihr ein, der Alte mit dem Raucherschnurrbart und dem Stock. Ob der dahintersteckt?

Das College hätte sie ohnehin nach dem Sommertrimester Ende September verlassen müssen, da sie mit achtzehn ja die Altersgrenze erreicht hat. Sie schaut aus dem Fenster auf die vorbeiziehende Landschaft und denkt, ob sie mich ohne Abschluß überhaupt zum Kunststudium zulassen? Was ist nur auf einmal los? In London zertrümmert die Polizei Vaters Buchladen, und die Zeitungen lassen durchklingen, daß er ein Spion ist, obwohl sie es nicht beweisen können. Vater ein Spion! Diese Idioten! Und jetzt fliege ich mir nichts, dir nichts aus dem College. Das muß dieser idiotische Deutschenhaß sein. Überhaupt, Vater. Wenn sie jetzt nach Hause kommt, fliegt ihre ganze Eskapade auf. Ob er es ihr sehr übelnehmen wird? Es ist schon das zweite Mal, dass sie ihm was verschwiegen hat. Wird er ihr die Freundschaft zu Emmeline untersagen? Nein, das wahrscheinlich nicht.

Adrian fällt ihr ein. Jetzt hätte ich Zeit genug, ihn zu besuchen, denkt sie trotzig. Ob ich nach Kiel fahren soll? Das wäre schön! Sobald Vater das alles einigermaßen überwunden hat, natürlich, vorher nicht. Aber jetzt bin ich frei! Sie erinnert sich, wie sie Adrian gesagt hat, sie hasse das College. Bei ihrer zweiten Begegnung im Buchladen war das, als sie ihn zum Tee eingeladen hat, damit er noch eine Weile bleibt. Und wie sie auf der Treppe grinsen mußte, als sie hinaufrannte, um den Tee zu holen, und er ihr Gesicht nicht mehr sehen konnte. Auf einmal muß sie lachen.

Aber schnell zieht wieder ein Schatten über die kurze Freude. Ihr graut vor dem Gedanken, in wenigen Stunden dem Vater gegenübertreten zu müssen. Er wird sich aufregen, natürlich, aber wütend wird er nicht sein, das ist er nie ihr gegenüber. Er wird enttäuscht sein, und das ist viel schlimmer. Und Emmeline ist nicht da, um sie zu begleiten. Oder später zu trösten. Sie wird erst am Dienstag aus dem Gefängnis entlassen werden. Die Ärmste! Hoffentlich übersteht sie es gut.

In drei Stunden wird sie zu Hause sein. Dann wird sie dem Vater alles erklären, ohne einen Versuch, sich zu rechtfertigen. Und sie wird sich entschuldigen. Dann wird sie sich in ihr Zimmer zurückziehen. Allein sein. Und sie wird Adrian einen Geburtstagsgruß schreiben, höchste Zeit, wenn der nicht zu spät ankommen soll. Wenn sie sich richtig erinnert, wird er am 10. März siebenundzwanzig. Oder achtundzwanzig? Herrjeh, sie hat das Jahr vergessen. Na, nicht so schlimm. Doch, jetzt weiß sie es wieder: 1883. Adrian wird achtundzwanzig.

Kiel Gaarden, 10. März 1912, Sonntag
Gestern abend hat er einen lila Expreßbrief von Vivian vorgefunden, und jetzt, während er seinen Morgenkaffee schlürft, liest er ihn noch einmal. Sie gratuliert ihm zum Geburtstag und hofft, daß der Brief rechtzeitig ankommt. Sie schildert ihm die Frauendemonstration und wie sie deswegen vor den Polizeirichter mußte und aus dem College geflogen ist. Und ganz unten schreibt sie: *28 Küsse zum Geburtstag! Deine Vivian.*

Wie lieb von ihr! Er schnuppert an dem Brief, aber er riecht nur nach Papier. Sorgfältig faltet er den Bogen zusammen und schiebt ihn ins Kuvert zurück. Dann steht er auf und öffnet das Fenster. Sonntag ist der einzige Tag, an dem es einigermaßen ruhig ist in diesem deprimierenden Zimmer an der Schönberger Straße. Werktags rumpeln hier die Kohlenzüge zu den Werften und Fabriken entlang, und der Lärm der Kräne und Niethämmer hört Tag und Nacht nicht auf. Dazu der Ruß und Rauch aus den Schornsteinen, der oft genug den Himmel verdunkelt und durch alle Ritzen ins Zimmer dringt. Heute aber lockt draußen die Sonne und kündigt den Frühling an.

Er hat dienstfrei und nimmt sich vor, sich um seine Jolle zu kümmern, ein ehemaliges Marinebeiboot der Jollenklasse II ohne Schwert, 5,5 Meter lang und 1,80 Meter breit. Er hat sie ein paar Wochen vor seiner Abreise nach England entdeckt, in einer verkrauteten Ecke auf dem Gelände der Torpedoinspektion, zwischen Bretterstapeln, Fässern und verwitterten Rollen alten Tauwerks. Sie war mit einer morschen Persenning abgedeckt, und darunter fand sich alles, was dazugehörte, der Mast, die gerollten Segel, das Ruder und drei Paar Riemen. Irgend jemand hat sie dort vergessen, und der Verwalter des Geländes überließ sie ihm für zehn Mark.

Er hat sie wieder in Schuß gebracht, abgedichtet und lackiert, den grünen Belag von den Messingbeschlägen abgeschliffen, die fehlende Laterne gekauft, das laufende Gut erneuert. Zuletzt hat er den Namen auf den Spiegel gepinselt: BETTY, seine unvergessene Kinderliebe aus Southampton. Jetzt würde er es Vivian nennen, aber man soll den Namen eines Bootes, genausowenig wie den eines Schiffes, nicht ändern. Das bringt Unglück.

Hoffentlich hat es den Winter gut überstanden. Ein frischer Lackauftrag wird aber mindestens nötig sein, und neue Segel sind inzwischen wahrscheinlich auch fällig. Er könnte einen der Männer von der Flottille mit der Arbeit beauftragen für ein paar Mark. Mal sehen, wer dafür in Frage kommt.

Er zieht seine Uniform an, den Tagesanzug, hakt den Dolch ein und packt ein paar Sachen in eine Tasche, Vivians Brief, seine Schreibmappe und das Notizbuch. Dann geht er los, nach der Jolle sehen. Danach wird er irgendwo in der Stadt zu Mittag essen und Vivians Brief beantworten. Wie schön es wäre, wenn sie seinen Geburtstag zusammen feiern könnten. Aber da sie nicht hiersein kann, will er den Tag lieber allein verbringen.

LONDON, THE STRAND, 15. MÄRZ 1912, FREITAG

Ab und zu ein Feierabendbier mit Clarke, das spielt sich allmählich so ein. Sie schlendern zusammen zur Strand und bummeln an teuren Geschäften, feineren Pubs und Restaurants vorbei. Hausnummer 100 bis 102 belegt ein großes Restaurant namens Simpson's Tavern, und darunter steht in kleineren Goldlettern: Simpson's Grand Cigar Divan. Drummond wundert sich über den Namen.

»Ist das etwas Orientalisches?«, fragt er Clarke.

Clarke bleibt stehen und späht zu der Schrift hinauf.

»Glaub ich nicht«, sagt er, »soll aber ein ganz interessanter Laden sein. Sieht ziemlich teuer aus.«

»Wieso interessant?«, will Drummond wissen. »Kennen Sie es?«

»Nur vom Hörensagen. Gutes Restaurant mit Café im Souterrain und einem gepflegten Rauchsalon, nur für Gentlemen. Und hier heißt es: Damenzimmer im ersten Stock.«

Er schaut Drummond an und zieht die Brauen zusammen: »Interessant daran ist, daß es Melvilles Stammlokal sein soll.«

Drummond würde gern einen Blick reinwerfen, aber Clarke rät ihm ab. »Gut möglich, daß wir ihm da drin begegnen. Das möchte ich lieber nicht riskieren. Er pflegt sich dort mit seinen höhergestellten Kontakten zu treffen.«

Schließlich landen sie im deutschen Bierhaus Appenrodt an der Strand. Hier wird Spatenbräu-Bier ausgeschenkt und am Tisch serviert. Clarke raucht seine übelriechenden Cheroots, die er sich in Indien angewöhnt hat, und erntet deshalb ein paar mißbilligende Blicke.

»Sie scheinen einiges über Melville zu wissen, Stanley«, bemerkt Drummond, nachdem sie sich zugeprostet haben, »kennen Sie ihn schon länger?«

Clarke verzieht das Gesicht. »Nicht viel länger als Sie. Ich bin ihm ja erst hier in Kells fröhlicher Runde begegnet. Ehrlich gesagt kann ich ihn nicht leiden, aber das behalten Sie bitte für sich, Randolph.«

»Selbstverständlich. Ich mag ihn auch nicht.«

»Es ist so, daß ich ihn ein wenig im Auge behalte, weil ich überzeugt bin, daß er einen schlechten Einfluß auf das Bureau und unsere Arbeit ausübt.«

Drummond nickt. »Ja, den Eindruck habe ich auch.«

»Er ist ein sehr fähiger und erfahrener Detektiv, kein Zweifel, aber ich fürchte, daß er den Captain, wie soll ich sagen, manipuliert?«

Er nimmt einen kräftigen Schluck aus seinem Glas, wischt sich den Schaum aus dem Schnurrbart und blickt Drummond von der Seite an. »Und dann gibt es da ein paar ziemlich dunkle Punkte in seiner Vergangenheit.«

Drummond zieht die Augenbrauen hoch. »Wirklich?« Er hat von Melvilles aufsehenerregenden Erfolgen gegen Anarchisten gehört, Bombenleger mit Mordplänen gegen königliche Häupter.

Clarke sagt: »Kennen Sie die Geschichte von den Walsall Anarchists, die er 1892 verhaftet hat?«

»Ich habe davon gehört«, erwidert Drummond, »war etwas faul daran?«

»Könnte man sagen. Soviel ich weiß, waren diese Leute zwar Anarchisten, aber harmlose Idealisten, ein Debattierclub, im Grunde nur Schwätzer. Zum Morden und Bombenlegen hatte keiner von denen das Zeug. Bürgerliche Existenzen, spießbürgerliche sogar. Keiner unter fünfzig, kleine Ladenbesitzer, ärmliche Angestellte, verheiratet, Kinder, all so was.

Nun, Melville soll den Leuten Bomben untergeschoben haben, hat einen Agent Provocateur benutzt, der sich da eingeschmuggelt hat. Dann hat er sie mit großem Trara einkassiert. Die armen Teufel sind für zehn und mehr Jahre hinter Gitter geschickt worden. Ebenso hat er es mit Exilrussen gemacht. Leute, die von der Ochrana verfolgt wurden und nach England geflohen sind. Wieder hat er Bomben gefunden, und wieder ist er gefeiert und befördert worden. Hat einen Orden gekriegt, Member of the Royal Victorian Order, und so weiter.«

Drummond fällt Joseph Conrads Buch *The Secret Agent* ein. Er hat es auf seiner letzten Seereise gelesen. Darin ging es um Exilrussen in London, denen im Auftrag der zaristischen Botschaft Dynamitattentate untergeschoben werden sollten, damit die englische Polizei gegen sie durchgreift oder sie nach Rußland deportiert. Könnte es sein, wundert er sich, daß dieses Werk von Melvilles Erfolgen gegen angebliche Terroristen inspiriert worden ist?

»Ich phantasiere mir das nicht zusammen«, meint Clarke, »ich bin den Gerüchten nachgegangen, heimlich versteht sich, und habe mich mit Zeugen unterhalten.«

»Was waren das für Zeugen?«

»Familienangehörige, Kollegen, solche Leute. Die wußten meistens nicht viel. Aber es gibt einen Zeugen, der ernst zu nehmen ist, ein ehemaliger Sergeant bei der Special Branch, der unter Melville gearbeitet hat. Der hat seinerzeit diese Vorwürfe gegen ihn erhoben, und er wußte auch von anderen Fällen, in denen sich das gleiche abgespielt hat. Offensichtlich ist das Melvilles Erfolgsrezept. Wie dem auch sei, er hat dafür gesorgt, daß der Sergeant sofort entlassen wurde, worauf sich dieser an die Presse wandte. Scotland Yard dementierte, und die Aussagen des Sergeant sind unterdrückt worden.«

Clarke wirft einen Blick über die Schulter und sagt: »Falls Sie mehr wissen wollen, gern. Aber dann sollten wir woanders darüber sprechen. Hier wird es mir zu voll.«

Clarke begleitet Drummond zur Tube Station Tottenham Court Road. Chancery Lane wäre näher gewesen, aber so spart er sich das Umsteigen, und es bleibt ihnen mehr Zeit für ihr Gespräch.

»Ich habe den Sergeant besucht«, sagt Clarke, nachdem sie die Strand überquert haben, »um mir seine Version der Ereignisse schildern zu lassen. Er arbeitet jetzt als Lagerverwalter in den Army and Navy Stores in Westminster. Schade drum, hat mir einen ausgezeichneten Eindruck gemacht. Erfahren, aufrecht und ehrlich. Zu ehrlich. Hätte es weit bringen können, wenn er sich nicht mit Melville angelegt hätte.«

»So einen Mann könnten wir bei uns gut brauchen, nicht wahr?«, wirft Drummond ein.

Clarke nickt nachdenklich. »Ja, in der Tat. Aber das Bureau wird finanziell so knapp gehalten, daß keine weitere Stelle mehr besetzt werden kann. Jedenfalls, der Mann heißt Patrick McIntyre und zeigte mir alles, was er an Material über die Angelegenheit hat: seine schriftliche Aussage, Zeitungsausschnitte sowie eine offizielle Akte der Special Branch mit dem roten Stempel ›Most secret‹. Dieses Dokument hat mir fast die Sprache verschlagen. Es beweist nicht nur die Verbindung von Melville zu einem gewissen Auguste Coulon, der in Walsall den Agent Provocateur gespielt hat, sondern auch die zu Pyotr Rachkovsky, dem Chef der russischen Geheimpolizei. Ein Menschenfresser. Dieser Schurke war mit verantwortlich für den Petersburger Blutsonntag von 1905, im Januar, wenn ich das richtig behalten habe. Die Akte enthält noch mehr Fälle, aber das ein andermal.«

»Lieber Himmel!«, ruft Drummond aus. »Das ist ja ungeheuerlich! Melville ist ein Falschspieler? Damit geraten ja alle unsere Ermittlungen ins Wanken! Sollten wir nicht unverzüglich den Captain informieren?«

»Oh, ich glaube, Kell weiß das.« Clarke hebt die Schultern und läßt sie resigniert wieder sinken. Dann bleibt er stehen und sagt eindringlich: »Kein Wort zum Captain! Und zu niemand anderem! Sergeant McIntyre hat mich ausdrücklich gewarnt, auch nur die kleinste Andeutung zu machen, denn Melville sei äußerst skrupellos.« Er macht eine Geste des Halsabschneidens.

»Aber wir können doch nicht einfach schweigen und so tun als wäre nichts.«

»Sollten wir aber. Mehr können wir jetzt nicht tun. Die Zeit ist noch nicht reif, die Sache ans Tageslicht zu zerren. Vergessen Sie nicht, Melville hat mächtige Freunde!«

Er streckt Drummond die Hand hin. »Ich muß nach Hause, Randolph. Machen Sie's gut, und kein Wort davon zu wem auch immer!«

Drummond steigt nachdenklich in den Schlund der U-Bahn hinunter. Warum hat Clarke ihm das alles erzählt? Wahrscheinlich sucht er einen Verbündeten, mit dem er sein Wissen teilen kann. Aber wozu? Sind wir beide jetzt eine Widerstandsbewegung innerhalb des SSB?

Zu Hause sitzt Drummond in seinem Sessel, ein Glas Bushmills in der Hand und grübelt. Er wundert sich über Melvilles Überfall auf den Buchladen im Oktober. Wenn das Legen von Beweisen Mellvilles Masche ist, warum hat er es dann in diesem Fall nicht versucht? Ein paar Gewehre ins Haus oder in den Hof geschmuggelt, und der Fall wäre erledigt gewesen. Es müssen ja nicht gleich Klavierkisten voll sein. Nachdenklich läßt er mit kleinen Bewegungen des Handgelenks den Whisky im Glas kreisen, bis sich ein kleiner, goldfarbener Strudel bildet. Er will sich nicht vorstellen, daß Melville, mit seinen vielen Jahren Erfahrung, so eine Aktion unternimmt, ohne einen eindeutigen Beweis in der Hand zu haben oder wenigstens einen konkreten Hinweis. Er kann doch nicht so naiv sein und das Geschwätz dieses schleimigen Schriftstellers für bare Münze nehmen, auch wenn er ihm seine sonstigen Phantastereien glaubt. Hat Melville etwa mit Absicht so gehandelt? Und wenn, warum? Um Peterman einzuschüchtern? Zu diskriminieren? Der Verdacht wird jedenfalls lange an dem Buchhändler hängenbleiben, auch in der Öffentlichkeit, denn der Fall war in die Zeitungen gekommen. Northcliffes *Daily Mail* hatte geschrieben, daß die Durchsuchung ein Schlag ins Wasser gewesen sei. Dies sei aber keinesfalls Scotland Yard anzulasten. Immerhin habe die Polizeiaktion bewiesen, wie ernst man im Home Office die unzweifelhaft bestehende Bedrohung durch eine gewisse kontinentale Macht nehme und wie wachsam man sei. Man dürfe andererseits nicht vergessen, daß man es mit einem perfiden Gegner zu tun habe, der für die Perfektion und Präzision seiner finsteren Pläne wohlbekannt sei. Damit müßte Peterman geschäftlich so gut wie erledigt sein, jedenfalls bis andere Ereignisse die Angelegenheit aus dem Bewußtsein des Publikums verdrängen, denkt Drummond. Aber war das alles, was Melville erreichen wollte? Ohne Rücksicht auf den Ruf von Scotland Yard und den Geheimdienst, an dessen Gründung er selbst beteiligt war? Irgendwie ist das kein richtiges Motiv. Es muß noch etwas anderes dahinterstecken.

London, Cecil Court, 3. April 1912, Mittwoch

Sechs Wochen ist es her, seit Drummond sich zum erstenmal mit Emmeline bekanntgemacht hat. Seither benutzt er nicht mehr die Station Leicester Square, sondern Charing Cross, denn so führt ihn der Weg vom Cecil Court an dem Haus vorbei, vor dem er ihr begegnet ist. Meistens hat er es so einrichten können, daß er auch zur gleichen Zeit wie beim ersten Mal dort entlangschlenderte, so langsam wie möglich.

Es hat aber gut zwei Wochen gedauert, bis er ihr dort wiederbegegnet ist. Er hat sie angesprochen, und sie hat sich von ihm zum Tee in Gatti's Café einladen lassen. Zwei Stunden lang haben sie sich dort unterhalten. Er weiß jetzt, daß sie bei den Ladies Couriers arbeitet, hauptsächlich als Fremdenführerin, denn sie spricht Französisch und auch recht gut Deutsch. Es war ein wenig heikel geworden, als sie auf Vivian und Peterman zu sprechen kamen. Er hat ihr erzählt, er kaufe als ehemaliger Seemann dort gelegentlich Bücher, habe aber mit dem Buchhändler nur ab und zu ein paar Worte gewechselt. Danach haben sie sich alle zwei, drei Tage bei Gatti's getroffen und miteinander geplaudert. Er hat ihr von seinen Fahrten als Schiffsoffizier nach Australien erzählt und daß er zur Zeit im Home Office als Sekretär arbeitet. Emmeline hat ihn nach seinem Sternzeichen gefragt, und er hat geantwortet: »Känguruh.« Daraufhin hat sie sich halbtot gelacht.

Sie hat ein paar Anekdoten aus ihrer Tätigkeit als Fremdenführerin zum besten gegeben und ihm auch frank und frei erzählt, sie sympathisiere mit der Suffragettenbewegung und trete für das Wahlrecht der Frauen ein. Darum hatte er sich nie gekümmert, aber aus ihrem Mund hat es einleuchtend geklungen. Jetzt fand er es nur recht und billig, daß auch Frauen eine Stimme haben sollten, und das hat er ihr auch gesagt.

Vor vierzehn Tagen hat er dann seinen ganzen Mut zusammengenommen und sie gefragt, ob er sie ins Theater einladen dürfe. Zu seiner Freude hat sie zugesagt. Am folgenden Samstagabend waren sie also zusammen ins New Gaiety Theatre an der Ecke Aldwych und Strand gegangen, um sich die neue Musical-Comedy *Peggy* anzusehen. Er im Frack mit Zylinder, sie in einer hübschen dunkelvioletten Abendrobe mit einem feingewirkten goldenen Schleier darüber. Ihren ausladenden grünen Hut hat sie an der Garderobe gelassen, wie es sich im Theater gehört.

Das Stück war herrlich inszeniert, und die eher dünne Handlung hatte den Genuß nicht im geringsten beeinträchtigt. Anschließend waren sie auf einen Drink ins Romano gegangen und hatten noch fast zwei Stunden verplaudert. Es war ein sehr gelungener Abend gewesen, und zum Abschied vor ihrer Haustür hatte sie ihm erlaubt, sie zu küssen.

Gut zweieinhalb Pfund hat ihn alles gekostet, aber das war es mehr als wert gewesen. Beschwingt war er nach Hause gegangen, den ganzen weiten Weg zu Fuß, und hatte die Melodien aus dem Musical vor sich hin gepfiffen, an die er sich noch erinnern konnte: *Three Little Pebbles* und *Ladies, Beware! When the Lights are low.*

»Träumen Sie denn was Schönes?«, hört er die Stimme des Ladenbesitzers und zuckt zusammen. Wieder sitzt er schon seit Stunden sinnlos im Kamerashop herum. Er steht auf, nickt dem Mann zu und geht wortlos hinaus, sich die Beine ein wenig vertreten.

KIEL, U-BOOT-FLOTTILLE, 25. APRIL 1912, DONNERSTAG

Wie jeden Tag liest sich Seiler durch die Morgenzeitungen, die in der Messe ausliegen. Für Politik interessiert er sich kaum, er sucht hauptsächlich nach Meldungen, die Seefahrt oder Marine betreffen.

Auf der Titelseite schlägt Kaiser Wilhelm internationale Verhandlungen über ein Abkommen zur Sicherheit der Dampfschiffahrt vor. Vor zehn Tagen, in der Nacht zum 15. April, war die Titanic untergegangen. Der gigantische Luxusdampfer war auf seiner Jungfernfahrt im Nordatlantik mit einem Eisberg kollidiert und innerhalb von drei Stunden gesunken. Eintausendfünfhundert Opfer waren zu beklagen, das Unglück erschütterte die ganze Welt. Auch heute noch sind zwei volle Seiten der Katastrophe und ihren Nachwirkungen gewidmet. Tag für Tag kommen neue Tatsachen ans Licht, etwa der Mangel an Rettungsbooten oder die ungenügende Ausbildung der Mannschaft, und es wird immer noch darüber gestritten, ob eine Order der Reederei den Kapitän gezwungen habe, mit Volldampf durch ein mit Treibeis und Eisbergen verseuchtes Seegebiet zu fahren, und das in der Nacht. Die White Star Line, heißt es, wollte für diese Reise um jeden Preis das Blaue Band für die schnellste Überquerung des Atlantiks erringen.

Auf der zweiten Seite heißt es in einem kleinen Artikel, daß in englischen Zeitungen bereits mehrfach die Vermutung geäußert worden sei, die Titanic sei durch ein deutsches Tauchboot, das sich als Eisberg getarnt habe, mit einem Torpedoschuß versenkt worden.

Er schüttelt den Kopf. Wer denkt sich da drüben nur solchen Blödsinn aus?

Er blättert weiter, überfliegt die Überschriften. Neuerdings interessieren ihn auch Artikel über Spionagefälle und die nachfolgenden Prozesse. Ende März zum Beispiel war ein Polizeibeamter namens Reich für den Diebstahl eines Artilleriehandbuches und den Versuch, die Richtlinien der kaiserlichen Marine zu stehlen, zu elfeinhalb Jahren Gefängnis verurteilt worden. Eine sehr strenge Strafe, wahrscheinlich deswegen, weil der Mann nicht nur Deutscher, sondern auch Polizist war. Heute steht aber nichts dergleichen in der Zeitung.

Er legt das Blatt weg und beginnt einen Brief an seine Eltern in Bremen. Er schreibt, daß er die nächsten fünf Monate bei der

U-Flottille verbringen werde. Ende September soll seine Ausbildung beendet sein, dann erwarte ihn ein neues Kommando, vermutlich als Wachoffizier auf einem der U-Boote. Ein kurzer Brief nur, er faltet den Bogen zusammen, schiebt ihn ins Kuvert und verschließt es.

Vivian schreibt er jede Woche und adressiert die Briefe an ihre Freundin Emmeline. Immer wenn er an sie denkt, verzweifelt er fast ob ihrer langen Trennung. Am schlimmsten ist das ständige Schwanken zwischen der Hoffnung, daß sie ihn auch liebt und auf ihn warten wird, und der nagenden Furcht, ihre Liebe werde eines Tages erloschen sein, ohne sich erfüllt zu haben. Aber sie antwortet auf seine Briefe, wenn auch immer gut zwei Wochen vergehen, bis sie ihn erreichen, denn seine Post braucht fünf bis sechs Tage nach London und ihre umgekehrt natürlich auch.

Nur im Dienst und während der kurzen Ausfahrten mit dem Boot gelingt es ihm, eine Weile nicht an sie zu denken, aber er fürchtet die einsamen Abende und noch mehr die Nächte, wenn er stundenlang wach liegt.

Am Abend findet eine kleine Feier in der Offiziersmesse der VULKAN statt. Sein Kommandant, Otto Weddigen, ist zum Kapitänleutnant befördert worden. Alle Kommandanten finden sich ein, ebenso alle U-Boot-Offiziere, und Korvettenkapitän Michaelis hält eine kleine Ansprache. Dann knallen die Champagnerkorken.

Der Chef verabschiedet sich bald, und nach und nach verschwinden auch die meisten Kommandanten und Wachoffiziere. Schließlich sind außer Seiler und Weddigen nur Valentiner und ein junger Leutnant von U 7 da. Auf dem weißgedeckten Tisch ein Durcheinander von Sektflaschen und Gläsern, Kaffeetassen und Aschenbechern, die Luft ist dick vom Zigarrenqualm.

Zwischen Weddigen und Valentiner hat sich ein Disput über die Geringschätzung der jungen U-Boot-Waffe entsponnen.

Seiler weiß, daß die kleinen Boote von der Marineführung kaum ernstgenommen werden, alle Mittel fließen in die Hochseeflotte. Sie wirken unwichtig, verglichen mit den gepanzerten Riesen der Schlachtflotte oder den flinken Kreuzern und Torpedobooten.

Freilich, unsichtbar unter Wasser an den Feind heranzukommen scheint ein großer Vorteil zu sein. Doch die Boote gelten als wenig seetüchtig, sind langsam und unter Wasser noch viel langsamer, und der kleine, kaum mannshohe Turm bietet nur einen bescheidenen Sichtkreis. Die Admiralität betrachtet sie als Defensivwaffe, im Kriegsfall sollen sie Sperrketten vor den Häfen bilden und ihre Torpedos auf feindliche Schiffe abschießen, die versuchen, die Einfahrten zu forcieren.

Beide, Weddigen wie Valentiner, sind überzeugt, daß die Boote weit mehr zu leisten vermögen. Weddigen ist sicher, er käme mit seinem Boot bis hinauf zu den Orkney Inseln, hoch im Norden von Schottland, und wieder zurück. Selbst für eine Umrundung der Britischen Insel würde der Brennstoff reichen. Für die Besatzung wäre eine so lange Reise in dem engen Boot allerdings eine ziemliche Tortur.

»Ich könnte zum Beispiel ungesehen in einen der Stützpunkte der Royal Navy eindringen«, überlegt Weddigen, »sagen wir mal, in den Firth of Forth. Das würde doch die Eignung der Boote für offensive Unternehmungen beweisen, nicht wahr? Vielleicht könnte das einen großzügigeren Ausbau der U-Boot-Waffe bewirken.«

»Würde die Flottenleitung niemals erlauben«, entgegnet Valentiner, »was, wenn die Tommies Sie entdecken? Im schlimmsten Fall könnte das zum Krieg führen.« Er angelt das Feuerzeug vom Tisch und steckt seine ausgegangene Zigarre wieder an, nimmt einen tiefen Zug und bläst den Rauch stoßweise gegen die Decke. »Trotzdem«, sagt er dann, »keine schlechte Idee.«

Weddigen dreht sein leeres Sektglas am Stiel hin und her und blickt mit gerunzelter Stirn hinein. »So ganz auf eigene Faust geht's natürlich nicht.«

»Ja«, meint Valentiner, »da bräuchten wir den Segen von einem unserer Großmuftis. Einer, der so denkt wie der alte Schleinitz, Gott hab ihn selig.«

Seiler kennt den Namen. Vizeadmiral von Schleinitz war einer der wenigen, die sich für eine offensive Verwendung der U-Boote aussprachen und die Konstruktion großer U-Boote verlangten. Boote mit einem Fahrbereich von sechstausend Seemeilen. Diese Boote sollten, falls es zu einem Krieg mit England käme, rund um die Insel Handelsschiffe versenken. Dies würde die Briten weit schlimmer treffen als eine verlorene Seeschlacht, wie Freiherr von Schleinitz bereits 1908 in der *Deutschen Revue* geschrieben hatte. Der Admiral war jedoch vor zwei Jahren verstorben.

So interessant er das alles findet, Seiler ist müde vom Schampus und kann der Unterhaltung nicht mehr richtig folgen. Der junge Leutnant von U7 scheint eingenickt zu sein. Bevor ihm das auch passiert, verabschiedet er sich und macht sich durchs Düsternbrooker Gehölz auf den kurzen Weg zu seiner neuen Wohnung. Es regnet ein wenig, und die Gaslaternen sind bereits gelöscht. Unter den dunklen Bäumen fällt ihm der Abend mit Vivian im Pittville Park ein. Cheltenham, wie lang ist das jetzt her? Fast acht Monate. Dort haben sie sich zum erstenmal geküßt.

Eigentlich schade, daß er kein Tagebuch führt. Wäre es nicht schön, wenn er seine Erlebnisse in England aufgeschrieben hätte? Es ist ja zugleich die Geschichte seiner Liebe zu Vivian. Seine Reisen nach Portsmouth und Rosyth wären es ebenfalls wert gewesen. Spionage in England! Auch wenn das für sein Gefühl übertrieben klingt, so war es doch spannend und abenteuerlich.

Ob er sich in ein paar Jahren noch an alles erinnern wird? Wer weiß, vielleicht wird er im Alter seine Memoiren schreiben wollen, wie es die Admirale im Ruhestand tun? Dann wäre es jedenfalls nützlich, Aufzeichnungen zu haben. Viel interessanter wäre es freilich, seine Gefühle und Stimmungen festzuhalten. Eine Art Seelenbuchführung, nur für ihn selbst.

London, Cecil Court, 23. Mai 1912, Donnerstag

Am Nachmittag blättert Vivian in der *Times* herum. Gestern, so liest sie, ist Emmeline Pankhurst, die bekannte Anführerin der Suffragettenbewegung, von einem Londoner Gericht wegen Verschwörung und Anstiftung zu den Ausschreitungen zu neun Monaten Gefängnis verurteilt worden.

Da hat Emmy Glück gehabt, denkt sie, sie ist mit nur einer Woche davongekommen. Und ich natürlich auch, obwohl ich deswegen aus dem College geflogen bin.

Vater hat ihr den Rauswurf längst verziehen, zumindest spricht er nicht mehr davon. Sein Geschäft geht trotz der Polizeiaktion im letzten Herbst nicht schlecht, ungeachtet der bösartigen Zeitungskommentare, die damals erschienen sind. Und er ist rühriger als sonst. Es kommt ihr vor, als hätte ihn diese dumme Durchsuchung mit Energie aufgeladen. Irgendwie paßt das zu ihm: jetzt erst recht!

Er hat beschlossen, einen Telephonanschluß in den Buchladen legen zu lassen, und denkt über eine Erweiterung des Sortiments nach. Er will jetzt Unterhaltungsliteratur dazunehmen, allerdings nur, soweit sie mit Seefahrt zu tun hat.

Vivian freut sich darüber. Sie hat es immer schade gefunden, daß er keinen normalen Buchladen führt. Keine Weltliteratur, keine Poesie, sondern nichts als Fachliteratur über Schiffe und Kriegsschiffe und alles, was dazugehört. Lauter langweiliges Zeug.

Unten in der Küche ist Miss Rutherford, die Haushälterin, mit der Zubereitung des Abendessens beschäftigt. Um halb sieben steht das Essen auf dem Tisch, Oxtail Soup, als Hauptgang Irish Stew mit Kartoffeln und Zwiebeln, aber nicht mit Hammel, weil Vivian das nicht mag, sondern mit kleingeschnittenem Rindfleisch. Zum Nachtisch gibt es eine Rhabarberpastete.

Nachdem sie gegessen haben und Miss Rutherford den Tisch abgeräumt hat, sagt ihr Vater: »Ich habe noch eine Neuigkeit, Vivian, und ich hoffe, du freust dich darüber.«

Sie schaut ihn gespannt an.

»Was hältst du davon, wenn wir verreisen, und zwar nach Deutschland? Ich habe mir gedacht, wir könnten zur Kieler Woche fahren, sagen wir mal für zwölf Tage. Der Laden wäre dann vom 17. Juni bis zum 1. Juli geschlossen.«

»Wirklich? Ach, Vater, das wäre wunderbar!« Vivian springt auf, umarmt ihn und gibt ihm einen schmatzenden Kuß auf die bärtige Wange.

»Ich muß ja sowieso für ein paar Tage nach Leipzig, und da habe ich mir gedacht, warum nehmen wir dann nicht die Kieler Woche mit. Ich würde gern mal sehen, was aus dem alten Hafen geworden ist, ich war ja weiß Gott wie lange nicht mehr dort. Und wir können uns die Regatten anschauen!« Er zwinkert ihr zu. »Und du kannst deinen Herrn Oberleutnant wiedersehen. Falls du das willst.«

»Aber ja!« Vivian ist begeistert und kann es kaum erwarten, Adrian die Neuigkeit mitzuteilen. In drei Wochen schon!

In Kiel will ihr Vater deutsche Seekarten einkaufen, die erheblich genauer als britische sein sollen und seit Childers Hinweisen in *The Riddle of the Sands* in englischen Marinekreisen begehrt sind. Wegen der späten Anmeldung ist es ihm nicht mehr gelungen, Hotelzimmer in der Stadt selbst zu buchen, aber im Strandhotel in Alt-Heikendorf am Ostufer hat er bereits zwei Zimmer reserviert, vom 19. Juni bis einschließlich Sonntag, den 30. Juni. Und von dort soll jede halbe Stunde ein Dampfer zu den Kieler Seegartenbrücken gehen. Die Fahrt soll nicht ganz eine Stunde dauern und müßte beste Aussicht auf die versammelten Yachten und Kriegsschiffe bieten.

Im Anschluß an die Festwoche will er dann für drei Tage nach Leipzig, das Zentrum des deutschen Buchhandels, um dort Kontakte zu knüpfen.

Miss Rutherford klopft, sie ist fertig für heute, empfängt ihren Lohn und verabschiedet sich. Vivian zieht sich in ihr Zimmer zurück, setzt sich ans Tischchen und zündet sich eine Mayblossom an. Eine Weile blättert sie in einer Modezeitschrift herum, dann legt sie sich aufs Bett, verschränkt die Arme hinter dem Kopf und träumt vor sich hin. Sie versucht, sich das Wiedersehen mit Adrian vorzustellen. Neun Monate ist es her, seit wir uns zum letztenmal gesehen haben, eine Ewigkeit! Briefe seither, nichts als Briefe. Ach, und Emmeline muß das natürlich auch erfahren, gleich morgen nachmittag. Ich bin so gespannt, was sie zu erzählen hat. Vorgestern haben sie sich kurz getroffen, und da hat sie angedeutet, daß sie einen Neuen kennengelernt hat. Wieder mal einen ohne weißes Pferd, aber er scheint ihr zu gefallen. Mal sehen, wie lange sie braucht, um den Neuen zu verschleißen.

Kiel, Seegartenpromenade, 19. Juni 1912, Mittwoch

Kaiserwetter. Die weite Wasserfläche der Förde glitzert im Sonnenschein, kein Wölkchen trübt den strahlend blauen Himmel. Die Stadt hat sich für die 30. Kieler Woche geschmückt. Fahnen und Girlanden säumen die Seegartenpromenade, Militärkapellen spielen. Yachten bereiten sich auf die Regatten vor, und die Kriegsschiffe haben über die Toppen geflaggt. Eben ist die kaiserliche Yacht Hohenzollern eingetroffen, blendendweiß mit goldgelben Schornsteinen, die goldene Kaiserstandarte im Großtopp. Seine Majestät wurden mit dreiunddreißig Schuß Salut begrüßt, deren Donner wie ein mächtiges Gewitter über die Förde rollte und aus der Stadt widerhallte.

Tausende Besucher sind in die Stadt geströmt, und überall sind Scharen von festlich gekleideten Menschen unterwegs. Vor den Fahrscheinhäuschen der Hafenrundfahrt warten sie in langen Schlangen, drängen sich um Kioske mit Andenken und Postkarten. Würstchenverkäufer, Eisstände und Blumenfrauen machen das Geschäft des Jahres.

Seiler und die meisten anderen Offiziere der Flottille sind für die Dauer der Festwoche freigestellt. Die Unterseeboote, sechzehn an der Zahl, sind für die Zeit der Festlichkeiten in einem entlegenen Werftbecken an der Ostseite der Förde versteckt worden, um sie vor neugierigen Augen zu schützen.

Vor vierzehn Tagen hat ihn der Brief von Vivian erreicht, in dem sie ihren Besuch in Kiel ankündigte, zusammen mit ihrem Vater. Gestern nacht hat er von ihr geträumt. Ein wirrer, aber auch schöner Traum. Er weiß nur noch, daß er ihr Blumen überreicht hat, bunte Papierblumen, mit Silberflitter bestreut.

Nun erwartet er sie am Bahnhof, im Tagesanzug an Land, kurzer dunkelblauer Überzieher mit weißer Hose und Mütze, den Dolch an der Seite, einen kleinen Blumenstrauß in der Linken. Hinter ihm warten zwei Matrosen im Ausgehanzug, die sich um das Gepäck kümmern werden. Eine richtige kleine Abordnung zum Empfang, ein blaues Inselchen im hektischen Menschengedränge der völlig überfüllten Bahnhofshalle.

Er ist nervös. Wie wird das Wiedersehen sein, nachdem sie sich so lange nicht gesehen haben? Und wird sich eine Gelegenheit ergeben, mit ihr allein zu sein, oder ist ihr Vater immer dabei?

Seine Nervosität hat auch noch einen anderen Grund. Ob es diesmal passieren wird zwischen ihnen? Er hat in seinem Leben nur zweimal mit einer Frau geschlafen, beim erstenmal war er noch Gymnasiast. Eine Freundin der Mutter hatte ihn verführt. Unbehagen über ihren welken Körper will in ihm aufsteigen, er verdrängt es. Das zweite Mal war während seiner Torpedobootzeit in Wilhelmshaven. Alkohol war im Spiel, und die Erinnerung an das Bordell und die ordinären Weiber ist ihm unangenehm. Er fühlt sich schrecklich unerfahren und hat lange überlegt, ob er einen Kameraden um Rat fragen könnte, mit zweien ist er ganz gut befreundet. Lieber nicht, hatte er entschieden. Sollte sich das herumsprechen, wäre er blamiert bis auf die Knochen. Er wird sich auf sein Glück verlassen müssen.

Der Zug von Hamburg verspätet sich. Er holt seine Uhr aus der Westentasche, wirft einen Blick darauf und steckt sie wieder ein. In den letzten Monaten hat sich einiges getan. Zum 1. April hat er eine kleine Wohnung in Kiel angemietet. Bis dahin hat er in dem häßlich möblierten Zimmer in Gaarden gewohnt, das ihm immerhin das Wohnschiff der Flottille als Unterkunft ersparte. Mitte März aber hat ihm ein glücklicher Zufall eine Dachwohnung in Düsternbrook zugespielt, die bezahlbar ist, zudem erhält er vom Vater einen Zuschuß zu seinem Leutnantsgehalt. Die Wohnung hat zwei Zimmer und sogar eine winzige Badekammer, ein seltener Luxus. Sie liegt nicht in einem Mietshaus, sondern in einer alten, dreistöckigen Villa am Niemannsweg, direkt am Düsternbrooker Gehölz. Von dort ist es nur ein zehnminütiger Spaziergang zum Strandweg an der Förde. Besser hätte er es nicht treffen können.

Drüben in Heikendorf hat er für einen Monat einen sündhaft teuren Liegeplatz für seine kleine Jolle gemietet. Das Boot ist jetzt tipptopp in Schuß. Er will Vivian und ihren Vater zu einem Segelausflug einladen, vielleicht nach Laboe hinauf, dort dann ein kleiner Waldspaziergang mit anschließendem Mittagessen im Kaiserhof.

Und er hat das Autofahren gelernt, auf einem der beiden von der Flottille angeschafften Adler-Wagen, ein neuer Phaeton mit 28 PS. Nach der Prüfung hat er von der Polizeibehörde die Ermächtigung zum Führen von Kraftfahrzeugen erhalten, die im Reich erst im Januar dieses Jahres eingeführt worden war. Zu einem eigenen Automobil reichen seine Finanzen natürlich bei weitem nicht, so ein Adler kostet 4000 Mark, mehr als sein Leutnantsgehalt für zwei Jahre.

Jetzt klappt der Ankunftflügel vom Zuganzeigemast für Gleis 4 herunter: *Hamburg*. Er tritt an die Bahnsteigkante und späht das Gleis entlang. Dort dampft der Zug heran, schlingert durch die Weichenstraßen, findet sein Gleis und fährt mit grellem Warnpfiff in die Halle ein. Und da sind sie. Vivian im türkisfarbenen Reisekostüm, mit orangelackiertem Strohhut, neben ihr Petermann in dunkelblauem Jackett, grauer Hose, eine weiße Schiffermütze auf dem Kopf.

Seiler muß den Impuls niederkämpfen, auf Vivian zuzulaufen und sie in die Arme zu schließen. Statt dessen geht er ihnen entgegen, gefolgt von den beiden Matrosen.

Ihres Vaters wegen hat er sich vorgenommen, sie freundlich, aber zugleich förmlich und würdevoll zu empfangen, wie es von einem Seeoffizier erwartet wird. Doch als sie auf ihn zukommt, lächelnd, mit leuchtenden Augen, verläßt ihn alle steife Würde, sein Mund verzieht sich ebenfalls zu einem Lächeln, und bevor er vor Freude alle Beherrschung verliert und grinst wie ein Honigkuchenpferd, drückt er ihr schnell sein Bouquet aus schlichten Kornblumen mit einer weißen Rose in der Mitte in die Hand. Schon hat er sein Gesicht wieder unter Kontrolle und verbeugt sich militärisch knapp vor ihrem Vater. »Herzlich willkommen in Kiel, Herr Peterman! Ich freue mich sehr, Sie und Ihr Fräulein Tochter hier begrüßen zu dürfen!«

Peterman reicht ihm die Hand und dankt ihm, sichtlich beeindruckt von Seilers Uniform und der Matroseneskorte. Endlich kann er sich Vivian zuwenden. Er erwartet, daß sie ihm die Hand zum Handkuß reicht, aber sie nimmt einfach seinen Arm, strahlt ihn an und sagt: »Danke für die Blumen! Hallo, Adrian, wie geht's?«

Aus dem Packwagen wird bereits das Gepäck auf Karren geladen. Die Matrosen schleppen sich ab mit zwei großen Seekoffern, zwei Handkoffern und zwei runden Hutschachteln. Dann geht es mit der Linie 3 zu den Seegartenbrücken, wo er die Matrosen entlassen wird und sie eine Motorboottaxe hinüber nach Heikendorf nehmen werden.

Kiel, Hauptbahnhof, 19. Juni 1912, Mittwoch

Drummond steigt aus dem Zug von Hamburg und staunt über die Menschenmenge, die den ganzen Bahnhof überschwemmt. Melville trägt einen grauen Anzug mit Filzhut, und er, der jüngere, der ihn fast um einen Kopf überragt, könnte mit seiner blauen Jacke und der blauen Schiffermütze ein Handelsschiffskapitän sein. Nebeneinander wirken sie wahrscheinlich wie Vater und Sohn. Er späht nach Detektiven aus, aber in dem Gewimmel ist das so gut wie sinnlos. Bestimmt rechnet die deutsche Geheimpolizei während der Kieler Woche mit Spionen.

In der Mitte des Bahnsteigs bleiben sie stehen und schauen zu, wie Peterman und seine Tochter von einem Marineoffizier, den sie sofort als Seiler erkennen, begrüßt werden. Sie warten, bis die Gesellschaft den Bahnhof verläßt, dann nehmen sie ihre Handkoffer auf und folgen ihr entlang der breiten Uferstraße bis zu den Seegartenbrücken. Dort steigen Seiler, Peterman und seine Tochter in ein Motorboot. Die beiden Matrosen, die im Bahnhof bei Seiler waren, reichen ihnen ihr umfangreiches Gepäck nach.

Kaum haben sie abgelegt, mietet Melville das nächste Taxiboot und läßt den Bootsführer in einigem Abstand hinter ihnen herfahren. Drummond bleibt auf der Promenade zurück, mit dem Auftrag, sich um eine Unterkunft zu kümmern.

Nachdem er in zwei Hotels in der Nähe des Bahnhofs vergebens nachgefragt hat, erklärt ihm der Hotelier des dritten, in der ganzen Stadt sei kein Zimmer mehr zu bekommen. Der Mann rät ihm, es in Rendsburg am Kaiser-Wilhelm-Kanal zu versuchen. Dort gebe es zwei Hotels, die vielleicht noch etwas frei hätten. Von Kiel fahre alle eineinhalb Stunden eine Nebenbahn hin. Drummond geht zum Bahnhof zurück, in jeder Hand einen schweren Koffer, seinen und Melvilles, und wartet auf den Zug nach Rendsburg. Dort angekommen, fragt er im Bahnhofshotel nach zwei Zimmern. Es ist jedoch nur eines frei, man bietet ihm aber an, ein Klappbett hineinzustellen. Drummond graut vor dem Gedanken, mit Melville in einem Zimmer schlafen zu müssen. Schlimm genug, daß er mit ihm diese verdammte Observationsreise machen muß. Er bucht das Zimmer für Melville, hinterläßt dessen Koffer und geht ins nahegelegene Hotel Green. Auch dort ist noch ein Zimmer frei, es ist allerdings etwas teurer, und das nimmt er für sich. Sollte Melville wegen des Extrazimmers Ärger machen, wird er es eben selbst bezahlen, auch wenn es weh tut. Dann fährt er mit dem Bummelzug nach Kiel zurück und mischt sich unter die Menschenmenge auf der Uferpromenade.

Der Duft von geräuchertem Fisch lockt ihn zu einer Holzbude mit der großen Aufschrift *Kieler Sprotten*. Das sagt ihm nichts, aber er ist hungrig und kauft eine Portion der kleinen, heringsähnlichen Fische. Er ißt sie im Stehen von einem Pappteller und besieht sich dabei die vorbeiflanierenden Leute. Familien im Sonntagsstaat, die Kinder in Matrosenanzügen mit kurzen Hosen oder Röckchen. Junge Paare Arm in Arm. Ein Haufen lärmender Studenten mit Schirmmützen und Schärpen, jeder ein Bierglas in der Hand. Gesetzt daherschreitende bärtige Veteranen mit Orden auf der Brust. Schutzleute mit dem Säbel an der Seite. Schiffer, Seeleute und Werftarbeiter im Blauzeug und immer wieder Marineoffiziere und Gruppen von Matrosen. Gerade schlendern zwei Offiziere in französischen Marineuniformen an ihm vorbei, jeder eine Dame am Arm. Dort drüben unterhalten sich deutsche Armeeoffiziere mit Pickelhauben, und ein Dutzend Grenadiere im blau-weißen Paradezeug drängt sich durch das Gewimmel, auf dem Kopf Tschakos mit weißen Federbüschen daran. Drei Husaren in hautengen Hosen und grünen, goldverschnürten Jacken fallen ihm besonders auf. Sie sind behängt mit Säbel, Säbeltasche und Fangschnüren, dazu tragen sie schwarze Pelzmützen, bei dem warmen Wetter bestimmt ein besonderes Vergnügen.

So viele verschiedene Uniformen auf einmal hat er in seinem Leben noch nicht gesehen. Dazu ein Stimmengewirr und Durcheinander von Gelächter, Drehorgelgedudel, Gesang, schmetternder Blasmusik aus der Ferne und dazwischen das rauhe Geschrei der Budenbesitzer und Blumenweiber. Dampfer tuten, und über allem das schrille Kreischen der zahllosen Möwen.

Die Fische waren gut, haben ihn aber durstig gemacht. Er stellt sich an einer Bierbude an, bis er merkt, daß sich hier jeder ziemlich rücksichtlos vordrängelt. Da gibt er es auf und macht sich auf die Suche nach einem abgelegenen Biergarten, weit genug weg von diesem Rummel.

Trotzdem findet er es recht vergnüglich in dieser Stadt, nur schade, daß Emmeline nicht dabei ist. Es hätte ihr bestimmt Spaß gemacht, außerdem kann sie ganz gut Deutsch. Statt dessen hat er den griesgrämigen Melville am Hals. Mit dem ist er gegen sechs verabredet; an der großen Normaluhr in der Nähe des Anlegers wollen sie sich treffen.

Melville taucht um Viertel nach sechs auf, das Gesicht rot von Sonne, Anstrengung und Alkohol, wie es Drummond scheint. Der Detektiv informiert ihn, daß Peterman nebst Tochter drüben auf dem Ostufer im Heikendorfer Strandhotel logieren und die Zimmer bis zum 1. Juli reserviert sind. Er macht seinem Ärger lautstark Luft, mit so einem langen Aufenthalt hat er nicht gerechnet.

KIEL, 20. JUNI 1912, DONNERSTAG

Um 6 Uhr 30 morgens trifft Drummond Melville am Bahnhof, wie am Abend zuvor ausgemacht. Der Lokalbahnzug braucht eine gute halbe Stunde für die dreißig Kilometer bis Kiel, wo sie das nächste Schiff nach Heikendorf nehmen. Ein heftiges Gewitter mit Regenböen zieht über die Förde, und sie müssen in den Salon flüchten. Als der kleine Dampfer kurz vor halb neun am Ostufer anlegt, hat sich das Unwetter bereits verzogen, und der düstere Himmel lichtet sich. Da und dort scheint schon die Sonne durch. Sie gehen hinauf zum Strandhotel, im Gartenlokal werden noch die nassen Tische abgewischt. Die Gäste frühstücken drinnen. Von Seiler und Petermans keine Spur. Im Hotel weiß man nicht, wo die Herrschaften sind, wahrscheinlich schon nach Kiel hinüber, meint der Portier. Melville flucht.

Drummond wäre lieber ohne ihn unterwegs und überlegt, wie er sich abseilen kann. Da fällt ihm Major Edmonds Auftrag ein, so viele Informationen wie möglich zu sammeln.

»Ich könnte mir doch inzwischen«, sagt er zu seinem Begleiter, »mal die Werften näher ansehen und dabei die Liegeplätze der Torpedoboote und Unterseeboote erkunden. Das hat mir Major Edmonds aufgetragen. Anschließend fahre ich nach Heikendorf zurück, um zu sehen, ob Seiler und Petermans inzwischen wieder da sind.«

Melville ist einverstanden. Er selbst werde zurück nach Kiel fahren, um dort Ausschau nach den Verdächtigen zu halten.

Auch dieser Tag endet ergebnislos. Drummond hat die Werften nicht besichtigen können, weil der Besuch nur für Reichsangehörige erlaubt ist, und U-Boote hat er auch nirgendwo gesehen. Melville hat seine Kundschaft, wie er sagt, auch nicht entdecken können, obwohl er zur Essenszeit fast alle Gaststätten der Stadt abgeklappert hat. Er hat dann den ganzen Nachmittag im Gedränge auf der Uferpromenade nach ihnen gesucht, auch ohne Erfolg.

»Weiß der Teufel, wo die stecken«, knurrt er, »morgen früh nehmen wir den ersten Zug nach Kiel, den um 5 Uhr 17. Ich will spätestens um sieben vor dem Hotel sein. Dürfen uns nicht nochmal durch die Lappen gehen.«

Kiel, Förde, 21. Juni 1912, Freitag

Kurz vor acht zieht Seiler Fock- und Hauptsegel auf, stößt die Jolle vom Steg ab und rudert sie mit ein paar Schlägen ins freie Wasser. Er zieht die Riemen ein, verstaut sie unter den Duchten und setzt sich in die Achterplicht, den linken Arm über der Ruderpinne, in der Rechten wie Zügel das Reep der Großschot. Vivian hat sich ganz nach vorn gesetzt, und Peterman hat ihm gegenüber Platz genommen, so weit zurückgelehnt, daß er dem Baum nicht in die Quere kommt. Das Boot ist reichlich groß für drei, bei der Marine war es für sechzehn Mann zugelassen.

Das Wetter ist freundlich, weiße Wolken treiben über den blauen Himmel, am Ufer leuchten Bäume und Blumen im Sonnenschein. Ein frischer Nordwest weht und zwingt ihn zum Hinaufkreuzen nach Laboe. Das ist schon des Verkehrs wegen schwierig. Die Förde wimmelt buchstäblich von Segelbooten aller Art, dazwischen tuten sich die Dampfer der Rundfahrt ihren Weg frei. Zuerst muß er nach Westen in die Förde hinaus halten, direkt auf die Holtenauer Schleusen zu, bis er den großen Block der Friedrichsorter Kaserne querab an Steuerbord hat. Jetzt heißt es wenden, das Boot durch den Wind drehen und Nord steuern, um klar von Kap Möltenort zu kommen. Peterman macht den Vorschoter, während Seiler mit »Ree!« Ruder legt. Das Boot dreht nach Steuerbord an, und Seiler ruft ihm zu: »Back die Fock!« Als das dreieckige Focksegel zu flattern beginnt, kommandiert Seiler: »Über die Fock!« Peterman wirft die Fockschot los und holt sie an der neuen Leeseite dicht. Das Segel füllt sich und beschleunigt die Drehung, während der Wind das Großsegel samt Baum auf die andere Seite drückt.

Hat reibungslos geklappt, denkt Seiler, der Buchhändler hat nichts aus seiner Zeit als Seemann vergessen. Jetzt ein wenig nach Lee abfallen, dann kann er hart am Wind Fort Stosch ansteuern, dessen grasbewachsene Wälle Steuerbord voraus liegen, eine gute Seemeile entfernt. Sobald sie am Fort vorbei sind, ist der Weg nach Laboe frei.

»Komischer Name«, bemerkt Vivian, »stammt er vielleicht von einem Franzosen, den hier ein Windstoß erwischt hat?«

Das Boot liegt jetzt hart über, das Wasser zischt und gurgelt, ab und zu wirft der plumpe Bug einen Gischtschauer auf, in dem für Sekunden ein funkelnder Regenbogen sichtbar wird.

Vivian hat sich ein wenig ins Lee des Focksegels zurückgezogen, damit sie nicht so viele Spritzer abbekommt. Ihre Haare wehen im Wind, und Seiler erinnert sich daran, wie er vor nicht ganz einem Jahr auf der Isle of Wight den Yachten zusah und sich wünschte, er könnte einmal eine Segeltour mit ihr unternehmen. Nun ist das wahr geworden. Jetzt blickt sie sich nach ihm um, als hätte sie seine Gedanken erraten, und lächelt. Aus dem Lächeln wird ein frohes, jugendliches Lachen, und eine Welle der Liebe zu ihr durchflutet ihn. Er lacht zurück, glücklich wie ein kleiner Junge.

Nachdem das Boot im Binnenhafen festgemacht ist, schlendern sie eine halbe Stunde am Strand entlang und gehen dann zum Mittagessen in den Kaiserhof. Nach einem kurzen Spaziergang im Wald geht es zurück aufs Boot.

Inzwischen hat der Wind gedreht und bläst jetzt von West, so daß keine schwierigen Manöver nötig werden. Peterman würde gern einmal an den Reihen der Kreuzer und Linienschiffe entlangfahren, um sie aus der Nähe zu sehen. Die Binnenregatta der kleinen Yachten, Jollen und Kriegsschiffkutter, die am Vormittag in der Innenförde ausgetragen wurde, ist zu Ende und der Weg frei. Seiler läßt Heikendorf daher links liegen und steuert die Jolle auf die Werften zu, wobei er sich ungefähr in der Mitte des Fahrwassers hält.

»Sagen Sie, Herr Seiler«, ruft Petermann und zeigt auf die Kriegsschiffe, denen sie sich langsam nähern, »was machen Sie eigentlich bei der Marine? Sind Sie auf einem dieser dicken Schiffe?«

Seiler schüttelt den Kopf. »Nein, ich bin bei den Unterseebooten, noch in der Ausbildung zum Wachoffizier!«

»Das hab ich dir doch schon gesagt, Vater!«, läßt sich Vivian hören.

»War mir nicht mehr sicher«, erwidert Peterman, »aber ist das nicht unheimlich? Ich wäre lieber auf so einem Panzerschiff, wenn ich wählen müßte.«

Seiler hebt die Schultern und läßt sie wieder fallen. »Der Dienst auf den Großen würde Ihnen wahrscheinlich nicht zusagen, Herr Peterman. Es geht zu wie in einer Fabrik. Und nach allem, was ich von Kameraden gehört habe, geht das Offizierskorps ziemlich arrogant mit den Mannschaften um. Da ist es auf den kleinen Booten schon, wie soll ich sagen, kameradschaftlicher, familiärer. Keine strikte Klassentrennung. Offiziere und Mannschaft arbeiten nebeneinander, das geht auch nicht anders in der Enge, kurz, es ist erheblich angenehmer.« Unter den jüngeren Offizieren in der Flottille geht so was rum. Aber sonst redet man eigentlich mit keinem darüber.

Mittlerweile haben sie das Spitzenschiff der ankernden Großkampfschiffe erreicht.

In langer Reihe gestaffelt, liegen sie vor der Stadt, vom Schloß bis über Bellevue hinaus, die acht modernen Linienschiffe des I. Geschwaders: vier der NASSAU-Klasse und vier der neuen HELGOLAND-Klasse. Sie sehen anders aus als die alten Vor-Dreadnought-Linienschiffe des II. Geschwaders, die von vorn gesehen mit ihren hohen Aufbauten, den in die Höhe ragenden Schornsteinen, Masten und Brückenaufbauten fast an schwimmende Ritterburgen erinnern. Die neuen Großkampfschiffe sind erheblich länger und wirken mit ihrer gewaltigen Masse geduckt und sprungbereit.

Seiler wendet und segelt an der Linie entlang zurück. Vorn, an der Spitze der Linienschiffe, liegt der Große Kreuzer VON DER TANN. In England nennt man diesen Schiffstyp Battlecruiser, also Schlachtkreuzer. Von diesem Super-Dreadnought zeigt sich Peterman besonders beindruckt. Grau und schmucklos ist der Kreuzer, mit gedrungenen Aufbauten, aber er wirkt immens kraftvoll. Aus den kantigen Panzertürmen drohen die langen Rohre der schweren Geschütze, und über dem dicken Seitenpanzer, der sich über die ganze Länge hinzieht, schlafen die Kanonen der Mittelartillerie in ihren Kasematten. Eintausend Mann Besatzung sind nötig, um den Riesen zu fahren, seine Maschinen, Geschütze und Leitstände zu bedienen. Eintausend Mann schuften vor den Feuern, arbeiten und exerzieren, essen und schlafen in seinem gepanzerten Leib. Mit armdicken Stahltrossen und Ketten ist der gefährliche Koloß an rote Festmachtonnen gefesselt.

»Was für Ungeheuer!«, ist Vivians Kommentar zu den Kampfschiffen, und Peterman zitiert aus Schillers Glocke: »Wehe, wenn sie losgelassen!«

Zurück in Heikendorf, legt sich Peterman eine halbe Stunde aufs Ohr, während Seiler und Vivian im Strandgarten Kaffee trinken. Sie unterhalten sich, bis ihr Vater zurückkommt und es Zeit wird zum Abendessen im Gartenrestaurant. Diesmal spielt eine kleine Kapelle dazu.

Nachher, bei einer guten Zigarre, fragt Seiler Peterman nach seiner Zeit bei der Marine.

»Lange her, junger Mann«, sagt Peterman und kratzt sich das bärtige Kinn, »hab angefangen, als der Krieg mit Frankreich ausbrach, anno achtzehnhundertsiebzig. Ich war gerade sechzehn und meldete mich freiwillig zur Flotte des Norddeutschen Bundes. Da gab es das Kaiserreich ja noch nicht. Sie steckten mich als Schiffsjunge auf die Panzerfregatte FRIEDRICH CARL, ein häßlicher, barkgetakelter Eisenkasten mit Dampfantrieb, sechsundzwanzig Kanonen. Und zu meiner Enttäuschung blieb sie während des ganzen Krieges untätig in der Jade liegen. Na ja, da war ich noch jung und dumm. Heute würde ich sagen, Gott sei Dank.

Im Dezember einundsiebzig, Frankreich hatte kapituliert, und der Krieg war vorbei, kam ich als Matrose auf die Glattdeckskorvette AUGUSTA und sollte auf ihr die Amerikareise mitmachen. Aus der wurde aber nichts, und ich kam wieder auf die alte FRIEDRICH CARL. Nicht ganz ein Jahr später wurden das Schiff und ich mit ihm in die kaiserliche Marine übernommen. Danach ging's mit dem Panzergeschwader ins Mittelmeer, inzwischen war ich Bootsmannsmaat geworden. In Spanien war ein Bürgerkrieg ausgebrochen, und wir schlugen uns mit aufständischen spanischen Schiffen herum. Haben mal eins geentert und als Prise genommen, die VIGILANTE, mußten sie aber später wieder freilassen. Zwei lange Jahre blieben wir da unten, mal vor Alicante, mal vor Cartagena, und einmal sollten wir Malaga beschießen, aber die Lage dort beruhigte sich, und so kam es nicht dazu. Im März vierundsiebzig ging es zurück in die Heimat. Ich machte mein Steuermannsexamen und wurde ein Jahr später zum Seconde-Lieutenant, wie das damals hieß, befördert. Danach nahm ich meinen Abschied. Ich hatte genug von Wilhelmshaven und wollte mehr von der Welt sehen.«

Er zieht an seiner Zigarre und hängt wohl Erinnerungen nach. Seiler fragt sich, wie oft Vivian das schon gehört hat. Aber sie macht ein freundliches, ja interessiertes Gesicht. Kein Grund, den sympathischen alten Herrn zu unterbrechen.

Und da fährt er auch schon fort. »Die Bücher«, sagt er. »Daran waren auch die Bücher schuld. Ich war immer eine Leseratte und habe jedes Buch verschlungen, das mir in die Finger geriet. Viele waren's ja nicht, auf den Kriegsschiffen meist nur billige Abenteuergeschichten oder der übliche seichte Kram für die Jugend. Wie auch immer, ich heuerte jedenfalls beim Norddeutschen Lloyd an und kam als Vierter Offizier auf den Dampfer STRASSBURG, der die Route Bremerhaven – New Orleans abklapperte. Viermal machte ich die Reise, dann wurde ich Dritter auf der NÜRNBERG, die Auswanderer von Bremerhaven nach Baltimore brachte. Und dann, im Juni achtzehnachtzig, während eines Landgangs in London, lernte ich meine erste Frau kennen,

Elisabeth. Ich musterte ab, nahm Wohnung in London, und wir heirateten. Neun Jahre waren wir zusammen, dann starb sie. Ein paar Jahre danach, dreiundneunzig, traf ich Joceline und nahm sie zur Frau.« Er legt Vivian seine Hand auf den Arm. »Joceline war eine Cecil-Porter, der fast alle Häuser im Cecil Court gehörten. Das machte es möglich, dass wir zusammen dort unseren Buchladen gründen konnten, und bald danach wurde unsere Tochter geboren. Joceline starb leider auch viel zu früh, als Vivian vierzehn war.«

HEIKENDORF, 23. JUNI 1912, SONNTAG

Drummond und Melville sind dieses Mal früh in Heikendorf angekommen, gerade rechtzeitig, um kehrtzumachen und Peterman nebst Tochter auf den weißen Dampfer mit der roten Flagge zurück nach Kiel zu folgen. An den Seegartenbrücken haben die beiden sich mit Seiler getroffen.

Jetzt sitzen sie auf der Caféterrasse des Logierhauses Seebadeanstalt und trinken Kaffee. Melville sitzt am Nebentisch, hinter einer Zeitung versteckt, und versucht, sie zu belauschen. Drummond schlendert vor zur Ufermauer und schaut auf die Förde hinaus, auf der zahllose Segelboote, Barkassen und kleine Ausflugsdampfer unterwegs sind. Es ist herrliches Segelwetter bei strahlendem Sonnenschein und Ostwind.

Ihm gegenüber, vor dem Ostufer, liegt der Große Kreuzer VON DER TANN. Das Schiff hat Dampf auf, dunkelgrauer Qualm brodelt aus beiden Schornsteinen und wird vom Wind bis hinüber zu ihm getrieben. Das lange Vorschiff wimmelt von weißgekleideten Matrosen, der Kreuzer wirft von den Festmachtonnen los. Ein Schlepper drückt seinen Bug nach Backbord, bis er frei vom Ankergrund zeigt. Dann nimmt das mächtige Schiff allmählich Fahrt auf. Die Besatzung mannt binnen Minuten die Seite in Paradeaufstellung, das ganze Schiff entlang, Hunderte von Männern. Von der Brücke herab grüßen die Offiziere in Dunkelblau, und auf dem achteren Geschützturm beginnt die Bordkapelle zu spielen, irgendeinen Marsch, der Wind trägt nur Fetzen der Musik herüber. Majestätisch langsam gleitet der Dreadnought in Richtung Holtenauer Schleuse, umschwärmt von Barkassen und Motorbooten mit winkenden Menschen.

Drummond steht neben ein paar Matrosen an der Ufermauer und schaut mit ihnen dem Schiff nach. Die Männer bedauern ihre Kameraden, die das schöne Kiel verlassen müssen, und unterhalten sich darüber, daß der Panzerkreuzer zur Maschinenüberholung nach Wilhelmshaven geht. So viel versteht er und merkt es sich für eine spätere Notiz.

Höhepunkt des Tages ist die Jubiläumsregatta des Kaiserlichen Yachtklubs. Kaiser Wilhelm geht mit einer neuen Yacht ins Rennen, der erst im Frühjahr in Dienst gestellten METEOR V. Als erste segelt allerdings die GERMANIA von Gustav Krupp von Bohlen und Halbach durchs Ziel, die Kaiseryacht erreicht in der Schonerklasse nur den zweiten Platz.

Da die Regatta auf der Außenförde und auf dem Stollergrund stattfindet, kann Drummond nicht zuschauen, außerdem muß er ja mit Melville Seiler und dessen Besucher beobachten. Die aber unternehmen nichts außer spazierenzugehen, Seiler und Vivian Arm in Arm.

Immerhin sieht er das Zeppelin-Luftschiff VIKTORIA-LUISE, das die Regatta begleitet hat. Die riesige dunkelgelbe Zigarre kreuzt nach dem Ende der Veranstaltung mit brummenden Motoren über der smaragdgrünen Förde, kaum höher als fünfzig Meter, und überall recken die Leute die Hälse und zeigen oder winken mit Fähnchen und Taschentüchern.

Heikendorf, 25. Juni 1912, Dienstag

Gestern hat Drummond zusammen mit den Observierten und vielen tausend Schaulustigen beobachtet, wie der Große Kreuzer S. M. S. Moltke von einer Amerikareise zurückgekehrt ist. Er ist noch ein Stück größer als die Von der Tann und trägt fünf Doppeltürme. Er hat auf dem Platz festgemacht, auf dem zuvor die Von der Tann gelegen hat.

Ebenfalls gestern hat die angebliche Spionagefahrt des achtzigjährigen Admirals i. R. Lord Brassey Aufsehen erregt. Soweit Drummond das mit seinem mangelhaften Deutsch verstanden hat, ist der würdige Gentleman aus der viktorianischen Ära ein treuer und regelmäßiger Besucher der Kieler Regatten. Wie stets traf er mit seiner Yacht ein, dem alten Dreimastschoner Sunbeam, mit dem er die Welt umsegelt hat, und wie immer begleiteten ihn einige vornehme Damen und Herren. Anscheinend wurde die Gesellschaft von manchen als Spione verdächtigt und mißtrauisch beobachtet. Der alte Lord zeigte sich noch sehr rüstig und ruderte hin und wieder mit dem kleinen Beiboot herum. Dabei ist er anscheinend in die Nähe der Werfteinfahrt geraten, hinter der die U-Boote versteckt liegen. Er wurde festgehalten und ausgefragt. Beinahe wäre er verhaftet worden, aber ein deutscher Admiral hat eingegriffen und für seine Freilassung gesorgt.

Auch dieser Tag bringt nichts weiter als bummeln, essen, spazierengehen, Kaffee trinken und aufs Wasser schauen. Drummond hat nichts dagegen. Um vier Uhr am Nachmittag fährt Peterman dann nebst Tochter zum Ostufer zurück, heimlich begleitet von Melville. Drummond folgt Seiler, der mit der Straßenbahn zum Bahnhof fährt und von dort am Ende des Handelshafens zu Fuß in Richtung Werften marschiert. Hinter ihm her geht Drummond eine lange Straße entlang, zur Linken immer die hohe Mauer des Werftgeländes, rechts rußgeschwärzte Mietshäuser. Endlich biegt Seiler in eine kurze Gasse ein, die an einem weiten Gittertor endet. Dahinter riesige Werkshallen, über ihre Dächer ragen Schornsteine und die Gitterarme großer Kräne. Das Tor wird von Matrosenposten unter Gewehr bewacht. Drummond bleibt stehen, und Seiler verschwindet aus seinem Gesichtsfeld. Die Posten starren ihn an, daher macht er kehrt, um zurück nach Kiel zu gehen. Er kann hier nicht herumstehen und warten, bis Seiler wieder herauskommt. Das wäre zu auffällig. Drummond hat das Ende der Gasse noch nicht erreicht, als ein Mann auf ihn zukommt, ein stämmiger, schnurrbärtiger Mensch in Yachtkleidung, mit weißen Hosen, blauer Jacke und weißer Schiffermütze. Der Mann tritt ihm in den Weg, zeigt eine blinkende Messingmarke und sagt: »Polizei! Was suchen Sie hier?«

Drummond stottert auf deutsch: »Meiner Weg verloren? Weiß nicht.«

Der Mann lacht. »You are English, are you not?«

Drummond nickt, und der Mann fährt auf englisch mit amerikanischem Akzent fort: »Well, Sir, ich muß Sie fragen, was Sie hier zu suchen haben. Das Betreten des Werftgeländes ist streng verboten!« und winkt einen der Posten herbei. Drummond spürt, wie sich im Nacken seine Haare sträuben, wird er jetzt wegen Spionage verhaftet? Der Mann spricht kurz in schnellem Deutsch mit dem Matrosen, zu schnell, als daß Drummond auch nur ein Wort verstanden hätte. Der nickt, tut aber nichts weiter, als stehenzubleiben und Drummond im Auge zu behalten.

»Ihr Name, Sir?«, fragt der Zivilpolizist.

»Ich heiße John Fitzgerald MacDonough, Sir«, erwidert Drummond. Natürlich sind er und Melville auf so etwas vorbereitet. Er hat eine Visitenkarte auf diesen Namen bei sich, die ihn als Bootsmakler aus Aberdeen ausweist.

Er reicht sie dem Mann, der sich die Anschrift in ein kleines Buch notiert und dabei vor sich hin summt, eine Melodie, die Drummond bekannt vorkommt. Was ist es nur? Ein englischer Shanty – *Spanish Ladies,* natürlich! Der Mann hat Humor. Oder ist mal auf einem britischen Segler gefahren.

Jetzt reicht er ihm die Karte zurück und sagt: »Thank you, Mr. MacDonough. Sie können gehen. Aber bitte, halten Sie sich in Zukunft fern von Werftgeländen und militärischen Anlagen! Good-bye, Sir!«

Er tippt sich an die Mütze, macht dem Matrosen ein Zeichen und geht mit ihm zum Tor. Drummond sieht ihm erleichtert nach, wendet sich dann ab und macht sich auf, zurück nach Kiel. Grade noch mal gutgegangen, denkt er, aber auf das Werftgelände wäre ich ja ohnehin nicht gekommen. Jedenfalls kennt die Polizei jetzt meinen falschen Namen. Er sieht sich ein paarmal um, aber da ist niemand mehr.

KIEL, KAISERLICHE WERFT, 25. JUNI 1912, DIENSTAG

»Wissen Sie, Seiler, daß man Ihnen hierhergefolgt ist?«, fragt Reimers. Sie stehen an der Kaimauer des Werftbeckens, in dem acht U-Boote liegen, in zwei Päckchen zu vieren.

»Wirklich?« Seiler wundert sich. »Ich habe nichts bemerkt. Allerdings habe ich auch nicht darauf geachtet. Ich meine, hier in Kiel?«

»Es ist derselbe Mann gewesen, der mir in London vor Petermans Bookshop aufgefallen ist, der mit den abstehenden Ohren. Ich habe ihn am Tor überprüft und mir seine Karte zeigen lassen: John MacDonough, Schotte, angeblich Bootsmakler. Die Karte war wahrscheinlich genausowenig echt wie sein Schnurrbart. Mit seinem Deutsch ist es nicht weit her. Ich habe dafür gesorgt, daß man ihn im Auge behält, solange er hier ist. Er muß ja unten um den Handelshafen rum, dort habe ich eben zwei Leute hingeschickt.«

Er kramt eine kurze Zigarre aus seiner Westentasche und steckt sie an.

»Natürlich englischer Geheimdienst. Der oder die sind sicher den Petermans von London aus gefolgt.«

Heikendorf, 27. Juni 1912, Donnerstag

Es ist der letzte Abend der Kieler Woche, eine halbe Stunde vor Mitternacht. Morgen früh fährt Peterman für drei Tage nach Leipzig, überlegt Seiler, aber Vivian bleibt hier. Heute mittag hat sie mir gesagt, daß sie in Kiel bleiben darf, bis ihr Vater zurückkommt. Er konnte sein Glück kaum fassen. Es war bestimmt nicht einfach gewesen, ihn dazu zu überreden.

Jetzt gähnt sie hinter vorgehaltener Hand. Sie sieht müde aus. Es ist wieder ein langer Tag gewesen, mit Herumlaufen und Schauen, fast immer an der frischen Luft.

»Wenn ihr mich entschuldigen wollt, Vater, Adrian?«, sagt sie. »Ich würde gern zu Bett gehen. Ich kann kaum mehr die Augen offenhalten.«

»Natürlich, mein Schatz«, sagt ihr Vater, während Seiler aufsteht und ihr gute Nacht wünscht.

»Bis morgen früh dann, Vater. Schlaf gut! Auf Wiedersehen, Adrian!«

Seiler schaut ihr nach, wie sie durch die Tischreihen wandelt, schlank und grazil in ihrem langen, weißen Kleid, und zwischen den Topfpalmen vor dem Eingang verschwindet. Er wird morgen zum Frühstück da sein und sie beide zum Bahnhof begleiten. Dort werden sie sich von Peterman verabschieden, und danach wird er Vivian für sich allein haben, drei Tage und drei Nächte lang.

»Passen Sie gut auf sie auf, Herr Seiler.«

»Das werde ich, Herr Peterman.«

Mehr wird nicht gesagt. Peterman holt ein silbernes Zigarrenetui aus der Tasche und bietet Seiler eine Havanna an. Eine Weile rauchen sie schweigend. Die Luft ist warm, der Blick geht auf die von Lichtern funkelnde Förde, und das Schwatzen und Plaudern der Gäste liefert die Begleitmusik dazu.

»Sie sind in Southampton aufgewachsen, nicht wahr, Herr Seiler?«

»Ja, bis ich vierzehn war. Danach sind wir nach Bremen zurückgekehrt. Ich bin jedoch in Deutschland geboren.«

»Genau wie ich. Aber ich fühle mich längst als Brite.«

Peterman winkt einer Kellnerin zu und bestellt noch zwei Bier.

»Glauben Sie, daß es Krieg zwischen unseren Ländern geben wird?«

»Ich hoffe nicht. Zur Zeit sehen die Beziehungen zwischen England und Deutschland eigentlich recht gut aus. Oder entspannter, sollte ich vielleicht sagen.«

Peterman bläst einen Rauchkringel in die Luft und schaut zu, wie er sich in eine Acht verwandelt und davonschwebt.

»Ja. Auf der politischen Ebene schon. Aber diese dumme Deutschenpanik bei uns macht mir Sorgen. Lord Northcliffes Presse schürt sie nach Kräften und streicht dafür auch noch riesige Gewinne ein.«

»Das ist hier leider ganz ähnlich«, erwidert Seiler. Das *Daily Telegraph*-Interview mit dem Kaiser im Oktober 1908 fällt ihm dabei ein. Wilhelm hatte darin unter anderem gesagt, daß er, im Gegensatz zur Mehrheit der Deutschen, ein Freund Englands sei. Die Veröffentlichung hatte in beiden Ländern für erhebliche Verstimmung gesorgt.

»Die nationale Presse wiegelt auch hier das Volk gegen England auf. Von Einkreisungspolitik ist da die Rede, vom Neid Englands auf unsere wirtschaftliche Stärke und dergleichen mehr.«

Die Kellnerin bringt das Bier, und sie stoßen miteinander an. »Auf Frieden und Freundschaft zwischen unseren Ländern!« sagt Peterman, und darauf trinken sie.

»Wissen Sie«, fährt er nach einer Weile fort, »hinter der ganzen Pressehetze stecken natürlich politische und wirtschaftliche Interessen. Da geht es um millionenschwere Aufträge für die Rüstungsindustrie, für die Werften und alles, was damit zusammenhängt, von den Stahlkonzernen bis runter zum Bergbau. Die gewaltige Aufrüstung unserer Navy wäre nicht möglich, wenn man dem Volk nicht ständig Angst vor der deutschen Flotte machen würde, und ich schätze, das ist bei Ihnen nicht viel anders.«

Seiler nickt zustimmend. »Das sehe ich genauso. Wir haben uns in ein Wettrüsten verstrickt, und das verspricht für die Zukunft nichts Gutes, wenn sich nicht bald die Vernunft durchsetzt.«

Seiler glaubt alles zu diesem Thema zu wissen, denn es steht bei fast allen Gesprächen unter den Offizierskameraden im Mittelpunkt. Dieses sogenannte Wettrüsten zwischen der kaiserlichen Marine und der Royal Navy hatte ja eigentlich erst nach 1906 begonnen, als mit H. M. S. DREADNOUGHT das erste moderne Großkampfschiff vom Stapel lief. Vorher konnte davon keine Rede sein. Das Deutsche Reich hätte sich noch so anstrengen können, der Vorsprung der Royal Navy mit ihrer riesigen Flotte und ihrer Jahrhunderte umfassenden Erfahrung wäre selbst in fünfzig Jahren nicht aufzuholen gewesen. Das wußte man in der Marineführung selbstverständlich.

Aber mit dem Erscheinen der DREADNOUGHT, der Name ließ sich mit »Fürchtenichts« übersetzen, änderte sich alles. Es war das erste Schlachtschiff, das ausschließlich mit schwersten Geschützen von großem Kaliber ausgerüstet war. Mit einem Schlag machte es alle bisher gebauten Schlachtschiffe, die ein Durcheinander von schwerer, mittlerer und leichter Artillerie trugen, wertlos.

Peterman nickt dazu, und weil er ihn wach und interessiert anblickt, fährt Seiler fort: »Der hauptsächliche Grund dafür liegt darin, daß es beim Feuern mit verschiedenen Kalibern unmöglich ist, die Einschläge um das Ziel auseinanderzuhalten. Dies ist aber unbedingt notwendig, damit die Artillerieoffiziere die Lage ihrer Salven korrigieren können, denn die rasante Entwicklung der Schiffsartillerie ermöglicht inzwischen Gefechtsentfernungen bis zu 19 000 Metern. Das moderne Großkampfschiff schießt mit schwersten Geschützen nur eines einzigen Kalibers. Die turmhohen Fontänen der Einschläge im Wasser lassen selbst auf größte

Entfernung gut erkennen, ob sie vor dem Ziel liegen oder dahinter, und entsprechend kann man die Einstellungen korrigieren, bis die Schüsse im Ziel liegen.

Die DREADNOUGHT wäre also in der Lage, mit ihren zehn weittragenden 30,5-Zentimeter-Geschützen alle vor ihr gebauten Schlachtschiffe zu zerschießen, bevor diese nahe genug kämen, um ihre wenigen schweren und zahlreichen mittleren Kanonen einsetzen zu können. Seit es die DREADNOUGHT gibt, gehören praktisch alle bisher gebauten Schlachtschiffe und Panzerkreuzer, auch die der Royal Navy, zum alten Eisen.

So kommt es, daß jede Nation, die eine nennenswerte Kriegsmarine unterhält, sich in der Folge gezwungen sah und sieht, mit dieser Entwicklung Schritt zu halten. Und als schließlich mit der NASSAU der erste deutsche Dreadnought in Dienst gestellt wurde, am 1. Oktober 1909 war das, war ein maritimes Wettrüsten zwischen England und Deutschland nicht mehr aufzuhalten.«

Seiler ist fertig mit seinem Vortrag, nimmt einen großen Schluck aus seinem Bierglas, und da Peterman weiter schweigt und raucht, will er noch etwas Versöhnliches ergänzen. Der deutsche Botschafter Paul Graf Wolff Metternich zur Gracht, seit 1903 in London, setze sich, Gott sei Dank, für eine Verständigung mit England ein und fordere vehement, den Ausbau der deutschen Hochseeflotte einzuschränken, um die beschädigten Beziehungen zu England nicht weiter zu gefährden.

»Ich bin geneigt, ihm recht zu geben«, sagt Peterman nachdenklich, »aber zugleich höre ich von meinen Kunden aus der Admiralität, daß das Anwachsen der deutschen Flotte in britischen Marinekreisen und auch in der Politik nicht die geringste Beunruhigung auslöst. Allein für die englische Presse, und damit den Großteil der Bevölkerung, bedeutet dies aber den drohenden Untergang des Empire. Hier haben diese germanophoben Romane von Le Queux den Boden bereitet. Ich glaube, Home Secretary Churchill unterstützt mit Hilfe der Presse diese Ängste aus innenpolitischen Gründen nach Kräften. Dahinter steckt, wie gesagt, die Werft- und Rüstungsindustrie.« Er schüttelt den Kopf: »Über vierzig Millionen Pfund hat England allein im vergangenen Jahr für Marinerüstung ausgegeben. Eine schier unvorstellbare Summe! Die Hälfte davon hätte ausgereicht, die gröbste Armut im Königreich zu beseitigen.«

Peterman pafft ein paarmal ärgerlich an seiner Zigarre, aber er ist noch nicht fertig: Großadmiral Tirpitz, dem er offensichtlich einigen Respekt zollt, habe wiederholt geäußert, die Hochseeflotte solle nicht als Rivale, sondern als Abschreckung gegen England dienen. Im Fall eines Krieges mit Frankreich oder Rußland oder beiden solle ein Angriff auf die deutschen Küsten für die Royal Navy zu riskant werden. Das, findet Peterman, sei eine defensive Strategie und als solche durchaus verständlich.

»Eine Bedrohung für Großbritannien kann von der deutschen Flotte nicht ausgehen«, fährt der Buchhändler fort, »denn sie scheint mir allein für die Nordsee gebaut. Das Überleben Englands steht aber erst dann auf dem Spiel, wenn seine überseeischen Verbindungen bedroht sind, die Seewege nach Indien, Amerika und so weiter. Die deutsche Hochseeflotte, die ja, von Tsingtau abgesehen, über keine Stützpunkte im Ausland verfügt, ist doch außerstande, unsere Seewege wirklich zu bedrohen. Und auch eine Invasion Englands, wie sie immer wieder als Schreckgespenst an die Wand gemalt wird, könnte die Hochseeflotte nicht gewaltsam durchsetzen, denn dem steht unsere weit überlegene Grand Fleet entgegen. Und selbst wenn die Deutschen diese vernichtend schlagen würden, was aus Sicht unserer Marine undenkbar ist, könnten wir immer noch unsere über den ganzen Globus verstreuten Seestreitkräfte in die Heimatgewässer beordern. Obendrein müßten eure Befehlshaber befürchten, daß ihnen die russische und die französische Flotte in den Rücken fallen.«

Seiler staunt, wie gut Peterman sich in diesen Dingen auskennt. Kein Wunder, denkt er, schließlich hat Peterman nicht nur unzählige Bücher zu diesem Thema im Laden, sondern kann sich auch tagtäglich mit englischen Marineoffizieren unterhalten. Deshalb hat wohl auch der englische Geheimdienst ein Auge auf ihn geworfen.

Kiel, Hauptbahnhof, 28. Juni 1912, Freitag

Drummond steht im Kieler Hauptbahnhof und sieht zu, wie sich Peterman von seiner Tochter verabschiedet. Auch Seiler ist da, wie immer in Uniform. Drummond weiß inzwischen, daß deutsche Offiziere immer Uniform tragen müssen, anders als in England, wo sie nur im Dienst getragen wird. Auf dem Gleis wartet der Schnellzug nach Berlin auf sein Abfahrtssignal, in ein paar Minuten wird es soweit sein.

Er und Melville waren bereits wieder gegen sieben Uhr morgens in Heikendorf angekommen und hatten Seiler, Peterman und seine Tochter beim Frühstück im Freien vorgefunden. Also hatten sie in der Nähe Platz genommen und Kaffee bestellt. Eine halbe Stunde später waren Peterman und Vivian auf ihre Zimmer gegangen. Es hatte nicht lange gedauert, da waren sie zurückgekommen, Peterman in Reisekleidung mit einem großen Koffer, und mit Seiler zur Dampferanlegestelle hinuntergegangen. Als das Schiff angelegt hatte, waren sie ihnen an Bord gefolgt und dann hier im Bahnhof gelandet.

Peterman hat am Schalter eine Fahrkarte gekauft, und Drummond, der in der Schlange hinter ihm stand, hat gehört, daß er nach Leipzig wolle und am 1. Juli wieder zurück nach Kiel. Melville hat sich auf diese Information hin ebenfalls eine Rückfahrkarte nach Leipzig gekauft und sich geärgert, daß keine Zeit bleibt, seinen Koffer aus Rendsburg zu holen.

Jetzt schreitet ein blau uniformierter Bahnbeamter am Zug entlang und ruft laut: »Alles einsteigen! Der Zug fährt ab!« Peterman steigt ein, Seiler reicht ihm den Koffer nach. Melville, zwei Wagen weiter, steht schon auf dem Trittbrett. Der Eisenbahner knallt eine Tür nach der anderen zu. Dann bläst er in seine Trillerpfeife und schwenkt eine Kelle. Die Lokomotive antwortet mit einem Warnpfiff, und der Beamte schwingt sich in den letzten Waggon. Der Zug setzt sich in Bewegung.

Drummond atmet auf. Jetzt ist er Melville für ein paar Tage los! Der Mann ist schlecht für seine Nerven. Gestern wäre er fast auf ihn losgegangen, als Melville wieder mal über Peterman herzog. Am Schluß hatte er gesagt: »Sein niedliches Töchterchen, das verlogene Biest, knöpfe ich mir bei nächster Gelegenheit auch noch vor, und dann nehme ich sie zuallererst einmal so richtig ran!« Dabei hatte er ein so schmutziges Grinsen aufgesetzt, daß Drummond nicht im Zweifel bleiben konnte, wie er das meinte.

Er zieht sich zum Querbahnsteig zurück und wartet auf Seiler und Vivian, während die Leute, die hier Bekannte verabschiedet haben, an ihm vorbeiströmen. Die beiden machen sich endlich auch auf in Richtung Ausgang, als letzte, bis auf einen einzelnen Mann ohne Gepäck. Es sieht aus, als würde der ihnen folgen.

Drummond faßt ihn genauer ins Auge, als er an ihm vorbeigeht. Der Mann trägt einen dunklen Spitzbart, scheint so um die Mitte bis Ende vierzig, nicht groß, aber stämmig. Gelbe Weste und weißes Hemd mit aufgekrempelten Ärmeln, das Jackett über der Schulter, heller Strohhut. Vage erinnert er ihn an den Polizeibeamten in Yachtkleidung, aber dieser trug nur einen Schnurrbart. Drummond läßt ihn vorbei und folgt ihm seinerseits. Könnte es sein, daß es sich um einen deutschen Agenten handelt? Hat Seiler etwa Mißtrauen erregt wegen des Besuchs aus England? Oder ist das einer von Cummings Leuten aus der Foreign Section? Oder alles nur ein Zufall?

Vorsichtig hält Drummond so viel Abstand, daß er Seiler und seine Begleiterin gerade noch sehen kann. Er schaut ein paarmal über die Schulter, ob auch ihm jemand folgt, aber hier sind zu viele Leute unterwegs.

Seiler und Vivian bummeln in der Stadt herum. Sie gehen in ein Café, verbringen ein paar Stunden im Kunstmuseum am Düsternbrooker Weg, spazieren danach hinauf zum Yachtclub und bewundern die Segelboote. Gegen acht Uhr gehen sie ins Bellevue und dinieren dort. Da hinein kann er ihnen nicht folgen, der Laden ist zu teuer, und er ist nicht passend angezogen. Am letzten Kiosk, der an der Promenade noch geöffnet hat, kauft er sich Zigaretten und ein Bier. Damit setzt er sich auf die Ufermauer vor dem Restaurant und wartet mit knurrendem Magen.

KIEL, BELLEVUE, 28. JUNI 1912, FREITAG

Vivian fühlt sich so leicht und beschwingt wie schon lange nicht mehr. Sie ist mit Adrian allein, Vater weiß und billigt es. Und der Mann, der sie zum Dinner ausführt, und zwar ins Bellevue, das beste Restaurant der Stadt, hat sich heute schon sehr aufgeschlossen gegenüber der Kunst gezeigt. Nur dank der Vermittlung des Flottillenchefs ist es Adrian gelungen, noch einen Tisch für sie zwei hier draußen zu bekommen, sagt er jetzt zu ihr, da sie den Garten betreten.

Girlanden aus Papierlaternen tauchen die Terrasse in warmes, orangefarbenes Licht, Kerzen in Gläsern flackern auf den Tischen. Dezente Unterhaltung um sie herum, das Klirren und Klappern der Bestecke. Ein Sektkorken knallt, ein perlendes Frauenlachen folgt.

Sie sucht sich etwas Leichtes aus und nimmt nur zwei der angebotenen zehn Gänge, Spargelsalat mit Champagner-Safran-Vinaigrette, dazu einen Rheinwein, und zum Dessert Pfirsiche in Chartreuse-Gelee. Adrian hat sich nach einigem Stirnrunzeln für das gebratene Lendensteak mit Pommes Château und Rahmkarotten entschieden.

Weil sie nicht so recht weiß, was sie jetzt sagen soll, und auch er jetzt irgendwie befangen wirkt, erzählt sie ihm, daß Emmeline einen neuen Freund hat, schon seit drei Monaten, aber sie hat ihn immer noch nicht gesehen und ist schrecklich neugierig, wie er aussieht. Emmeline sage, er habe wenig Zeit, weil er im Home Office arbeite. Vivian muß plötzlich lachen und verschluckt sich fast. »Manchmal glaub ich, er ist ganz häßlich, und sie versteckt ihn deswegen vor mir.«

Adrian grinst. »Vielleicht ist er ein Zwerg? Das gäbe ein hübsches Paar ab, die schöne Emmeline und ein Rumpelstilzchen!«

Vivian kichert. »Oder er hat ein Holzbein und eine Augenklappe. Das würde schon eher zu ihr passen!« Plötzlich sticht sie der Hafer, und sie fragt: »Findest du Emmeline eigentlich schöner als mich?«

»O Gott, nein! Es gibt keine, die schöner ist als du!«

»Hm.« Sie versucht ein skeptisches Gesicht.

Eine Weile essen sie schweigend weiter. Geplauder und Gelächter rings um sie her. Drinnen im Restaurant spielt eine Kapelle, die Musik dringt nur leise nach draußen, Streicher und Klavier. Kellner eilen durch die Tischreihen, mit Silberschüsseln, Champagnerkübeln, Tabletts, voll mit blinkenden Gläsern.

»Schön ist es hier«, sagt sie, weil sie das Schweigen nicht mehr aushält, »und am schönsten ist, daß wir es zusammen genießen können!«

»Es freut mich, daß es dir gefällt.« Er lächelt, greift nach ihrer Hand und drückt sie.

Zur Rechnung läßt er noch eine Flasche Champagner bringen. Sein Blick scheint ein wenig verlegen, als er sagt: »Damit ich dir etwas zu trinken anbieten kann! Wenn du, ich meine, falls du noch mitkommen möchtest? Ich würde dir gerne noch meine neue Wohnung zeigen. Es ist gar nicht weit von hier.«

Er blickt sie ganz treuherzig an.

Sie lächelt. »Warum nicht? Dann können wir gleich darauf anstoßen!«

Er gibt eine Menge Geld aus, denkt sie dabei, das Bellevue muß preislich weit über seiner Kragenweite liegen, aber sein Vater ist Direktor beim Norddeutschen Lloyd, da wird es schon gehen.

Arm in Arm spazieren sie durch das Wäldchen mit dem düsteren Namen zu ihm. Das Hotelzimmer drüben in Heikendorf ist natürlich weiter für sie reserviert, aber weder sie noch er erwähnen es auch nur mit einem Wort. Schweigend wandern sie den gewundenen Kiesweg entlang, und abseits der wenigen Gaslaternen spielt das Mondlicht durch das Laub und zeichnet wundersame Schattenmuster ins silbrige Gras.

Seine Wohnung, obwohl sie denkbar schlicht möbliert ist, findet sie entzückend. Er hat eine kleine Schlafkammer mit einem Bett darin, das bei gutem Willen gerade eben breit genug für zwei sein könnte. Eine Kommode enthält wahrscheinlich seine Wäsche. Einen Waschstand braucht er nicht, sagt er ihr, weil gleich nebenan das winzige Badezimmerchen ist, fast ganz ausgefüllt von der Wanne und dem Badeofen, die Toilette ist in einer Nische untergebracht.

Dann kommt eine Küche, die den Namen eigentlich nicht verdient, denn es gibt keinen Herd, sondern nur eine Gaskochstelle auf einem Schränkchen und einen Ausguß. Die kleine Diele verbindet alle Räume und öffnet sich auch ins Wohnzimmer, in dem ein bißchen mehr Platz ist. Hier stehen sein Kleiderschrank, ein Eßtisch mit drei Stühlen, die nicht zusammenpassen, noch ein Kommödchen und ein hübsch geformtes, dunkelrotes Plüschsofa, das allerdings ziemlich alt und abgewetzt aussieht. Nirgendwo ein Bild, die Wände sind kahl, aber immerhin ein gut gefülltes Bücherregal. Das will sie sich später mal genauer anschauen.

Mansardenfenster auf zwei Seiten lassen tagsüber das Licht herein. Vom ersten sieht man nur das Nachbarhaus, aber von dem auf der Ostseite geht der Blick über die dunklen Wipfel des Düsternbrooker Parks bis über die Förde hinaus, mit ihren langsam wandernden Lichtpünktchen.

»Ist das schön! Das mußt du dir ansehen«, ruft sie und dreht sich zu ihm um, aber er schaut ihr gerade über die Schulter, und sie stößt mit der Wange an seine. Im nächsten Augenblick küssen sie sich, schlingen die Arme umeinander und pressen sich fast die Luft aus den Lungen. Er küßt sie leidenschaftlich, und sie spürt eine verhaltene Wildheit dahinter, ein sehnsüchtiges Verlangen, das sie in seinen Armen ganz schwach und nachgiebig werden läßt. Aber das Fensterbrett drückt schmerzhaft gegen ihren Rükken, und sie bekommt ein wenig Angst, es möge alles zu schnell gehen. Sie macht sich aus seiner Umarmung frei.

»Unbequem«, erklärt sie ihm atemlos, »und ich kriege keine Luft mehr!«

Er läßt sie los, ein wenig verwirrt, wie ihr scheint.

»Sag mal«, sagt sie sanft und haucht ihm einen Kuß auf die Wange, »willst du nicht das Jackett ablegen? Die dicken Knöpfe machen mir blaue Flecken.«

»Ja, natürlich«, sagt er verlegen, hakt den Dolch los und knöpft das kurze Jackett auf.

»Wozu müßt ihr denn diesen Dolch herumtragen? Ist das nicht lästig?«, will sie wissen.

»Der gehört zur Uniform. Ist eigentlich nur eine Verzierung. Manchmal ist er schon im Weg«, gibt er zu, während er die Jacke über eine Stuhllehne hängt.

»Du, ich bin durstig. Sollen wir nicht …?«

»Der Champagner! Ja, natürlich, solange er noch kalt ist.« Er nimmt die beschlagene Flasche vom Tisch, dann schaut er sich um. »Wo habe ich die Sektgläser? Ach, richtig, einen Augenblick!«, und verschwindet in die kleine Küche. Er ist ein bißchen durcheinander, denkt sie, und vorhin hat er ganz rote Ohren gekriegt. Sie unterdrückt ein Kichern. Schon ist er wieder da, mit zwei blitzblanken Sektkelchen in der Hand. Sie nimmt sie ihm ab, während er sich mit dem Korken abmüht. Endlich knallt es, der Korken fliegt an die Wand, und er schenkt ein, etwas ungeschickt, Schaum läuft über. Er reicht ihr ein tropfendes Glas, hebt seines und sagt: »Na denn: auf dich!«

»Nein, auf dich!«

»Dann auf uns!«

Ihre Gläser küssen sich mit einem hellen, nachschwingenden Ton.

Kiel, U-Boot-Flottille, 1. Oktober 1912, Dienstag

Am späten Nachmittag verläßt Seiler die Schreibstube der Flottille, eine Aktenmappe unter dem Arm, die seine neue Kommandierung zum Herbststellenwechsel enthält. Der Flottillenchef hat ihm das Telegramm erst vor einer halben Stunde überreicht:

30 september 1912 rma tapken an mst o chef u-flottille kiel 9.32 v. m.
+ olt. z. s. adrian seiler zu nachrichtenabteilung rma berlin
kommandiert. antritt sofort. +
kzs tapken, reichsmarineamt.

Die Stirn in nachdenkliche Falten gezogen, geht er über den knirschenden Kies auf das Strandstraßen-Tor zu. Er versucht sich vorzustellen, was ihm jetzt blüht. Ein Jahr im Reichsmarineamt, umgeben von Bürokraten in Uniform. In Ausschüssen arbeiten, am Schreibtisch sitzen, Nachrichten auswerten und weiterleiten. Das wäre die Schattenseite.

Andererseits wird Berlin auch seine Reize haben. Großstadt, Theater, Kinos, Cafés, jede Menge Unterhaltung, wahrscheinlich nicht ganz, aber doch fast soviel wie London. Und mit etwas Glück auch karrierefördernd, wie es der Dienst nahe am Sitz der Macht oft mit sich bringt.

Draußen am Straßenrand steht ein Herr im dunklen Mantel, der grüßend den Hut zieht. Es ist Reimers, mit Kaiser-Wilhelm-Schnurrbart. Sie schütteln sich die Hände.

»Gratuliere zum Abschluß Ihrer Ausbildung«, sagt Reimers. »Nehme an, Sie haben kräftig gefeiert gestern abend?«

»Ja, aber nicht übertrieben kräftig. Kein Kater, falls Sie das meinen.«

»Nun, dann haben Sie sicher nichts dagegen, mit mir ein Gläschen Schaum auf Ihr Wohl zu trinken. Wie wär's mit Rolfs am Schloßgarten?«

»Warum nicht«, erwidert Seiler, »aber ich wette, Sie sind nicht nur deswegen hier, hab ich recht?«

Sie biegen in den Düsternbrooker Weg ein, Richtung Schloß, und Reimers sieht ihn von der Seite an. »Sie wissen es schon, nicht wahr? Nach Berlin befohlen, in die Höhle des Löwen Tirpitz. Möchte Ihnen ein paar Worte dazu sagen. Aber erst der Schampus!«

Die kleine Frontterrasse des Café Rolfs ist bereits ohne Tische und Stühle, obwohl das Wetter noch ziemlich mild ist. Drinnen ist nicht viel los. Sie setzen sich ans Fenster, das einen Blick über Schloßbrücke und Förde erlaubt, und Reimers läßt eine Flasche Veuve Cliquot kommen.

»Meine Lieblingsmarke«, erklärt er, während der Kellner ihre Gläser mit dem platinfarbenen Champagner füllt, »schon, weil sie bei Wilhelm Busch vorkommt«, und zitiert: »Ach, wie lieblich perlt die Blase – der Witwe Cliquot in dem Glase! Auf Ihr Wohl, Seiler!«

Sie heben die Gläser und stoßen an.

»Ah! Das tut gut!« Reimers stellt das Glas hin und tupft sich mit der Serviette den Schnurrbart ab. Schwer zu sagen, ob der diesmal echt ist. Wann hat er ihn zum letztenmal gesehen? Ein paar Monate ist es her.

»Tja, mein Freund, was ich sagen will – vielleicht ist es ja eine Enttäuschung für Sie, falls Sie Ihre Zukunft unter Wasser verbringen wollten –, aber mein Verein hält große Stücke auf Sie. Ihrer Karriere wird es nicht schaden, dafür wird schon gesorgt werden.«

Seiler zuckt die Achseln. »Ich tue, was befohlen wird. So sind die Spielregeln. Aber wenn ich die Wahl hätte, würde ich natürlich lieber zur See fahren, anstatt mich hinter einem Schreibtisch mit Akten und Listen herumzuschlagen.«

»Angst vorm Papierkrieg? Ja, da hört auch bei mir die Tapferkeit auf!« Reimers lacht so laut, daß sich ein paar Gäste nach ihm umdrehen, aber gleich wird er wieder ernst, beugt sich vor und sagt leise: »Keine Sorge. Man will Sie wieder nach England schicken, und zwar recht bald.«

Berlin, Lehrter Bahnhof, 2. Oktober 1912, Mittwoch

Der Schnellzug Kiel – Lübeck – Berlin hält in der großen gläsernen Halle des Lehrter Fernbahnhofs. Fünfeinhalb Stunden hat die Fahrt gedauert. Jenseits der Spree erblickt er den Reichstag. Da er sich in Berlin nicht auskennt und mit zwei Koffern belastet ist, nimmt er eine Kraftdroschke zur Königgrätzer Straße 70, fast am Halleschen Ufer und nicht weit vom Anhalter Bahnhof. Hier, nicht etwa im Admiralstabsgebäude am Leipziger Platz, ist die Nachrichtenabteilung des Reichsmarineamtes untergebracht. Die Droschke bezahlt er aus eigener Tasche, für die Bahnfahrt hatte er einen Freifahrtschein der Marine.

Er meldet sich beim Admiralstabssekretär, Leutnant zur See Georg Stammer. Der teilt ihm mit, daß ihm fürs erste eine Dienstwohnung im Nebengebäude zugeteilt worden ist. Nichts Großartiges, zwei Zimmerchen nur, aber immerhin mit einem Brausebad. Dann gleich zum Chef.

Arthur Tapken, Kapitän zur See und Chef der Marinenachrichtenabteilung N, ist ein stämmig gebauter Westfale. Noch nicht ganz fünfzig, ist sein volles, gelocktes Haar an den Schläfen schon silbrig, der kurzgeschnittene Vollbart mit grauen Strähnen durchsetzt. Wie sein Leutnant trägt er Uniform. Am Knopfloch der Brusttasche hängt die Chinamedaille mit dem deutschen Adler, der den chinesischen Drachen in seinen Fängen hält.

Tapken begrüßt ihn geradezu herzlich. »Willkommen bei uns, Herr Oberleutnant! Freue mich, daß wir uns endlich begegnen!«

Er weist auf die Ledersessel vor seinem Schreibtisch. »Bitte Platz zu nehmen! Angenehme Reise gehabt?«

Seiler bejaht höflich und sieht sich um. Ein schlichtes Büro mit zwei hohen Fenstern, weiße Gardinen und blaue Vorhänge mit Ankermotiv, Eichenholzschreibtisch mit zwei Telephonapparaten, ein Aktenschrank. Gerahmte Photographien an den Wänden: Tapken als Kapitänleutnant vor dem ausgebrannten Tschien-men-Tor in Peking, Tapken vor der zerschossenen deutschen Gesandtschaft, der Große Kreuzer HERTHA, Admiral Bendemann, Admiral Seymour. Tapken ist seinem Blick gefolgt und erklärt: »Boxeraufstand! War seinerzeit Admiralstabsoffizier unter Bendemann beim Ostasiengeschwader.« Er weist auf eine Schiffsphotographie an der Wand hinter seinem Sessel: »Großer Kreuzer YORCK. War mein letztes Kommando auf See, bevor ich hier gelandet bin.«

Es klopft, und er ruft: »Herein!« Leutnant Stammer tritt ein und meldet: »Herr Reimers, Herr Kapitän!«

Reimers, in Zivil, schiebt sich an Stammer vorbei, grüßt den Kapitän und grinst Seiler an. »Tag, Seiler!« Sie schütteln sich die Hände, dann setzt sich Reimers in den zweiten Sessel und schlägt die Beine übereinander.

»Ich denke, wir lassen den Reimers mal weg, solange wir unter uns sind«, meint Tapken. »Es ist natürlich nicht sein richtiger Name. Ich darf vorstellen: Gustav Steinhauer, vormals Kriminalkommissar in Berlin. Unser Englandspezialist.«

Stammer kommt noch einmal herein, ohne zu klopfen, und legt dem Kapitän einen dicken grauen Aktendeckel vor. Tapken setzt eine Brille auf, öffnet die Akte und beugt sich stirnrunzelnd darüber. Er blättert in Papieren herum, murmelt: »Gut.

Sehr gut.« Dann blickt er auf und sagt: »Also, Herr Oberleutnant, letztes Jahr im August haben Sie ja einmal in Rosyth aufgeklärt, nicht wahr? War nicht viel los dort, wie Ihrem Bericht zu entnehmen war. Kurz und gut, ich hätte gern, daß Sie sich die Gegend noch einmal ansehen. Angeblich hat sich dort inzwischen einiges getan.«

Seiler nickt: »Jawohl, Herr Kapitän.«

»Sie werden dieses Mal besser ausstaffiert. Sie werden eine Kamera bekommen, denn wir legen Wert auf photographische Aufnahmen. Oft lassen sich darauf Dinge erkennen, die man als Beobachter vor Ort gar nicht wahrnimmt. Kennen Sie sich mit der Photographie aus?«

Seiler verneint.

»Macht nichts. Leutnant Stammer kennt sich gut damit aus und wird Sie in diese Kunst einweihen. Heutzutage ist das recht einfach, man braucht sich nicht mehr um Entwickeln und diesen ganzen Chemikalienkram zu kümmern. Ferner werden wir Sie etwas großzügiger mit Geld ausstatten, denn auf Vorschlag von Herrn Steinhauer werden Sie sich als Reiseschriftsteller aus Southampton ausgeben. Und zwar arbeiten Sie als britischer Rechercheur für den Leipziger Baedeker-Verlag.«

Er nimmt ein braunes Kuvert aus der Akte und reicht es ihm. »Wir haben da einiges vorbereitet für Sie. Hier ist ein Satz Dokumente, der Sie als Beauftragten der allseits bekannten Reisehandbücher ausweisen kann, alles auf den Namen Arthur Stewart. Dabei sind Visitenkarten, diverse Empfehlungsschreiben und Spesenabrechnungen. Reisen durch England gehören zu Ihrem Auftrag. Der Verlag weiß zwar nichts davon, aber auf den Visitenkarten ist die Adresse eines angeblichen Verlagsbüros in Berlin angegeben; dort wird man Anfragen bestätigen, sollte es welche geben. Wedeln sie aber nicht damit herum, zeigen Sie die Papiere nur vor, wenn sich die Notwendigkeit ergeben sollte.«

Steinhauer alias Reimers ergänzt: »Photographieren und Beschreiben von Sehenswürdigkeiten ist somit Ihr legaler Broterwerb, auch wenn wir den Begriff ›Sehenswürdigkeiten‹ ein wenig anders auffassen als Baedeker. Den aktuellen Band Großbritannien kriegen Sie natürlich auch mit.«

»Gut«, sagt Tapken, »das wärs fürs erste. Übrigens, Steinhauer wird Ihnen noch ein paar nützliche Ratschläge aus seiner Trickkiste geben, nicht wahr?«

»Natürlich«, erwidert der, »schlage zum Beispiel vor: In England sollten Sie erst mal zwei, drei Tage in Southampton verbringen und Ihre Erinnerung an die Stadt auffrischen, mag sich ja einiges verändert haben in den letzten vierzehn Jahren. Für den Fall, daß man Sie ausfragt.«

Er steht auf und sagt: »Und nach London wird es Sie ja auch ziehen. Es geht aber nicht sofort los. Sie bleiben noch 'ne Woche bei uns, zum Kennenlernen. Und schau'n Sie sich in Berlin mal um. Tolle Stadt, viel geboten!«

BERLIN, NACHRICHTENABTEILUNG, 3. OKTOBER 1912, DONNERSTAG
»Jetzt, da sich England mit der englisch-französichen Marinekonvention eindeutig auf seiten Frankreichs gestellt hat, soll die Aufklärungstätigkeit der Marine-Nachrichtenabteilung in Großbritannien energisch intensiviert werden.«

Tapken hält seinen Vortrag im kleinen Kreis, nur Seiler, Steinhauer, Stammer. Seiler ist klar, daß er der Adressat ist.

»Wir sind lange davon ausgegangen, daß es nicht allzu schwer sein dürfte, Agenten unter den in England lebenden Deutschen zu rekrutieren. Im vergangenen Jahr waren in England 56 000 Deutsche registriert, also etwa null Komma ein Prozent der Gesamtbevölkerung. Inzwischen mußten wir allerdings einsehen, daß es so einfach nicht ist. Mit Appellen an deren Patriotismus sind wir in den meisten Fällen gescheitert. Das liegt daran, daß eine große Anzahl der Deutschen in England entweder Sozialisten sind, die das Kaiserreich ablehnen, oder sie sind gänzlich unpolitisch. Viele bewundern England sogar und preisen seine Freizügigkeit.«

Er sieht sie alle der Reihe nach an, als keine Fragen kommen, fährt er fort: »Zum Beispiel teilte mir der vormalige Marineattaché an der deutschen Botschaft in London, Kapitän Widenmann, im Frühjahr folgendes mit: Die ganze Angelegenheit, nämlich Deutsche in Großbritannien als Agenten für die Marine zu rekrutieren, ist wesentlich komplizierter, als man sich das in Berlin vorstellt. Nur Deutsche in mittleren Jahren, also im Alter zwischen fünfunddreißig und fünfzig, sind für uns brauchbar, denn die jüngeren Herren haben keine feste Stelle und wechseln ihre Arbeitgeber viel zu oft und meist ohne Ankündigung. Ein großer Teil der Angesprochenen lehnt es grundsätzlich ab, für uns zu arbeiten, weil sie dies als feindselig England gegenüber empfinden. Es ist sogar vorgekommen, daß Deutsche, an die wir uns gewandt haben, dies der Polizei meldeten.

Ein großer Teil der deutschen Kolonie besteht zudem aus Flüchtlingen aus der Zeit der Reichseinigungskriege. Diese Leute waren in der Hauptsache mit dem Wechsel der politischen Verhältnisse oder der Einführung der allgemeinen Wehrpflicht nicht einverstanden, wie das in Elsaß-Lothringen besonders deutlich zutage getreten ist.«

Steinhauer meldet sich zu Wort und sagt: »Und von den wenigen Agenten, die wir anwerben konnten, waren die meisten mit der mageren Bezahlung unzufrieden und daher nicht bereit, auch nur ein geringes Risiko einzugehen.«

»Kein Wunder«, bestätigt Tapken, »das liegt an dem lachhaft kleinen Budget, das man uns zuteilt. Dazu kommt, daß wir drüben fast niemanden haben, der sich in Marinedingen auskennt. Um so mehr wissen wir Ihre Mitarbeit zu schätzen, Herr Seiler! Sie sind nicht nur Marineoffizier, sondern auch einer der wenigen Deutschen, die sich glaubhaft für einen Engländer ausgeben können. Und Sie kennen sich mit Unterseebooten aus! Das ist deshalb von Bedeutung, weil man in der Marineführung neuerdings Wert auf Informationen über britische U-Boote legt. Sie sollen dort drüben ja dreimal so viele haben wie wir, und angeblich auch schon welche mit diesen neuen Dieselmotoren.«

Seiler merkt, wie sich eine unsichtbare Last auf seine Schultern senkt. Schon seit seiner Wiederbegegnung mit Steinhauer-Reimers und dem ersten Gespräch mit Tapken ist ihm klar: Er ist jetzt ein Spion, mit all den Möglichkeiten und Risiken, die dieser seltsame Beruf, falls es einer ist, mit sich bringt. Was ihn aber immer wieder, so auch jetzt, trotz allem leicht und froh macht, ist die Aussicht, mit Vivian zusammensein zu können. Seit den Kieler Nächten hat sich seine Sehnsucht nach ihr ins Unermeßliche gesteigert. Manchmal kann er sie regelrecht körperlich spüren, glaubt, den Duft ihrer Haut zu atmen. Jetzt muß er sich zwingen, dem Gespräch zu folgen, das die Herren inzwischen über die Bedeutung der U-Boote begonnen haben.

LONDON, PETERMANS BOOKSHOP, 7. OKTOBER 1912, MONTAG

Vivian hat ihrem Vater geholfen, zwei Regalfächer für maritime Unterhaltungsliteratur frei zu machen. Ein gutes Dutzend Werke hat er schon auf dem Schreibtisch, und sie trägt Autor und Titel ins Register ein:

Erskine Childers, *The Riddle of the Sands.*

Jack London, *The Sea-Wolf.*

Pierre Loti, *An Iceland Fisherman* und *Matelot.*

Frederick Marryat, *Peter Simple.*

Herman Melville, *Moby Dick.*

Joseph Conrad ist gleich mit sechs Titeln vertreten:

The Nigger of the Narcissus, Lord Jim, Typhoon, The Shadow Line, The Rescue, Nostromo.

Edgar Allen Poe, *The Narrative of Arthur Gordon Pym of Nantucket.*

»So, das sind erst mal alle«, sagt der Vater zufrieden, »wenn die letzte Bestellung eintrifft, werden wir die Fächer schon vollkriegen.«

»Meinst du, es gibt genug Romane, die mit der Seefahrt zu tun haben?«

»Bestimmt, mein Kind. Außerdem will ich auch ein paar deutsche Titel dazunehmen, ab und zu kommt ja auch mal ein Landsmann herein, der etwas zu lesen in seiner Muttersprache sucht.«

Draußen geht Bob vorbei und winkt ihnen durchs Fenster zu, bevor er gemütlich weiterschlendert. Bob ist der Constable, der um diese Zeit stets durch die Gasse kommt. Er heißt eigentlich Robert, aber die meisten hier kennen ihn als Bob, the Bobby.

Vivian winkt zurück und fragt: »Was ist denn mit *Treasure Island*?«

»Ja, natürlich, das auch! Und *Robinson Crusoe*.«

»Und Jules Verne! *Twenty Thousand Leagues Under the Sea*!«

Da bimmelt die Türglocke, und sie blickt auf. Ein Gentleman tritt ein, im grauen Paletot, Glanzzylinder auf dem Kopf und in der Linken ein teuer aussehendes Köfferchen. Auf der Nase sitzt ein goldgefaßter Kneifer, darunter ein Schnurrbart mit hochgezwirbelten Spitzen à la Kaiser Wilhelm. Vater begrüßt ihn und fragt nach seinen Wünschen.

»Mein Name ist Archibald Cox, Mr. Peterman«, stellt sich der Besucher vor. »Wenn Sie erlauben, möchte ich Ihnen ein Angebot unterbreiten.« Damit legt er das Köfferchen auf eine freie Ecke des Schreibtisches, wirft einen schrägen Blick auf Vivian und sagt: »Wäre es möglich, daß wir uns unter vier Augen unterhalten?«

»Ich führe das Geschäft mit meiner Tochter und habe vor ihr keine Geheimnisse, Sir«, antwortet Vater und zieht die Augenbrauen hoch. »Sollte es sich bei Ihrem Angebot allerdings um Dinge handeln, die für Damenohren ungeeignet sind, darf ich Ihnen gleich versichern, daß ich nicht das geringste Interesse daran habe.«

Bravo, Vater, denkt Vivian, der Kerl ist mir auf Anhieb unsympathisch, der hat so was Schleimig-Arrogantes an sich. Widerliche Mischung.

»Wo denken Sie hin?«, erwidert der Besucher. »Nein, es handelt sich um ein Buch. Ein äußerst seltenes Buch! Sie gestatten?« Er fingert einen kleinen, goldenen Schlüssel aus der Westentasche und macht sich daran, die Schlösser des Koffers zu öffnen. Vivian tritt neugierig einen Schritt näher und bemerkt, daß seine Hände dabei zittern. Er hebt den Deckel ein wenig an, öffnet ihn aber nicht ganz und bemerkt: »Ich sammle besonders rare Bücher, Werke, die in keinem Bookshop zu finden sind.«

Er klappt den Deckel auf, und Vivian sieht ein großformatiges, etwa fingerdickes Buch mit billigem, blauem Pappeinband. Nach einem wertvollen Sammlerstück sieht es ganz und gar nicht aus. Cox tritt einen Schritt zurück, lädt Peterman mit einer großzügigen Geste ein, es zu betrachten, und setzt ein erwartungsvolles Gesicht auf. Ihre Anwesenheit scheint er vergessen zu haben. Peterman beugt sich über den Koffer, und Vivian legt den Kopf schief, um den Titel zu entziffern:

DOCK BOOK, JUNE 1909
British Empire Dockyards and Ports, 1909
Plans of dockyards and ports.
Published by the British Admiralty
for the Information of Officers in H.M. Service only.

Ihr Vater richtet sich wieder auf, ohne das Buch anzufassen, und runzelt die Stirn.

»Mr. Cox«, sagt er, »wollen Sie mir *das* etwa verkaufen? Pläne der Docks der Admiralität?«

»Ja, warum nicht?« Cox wirft einen raschen Blick in die Runde und sagt leichthin: »Paßt doch perfekt in Ihr Sortiment, nicht wahr?«

»Was wollen Sie denn dafür?«

Cox legt den Kopf schief und sagt: »Nun, ich dachte so an zehn Pfund.«

»Zehn Pfund? Donnerwetter!« Peterman zeigt auf den Einband. »Aber da unten ist ein Stempel: Most Secret! Sind Sie sicher, daß Sie das verkaufen dürfen?«

Der Mann zuckt die Achseln. »Es ist doch schon zwei Jahre alt. Wie auch immer, Sie müssen es ja nicht nehmen.«

Ein Schweißtropfen rinnt ihm unter dem Zylinder hervor und verschwindet in der Augenbraue.

Peterman kratzt sich am Kinn und sagt: »Also, ich nehme es lieber nicht, Mr. Cox. Ich möchte mich nicht strafbar machen.«

Cox macht ein finsteres Gesicht und schickt sich an, den Koffer zuzuklappen. Aber Peterman fährt fort: »Nicht so hastig, Sir! Ich wüßte da vielleicht jemanden, der sich dafür interessieren würde.«

»Ah! Und wer ist dieser Jemand, und wo finde ich ihn?«

»Er wohnt hier gleich nebenan. Er sammelt derartige Raritäten. Mit ihm kommen Sie bestimmt ins Geschäft!«

Cox wirkt erleichtert. Vater wartet gar keine Antwort ab und sagt über die Schulter: »Vivian, sei doch so gut und lauf rasch rüber zu Bob! Sag ihm, er soll mal kurz reinschauen, hier wäre ein tolles Buch für ihn, ja?«

»Ja, Vater!« Sie hat sofort verstanden, was er vorhat, und eilt zur Tür hinaus.

Vivian sieht den Constable vor dem Salisbury stehen, wo er sich mit Mrs. Clapham unterhält. Bob ist ein Riesenkerl in seiner schwarzen Uniform, auch ohne Helm gut zwei Köpfe größer als sie, und er ist ein freundlicher Mann. Ab und zu kommt er im Laden vorbei, trinkt ein Täßchen Tee und schwatzt mit ihrem Vater. Letztes Jahr, zwei Tage nach der Durchsuchung, hat er sie besucht und gesagt, es tue ihm sehr leid, bei Scotland Yard hätten alle einen Klaps.

»Mr. Robert, Constable, Sir«, sagt sie ganz außer Atem, »wären Sie wohl so gut und würden schnell mal in Vaters Laden kommen? Wir haben da einen merkwürdigen Kunden!«

Bob zieht die Brauen hoch: »Merkwürdig? Wie merkwürdig, Miss Vivian?«

Sie zieht ihn ungeduldig am Ärmel. »Ich glaube, er will Vater etwas verkaufen, das gestohlen ist. Irgendein Buch von der Navy, das geheim sein soll!«

»So? Na, dann schauen wir uns das mal an.« Der Constable setzt sich in Bewegung und folgt ihr raschen Schrittes. Vivian hält ihm die Ladentür auf, und der Polizist tritt ein, wobei er sich ein wenig bücken muß.

Peterman sagt: »Guten Tag, Bob! Ich glaube, wir haben hier einen Spion!« Damit nickt er zu Cox hin, der ihn mit offenem Mund anstarrt. Bob packt den Mann sogleich am Arm und hält ihn mit eisernem Griff fest. Dann läßt er sich das Buch zeigen und pfeift durch die Zähne.

»Wo haben Sie das her? Los, antworten Sie!«

»Ich – ich habe es gefunden!« stottert Cox. »Es gehört gar nicht mir!«

»Er wollte zehn Pfund dafür, Constable«, sagt Peterman, »aber es trägt den Geheimstempel der Admiralität.«

»Wie heißen Sie?« fragt der Constable barsch.

»William, ich meine Archibald, ich heiße Archibald Cox, Constable!«

»Gut, Mr. Cox, ich nehme Sie mit auf die Wache. Dort können sie uns dann erklären, wo und wie sie es gefunden haben.« Er klappt den Koffer zu und gibt ihn dem Mann, ohne seinen Arm loszulassen. »Den tragen Sie!«

Dann zieht er ihn in Richtung Tür und sagt: »Gut gemacht, Mr. Peterman! Wir hören uns mal an, was er zu sagen hat. Wenn wir Ihre Aussage brauchen, komme ich noch mal vorbei, Sir.«

Cox rinnen Schweißtropfen übers Gesicht. Er will protestieren, aber der Constable schneidet ihm das Wort ab: »Zehn Pfund wollten Sie dafür haben? Das Buch ist viel mehr wert, Sie Dummkopf! Ich wette, Sie kriegen zehn Jahre dafür! Ab, marsch!«

London, Cecil Court, 7. Oktober 1912, Montag

Drummond steht vor dem Schaufenster von Watkins Esoteric Bookshop, scheinbar in Betrachtung der ausgestellten Bücher versunken. Er hat alles beobachtet, Le Queuxs Ankunft, Vivian, die wenig später herauskam und den Constable holte, und schließlich, wie dieser den Schriftsteller abführte. Er hat nicht eingegriffen.

Er freut sich diebisch über Le Queuxs Festnahme. Eigentlich sollte er sofort im Bureau anrufen und sagen, was geschehen ist, aber das hat Zeit. Der Mann soll ruhig mal ein Weilchen schmoren. Es wird ihm ohnehin nichts passieren, sobald seine Identität festgestellt und der Secret Service benachrichtigt ist. Melville wird sich natürlich schwarz ärgern, es war schließlich sein Plan, und er wird Le Queux und das Dockbuch auslösen müssen.

Drummond ist dabeigewesen, als diese dumme Aktion am Samstag in aller Hast zusammengestopselt worden ist. Beim morgendlichen Treffen hatte Melville verkündet, er werde Peterman eine Falle stellen und ihn dazu verleiten, Geheimmaterial zu kaufen. Das wollte er natürlich nicht selbst tun, und er hatte den Schriftsteller Le Queux vorgeschlagen. Melvilles Plan sah so aus: Le Queux soll sich Peterman als Informant anbieten und Geld dafür verlangen. Als Beweis soll er ein geheimes Marinebuch vorzeigen, über Torpedos oder Kanonen oder irgend so etwas. Man wird sich eins bei der Navy ausleihen. Er soll dann behaupten, auch eine Kopie der Baupläne einer neuen U-Boot-Baureihe liefern zu können. Geht Peterman darauf ein, will Melville ihm die versprochenen Pläne bringen und ihn gleichzeitig verhaften. Le Queux habe sich bereits einverstanden erklärt. Kell saß hinter seinem Schreibtisch, die Arme vor der Brust verschränkt, und sagte nichts dazu.

Drummond wird dem Captain zwar erklären müssen, warum er nicht eingegriffen hat. Aber das macht ihm keine Sorgen. Zum einen hatte er keine Instruktionen für so einen Fall, und zweitens wäre die Überwachung des Bookshops aufgeflogen, denn er konnte sich dem Constable gegenüber ja schlecht als Scotland-Yard-Mann ausgeben. Dazu kommt, daß er seinen Posten im Kameraladen heute nicht beziehen konnte, da dieser geschlossen ist. Wegen Krankheit, wie ein Zettel an der Tür verkündet. Daher mußte er sich auf der Straße herumtreiben. Er könnte auch sagen, er habe eine Toilette aufsuchen müssen, just zu der Zeit, als Le Queux abgeführt wurde. Nicht meine Schuld, wenn sie keinen zweiten Mann für mich haben, denkt er, und grinst sein Spiegelbild in der Scheibe an.

Er wendet sich ab und schlendert vor zur Charing Cross. Dort biegt er links ein und geht bis zu dem Geschäftshaus, in dem Emmeline arbeitet. Wenn sie nicht gerade unterwegs ist, macht sie dort ihre Abrechnungen oder fertigt Übersetzungen an. Vielleicht kommt sie ja gerade heraus, es ist gleich Mittag. Dann könnten sie zusammen etwas essen. Er bleibt in der Nähe stehen, den Eingang im Auge, und wartet. Fünf Minuten später kommt sie heraus.

»Randolph!«, sagt sie. »Was für eine Überraschung! Wartest du schon lange?«

»Ja«, antwortet er frech, »seit letzter Woche.«

Eine halbe Stunde nach sechs betritt er Kells Büro, gerade rechtzeitig, um Zeuge einer häßlichen Szene zu werden. Kell ist da, Melville und der Schriftsteller, der anscheinend kurz vor ihm angekommen ist. Le Queux marschiert in sichtlicher Aufregung auf und ab, die Hände auf dem Rücken. Jäh bleibt er stehen und schreit Melville an: »Eine Falle! Eine Falle sollte ich ihm stellen! Bloody hell! Sie, *Sie* haben *mir* eine Falle gestellt!«

»Regen Sie sich ab, Mann!« knurrt Melville ärgerlich, doch der Schriftsteller läßt sich nicht bremsen. »Diese Blamage lasse ich nicht auf mir sitzen, Mr. Melville! Ein Mann mit Ihrer Erfahrung sollte doch gottverdammt noch mal wissen, daß man die Germans nicht unterschätzen darf!« Sein Gesicht ist hochrot geworden, seine Stimme schrill. »Dieser teutonische Buchhändlerhund ist Ihnen haushoch überlegen, lassen Sie sich das gesagt sein, Mr. Melville!«

Melville brüllt plötzlich zurück: »*Sie* haben es doch verpatzt, Sie unfähiger Clown, Sie! Und dann noch vor Zeugen, goddammit!« Er schlägt mit der Faust mit solcher Wucht auf den Schreibtisch, daß die Federhalter aus dem Tintenstand springen. »Also halten Sie den Mund, und scheren Sie sich raus, bevor mir der Kragen platzt!«

Der Captain geht zornig dazwischen. »Ruhe, meine Herren, aber auf der Stelle! Was ist das für ein Benehmen? Gleich werden Sie sich auch noch duellieren wollen, was!«

Ein krampfhafter Hustenanfall schüttelt ihn, er muß sich am Schreibtisch festhalten, bis er sich wieder in der Gewalt hat.

»Kann so was nicht dulden«, krächzt er, »benehmen Sie sich gefälligst wie Gentlemen!«

Ein langes, peinliches Schweigen entsteht. Le Queux macht keinen Versuch zu gehen. Melvilles finsteres Gesicht wandelt sich langsam, Muskel für Muskel, in eine Maske der Gleichgültigkeit.

Drummond, zuerst erschrocken über den aggressiven Ausbruch, spürt eine irre Lust, laut loszulachen. Er muß die Zähne zusammenbeißen und die Fäuste ballen, um es zu unterdrücken. Was ist das für ein Geheimdienst? Ein Haufen Narren. Und er ist auch einer, weil er mitspielt.

London, Irongate Wharf, 11. Oktober 1912, Freitag

Mit einem leichten Stoß legt der belgische Fährdampfer von Ostende nach London an der Irongate Wharf unterhalb der Towerbridge an. Die starken Eichenpfähle der Dalben ächzen gequält, Taue fliegen auf den Kai, werden von Männern im blauen Arbeitszeug aufgenommen und um die Poller geschlungen.

Seiler wartet mit den anderen Passagieren, bis die Stelling freigegeben wird. Er trägt nur einen großen Handkoffer und eine Reisetasche bei sich, die der britische Zoll bereits nach Gravesend auf dem Schiff abgefertigt hat.

Endlich ertönt ein Gong, es ist soweit. Die Mitreisenden schuffeln langsam vorwärts, und er nimmt sein Gepäck auf und folgt ihnen auf die hölzerne Rampe. Jetzt muß er nur noch heil durch die Polizeikontrolle kommen.

Ein wenig nervös tritt er in die Ankunftshalle. Vor dem Durchlass im Trennzaun wartet bereits eine Reihe Ankömmlinge, die einer nach dem anderen von einem Zivilbeamten befragt und dann durchgewunken werden. Zwei Constables stehen ihm mit aufmerksamen Blicken zur Seite. Weiter hinten wartet ein zweiter Zivilist, der ab und zu Karten konsultiert, die er in der Hand hält. Seiler vermutet, daß es Steckbriefe oder Photographien gesuchter Personen sind. Ob eine Aufnahme von ihm dabei ist? Aber woher sollten sie eine haben?

Kurz bevor sie in Gravesend anlegten, hat er die blaue Uniform eines holländischen Handelsschiffsoffiziers angezogen, komplett mit Mütze und zwei dünnen Goldstreifen am Ärmel. Sein Gesicht ziert ein dunkelblonder Schnurrbart, der aufgeklebt ist und ihn älter erscheinen läßt. Die Verkleidung hat Reimers besorgt. Von einer Brille hat er ihm abgeraten, denn Schiffsoffiziere haben in der Regel gute Augen.

»Morning, Sir!« Jetzt ist er an der Reihe.

»Woher kommen Sie?«

»Von Amsterdam.«

»Wie lange werden Sie in London bleiben?«

»Nur ein paar Tage. Ich reise nach Bristol weiter.«

Ein prüfender Blick ins Gesicht von dem Beamten. »Ihr Englisch ist sehr gut, Sir.«

»Danke sehr. Meine Eltern stammen aus Hampshire, ich bin aber in Holland geboren und aufgewachsen.«

»All right. Gute Weiterreise, Sir!« Der Mann wendet sich schon dem nächsten Passagier zu.

Der Zivilist mit den Lichtbildern in der Hand, wenn es denn welche sind, mustert ihn nur kurz. Erleichtert verläßt Seiler die Halle und geht auf der Wharf am Tower vorbei, über den Hill zur Einmündung der Great Tower Street. Dort wird er den Motorbus nach Charing Cross nehmen und in eins der Hotels gehen.

London, Gatti's Café, 12. Oktober 1912, Samstag

In Gatti's Café wartet Seiler auf Vivian, in Zivil und ohne Schnurrbart. Er hat sich ein Zimmer im Charing Cross Hotel genommen und ihr einen kurzen Brief geschrieben, in dem er ihr seine Ankunft mitteilte und sie bat, ihn heute, am Samstag, hier zu treffen. Den übergab er dem Hotel mit der Bitte, ihn durch einen Boten zustellen zu lassen.

Pünktlich um vier Uhr kommt sie durch die Tür, in eine nasse Regenpelerine gehüllt, den tropfenden Schirm am Arm. Sie schaut sich um, entdeckt ihn und kommt freudestrahlend auf ihn zu. »Adrian! Wie schön!« Auf einen Begrüßungskuß müssen sie hier im Café verzichten, aber sobald sie sich gesetzt hat, nimmt sie seine Hand und drückt sie fest.

Beim Tee erzählt er ihr, daß er nach Edinburgh reisen wird. Von seiner Baedeker-Tarnung sagt er nichts, das wäre doch zu merkwürdig für einen Marineoffizier, nebenher als Reiseschriftsteller zu arbeiten.

»Was hast du denn vor in Edinburgh?«, fragt sie. »Die Marine schickt dich dorthin, nicht wahr?«

»Ja«, gibt er zu, »man möchte, daß ich mir den Flottenstützpunkt dort einmal ansehe.«

»Heißt das, du sollst dort spionieren?«

Er lacht. »Nein, eigentlich nicht. Es ist ganz normal, daß sich Seeoffiziere auf Reisen für Marinedinge interessieren, das tun die von der Royal Navy auch.«

»Hm. Aber wenn ich mich richtig erinnere, sind doch einmal zwei oder drei englische Offiziere deswegen in Deutschland ins Gefängnis gekommen? Wann war das, vor zwei Jahren?«

»Ja, ungefähr. Aber die haben geheime Anlagen betreten und Pläne davon angefertigt. Ich werde mir aber nur das anschauen, was ohnehin jedermann sehen kann.«

Da sieht er plötzlich die zwei steilen Falten auf ihrer Stirn, die ihn jedesmal erschrecken. »Ich weiß nicht. Ist es nicht trotzdem riskant? Was ist, wenn du jemandem auffällst?«

»Was soll schon sein?«, fragt er zurück. »Ich bin doch ein ganz normaler Engländer. Oder meinst du, man merkt mir doch einen deutschen Akzent an?«

»Nein, das nicht. An deinem Englisch ist wirklich nichts auffällig.«

Sie rührt in ihrem Tee herum. Die Falten teilen ihre schöne Stirn noch immer.

»Was denkst du?«, fragt er.

Sie blickt auf und lächelt, zugleich vergehen die Falten.

»Ich denke, daß ich gern mitkommen würde. Was meinst du dazu?«

Auf gar keinen Fall, will er sagen und öffnet schon den Mund, aber da hält ihn ihr Blick zurück. Ihre Augen bitten und glänzen gleichzeitig vor Abenteuerlust.

Natürlich wäre es wunderbar, wenn sie mitkäme nach Schottland! Und wäre es nicht eine gute Tarnung? Als Paar, vielleicht als Jungvermählte, würden sie doch kaum Verdacht erregen.

»Ach, das wäre zu schön«, sagt er, »ich habe nicht gewagt, dich zu fragen. Wo ich doch, wie soll ich sagen …«

»Spionieren soll«, ergänzt sie und grinst.

Er bemüht sich auch um ein Lachen. »Ja, gut. Nennen wir es lieber eine Dienstreise. Aber was wird dein Vater dazu sagen? Wird er das erlauben?«

»Das laß nur meine Sorge sein.« Sie lacht. »Vater kann mir keinen Wunsch abschlagen, obwohl er es natürlich versucht, wenn er etwas für zu verrückt hält. Aber ein paar Tage in Schottland, das ist eigentlich nicht weiter schlimm.«

Sie greift nach seiner Hand. »Er hat Vertrauen zu dir, Adrian, das haben wir doch in Kiel schon gesehen. Und wir haben ja jetzt endlich ein Telephon, hinten in Vaters Büro, da kann ich ihn anrufen, damit er sich nicht sorgt.«

»Gut«, sagt er, »ich meine, daß du mitwillst. Das freut mich sehr!«

»Und ich könnte dir helfen beim Spionieren! Vier Augen sehen mehr als zwei, nicht wahr?«

»Das ist wahr. Außerdem würde es dich nichts kosten.«

»Nein, das kommt nicht in Frage!«, sagt sie und macht eine abwehrende Geste, aber er fällt ihr ins Wort: »Die Marine zahlt alles! Es kostet mich auch nichts, und sie haben mir so viel Geld mitgegeben, daß es leicht für uns beide reicht.«

»Wirklich? Stimmt das auch?« Ganz kurz tauchen die Stirnfalten wieder auf, aber er beruhigt sie. »Ja, natürlich stimmt das! Ehrenwort!«

»Und wann geht's los?«

»In drei Tagen, am Dienstag. Sechs bis sieben Tage, mit Hinfahrt und Rückfahrt.«

Nachts, allein in seinem Hotelbett, überfallen ihn die Sorgen. Er hätte ihr doch nicht erlauben dürfen mitzukommen. Unverantwortlich! Was, wenn etwas schiefgeht? Wenn sie zusammen verhaftet werden und man seine Aufzeichnungen findet oder gar Aufnahmen von den Hafenanlagen in Rosyth, falls er denn welche machen könnte? Oder gar von Kriegsschiffen?

Aber er konnte ja auch gar nicht anders als »Ja« sagen, nachdem er ihr seinen Auftrag als so harmlos dargestellt hat. Und mit ihr zusammen, das könnte eine Menge Spaß machen, viel mehr, als einsam und allein dort herumzulaufen. Von den Nächten im Hotel ganz zu schweigen.

Auf jeden Fall, nimmt er sich vor, werde ich nichts riskieren, nichts, was sie in Gefahr bringen könnte. Keine Leute ausfragen, kein Herumschleichen um militärische Anlagen. Alles nur von öffentlichen Wegen aus. Außerdem ist da ja meine Tarnung als Baedeker-Kundschafter. Die ist wirklich gut, etwas Besseres hätte sich Reimers gar nicht ausdenken können. Was der wohl zu meinem Plan sagen würde? Lieber nicht dran denken. Nein, eigentlich muß ich mir keine Sorgen machen. Man darf nur nichts Belastendes bei mir finden. Besser, ich mache keine Aufzeichnungen und hole alles aus der Erinnerung nach. Und Photographien? Schon schwieriger. Ganz ohne sollte ich auch nicht zurückkommen.

Es wäre vielleicht gut, vorher noch ein paar Baedeker-typische Aufzeichnungen zu Edinburgh zu machen, Stadt und Umgebung. Mal nachlesen in dem Band, den sie mir mitgegeben haben, und dann sehen, ob es etwas zu aktualisieren gibt. Neue Hotels? Restaurants? Neue Vorschläge für Ausflüge ins Umland? Wie machen die echten Baedeker-Rechercheure das? Bestimmt braucht es eine Menge Zeit. Die habe ich natürlich nicht. Aber ein paar echte Notizen und ein paar Photographien von Denkmälern oder ähnlichem könnten sich notfalls als nützlich erweisen.

Kann nichts schaden, wenn ich mir so was überlege, denkt er schläfrig, damit ich nicht ins Stottern komme, falls mich die Polizei zu meinem angeblichen Beruf befragen sollte. Und ich werde nicht drum rum kommen, Vivian in meine Tarnung einzuweihen. Damit schläft er endlich ein.

LONDON, CECIL COURT, 13. OKTOBER 1912, SONNTAG

Vivian schließt das Fenster. Scheußliches Wetter draußen, es regnet mal wieder in Strömen, prasselt gegen die Scheiben, und dazu geht ein scharfer, kalter Wind. In ein paar Stunden ist sie mit Adrian zum Essen verabredet, oben an der Strand. Hoffentlich läßt das Unwetter bis dahin nach.

Sie setzt sich aufs Bett, zündet sich eine Zigarette an und nimmt einen tiefen Zug. Nach Schottland mit Adrian! Herrlich! Natürlich will ich mit ihm zusammensein, wir haben ja selten genug Gelegenheit dazu. Und wir werden die Navy, diesen eingebildeten *Britannia Rules the Waves*-Verein, ausspionieren. Er nennt das natürlich nicht so. »Sich das mal anschauen«, »mal sehen«, »einen Eindruck bekommen«, solche Floskeln hat er verwendet.

Ob er sich von den U-Booten weg zum Spionieren hat versetzen lassen, damit er öfter nach England kann? Wegen mir? Na, vielleicht bilde ich mir da was ein. Es kommt mir schon plausibel vor, daß Marineoffiziere sich bei der, na ja, bei der Konkurrenz umsehen wollen.

Jedenfalls wird es ein Abenteuer! Mal was anderes. Es ist langweilig, seit ich das College verlassen habe. Was mache ich schon, außer Vater im Laden helfen, obwohl das bei den wenigen Kunden kaum nötig ist. Ich mache ihm die Buchführung, weil ich das besser kann als er. Aber sonst sitze ich nur herum oder gehe mal mit Emmy aus.

Nein, das stimmt nicht ganz. Eigentlich bin ich recht fleißig und zeichne viel, weil es heißt, daß ich zur Aufnahme in die Kunstschule eine Mappe mit Arbeiten vorlegen muß. Menschen, Bäume, sogar die Tower-Bridge habe ich skizziert, und das Buch wird langsam voll. An einem Hansom Cab hab ich mich auch versucht, aber das Pferd ist gründlich danebengegangen. Pferde sind schwer zu zeichen, wenn man nicht dauernd mit ihnen zu tun hat.

Und hier zu Hause hab ich drei Stilleben gezeichnet, das Durcheinander auf meinem Schreibtisch und den Blick über die Dächer und Schornsteine aus dem Dachfenster. Und das Wohnzimmer auch, vorgestern, während Vater unten im Laden war. Die sind ganz schön geworden, finde ich.

Egal. Jedenfalls habe ich Adrian dazu gebracht, mich mit nach Schottland zu nehmen. Wie er sich immer ziert, wenn ich »spionieren« sage! Dabei ist doch ganz klar, daß er das tut, und bestimmt ist es auch riskanter, als er zugibt. Aber ich will ihm dabei helfen, nicht nur aus Liebe und auch nicht nur aus Langeweile. Es ist auch wegen all diesen Ungerechtigkeiten in letzter Zeit, der idiotische Verdacht gegen Vater, mein Rauswurf aus dem College, diese antideutsche Hetze in der Presse, überhaupt dieses ganze Kriegsgerede.

Und da ist noch was. Eine innere Unruhe, die in letzter Zeit immer drängender wird. Ich will mein Leben selbständig führen. Weg aus Vaters behütetem Heim, immerhin werde ich bald neunzehn. Ich will was erleben. Und ich will herausfinden, wie es mit Adrian und mir weitergehen soll. Was soll daraus werden? Heiraten und nach Deutschland ziehen? Emmy ist so sehr gegen das Heiraten, und vielleicht hat sie damit ja recht. Immerhin, bisher hat Adrian nichts davon gesagt. Aber vielleicht hat er gar keine ernsten Absichten? O Gott, ist das alles kompliziert.

Edinburgh, 16. Oktober 1912, Mittwoch

Am frühen Morgen verlassen sie das Old Ship Hotel, in dem sie übernachtet haben. Er läßt sich erklären, wo er eine Autogarage finden könne, und man empfiehlt ihm eine am Hamilton Place, nahe am Royal Circus. Sie nehmen ein Cab dorthin und finden sich vor einem kleinen Ladengeschäft, überschrieben als The St. Stephens Motor & Cycle Depot. Tatsächlich kann Adrian dort ein Automobil mieten. Der Inhaber fährt es aus dem Hof vor den Laden, ein großer, weißlackierter Wolseley-Siddeley-Tourer mit Klappverdeck und kastanienbraunen, dick gepolsterten Ledersitzen. Der Wagen ist erst zwei Jahre alt und bietet vier Personen Platz. Als Fahrtziel gibt Adrian einen Ausflug in die Pentland Hills an. Der Vermieter schlägt seinen Mechaniker als Fahrer vor, aber das lehnt er ab und hinterlegt statt dessen die hohe Kaution von 38 Pfund, zehn Prozent vom Neupreis des Wagens. Er hat ihr in Kiel schon erzählt, wie er fahren gelernt hat; jetzt läßt er sich genau zeigen, wie dieser englische Wagen zu bedienen ist.

Gestern abend waren sie in Edinburgh angekommen. Während der schier endlos langen Fahrt hatte Adrian ihr auch von seinem ersten Besuch in Rosyth erzählt, als er herausfinden sollte, ob der Bau der Naval Base dort Fortschritte mache. Er hatte ihr auch geschildert, wie er die Detektive am Bahnhof bemerkt und befürchtet hat, sie könnten nach ihm Ausschau halten.

Doch als sie durch die Waverley Station zum Ausgang gingen, fiel ihnen niemand auf, der ein Detektiv hätte sein können. Nur die üblichen Constables standen herum. Keiner durchbohrte sie mit mißtrauischen Blicken, und sie hatten die Halle verlassen, Arm in Arm, ohne angehalten zu werden. Das fand sie schon ganz schön spannend, wenn auch ein unbehagliches Gefühl dabei war. Sie hatten sich dann ein Zimmer im Old Ship Hotel genommen, fast gegenüber vom Bahnhof, und nach dem Abendessen waren sie aufs Zimmer gegangen und, obwohl erschöpft von der langen Reise, übereinander hergefallen. Das hatte sie sich in ihren kühnsten Träumen nicht so vorgestellt. Sie blickt zu Adrian hinüber, der fast distanziert am Steuer sitzt und durch den Verkehr navigiert.

Das Fahren im offenen Automobil macht ihr Spaß. Ihren Hut hat sie mit dem Schal festgebunden und genießt den Fahrtwind. Das Wetter ist sonnig und trocken, und auf der unbefestigten Straße nach Queensferry ziehen sie eine lange Staubfahne hinter sich her.

»So ein Auto macht alles einfacher«, ruft er ihr durch den Lärm des Motors zu, »alles ist ganz leicht erreichbar, wenn nur eine halbwegs brauchbare Straße hinführt. Benzin kann man in jeder Apotheke kriegen, in größeren Ortschaften gibt es sogar Petrol-Stations, die verkaufen auch Ersatzpneus, Schmieröl und Karbid für die Lampen und führen notfalls Reparaturen aus.«

»Und keine Bahnhöfe mit wachsamen Detektiven mehr«, brüllt sie zu ihm hinüber.

Nach ein paar Meilen erreichen sie Cramond, eine kleine Ortschaft etwa in der Mitte zwischen Edinburgh und Queensferry. Dort hält Adrian vor dem einzigen Hotel an. Es nennt sich Barnton Hotel und ist ein verwinkeltes, zweistöckiges Gebäude mit einem dreistöckigen Turm in der Vorderfront. Daneben, zu ebener Erde, ist die Gaststube als Anbau aus dunklem Holz untergebracht, mit großen Fenstern und von einem spitzen Turmdach gekrönt. Mit dem grünen Dach, Mansardenfenstern, Türmchen, Ziergittern und Kaminen bietet das Haus einen romantischen Anblick. Es gefällt ihr auf Anhieb.

Sie fragen nach einem Doppelzimmer für die kommenden vier oder fünf Tage und bekommen ein recht hübsches im Dachgeschoß. Ihr Gepäck lassen sie hier und tragen sich als angeblich Jungvermählte ein, Mr. und Mrs. Stewart. Sie trinken Kaffee und bekommen ein paar Sandwiches dazu, dann fahren sie weiter und sind eine Viertelstunde später in Queensferry an der großen Eisenbahnbrücke über den Forth-River.

South Queensferry, 16. Oktober 1912, Mittwoch

Seiler stellt den Wolseley am Ortseingang von South Queensferry ab, wo er sofort von neugierigen Buben umringt wird. Dem größten von ihnen gibt er einen Sixpenny, damit er auf den Wagen aufpaßt, und verspricht ihm einen zweiten, wenn er zurückkommt und alles in Ordnung ist. Dann gehen sie zum Anleger hinunter und warten auf die Fähre.

Während der kurzen Überfahrt sieht er, daß der Ausbau des Flottenstützpunktes nach über einem Jahr nur wenig fortgeschritten ist, aber die Fahrwasserstraßen sind jetzt deutlich mit Tonnen markiert. Eine weite Wasserfläche in der Mitte des Forth River vor St. Margaret's Bay scheint mit etwa zwanzig Festmachtonnen als Liegeplatz für große Schiffe vorgesehen. Zwei Kleine Kreuzer liegen dort an der Kette, und ein gutes Stück hinter ihnen zählt er fünf Torpedobootszerstörer. Die Kreuzer wirken mit ihren drei nach achtern geneigten Schornsteinen schnell und elegant. Ihre Namen lassen sich auf die Entfernung nicht lesen. Er schätzt, daß es Scouts sind, vielleicht Pathfinder und Patrol. Das *Taschenbuch der Kriegsflotten* hat er nicht mitgenommen, es wäre zu verräterisch, falls man es bei ihm fände. Photographieren will er sie nicht, das würde den anderen Fahrgästen auffallen. Er schreibt eine verklausulierte Notiz in sein Büchlein, während Vivian ihm neugierig über die Schulter blickt. Sein Interesse sollte besonders britischen U-Booten gelten, doch von der Fähre aus sind keine zu sehen. Falls welche im Hafenbecken liegen, wären sie hinter der Kaimauer verborgen. Jedenfalls sind hier keine großen Kriegsschiffe, und bei den beiden Kreuzern scheint es sich nur um Bewachungskräfte zu handeln.

Es fällt ihm auf, daß im Gegensatz zu seiner ersten Visite jetzt mehrere Schleppdampfer in dem neuen Hafenbecken von Rosyth liegen. Vor St. Margaret's Bay ankert sogar ein Hochseeschlepper mit zwei Schornsteinen. Und auf der Kohlenpier in der Nähe der Burgruine reichen die hohen Kohlenberge Hunderte von Metern weit. Nicht weit davon wird ein großer Öltank errichtet. Auf dem Hang oberhalb der Baustelle entdeckt er etwas, das eine Küstenbatteriestellung sein könnte, sie scheint aber noch ohne Geschütze zu sein.

Drüben angekommen, wandern sie auf die Brücke zu. Vivian hat im *Manchester Guardian* gelesen, daß es tatsächlich die größte Eisenbahnbrücke der Welt ist. Zwischen ihren Brückenköpfen ist sie zweieinhalb Kilometer lang. Sie überredet ihn, auf ihr hinüberzugehen, obwohl er das riskant und verdächtig findet. Aber für ein übermütiges junges Ehepaar mag es vielleicht durchgehen, außerdem dürfte sich von dort oben ein guter Überblick über Rosyth bieten, so daß sie sich nicht in der Nähe der Basis herumtreiben müssen. Also erklimmen sie die steile Straße, die hinauf zur Bahnstrecke führt. Von hier gelangen sie an den Gleisen entlang auf die Brücke, die unbewacht ist. Nur ein Schild warnt: *Danger! Do not cross beyond this point!*

Links und rechts neben den beiden eng beisammenliegenden Schienensträngen befinden sich schmale, asphaltierte Gehwege. Vor und über ihnen das immense, verwirrende Gitterwerk der gewaltigen Tragkonstruktion. Hier oben bläst ein kräftiger Wind von See her und zerzaust ihnen die Haare. Aber die Sicht aus dieser Höhe ist atemberaubend. Links geht der Blick über die weite Forthmündung mit den Inseln Inchcolm und Inchkeith, bis er sich im leichten Dunst über der offenen See verliert. Und auf der anderen Seite die Reede von St. Margaret's Hope und die Hafenanlagen von Rosyth, dahinter sanft gewelltes Hügelland mit grünen Wiesen, orange und braun verfärbten Laubwäldern.

Endlos scheint der Weg hinüber. Sie haben noch nicht die Mitte erreicht, als sie hinter sich den Pfiff einer Lokomotive hören. Ein singender Ton steigt aus den Schienen, ein leises Zittern ist unter den Sohlen zu spüren. Ein Expreßzug braust heran, auf dem Gleis auf ihrer Seite. Fünfzig Meter über dem Wasser drücken sie sich an das kaum brusthohe eiserne Geländer und halten sich fest. Rasend schnell kommt das hektische Wummern der Lokomotive näher. Eine klirrende Erschütterung eilt dem Zug voraus. Ein Luftstoß, der Fahrtwind reißt an ihren Haaren und Kleidern, Dampf und Qualm hüllen sie ein. Vivian packt seinen Arm und kreischt, aber es scheint, als kreische sie vor Begeisterung. Ihre Haare wehen wild durcheinander, ihre Augen leuchten, sie schreit etwas, aber der vorbeidonnernde Expreß verschluckt jedes Geräusch, Stahl dröhnt auf Stahl. Mit einem Schlag ist der Zug vorbei, Staub und Rauchfetzen wehen hinter ihm her.

Vivian fällt ihm lachend um den Hals, und sie küssen sich leidenschaftlich. Erst als sich ihr Atem und Herzschlag beruhigt haben, steigen sie über die Schienen auf die andere Seite hinüber und gehen weiter zum südlichen Brückenkopf. Bei einem Blick übers Geländer entdeckt er die Sperrkette, die im Kriegsfall den inneren Teil des River Forth absperren soll. Die Kette selbst sieht er nicht, aber er sieht die Schuppen, in denen sie untergebracht sein muß, und die schweren Winden davor, dazu kräftige Poller und dicke Kabelrollen. Mit der Kodak Brownie macht er zwei Aufnahmen davon und noch zwei von der ganzen Hafenanlage. Und dann eine von Vivian.

Am südlichen Brückenkopf angekommen, gehen sie an den Gleisen entlang und finden einen Trampelpfad, der sich unter Bäumen vom Bahndamm hinunterwindet, bis er das Niveau der Uferstraße erreicht.

Sie kehren zum Auto zurück. Die Buben sind verschwunden, aber der Aufpasser, ein etwa zwölfjähriges Kerlchen mit schmutzigem Gesicht, ist noch da und wartet auf sein zweites Sixpencestück. Das bekommt er und tippt sich zum Dank mit der Faust an die Stirn. Seiler setzt sich hinters Steuer, öffnet den Benzinhahn und schaltet die Zündung ein, dann betätigt er den elektrischen Anlasser, einen sogenannten Bosch dual ignition magneto, auf den der Vermieter mit besonderem Stolz hingewiesen hat. Der soll ihm das Ankurbeln ersparen. Zwei-, dreimal knallt es wie ein Gewehrschuß, der Motor stottert kurz, dann knattert er los und bläst eine eindrucksvolle Rauchwolke aus dem Auspuffrohr.

Sie biegen in einen holprigen Karrenweg ein, der an der Küste entlang in Richtung Hounds Point führt. Der Wagen schaukelt auf seinen weichen Blattfedern hin und her, fährt sich aber gut. Am Strand finden sie einen schönen, schattigen Platz für ein Picknick und halten an, schade nur, daß sie nichts zu essen und trinken dabeihaben.

Vor ihnen dehnt sich die weite Wasserfläche, blau und silbern im Sonnenglanz. Ein paar Küstensegler mit lohfarbenen Segeln sind unterwegs, ein rostiger Fischdampfer kommt von der Nordsee herein, und weiter draußen zieht die Rauchfahne eines Frachters vorbei. Aber dort lagert eine breite Wolkenbank, die rasch höher wächst, Quellwolken, deren Köpfe in der Sonne weiß leuchten, aber darunter von einem düsteren Grau sind.

»Wir kriegen ein Unwetter«, sagt Seiler und schnuppert in die Luft, »und ich glaube, es kommt ziemlich schnell.«

Bald verdecken graue Schleier die Sonne. Ein kühler Wind kommt auf, riffelt das Wasser des Forth und färbt es grau.

Vivian friert, und reichlich hungrig sind sie inzwischen auch. Seiler klappt das Verdeck des Wagens hoch, zieht es nach vorn und schnallt es an der Windschutzscheibe fest. Dann fahren sie nach Cramond zurück.

Im Hotel bestellen sie sich ein Abendessen und für später ein heißes Bad. In ihrem Zimmer finden sie ein Sträußchen weißer Hydrangea auf dem Tisch, ein Gruß der freundlichen Wirtin für die Jungvermählten.

Vivian kichert. »Nein, wie nett! Weißt du, daß das hier oben der traditionelle Brautstrauß ist? Wie heißen die auf deutsch? Hortensien?«

Später, als sie zu Bett gehen wollen, grummelt ferner Donner. Seiler öffnet das Fenster und lehnt sich hinaus. Der Wind ist stärker geworden, rauscht im Laub der Bäume und wirbelt

Blätter herum. Der Himmel ist dunkel, und kein einziger Stern ist zu sehen. Vom Firth of Forth her wetterleuchtet es und erhellt für Augenblicke tiefhängende, rasch treibende Wolken. Er überlegt, ob er die Läden schließen soll, läßt es aber sein, solange das Wetter nicht zu stürmisch wird. Er macht das Fenster wieder zu und läßt auch die Vorhänge, wo sie sind. Hier ins Dachgeschoß kann ohnehin niemand hereinsehen. Dann kleidet er sich aus und schlüpft ins Bett, während Vivian, schon im Nachthemd, das Gaslicht löscht. Sie zieht sich mit einer fließenden, raschen Bewegung das Hemd über den Kopf, eine reizvolle Silhouette vor der etwas helleren Wand. In diesem Augenblick blitzt es. Weiß leuchtet ihr nackter Leib auf, schlank und betörend wie die Jugendstilstatue einer Elfenfee, kaum einen Lidschlag lang, dann herrscht wieder Dunkelheit. Nur das rote Nachbild ihrer Gestalt glüht vor seinen Augen, und im selben Moment kracht der Donnerschlag, daß die Scheiben klirren. Mit einem erschrockenen Schrei flüchtet sie zu ihm ins Bett und drängt sich an ihn.

Berwick upon Tweed, 20. Oktober 1912, Sonntag

Vier Tage sind sie in Cramond gewesen und haben mehr Zeit im Hotelzimmer verbracht als draußen auf Erkundungstour. Die wenigen Gäste, die sich abends zum Essen in der Gaststube eingefunden hatten, zwinkerten sich schon zu, wenn sie dort Platz nahmen, und Seiler hat gestern gehört, wie einer zum anderen sagte: »Schau, da kommt unser Liebespärchen!«

Man war freundlich gewesen und hatte sie in Ruhe gelassen, aber es war nicht zu übersehen, daß Fremde hier recht selten waren und ein willkommenes Gesprächsthema bildeten. Es war Zeit zu verschwinden, fand Seiler.

Jetzt fahren sie mit dem Wolseley nach Newcastle, um von dort den Zug nach London zu nehmen. Seiler will nicht riskieren, daß man sie am Bahnhof in Edinburgh erkennt. Auf der asphaltierten

Küstenstraße bringt es der Wagen auf gut 40 Meilen, so ungefähr 65 Kilometer in der Stunde, schätzt er. Es macht Spaß, auf einer guten Straße so dahinzurasen, der Fahrtwind pfeift ihnen um die Ohren, und die Landschaft flitzt nur so vorbei.

Einmal, auf einer langen Steigung, wird der Motor heiß, und das Kühlwasser droht zu verdampfen. Aus einem Bach holt er Wasser und füllt den Kühler nach. Während der Motor abkühlt, essen sie eine Kleinigkeit und trinken ein wenig Wein, mit Wasser gemischt. Danach will er den Motor starten, aber der Bosch dual ignition magneto versagt. Er muß aussteigen und den Motor mit der Kurbel anwerfen.

Jetzt möchte Vivian gern einmal fahren, und so, wie sie ihn anschaut, als sie es sagt, kann er ihr nicht widerstehen. Sie stellt sich recht geschickt dabei an, denn sie hat ganz offensichtlich gut beobachtet, wie er mit dem Wagen umgeht. Schwierigkeiten macht ihr allein das Bremsen, aber das liegt am Wagen. Die Fußbremse ist wenig effektiv, bei einer Geschwindigkeit von 20 Meilen braucht der schwere Wagen fast 20 Meter, bis er zum Stehen kommt. Sie muß die Handbremse an der Außenseite dazunehmen, ein langer, schwergängiger Hebel mit Arretiergriff, und das muß mit Vorsicht geschehen, damit der Wagen nicht ausbricht und sich querstellt. Aber sie meistert auch das sehr schnell. Die Fahrt geht weiter, mit ihr am Steuer, ohne eine einzige Reifenpanne. Damit hat er die ganze Zeit gerechnet, weil es so oft vorkommen soll, doch die Pneus halten durch. Dreimal nur begegnen sie einem anderen Auto, aber es sind viele Pferdefuhrwerke unterwegs.

In den Vororten von Newcastle übernimmt er das Steuer wieder, denn der Verkehr wird lebhafter, Autos, Omnibusse, pferdebespannte Lastwagen, Motorräder und Fahrräder sind unterwegs. Außerdem kann es sein, daß sie von einem Polizisten angehalten werden, der sich über eine Frau am Steuer wundert.

Am Hafen lassen sie den Wolseley stehen, zwischen mehreren

anderen Automobilen, denn falls die Spur des Wagens verfolgt wird, kann dies den Eindruck erwecken, der Fahrer des Wolseley wäre mit dem Schiff abgereist. Die Kaution für den Wagen muß er in den Schornstein schreiben. Er findet es einfach zu riskant, ihn zurückzugeben, denn das Auto ist in Cramond und Queensferry bestimmt aufgefallen, nicht nur den Buben, die es bewundert und bewacht haben.

Am nächsten Vormittag reisen sie mit dem Flying Scotchman ab. Im Abteil nimmt Seiler den Rollfilm mit den Aufnahmen von Rosyth aus der Kamera heraus und versteckt ihn bei seinem Rasierzeug. Dann zieht er sich um. Er verläßt sich zwar weiter auf seine Baedeker-Tarnung, klebt sich aber zur Sicherheit einen leicht angegrauten Schnurrbart auf, der ihn älter erscheinen läßt.

»Sehr seriös«, lacht Vivian, »steht dir nicht schlecht!«

»Wirklich? Soll ich mir einen wachsen lassen?«

»Bloß nicht!«

LONDON, SECRET SERVICE BUREAU, 21. OKTOBER 1912, MONTAG

Morgens um acht in Kells neuem Büro im Watergate House in Adelphi Terrace, mit direktem Blick auf Themse und Cleopatra's Needle. Anwesend sind neben Drummond Captain Kell, Clarke, Regan, Melville und sein neuer Assistent, Herbert Dale Long. Fast eine Vollversammlung, denkt Drummond. Kell hat einfach zu wenig Leute. Dazu kommt, daß Melville sein eigenes Büro hat und weitgehend selbständig arbeitet, Gott weiß, an was. Scheinbar arbeitet er nur im Fall Peterman–Seiler direkt mit dem SSB zusammen.

Jetzt werden die Aufgaben für heute verteilt. Regan zur deutschen Botschaft, Clarke nach Islington zum Friseurgeschäft Ernst. Drummond soll noch einmal zum Cecil Court, aber die Überwachung dort muß von heute an auf die Zeit zwischen neun Uhr morgens und sechs Uhr nachmittags beschränkt werden. Sein Blick fällt auf die große Wandkarte von England und Schottland, die neuerdings hinter Kells Schreibtisch hängt. Stecknadeln mit kleinen roten Flaggen markieren die Verdächtigen, sieben davon in London, vier in Portsmouth und zwei weitere in Dover und Kingston-upon-Hull. Aber blaue Flaggen beherrschen das Bild. Es sind mehrere hundert, alle entlang der Ostküste, und sie stehen für gemeldete Verdachtsfälle, die untersucht werden sollen. Drummond schüttelt unwillkürlich den Kopf. Eine Sisyphusarbeit für ihren kleinen Haufen.

Da erscheint Inspektor Shiel und bittet Melville um eine kurze Unterredung im Vorzimmer. Der Captain runzelt die Stirn, sagt aber nichts. Melville kehrt nach ein paar Minuten zurück und berichtet, ein Mann, der Seiler gewesen sein könnte, sei gestern nach sechs Uhr nachmittags in Kings Cross Station gesehen worden, und zwar in Begleitung einer jungen Frau. Die Zeit könnte zur Ankunft des Flying Scotchman passen. Weisungsgemäß habe ihn der Detektiv, der ihn erkannt haben will, nicht angehalten, sondern versucht, ihm zu folgen. Er habe ihn aber im Gedränge auf dem Bahnhof verloren. Ganz sicher sei sich der Mann nicht gewesen, der Verdächtige sei möglicherweise zu alt, denn er habe einen ergrauten Oberlippenbart getragen. Die Nachricht habe den Yard gestern abend erreicht, doch habe Shiel erst heute morgen davon erfahren. Der Inspektor habe jedenfalls vorsichtshalber einen Zivilbeamten im Cecil Court postiert.

»Falls es wirklich Seiler war«, sagt Melville, »dann handelt es sich bei der jungen Frau bestimmt um Petermans Tochter, denn die beiden haben etwas miteinander, wie in Kiel ganz eindeutig zu erkennen gewesen war.« Er schlägt vor, die Tochter zu verhören und ihr einen gewaltigen Schrecken einzujagen, um sie zur Aussage zu bewegen.

Kell lehnt das sofort ab. Auch Peterman solle nicht dazu vernommen werden, um ihn, beziehungsweise seine Tochter und somit auch Seiler, nicht zu warnen. Er ordnet an, daß die Tochter von jetzt an ständig von zwei Detektiven beobachtet werden soll, und teilt Drummond und Clarke als erste dazu ein.

Um neun sind sie im Cecil Court und besprechen sich an der Ecke vor dem Salisbury mit dem Scotland-Yard-Detektiv. Der sagt, es habe sich nichts getan. Der Laden sei geöffnet, aber die Tochter habe er noch nicht gesehen. Clarke teilt ihm mit, daß sie die Beobachtung übernehmen, der Mann verabschiedet sich und geht.

Sie verabreden, daß Drummond sich an der Charing Cross postieren soll, Clarke beim Salisbury an der St. Martin's Lane. Sollte die Tochter auftauchen, muß der, in dessen Richtung sie geht, ihr folgen, der andere soll bei Kell anrufen.

Es wird halb eins, ohne daß sich etwas tut. Aber dann kommt Peterman aus seinem Laden, schließt die Tür ab und geht ins Salisbury. Clarke nutzt das, um am Bookshop vorbeizugehen, und sieht eine Notiz an der Tür: *Back by 1 o'clock.* Er teilt dies Drummond mit und bemerkt, daß es so aussehe, als wäre Vivian nicht im Haus, denn sonst würde sie ja wohl den Laden hüten, während ihr Vater sein Bier trinke. Dann geht er zurück auf seinen Posten vor dem Pub. Eine Viertelstunde später, Punkt eins, kommt Peterman heraus und öffnet sein Geschäft wieder.

Etwa vierzig Minuten danach sieht Drummond, daß Clarke ihm winkt. Er geht zu ihm hin, und Clarke sagt: »Hör mal, ich komme um vor Hunger. Ich gehe eben mal vor zur New Street und esse was in dem Pub an der Ecke.« Er nickt zum Salisbury hin und erklärt: »Da rein geh ich besser nicht, weil ich hier schon so lang herumlungere.«

»Allright«, erwidert Drummond, »ich passe inzwischen auf. Danach bin ich dran.« Sein Magen knurrt auch schon, und er sehnt sich nach einem Bier. Er schlendert zurück zur Ecke Charing Cross, schaut sich nach dem Bookshop um, aber in der Gasse ist nichts los, abgesehen von ein paar Passanten. Er wirft einen

Blick nach rechts, die Charing Cross entlang, dann nach links, und da kommt, keine zehn Meter von ihm weg, Emmeline auf ihn zu und neben ihr Vivian.

London, Charing Cross Road, 21. Oktober 1912, Montag

»Schau mal, Vivian«, sagt Emmeline zu ihr, »da ist mein Freund!« Und zu dem Mann mit den abstehenden Ohren sagt sie: »Hallo, Randolph! Was machst du hier?« Sie geben sich die Hand. »Meine Freundin Vivian! Ihr kennt euch wahrscheinlich vom Sehen, oder?«

Vivian zögert: »Kann sein, bin nicht ganz sicher. Freut mich jedenfalls!« Aha, denkt sie, immerhin kein Holzbein. Sie lacht ihn an.

»Freut mich auch, Miss Vivian«, sagt er mit einer leichten Verbeugung, »Randolph Drummond, wenn Sie gestatten.«

Er ist groß und schlank, hat rotblonde, leicht gelockte Haare und große Ohren. Er kommt ihr vage bekannt vor, aber sie weiß nicht, woher. Vielleicht wohnt er hier in der Gegend, und sie sind ein paarmal aneinander vorbeigegangen? Na, jedenfalls ist das also Emmelines neuer Freund. Sympathisch scheint er ja zu sein, und schlecht sieht er auch nicht aus. Den Haaren nach könnte er Ire sein, aber er rollt das R ein bißchen wie ein Schotte.

»Was habt ihr vor?«, fragt er Emmeline. »Hättet ihr Lust, euch zu einer Tasse Tee einladen zu lassen? Vielleicht bei Gatti's?«

Emmeline wiegt den Kopf. »Ja, warum nicht? Ich habe Mittagspause und wollte irgendwo eine Kleinigkeit essen. Vivian kam grad vorbei, und da hab ich sie nach Hause begleitet.« Sie stupst Vivian an. »Kommst du mit? Oder mußt du im Laden helfen?«

Sie schiebt die Unterlippe vor. »Hm. Nein, Vater wird auch ohne mich zurechtkommen. Wenn ich euch nicht störe?«

»Alsdann«, sagt Emmys Freund fröhlich, »kehren wir um und gehen zu Gatti's! Ich könnte ein Schinkensandwich vertragen.«

London, Temple, 22. Oktober 1912, Dienstag

So, jetzt habe ich gestern nicht nur Emmeline, sondern auch Vivian Peterman meinen richtigen Namen gesagt, denkt Drummond auf dem Weg zu Kells Büro, einer Verdächtigen, die vielleicht für die Deutschen spioniert. Ein ernster Verstoß gegen die Geheimhaltung, der vermutlich meine sofortige Entlassung aus dem Dienst zur Folge hat, wenn das Büro davon erfährt. Nicht auszudenken, was Melville dazu sagen würde.

Aber es ging nicht anders, denn ich liebe Emmeline, und zum Teufel mit diesem Beruf, wenn ich sie dafür haben kann. Es wird das beste sein, wenn ich den Dienst quittiere, bevor das bekannt wird und ich einen Aktenvermerk bekomme oder gar verurteilt werde. Denn das kann bedeuten, daß ich keine anständige Arbeit mehr kriege.

Die Begegnung mit Emmeline und Vivian war eine verzwickte Angelegenheit gewesen. Während der Unterhaltung im Café hatte er erfahren, daß Vivian bei Emmeline übernachtet hatte. Dadurch also war sie der Überwachung entgangen. Von einer Reise oder einem Aufenthalt in Kings Cross Station hatte sie nichts gesagt. Falls sie wirklich mit Seiler unterwegs gewesen war, würde sie es wohl ohnehin verschweigen.

Die ganze Zeit hatte er befürchtet, Vivian könne sich erinnern, wo sie ihn schon gesehen hatte. Nicht nur im Cecil Court, wo er den Buchladen observieren mußte, das würde sich leicht als Zufall abtun lassen, sondern vielleicht auch in Kiel. Und er war im Polizeigericht gewesen, als Melville sie nach der Suffragettendemonstration kurz verhört hatte. Das wäre ganz schlecht. Sie müßte dann zumindest annehmen, daß er etwas mit der Polizei zu tun habe.

Glücklicherweise schien sie nicht weiter darüber nachzudenken. Sie hat einen recht aufgekratzten Eindruck gemacht, viel gelacht und schien überhaupt ziemlich fröhlich zu sein. Er war sich sicher, daß das mit Seiler zusammenhing. Der Mann ist also womöglich in London oder war es zumindest bis gestern.

Er hatte nach dem Besuch bei Gatti's hin und her überlegt, ob er zu Emmeline gehen und ihr reinen Wein einschenken solle. Ihr offenbaren, für wen er arbeitet und was er weiß. Nach wie vor hält er Vivian für unschuldig. Aber sie hat sich wohl in Seiler verliebt, und bei dem hat er seine Zweifel. Und jetzt ist da auch noch Emmeline und sein Verhältnis zu ihr. Für Melville wäre das schlicht und einfach Landesverrat. Das mußte er geheimhalten, um jeden Preis, und daraus folgte, daß es in seinem Interesse lag, den Verdacht gegen Vivian zu zerstreuen. Im schlimmsten Fall sogar, die Ermittlungen zu sabotieren.

Er erinnert sich daran, wie er gestern dem harmlosen Geplauder der beiden Frauen zugehört hat; er hat dabei gelächelt, wenn es angebracht schien, und sonst geschwiegen. Erst einmal wollte er sich klar darüber werden, wie er Clarke seine Abwesenheit erklären könnte.

Die Lösung dafür hatte sich ganz von selbst gefunden. Nachdem sie gegessen hatten, mußte Emmeline zurück zur Arbeit. Vivian sagte, sie werde mitkommen und dann weiter nach Hause gehen. Er begleitete sie also bis zum Haus der Lady Couriers, verabschiedete sich dort von ihnen und überquerte die Straße. Emmeline verschwand im Eingang, und Vivian ging weiter zum Cecil Court. Er kehrte auf die andere Straßenseite zurück, folgte ihr in großem Abstand bis zur Ecke und wartete dort, bis sie den Bookshop betrat. Dann ging er am Laden vorbei und traf Clarke, der immer noch beim Salisbury wartete. Clarke hatte Vivian natürlich bemerkt, und Drummond berichtete ihm, daß er sie an der Charing Cross gesehen hatte, kaum daß Clarke zum Essen gegangen war. Er sei ihr die ganze Zeit gefolgt, sie habe sich aber mit niemandem getroffen, sondern sei nur in den Anlagen am Embankment spazierengegangen. Nun jedenfalls sei sie zu Hause.

Und Clarke hatte gesagt: »Ich glaube ohnehin nicht, daß das junge Ding mit Spionage etwas zu tun hat. Und was Shiel heute morgen erzählt hat, war doch ganz schön vage, findest du nicht?

Dann hatte er das Gesicht verzogen. »Schätze, Melville ist einfach nur scharf darauf, das Mädel in die Finger zu kriegen.«

Irgendwie mit sich im reinen, betritt Drummond Captain Kells Büro, wo alle schon auf ihn zu warten scheinen mit der Morgenbesprechung.

Zug Berlin–Leipzig, 20. Dezember 1912, Freitag

»Sie sehen aber gar nicht gut aus, Seiler«, bemerkt Kapitän Tapken mit besorgtem Ton. »Sie sind doch nicht etwa krank?«

Seiler würde am liebsten nur mit den Achseln zucken, aber das geht natürlich nicht einem Vorgesetzten gegenüber, also antwortet er: »Nein, mir fehlt nichts, Herr Kapitän. Ich schlafe nur schlecht zur Zeit.«

Er blickt aus dem Zugfenster auf die vorbeifliegende Landschaft und hofft, daß der Kapitän nicht weiterfragt. Er weiß, daß er schlecht aussieht. Die Sorge um Vivian läßt ihn nicht schlafen, und er hat seit Wochen keinen rechten Appetit mehr. Tatsächlich muß er sich zum Essen zwingen, mehr als ein paar Happen bringt er kaum hinunter.

Seit seiner Abreise aus England hat er nichts mehr von ihr gehört. Das sind mittlerweile schon sieben Wochen. Er hat ihr inzwischen fünf Briefe geschickt, den letzten zu ihrem Geburtstag, aber am Niemannsweg kam kein einziger von ihr an, bei der Marinepoststelle auch nicht. Letzte Woche hat er Emmeline geschrieben, ob sie etwas von Vivian gehört hat, aber eine Antwort von ihr kann er frühestens nach der Rückkehr nach Berlin erhalten. Er überlegt, ob er Peterman direkt anschreiben soll, scheut aber noch davor zurück. Nachts kann er kaum schlafen vor Sorge, alle möglichen Vorstellungen quälen ihn. Ist sie krank? Will sie nichts mehr von ihm wissen? Hat es mit ihm zu tun? Haben die Engländer ihre Spionagereise enttarnt und sie festgenommen? Hat sie sich in einen anderen verliebt?

»Na, ich weiß nicht«, unterbricht Tapken seine düsteren Gedanken, »Sie sind ganz schön mager geworden.« Seine Stimme wird väterlich. »Wenn Sie nicht krank sind, was dann? Sie werden sich doch nicht etwa unglücklich verliebt haben?«

Seiler weiß nicht, was er darauf sagen soll. Schließlich nickt er nur stumm.

»Oje. Na, so etwas ist freilich nicht schön. Möchten Sie darüber reden?«

Seiler würde am liebsten sagen, nein, das möchte ich nicht, aber das wäre zu unhöflich. Tapken meint es ja gut. Er zwingt sich zu einer Antwort: »Es ist nur so, daß ich schon seit fast zwei Monaten nichts mehr von meiner ...«, wie soll er sie nennen?, »Braut gehört habe. Ich mache mir große Sorgen.«

»Können Sie sie denn nicht erreichen? Oder gemeinsame Bekannte fragen? Ihre Eltern vielleicht?«

Seiler schüttelt den Kopf. »Leider nicht. Und ihren Vater möchte ich nicht fragen.«

Tapken nickt verständnisvoll. »Ah! Sie haben sich noch nicht erklärt. Hm. Wo lebt Ihre Freundin denn?«

»In ... in ...« Die Stimme versagt ihm, und er muß sich zweimal räuspern, bevor er herausbringt: »Verzeihung. Sie lebt in London, Herr Kapitän.«

»Eine Engländerin? Na so was! Da wandeln Sie ja geradezu in meinen Fußstapfen!«

Seiler schaut ihn fragend an.

»Nun, ich habe meine Frau in London kennengelernt, Seiler. Und ich kann Ihnen sagen, daß es auch ein ganz schönes Hin und Her war, bis sie endlich ja gesagt hat.« Er seufzt. »Zeitweise war ich richtiggehend verzweifelt. Und die Marine war auch nicht gerade begeistert, daß ich mir ausgerechnet eine Engländerin ausgesucht habe. Sie wissen ja, der Heiratskonsens.«

Seiler weiß. Wenn ein Offizier heiraten will, braucht er die Zustimmung der Marineführung.

Der Kapitän scheint zu spüren, wie unangenehm ihm die Unterhaltung ist, denn er sagt: »Kopf hoch, junger Freund! Ich drükke Ihnen die Daumen, daß sich alles zum Guten wendet. Und falls ich Ihnen irgendwie helfen kann, lassen Sie es mich wissen.«

Seiler schluckt. »Danke, Herr Kapitän.« Jetzt ist er den Tränen nah. Er beißt die Zähne zusammen und blickt aus dem Fenster. Gerade donnert der Schnellzug über die Elbbrücke bei Wittenberge. Das Wasser ist grau, der Himmel ist grau. Grauer Rauch von der Lokomotive wirbelt vorbei. Mein Gott, was ist nur los mit Vivian?

Der Kapitän vertieft sich in Papiere und läßt ihn in Ruhe. Seiler ist mit ihm unterwegs zu einem Sonderauftrag. Zuerst müssen sie nach Leipzig, um beim Reichsgericht vorzusprechen, dann mit einem richterlichen Beschluß weiter nach Glatz in Schlesien, um die englischen Offiziere Trench und Brandon, die dort in der Festung als Spione inhaftiert sind, ein weiteres Mal zu verhören. Tapken will herausfinden, wie der englische Spionageapparat organisiert ist. Er glaubt nicht, daß die Offiziere auf eigene Faust gehandelt haben, wie sie das im Prozess vor dem Reichsgericht ausgesagt haben.

In Leipzig ist das Wetter mild, von Schnee keine Spur. Sie überqueren die Parkanlagen vor dem neuen Bahnhof und wandern durch die Nikolaistraße zum Königsplatz, wo Tapken Zimmer im Hotel Deutsches Haus bestellt hat.

Seiler fragt ihn, warum die Reise ausgerechnet kurz vor Weihnachten unternommen wird.

»Wegen der Stimmung«, erklärt Tapken, »abgesehen davon, daß es mein Dienstplan nicht anders erlaubt. Ich hätte gern, daß unsere Unterhaltung mit den Gentlemen in möglichst angenehmer Atmosphäre stattfindet. Meine Frau hat mir übrigens Plumpudding für die beiden Offiziere mitgegeben, die klassische englische Weihnachtsspeise.«

Im Hotel gehen sie auf ihre Zimmer, legen ihre Uniformen an

und treffen sich eine halbe Stunde später in der Empfangshalle. Tapken ist in Eile, er muß vor Ende der Vorsprechzeit im Reichsgericht sein, um die richterliche Verfügung zu beantragen, die er für das Verhör in Glatz braucht. Dann kann er sie morgen nachmittag zwischen zwei und drei Uhr abholen.

Das Reichsgericht ist ein mächtiger und eindrucksvoller Bau an der Harkortstraße, mit einem Steinrelief der Zwölftafelgesetze im Tympanon über dem Eingang, der von sechs mächtigen Säulen flankiert wird. Während Tapken bei dem zuständigen Richter vorspricht, geht Seiler in der Leipziger Altstadt spazieren.

Am Nachmittag, während sie im Café Merkur am Thomasring sitzen, sagt Tapken: »Bevor wir nach Glatz fahren, sollten Sie über den Fall Brandon und Trench Bescheid wissen. Ich war an beiden Verhandlungstagen anwesend, und es war außerordentlich interessant.«

Er holt eine Zeitung aus seiner Aktenmappe und schlägt sie auf. »Hier habe ich die *Freiburger Zeitung* vom 22. Dezember 1910. Der Prozessbericht ist in der gleichen Form in allen Zeitungen erschienen. Ich lese Ihnen mal das Wichtigste daraus vor:

»Leipzig, 21. Dezember. Heute begann vor dem vereinigten Strafsenat des Reichsgerichts die Verhandlung gegen die englischen Marineoffiziere Kapitän Trench und Leutnant Brandon wegen Verrats militärischer Geheimnisse.

Die Angeklagten werden beschuldigt, im August dieses Jahres an verschiedenen Orten des Deutschen Reiches Zeichnungen und andere Gegenstände, deren Geheimhaltung im Interesse der Landesverteidigung erforderlich ist, in den Besitz des englischen Nachrichtendienstes gebracht zu haben. Beide geben zu, sich Kenntnisse militärischer Geheimnisse verschafft zu haben. Zuerst wird Leutnant Brandon vernommen. Es wird ein Brief Brandons an Trench verlesen und Instrumente gezeigt, die beide mit sich geführt haben, wie Höhenwinkel, ein photographischer Apparat und Doppelgläser. Hierauf wird der Tatbestand besprochen. Die beiden Offiziere trafen sich in Brunsbüttel und begaben sich dann nach Cuxhaven, Bülk, Helgoland, Norderney und Wangeroog. Sie haben dort photographische Aufnahmen und Messungen ausgeführt und Zeichnungen angefertigt. In Brunsbüttel hatten sie die Aufstellung der Geschütze skizziert. Von Wangeroog und Langeroog gingen beide nach Juist und von da nach Borkum. Hier versuchten sie, die Lage des Scheinwerfers und einer Batterie festzustellen.«

Tapken läßt die Zeitung sinken. »An dieser Stelle hat die Verteidigung den Roman *The Riddle of the Sands* erwähnt, zu deutsch *Das Rätsel der Sandbank*, mit dem Untertitel *Ein Bericht des Geheimdienstes*. Auf die Frage, ob er es gelesen habe, hat Captain Trench erwidert: ›Dreimal.‹ Diese Anwort hat für Heiterkeit im Saal gesorgt.«

»Ah!«, wirft Seiler ein. »Ich habe es gelesen, aber das ist schon eine Weile her. Die Schilderung der Segeltörns im Gebiet der Ostfriesischen Inseln ist einmalig. Ich finde, es ist eins der schönsten Bücher über das Segeln, die je geschrieben wurden.«

»Das ist es«, sagt Tapken, »aber es enthält auch erstaunlich präzise Angaben zum deutschen Küstenvorfeld. Als es herauskam, hat es in britischen Marinekreisen einiges Aufsehen erregt, bei uns übrigens auch. Ich neige zu der Ansicht, daß diese Erkundungsfahrt wirklich stattgefunden hat und die Veröffentlichung als Roman die britische Öffentlichkeit auf die Gefahr einer möglichen deutschen Invasion aufmerksam machen sollte.«

Er nimmt die Zeitung wieder auf. »Wo war ich? Ah, hier, Borkum. Am Abend des 22. August wurde Brandon vom Posten der Batterie festgenommen. Trench wurde am anderen Morgen von der Polizei verhaftet. Beide weigerten sich anzugeben, in wessen Auftrag sie arbeiteten. Auf die Frage des Vorsitzenden, ob die Öffentlichkeit auszuschließen sei, führte Reichsanwalt Richter aus, es sei notorisch, daß seit Jahren in der englischen Presse und im englischen Publikum die Ansicht verbreitet sei, daß Deutschland einen Angriff auf England plane und England mit Spionen überschüttet werde. Dagegen ergebe sich aus dem der Anklage zugrunde liegenden Tatbestand unzweifelhaft, daß zwei aktive englische Offiziere die deutschen Küsten und Küstenbefestigungen, die lediglich defensiven Charakter haben, auszukundschaften versuchten. Dies könne höchstens für einen plötzlichen unvorhergesehenen Angriff einer fremden Macht von Bedeutung sein. Er bitte deshalb in der öffentlichen Behandlung fortzufahren. Der Verteidiger stimmte zu.

Nach Vernehmung der Zeugen, des wachhabenden Offiziers auf Borkum und des Kanoniers, welcher den Leutnant verhaftet hat, verlas der Sachverständige die bei den Durchsuchungen im Hotel aufgefundenen Aufzeichnungen. Diese beziehen sich auf Brunsbüttel und die Nordseeinseln. Bei Kiel ist die Stellung eines Scheinwerfers erkundet worden, die von großer Bedeutung ist, da eine Landungsflotte aus der Stellung des Scheinwerfers weiß, woher das erste Geschützfeuer zu erwarten ist. Auch die Stellung einer Haubitzbatterie ist auf der Karte eingezeichnet. Weiter sind Skizzen vorhanden von Friedrichsort und Cuxhaven. Die eingezeichneten Stellungen sind mittels Sextant und Kompaß ermittelt worden. Die Messungen sind nachgeprüft und als außerordentlich exakt befunden worden. Eine Skizze zeigt die Lage einer Schnellfeuerbatterie auf Helgoland mit jedem einzelnen Geschütz und der Kommandeurstellung. Ferner eine Batterie am Südstrand, Kasernen und Magazine, sodann die Lage zweier Geschütztürme an der Nordwestecke. Der Verteidiger wies darauf hin, daß sich die Hafenbatterie auf Helgoland unmittelbar an der Promenade befinde. Alle Erkundungen konnten von öffentlichen Wegen aus gemacht sein.

Der Sachverständige fuhr fort, daß von der Befestigung von Wangeroog genaue Aufnahmen gemacht wurden, mit Berücksichtigung von Baken, Leuchtfeuertürmen und anderen Geländeobjekten. Die Aufzeichnungen beziehen sich sogar auf kleinste Einzelheiten: Viehbestand, Gebäudezahl auf der Insel und die Lebensmittelversorgung. Auch die Lage der Kabel ist genau bezeichnet worden. Hierauf vertagte der Vorsitzende die Sitzung auf Donnerstag.«

Tapken legt die Zeitung weg. »Den Rest kennen Sie. Beide wurden am nächsten Tag zu je vier Jahren Festungshaft verurteilt, ein verhältnismäßig mildes Urteil. Festungshaft ist ja nicht ehrenrührig und beinhaltet auch Freigang in der Stadt auf Ehrenwort sowie die Möglichkeit, Besuch zu empfangen.«

LONDON, CECIL COURT, 22. DEZEMBER 1912, SONNTAG

Seit ihrem verrückten Ausflug nach Rosyth hat Vivian nichts mehr von Adrian gehört. Selbst zu ihrem Geburtstag kam nichts, kein Brief, nicht einmal eine Karte. Es hat ihr den ganzen Tag verdorben, und sie mußte sich Mühe geben, Freude über die hübsche kleine Reiseschreibmaschine zu zeigen, die Vater ihr geschenkt hat.

Ist Adrian vielleicht etwas zugestoßen? Die Vorstellung, daß er in einem Tauchboot unter Wasser herumfährt, hat sie immer beängstigend gefunden. Aber er ist doch nach Berlin versetzt worden, dort kann er wenigstens nicht ertrinken. Oder will er nichts mehr von ihr wissen, jetzt, da sie sich ihm so ganz hingegeben hat? Aber so ein Kerl ist er doch nicht. Diese Ungewißheit ist nicht auszuhalten. Die schlimmsten Vorstellungen geistern ihr durch den Kopf, und sosehr sie sich dagegen wehrt, sie kann nichts dagegen tun.

Ich sollte mich ablenken, denkt sie, anstatt zu Hause herumzusitzen und zu grübeln. Draußen scheint immerhin noch die Sonne, aber es wird ziemlich frostig sein. Sie legt sich die gestrickte Stola um, zieht den warmen Mantel mit dem Pelzkragen an und streift die grünen Handschuhe über. Sie geht hinaus, ohne zu wissen, wohin. Aber es zieht sie ans Wasser, und sie landet in dem kleinen Park am Victoria Embankment. Die Sonne steht schon tief über der Charing Cross Station, und Cleopatra's Needle glüht rot in ihren letzten Strahlen. Schwarz liegen die Sphinxe vor den Häuserzeilen am gegenüberliegenden Ufer.

Sie fröstelt. Es ist kalt, und sie verschränkt die Arme vor der Brust und starrt über den Fluß. Die Schiffe haben wegen der Dämmerung schon ihre Lichter gesetzt. Schlepper mit Lastkähnen kämpfen gegen die Strömung an und ziehen rußige Rauchwolken hinter sich her. Das Greenwichboot hat es leichter, es dampft mit dem Ebbstrom auf die Waterloo-Bridge zu und verschwindet im Halbdunkel unter einem der Brückenbogen.

Jetzt fällt ihr der Traum ein, in dem sie hier ins Wasser fiel. Sie beugt sich über die Brüstung und schaut in das schwarze Wasser hinunter, hypnotisiert von den dunklen Strudeln. Kann es sein, daß ihr Vater überhaupt erst durch ihre Bekanntschaft mit Adrian in Spionageverdacht geraten ist?

Der Fluß weiß die Antwort nicht. Er lockt mit Davontreiben, mit dunklem Vergessen.

Wahrscheinlich würde sie untergehen wie ein Stein, sobald sich der Mantel vollgesogen hat. Vielleicht würde sie gar nichts davon merken, das Wasser muß schrecklich kalt sein, und vermutlich bleibt einem von dem Schock einfach das Herz stehen. Dann würde es nicht mehr wehtun.

Neben ihr sagt eine Stimme: »Sie wollen doch nicht etwa ins Wasser, Miss?«

Sie zuckt erschrocken zusammen. Ein Mann steht neben ihr und sieht ihr, ein wenig vorgebeugt, besorgt ins Gesicht. Dunkler Oberlippenbart, schon über die Vierzig, registriert sie ganz unbewußt. Er trägt einen langen Ulster Overcoat, so einen mit dem kurzen Umhang über den Schultern.

»Nein«, stammelt sie, »wie kommen Sie darauf?«

»Nur so ein Gefühl«, erwidert er, »ich wollte Sie nicht belästigen. Aber für mich sah es so aus ...« Er spricht den Satz nicht zu Ende.

Wäre sie wirklich ins Wasser gesprungen? Sie weiß es selbst nicht. Aber jetzt geht es nicht mehr. Hat er ihr vielleicht das Leben gerettet? Sollte sie ihm dankbar dafür sein?

Sie sagt: »Nein, nein, ich war nur ganz in Gedanken versunken.«

»Dann bitte ich Sie vielmals um Verzeihung, Miss.«

Sie löst sich von der steinernen Brüstung und sagt: »Da gibt es nichts zu verzeihen. Sie waren besorgt, und es war sehr freundlich von Ihnen, Sir.« Im Gehen fügt sie hinzu: »Haben Sie vielen Dank.«

Sie überquert die Straße und blickt noch einmal über die Schulter. Er steht noch an derselben Stelle, zwischen Sphinx und Obelisk, und sieht ihr nach.

Ihre Stimmung schlägt auf einmal um. Die stumpfe Traurigkeit, die sie seit Wochen niederdrückt und an der Adrian schuld ist, weil er nichts mehr von ihr wissen will, ist wie weggeblasen. Statt dessen wallt Zorn in ihr auf, so heftig, daß sie die Zähne zusammenbeißen muß. Dieser Schuft! Wie konnte sie nur auf ihn hereinfallen? Hat sich mit ihr amüsiert, solange er in England war, und jetzt hat er sie einfach vergessen.

GLATZ, 22. DEZEMBER 1912, SONNTAG

Um neun Uhr, nach dem Frühstück im Hotel Stadtbahnhof, machen sich Seiler und Tapken in Uniform und Mantel auf zur Festung, die hoch über Glatz thront und das ganze Neißetal beherrscht. Der Frost, die verschneiten Berge ringsum, in der Stadt liegt der Schnee knöcheltief, das paßt zu Seilers Seelenzustand. Auf dem Sellgittplatz vor dem Hotel ist eine große Weihnachtstanne aufgestellt, die hübsch eingeschneit ist. Davor übt ein Kinderchor »Ihr Kinderlein kommet«, dirigiert von einem dicken Lehrer mit Vollbart und dem Eisernen Kreuz auf der Brust.

Auf der Roßbrücke überqueren sie die Neiße, der Fluß ist schwarz, und an seinen Rändern hat sich in der Nacht Eis gebildet. Dann geht es durch enge Altstadtgassen steil bergauf.

Tapken hat ihren Besuch telephonisch angekündigt, und der Adjutant des Festungskommandanten erwartet sie am Tor und führt sie ins Büro der Kommandantur. Dort empfängt sie Oberst Freiherr von Gregory in der blauen Armeeuniform des Glatzer Füsilierregiments Graf Moltke. Seiler schätzt ihn auf Ende fünfzig, helle blaue Augen, graues, kurzgeschnittenes Haar, grauer Schnurrbart. Ein Monokel baumelt an einer Schnur vor seiner Brust.

Tapken legt die Verfügung des Reichsgerichts vor, und der Oberst klemmt sich das Einglas ins Auge und überfliegt das Dokument. Er zeichnet es ab, reicht es zurück und gibt ihnen einen militärisch knappen Bericht über die Gefangenen: »Captain Trench spricht sehr gut Deutsch und Französisch, lernt zur Zeit Dänisch. Lieutenant Brandon hat inzwischen ebenfalls Deutsch gelernt, ist aber noch nicht sehr sicher darin. Für beide gilt: Führung tadellos. Gentlemen vom Scheitel bis zur Sohle.«

Dann läßt Oberst von Gregory die britischen Offiziere in sein Büro bitten. Es geht sehr höflich zu. Der Oberst stellt sie einander vor: »Kapitän Tapken vom Reichsmarineamt, sein Adjutant Oberleutnant Seiler. Captain Trench, Royal Marine Light Infantry, Lieutenant Brandon, Admiralty Survey Service.«

Sie verneigen sich voreinander. Der Oberst führt sie durch eine Flügeltür ins Nebenzimmer, in dem sich sechs bequeme Ledersessel um einen niedrigen Tisch gruppieren. Er bittet, Platz zu nehmen, kündigt an, daß eine Ordonnanz gleich Tee servieren werde, und läßt sie dann allein.

Die britischen Offiziere sehen sich ähnlich. Beide Ende zwanzig, groß und schlank, Brandon etwas kleiner als Trench, beide tragen kurzgestutzte Schnurrbärte. Beide in schwarzen Anzügen mit weißem Hemd und Krawatte.

»Gentlemen«, beginnt Tapken in Englisch, »ich freue mich, Sie wohlauf zu sehen, soweit es Ihnen die Umstände gestatten. Ich bin hier, um mich mit Ihnen noch einmal über Ihren Einsatz in Ostfriesland zu unterhalten. Ich darf vorausschicken, daß Ihnen aus dieser Unterhaltung, wie immer sie verlaufen mag, keinerlei Nachteile entstehen werden. Im Gegenteil besteht die Möglichkeit einer vorzeitigen Amnestie, eventuell bereits im Lauf des kommenden Jahres.«

Seiler wundert sich. Von einer Amnestie hat ihm Tapken nichts gesagt. Will er das als Lockmittel benutzen?

Captain Trench antwortet: »Well, Sir, ich gehe wohl nicht fehl in der Annahme, daß Sie sich mit unseren Prozeßakten vertraut gemacht haben. Unseren Aussagen vor Gericht ist eigentlich wenig hinzuzufügen.«

»Just dieses wenige würde mich interessieren«, schmunzelt Tapken.

Es klopft, und ein blau uniformierter Soldat schiebt ein Teewägelchen herein. Sie schweigen, während der Mann Tassen auf den Tisch stellt, dazu die Kanne, eine Zuckerdose und ein Kännchen Milch. Dann schenkt er ihnen der Reihe nach Tee ein und geht wieder.

Lieutenant Brandon bemerkt: »Wie Sie sicher wissen, Sir, war ich in England im Hydrographic Department des Admiralty Survey Service tätig. Wenn Sie so wollen, ließe sich dieser mit Kiplings Ethnological Survey vergleichen.«

Seiler muß grinsen, damit spielt der Engländer auf *Kim* an, einen der ersten Spionageromane, wenn nicht gar der erste überhaupt.

Tapken lacht. »Danke für den Hinweis«, sagt er, »ich brauche mir also nur den Punjab als unsere Nordsee vorzustellen?«

»Yes, Sir«, erwidert Brandon bescheiden.

»Sagen Sie, was hat Sie speziell so an Borkum interessiert?«, will Tapken wissen.

»Nun, die Art und Stärke der Befestigung«, erwidert Brandon, »die Positionierung der Batterien, solche Dinge.«

Seiler wirft ein: »Das ist ja alles bereits in der Verhandlung zur Sprache gekommen. Aber wovon sind Sie ausgegangen? Haben Sie denn vermutet, daß aus der Ems heraus eine Invasion Englands beabsichtigt sein könnte?«

»Womit wir bei *Riddle of the Sands* wären«, sagt Captain Trench.

»Keine abwegige Vermutung«, sagt Tapken, »Sie haben den Roman ja buchstäblich nachgespielt. Ich halte allerdings nichts von der im Buch geäußerten Vermutung, Deutschland plane eine Invasion Englands aus den ostfriesischen Flußmündungen im Rükken der vorgelagerten Inselkette von Borkum bis Wangerooge. Das sind eindeutig Hirngespinste!«

»Nun, das sollte mich freuen«, meint Brandon, »ich dachte, es könne nicht schaden, einmal nachzusehen.«

»Niemand hier denkt im Ernst an so etwas«, versichert ihm Tapken. »Betrachten Sie die Sache mal vom Strategischen her. Angenommen, wir würden eine Invasion Englands versuchen, so wie Childers sich das gedacht hat. Mit Schuten und Lastkähnen voller Soldaten, von Schleppern gezogen. Mit viel Glück könnte das gelingen, wenn es auch äußerst unwahrscheinlich wäre. Aber hier kommt die große Strategie ins Spiel, Gentlemen. Würden die Franzosen und die Russen nicht die Gunst der Stunde nutzen und uns in den Rücken fallen? Krieg an drei Fronten gleichzeitig? Ein Risiko, das unsere Oberste Heeresleitung nie im Leben einzugehen bereit wäre!«

Trench entgegnet: »Mag sein. Aber ihr Deutschen habt die stärkste und beste Armee auf dem Kontinent. Wir trauen euch schon einiges zu.«

»Besten Dank!«, lacht Tapken. »Aber ich denke da an den Vertrag, den ihr mit den Franzosen gemacht habt. Heißt es darin nicht, daß im Fall eines Krieges zwischen Frankreich und dem

Deutschen Reich England eine Expeditionary Force in Belgien und vielleicht auch in Holland landen wird, um den linken Flügel der Franzosen zu sichern?«

»Da haben wir's«, wendet sich Brandon an Trench, »solche Verträge sollten geheimgehalten werden, findest du nicht? Aber nein, man mußte es in alle Welt hinausposaunen.«

»Ich frage mich«, sagt Tapken unbeirrt, »ob mit diesen Gerüchten von deutschen Invasionsabsichten unser Denken nicht in die falsche Richtung gelenkt werden soll. Umgekehrt wäre ein Einfall einer englischen Expeditionsarmee in Ostfriesland im Kriegsfall doch durchaus vorstellbar. Die Franzosen könnten ihn über Belgien und Holland flankierend unterstützen. Und da wäre ein stark befestigtes Borkum natürlich im Weg.«

»Dazu kann ich nichts sagen, Sir«, erwidert Captain Trench, »ich habe zwar von solchen Gerüchten gehört, aber über Planungen für den Kriegsfall bin ich nicht informiert.«

»Und wenn Sie es wären, würden Sie es mir nicht sagen. Dafür habe ich vollstes Verständnis, Captain Trench«, antwortet Tapken.

Seiler kennt diese Gerüchte. In der englischen Presse erscheinen seit Jahren alarmierende Artikel, in denen behauptet wird, das Deutsche Reich wolle die Niederlande annektieren, holländische Häfen zu Kriegshäfen ausbauen und von dort aus, quasi aus nächster Nähe, England angreifen. Borkum als westlichste der Ostfriesischen Inseln spielt in solchen Phantastereien eine Schlüsselrolle. Man sieht in der Befestigung der Insel ein Näherrücken an England und fürchtet ein schwerbewaffnetes friesisches Gibraltar, das die Emsmündung und den Hafen von Emden schützen soll. Zugleich würde eine Flottenbasis dort eine akute Bedrohung der englischen Südostküste darstellen.

»Da wäre noch etwas«, sagt Seiler. »Die Polizei hat in Ihrem Borkumer Hotelzimmer einen Fragebogen zu den Ostfriesischen Inseln gefunden. Er enthielt konkrete Fragen zur Lage von Küstenbatterien, Scheinwerferstellungen, Nachschubwegen dorthin et cetera, und Sie, beziehungsweise Lieutenant Brandon, haben ihn recht sorgfältig ausgefüllt. Von wem stammt dieser Fragebogen?«

»Well, ich kann nur sagen, was wir bereits während der Gerichtsverhandlung ausgesagt haben. Wir haben uns in der Admiralität erkundigt, was man dort gerne wissen würde.«

Tapken nickt. »Ja. Für mich sieht das jedoch nicht so aus, daß Sie aus eigenem Antrieb gearbeitet haben. Wer hat Sie denn nach Deutschland geschickt?«

»Niemand, Sir. Soweit ich informiert bin, gibt es in England keine professionelle Spionageorganisation, falls Sie darauf hinauswollen. Unser Besuch der deutschen Nordseeküste war eine private Informationsreise. Wir haben sie während unseres Urlaubs und auf eigene Kosten unternommen, weil uns der Mangel an Nachrichten über deutsche Küstenstützpunkte Sorgen gemacht hat.«

»Nun gut«, meint Tapken, »ich muß Ihre Antwort akzeptieren. Glauben kann ich sie dennoch nicht. Irgendwo in der Admiralty oder im War Office wird es sicherlich einen Verein geben, der für Spionage im Ausland zuständig ist.«

Er steht auf und reibt sich die Hände. »Wie wär's, Gentlemen, wollen wir einen Spaziergang in die Stadt hinunter machen? Ein wenig über den Weihnachtsmarkt bummeln? Ich möchte gern noch ein paar Mitbringsel für meine Frau und die Kinder besorgen.«

LONDON, SECRET SERVICE BUREAU, 23. DEZEMBER 1912, MONTAG

Kurze Besprechung morgens um acht Uhr in Kells Büro. Drummond zieht sich danach ins Vorzimmer zurück und setzt sich an den Schreibtisch. Das War Office hat neue Fragebogen an das Personal der inoffiziellen Abteilungen verschickt, und so einen muß er ausfüllen. Das wird ihn mindestens eine Viertelstunde kosten. Er hat kaum angefangen, als Melville und der Captain in Eile das Büro verlassen, ohne zu sagen, was sie vorhaben. Drummond bleibt allein zurück, denn Mr. Westmacott ist heute nicht da. Zwanzig Minuten später beantwortet er die letzte Frage, die Angaben zu einem vorhandenen Privatvermögen verlangt, mit Nein.

Er legt den ausgefüllten Fragebogen auf Kells Schreibtisch zur Unterschrift. Da fällt ihm ein Bündel frankierter Briefe neben dem Telephon auf. Ein daumendicker Stapel, mit einer Schnur zusammengebunden. Es sind weiße und blaßviolette Kuverts. Er zieht eins heraus und liest die Anschrift: *Herrn A. Seiler, Niemannsweg 7, Kiel, Germany.* Absender: *V. Peterman, c/o Riley, 25 Clare Market, London, WC.* Poststempel vom 6. Dezember 1912. Hastig nimmt er ein Kuvert nach dem anderen in die Hand. Die lilafarbenen sind Briefe von Vivian an Seiler, die weißen sind von Seiler an Vivian, adressiert c/o Emmeline Riley, und sie sind alle geöffnet.

Er spürt, wie seine Stirn heiß wird. Melville hat das Bündel mitgebracht, erinnert er sich, und in der Eile wohl hier liegenlassen. Er knirscht mit den Zähnen. Dieser Schuft hat ihre Post nicht nur gelesen, er hat sie unterschlagen! Warum tut er das?

Er schaut sich die Poststempel noch einmal an. Der älteste ist vom 24. November. Er zögert ein paar Sekunden, ob er sie mitnehmen soll, aber das geht nicht, Melville wüßte sofort, wer sie genommen hat. Schnell notiert er sich von jedem Brief Absender, Adressat und Poststempel, dann bringt er das Bündel wieder in Ordnung, legt es zurück und verläßt das Büro. Er zieht seinen Mantel an, schließt ab und eilt die Treppe hinunter.

Vor einer Woche ist er von der Beobachtung Petermans abgezogen worden. Das war auch höchste Zeit, inzwischen muß er für die Anwohner im Cecil Court bereits ein vertrauter Anblick geworden sein, ungeachtet aller Verkleidung. Dieser Personalmangel ist wirklich idiotisch.

Er beobachtet jetzt den Vedächtigen Karl Ernst, Friseur von Beruf, der einen Barbershop in 402a Caledonian Road in Islington hat. Ernst ist Brite, aber in Deutschland geboren, und er ist der Mann, der laut Melville Briefe der Agenten in Großbritannien nach Deutschland weiterleitet und umgekehrt. Von ihm kann Melville die Briefe von Seiler und Petermans Tochter kaum erhalten haben. Er muß sie sich beim General Post Office besorgt haben. Der Mann ist wie eine Spinne, die ihre Fäden überall hat.

ZUG BRESLAU – BERLIN, 23. DEZEMBER 1912, MONTAG

Im Zug nach Berlin unterhalten sich Seiler und Tapken über den Einwurf der Engländet, die Deutschen hätten ja überall in England Spione.

»Ich habe das schon öfter gehört«, sagt Tapken, »man scheint dort wirklich zu glauben, daß wir großangelegte Spionageoperationen durchführen.«

»Tun wir das denn nicht?«, fragt Seiler, und Tapken erwidert: »Nein, wie auch? Es gibt ja kaum Mittel dafür, obendrein gilt es höheren Orts als unanständig. Es ist bei uns nicht anders als bei den Briten, meist ist es dem Zufall und der Privatinitiative überlassen. Sehen Sie, in den vergangenen fünfzehn Jahren wurden von der Marine an jedem relevanten Ort Englands Agenten angeworben, die zwar nicht selbst tätig wurden, aber doch jederzeit Auskunft über Vorgänge etwa im Hafen geben konnten oder als Kontakt für zu bestimmten Zwecken entsandte Agenten dienen mochten. Sie wissen natürlich nicht, um was es geht. Man sagt ihnen, es handle sich um allgemeine Informationen, Schiffsnachrichten oder ähnliches. Dabei geht es uns um Nachrichten über englische Kriegsschiffe, über Werften und Dockanlagen, also Informationen, die jede Marine auf der ganzen Welt sammelt und auswertet, allen voran die Briten. Leider aber fehlt es am Geld, um diese Agenten zu motivieren und bei der Stange zu halten.

Fest bezahlte Agenten in London etwa, die nichts weiter zu tun haben, als Briefe in Empfang zu nehmen und nach Deutschland weiterzuleiten, erhalten im Höchstfall zwanzig Mark im Monat, also gerade mal ein Pfund. Die Zuteilung von Geldern hängt vom jeweiligen Chef des Admiralstabes ab. Tritt nun einer die Stelle an, der für Spionage nichts übrig hat, gibt es kein Geld. Alle Arbeit bis dahin war somit umsonst, und die angeworbenen Agenten gehen uns verloren.«

»Le Queux schreibt in *Spies of the Kaiser*, daß mehr als fünftausend deutsche Agenten in England aktiv seien, und gibt sogar an, wieviel sie verdienen, zehn bis dreißig Pfund«, bemerkt Seiler.

»Ja, hab's gelesen«, sagt Tapken, »purer Humbug! Wenn fünftausend Agenten, sagen wir mal, jeder zwanzig Pfund im Monat erhielten, wären das allein schon weit über hunderttausend Pfund! Das wären dann zwei Millionen Goldmark pro Monat! Ha! Der jährliche Spionagefonds der deutschen Marine beträgt nicht einmal vierzigtausend Mark. Diese lächerliche Summe ist eine Folge der verdammten Pfennigfuchserei, die man im Reichstag den militärischen Bedürfnissen gegenüber treibt. Und was die fünftausend Agenten angeht, wir haben nicht mal zwanzig drüben.«

»Man kann über den Mann nur den Kopf schütteln«, sagt Seiler.

»Ja«, meint Tapken, »aber sein Einfluß auf die Briten ist unglaublich. Dieser fanatische Idiot wird uns alle noch in den Krieg treiben.«

Schweigend schauen sie eine Weile aus dem Fenster. »Verflixt«, sagt Tapken plötzlich und reißt Seiler aus seinen Gedanken, »ich hab ja ganz vergessen, den Engländern den Plumpudding zu geben! Seiler, den nehmen Sie, ja, dann haben Sie wenigstens etwas Englisches zum Weihnachtsabend.«

London, The Dover Castle, 27. Dezember 1912, Freitag

»In vier Tagen, zum Jahresende«, sagt Clarke zu Drummond, »verlasse ich das Bureau. Ich habe keine Lust mehr.«

Drummond starrt ihn an. Clarke geht? Und so plötzlich?

»Wirklich?«, sagt er. »Das tut mir leid, Stanley. Hast du denn was Besseres in Aussicht?«

Clarke zuckt die Achseln, was Drummond ganz und gar unenglisch vorkommt. »Ja, aber das ist noch nicht spruchreif, nicht mal dir gegenüber, verzeih. Ich will nur diesen Blödsinn nicht mehr mitmachen.« Er fingert eine neue Cheroot aus der Schachtel, steckt sie in den Mund und reißt ein Streichholz an. Nach einem tiefen Zug sagt er durch den ausgeatmeten Rauch: »Das wird doch alles langsam zu einem Pogrom hier. Da werden Leute ausspioniert oder gar festgenommen, bloß weil sie aus Deutschland stammen oder vielleicht mal dort waren. Dabei haben wir nichts in der Hand, gar nichts. Den armseligen Friseur, der Briefe weiterleitet, ein paar Spinner, die auf eigene Faust herumschnüffeln, das ist es doch schon.« Er sieht sich um, ob jemand zuhört, und fährt etwas leiser fort: »Hatte ein Gespräch mit einem von der militärischen Aufklärung im War Office, Abteilung MO mit einem kleinen t in Klammern dahinter. Die spionieren drauflos, was das Zeug hält! Du hast doch von den Plänen für den Kriegsfall mit Deutschland gehört?«

Drummond nickt. »Ja, schon, aber nur vage.«

»Nun, jedes Kind weiß, daß die Deutschen, wenn sie sich mit den Franzosen in die Haare kriegen, in Belgien einmarschieren wollen. Das ist ihr Schlieffen-Plan, so heißt der. Da geht es darum, daß sie nicht den starken Festungsgürtel der Franzosen hinterm Rhein angreifen wollen, weil sie sich daran wahrscheinlich die Zähne ausbeißen würden. Also wollen sie die Froschfresser da packen, wo sie verwundbar sind, nämlich an der belgisch-französischen Grenze. Von dort wollen sie dann auf Paris marschieren und die Franzosen in ihren Festungen sitzenlassen.«

»Aha. Deswegen soll unsere Expeditionsarmee in Belgien landen und dort den Franzosen helfen, oder?«

»Richtig. Und in Belgien kundschaften unsere Leute für diesen Fall alles aus. Und zwar so, daß das bißchen Spionage der Deutschen bei uns daneben wie ein Kinderspiel aussieht.«

Clarke grinst. »Die machen das mit dem Fahrrad, und Wilson, unser Director of Military Operations, strampelt voraus. Alle in Zivil, versteht sich, Breeches mit Hosenklammern. Mehr als fünfzehn Radtouren soll er bis jetzt mit seinen fröhlichen Jungs durch Belgien gemacht und jeden Dreck dabei aufgezeichnet haben: jedes einzelne Dorf und wieviel Soldaten es unterbringen kann und wie viele Pferde. Wie viele Kanonen und Wagen auf dem Dorfanger geparkt werden können. Wo Kirchtürme und Wassertürme gute Aussicht bieten. Welche Weiden eingezäunt sind und womit. Länge und Höhe der Stacheldrahtzäune abgemessen. Es ist eine endlose Liste.«

Er nimmt einen kräftigen Schluck Bier und wischt sich mit dem Handrücken den Schaum aus dem Schnurrbart.

Drummond staunt: »Das hat er dir alles erzählt?«

»Ja, und noch viel mehr. Der Report mit ihren Erkundungsergebnissen besteht bis jetzt aus drei Bänden, jeder dicker als eine Männerfaust und vier Kilo schwer. Nennt sich *Belgium: Road, River and Billeting Reports.*«

Er schüttelt lachend den Kopf. »Mein Kollege hat gesagt, zu einem guten Drittel enthält der Bericht äußerst detaillierte Informationen über Fahrradwerkstätten und Verleiher. Zum Beispiel soll es in Barbençon zwei Motor and Bicycle Shops geben, die Dunlop-Reifen auf Lager haben und jede Reparatur ausführen können. Dann gibt es eine Liste mit Belgiern, die als auskunftswillig bezeichnet werden. Ein gutes Drittel von denen arbeitet in Fahrradreparaturläden. Was für ein Zufall, nicht wahr?«

Drummond pfeift durch die Zähne: »Die müssen eine Menge Fahrräder zuschanden geritten haben.«

»Darauf kannst du wetten, Randolph.«

Sie trinken die Gläser leer und ziehen ihre Mäntel an. Da fällt Clarke noch etwas ein. »Ach so, letzten Sonntag bin ich übrigens der Petermanschen Tochter nachgeschlichen. Hab mich den ganzen Tag im Cecil Court herumgetrieben, na ja, die meiste Zeit im Salisbury, um ehrlich zu sein. War ja saukalt, kein Mensch unterwegs. Jedenfalls, als ich grade mal rausging, sah ich die Kleine aus dem Laden kommen und bin ihr nach. Sie ist zum Embankment. Bei Cleopatra's Needle ist sie stehengeblieben und hat ins Wasser gestarrt. Ich war auf der anderen Straßenseite und hab gefroren. Schließlich ist es mir unheimlich geworden. Bekam so ein Gefühl, daß sie vielleicht ins Wasser springen wollte. Wär ja schade drum, so ein hübsches Mädel. Also bin ich hin und hab sie angesprochen. Sie hat mich angeguckt wie eine Schlafwandlerin. Nein, nein, hat sie gesagt, sie sei nur ganz in Gedanken gewesen. Dann ist sie heimgegangen, aber sie hat sich noch bedankt, daß ich mir Sorgen gemacht habe. Sah mir nach Liebeskummer aus. Weißt du da was darüber?«

»Nicht direkt«, sagt Drummond, »aber ich weiß, daß Melville ihre Briefe an Seiler unterschlägt und die von ihm an sie auch. Schon seit Ende November. Er hat sie auf Kells Schreibtisch liegenlassen, da hab ich sie gesehen.«

Clarke kneift die Augen zusammen. »Dieser Drecksack! Das sieht ihm ähnlich. Schätze, er will das Mädel weichkochen, damit sie ihren Freund verrät.«

»Könnte sein«, meint Drummond, »oder er will Seiler damit herüberlocken. Der wird sich ja auch Sorgen machen und wissen wollen, warum sie ihm nicht mehr schreibt.«

Sie verlassen das Lokal. Es weht ein eisiger Wind, Schneeflocken wirbeln umher. Drummond schlägt den Mantelkragen hoch und drückt sich die Mütze tiefer in die Stirn. Ich muß mit Emmeline über Vivian reden, denkt er, und ihr das mit der unterschlagenen Post sagen.

Clarke ist immer noch beim Thema. »Weißt du, Randolph, ich bin sicher, daß unsere Leute inzwischen auch in Deutschland ganz schön aktiv sind. Natürlich nicht per Fahrrad und hoffentlich etwas raffinierter. Das macht wahrscheinlich Cummings Foreign Section, stromert in den Häfen herum und klappert die Küsten ab, Nordsee und Ostsee.«

»Ja, das denke ich auch«, erwidert Drummond, »aber ich frage mich schon lange, ob die Deutschen überhaupt einen richtigen Geheimdienst haben.«

1913

LONDON, GATTI'S CAFÉ, 15. JANUAR 1913, MITTWOCH

Emmeline legt ihre Hand auf seine und fragt: »Also, was ist das für eine dumme Geschichte, die du mir erzählen wolltest, Randolph?«

»Nun«, sagt Drummond, »es hat mit dem Home Office zu tun, und eigentlich bin ich ja zum Schweigen verpflichtet.« Er hat lange überlegt, wie er ihr das mit Vivians Post sagen soll, ohne in Verdacht zu geraten, selbst beim Geheimdienst zu arbeiten. »Aber in diesem Fall muß ich wohl eine Ausnahme machen, weil es deine Freundin Vivian betrifft.«

Emmeline schaut ihn mit großen Augen an. »Was? Vivian? Hat das etwas mit dem Ärger zu tun, den ihr Vater mit der Polizei hatte?«

Drummond nickt. »Ich denke, ja. Paß auf: Ich hab mich vor ein paar Tagen mit einem Kollegen unterhalten, der in einer anderen Abteilung arbeitet. Dort beschäftigen sie sich mit der Aufsicht über die Metropolitan Police, Einhaltung der Vorschriften und ähnlichem Kram. Irgendwie kam er auf einen Beschwerdefall gegen polizeiliche Willkür zu sprechen und erwähnte dabei den Petermanschen Buchladen. Mr. Peterman verlangt ja Schadenersatz für die Durchsuchung, die seinerzeit bei ihm durchgeführt worden ist und zu keinem Ergebnis geführt hat. Na, jedenfalls sagt der Kollege, in dem Zusammenhang gebe es ein neues Problem. Es scheint, daß die Post seiner Tochter und die von ihrem deutschen Freund von Scotland Yard überwacht und vermutlich geöffnet wird.«

Emmeline zieht ihre Hand von seiner zurück und sagt erschrocken: »Was? Das ist ja ungeheuerlich! So etwas dürfen die doch gar nicht!«

Drummond beugt sich vor und dämpft seine Stimme. »Hör zu, es kommt noch schlimmer. Durch irgendein Versehen sollen diese Briefe dann nicht weitergeleitet worden sein, sagt mein Kollege, weder an sie noch an den Deutschen. Wie das Home Office davon erfahren hat, weiß ich nicht. Aber der Kollege glaubt, daß Scotland Yard die Briefe verschwinden läßt und die Angelegenheit dann einfach abstreitet. Wenn sie die Briefe, ich weiß nicht, wie viele es sind, jetzt nachträglich zustellen würden, käme das ja einem Eingeständnis gleich. Postunterschlagung ist immerhin ein Verbrechen.«

»O Gott«, sagt Emmeline, »wie lange geht denn das schon?«

»Angeblich schon seit einem Vierteljahr«, meint Drummond.

»Kannst du da nicht irgendetwas machen? An die Briefe rankommen oder so?«

»Nein, leider nicht. Es ist ja nicht in unserer Abteilung und geht mich daher gar nichts an. Und der Kollege bekäme Ärger wegen seiner Indiskretion.«

»Ja«, meint sie, »das sehe ich ein. Aber *ich* muß es Vivian sagen! Das arme Ding grämt sich schrecklich, weil sie so lange nichts mehr von ihrem Freund gehört hat!«

»Ja natürlich, deshalb habe ich es dir ja gesagt. Es darf nur nicht bekannt werden, daß die Auskunft von mir stammt, denn dann würden sie mich rausschmeißen. Vivians Freund lebt in Kiel?«

»Ja, er ist bei der Marine, glaube ich. Ein netter Kerl. Dem wird es wohl ähnlich gehen.«

»Vivian wird ihm das mit den Briefen schreiben wollen, was meinst du?«

»Ich hoffe doch! Ich werde es ihr jedenfalls dringend raten. Aber wird dieser Brief dann nicht auch verschwinden?«

»Gut möglich, solange der Adressat dieser Deutsche ist. Vielleicht sollte sie einen Brief ganz allgemein an die deutsche Marine in Kiel schicken mit der Bitte, einen zweiten beigelegten Brief an ihren Freund weiterzusenden. Und dann sollte sie auch unbedingt einfach nur die Adresse der Lady Couriers als Absender verwenden, damit bloß keinerlei Verdacht aufkommt. Und mit dieser Methode und an diese Adresse soll er dann zurückschreiben. Weder sein Name noch ihr Name dürfen auf dem Kuvert irgendwo auftauchen. Ist dir das recht?«

»Natürlich! Außerdem bearbeite ich die eingehende Post. Wenn ich nicht gerade auf Tour muß. Aber das wird schon klappen.«

Sie beugt sich weit über den Tisch und drückt ihm einen Kuß auf die Lippen. »Du bist ein Schatz!«

Dann erschrickt sie. »Herrjeh! Die beiden haben sich ja immer über meine Adresse geschrieben! Dann bin ich also auch unter Verdacht?«

Drummond wiegt den Kopf. »Vielleicht. Aber ich glaube nicht, daß du dir deswegen große Sorgen machen mußt. Sie werden denken, daß Vivian nur vermeiden will, daß ihr Vater die Briefe liest.« Bisher liegt keinerlei Verdacht auf Emmeline, nicht einmal Melville hat ihren Namen in dieser Angelegenheit je erwähnt. Das weiß Drummond. Sie schweigen eine Weile. Dann fragt Emmeline: »Was machst du eigentlich im Home Office?«

Die Antwort hat er sich längst zurechtgelegt. »Ich arbeite in der Abteilung Immigration und bin, vereinfacht gesagt, für Vorschriften betreffend Einreise von ausländischen Staatsbürgern in Großbritannien zuständig.«

»Aha. Klingt langweilig.«

»Ist es auch.«

Auf dem Heimweg wirft er einen Blick in das Schaufenster einer Buchhandlung. Le Queux liegt in der vordersten Reihe, natürlich. In der Mitte *Spies of the Kaiser,* gleich fünf Exemplare, und zwei neue, die er nicht kennt: *The Mystery of Nine* und *Without Trace.* Dekoriert ist die Auslage mit einem Spielzeugrevolver und einer schwarzen Augenmaske.

Trotzdem, allmählich scheint man auch im SSB zu merken, daß die Aussagen von Le Queux jeder Grundlage entbehren. In keinem einzigen Fall konnte er auch nur den geringsten Beweis für seine Behauptungen liefern. Dennoch muß es Spionage geben, denkt Drummond, aber offensichtlich in wesentlich geringerem Umfang. Nur Melville behauptet immer noch, Peterman und Seiler leiteten den deutschen Agentenring in England, und will nicht aufgeben. Daß er sowohl mit der Durchsuchung als auch mit der Provokation durch Le Queux zwei peinliche Fehlschläge erlitten hat, scheint ihm nichts auszumachen. Ihm ist nur wichtig, daß die Presse weiter über deutsche Spione berichtet. Was für ein sturer Hund.

Über Clarkes Weggang ist im SSB kein Wort verloren worden. Ein neuer Mann ist bereits an seine Stelle getreten. Henry Fitzgerald, zuvor Sergeant der Metropolitan Police, ist Anfang Januar als Detektiv angestellt worden. Er hat gelegentlich schon vorher informell für das Bureau gearbeitet.

Drummond geht auf den Eingang zur Tube Station Strand zu und wirft einen flüchtigen Blick auf den Zeitungsstand. Da sticht ihm die fettgedruckte Schlagzeile der *Evening News* in die Augen:

GERMAN SPY BOOKSHOP IN CHARING CROSS!
Chief organizer A Man of Mystery!
Darunter schreit *The Globe:*
CHARING CROSS BOOKSELLER WAS SPYMASTER!
Driven by hate! Shocking evidence found!

London, Cecil Court, 16. Januar 1913, Donnerstag

Drummond ist am Vormittag vom Friseurladen in Islington abberufen worden, wo er seit vier Wochen abwechselnd mit Regan herumlungern mußte, ohne daß sich irgendetwas Nennenswertes ereignet hätte. Der Friseur Karl Ernst schien außer seinem Beruf nichts im Kopf zu haben. Jeden Freitag ging er ins nahe gelegene Pentonville-Gefängnis, um dort dem Kaplan und den Aufsehern die Haare zu schneiden. Darüber hinaus unternahm er so gut wie nichts.

Heute aber soll Drummond Melville bei der Beobachtung des Buchladens im Cecil Court ablösen. Niemand sonst ist verfügbar, und Melville ist übel gelaunt, weil er selbst auf Posten ziehen mußte. Außerdem fällt ein eisiger Regen.

»Da sind Sie ja endlich«, grunzt der Detektiv, »übernehmen Sie, ich muß weg.«

»Ist die Tochter im Haus, Mr. Melville?«

»Ja, wo sonst? Passen Sie auf, daß sie Ihnen nicht durch die Lappen geht!«

Melville stapft davon. Drummond geht rasch auf die Seite der Gasse, auf der der Buchladen ist. So provozierend wie Melville will er sich hier nicht aufbauen. Hier aber kann ihn Vivian aus den Fenstern nicht sehen, solange sie sich nicht herauslehnt. Sie dürfte ihn allerdings kaum erkennen. Er hat einen falschen Vollbart angeklebt und eine Wollmütze auf, wie sie Seeleute und Hafenarbeiter tragen. Die verdeckt seine abstehenden Ohren. Dazu passend trägt er ein Peajacket, eine blaue Arbeitshose und Seestiefel.

Ab und zu holt er seine Taschenuhr heraus und wirft einen Blick darauf, so, als wartete er auf jemanden. Eine ganze Stunde vergeht, ohne daß die junge Frau sich blicken läßt. Schließlich geht er vor zum Salisbury, sich aufwärmen und die feuchte Mütze trocknen. Warum soll er überhaupt hier sein, einen Tag nachdem Melville den Buchhändler verhaften hat lassen? Er rechnet wohl damit, daß die Tochter etwas unternimmt. Aber was könnte sie schon tun?

Während er an seinem Whisky nippt, überlegt er, ob Melville ihm mißtraut. Hat der Detektiv gemerkt, daß er früher öfter die Beobachtung des Buchladens unterbrochen hat, um Vivian zu folgen? Wartet er irgendwo hinter einer Ecke, um zu sehen, ob er das wieder tut? Weiß er gar von ihm und Emmeline?

Jedenfalls glaubt Melville nach wie vor an den großen deutschen Agentenring. Vor ein paar Tagen hat er bei der Frühbesprechung noch einmal seinen Standpunkt klargemacht: Das Secret Service Bureau sei zu schwach besetzt und unterfinanziert. Deshalb müsse es um jeden Preis Erfolge erzielen, denn es komme vor allem darauf an, seine Leistungsfähigkeit zu beweisen, um mehr Mittel zu bekommen.

Dazu sei es nötig, Agenten zu entlarven. Ihm persönlich sei es egal, ob die Beweise für deren Spionagetätigkeit vor Gericht standhielten. Hauptsache, der Öffentlichkeit werde ständig vor Augen geführt, daß eine wirkliche Gefahr bestehe und mehr Mittel verfügbar gemacht werden müßten. Dazu brauche es Schlagzeilen, und für die müsse man eben sorgen. Und deswegen müsse man auch bereit sein, ein wenig Integrität zu opfern. »Wir kommen doch nicht weiter, wenn wir uns stur an das Gesetz halten!«, hatte er getönt. »Ist das Bureau erst großzügig ausgebaut, wird es schnell gelingen, den deutschen Ring zu zerschlagen.« Kell war darauf nicht eingegangen und hatte nur erwidert, er werde auf dem einmal eingeschlagenen Weg bleiben.

Drummond stellt das leere Glas ab und wirft einen Blick auf die Uhr über dem Tresen. Höchste Zeit, wieder zum Buchladen zu gehen.

London, Cecil Court, 16. Januar 1913, Donnerstag

Vivian schaut vorsichtig aus dem Fenster im ersten Stock. Stehen immer noch Detektive vor dem Haus? Tatsächlich. Da steht der Alte mit dem Stock, genau gegenüber im Eingang des Kameraladens und macht nicht den geringsten Versuch, sich zu verstecken. Dieser Mistkerl! Das ist der Schurke, der all das Unheil angerichtet hat, der seinerzeit den Laden verwüstet und gestern ihren Vater verhaftet hat. Und wahrscheinlich hat er auch dafür gesorgt, daß sie aus dem College geflogen ist.

Gerade will sie sich vom Fenster abwenden, da sieht sie, wie ein Mann, ein Seemann anscheinend, auf den Alten zugeht und mit ihm spricht. Gleich danach geht der Alte weg, wobei er zornig seinen Stock auf das Pflaster stößt, so daß sie es bis hier herauf hören kann. Er geht vor zur St. Martin's Lane.

Ein Gedanke schießt ihr durch den Kopf. Sie hastet nach unten, noch bevor sie ihn zu Ende gedacht hat, und schnappt sich Mantel, Schal und Hut. Dann fällt ihr ein, daß es regnet, und sie holt schnell den Schirm aus Vaters Büro. Sie öffnet die Hintertür und späht hinaus. Niemand zu sehen. Ein quietschendes Türchen im Bretterzaun führt in den Nachbarhof, und von dort gelangt sie auf die Rückseite des Duke-of-York-Theaters. Hier gibt es einen Torweg, der auf die Straße führt. Noch bevor sie aus diesem Torweg herauskommt, sieht sie den Alten auf dem Trottoir vorbeigehen und bleibt wie erstarrt stehen. Gott sei Dank steht sie im Halbdunkel, und er bemerkt sie nicht. Glück gehabt, denkt sie, eine Minute früher, und ich wäre ihm direkt in die Arme gelaufen. Ihr Herz klopft heftig vor Aufregung.

Sie wartet, bis er mindestens fünfzig Meter weiter ist, dann verläßt sie den Torweg, spannt den Schirm auf und geht ihm nach. Ob er nach Hause will? Dann weiß ich, wo er wohnt, frohlockt sie, und dann, ja, was dann?

Am Ende der St. Martin's Lane überquert er den Trafalgar Square in Richtung Admiralty Arch. Er hat einen Umweg gemacht. Warum ist er vorhin nicht gleich in die andere Richtung zur Charing Cross gegangen?

Sie folgt ihm durch das mächtige Halbrundportal des Arch, vorbei an der Admiralität und über den Parade Ground. Bei dem nassen und kalten Wetter sind hier nur wenige Leute unterwegs. Regungslos stehen die Wachen der Horse Guards unter ihren blanken Silberhelmen in den Torbogen. Der Alte geht am Schatzamt und an der Downing Street vorbei und dann in die kleine Princes Street. Für einen älteren Herrn marschiert er recht flott.

Allmählich tun ihr die Füße weh, sie hätte sich andere Schuhe anziehen sollen. Der Regen hat etwas nachgelassen, aber es nieselt immer noch. Nun sind sie an der Westminster Abbey, hier biegt er in die Victoria Street ein. Bisher hat er sich kein einziges Mal umgesehen. Zur Sicherheit geht sie aber auf die andere Straßenseite, falls er doch einmal über die Schulter blickt. Gut, daß es regnet, hinter dem Schirm kann sie sich verstecken, ohne verdächtig zu wirken.

Da! Er bleibt vor einem Hauseingang stehen und kramt in der Manteltasche. Victoria Street Nummer 25, flüstert sie vor sich hin. Wohnt er da? Oder besucht er jemanden? Jetzt geht er hinein. Wenn es schon dunkel wäre, könnte sie sehen, in welcher Wohnung Licht angeht, aber es ist ja erst halb vier. Vielleicht ist es gar kein Wohnhaus? Links und rechts vom Eingang sind lauter Schilder, vielleicht Rechtsanwälte, Notare oder Ärzte.

Sie überquert die Straße, und zwar schräg, so daß es nicht so aussieht, als ob sie auf das Haus zusteuerte. Dann zurück und vorbei am Eingang. Just da öffnet sich die Tür, und eine Frau tritt heraus, eine Frau mit Schürze und einem Eimer in der Hand, wahrscheinlich die Concierge. Vivian bleibt stehen und sagt: »Ach bitte, Madam, der Gentleman, der eben hier hineinging, war das nicht Professor Ryan vom Natural History Museum?«

»Der mit dem Stock?« Die Frau schüttelt den Kopf: »No, my dear, das war Mr. Morgan. Der ist kein Professor.« Sie zeigt auf ein einfaches Messingschild: *W. Morgan, General Agent, No. 25 Victoria Street, Westminster. 1st Floor.*

London, Kentish Town, 17. Januar 1913, Freitag

Drummond tritt ein paarmal gegen die Stufe, um den Schnee von den Schuhen zu klopfen, während er in der Manteltasche nach den Schlüsseln kramt. Es war ein langer Tag, und er ist durchgefroren und müde. Er schließt die Haustüre auf und tappt im Dunkeln auf die Treppe zu, als sich die Tür der Hausmeisterwohnung einen Spalt öffnet.

»Mr. Drummond? Sind Sie es?«

»Ja. Was gibts denn, Mr. Swift?«

»Ein Bote hat etwas für Sie abgegeben, einen Augenblick, ich hole es schnell.«

Der Hausmeister kehrt zurück und reicht ihm ein flaches Päckchen. »Hier, bitte. Soll ich die Tür kurz auflassen, damit Sie auf der Treppe Licht haben?«

»Danke, Mr. Swift, nicht nötig, ich finde mich schon zurecht.«

In seiner Wohnung macht Drummond das Gaslicht an, legt das Päckchen auf den Tisch und setzt Wasser auf. Dann erst zieht er Mantel und Schuhe aus und schlüpft in die Pantoffeln. Die Wohnung ist eiskalt. Er kniet vor dem Kamin nieder und macht Feuer. Danach brüht er sich eine Kanne Tee auf und setzt sich an den Tisch. Auf dem Päckchen steht nur seine Adresse, kein Absender. Mit dem Taschenmesser schneidet er es auf. Es enthält einen grauen Aktendeckel, nicht ganz fingerdick, und obenauf eine Notiz:

Randolph,

anbei eine Abschrift der Akte der Special Branch in der Angelegenheit Sergeant McIntyre; ich habe Dir davon erzählt. Habe diese photographische Kopie machen lassen für den Fall, daß das Original verschwinden sollte. Bitte bewahre sie für mich auf. Beigefügt habe ich einen Geheimbericht aus dem Jahr 1901, der aus Deutschland stammt und mir durch Zufall in die Hände geraten ist. Er wird Dich interessieren, denke ich, denn er wirft ein bezeichnendes Licht auf unseren Freund M. Ich habe ihn mit einem roten Aufkleber markiert.

Dein Freund Stanley.

Drummond pfeift durch die Zähne. Clarke scheint sich also immer noch für Melville zu interessieren, obwohl er den Dienst quittiert hat. Was er jetzt wohl treibt? Er schlägt die Akte auf, findet den rot markierten Bericht und beginnt zu lesen.

Aktennotiz mit Vermerk »Ganz Geheim« vom 19. Februar 1901.

(Übersetzung aus dem Deutschen; Abschrift.)

Vertraulicher Bericht des Kriminalbeamten G. S. an Herrn L. v. Windheim, Polizeipräsident zu Berlin.

Hochgeehrter Herr Präsident!

Ich erlaube mir, Ihnen den folgenden Sachverhalt zur Kenntnis zu bringen:

Sie werden sich entsinnen, daß ich aus Anlaß der Englandreise Seiner Majestät des Kaisers infolge der ernstlichen Erkrankung Ihrer Kgl. H. Queen Victoria mit dem Schutz der Person S. M. beauftragt worden bin. Demgemäß habe ich mich am 19. Januar auf S. M. Y. Hohenzollern eingeschifft und bin am 20. Januar 1901 auf der Isle of Wight mit S. M. an Land gegangen. In meiner Begleitung befand sich der Kriminalbeamte K. S., der jedoch der englischen Sprache nicht mächtig war.

Nach dem bedauerlichen Ableben I. Kgl. H. Queen Victoria am Abend des 22. Januar bin ich im Schloß Osborne mit Inspector W. Melville von Scotland Yard zusammengetroffen, der mit der Sicherheit der zu den Trauerfeierlichkeiten geladenen gekrönten Häupter beauftragt war. Dieser teilte mir mit, er habe Grund zu der Befürchtung, daß ein Mordanschlag auf S. M. den Kaiser geplant sei.

Im einzelnen erklärte mir Mr. Melville, er hätte Nachricht erhalten, daß zwei berüchtigte russische Anarchisten oder Nihilisten in London eingetroffen seien und sich mit einem dritten, der sich bereits in London aufhielt, getroffen hätten. Dieselben planten einen Anschlag auf S. M. Kaiser Wilhelm II. sowie auf S. Kgl. H. Leopold II. von Belgien. Inspector Melville weihte mich in seine Absicht ein, die drei noch in dieser Nacht unschädlich zu machen. Er ersuchte mich um meine Begleitung und fügte hinzu, daß er niemanden sonst mitzunehmen gedächte, denn diese Aktion habe unter größter Geheimhaltung stattzufinden. Wir fuhren daher noch am selben Abend nach London und erreichten Charing Cross gegen 11 Uhr.

Inspector Melville mietete eine Droschke, die uns zur London Bridge brachte. Dort traf er sich mit einer weiblichen Person, die nach kurzer Unterredung eine weitere Droschke bestieg. Der Inspector und ich folgten ihr in unserem Wagen. Die Frau führte uns durch ein ärmliches Viertel in der Nähe der West India Docks zu einem Mietshaus, in dem sich die Gesuchten aufhalten sollten. Inspector Melville ließ halten, und wir betraten im Gefolge der Frau das Haus. Bevor wir jedoch die Wohnung im 1. Stockwerk erreichten, trat uns einer der Anarchisten auf der Treppe entgegen und schoß mit einem Revolver auf die Frau. Mr. Melville und ich erwiderten das Feuer, und es gelang uns, den Mann zu verwunden. Dieser versuchte nun, obwohl sein linker Arm getroffen war, die verletzte Frau zu erwürgen. Wir rissen ihn von ihr los und fesselten ihn. Geräusche machten uns darauf aufmerksam, daß die beiden anderen Verdächtigen in der Zwischenzeit durch ein Fenster entflohen. Sogleich nahmen wir mit der Droschke die Verfolgung auf. Nach einigen Minuten hieß mich Inspector Melville an einer Ecke mit der Droschke warten und setzte die Verfolgung allein zu Fuß fort. Es war dunkle Nacht, die Straßen nur mangelhaft beleuchtet. Nach etwa zehn Minuten hörte ich zwei Schüsse. Kurz darauf kehrte Inspector Melville zurück. Er teilte mir in knappen Worten mit, daß er einen der Täter gestellt habe, der zweite jedoch entkommen sei. Wir befürchteten nun, daß der Entkommene zur Wohnung zurückgekehrt sei, und eilten dorthin zurück. Die verletzte Frau war jedoch verschwunden, ebenso der Verbrecher, den wir gefesselt zurückgelassen hatten. Wir fanden nur eine Blutlache und die geöffneten Handfesseln vor. Allem Anschein nach hatte der zuletzt Entflohene den Mann be-

freit und die Frau mitgenommen. In der dunklen Nacht sahen wir keine Möglichkeit, die Verschwundenen aufzufinden, und kehrten daher nach Charing Cross zurück.

Inspector Melville erklärte mir dort, daß die Frau eine italienische Prostituierte gewesen sei, die ihm verraten habe, wo sich die Anarchisten aufhielten. Er habe einen der Flüchtigen bei den Docks erschossen; es waren dies die zwei Schüsse, die ich gehört hatte.

Näheres habe ich über diese Angelegenheit nicht erfahren und kehrte daher nach Portsmouth zurück, um mich auf Schloß Osborne wieder dem Gefolge S. M. anzuschließen.

Vor einigen Tagen nun habe ich aus London erfahren, daß die erwähnte Frau nicht ganz zwei Wochen nach ihrem Verschwinden tot aus der Themse geborgen wurde. Ferner erfuhr ich, daß dem Anarchisten, der bei der Schießerei vor der Wohnung verletzt worden war, der Arm abgenommen werden mußte. Er verweigere jede Aussage und harre nun der Auslieferung an die russischen Behörden. Von dem noch flüchtigen Verdächtigen fehle bislang jede Spur.

Ich verstoße mit diesem Bericht gegen den ausdrücklichen Wunsch S. Kgl. H. König Edward VII., über den Vorgang strengstes Stillschweigen zu bewahren, selbst meinen Vorgesetzten gegenüber. Da der Fall jedoch mittlerweile seinen Abschluß gefunden hat, erachte ich es für meine Pflicht, Sie, geehrter Herr Präsident, über diesen Vorfall in Kenntnis zu setzen.

Mit gehorsamster Hochachtung,

G. S., Kriminalkommissar

Drummond lehnt sich zurück und kratzt sich das Kinn. Eine ganz schön blutige Angelegenheit. Davon ist bisher nichts an die Öffentlichkeit gedrungen. Ob es gegen diese drei russischen Anarchisten überhaupt Beweise gegeben hat, geht aus dem Bericht nicht hervor, auch nicht, ob die angebliche Bedrohung überhaupt echt war. Hat Melville das vielleicht auch inszeniert, um Lorbeeren einzuheimsen? Dieser deutsche Kriminalkommissar G. S. muß jedenfalls Gustav Steinhauer sein, der als Fritz Reimers in England herumgeistert. Melville hat ja einmal gesagt, er habe gelegentlich bei Staatsbesuchen mit ihm zusammengearbeitet. Schon seltsam, daß er statt einem englischen Kollegen diesen Deutschen mitgenommen hat. Mitwisser auf englischer Seite hat er so jedenfalls vermieden. Und jetzt, zwölf Jahre später, taucht auf einmal dieser Bericht auf. Wo hat Clarke ihn nur her? Hat er ihn von Steinhauer? Hat Clarke vielleicht Kontakt zu den Deutschen? Ich sollte ihn wieder einmal auf ein Bier treffen.

LONDON, ST. JAMES PARK, 18. JANUAR 1913, SAMSTAG

Vivian stapft durch den frisch gefallenen Schnee. Noch immer schneit es ein wenig, und der St. James Park mit seinen kahlen Bäumen bietet einen hübschen, wenn auch farblosen Anblick. Alles ist schwarz-weiß, wie auf einer japanischen Tuschzeichnung. Grau sind nur der Himmel und die Silhouetten der Government Offices im Hintergrund.

Durch die Great George Street kann sie den Clock Tower sehen, der ihr immer wie eine überdimensionierte Wohnzimmeruhr vorkommt. Tatsächlich gibt es viele Standuhren, die ihm nachempfunden sind. Da schlägt Big Ben, die große Glocke, an. Vier Uhr. Eigentlich wollte sie nach Hause, es wird ihr allmählich kalt, obwohl sie sich dick vermummt hat, außerdem wollte Emmy ja nach der Arbeit vorbeikommen. Heute morgen, als sie vom Einkaufen zurückkam, hatte sie einen Zettel von ihr im Briefkasten gefunden: *Muß dir etwas erzählen. Ich komme abends noch mal vorbei. E.*

Um was es wohl geht? Sicher um ihren Freund Randolph. Oder hat sie gar einen Neuen? Bei Emmy weiß man nie, wie lange so eine Bekanntschaft hält.

Aber bis dahin ist noch Zeit. Sie könnte einen Abstecher in die Victoria Street machen und nachsehen, ob bei Mr. Morgan Licht brennt, vom Park ist es nicht weit. Der Alte hat ja sein Büro dort und wohnt da vielleicht auch. General Agent, hieß es auf dem Schild, also ein Vertreter für alles mögliche. Eigentlich merkwürdig für einen Scotland-Yard-Beamten. Darf er das überhaupt, nebenher noch in einem anderen Beruf arbeiten? Oder gehört er vielleicht zu der sagenhaften Geheimpolizei, von der niemand genau weiß, ob es sie überhaupt gibt?

Sie hätte gute Lust, bei ihm zu klingeln und ihm ein paar Beschimpfungen an den Kopf zu werfen. Oder auf seine Tür zu schreiben, *Sie Schwein*, oder etwas in der Art. Schon der bloße Gedanke läßt den Zorn auf diesen Schuft wieder hochkommen. Kurz entschlossen biegt sie in die Dartmouth Street ein.

Als sie schließlich in der Victoria Street vor dem Haus Nr. 25 ankommt, brennt tatsächlich Licht im ersten Stock. Jetzt zögert sie doch. Vielleicht keine so gute Idee hineinzugehen. Da geht das Licht aus. Kommt er heraus? Rasch eilt sie in einen Hauseingang, um sich zu verbergen. Tatsächlich, zwei Minuten später tritt er vors Haus, im Mantel, eine Pelzmütze auf dem Kopf und den Stock in der Hand. Er geht schnurstracks in Richtung Parliament Square. Ob er zum Cecil Court will, um sich wieder vor dem Laden aufzustellen? Sie läßt ihm einen guten Vorsprung, dann löst sie sich aus dem Tor und folgt ihm. Er geht rasch und schwingt den Stock dabei, so als wäre er gut gelaunt. Am Charing Cross biegt er in die Strand ein, und sie geht ein wenig schneller, um ihn nicht aus den Augen zu verlieren, denn hier sind eine Menge Leute unterwegs. Da vorn ist Gatti's Café, aber er geht daran vorbei. Kein einziges Mal schaut er über die Schulter, er kommt gar nicht auf den Gedanken, jemand könnte ihm folgen. Das macht Spaß, den Spieß einfach umzudrehen. Wenn der wüßte!

Vorbei am Cecil Hotel, gleich wird er an der Savoy Street sein –

nein, er will in ein Haus! Sie geht schneller und sieht, daß es ein Restaurant ist. Der livrierte Türsteher verneigt sich vor ihm, jetzt drückt Morgan dem Mann etwas in die Hand, und der hält ihm die Tür auf und verbeugt sich dabei noch einmal. Unschlüssig bleibt sie stehen. Das Restaurant heißt Simpson's Tavern. Sie geht daran vorbei und bemerkt den Hinweis *Damenzimmer im ersten Stock.* Also eins dieser blöden Restaurants, zu denen nur Gentlemen Zutritt haben. An der Ecke zur Savoy Street bleibt sie stehen und nagt unschlüssig an den Fingerspitzen ihrer Handschuhe. Ob sie hineingehen soll? Ihm vor allen Gästen Beleidigungen an den Kopf werfen? Man wird sie hinausschmeissen, vielleicht sogar verhaften. Und überhaupt ist das Unsinn, was sie da vorhat. Man wird sie gar nicht erst hineinlassen.

Doch! Der Damensalon. Da war kein Hinweis auf einen separaten Eingang. Sie macht kehrt und marschiert auf die goldumrahmte Türe zu.

»Zum Salon für Damen?« fragt sie den Türsteher.

»Die Treppe hinauf, Madam, wenn Sie so freundlich sein wollen! Willkommen!« Er hält ihr die Tür auf, und sie geht hinein. Ein hell erleuchteter, großer Vorraum, links die breite, geschwungene Marmortreppe, flankiert von lebensgroßen Mohrenfiguren aus geschwärzter Bronze, die elektrische Lampen hochhalten. Geradeaus, zwischen Stechpalmen in Kübeln, der Eingang zum Restaurant. Rechts ein Rezeptionstischchen, dahinter ein Angestellter im Frack, neben ihm ein livrierter Portier. Sie beachtet sie nicht und geht zur Treppe. Kurz vor den Stufen schwenkt sie ab und steuert auf das Restaurant zu.

»Madam!« hört sie noch, bevor sich die Tür hinter ihr schließt, »Excuse me, Madam!?«

Sie tritt in einen großen Speisesaal, die Wände in dunklem Weinrot getäfelt, üppig verzierte Kristallüster, umnebelt von Tabakrauch. Alle Tische sind belegt. Und da sitzt Morgan mit zwei Herren am Tisch, soeben setzt ihnen ein Ober silbergedeckte

Schüsseln vor. Sie marschiert schnurstracks auf die Gruppe zu, die Stirn heiß vor Aufregung und Zorn, und zupft sich einen Handschuh herunter.

»Mister Morgan!«, ruft sie mit vor Erregung schriller Stimme und so laut, daß schlagartig alle Gespräche im Saal verstummen. »Sie sind ein erbärmlicher und ekelhafter Schnüffler!«

Damit klatscht sie ihm den Handschuh ins Gesicht. »Sie wollen ein Scotland-Yard-Beamter sein? Sie sind eine Schande für England!« Dann beugt sie sich vor und stößt mit einem Ruck den gefüllten Teller, der vor ihm steht, vom Tisch und in seinen Schoß. »Da! Guten Appetit, Sie Schwein!«

Alle Köpfe im Lokal wenden sich ihr zu. Morgans Gesicht läuft blaurot an. Es sieht aus, als würde er einen Herzanfall erleiden. Braune Soße bekleckert die weiße Hemdbrust, tropft zäh von seinem Jackett. Er stemmt sich mühsam hoch und ringt nach Atem.

»Schafft sie hinaus!« keucht er, »sofort! Verdammtes Suffragettenpack!«

Schon packt sie einer am Arm.

»Scher dich weg!«, schreit sie den Kellner an und tritt ihm gegen das Schienbein. Mit einem heftigen Ruck reißt sie sich los und stürmt zum Ausgang. Hinter ihr bricht ein wildes Durcheinander los, lautes Geschrei und Schimpfen, aber keiner stellt sich ihr in den Weg. Sie gelangt ungeschoren hinaus auf den Gehweg, rutscht im Schneematsch aus und fängt sich gerade noch, bevor sie auf die Fahrbahn taumelt. Dann rafft sie Rock und Mantel und rennt blindlings davon.

Als sie zehn Minuten später von der St. Martin's Lane her in den Cecil Court einbiegt, völlig außer Atem und immer noch hysterisch kichernd, sieht sie im schwachen Schein der Straßenlaterne die unverkennbaren Silhouetten zweier Constables vor ihrer Haustür. Augenblicklich macht sie kehrt. O Gott, denkt sie, der Alte will mich verhaften lassen! Sie hastet über die Straße und flieht in den schmalen, dunklen Goodwins Court.

Zu Emmy! Sie muß mir helfen. Bei ihr kann ich sicher erst mal ein paar Tage bleiben.

Sie läuft quer über den Covent Garden Market, der zu dieser späten Stunde dunkel und verlassen ist. Der kürzeste Weg zu Emmeline führt am New Police Court vorbei, aber das traut sie sich nicht und läuft lieber durch die Russell Street. Endlich erreicht sie das kleine Sträßchen Clare Market. Am anderen Ende wohnt Emmeline. Als sie vor dem Haus ankommt, sieht sie, daß bei ihr kein Licht brennt. Ob sie schon schläft? Kaum, es ist ja höchstens halb elf. Wahrscheinlich ist sie ausgegangen. Hier gibt es keine elektrischen Klingeln. Sie probiert die Haustür, aber es ist abgeschlossen.

Jetzt spürt Vivian erst, wie schrecklich kalt es ist. Sie geht vor dem Haus verzweifelt auf und ab, aber Emmy kommt nicht. Statt dessen fängt es an zu schneien. Von irgendwoher schlägt eine Kirchturmuhr, elfmal. Doch nach Hause? Vielleicht sind die Polizisten inzwischen weg? Falls nicht, könnte sie hinten herum ins Haus, aber nur, wenn das Hoftor vom Duke-of-York-Theater nicht abgeschlossen ist. Frierend, müde und hungrig macht sie sich auf den langen Rückweg. Der Schnee fällt jetzt in dicken Flocken.

Die zwei Polizisten stehen immer noch vor dem Buchladen, sieht sie, als sie beim Salisbury vorsichtig um die Ecke lugt. Bleibt nur noch das Hoftor vom Theater. Das ist verschlossen. Sie versucht die Haustür daneben, und die geht auf. Sie tastet sich durch den dunklen Flur, an der Treppe vorbei und findet den Ausgang zum Hof. Auch diese Tür ist nicht abgeschlossen. Erleichtert atmet sie auf, tappt leise über den Hof, unter den Teppichstangen hindurch zur kleinen Pforte in der Mauer. Die quietscht, als sie sie öffnen will. Erschrocken hält sie inne. Dann versucht sie es ganz langsam und nur so weit, bis sie sich durchwinden kann. Jetzt durch die beiden nächsten Höfe, dann über den kleinen Zaun vom Nachbargrundstück. Eine mühsame Kletterei mit dem langen Rock und dem Mantel. Natürlich verhakt sich der Rock irgendwo. Sie zerrt verzweifelt daran, bis er sich losreißt, beinahe stürzt sie noch vom Zaun herunter. Endlich! Nur noch das Türchen zu ihrem Hof. Zentimeterweise öffnet sie es, schleicht hindurch und zieht es leise wieder zu. Schleicht aufs Haus zu.

Aus Schwärze und Schneegewirbel sagt eine knarzige Stimme: »Guten Abend, Miss Peterman.«

London, Charing Cross Station, 20. Januar 1913, Montag

»Ich hab gehört, du gehst zur Polizei, Stanley?«

»Stimmt«, nickt Clarke, »ab ersten Februar bin ich Deputy Chief Constable of Kent. Nächste Woche ziehe ich nach Maidstone um.«

»Gratuliere! Direkt aufs Sprungbrett zum Chief Constable!«

»Ja. In ein paar Jahren vielleicht.«

Drummond und Stanley Clarke sitzen beim Lunch im Restaurant der Charing Cross Station, ein großer Saal voller Stimmengewirr, Geschirrgeklapper und Tabakqualm. Clarke legt das Besteck weg und tupft sich den Mund mit der Serviette ab.

»Und? Was macht unser sekretiver Verein? Alles beim alten?«

»Na ja, wie immer. Einen Nachfolger für dich als Kells Assistent gibt's schon, ein gewisser Holt-Wilson von der Woolwich Royal Military Academy. Und wir haben jetzt einen weiteren Detektiv. Drake heißt der Mann, kommt von Scotland Yard und soll sich auf Spionageabwehr spezialisieren. Bin ihm aber noch nicht begegnet.«

»Und dieser Holt-Wilson? Was ist das für einer?«

»Na ja, der ist ja erst seit Dezember bei uns, hab noch keinen richtigen Eindruck. Excaptain bei der Army, Pioniere. Nicht unsympathisch. Sportlich, würd ich sagen, federnder Schritt, energisch. Westmacott sagt, er macht alles mögliche, reitet, rudert, spielt Tennis und soll ein Champion beim Revolverschießen sein. Zur Zeit krempelt er die ganze Büroorganisation um, strukturiert die Registratur neu, führt das amerikanische Roneo-Karteisystem ein und all so was.«

»Mehr der Mann fürs Bürokratische, was? Aber sag mal, was tut sich denn in der Buchladengeschichte? Kratzt Melville da immer noch dran rum?«

Drummond nickt und berichtet Clarke über Melvilles verbissene Verfolgung von Vivian, die er für völlig unsinnig hält. »Wenn man über sie an Seiler heranwill, sollte man sie in Ruhe lassen.« Auch Petermans Verhaftung halte er für einen schweren Fehler, besonders, da sie öffentlich bekanntgegeben worden sei. »Deutsche Agenten werden sich jetzt hüten, ihnen nahe zu kommen. Ich frage mich, ob Melville so kurzsichtig ist, oder ist ihm nicht klar, daß er unsere Arbeit buchstäblich sabotiert?«

»Melville geht es doch nur um Publicity«, sagt Clarke, »nicht unbedingt nur persönlich, sondern im Interesse gewisser Politiker, aber das wissen wir ja schon.«

»Ich versteh das alles nicht. Warum stellt sich Kell nicht mal auf die Hinterbeine und wirft ihn raus?«

»Ich bin sicher, daß er es schon versucht hat, Randolph. Aber irgend jemand weiter oben wird ihn gebremst haben.«

»Da fällt mir ein, der Bericht, den du mir neulich geschickt hast, der mit der Geschichte mit Melville und Steinhauer, wo hast du den eigentlich her?«

»Ebenfalls von Sergeant McIntyre, der mir die Melville-Akte gezeigt hat. Er sagt, der Bericht sei vor ungefähr zehn Jahren in einem Brief bei ihm angekommen, ohne Kommentar und ohne Absender, aber mit deutschen Briefmarken und deutschem Poststempel.«

»Das sieht ja so aus, als hätte Steinhauer ihn abgeschickt.«

»Möglich«, sagt Clarke, »sogar ziemlich wahrscheinlich. Steinhauer muß irgendwie die Geschichte mit McIntyres Anklage gegen Melville mitgekriegt haben, weiß der Kuckuck, wie. Ist ja alles geheimgehalten worden. Vielleicht wollte er ihm helfen, sich zu rehabilitieren?«

»Oder Melville eins auswischen? Aber warum?«

»Keine Ahnung. Ich kann's mir auch nicht erklären. Aber das Dokument ist echt.«

»Und der Sergeant? Hat er deswegen irgend etwas unternommen?«

»Nein. Er meinte, mit seiner Entlassung habe er sich damals längst abgefunden, er habe die Geschichte nicht noch einmal aufrollen wollen. Hätte ihm höchstens noch mehr Ärger mit der Special Branch eingebracht.«

Clarke wirft einen Blick auf die Uhr über dem Eingang. »Ich muß los«, sagt er, »mein Zug geht gleich.«

Drummond ist noch mit Emmeline verabredet, ein paar Häuser weiter bei Gatti's, ihrem alten Treffpunkt. Sie kommt eine gute Viertelstunde zu spät und küßt ihn ganz unbekümmert auf die Wange. »Entschuldige, Schatz, bin aufgehalten worden.«

»Macht nichts. Wer hat dich denn aufgehalten?«

»Ach, so ein hübscher junger Kerl, der mich auf der Straße angequatscht hat.«

Drummond starrt sie an. Emmeline lacht. »Nein, du Dummkopf! Für mich gibt es nur einen hübschen jungen Kerl, und der bist du.«

Sie schüttelt den Kopf, noch immer lachend. »Du hättest fragen sollen, *was* hat dich aufgehalten. Es waren diese Schuhe. Schau mal!«

Sie streckt einen Fuß unter dem Tisch hervor und zeigt ihm ein türkisfarbenes Lackstiefelchen. Die tadelnden Blicke der beiden Damen am Nachbartisch ignoriert sie.

»Gefallen sie dir? Hab sie unterwegs im Schaufenster gesehen und mußte sie einfach haben!«

Drummond stellt sich einen Schuhschrank mit Hunderten von Schuhen in allen Farben vor und grinst. »Ja, die gefallen mir. Wieviel Paar hast du denn schon?«

Sie seufzt. »Nur ein Dutzend. Viel zu wenig.«

Die Bedienung bringt ihren Kaffee und ein Stück Torte für Emmeline.

»Sag mal, Emmeline, was macht eigentlich Vivian? Weiß sie inzwischen das mit den unterschlagenen Briefen?«

»Nein, immer noch nicht. Gestern bin ich noch einmal zu ihr, aber sie war nicht da. Der Laden war zu, ihr Vater ist ja im Gefängnis. Ich hab ihr einen Zettel in den Türschlitz geworfen, hab aber bis jetzt nichts von ihr gehört, ich fange an, mir Sorgen zu machen.«

London, Holloway Prison, 22. Januar 1913, Mittwoch

Vivian sitzt auf der Pritsche in ihrer Zelle und zupft an dem grauen, kratzigen Leinenkleid herum. Der Stoff ist grob gewebt und steif. Das hab ich nun davon, daß ich diesen Mr. Morgan mit Soße bekleckert hab, denkt sie.

Am Morgen nach ihrer Festnahme war sie von einem Scotland-Yard-Inspector zu ihrer Attacke verhört worden. Morgan hat sich nicht blicken lassen. Sie hat alles zugegeben, es gab schließlich Zeugen in Hülle und Fülle, und ihre Tat mit dessen Nachstellungen gegen ihren Vater und sich begründet. Dann war ein zweiter Mann zum Verhör erschienen, der sich als Inspector Drake vorstellte und ihr eine Menge Fragen zu ihrem Vater und seinen angeblichen Verbindungen zu einem deutschen Geheimdienst stellte. Sie hatte darauf gesagt, daß sie das alles für einen völlig unsinnigen Verdacht halte, und weiter keine Antworten mehr gegeben. Auch zu den Fragen nach einem Deutschen namens Seiler hatte sie geschwiegen. Die letzten Fragen waren, ob sie sich an Anschlägen der Suffragetten beteiligt habe. Sie hatte aber kein Wort mehr gesagt, und schließlich hatten die Beamten das Verhör für beendet erklärt. Es hatte etwas mehr als zwei Stunden gedauert. Gleich danach war sie dem Polizeirichter vorgeführt worden, der sie nach kurzer Einvernehmung zu vier Wochen Gefängnis verurteilt hatte. Das Urteil war mit ihrem tätlichen Angriff auf William Morgan sowie beleidigenden Äußerungen über seine Person in der Öffentlichkeit begründet worden. Der Scotland-Yard-Inspector hatte versucht, eine Verurteilung wegen Spionage und Teilnahme an Aktionen der Suffragetten zu erreichen, war aber erfolglos geblieben. Unmittelbar nach dem Urteilsspruch war sie ins Frauengefängnis Holloway Prison eingeliefert worden.

Wie auch an den beiden vorangegangenen Tagen rasselten auch heute morgen um sechs die Schlüssel im Schloß. Sie mußte aufstehen, sich anziehen und ihr Bettzeug zusammenlegen, alles unter dem ungeduldigen Blick der Wärterin. Dann antreten mit den anderen Frauen vor der Zellentür und der gemeinsame Marsch hinunter zum Speisesaal. Das Frühstück bestand aus dünnem Tee und Porridge. Es folgte eine Viertelstunde Aufenthalt im Hof, der bei dieser bitteren Kälte kein Vergnügen war. Danach wieder Einschluß. Zu Mittag gab es erneut Tee, Gemüsebrühe und eine Scheibe klebriges Brot.

Hier sitze ich nun, denkt sie, und habe nichts zu tun und nicht einmal etwas zu lesen. Zähflüssig wie Melasse tropft die Zeit dahin. Die Dampfheizung wird nur lauwarm, und sie hat sich in die eklige braune Wolldecke gewickelt, aber sie friert trotzdem. Alles, was sie tun kann, ist, auf das Abendessen zu warten, und das ist auch kein allzu erfreuliches Ereignis. Gestern hat es ein Stück gekochtes Schweinefleisch gegeben, vor dem ihr graute, weil es so fett war, dazu zerkochte Kartoffeln mit Zwiebeln. Und zum Trinken natürlich Tee. Dann zurück in die Zelle. Um zehn Uhr war das Licht abgedreht worden. So wird es jetzt fünfundzwanzig Tage lang weitergehen. Eine Träne rinnt ihr über die Wange, sie wischt sie ärgerlich mit dem Handrücken weg. Ob sie den ganzen Schlamassel Adrian zu verdanken haben, sie und ihr Vater, diesem verdammten Deutschen, auf den sie hereingefallen ist? O Gott, sie fühlt sich so schuldig. Keine Nachricht von ihrem Vater, dem es noch schlimmer gehen muss als ihr. Immerhin hat sie an Morgan ihr Mütchen gekühlt, aber er?

LONDON, CECIL COURT, 17. FEBUAR 1913, MONTAG

Am Morgen um acht Uhr wird sie freigelassen und fährt mit der Tube bis zur Strand Station. Von dort läuft sie nach Hause. Hinter der Ladentür liegen mehrere Briefe. Hastig sieht sie sie durch, aber keiner ist von Adrian. Natürlich nicht. Kann sie ihn denn gar nicht vergessen trotz allem? Alles langweilige Verlagspost, aber ein Brief ist vom Rechtsanwalt ihres Vaters, abgestempelt am 4. Februar. Der Anwalt schreibt, er rechne damit, daß ihr Vater in spätestens vier Wochen aus der Haft entlassen werde. Das wäre Anfang März, wenigstens das ist beruhigend. Auch habe er eine weitere Schadenersatzklage eingereicht.

Die Wohnung ist völlig ausgekühlt. Sie heizt den Kamin an, danach den Badeofen, und setzt Tee auf. Später nimmt sie ein langersehntes, ausgiebiges Bad. Während sie sich anzieht, merkt sie, wie ihr vor Hunger fast schwindlig ist. Es ist aber nichts zu essen da. Also schlüpft sie in den Mantel und geht aus dem Haus. Sie sieht keine Bewacher, und wenn welche da wären, wär's ihr auch egal. Sollen sie ihr doch nachschleichen. Sie geht schnurstracks zur Charing Cross, wo Emmeline arbeitet. Wenn sie da ist, wird sie gleich Mittagspause haben, dann können sie irgendwo zusammen essen. Danach wird sie das Nötigste einkaufen.

Am Eingang der Lady Couriers stößt sie fast mit ihr zusammen. Arm in Arm gehen sie zu Gatti's, und auf dem Weg erzählt sie Emmeline, wie sie Morgan einen Skandal gemacht hat und dafür ins Gefängnis gekommen ist, vier lange Wochen.

Emmeline ist fassungslos: »Um Himmels willen! Kind! Dich darf man wirklich keinen Augenblick allein lassen!« Aber sie lacht über die Szene in Simpson's Tavern. »Also, das hätte ich wirklich gern miterlebt!«

Bei Gatti's schlägt sich Vivian den Bauch voll mit lang entbehrten Leckerbissen und trinkt drei Tassen heiße Schokolade. Emmeline wartet geduldig, bis sie fertig ist. Dann erzählt sie ihr alles über die Briefe, die die Polizei unterschlagen hat.

Vivian bleibt fast das Herz stehen, als sie das hört. »O Gott«, stöhnt sie, »diese Schweine! Und ich hab gedacht, er will nichts mehr von mir wissen! Ich muß ihm das alles so schnell wie möglich sagen!«

»Weißt du denn, wo du ihn erreichen kannst?«

»Nein, nicht genau. Ich glaube, er ist jetzt in Berlin, in diesem Marineamt. Ich muß sofort dort anrufen!« In heller Aufregung springt sie auf. »Ich muß zur Post! Bitte, Emmy, komm mit!«

»Langsam«, sagt Emmeline, »setz dich mal wieder hin! Bereden wir das lieber in Ruhe.«

Sie klappt ihr Zigarettenetui auf und hält es Vivian hin. »Nimm dir eine! Nun mach schon! Das beruhigt.« Sie beugt sich vor und gibt ihr Feuer. »Überleg doch mal. Wenn du bei der deutschen Marine anrufst, und man beobachtet dich dabei oder hört gar zu, wäre das ja buchstäblich ein Beweis für Landesverrat. Und ein Telegramm kommt aus demselben Grund nicht in Frage.« Sie erklärt ihr, wie Randolph sich das gedacht hat. »Also, schreib ihm einen Brief, und gib ihn mir. Ich stecke ihn dann in ein offizielles Kuvert der Lady Couriers und adressiere es an dieses Marineamt, ohne seinen Namen, die werden ihn schon an ihn weiterleiten!« Es wird ein paar Tage dauern, bis er ihn hat, aber darauf kommt es jetzt auch nicht mehr an.«

Vivian fällt Emmy um den Hals und heult los.

Berlin, Reichsmarineamt, 20. Februar 1913, Donnerstag

Kapitän Tapken kommt gleich zur Sache. »Neue Weisung aus der Admiralität, Seiler! Wir sollen unser Augenmerk jetzt besonders auf britische U-Boote richten. Achtundsechzig sollen die Tommies haben, aber davon sind angeblich nur etwa fuffzehn hochseetauglich. Was weiß man denn in der Flottille über englische Boote?«

Seiler überlegt einen Moment. »Nicht viel. Kaum etwas Konkretes. Sie sollen allerdings schon seit ein paar Jahren Dieselmotoren verwenden. Wir hinken da in der Entwicklung hinterher.«

»Was macht diese Dieselmotoren denn soviel besser als die, die wir jetzt haben?«

»Nun, auf diesem Gebiet bin ich kein Fachmann«, sagt Seiler zögernd, »aber sie sollen zuverlässiger und leiser laufen als unsere Ölmotoren. Mit denen haben wir ja viele Probleme, etwa die starke Rauchentwicklung, die häufigen, weit hörbaren Fehlzündungen und die Überbeanspruchung der Zylinder, die oft zu Kolbenrissen führt. Aber vor allen Dingen soll sich mit Dieselmotoren eine erheblich größere Reichweite der Boote erzielen lassen.«

»Hm. Soso. Wieviel U-Boote haben wir überhaupt zur Zeit?«

»Achtzehn, Herr Kapitän. U1 bis U4 taugen aber nur für die Ostsee und werden hauptsächlich von der U-Schule verwendet. Bleiben vierzehn.«

»Aha. Na, da gibt's ja einiges aufzuholen.«

Seiler nickt stumm.

Tapken legt die Stirn in nachdenkliche Falten. »U-Boote sind neuerdings der letzte Schrei in der Admiralität. Die Herrschaften dort haben sich umbesonnen und wollen auf einmal alles über die der Engländer wissen. Der Wunsch der Herren Admirale ist uns natürlich Befehl.«

Er grinst, wird aber gleich wieder ernst. »Kurz und gut, in ein paar Tagen fahren Sie nach Kiel, Seiler. Wir bereiten eine Sonderunternehmung vor, in England. Richten Sie sich darauf ein, daß Sie etwa drei bis vier Wochen lang unterwegs sein werden.«

»Jawohl, Herr Kapitän.«

Tapken blättert in einer Akte. »Am 26. geht's los. Zuerst nach Kiel, Steinhauer wird Sie begleiten. Der Flottillenchef wird Sie dort in die Einzelheiten der Unternehmung einweihen. Außer ihm weiß keiner davon, alles äußerst geheim. Am 1. März fahren Sie weiter nach Wilhelmshaven und melden sich dort beim Kommando der Marinestation West. Näheres dazu erfahren Sie ebenfalls in Kiel.«

»Jawohl, Herr Kapitän.«

Seiler schließt die Tür hinter sich und wandert langsam den düsteren Gang entlang. Ich soll also wieder nach England. Und noch immer kein Lebenszeichen von Vivian. Es wird wohl zu Ende sein. Trauer schnürt ihm die Kehle zu.

Noch immer wohnt er in der lieblos eingerichteten Dienstwohnung Königgrätzer Straße 70 am Halleschen Ufer. Er hat kaum die Tür hinter sich geschlossen, da hält er es hier nicht mehr aus. Er kramt in der Schublade nach Zigaretten, findet eine zerdrückte Schachtel und steckt sich mit bebenden Händen eine an. Dann zieht er den Mantel an, drückt sich die Mütze auf den Kopf und läuft auf die Straße hinunter.

Verflucht, denkt er, ich war schon fast drüber weg. Und weist sich zurecht: Stimmt nicht. Es ist kein einziger Tag vergangen, an dem ich nicht an sie gedacht habe. Sollte wenigstens mir gegenüber ehrlich sein. Sobald ich nach England komme, werde ich sie suchen, ganz egal, was sie mir auftragen. Ich muß mit ihr reden, so bald wie möglich.

Er läuft die Königgrätzer Straße entlang. Das Februarwetter mit Regen, Schneeschauern und Kälte paßt zu seiner Stimmung, traurig, zornig, gleichgültig in raschem Wechsel.

»O Verzeihung!« Jetzt hätte er fast eine Frau über den Haufen gerannt.

»Passense doch auf! Blind und denn noch im Galopp!«

London, Kew Gardens, 20. Februar 1913, Donnerstag

»Und jetzt? Nach links oder nach rechts?«

»Ich glaube, nach links«, flüstert Lillie, »da sollten wir auf den breiten Weg kommen.«

»Na, dann los«, fordert Olive, »wir müssen dort sein, bevor es hell wird.«

Vivian sagt nichts und vergräbt die Hände in den Manteltaschen. Ihr ist kalt, und es ist unheimlich hier. Es ist noch dunkel, und der kaum erkennbare Weg verliert sich schon nach ein paar Metern im dichten Nebel. Der kommt von der Themse, schätzt sie, an der wir vorhin entlanggegangen sind, bis Olive die kleine Pforte in der Mauer gefunden hat, durch die wir hereingekommen sind. Zu dritt schleichen wir hier durch den Botanischen Garten, drei Frauen mit finsteren Absichten. Olive und Lillie, radikale Suffragetten alle beide, und ich. Was die vorhaben, ist der helle Wahnsinn. Ich muß verrückt sein, bei so etwas mitzumachen.

Sie hat Lillie schon Anfang Dezember kennengelernt, auf einer Protestveranstaltung der Women's Union. Sie haben sich auf Anhieb gut verstanden. Lillie ist zweiundzwanzig, hübsch, frech und ledig. Sie trägt ihr schwarzes Haar offen, es fällt ihr fast bis zur Taille.

Lillie hat ihr dann ihre Freundin Olive vorgestellt. Olive studiert Kunst und Malerei und ist schon siebenundzwanzig. Sie und Lillie waren bei der großen Demonstration im März 1912 dabei und sind verhaftet worden, weil sie Fensterscheiben eingeworfen haben – mit Pflastersteinen, die sie in Papier eingewickelt hatten. Darauf hatten sie geschrieben: *Argument of the Broken Pane.*

Lillie war dafür zu zwei Monaten Gefängnis verurteilt worden, Olive sogar zu sechs. Beide glauben längst nicht mehr, daß sich das Wahlrecht für Frauen mit Petitionen und Bitten durchsetzen läßt.

Vor etwa drei Wochen hat die von Premierminister Herbert Asquith geführte Regierung eine Gesetzesvorlage zur Frauenwahlrechtsreform zurückgezogen, mit der Begründung, es gebe keine Aussicht auf Zustimmung des Parlaments. Nicht lang danach las man von Anschlägen, die von Suffragetten verübt worden sind. So hatten die Frauen am 8. Februar die Telephonverbindung London–Glasgow unterbrochen, indem sie mehrere Leitungsmasten umgesägt und die Kabel zerschnitten hatten.

Vorgestern hatte sie sich mit Lillie und Olive bei Gatti's getroffen, und die beiden hatten ihr erzählt, sie hätten vor, den Pavillon in Kew Gardens anzuzünden. Der gehöre der Krone, und die beiden Frauen, die ihn gepachtet hätten, müßten eben auch begreifen, daß Krieg sei, weil ihnen die Männer keine andere Wahl ließen. Im übrigen sei der Pavillon bestimmt versichert, die Pächterinnen wolle man ja nicht schädigen. Als Lillie sie fragte, ob sie mitmachen wolle, hatte sie nicht lange überlegt und ja gesagt. Gestern abend haben sie sich bei Olive getroffen und miteinander diskutiert, bis es Zeit war aufzubrechen.

»Wir lassen sie nicht mehr in Ruhe, diese eingebildeten Herren der Schöpfung«, hatte Lillie mit glänzenden Augen gesagt, »denen muß klargemacht werden, daß wir so lange zuschlagen, bis sie uns das Wahlrecht zuerkennen!«

Als sie vorhin an der Kew Bridge Station ausgestiegen sind, ist ihnen die Schlagzeile der *Daily Mail*-Morgenausgabe in die Augen gesprungen: *We Have Blown Up The Chancellor Of The Exchequer's House To Wake Him Up!*

Sie kauften das Blatt und steckten draußen die Köpfe zusammen und lasen den Artikel. Suffragetten, so hieß es, hätten gestern früh am Morgen das neuerbaute, noch nicht bezogene Landhaus des Schatzkanzlers David Lloyd George mit einer Bombe in die Luft gejagt. Menschen seien nicht zu Schaden gekommen, aber das Gebäude sei schwer beschädigt worden. Noch am selben Abend hätte Emmeline Pankhurst in einer Rede die Verantwortung für den Anschlag übernommen und sei deshalb gleich nach der Veranstaltung von der Polizei abgeführt worden.

Wildgewordene Weiber, lautete ein Kommentar, *die mit unerhörter Skrupellosigkeit zu den verbrecherischsten Mitteln greifen, um ihre unsinnigen und widernatürlichen Forderungen durchzusetzen.*

Vivian kann nicht recht glauben, daß die Zerstörung des Pavillons viel bewirkt, außer daß die Wut auf die Frauenbewegung wächst. Wenn sie ganz ehrlich ist, ist es ihr aber egal. Sie macht mit, weil sie sich rächen will für die vier Wochen Gefängnis und für die Verhaftung ihres Vaters.

Beim Gedanken daran wird sie vor Wut ganz verrückt. Diese Schufte! Drei Gewehre hatten sie mitgebracht und behauptet, sie seien im Keller des Buchladens gefunden worden! Deutsche Militärgewehre! Vaters Beteuerungen hatten nichts geholfen, seine Aussage stand gegen die von zwölf Polizisten. Und wie die Presse am Tag danach gehetzt hatte: *Buchhändler als deutscher Meisterspion entlarvt! Von Haß getrieben! Scotland Yard entdeckt schockierende Beweise!*

Daraufhin hatten gleich am anderen Morgen irgendwelche Idioten die Scheiben des Buchladens eingeworfen und Bücher aus dem Schaufenster auf die Straße geworfen. Constable Bob war dazwischengegangen und hatte die Burschen verjagt. Bob ist ein braver Mann, aber Scotland Yard haßt sie seither. Diese Leute sind kein Haar besser als die Kriminellen, die sie jagen.

Vivian fröstelt. Gruslig ist es hier. Knorrige Eichen stehen düster zu beiden Seiten, ihre kahlen Äste und Zweige tasten wie Krallen ins graue Nichts. Es ist totenstill, nur ihre eigenen Schritte knirschen viel zu laut auf dem Kies. Hoffentlich hört das niemand. Aber um diese Zeit dürften hier noch keine Gärtner unterwegs sein. Es wird jetzt bald sieben sein, richtig hell wird es gegen acht, und Kew Gardens öffnet nicht vor zehn Uhr für das Publikum.

Der Pfad mündet in einen Sandweg, der ziemlich breit zu sein scheint. Olive geht ein paar Schritte voraus, sie schaut über die Schulter und sagt leise: »Das ist Cedar Vista, so heißt der Weg. Wenn wir gleich an den See kommen, sind wir richtig.«

Vivian folgt ihnen bis zum anderen Wegrand und sieht einen Streifen Gras, beperlt vom Nebelniederschlag. Dahinter taucht Schilf auf, dann eine stumpf schimmernde Wasserfläche.

»Allright, dann müssen wir dorthin.« Lillie zeigt die Richtung und sagt: »Wenn der Nebel nicht wäre, könnten wir die chinesische Pagode sehen, ganz am anderen Ende.«

Schweigend machen sie sich auf den Weg. Zu sehen ist nichts außer den Schemen der Zedern zu beiden Seiten. Ein Kaninchen hoppelt vor ihnen über den Weg.

Endlos lange dauert es, bis ein vager grauer Umriß vor ihnen auftaucht, ein hoher Turm, dessen Spitze der Nebel verbirgt.

»Die Pagode«, flüstert Lillie, »hier nach links jetzt. Ist nicht mehr weit.« Es ist ein wenig heller geworden. Ein grüner Laternenpfahl, ein Schild daran: *Pagoda Vista.* Sie laufen an einer Reihe kleiner Bäumchen entlang, Obstbäume vermutlich, dann tauchen auf einmal Tische und Gartenstühle auf einer Wiese auf.

Und dahinter ist der Pavillon, eher ein niedriges Haus mit mehreren kleinen Anbauten und einem verwinkelten Dach mit vielen Giebeln. Weinlaub bedeckt die Wände und läßt nur die Fenster frei, die mit Läden verschlossen sind. Nirgends ein Lichtschimmer. Olive und Lillie gehen auf eine offene Vorhalle zu, Vivian folgt ihnen zögernd. Es ist fast dunkel darin, sie erkennt eine lange Theke, die Umrisse von Klappstühlen, aufgestapelte Getränkekisten. Die beiden Frauen holen Flaschen aus ihren Tragtaschen und stellen sie auf die Theke. Dann reichen sie die leeren Taschen an Vivian weiter, und Olive sagt: »Geh schon mal raus, und paß auf, daß niemand kommt.«

Vivian nickt, nimmt die Beutel und stellt sich auf den breiten

Pagodaweg. Der Nebel ist deutlich dünner geworden, schräg gegenüber sieht sie bereits den Umriß des Temperate House, in dem Pflanzen aus wärmeren Gegenden überwintern.

Frühestens übermorgen wird Adrian meinen Brief bekommen, denkt sie. Das heißt, falls er überhaupt in Berlin ist und nicht auf See oder so was. Und dann wird noch eine Woche vergehen, bis ich eine Antwort von ihm erhalte. Falls er mir zurückschreibt. Sie merkt, wie ihr Tränen in die Augen treten, und schnieft. Wenn er mir schreibt, wenn alles gut wird, dann will ich mit ihm nach Deutschland. Ich hab genug von London. Am liebsten möchte ich die ganze Stadt anzünden.

Aus der Vorhalle des Pavillons hört sie gedämpfte Stimmen, leises Poltern, dann ein Gluckern. Das Petroleum, denkt sie, jetzt leeren sie die Flaschen aus, gleich geht es los.

Sie hat es kaum gedacht, als ein orangefarbener Schein aufleuchtet, zugleich kommen die Frauen herausgerannt. Hinter ihnen lodern Flammen in der Vorhalle, schwärzlicher Rauch quillt heraus.

»Weg!«, ruft ihr Olive zu. »Los, schnell! Zurück, so wie wir gekommen sind!«

Helgoland, U-Boot-Hafen, 3. März 1913, Montag

»Vorleinen los!«

»Achterleinen los – bis auf Spring!«

Das Boot treibt ein paar Handbreit von der beleuchteten Pier ab.

»Steuerbord E-Motor ganz langsam zurück!«

Die straff gespannte Spring wird schlaff und beginnt durchzuhängen. Der Bug löst sich weiter von der Pier. Jetzt müßten die vorderen Tiefenruder klar sein. Ihre empfindlichen Flossen dürfen die Mauer nicht berühren.

»Steuerbordmotor stop! Backbord E-Motor langsam voraus! Spring loswerfen!«

Das Boot dreht den Bug in Richtung Ausfahrt. Dort blinken

die Molenfeuer in die schwarze Nacht. Ein eisiger Wind pfeift um den Turm, Wellen klatschen an die Tauchtanks.

»E-Motoren stop! Umkuppeln auf Maschinen!«

Die Petroleummaschinen erwachen mit lautem Knallen zum Leben. Das Boot erzittert.

»Beide langsame Fahrt voraus!«

»Mittschiffs – recht so.«

Um zwei Uhr morgens passiert U 9 die Molenköpfe des Helgoländer Außenhafens und nimmt Kurs nach Süden, um die Insel zu umfahren. Der Kommandant befiehlt halbe Fahrt, das Schüttern der Maschinen wird schneller. Das Boot dreht allmählich nach West, dann weiter nach Nordwest, direkt in den Wind. Die See wird rauher, Schaumkämme leuchten in der Dunkelheit. Steuerbord querab flammt alle acht Sekunden das weiße Dreiblitzfeuer des Helgoländer Leuchtturms auf.

Weddigen befiehlt, die F.-T.-Masten auf Vordeck und Turm abzutakeln, und Seiler meldet sich ab, um Platz zu machen. Er steigt durchs Turmluk hinunter ins Boot, in den dicken Petroleumdunst, in den wummernden Lärm der Maschinen.

Er ist todmüde. Nach der Woche bei der Flottille in Kiel war er gestern abend in Wilhelmshaven angekommen. Nach seiner Meldung hatte er eine Kammer in der Matrosenkaserne bekommen, aber er hat die ganze Nacht kein Auge zumachen können. Einmal war da der Lärm von der Werft, dann hatte es gegen zwei Uhr morgens einen Probealarm gegeben, der alle in helle Aufregung versetzt hat. Hornsignale, Trommelgerassel, Türen knallten, Stiefel trappelten durch die Gänge, lautes Gebrüll auf dem Appellplatz. Das ging ihn nichts an, aber an Schlaf war dabei nicht zu denken. Erst gegen vier Uhr war es wieder ruhig geworden, aber dann hatten ihn die Gedanken an Vivian nicht zur Ruhe kommen lassen. Um fünf Uhr schrillten die Pfeifen der Unteroffiziere durch die Korridore: »Reise, Reise! Auf, Matrosen!« Da hat er den Versuch, doch noch einzuschlafen, aufgegeben.

Mittags hatte er sich, wie angewiesen, auf einem langsamen Tonnenleger eingeschifft, der ihn Stunden später auf Helgoland an Land gesetzt hat. Es war bereits dunkel geworden, als er sich im noch unfertigen U-Boot-Hafen auf U 9 an Bord gemeldet hat.

Der Kommandant ist immer noch Kapitänleutnant Otto Weddigen. Sein Erster Offizier ist jetzt Leutnant zur See Johannes Spieß, ein magerer junger Mann mit melancholischem Gesicht und tief in den Höhlen liegenden Augen. Der hat ihn mit einer knappen Meldung ins Bild gesetzt: »Boot ist seeklar, Herr Oberleutnant. Petroleum, Wasser und Preßluft sind aufgefüllt, Akkumulatoren geladen. Sechs Übungstorpedos sind an Bord, je zwei in Bug- und Heckrohren, zwei in Reserve. Zündpistolen werden nicht mitgenommen, das Maschinengewehr auch nicht, Befehl des Kommandanten. Proviant wird noch verstaut. Auslaufen heute nacht um ein Uhr dreißig bei Hochwasser.«

Anschließend hatte es gerade noch für ein karges Abendessen und zwei Stunden Schlaf auf dem Flottillen-Wohnschiff SOPHIE gereicht.

Im Boot hat man ihm als Schlafplatz die schmale Koje des Wachoffiziers gegenüber der Kommandantenkammer zugewiesen. Im trüben Glühlampenlicht zieht er Stiefel und Jacke aus, schwankend vor Müdigkeit, und legt sich hin. Zieht die klamme, blau-weiß karierte Bettdecke über sich und schließt die Augen. Gleich reißt er sie wieder auf, als ihm ein dicker Tropfen auf die Stirn klatscht. Weil es im Boot wärmer ist als draußen, schlägt sich überall Feuchtigkeit nieder. Tropfen reihen sich an den Rohren und Leitungen über ihm und rieseln über den hellgrauen Ölfarbenanstrich der gebogenen Stahlwand. Seiler langt nach der Lederjacke und breitet sie über der Decke aus, zieht sie sich bis über den Mund. Jetzt drängen sich zwei Mann durch den engen Gang, ohne ihre laute Unterhaltung zu dämpfen. »Flottenmanöver, das ist doch Scheiße! Den ganzen Tag unter Wasser, in dem Mief!«

»Und das 'ne Woche lang. Na, wenigstens hammwa die Schangs, daß uns so'n Dickschiff übern Haufen karjolt.«

»Ja, das wär 'n Heidenspaß.«

Der Vorhang zum Deckoffiziersraum verschluckt ihre Stimmen.

Offiziell und soweit die Besatzung weiß, sind sie unterwegs zu den Flottenmanövern. Die haben vor ein paar Tagen mit Verbandsübungen der Aufklärungsschiffe im Kattegat und in der Nordsee begonnen.

Der Kommandant hat jedoch einen Geheimauftrag. Er soll in den Firth of Forth eindringen, um die Kriegstauglichkeit der jungen U-Boot-Waffe zu beweisen. Die Aufgabe lautet: Unbemerkt einlaufen, erkunden und wieder auslaufen. Seiler, der Rosyth bereits zweimal von Land her ausgespäht hat, ist als Ortskundiger an Bord kommandiert und soll am Zielort aussteigen. Die Unternehmung ist streng geheim, nur er, der Kommandant, und N wissen davon. Er hat sein Zeug in einem großen Rucksack, der wiederum in einem Seesack versteckt ist, und soll in Schottland zuerst als Wanderer getarnt auftreten. Das ist sein Auftrag, Rosyth auskundschaften und dabei versuchen, so viel wie möglich über britische U-Boote herauszufinden, besonders über die neuen Boote der D- und E-Klasse.

Nach Rosyth. Der Gedanke legt sich wie ein Gewicht auf sein Gemüt. Die glücklichen Tage, die er mit Vivian dort verbracht hat! Das kleine Hotel, wie hieß es noch? Barston? Nein, Barnton. Wie soll er dort nur mit diesen Erinnerungen fertigwerden?

Ich werde meinen Auftrag erledigen, denkt er schläfrig, und dann nach Oxford fahren, wie Steinhauer mir aufgetragen hat. Danach gleich nach London und Vivian aufsuchen. Ich muß wissen, was mit ihr los ist. Warum hat sie auf meine Briefe nicht geantwortet? Was, wenn sie einen anderen hat? Dabei war sie doch so leidenschaftlich gewesen. Er will gar nicht daran denken.

Er wacht auf, als das Schott zum Mannschaftsraum mit lautem

Knall zuschlägt. Er fühlt sich wie betäubt, ein dumpfer Druck im Kopf, das muß vom Petroleumdunst kommen. Mund und Nase sind vollkommen ausgetrocknet. Er schwingt die Beine aus der Koje und bleibt einen Moment sitzen. Ein Blick auf die Uhr zeigt ihm, daß es kurz nach sechs Uhr morgens ist. Draußen wird's noch dunkel sein, die Sonne geht hier erst um Viertel nach sieben auf.

Das Boot stampft ein wenig auf und ab, läuft also gegen die Seen an. Wenigstens schlingert es nicht. Frische Luft täte jetzt gut, die Nebel aus dem Kopf zu verjagen. Er steigt in die klobigen Seestiefel, zieht die schwere Lederjacke an und geht zur Zentrale. Im Mannschaftsraum spielen die Freiwächter Skat und begrüßen ihn mit einem munteren »Moin, Herr Oberleutnant!«

Der Kommandant steht mit Obersteuermann Traebert über die Karte gebeugt. Seiler schaut ihnen über die Schulter. Traebert hantiert mit Zirkel und Parallellineal, er zeichnet den Kurs ein. Ein dünner Bleistiftstrich, der sich der Doggerbank nähert. Ihr wirkliches Ziel kennt er noch nicht.

»Na, ausgeschlafen?«, fragt Weddigen, ohne aufzusehen. »Frische Luft gefällig?«

»Jawohl, Herr Kapt'änleutnant«, erwidert Seiler. Er entert die Leiter durch den Turm auf, gegen den heftigen Luftstrom, den die Maschinen ansaugen, und ruft durchs offene Luk: »Ein Mann an Deck?«

»Jawohl«, antwortet Spieß, der Wache hat.

Drei Leute sind oben, der I. WO, ein Bootsmannsmaat und der Rudergänger. Kaum Platz für einen vierten Mann, also klettert er aufs Achterdeck hinunter und hält sich an einer der Trittmulden fest, denn die Reling ist bereits abgetakelt. Selbst durch die dicken Lederhandschuhe spürt er die Vibrationen der Maschinen. Die See ist ziemlich unruhig, ab und zu kommt Wasser über und schwappt ihm um die Seestiefel, aber die kalte Luft ist köstlich. Er atmet tief durch, füllt die Lungen und spürt, wie der Druck im Kopf allmählich weicht.

Im Osten zeigt sich bereits ein graugelber Schimmer, von Helgoland ist längst nichts mehr zu sehen. Die Heckflagge, ein heller Fleck im Dunkel, knattert im scharfen Wind. Es wird heller. Graue Wolkenfelder ziehen über den Himmel, der Wind bläst aus Nordwest und treibt weiße Schaumstreifen übers Wasser, salzige Gischt sprüht ihm ins Gesicht.

Von oben ruft Spieß: »Achtung an Deck! Tauchbereitschaft!«

Drei Mann kommen aus dem Turm und hangeln sich außen hinunter. Sie müssen die Lüftungsmasten und das hohe Auspuffrohr niederlegen, die Poller versenken, den Flaggenstock einholen.

Der Bootsmannsmaat baut schon die Brücke ab, die eingeschraubten Relingstützen mit dem grauen Gummistoffbezug, und Seiler beeilt sich, auf den Turm zu kommen und einzusteigen.

Unten wird auf das Zentralruder umgekuppelt, die Petroleummaschinen verstummen, die Elektromotoren werden auf die Schraubenwellen geschaltet, der leitende Ingenieur meldet: »E-Motoren sind klar!«

»E-Motoren halbe Kraft voraus!«

Spieß meldet von oben: »Deck in Tauchbereitschaft!« Und eine Minute später befiehlt der Kommandant: »Auf Tauchstationen!«

Seiler hört das Anschlagen der Lüftungsmasten aufs Deck, kurz danach kommen die Matrosen der Seewache herunter, dann der Rudergänger, der Bootsmannsmaat und zuletzt Spieß.

»Turmluk ist dicht!« ruft er, und gleich danach meldet der Leitende: »Unter Deck alles auf Tauchstationen, Tauchtanks sind auf!«

In der Zentrale hagelt es Meldungen und Befehle: »E-Maschinen volle Kraft voraus!«

»Gebläse anstellen zum Fluten, Gebläsemast auf!«

»Fluten! Entlüftungen auf!«

Seiler verzieht sich auf die Leiter zum Turm, um nicht im Weg zu stehen. Nur sein Kopf ragt in die enge, ovale Turmkammer. Dort hockt Spieß vor dem Tauchhebelklavier und ruft: »Entlüftungshähne sind auf!« Er beobachtet die Schaugläser der vierundzwanzig Entlüftungsrohre der Tauchtanks. Sobald nur noch Wasser darin zu sehen ist und keine Luftblasen mehr mitgerissen werden, meldet er: »Alle Tanks sind voll!«

»Entlüftungen schließen!«

»Auf Tiefe gehen!« befiehlt der Kommandant, und der Leitende übernimmt: »Tiefenruder! Vorne hart unten, achtern unten zehn!«

Keine Schwerarbeit mehr für die Männer an den metergroßen Handrädern, die über Gestänge die Tiefenruder verstellen. Das Boot hat jetzt eine elektrische Tiefenrudermaschine, die mit Tasten bedient wird. Elektromotoren surren und wimmern.

»Auf neun Meter einsteuern! Sehrohr ausfahren.«

Das Boot neigt sich nach vorn, und Seiler klammert sich an die Leiter. Ein leichter Druck legt sich auf die Trommelfelle. Spieß winkt ihm, ganz heraufzukommen, und deutet auf das kleine Fenster in der Turmfront. Durch die dicke Glasscheibe sieht Seiler gerade noch, wie das Oberdeck überspült wird und eintaucht. Eine See schlägt mit hohlem Donnern gegen die Turmwand, und gleich sind nur noch Schaum und grünes Gewirbel zu sehen, bis der Turm unterschneidet. Dann dunkles Wasser und Perlenschnüre von silbernen Luftbläschen, die vom Oberdeck aufsteigen. Bis zum Bug reicht die Sicht nicht.

Es geht abwärts, ziemlich steil. Im Boot herrscht Stille, bis auf das Summen der E-Motoren und das gelegentliche Klacken eines Schalters.

»Tiefenruder! Vorne oben zehn, achtern unten fünfzehn!«

Das Boot legt sich langsam waagerecht, dann wird es achterlastig, das Heck sackt ab.

»Zufluten, zwohundert Liter nach vorn!«

Die Pumpe der Trimmtanks springt an, Wasser rauscht durch

Rohre. Das Heck hebt sich langsam, bis das Boot wieder horizontal liegt.

»Boot ist ausgependelt.«

Seiler sieht durchs Turmfenster, wie letzte Luftreste, die in den Tauchtanks verblieben sind, in großen Blasen herausblubbern.

Vom Befehl Tauchbereitschaft bis zum Unterschneiden des Turms sind fünf Minuten vergangen. Das gilt als recht schnell.

S. M. U 9, auf See, 4. März 1913, Dienstag

Ölkopp nennt die Besatzung den schweren Kopf beim Aufwachen. Im Offiziersraum ist der Klapptisch aufgestellt und versperrt den Durchgang. Seiler sitzt mit Spieß und dem Leitenden, Marineingenieur Schön, auf den Backskisten und schlürft heißen, dünnen Kaffee. Dazu gibt's Kommißbrot mit Streichwurst und Äpfel. Das Gesicht des Leitenden zieren ein kleiner Schnurrbart und ein Kinnbart, der nicht größer ist als eine Briefmarke und genauso viereckig gestutzt. Er steckt im Arbeitszeug aus dickem, grauem Drillich, das bereits mit dunklen Ölschmierern verziert ist. Der Kommandant ist auf der Brücke, er hat die Morgenwache zwischen vier und acht Uhr selbst übernommen.

»Bin schon mal eine Zeitlang auf dem Boot gefahren«, bemerkt Seiler, »während meiner Ausbildung. Januar bis Mai 1912 war das.«

»Da war Edeling noch Erster Offizier«, sagt Spieß kauend, »hab ihn im Oktober abgelöst. Und im November ging's nach Wilhelmshaven in die Werft. Vier Monate in Schlicktown, komplett mit Exerzierdienst. Ganz schön öde da, wenn man sich an Kiel gewöhnt hat.«

»Boot ist umgebaut worden«, erklärt Schön auf Seilers fragenden Blick, »sind erst vorige Woche entlassen worden. Funkentelegraphie ist eingebaut worden, die neue Tiefenrudermaschine und noch so 'n paar Kleinigkeiten.«

Der Erste schaut durch das Schott zum Mannschaftsraum. »Vormittagswache sich klarmachen!«

Seiler ist mit eingeteilt. Um acht löst er mit Obersteuermann Traebert und dem Rudergänger die Brückenwache ab, im Speckpäckchen, wie das schwere graue Lederzeug genannt wird. Das schützt gut gegen den Wind. Aber draußen scheint die Sonne, der Himmel ist blau, Wolken treiben im leichten Westwind. Eine sanfte Dünung geht, das Boot rauscht flott dahin und wiegt dabei sacht auf und ab. Ein rascher Rundblick, die Kimm ist frei, weit und breit kein Schiff. Gelblichweiß qualmt es aus dem hohen, silbern angestrichenen Auspuffrohr. Traebert hat seinen Sextanten mit hochgenommen, zum Sonneschießen, aber zuerst steckt er sich eine Pfeife an und pafft ein paar Züge. Er ist ein kräftig gebauter, fast hünenhafter Mann, eigentlich zu groß für die Enge in einem U-Boot. Sein Gesicht ist breit, der Ausdruck fast immer grimmig, dabei ist er so gutmütig, daß ihn die Leute Papi nennen.

Eine halbe Stunde später werden voraus mehrere Rauchfahnen am Horizont gesichtet. Das werden die übenden Aufklärungskreuzer der Hochseeflotte sein. Als sie über die Kimm kommen, beobachtet Seiler sie durchs Glas. Dreischornsteiner, deutsche Schiffe. Zwei Kleine Kreuzer auf Nordostkurs, hohe Fahrt laufend und mächtig qualmend, vorneweg und gerade noch erkennbar ein Rudel Torpedoboote.

Ob die ihr niedriges Boot auf die Entfernung sehen können? Niemand darf wissen, wohin sie fahren. Der Kommandant kümmert sich nicht darum. Sie sind weit weg, so daß keine Veranlassung besteht, Kurs zu ändern oder gar zu tauchen. Bald kommen sie außer Sicht und lassen nur einen dunklen Rauchschleier zurück.

Die Mannschaft rätselt. Für eine Fahrt ins Kattegat oder die Ostsee ist ihr Kurs zu westlich.

Zum Abendessen gibt es Erbsensuppe mit Speck. Der Schmut

hat sie an Deck gekocht, mit dem norwegischen Petroleumpatentkocher, denn die elektrischen Kochtöpfe in der Kombüse sind durch Kurzschluß ausgefallen.

S. M. U 9, auf See, 5. März 1913, Mittwoch

Es rummst im Maschinenraum, dann knallen ein paar Fehlzündungen wie Kanonenschüsse durch das Boot. Das Hämmern der Maschinen kommt aus dem Takt. Der Leitende hastet durch die Zentrale nach achtern. Blauer Rauch weht ihm entgegen. Eine Minute später ist er wieder da und ruft mit schiefgelegtem Kopf zum Turmluk hinauf: »Kolbenbodenriß! Vordere Steuerbordmaschine gestoppt!«

Der Kommandant hangelt sich herunter. »Bringen wir besser gleich in Ordnung«, brummt er, »solange es hier in der Gegend noch ruhig ist.«

Er setzt gerade den Fuß auf die Leiter, um wieder aufzuentern, als von oben ein lauter Ruf kommt: »An Kommandant! Rauchfahnen an Backbord, siebzig Grad!«

»Ausgerechnet!« schimpft Weddigen und steigt eilig hinauf. Seiler stellt sich neben die Leiter und versucht zu hören, was oben auf der Brücke los ist. Maschinenlärm und das Rauschen der See sind aber zu laut. Dann ein Ruf von oben: »Tauchbereitschaft!«

Zwei Matrosen der Seewache entern auf, das Deck tauchklar machen. Ein paar Minuten später poltern sie mit der Brückenwache wieder herunter.

»Auf Tauchstationen!«

»Englische Fischerflotte! Kommt eben über die Kimm«, erklärt Weddigen und zuckt die Achseln. »Dürfen uns nicht sehen, die Brüder. Wir legen uns zur Reparatur auf Grund.«

Stille. Auch das Summen der E-Motoren ist verstummt. Ab und zu ist ein Schurren und Schleifen zu hören, und das Boot bewegt sich unruhig, wiegt sich von einer Seite auf die andere.

»Tiefe hier nur zwanzig Meter«, erklärt Traebert, »da spüren wir die Dünung noch.«

Aus dem offenen Schott zum Maschinenraum dringen laute Hammerschläge, das Klirren von Werkzeug auf den eisernen Flurplatten, Flüche. Der kaputte Zylinder muß herausgekippt und der zersprungene Kolben ersetzt werden.

»Passiert öfter«, sagt Spieß, »deswegen haben wir zwölf Reservekolben dabei.«

Nicht ganz eine halbe Stunde später meldet der Leitende die Maschine klar, und der Kommandant läßt auf Sehrohrtiefe gehen. Minutenlang beobachtet er gebückt durchs Zentralperiskop, dann richtet er sich auf und sagt: »Mindestens ein Dutzend Fischdampfer im Anmarsch. Wir bleiben unten und sehen zu, daß wir vorbeikommen, bevor sie uns ihre Netze in den Weg schleppen.«

Laut befiehlt er: »Auf zwölf Meter gehen! Unterwassermarschfahrt. Kurs bleibt Westnordwest.«

S. M. U 9, auf See, 6. März 1913, Donnerstag

Nachts und morgens starke Dünung. Das Boot steigt mit den Wellenkämmen hoch und sackt wieder ins nächste Tal hinab. Die Maschinen hämmern, die Lüfter surren, in der Bilge unter den Flurplatten schwappt das Wasser hin und her.

Im Lauf des Vormittags werden die Bewegungen heftiger. Das Barometer in der Zentrale fällt seit Sonnenaufgang, jetzt zeigt es bereits 712,5.

»Sturmtief«, sagt Traebert, »hätte mich auch gewundert, um diese Jahreszeit.«

Um zwölf Uhr macht sich Seiler fertig zur Nachmittagswache. Anzug Ölzeug und Südwester. Oben ist es gräßlich. Wind Westnordwest 8 und auffrischend, Seegang 6 bis 7. Jagendes Gewölk. Grau und bösartig rollen die Wellenberge heran. Der Sturm heult und schrillt und peitscht ihre Kämme zu fliegender Gischt. Wenn man den Mund nicht fest geschlossen hält, bläst er einem die Backen auf.

Hier über dem Flach mit seinen Wassertiefen von nur 18 bis 20 Metern türmen sich die Seen zu gewaltiger Höhe auf. Im Wellental sind sie auf dem Turm für Minuten vor dem rasenden Wind geschützt. Dann wird das Boot emporgetragen, immer weiter und steiler, bis der Bug in den Himmel zu ragen scheint. Hier packt sie der Sturm mit wahnsinnigem Brausen, peitscht ihnen hochgerissenes Wasser ins Gesicht, will ihnen die Südwester vom Kopf reißen. Jetzt kippt das Boot über den Kamm, die Schrauben mahlen sekundenlang ins Leere, bis der Bug wuchtig in die See kracht. Abwärts geht es, schwindelerregend steil. Brecher waschen rauschend übers Vorschiff, branden am Turm hoch. Schon wandert der nächste Berg heran, glasig graugrün, schaumgeädert und furchterregend hoch. Beim Hochsteigen versucht das Boot auszubrechen, der Rudergänger muß all seine Kraft aufwenden, den Bug gegen die Seen zu halten.

Die mit Gummituch bespannte Brückenreling bietet so gut wie keinen Schutz. Die Luft ist von Wasserstaub erfüllt, und die Sicht wird immer schlechter. Die Zeißgläser sind nicht mehr sauberzuhalten. Flugwasser rinnt in die Krägen, durchweicht die Lederhandschuhe. Ab und zu schlägt eine See bis auf die Turmplattform, längst sind die Seestiefel voll Wasser. Der Rudergänger vorn ist am schlimmsten dran. Spieß läßt schließlich auf das Steuer im Turm umkuppeln und schickt ihn nach unten. Mit Tauen binden sie sich gegenseitig am Sehrohrbock fest, damit keiner über Bord gewaschen wird. Seiler ist völlig durchnäßt und friert. Seine Lider brennen vom Salzwasser, jeder einzelne Muskel schmerzt vom Festhalten. Das Brausen in den Ohren wird allmählich unerträglich.

Endlich sind sie über die flache Doggerbank hinweg. Der Kommandant läßt tauchen. Beim Einsteigen prasseln ganze Sturzbäche in die Zentrale hinunter. Die Lenzpumpe springt an und drückt das Wasser außenbords, während sie langsam auf 30 Meter sinken. Hier herrscht Stille, auch wenn sich das Boot noch unruhig bewegt. Seiler schält sich aus dem nassen Zeug und läßt es zum Trocknen in den warmen Maschinenraum bringen.

Im trüben Halbdunkel der Zentrale informiert Weddigen den Ersten, Traebert und die Zentralegasten über ihr Fahrtziel. »Mal herhören! Unsere Reise geht nach Schottland. Wollen einen Blick in den Firth of Forth werfen. Mal seh'n, was die Konkurrenz da so treibt. Durchs Boot weitersagen. Wegtreten.«

Schottland? Donnerwetter! Eine Weile herrscht ehrfürchtiges Schweigen.

Der Erste verteilt Opiumpillen gegen Stuhldrang. »Jede Stunde eine!« Es sind kleine graubraune Kügelchen, ein wenig bitter, aber sonst geschmacklos. Eine nützliche Maßnahme, wenn es nur ein Klosett für dreißig Mann gibt.

Am frühen Abend, inzwischen hat Seiler vier von den Pillen geschluckt, fällt ihm auf, daß sich die Stimmung der Leute verändert hat. Sie sind insgesamt ruhiger geworden, dabei aber durchaus munter und zu Scherzen aufgelegt. Und ihre Augen kommen ihm gerötet vor, jedenfalls das Weiß der Augäpfel. Kommt das vom Opium? Er fühlt sich selbst recht wohl, warm und angenehm gelassen, aber nicht schläfrig, wie er befürchtet hat.

Die Backschafter tragen das Abendessen auf. Es gibt Brot mit Wurst und Tee in 30 Metern Tiefe. Die Unterhaltung dreht sich um Schottland. Schottenröcke, Whisky, Dudelsäcke, den alten Zwist mit den Engländern, fast nur Klischees. Außer Seiler war noch keiner dort, er hält aber den Mund.

Später kann er lange nicht einschlafen. Was macht Vivian? Geht es ihr gut? Denkt sie an mich? Und wie soll ich es anstellen, sie zu treffen? Wie soll ich überhaupt nach London kommen, wo doch bestimmt alle Bahnhöfe scharf überwacht werden? Schickt Steinhauer mich deshalb zuerst nach Oxford, damit ich nicht aus irgendeiner Hafenstadt ankomme? Und dieser Ewell, den ich dort aufsuchen soll? Der wird Ihnen weiterhelfen, mehr hat Steinhauer nicht gesagt. Komischer Name, wundert er sich und gähnt; waren Steinhauers Vorfahren Steinmetze? Hat er womöglich etwas mit den Freimaurern zu tun?

Er wacht auf, als die abgelöste Maschinenwache in den Mannschaftsraum zurückkehrt. Durchs offene Schott hört er sie reden.

»Un wat is, wenn uns die Engländer spitzkriegen, in Schottland? Is denn Krieg, und wir sin schuld?«

»Denn ham wir uns eben verfahren.«

»Quatsch. Das glaubt doch kein Schwein.«

»Der Alte könnte so tun, als ob wir 'nen Nothafen anlaufen mußten. Wegen Maschinenschaden oder so was.«

»Ja, und denn? Denn wollen uns die Tommys helfen und schnüffeln überall im Boot rum. Det jeht nich.«

Eine Weile sind sie still.

»Junge, Junge! Stell dir bloß man vor, so'n englisches U-Boot taucht in Kiel mitten in der Förde auf!«

»Gäb 'nen ganz schönen Aufruhr.«

London, Petermans Bookshop, 7. März 1913, Freitag

Seit dem Brandanschlag in Kew Gardens rechnet Vivian täglich mit ihrer Festnahme. Olive Wharry und Lillie Lenton, ihre richtigen Namen kennt sie inzwischen, sind beide Ende Februar verhaftet worden. Sie haben anscheinend keine Aussagen gemacht, denn die Polizei ist bisher nicht aufgetaucht. Dennoch, innerlich zittert sie vor Angst. Wenn sie noch einmal verurteilt wird, wird sie wohl kaum mit nur vier Wochen davonkommen. Sie beißt sich auf die Unterlippe. Brandstiftung! Wie konnte sie nur so dumm sein und dabei mitmachen? Aber es ist nun einmal geschehen, und darum hat es keinen Zweck zu jammern.

Sie traut sich kaum mehr aus dem Haus, außer für die nötigsten Einkäufe. Gott sei Dank kommt Mrs. Rutherford wieder regelmäßig. Nach Vaters Verhaftung hat sie sich eine ganze Woche lang nicht mehr in die Nähe gewagt. Die arme Frau hatte schreckliche Angst, daß sie ebenfalls ins Gefängnis kommen würde. Vivian hat sie schließlich in ihrer schäbigen Wohnung im Eastend aufgesucht und so lange bekniet, bis sie endlich nachgab. Aber abends ist es schwer auszuhalten, die Stille in der Wohnung ist bedrückend, und der Laden ist ohnehin geschlossen.

Um vier zahlt sie Mrs. Rutherford aus und verabschiedet sie. Dann macht sie sich Tee und setzt sich damit aufs Sofa, um ein bißchen zu lesen. Sie quält sich durch ein Dutzend Seiten von Thackerays *Vanity Fair*, bis sie merkt, daß sie den letzten Absatz schon dreimal überflogen hat, ohne ein Wort zu begreifen. Da wirft sie das Buch hin und steht auf.

»Ich muß raus«, sagt sie laut, »ich werd noch verrückt von der Stubenhockerei.«

Sie zieht den Mantel an, setzt den grünen Hut mit dem Paillettenband auf, schnappt sich ihr Täschchen und verläßt das Haus. Ein rascher Rundblick überzeugt sie, daß in der Gasse alles seinen gewohnten Gang geht. Der Kameraladenmann schwatzt mit zwei jungen Verkäuferinnen in blauen Kittelschürzen, vor Watsons Bookshop lädt ein Junge Schachteln auf einen Bollerwagen, und beim Straußenfederladen hat der alte Tom seine Scherenschleiferkarre aufgestellt. Fünf Kinder stehen davor und freuen sich über die Funken, die vom Schleifstein spritzen. Sonst wandern nur ein paar Schaufensterbummler herum, keinen würde sie für einen Detektiv halten.

Inzwischen kann ich die riechen, denkt sie, während sie vor zur Charing Cross geht. Die zwei, die sie früher öfter gesehen hat, sind ihr immer durch eine Art betonter Unachtsamkeit aufgefallen, haben hierhin und dorthin geguckt, nur nicht in ihre Richtung. Nur dieser verfluchte Morgan mit dem Stock war anders. Der hat sie immer ganz offen angestarrt und manchmal sogar gegrinst, der unverschämte Mensch.

An der Strand nimmt sie den Motorbus zum Tower, nur weil er gerade vor ihrer Nase hält. Sie hat kein Ziel. Irgendwohin, wo sie noch nicht war oder wenigsten noch nicht oft und es etwas Ablenkung gibt. Am Trinity Square steigt sie aus, bummelt um den Tower herum und überlegt, wohin sie gehen soll. Vor ihr erheben sich die klotzigen Türme der Tower Bridge, aber rüber auf die Surrey Side will sie nicht. Da drüben ist Bermondsey, ein häßliches Viertel mit Gerbereien und Leimsiedereien, die einen üblen Gestank verbreiten. Sie biegt in die St. Katherine's ein, vorbei an der Irongate Wharf, wo die Fährdampfer vom Kontinent anlegen. Hier ist Adrian angekommen, vor einem halben Jahr, bevor sie nach Schottland gefahren sind. Danach haben sie sich nicht wiedergesehen. Immer noch keine Nachricht von ihm. Nichts. Hat er ihren Brief nicht bekommen? Vielleicht hat Emmelines Plan einfach nicht funktioniert. Oder sie haben seine Antwort einkassiert, diese Schweine. Daß er ihren Brief bekommen hat und nicht antwortet, mag sie nicht glauben. Oder doch? Die schöne Nacht in dem kleinen Hotel dort in Schottland, als das schreckliche Gewitter war, hat er das alles vergessen? Bedeutet es ihm nichts?

Sie bleibt auf der Schleusenbrücke zu den St. Katherine-Docks stehen und schaut über das schmutzige Wasser des Wapping Basin. Riesige Speicher stehen auf der anderen Seite, sechs Stockwerke hoch, verrußt und häßlich. Lärmende Dampfkräne entladen Frachtschiffe und Schuten, und der Rauch aus den Schornsteinen der Steamboat Wharf senkt sich wie graubrauner Nebel über die Szene. Was für eine düstere Arbeitswelt, denkt sie, und jetzt erst fällt ihr auf, wie dunkel der Himmel geworden ist. Es sieht nach Regen aus, und sie fröstelt.

Sie geht weiter, um die Docks herum, um auf die Smithfield Street zu kommen, durch die der Bus fährt. Der Weg führt durch die krumme Nightingale Lane, in die sich bestimmt noch nie eine Nachtigall verirrt hat, hier, inmitten der London Docks. Ein Fuhrwerk parkt hinter dem anderen, gut ein halbes Hundert, und es riecht nach schwefligem Rauch, öligem Wasser, Zimt und Pferdemist. Eine Menge Arbeiter aus allen Erdteilen schuften zwischen den hohen Lagerhallen, Malaien, Chinesen, Afrikaner, Inder und Iren. Weinfässer, Baumwollballen, Kisten mit Tee, Tabak und Gewürzen werden auf Frachtwagen verladen, und sie muß aufpassen, keinem in die Quere zu kommen. Plötzlich ist es ihr peinlich, daß sie hier so gut gekleidet hindurchspaziert wie eine neugierige Nichtstuerin. Sie wird angestarrt, ein paar pfeifen ihr nach, und einer ruft: »Na, was suchst du denn hier, Schätzchen?« Sie wird rot und geht schneller, verfolgt von Pfiffen und Gejohle. Endlich erreicht sie die Smithfield, gerade als die ersten Tropfen fallen, und stellt sich in die Schlange, die auf den Bus nach Charing Cross wartet.

Am nächsten Morgen liest sie in der Zeitung, am gestrigen Tag sei eine gewisse Joyce Locke wegen des Brandanschlags in Kew Gardens zu einem Jahr Gefängnis verurteilt worden. Der Schaden des niedergebrannten Tea Pavillon sei auf 900 Pfund beziffert worden, das entspreche ungefähr dem Jahreseinkommen eines Rechtsanwaltes. Joyce Locke, wundert sie sich, wir waren doch nur zu dritt? Dann fällt ihr ein, daß Lillie ihr erzählt hat, sie habe bei ihrer Festnahme wegen der eingeworfenen Fensterscheiben einen falschen Namen angegeben. Das würde sie jedesmal so machen. Also ist es wahrscheinlich Lillie, die jetzt ein ganzes Jahr absitzen muß.

Firth of Forth, 8. März 1913, Samstag

Das Boot läuft wie geplant in der Neumondnacht zum 8. März in den Firth of Forth ein. Die Nacht ist schwarz, aber klar, Sterne funkeln am Firmament. Die See hat sich beruhigt, eine lang rollende Dünung ist alles, was von dem Sturm vorgestern geblieben ist. Viel zu hell weht der Petroleumrauch davon.

Voraus ist bereits das Leuchtfeuer auf der Insel Inchkeith zu sehen, ein Lichtblitz alle 30 Sekunden. Bei klarer Sicht auf 21 Seemeilen sichtbar, heißt es im *Leuchtfeuerverzeichnis Britische Inseln.* Sie müssen an der Nordseite der Insel vorbei, um im tiefen Wasser zu bleiben. An Steuerbord blinzeln schwach die Lichter der Küste, wie Sterne, die heruntergefallen sind. Je weiter sie in die Forth-Mündung eindringen, desto glatter wird die See. Dunst liegt wie feiner Rauch auf dem Wasser. Im Lee der Küste verdichtet er sich stellenweise zu Nebelschwaden.

Jetzt muß die Inselkette zwischen Inchcolm und Inchmickery passiert werden. Hier gibt es eine tiefe Stelle, die Karte zeigt 25 Faden an, das sind etwa 45 Meter. Sonst ist die Fahrrinne im Schnitt etwa 27 Meter tief. Der Kommandant läßt auf E-Motoren umkuppeln, um den verräterischen Rauch loszuwerden. Auch könnte der Lärm der Ölmaschinen gehört werden. Die Lüftungsmasten werden umgelegt, und es wird vorgeflutet, um im Notfall schneller tauchen zu können. Eine Tonne Restauftrieb, jetzt ragt nur der Turm noch aus dem Wasser.

Weddigen würde Seiler lieber gleich absetzen, falls etwas schiefgeht. Seiler will aber während der Erkundung noch an Bord bleiben. Er kennt immerhin die Lage der Fahrwassertonnen jenseits der Brücke, wenigstens ungefähr. Jetzt müßten sie die bewaldete Landspitze von Hound Point an Backbord querab haben, aber im dichter werdenden Nebel ist nichts davon zu sehen. Seiler rät dem Kommandanten, nicht zu nahe an die Südküste ranzulaufen, weil ihr die flachen Drum Sands vorgelagert sind, dazu noch Klippen, die er hier bei Ebbe gesehen hat.

Der Kommandant läßt loten. Ein Matrose wirft die Leine mit dem Senkblei weit voraus, wartet, bis das Boot heran ist und sie auf und nieder steht, und ruft gedämpft die Tiefe aus, die er an den eingeknoteten Markierungen erkennen kann: »Vier Faden!« Dann holt er die tropfende Leine ein, wird triefnass dabei und schleudert sie wieder nach vorn. So tasten sie sich ganz am Rand der Fahrrinne an die Brücke heran und unterqueren sie.

»Ausscheiden mit Loten! Tauchbereitschaft!«

Der Matrose steigt wieder ein. Außer Seiler sind jetzt nur Weddigen, Spieß und der Rudergänger auf dem Turm. Schwierige Navigation, da der Nebel immer dicker wird.

»Verflucht«, knurrt Spieß, »gleich seh'n wir gar nichts mehr.«

Schleichfahrt. Wellen plätschern sacht gegen den Turm. Verborgen im Dunst sind Glockentonnen und Nebelhörner zu hören.

Weddigen beugt sich übers Turmluk. »Frage: Uhrzeit?«

»Null Uhr sieben Minuten, Herr Kap'tänleutnant!«, schallt es dumpf herauf.

»Niedrigwasser. Flutstrom müßte sich bald bemerkbar machen.«

Sie stellen mehrere Kriegsschiffe fest, aber die schlechte Sicht läßt keine genaue Bestimmung zu, sie sehen nur schemenhafte Umrisse. Kreuzer? Zerstörer? Schwer zu sagen. Versucht man, den Blick auf die grauen Schatten zu konzentrieren, nimmt man gar nichts mehr wahr. Nur aus dem Augenwinkel lassen sich die Umrisse wahrnehmen.

Da taucht etwas auf, viel massiger als die Schiffe, die sie bereits gesehen haben. Riesenhaft wächst es aus dem Grau, kaum hundert Meter ab. Kein Ankerlicht, und das bei diesem Nebel!

»Ein Schlachtschiff!«, flüstert Seiler.

Weddigen pfeift leise durch die Zähne. Im Krieg wär das jetzt geliefert, denkt Seiler. Zwei Torpedos auf kürzeste Entfernung, beim Abdrehen noch ein Schuß aus dem Heckrohr.

»Ein Strich Backbord! Gaaaanz langsam voraus!«

Wenn man nur den Typ erkennen könnte! Aber näher ran ist zu gefährlich. Die Ankerwache müßte sie ohnehin schon bemerkt haben. Aber die werden denken, daß es irgendein englisches Fahrzeug ist. Ein deutsches U-Boot im Firth of Forth, das werden die sich nicht vorstellen können.

Aus dem Luk taucht der Kopf des Leitenden auf. »Akkus machen's nicht mehr lange, Herr Kap'tänleutnant!«

»Weiß ich«, knurrt Weddigen zurück. Der Leitende brummt etwas Unverständliches und taucht wieder ab.

Seiler schreckt auf. »Was ist das? Rechts voraus!«

»Hart Backbord! E-Maschinen stop! Langsam zurück!« Weddigen schlägt mit der Faust auf den Sehrohrbock und flucht: »Verdammte Zucht! Wären ums Haar in eine Festmachtonne gerannt! Das wird mir zu eng hier. Drehen und raussteuern!«

Am Fahrwasserrand auf Gegenkurs. Das Boot dreht schwerfällig, quälend langsam. Endlich weist die Kompaßtochter im Turm Ost.

»Steuerbord zehn! Beide Kleine voraus!«

Am Heck rauscht und strudelt das Wasser. Von der Eisenbahnbrücke ist nichts zu sehen. Dicke Suppe ringsum.

»The Haar«, fällt Seiler ein, »so nennen sie den Seenebel hier.«

Tuckern. Was Kleines, eine Barkasse vielleicht. Wellen plätschern gegen den Turm. Dumpf tutet ein Nebelhorn.

»Licht voraus!« Grünlicher Schimmer, eine Positionslaterne. Ein Küstenfrachter auf Gegenkurs, keine 40 Meter weg. Verdammt! An dem kommen sie nicht vorbei. Sie sind ja schon ganz am Rand der Fahrrinne!

»Meine Fresse!«, läßt sich der Rudergänger hören.

»Steuerbord zehn!« Weddigen dreht zur Südküste hin ab.

Ein diffuses Leuchten im Nebel an Steuerbord. Das müssen die Lichter von South Queensferry sein. Zu nah!

Weddigen hat es schon gesehen. »Backbord zehn! Steuerbordmotor Halbe voraus!«

Ein kleiner Ruck, ganz sanft und weich. Und plötzlich, als würde eine unsichtbare Riesenhand das Heck festhalten, ist die Fahrt aus dem Boot. Aufgelaufen.

London, Secret Service Bureau, 9. März 1913, Sonntag

Kell zeigt Drummond eine Photographie, die in einem abgefangenen Brief an einen Agenten gefunden worden ist. Sie zeigt einen deutschen Polizeibeamten im Regenumhang und mit Pickelhaube.

»Das ist Gustav Steinhauer vom deutschen Geheimdienst«, erklärt Kell, »der hat unter dem Decknamen Reimers diese Briefe an deutschstämmige Engländer geschrieben, Sie erinnern sich.«

»Das ist ja der Zivilpolizist«, sagt Drummond erstaunt, »der mich voriges Jahr während der Kieler Woche am Werfttor angehalten hat.«

»Sind Sie sicher?«

»Ganz eindeutig, Sir! Die geschlitzten Augen, derselbe Schnurrbart, kein Zweifel. Er zeigte mir sogar eine Polizeimarke. Allerdings trug er Yachtkleidung.«

»Dann war er Ihnen und Melville also in Kiel auf den Fersen.«

»Sieht so aus, Sir.«

»Nun, halten Sie die Augen offen, falls er Ihnen in London über den Weg laufen sollte. Und denken Sie daran, daß er Sie wahrscheinlich auch erkennt.«

»Ja, Sir.«

»Gut. Da ist noch was. Sie arbeiten ja öfter mit Mr. Melville zusammen. Wie kommen Sie denn mit ihm aus?«

»Nun ja, es geht so, Sir. Warum fragen Sie?«

»Mr. Melville hat neulich geäußert, er halte Sie nicht für besonders zuverlässig.«

»Oh.« Drummond schiebt die Unterlippe vor und überlegt einen Moment. Weiß Melville inzwischen etwa Bescheid über seine Beziehung zu Emmeline oder gar zu Vivian? Doch er fängt sich schnell. »Nun, Sir, ich tue stets, was er sagt. Allerdings, ich muß sagen, Sir, daß ich seine Vorgehensweise für falsch halte.«

»Haben Sie ihm das gesagt?«

»Ich habe es ein-, zweimal angedeutet, Sir. In vorsichtigen Worten.«

»Ich verstehe.«

Kell steht auf und geht zum Fenster, das wie meistens offensteht. Eine Weile schaut er schweigend hinaus. Dann sagt er über die Schulter: »Hatten Sie jemals direkten Kontakt mit Vivian Peterman?«

Jetzt heißt es, vorsichtig sein. Aber er hat sich ja längst auf alle Eventualitäten vorbereitet: »Nein, Sir.«

»Gut. Ich frage deshalb, weil die junge Dame allem Anschein nach den Spieß umgedreht und Melville verfolgt hat. Sie wissen sicher, daß sie vier Wochen in Haft war?«

»Ja, Sir. Das habe ich gehört, Sir. Ist sie verhaftet worden, weil sie ihm gefolgt ist?«

Kell zeigt ein seltenes Lächeln. »Nein, deswegen nicht. Aber sie ist ihm in Simpson's Tavern nachgegangen und hat ihn dort vor allen Gästen als Detektiv bloßgestellt und beleidigt. Mitte Januar war das. Außerdem kannte sie seinen Decknamen, William Morgan.«

Das hat ihm Emmeline schon erzählt, aber Drummond tut so, als hörte er es zum ersten Mal. »Eine ziemlich außergewöhnliche Initiative für eine so junge Verdächtige! Das hätte ich ihr nicht zugetraut.«

»Tja. Melville war entsprechend wütend. Und um das Maß vollzumachen, saßen an seinem Tisch Major Edmonds und Mr. Harmsworth, besser bekannt als Baron Northcliffe, der Herausgeber der *Daily Mail*.«

Drummond verbeißt sich ein Grinsen. Was für ein Jammer, daß ich das verpaßt habe, denkt er.

Kell kehrt zu seinem Sessel zurück. »Melville hat erklärt, es habe sich um die Attacke einer Suffragette gehandelt. Dadurch ist immerhin ein Zusammenhang mit dem SSB nicht offensichtlich geworden. Sie können sich vorstellen, was das für ein gefundenes Fressen für Northcliffe gewesen wäre. Wie auch immer, mir gegenüber hat Mr. Melville die Vermutung geäußert, die Suffragettenbewegung habe Verbindung zum deutschen Geheimdienst. Er sieht ein Netz, das sich von Steinhauer, Seiler und Peterman über dessen Tochter zu den militanten Suffragetten Olive Wharry und Lillie Lenton spannt.«

»Das kommt mir höchst unwahrscheinlich vor, mit Verlaub, Sir.« Fehlt nur, daß auch noch Emmelines Name fällt, denkt er.

»Ja. Ich halte auch nicht viel davon.«

Er faßt Drummond ins Auge. »Ich werde dafür Sorge tragen, daß sich Mr. Melvilles und Ihre Wege nicht mehr allzu oft kreuzen. Allerdings werden Sie im kommenden Mai noch einmal mit ihm zusammenarbeiten müssen. Das Weitere dazu erfahren Sie, wenn es soweit ist.«

»Ja, Sir. Vielen Dank, Sir.«

»Noch etwas. Die Überwachung des Petermanschen Bookshop hat uns nichts als Scherereien eingebracht, darunter zwei höchst unangenehme Rügen von offizieller Seite. Ich habe sie deshalb in aller Form für beendet erklärt. Sie darf nicht wieder aufgenommen werden, es sei denn, es würden schwerwiegende neue Verdachtsgründe auftauchen. Das war alles, Mr. Drummond.«

»Jawohl, Sir.« Nach einer Falle klingt das nicht, findet Drummond. Es sieht eher danach aus, als wären die Petermans und damit auch seine Emmeline aus dem Schußfeld. Es sei denn, Melville schert sich nicht um Kells Order. Trau ich ihm ohne weiteres zu.

S. M. U 9, vor Rosyth, 9. März 1913, Sonntag

Aufgelaufen. Mitten in der britischen Marinebasis. Ringsum wallt dicker Nebel. Seiler wirft einen Blick nach oben, wo der Dunst dünner ist, und erkennt schemenhaft einen dunklen Streifen Gitterwerk. Sie sitzen fast genau unter der Brücke auf Dreck. Ein Stück vom Bug schaut aus dem Wasser.

Weddigen ruft ins Luk: »Frage: Tiefe?«

»Vier Meter zwo!«, schallt es von unten herauf.

»Beide halbe Fahrt zurück!«

Achtern rauscht das Wasser auf. Das Boot zittert, aber es rührt sich nicht, nur das Heck hebt sich und bricht durch die Wasseroberfläche. Der Bug steckt scheinbar im Schlick fest.

»Fünfhundert Liter nach achtern trimmen! Reglertank lenzen!«

Das Heck sackt ein wenig ab, das Achterdeck wird wieder überspült.

Weddigen wendet sich an Seiler: »Holen Sie Ihr Zeug rauf! Rasch!«

Eine Salve von Befehlen folgt ihm die Leiter hinunter: »Motoren stop! Anblasen! Zwo Mann an Deck! Dingi klarmachen!«

Seiler hastet durch den Offiziersraum und schnappt sich seinen Seesack, zerrt den Rucksack heraus und eilt wieder zur Zentrale zurück. Das Boot bewegt sich plötzlich, ein Gefühl, als würden die Flurplatten unter ihm wegrutschen. Es kommt frei, Gott sei Dank!

Das Deck ist schon über Wasser.

»Beide ganz langsam zurück! Ruder Backbord zehn!«

Zwei Mann zerren das Dingi aus seinem Decksluk und schmeißen es ins Wasser.

»Ein Mann ins Beiboot! Bringen Sie den Oberleutnant an Land! Beeilung, Beeilung!«

Seiler steigt in das schwankende Dingi.

»Wenn's aufklart«, ruft ihm Weddigen zu, »finden Sie hoffentlich mehr raus, was hier an Schiffen so rumliegt. Damit sich die Reise gelohnt hat. Hals- und Beinbruch!«

Der Matrose stößt das Boot mit dem Riemen ab, dann rudert er kräftig los.

Seiler hört noch, wie Weddigen befiehlt: »Signalbuch und F.T.-Schlüssel klarhalten zum Überbordwerfen!« Dann verschwindet U9 im Nebel.

Seiler späht nach vorn ins Grau. Sie müßten fast unter der Brücke landen, nicht weit von dort, wo er damals das Auto abgestellt hat. Hoffentlich ist da niemand unterwegs um diese Zeit. Aber falls die Engländer das Boot entdecken, wird der Teufel los sein. Wahrscheinlich werden sie dann auch die Küste absuchen.

Das Dingi berührt den Grund. Seiler steigt aus und landet bis zu den Schenkeln im Wasser, greift den Rucksack und gibt dem Boot einen Stoß, damit es frei schwimmt. Der Matrose dreht es mit ein paar Schlägen, dann legt er sich in die Riemen. Seiler stapft in Richtung Land. Ein Blick über die Schulter. Das Dingi ist schon nicht mehr zu sehen, der Nebel hat es verschluckt.

Schlick, helle Muschelschalen, eine schräge Steinmauer mit Tanggirlanden. Er klettert hinauf, die nassen Stiefel rutschen auf den glitschigen Steinen.

Noch ein Blick zurück. Lange Wellen laufen auf den Strand, U 9 hat anscheinend Fahrt aufgenommen. Hier oben ist kein Mensch zu sehen, irgendwo rechts glimmt der trübe Schein einer Straßenlaterne. Er läuft nach links, bis er die hohe Mauer des Brückenkopfes vor sich sieht, eilt unter der Brücke hindurch und gleich in den Schutz der Bäume am Hang der Brückenauffahrt. Dort bleibt er stehen und versucht, wieder zu Atem zu kommen und sein klopfendes Herz zu beruhigen.

Jetzt aber raus aus den U-Boot-Klamotten! Er knöpft die schwere Lederjacke auf, und erst da fällt ihm auf, daß er die Marinepistole noch am Gürtel hat. Mist, die hätte er an Bord lassen sollen! Er zieht die nassen Stiefel aus, schält sich hastig aus der steifen Lederhose und kramt zitternd vor Kälte sein Zeug aus dem Rucksack. Wollene Strümpfe, Kniehosen, Pullover. Die Wanderschuhe anziehen und zuschnüren. Elende Fummelei im Dunkeln. Die Windjacke, Mütze.

Ein fernes Rumpeln. Er spitzt die Ohren. Ist was mit dem Boot? Das Rumpeln wird lauter, wird zu einem Dröhnen, ein gellender Pfiff. Ein Zug fährt auf die Brücke, ein Nachtexpreß oder ein

Güterzug. Mit einem Höllenlärm donnert er über ihn hinweg. Weddigen könnte den Krawall ausnützen und die Ölmaschinen anwerfen, mit den E-Motoren wird er nicht mehr weit kommen.

Er wüßte gern, was aus dem Boot wird, aber hier darf er sich nicht aufhalten, nicht in der Nähe der Brücke. Wenn es entdeckt wird, wird es Alarm geben, das wird er wahrscheinlich hören können.

Er wickelt die Lederklamotten um die Seestiefel, stopft alles in den Rucksack, die Pistole samt Tasche dazu, und hastet los. Den steilen Hang hoch bis fast zur kleinen Bahnstation. Die ist hell beleuchtet, hier oben ist es auch nicht neblig. Er umgeht sie, immer gedeckt durch Bäume und Buschwerk. Jetzt geht es hinab, der feuchte Nebel umfängt ihn wieder. Ganz hinunter auf eine Straße, die hier die Bahnlinie unterquert. Da kann er nicht mehr. Er setzt sich ins nasse Gras und ringt nach Atem.

Beim Hellwerden muß er sich in Rosyth umsehen. Am besten vom Südufer aus, westlich von Queensferry. Soweit er sich erinnert, ist die Küste dort bewaldet. Ein kleines Fernglas hat man ihm mitgegeben, das sollte genügen, die Reede zu überblicken und vorhandene Schiffe zu identifizieren. Falls nicht wieder so ein dicker Nebel auf dem Wasser liegt.

Und wie kann er sich besser tarnen? Wenn er angehalten wird, wird er mit der Baedeker-Geschichte nicht gut dastehen. Keinesfalls darf man dann belastendes Material bei ihm finden. Er wird sich Notizen verkneifen und alles im Kopf behalten müssen. Auch die Kamera sollte er lieber nicht verwenden, obwohl es sich hier lohnen würde. Und die Pistole? Wegwerfen oder lieber nicht?

Schlafen will er nicht, hier unter den tropfenden Büschen, lohnt auch nicht mehr. Er geht durch die Unterführung und folgt auf der anderen Seite einem Fußweg, der durch ein Wäldchen schräg zur Küste zu führen scheint. Er will einen weiten Bogen um die Ortschaft machen und dann hoffentlich beim ersten Tageslicht einen guten Beobachtungsplatz finden.

Endlich geht die Sonne auf, und ein frischer Nordwest bläst den Morgennebel weg. Weg ist auch die bleierne Müdigkeit, die ihn auf dem ganzen langen Fußmarsch hierher umfangen hat. Zum Frühstück kaut er ein Stück Hartbrot mit Speck vom U-Boot-Proviant und trinkt einen Schluck kalten Tee aus der Flasche dazu.

Hier, zehn Meter über dem Wasserspiegel und gut gedeckt durch Gebüsch, hat er einen hervorragenden Blick auf die Reede von St. Margaret's Hope.

Ein ganzes Schlachtgeschwader liegt hier, sieben gigantische Dreadnoughts in zwei Reihen nebeneinander. Dazu vier Kleine Kreuzer und, näher bei der Brücke, mindestens fünfzehn Zerstörer. Von U-Booten ist nichts zu sehen.

Durchs Fernglas besieht er sich die Schlachtschiffe. Jetzt wäre der aktuelle Weyer, das *Taschenbuch der Kriegsflotten 1913*, nützlich, aber so etwas darf er natürlich nicht mit sich führen. Allerdings hat er während der Wochen in Berlin die Schattenrisse und Photographien der britischen Schiffe gründlich studiert. Das erste Schiff der entfernteren Reihe kann er auch so identifizieren, an seiner unverkennbaren Silhouette. Es ist das Schlachtschiff NEPTUNE mit den auffälligen Brücken, die vordere und achtere Aufbauten miteinander verbinden und über die mittleren Geschütztürme hinwegführen. Die beiden Schiffe dahinter sind teilweise verdeckt, aber es dürfte sich um dessen Schwesterschiffe HERCULES und COLOSSUS handeln.

Die vier Dreadnoughts davor mit dem einzelnen Dreibeinmast zwischen den beiden Schornsteinen müßten ORION, CONQUEROR, MONARCH und THUNDERER sein, ganz neue Schiffe, vermutlich zum Teil noch im Ausbildungsverhältnis.

Durchs Glas lassen sich Details erkennen, wie die stählern schimmernden Walzen der Torpedoschutznetze entlang der Bordwände, darunter die Reihe der Spieren, mit denen die Netze ausgebracht werden. Auf dem ihm am nächsten liegenden Schiff erkennt er die Mannschaft, auf dem Achterdeck angetreten, dabei auch die roten Röcke der Royal Marines. Rot tragen sie nur bei feierlichen Anlässen. Richtig, es ist ja Sonntagmorgen, es wird die traditionelle Verlesung der Kriegsartikel sein, mit anschließendem Gottesdienst. Der Wind trägt Trommelgerassel und das Quieken der Pfeifen herüber. Im Top des Schlachtschiffes weht die Flagge eines Vizeadmirals.

Er setzt das Glas ab und starrt auf die gepanzerten Riesen. Dunkelgrau und bedrohlich liegen sie da, Boote und Leichter an den Seiten. Rauch kräuselt aus den Schornsteinen, sie haben also Dampf auf.

420 Seemeilen sind es von hier bis Helgoland, überlegt Seiler. Bei 15 Knoten Fahrt würde das Geschwader gerade mal 28 Stunden brauchen, um vor der Insel zu stehen, oder vor Wilhelmshaven.

Da ist ihm, als hörte er Stimmen. Gibt es hier Streifen, die die Ufer abpatroullieren? Oder sind es Spaziergänger? Er zieht sich tiefer ins Gebüsch zurück und duckt sich. Durch die noch unbelaubten Zweige sieht er zwei Männer. Einer von ihnen trägt einen schottischen Kilt, der andere hat eine Schrotflinte umgehängt. Vielleicht wollen sie Hasen jagen, oder Rebhühner. Sie unterhalten sich und zeigen kein Interesse an ihrer Umgebung. Nach einer Weile kommen sie außer Sicht.

Er atmet auf und wendet sich wieder dem Wasser zu. Auf der Reede tut sich etwas. Ein seltsamer Schleppzug nähert sich. Es scheint ein kleiner Schlepper zu sein, der zwei U-Boote zieht. Bald kann er ihre Umrisse gut sehen. Es ist ein ihm unbekannter Typ. Bilder und Schattenrißzeichnungen der britischen Boote der B- und C-Klasse hat er in Berlin gründlich studiert. Die A-Klasse ist inzwischen völlig veraltet. Dies müssen moderne Boote sein, vermutlich D-Klasse, wenn die Briten mit dem Alphabet der Klassenbezeichnung weitermachen. Durch das Glas betrachtet er sie genauer. Ihr Kommandoturm ist deutlich länger als bei den C-Booten, auch scheinen sie insgesamt um einiges größer zu sein. Vielleicht gehören sie ja auch zur ganz neuen E-Klasse, über die noch gar nichts bekannt ist.

In einiger Entfernung nähert sich ein drittes U-Boot derselben Bauart, das mit eigener Kraft fährt. Auf den Turm ist die weiße Ziffer 4 gemalt, und was ist das für ein seltsames Ding vor dem Turm? Es scheint eine kleine Kanone zu sein. Das ist auf jeden Fall bemerkenswert. Bei der Flottille ist öfter darüber diskutiert worden, ob man die Boote nicht mit einem Geschütz ausstatten sollte, einmal zur Selbstverteidigung im Kriegsfall, aber auch, um angehaltene Handelsdampfer damit zu versenken und so teure Torpedos zu sparen. Die Briten haben sich also auch mit dieser Frage beschäftigt.

Drei moderne U-Boote in Rosyth, dazu das Schlachtgeschwader, vier Kreuzer und fünfzehn Zerstörer. Eine ansehnliche Streitmacht hat sich hier versammelt. Der Ausflug hat sich gelohnt. Er macht sich Notizen, getarnt als Baedeker-Empfehlungen:

Größere Orte 7, von Interesse; Kirchen 4, sehenswert; Gasthäuser 15, empfehlenswert; Denkmäler 3.

Größere Orte stehen für Großkampfschiffe, Kirchen für Kreuzer, Gasthöfe für Zerstörer, und Denkmäler entsprechen U-Booten der D-Klasse. Darunter notiert er zur besseren Tarnung noch ein paar echte Sehenswürdigkeiten wie die alte normannische Dalmeny Kirk. Gasthäuser hat er natürlich keine besucht, außer dem Barnton Hotel letztes Jahr, aber das schreibt er lieber nicht auf. Obwohl, er kann es wirklich empfehlen. Aber jetzt bloß nicht ablenken lassen. Er faltet die Karte auf und studiert sie. Er will nicht noch einmal durch Queensferry, das ist ihm zu riskant. Wenn er sich von der Küste direkt nach Süden bewegt, müßte er auf die Straße nach Kirkliston kommen. Von dort könnte er mit einem Local nach Linlithgow fahren und dann den Expreß nach Glasgow nehmen. Er würde dann in Birmingham umsteigen und in Oxford diesen Herrn Ewell aufsuchen. Danach endlich nach

London und zu Vivian. Der Gedanke an sie macht ihn beklommen. Bestimmt will sie nichts mehr von ihm wissen. Hat sich gar verlobt? Er muß jedenfalls auf alles gefaßt sein.

In düsterer Stimmung packt er Fernglas und Karte wieder in den Rucksack, schultert ihn und macht sich auf den Weg. Jetzt muß er erst mal die schweren U-Boot-Klamotten im Rucksack loswerden, und die Pistole. Er wird das Zeug irgendwo hier vergraben, aber erst weiter von der Küste entfernt.

An einem Waldrand verscharrt er die Bordklamotten und die Pistolentasche. Die Waffe behält er nach einigem Zögern und steckt sie in die Jackentasche. Er tarnt die Stelle mit Moos und verwelkten Blättern, dann verläßt er den Schutz der Bäume. Vor ihm breitet sich eine leicht hügelige Landschaft aus, mit Wiesen und kahlen Feldern. Er überquert die Straße nach Queensferry und wählt einen Feldweg, der nach Süden führt. Rechter Hand ragen Dächer und Schornsteine über Baumwipfel. Laut Karte müßte das Dundas Castle sein. Danach geht es durch ein Laubwäldchen, hier überquert der Feldweg einen Kanal. Noch ein kleines Stück über Felder, dann nähert er sich der baumgesäumten Straße nach Kirkliston. Vorsichtig späht er nach beiden Seiten. Niemand ist unterwegs außer einem Radfahrer, der gemütlich daherstrampelt. Einen merkwürdig hohen Hut hat der auf. Beim Näherkommen entpuppt er sich als uniformierter Polizist. Seiler ist noch knapp fünfzig Meter von der Straße weg und zwingt sich, ruhig weiterzugehen. Der Constable winkt ihm zu und schenkt ihm weiter keine Beachtung. Bald kommt er hinter einer Straßenbiegung außer Sicht. Ganz beruhigt ist Seiler deswegen nicht. Vielleicht sollte der Polizist nur nachsehen, wo er ist, während man anderswo eine Falle für ihn aufbaut?

Kirkliston ist ein verschlafenes kleines Städtchen. Von den wenigen Leuten, denen er begegnet, wird er neugierig, aber nicht unfreundlich beäugt. Am Bahnhof ißt er zu Mittag, während er auf den Zug nach Glasgow wartet. Die Bahnhofsrestauration notiert er sich im Baedeker-Stil und schreibt dazu: *Essen anspruchslos, aber gut, 1 Shilling.*

Soweit ist alles gutgegangen. Nicht einmal ein einziger Constable läßt sich blicken. Nur die Pistole macht ihm Sorgen. Sie ist zu groß und zu schwer für die Jackentasche, deshalb verfrachtet er sie wieder in den Rucksack. Er kann sich nicht entscheiden, was er mit dem verflixten Ding machen soll. Falls ihn die Polizei überprüfen sollte und man fände sie bei ihm, sähe es böse aus. Andererseits könnte sie ihm vielleicht einmal aus einer Klemme helfen.

LONDON, PETERMANS BOOKSHOP, 10. MÄRZ 1913, MONTAG

Draußen regnet es, ein grauer Tag. Kaum Leute in der Gasse, und auch keine Constables, die auf ihr Haus zumarschieren. Vivian schließt das Wohnzimmerfenster wieder und geht unruhig auf und ab. Sie hat versucht, sich mit Zeichnen abzulenken, aber das hat nicht geklappt. Auch zum Lesen hat sie keine Lust. Sie ist einfach zu nervös. Sie steckt sich eine Zigarette an, blättert in einer Modezeitung herum und legt sie wieder beiseite. Die Zigarette glimmt vergessen im Aschenbecher weiter. Eine Weile lutscht sie an ihren Fingerspitzen und starrt mit leerem Blick vor sich hin.

Unten im Büro klingelt das Telefon. Sie hastet die Treppe hinunter, immer zwei Stufen auf einmal, und nimmt den Hörer ab. Es ist Vaters Rechtsanwalt. Er teilt ihr mit, daß Mr. Peterman heute morgen, wie angekündigt, tatsächlich entlassen worden und wahrscheinlich schon auf dem Weg nach Hause sei. Sie kann es kaum fassen und bedankt sich überschwenglich. In aller Eile deckt sie den Tisch im Eßzimmer und bereitet ein kräftiges Frühstück für ihn vor, legt Eier und Speck bereit und öffnet eine Dose Bohnen. Sie setzt Wasser auf und will Tee machen, dann fällt ihr ein, daß sie im Gefängnis auch nur immer Tee bekommen hat, noch dazu die billigste Sorte und viel zu dünn. Vater wird sich nach einer Tasse Bohnenkaffee sehnen. Sie mißt Kaffeebohnen ab, setzt sich, klemmt die Kaffeemühle zwischen ihre Knie und fängt an zu mahlen.

Eine Viertelstunde später kommt er durch die Ladentür, die sie extra aufgeschlossen hat, und sie fallen sich in die Arme. Nach fast zehn Wochen hat man ihn endlich aus dem Gefängnis entlassen. Das Gericht habe den Haftbefehl aufgehoben, unter anderem wegen Constable Roberts Aussage, Peterman habe am 27. Oktober 1912 einen gewissen Cox wegen Spionage angezeigt. Der habe sich später allerdings als der Schriftsteller William Le Queux entpuppt. Le Queux hatte behauptet, er sei vom Secret Service beauftragt worden. Das Gericht glaubte es ihm nicht und wies darauf hin, daß eine Institution dieses Namens nicht bekannt sei. Anscheinend hatte der Schriftsteller auf eigene Faust versucht, den als Spion verdächtigten Peterman zu überführen, indem er ihm mit einem von der Navy entliehenen Buch eine Falle stellen wollte. Er wurde deshalb zur Zahlung einer Geldbuße von 20 Pfund verurteilt. Eine Anklage gegen ihn war erwogen worden, wurde aber fallengelassen.

Vivian staunt, wie sachlich ihr Vater all das berichtet. Seine Wut ist trotzdem zu spüren, sie gilt vor allem Le Queux, von dem er niemals ein Buch verkaufen werde, niemals, so lange er lebe. Lieber gehe die Buchhandlung pleite. Mehrmals will sie seinen Redefluß unterbrechen, wenn er von dem ewigen Gefängnistee und dem schrecklichen Essen berichtet, um ihm von ihren eigenen Erfahrungen zu erzählen. Doch dann besinnt sie sich eines Besseren und beschließt, ihm ihr Attentat auf diesen Morgan und die Folgen fürs erste zu verschweigen. Und von der Brandstiftung mit den Suffragetten kann sie ihm sowieso nie etwas erzählen.

Als der Vater sich genügend Luft verschafft und sein kräftiges Frühstück verzehrt hat, fragt er, ob sie etwas von Seiler gehört habe. Da bricht sie in Tränen aus. Er kommt um den Tisch herum und schließt sie in die Arme. Lange hält er sie fest. Das hat er noch nie getan. Sie spürt, wie gut ihr das tut, aber nach einer Weile merkt sie, wie intensiv der Vater riecht, ja, er stinkt beinahe.

»Vater«, sagt sie, »lass uns Wasser warm machen, ich glaube, du solltest jetzt als erstes ein Bad nehmen, um diesen Gefängnisgeruch loszuwerden.«

Noch am selben Nachmittag öffnen sie gemeinsam den Buchladen. Peterman hängt ein Plakat ins Schaufenster, mit einer Erklärung, daß er nie gegen England spioniert habe und auch jetzt nicht daran denke, trotz der üblen Methoden, mit denen Scotland Yard versucht habe, ihn einer Tat zu überführen, die er nie begangen habe.

Vivian beobachtet, wie der Vater konzentriert die Post bearbeitet, Bücher in die Hand nimmt, darin blättert und sie nach einem geheimen System von einer Ecke in die andere trägt.

Er muß wieder mit sich ins reine kommen, denkt sie. Und als sie ihm vorschlägt, zur Ablenkung eine kleine abendliche Willkommensfeier zu machen mit Emmeline und deren neuem Freund, dem Anwalt und ein paar Nachbarn, lehnt er dankend ab.

Also läßt Vivian die Haushälterin Vaters Lieblingsgericht, Roastbeef mit Erbsen und Kartoffeln, für den Abend kochen. Sie hat schon alles eingekauft dafür. Sie selbst deckt eine festliche Tafel. Während des Essens, der Vater hat zur Feier des Tages einen Rheinwein geöffnet, dem sie beide kräftig zusprechen, vermeiden sie alles, was an Gefängnis, Politik und Seiler erinnern könnte. Vivian erzählt Nachbarschaftstratsch, und der Vater zeigt sich ungewöhnlich interessiert daran.

Dann ist es Zeit, ins Bett zu gehen. Da sagt der Vater ganz unvermittelt: »Vivian, was hältst du davon, wenn wir im Juni wieder einmal die Kieler Woche besuchen? Wir könnten von dort dann auch einen Abstecher nach Berlin machen.«

Das Angebot trifft sie wie ein Schlag. Sie kann nur nicken, ihr

Mund wird trocken. Auf einmal hat sie Angst, Adrian zu begegnen. Nein, beschließt sie im stillen, das werde ich Vater wieder ausreden, morgen oder übermorgen.

OXFORD, 10. MÄRZ 1913, MONTAG

In Oxford scheint die Sonne. Seiler verläßt den Bahnhof und macht sich auf die Suche nach dem Friseur Ewell. Dessen kleines Geschäft in der Hythe Bridge Street findet er schnell, dank der rot-weißen Spiralsäule, dem Abzeichen der Friseurzunft in England. Er geht aber daran vorbei, wie Reimers ihm eingeschärft hat: »Ignorieren Sie den Laden erst mal, und gehen Sie weiter bis zur Brücke über den Oxfordkanal. Passen Sie scharf auf, ob der Laden beobachtet wird. Lungern Männer irgendwo herum, oder sitzen welche in einem Automobil davor? Erst wenn Sie alles unverdächtig finden, gehen Sie hinein und verlangen einen Haarschnitt oder wonach Ihnen sonst der Sinn steht. Bestellen Sie ihm einen Gruß von Mr. Mason aus Chicago, dann weiß er Bescheid.«

Von der Brücke aus sieht Seiler sich um. Der Kanal führt schnurgerade unter Bäumen dahin. Am Treidelpfad liegt ein grünes Narrowboat, einer der typischen, sehr schmalen Frachtkähne. Ein mageres Pferdchen grast neben dem Pfad, dabei sitzt ein kleiner Junge mit einer Angelrute. Am rechten Ufer sieht Seiler durch kahle Baumwipfel die spitzen Giebel und hohen Schornsteine eines alten Gebäudes, das ein College sein könnte. Links, hinter der Häuserzeile mit dem Barber Shop, liegt der Kohlenhof der Lokomotivstation. Dort qualmt der Schlot einer Schmiede in den blauen Himmel. Das Friseurgeschäft hat er von hier gut im Blickfeld. Nichts fällt ihm auf, das verdächtig sein könnte. Kein Straßenkehrer jetzt zur Mittagsstunde, keine Müßiggänger, noch nicht einmal ein Constable. Nur ein Fuhrwerk mit Kohlensäcken knarrt die Straße entlang, von zwei müden Pferden gezogen. Seiler nimmt seinen Rucksack auf und schlendert auf das Geschäft zu.

Friseurmeister Ewell ist ein kleiner, glatzköpfiger Mann in einem weißen Kittel. Es sind keine Kunden im Salon, und er lädt Seiler ein, vor dem Wandspiegel Platz zu nehmen. Seiler verlangt Rasur und Haarschnitt und fügt hinzu: »Man hat Sie mir übrigens empfohlen, Mr. Ewell. Ein gemeinsamer Bekannter, Mr. Mason aus Chicago. Er bat mich, Ihnen einen Gruß von ihm zu bestellen.«

»Ah!« Ewell tritt einen Schritt zurück und zieht die Augenbrauen hoch. »Der Amerikaner! Na, das ist ja ein Zufall!«

Er ruft durch die offene Hintertür: »Mr. Mason? Hier ist ein Freund von Ihnen!«

Seiler hört einen Stuhl rücken, Schritte, dann taucht ein stämmiger Mann in der Tür auf. Er trägt einen schwarzen Vollbart, aber Seiler erkennt ihn dennoch sofort. Steinhauer.

Sie grinsen sich an, und Seiler sagt: »Also, um Ihren Bartwuchs kann ich Sie nur beneiden, Mr. Mason!«

Steinhauer lacht. »Unser Freund Ewell hier kann Ihnen ausgezeichnete Haarwuchstinkturen empfehlen. Aber Ihr Bart ist auch nicht von schlechten Eltern. Zehn Tage, schätze ich mal!«

Während der Friseur Seiler den Umhang anlegt und sich an die Arbeit macht, zieht Steinhauer sich einen Stuhl heran, setzt sich und schlägt die Beine übereinander. »Gute Reise gehabt?«

Seiler blinzelt ihm nur zu, denn er hat das Rasiermesser an der Wange und wagt nicht, den Mund zu bewegen.

»Na, wir plaudern nachher im Zug«, meint Steinhauer, »ich will nämlich heute noch nach London, und wenn's Ihnen recht ist, können wir zusammen fahren.«

Noch am selben Abend nehmen sie den Great Western Expreß nach London. Den Rucksack hat Seiler bei Ewell gelassen, nur die Pistole hat er verstohlen in den kleinen Koffer umquartiert, den Steinhauer ihm überlassen hat. Der Zug ist fast leer, so haben sie ein ganzes Abteil für sich.

»Wie war's?«, will Steinhauer wissen, als sich der Zug in Bewegung setzt. »Erzählen Sie mal.«

Seiler berichtet ihm, was er gesehen hat.

»Sieben Großkampfschiffe und drei moderne U-Boote. Siehe da, Rosyth erwacht zum Leben«, kommentiert Steinhauer, während er sich seine Pfeife stopft. »Und man kann mit einem U-Boot rein. Wenn das nicht interessant ist! Hoffentlich kommt das Boot heil wieder nach Hause.«

»Wie geht's jetzt weiter«, fragt Seiler, »zurück nach Deutschland?«

Steinhauer schüttelt den Kopf. »Nicht sofort. Gibt noch was zu erledigen.« Er zupft an seinem falschen Bart herum, löst ihn Stück für Stück ab und verzieht das Gesicht dabei: »Autsch! Dieses verflixte Mastixzeug klebt wie der Teufel.« Als er ihn abhat, erklärt er: »Will meine Tarnung ändern. Lauf schon 'ne ganze Weile damit rum. Außerdem kitzelt der Bart ganz ekelhaft am Hals.« Er holt einen kleinen Spiegel aus der Tasche und klebt sich einen eindrucksvollen Schnauzbart an. Damit sieht er viel englischer aus. Dann beugt er sich vor und sagt geheimnisvoll: »Sie müssen sich in London mit jemandem treffen.«

Seiler zieht eine Augenbraue hoch. »Mit wem?«

»Sie werden sehen. Jetzt kümmern wir uns erst mal um Ihr Äußeres. Ich habe einen hübschen blonden Schnurrbart für Sie und noch ein paar andere Scherze.«

Zwei Stunden später schreiten sie durch das Menschengewimmel in Londons Paddington Station. Niemand hält sie an, obwohl sie da und dort Detektive erkennen, wie üblich mit ein oder zwei Constables in Reichweite. Draußen nehmen sie eine Motortaxe und lassen sich zum Woodstock House am Euston Square fahren.

»Das ist ein sogenanntes Private Hotel«, erklärt Steinhauer, »eine Mischung aus Hotel und Pension, allerdings ohne Schankkonzession. Zu den besten dieser Art gehört das New York beim

British Museum, aber der Besitzer ist Deutscher. Das riskieren wir mal lieber nicht.«

Am nächsten Morgen beim Frühstück sagt Steinhauer: »Heute nachmittag um zwei ist ihre Verabredung, und zwar im Café Vienna, Ecke New Oxford und Hart Street.«

»Und wen treffe ich dort?«

»Eine junge Dame. Miss Vivian Peterman.«

Seiler bleibt die Sprache weg.

»Wollte Ihnen keine schlaflose Nacht bereiten«, sagt Steinhauer, während er sorgfältig Ei, Käse und gebratenen Speck auf eine Toastscheibe häuft, »drum sage ich's Ihnen erst jetzt.«

»Sie wissen von mir und Vivian?«

Steinhauer lacht. »Ich kenne doch meine Agenten! Sie wären der erste, der nichts anderes als seine Aufgabe im Kopf hätte.«

»Wie haben Sie davon erfahren?«

»Na, ich habe Sie hin und wieder mal ein bißchen im Auge behalten, in aller Diskretion. Vor allem während der Kieler Woche. War ja wohl kaum zu übersehen, daß Sie einander, wie soll ich sagen, zugeneigt sind. Und dann ihr gemeinsamer Ausflug nach Schottland, riskant, aber perfekte Tarnung.« Steinhauers Gesicht wird ernst, und er sagt fast väterlich: »Sie hatten lange keinen Kontakt mehr mit ihr. Darum habe ich mich gefragt, ob die Kollegen von der Gegenseite das Mädel etwa unter Druck gesetzt haben.«

»O Gott!« Seiler starrt ihn an. »Wissen die Engländer denn von unserer Reise nach Rosyth?«

Steinhauer schüttelt den Kopf. »Soweit ich weiß, nein.«

»Aber sie hat Schwierigkeiten bekommen? Meinetwegen?«

»Ja und nein«, erwidert Steinhauer achselzuckend, »zum Teil wegen ihrer Bekanntschaft mit Ihnen, in der Hauptsache aber, weil ihr Vater unter Spionageverdacht steht. Der Secret Service hat Sie und Peterman im Visier. Ich habe mich ein bißchen umgehört und folgendes herausgefunden: Nach Ihnen wird still gefahndet, das heißt, Sie sollen nur beobachtet werden, nicht aber verhaftet. Peterman aber haben sie eingesperrt. Sein Anwalt sagte mir vorhin am Telephon, er sei gestern wieder freigekommen und die Anklage sei fallengelassen worden. Soweit ist also alles glimpflich abgelaufen.«

»Und Vivian? Was ist mit ihr?«

»Die war auch im Gefängnis, aber aus einem ganz anderen Grund. Der Detektiv, der für die Festnahme ihres Vaters verantwortlich war, hat den Laden observiert. Sie hat das gemerkt, ist ihm heimlich in sein Stammlokal nachgegangen und hat ihm dort vor allen Leuten sein Essen ins Gesicht geschmissen!«

Steinhauer schlägt sich lachend auf den Schenkel. »Der Bekleckerte war natürlich im höchsten Maß blamiert! Ich kenne ihn, hatte mal mit ihm zu tun. Ich sage Ihnen nicht, wie er wirklich heißt, aber er ist ein hochrangiger Geheimdienstmann. Hätte liebend gern sein Gesicht gesehen!« Er wischt sich eine Lachträne ab.

»Dafür ist sie natürlich eingesperrt worden, vier Wochen hat sie absitzen müssen. Aber das ist vorbei. Es geht ihr gut, der Vater ist auch wieder frei und der Laden geöffnet. Jedenfalls, das Mädel hat es faustdick hinter den Ohren.«

Seiler kann eine Weile nur den Kopf schütteln. »Unglaublich«, sagt er schließlich, »wie, zum Teufel, haben Sie das denn alles rausgekriegt?«

Steinhauer schmunzelt. »Ganz einfach. Hab mich an ihre Freundin rangemacht, Emmeline, Sie kennen sie. Ich habe ihr erzählt, daß ich einen Artikel über die Deutschenpanik und ihre Auswüchse schreibe. Aber das meiste weiß ich von Petermans Anwalt.« Er schiebt Seiler eine Visitenkarte hin: *Gilbert Mason, Journalist. London Correspondent for the* Chicago Tribune, *Chicago, Illinois, USA.*

»Noch etwas zu Ihrer Verabredung: Miss Peterman weiß nicht, daß sie mit Ihnen verabredet ist. Sie erwartet mich. Ich habe ihr gesagt, ich würde vesuchen, Sie telephonisch in Deutschland zu erreichen.«

»Haben Sie sie denn getroffen? Wie geht es ihr?«

»Ja, Miss Riley hat es organisiert. Und was Miss Peterman angeht: Warten Sie doch einfach ab.«

»Kommen Sie mit zu unserem Treffen?«

»Nein, ich lasse Sie natürlich allein mit ihr. Ich bin aber in der Nähe und passe auf.«

Er streicht sich über den traurig herabhängenden Schnauzbart. »Kann sein, daß ihr ein oder zwei Geheime nachschleichen. Falls das der Fall ist, komme ich rein und gehe zu den Waschräumen. Sie folgen mir dann beide, so schnell es geht, ohne Aufsehen zu erregen.«

LONDON, CAFÉ VIENNA, 11. MÄRZ 1913, DIENSTAG

Vivian schaut auf ihre kleine Uhr, eben rückt der Minutenzeiger auf die Zwei. Hoffentlich ist dieser Mr. Mason pünktlich. Ein amerikanischer Journalist, der aus Deutschland stammt, wie sein leichter Akzent verraten hat. Sein Englisch ist amerikanisch gefärbt, aber davon abgesehen recht gut. Ob er Adrian erreicht hat? Sie schaut durchs Fenster hinaus, die wärmende Teetasse in beiden Händen. Es regnet. Passanten eilen unter Schirmen vorbei. Ein Cab hält vor dem Café, das Pferd läßt den Kopf hängen und schnaubt Wasser aus den Nüstern. Das Tier tut ihr leid.

Jetzt kommt der Fahrgast aus dem Cab herein, aber es ist nicht Mason. Zu jung und zu schlank. Blonder Schnurrbart und Brille, schwarzer Anzug ohne Regenmantel. Er hängt den naßglänzenden Bowler an den Hutständer und sieht sich suchend um. Ein Schreck fährt ihr in die Glieder. Der Mann sieht aus wie – aber nein, das kann doch nicht sein. Oder? Er kommt auf sie zu, sein Mund unter dem Schnauzer verzieht sich zu einem Lächeln. Sie stellt ihre Tasse ab, laut klirrt sie auf den Unterteller.

»Ist es gestattet?« Er setzt sich, ohne eine Antwort abzuwarten.

Sie weiß nicht, was sie sagen soll. Sie starrt ihn einfach nur an.

»Keine Bange. Der Schnurrbart ist nicht echt.« Er nimmt die Brille ab und schiebt sie in die Brusttasche.

Es dauert einen Augenblick, bis sie ihre Sprache wiederfindet. »Adrian! Du meine Güte! Darauf war ich nicht gefaßt. Ach herrjeh. Woher weißt du, daß ich hier bin?« Es fällt ihr im selben Moment ein: »Der Journalist aus Amerika! Mr. Mason! Kennst du ihn etwa? Hat er das organisiert?«

Adrian nickt. »Ja, er ist ein Freund von mir.« Er beugt sich vor und sagt leise: »Hör zu, Vivian, er wartet draußen. Falls er reinkommt, heißt das, daß dir jemand gefolgt ist. Hast du aufgepaßt auf dem Weg hierher?«

»Ja, hab ich. Ich hab aber niemanden bemerkt.«

»Gut. Wenn Mason reinkommt, sag ich dir sofort Bescheid, und wir tun so, als kennten wir ihn nicht. Wir sollen ihm dann unauffällig nachgehen. Ich glaube, er weiß einen Hinterausgang. Wir werden gleich bezahlen, damit uns in dem Fall niemand aufhält.«

Sie faßt nach seiner Hand. »Ach, Adrian! Ich muß dir was Wichtiges erzählen! Stell dir vor, die Polizei hat alle meine Briefe an dich unterschlagen, und deine auch! Seit Monaten!«

»Was? Das gibt es doch nicht! Woher weißt du das?«

»Von Emmys Freund. Der arbeitet im Home Office.«

Sie spürt, wie ihr die Tränen kommen und ringt um Fassung. »Unser Wiedersehen hab ich mir ganz anders vorgestellt.«

Er drückt ihr die Hand. »Ich auch, glaub mir. Aber das mit Mason mußte ich dir zuallererst sagen, damit nichts schiefgeht.« Er holt tief Luft: »Ich kann dir gar nicht sagen, wie aufgeregt ich war, Vivian. Nicht wegen den Geheimen, wegen dir! Ich dachte die ganze Zeit, du willst nichts mehr von mir wissen.«

»Dasselbe hab ich auch von dir gedacht.«

»Diese Schufte!«, sagt er grimmig. »Das würd ich denen gerne heimzahlen.« Er schaut nach draußen. »Da drüben steht Mason, siehst du ihn? Er unterhält sich mit dem Zeitungshändler.«

Sie folgt seinem Blick. »Das ist Mason? Aber der hatte doch einen schwarzen Bart, als er sich mit mir getroffen hat.«

»Der war nur aufgeklebt«, erklärt er und grinst, »er hat eine ganze Menge falscher Bärte, Schnurrbärte, Backenbärte, Spitzbärte.«

»Dann ist er also auch einer vom Geheimdienst?« Sie runzelt die Stirn.

»Nun, ja. Gewissermaßen. Ich treffe ihn ab und zu, wenn ich in England bin. Jedenfalls hat er seine Mütze auf. Ein gutes Zeichen. Das bedeutet nämlich, daß uns niemand gefolgt ist. Kein überstürzter Aufbruch durch die Waschräume.«

Ohne daß sie es will, entfährt es ihr: »O Adrian, wie sind wir nur da hineingeraten?«

Er wird sofort ernst. »Das ist alles meine Schuld, Vivian, und es tut mir schrecklich leid! Wenn ich geahnt hätte, wohin diese ganze Geschichte führt, hätte ich dich niemals mit hineingezogen.«

Er sieht so zerknirscht aus, daß er ihr leid tut. Sie schüttelt den Kopf. »Nein, sag nicht so etwas, Adrian. Ohne dieses ganze Geheimdienstzeug hätten wir uns doch gar nie kennengelernt.«

Sie sieht, wie er immer noch grübelt. Da muß sie auf einmal lachen. »Na, wenigstens ist es nie langweilig!«

BERLIN, ALEXANDERPLATZ, 17. MAI 1913, SAMSTAG

Der Schutzmann am Haupteingang knallt grüßend die Hacken zusammen. Wohl wegen meiner Uniform, vermutet Drummond, als er mit Melville das Präsidium am Alexanderplatz verläßt. Sie haben sich soeben beim Polizeipräsidenten, Herrn Traugott von Jagow, als Beauftragte für die Sicherheit von King George V. und seiner Begleitung akkreditieren lassen und entsprechende Bescheinigungen erhalten. Der englische König wird übermorgen in Berlin eintreffen, und Melville ist mit seinem Schutz beauftragt.

Drummond allerdings hat andere Aufgaben. Offiziell ist er Admiral Sir John Jellicoe, der zur Begleitung des Königs gehört, als zweiter Adjutant zugeteilt. Diese Tarnung hat es notwendig gemacht, ihn mit Rang und Uniform eines Senior Lieutenant der Royal Navy auszustatten, mit Einwilligung der Admiralität und natürlich nur für die Dauer seines Aufenthaltes in Deutschland.

Sein eigentlicher Auftrag vom SSB lautet ein wenig anders. Noch ist es nicht öffentlich bekannt, aber die britische Regierung war vom deutschen Botschafter vertraulich informiert worden, daß Kaiser Wilhelm anläßlich des Besuches von King George V. zur Hochzeit seiner Tochter eine Amnestie erlassen will. Darunter sollen auch die inhaftierten britischen Spione Brandon, Trench und Stewart fallen. Drummond soll die Offiziere in Berlin begrüßen, sich von ihnen berichten lassen und sie nach Abschluß der Feierlichkeiten nach London begleiten. Nebenher soll er versuchen, Angehörige des deutschen Geheimdienstes zu identifizieren und so viel wie möglich über die militärische Nutzung von Luftschiffen herausfinden. Diese machen der Admiralität zur Zeit am meisten Kopfzerbrechen. Melville nennt es verächtlich Zeppelin-Fieber.

Berlin, Luftschiff LZ 11 Viktoria Luise,
20. Mai 1913, Dienstag

Das Knattern der Motoren wird schneller und steigert sich zu einem rasenden Dröhnen. Die Passagierkabine erzittert, zugleich ist ein Schwanken zu spüren, nicht unähnlich dem auf einem Schiff. Durch das große Seitenfenster sieht Seiler die Menschenmenge auf der kahlgetretenen Wiese zurückweichen, wie aus Furcht vor dem gigantischen Gebilde, das im Begriff ist, sich in die Luft zu erheben. Näher und fast unter ihm blauuniformierte Soldaten an den Haltetauen, weit zurückgelehnt und mit aller Kraft zupackend. Zweihundert Mann sind für diese Aufgabe aufgeboten. Weiter dreht das Luftschiff, die Nase muß in den Wind. Die Soldaten ziehen es Schritt für Schritt herum. Dabei werden sie selbst auch gezogen und haben Mühe, im Takt zu bleiben. Jetzt lassen sie alle zugleich die Taue fallen, wohl auf ein Zeichen hin, denn der Motorenlärm würde alle Kommandos verschlucken. Der Horizont neigt sich, es geht in die Höhe. Zugleich nimmt das Schiff Fahrt auf. Schnell schrumpfen die Menschen auf dem Boden zu kleinen, dann winzigen Figuren. Über die Hasenheide hinweg gleitet der lange Schatten des Zeppelins, dann über Häuserblocks. Auf allen Dächern Menschen, die winken und Fähnchen schwenken. Das Schiff steigt stetig, weit breitet sich das Häusermeer von Berlin aus.

Seiler staunt. Ein phantastischer Ausblick ist das. Omnibusse und Fuhrwerke kriechen wie Käfer die Straßen entlang, Menschen wimmeln wie Ameisen. Da unten ist schon der Dom, golden blitzt das Kreuz auf der grünen Kuppel. In der Ferne der Grunewald, dahinter glitzert die blaue Wasserfläche der Havel in der Sonne.

Er wirft einen raschen Blick auf seine Mitreisenden, aber sie schauen alle wie gebannt aus den Fenstern. Auch Admiral Sir John Jellicoe vor ihm, dem er als Ehrenordonnanz zugeteilt ist.

Tapken hat das so eingefädelt. Der Admiral und Lady Jellico besuchen Deutschland anläßlich der Hochzeitsfeierlichkeiten von Prinzessin Viktoria Luise, des Kaisers einziger Tochter. Die höchsten der erschienenen Staatsgäste, die Cousins des Kaisers Zar Nikolaus II. und König George V., sind nicht mit an Bord. Vielleicht traut man diesen Luftschiffen doch noch nicht so ganz, denkt Seiler.

Die Kabine ist lang, aber recht eng, viel schmaler als ein Straßenbahnwagen. Auf jeder Seite des Mittelganges gibt es nur eine Reihe leichter Korbstühle und sechs Fenster. Die sind allerdings so groß wie die in einem Omnibus. Der Innenraum ist mit dunklem Mahagonifurnier ausgelegt und mit Perlmuttplättchen verziert. Das sonore Brummen der Motoren wirkt inzwischen nicht mehr so störend. Seiler kann sogar das Knarzen seines Korbsessels hören, als er sich nach dem Adjutanten des englischen Admirals umwendet.

Der ist so um die Mitte Dreißig, hat auffallend abstehende Ohren und trägt die schmucke Uniform der Royal Navy. Er ist ihm als Senior Lieutenant Gordon vorgestellt worden, aber Seiler nimmt an, daß das nicht sein richtiger Name ist. Den echten kennt er zwar nicht, aber Steinhauer hat ihn informiert, es handle sich bei dem angeblichen Adjutanten um einen Agenten des Secret Service. Und zwar um denselben Mann, der ihn letztes Jahr während der Kieler Woche beschattet haben soll. Auf dem Weg hinaus zum Tempelhofer Feld hat Steinhauer vorgeschlagen: »Unterhalten Sie sich mal ein wenig mit ihm. Wer weiß, vielleicht kommt was Interessantes dabei heraus.«

Ihre Blicke kreuzen sich, und der Lieutenant nickt ihm zu. Seiler erwidert den Gruß. Ein seltsames Gefühl, mit diesem Gordon in derselben Kabine zu sitzen. Der wird natürlich über ihn Bescheid wissen. Ob sich was aus ihm herauslocken läßt? Zwei Stunden soll der Rundflug dauern, aber es gibt währenddessen kaum eine Möglichkeit, mit ihm zu sprechen. Nach der Landung will er es jedenfalls versuchen.

Wieder auf festem Boden, gibt es ein Glas Champagner für alle. Jellicoe bringt einen Toast aus, zuerst auf die Majestäten beider Länder, dann auf das Luftschiff und die faszinierenden Möglichkeiten, die das Reisen durch die Luft in der Zukunft eröffnen wird. Bestimmt interessieren ihn dabei in erster Linie die militärischen Verwendungen, denkt Seiler, auch wenn er es nicht ausspricht. Da ist vor allem die Aufklärung aus großer Höhe, von eminenter Bedeutung für die Flotte. Möglicherweise werden sich auch Bomben mitführen und abwerfen lassen. Groß ist die Tragkraft so eines Apparates allerdings nicht, im Fall der VIKTORIA LUISE nur gerade fünf Tonnen, abzüglich Treibstoff, Vorräte und Besatzung. Dennoch, allein die Größe des Luftfahrzeuges, es ist gut und gern so lang wie ein Schlachtschiff, ist beeindruckend.

Voll Stolz erklärt jetzt der Kommandant, Kapitän Erich Blew, das Luftschiff. LZ 11 VICTORIA LUISE der DELAG, der Deutschen Luftschiffahrt-AG, sei seit einem Jahr in Dienst. Es ist 148 Meter lang und hat einen Durchmesser von 14 Metern. Achtzehn Gaszellen mit insgesamt 18700 Kubikmetern Inhalt tragen es. Drei Motoren mit zusammen 450 PS können es auf 72 Kilometer in der Stunde beschleunigen. Die Besatzung besteht aus neun Mann, zwanzig Passagiere können mitgenommen werden.

»Ein Wunderwerk der Technik, nicht wahr«, sagt Lieutenant Gordon auf englisch neben Seiler, »das war mein erster Ausflug hinauf in die Luft! Ihrer auch?«

Seiler nickt. »In der Tat. Ein außergewöhnlich interessantes Erlebnis! Ich hoffe, es hat Ihnen gefallen, Lieutenant.«

»Oh yes! Grandios! Und Berlin ist eine großartige Stadt, aus dieser Höhe betrachtet.« Er streckt Seiler die Hand hin. »Freut mich sehr, Sie bei uns zu haben, Lieutenant, wenn es auch nur für die Dauer unseres Aufenthaltes hier ist.«

Sie schütteln sich die Hände, und Gordon erkundigt sich: »Haben Sie denn bei Ihrer Marine auch solche Luftschiffe?«

Seiler lacht. »Das ist aber eine sehr unbescheidene Frage!«

»Touché!«, grinst Gordon. »Im umgekehrten Fall hätte ich Ihnen die gleiche Antwort gegeben.« Er hebt sein Glas. »Hier, lassen Sie uns auf die teuren Geheimnisse unserer Vaterländer anstoßen!«

»Auf die Geheimnisse! Cheers!«

Als aber Admiral Jellicoe den Luftschiffkapitän fragt, ob es auch militärische Zeppeline gebe, antwortet dieser bereitwillig: »Aber ja. Sowohl beim Heer als auch bei der Marine. Ihre Aufgabe liegt ausschließlich in der Aufklärung. Ihre Anzahl unterliegt allerdings der Geheimhaltung, ebenso ihre Reichweite, die erreichbare Höhe und alle weiteren Eigenschaften.«

»Das ist schade«, erwidert der Admiral, »hätte mich interessiert. Nun, wenn sich die Beziehungen zwischen unseren Ländern weiter so verbessern, besteht wohl kein Anlaß zu übertriebener Neugier.«

Sir John Rushworth Jellicoe entspricht nicht dem Bild, das sich Seiler von ihm gemacht hat. Auf den ersten Blick wirkt er durchschnittlich. Der Admiral ist nicht gerade groß, vielleicht nicht einmal eins siebzig. Das Gesicht ist zerfurcht und wettergegerbt, und die große Nase sticht auffallend daraus hervor. Aber seine Augen sind wach, intelligent und ihr Ausdruck gelassen und freundlich. Jetzt, mit 54 Jahren, hat er beinahe den Höhepunkt seiner Karriere erreicht. Er ist bereits kommandierender Admiral der Atlantikflotte gewesen und danach Zweitkommandierender der Home Fleet. Im vergangenen Jahr ist er zum Vizeadmiral befördert und als Zweiter Seelord in die Admiralität berufen worden. Im Offizierskorps der deutschen Marine rechnet man damit, daß er in spätestens einem Jahr Oberbefehlshaber der gesamten Flotte sein wird.

Um halb sieben Uhr abends betritt Seiler das Admiralitätsgebäude. Von hier aus werden sie zum Dinner der Offiziere aufbrechen, das bei Lutter & Wegener stattfinden wird. Große Uniform ist befohlen. Tapken steht in der Halle in einer Gruppe von Offizieren und Beamten, alle piekfein herausgeputzt. Seiler tritt vor den Kapitän und meldet sich zur Stelle. Tapken blickt ihn von oben bis unten an und sagt stirnrunzelnd: »Ihre Uniform ist nicht ganz in Ordnung, wie mir scheinen will.«

Seiler blickt verdutzt an sich herunter. Was hat der Kapitän auszusetzen? Die Schuhe sind blitzblank, alles ist richtig geknöpft, kein Stäubchen zu sehen.

Tapken sagt streng: »Ihre Ärmelstreifen. Fehlt da nicht was, Herr Kapitänleutnant?«

Seiler schaut auf seinen Ärmel, aber auch da ist alles in Ordnung. Fragend blickt er den Kapitän an. Erst dann dämmert es ihm. Tapken reicht ihm grinsend ein gefaltetes Dokument. »Zwei Streifen fehlen! Einer reicht nicht mehr, Seiler. Gratuliere zur Beförderung!«

BERLIN, SCHLESISCHER BAHNHOF, 25. MAI 1913, SONNTAG

Die Hochzeitsfeierlichkeiten sind vorbei. Prinzessin Victoria Luise ist gestern mit Prinz Ernst August von Hannover im Berliner Schloß vermählt worden. Die prachtvolle Hochzeit beendet die lange Fehde zwischen den Häusern der Welfen und der Hohenzollern.

Das große Aufräumen ist in vollem Gang. Der Festschmuck wird wieder von den Straßen entfernt, Tausende von Fahnen werden eingeholt, die Girlanden aus Tannengrün verschwinden, und ganze Kolonnen von Straßenkehrern sind am Werk.

Um 2 Uhr 15 werden die amnestierten britischen Offiziere Stewart, Trench und Brandon mit dem Zug aus Breslau ankommen. Seiler ist von Lieutenant Gordon gefragt worden, ob er ihn zum Bahnhof begleiten wolle, und er hat zugesagt. Nun stehen sie in der gläsernen Halle und warten, in Uniform. Ein englischer und ein deutscher Seeoffizier, die beide nicht ganz echt sind. Mit ihnen warten ein Kriminalbeamter und ein Schutzmann. Der Kriminalbeamte ist auch nicht ganz echt. Es ist Steinhauer, ausnahmsweise glattrasiert, aber er und Seiler tun, als würden sie einander nicht kennen. Ab und zu wirft Seiler einen Blick auf seine drei Ärmelstreifen. Kapitänleutnant! Mit der Beförderung hat er nicht gerechnet, durch den Dienst bei N ist er ganz aus dem Tritt gekommen. Sein Jahr beim Reichsmarineamt in Berlin läuft erst zum Herbststellenwechsel am 30. September 1913 ab.

Was dann kommt? Der Kommandantenkursus und danach sein eigenes U-Boot? Oder Kommandierung zu einem der Auslandsgeschwader? Alles ist möglich. Stationsdienst, Versetzung zur Marineinfanterie oder gar auf ein Linienschiff. Vielleicht soll er auch beim Nachrichtendienst bleiben. Eine Lotterie.

Seiler hat von Gordon bisher so gar nichts herausbekommen. Alle Fragen hat der ins Leere laufen lassen. Er versucht es noch einmal und fragt: »Ist das eigentlich Ihr erster Besuch in Deutschland, Lieutenant?«

»Ja«, erwidert der, »und ich finde es höchst interessant und angenehm hier. Schade, daß ich nur so kurz hier bin, ich hätte gern mehr von Deutschland gesehen, Dresden zum Beispiel. Soll eine fabelhaft schöne Stadt sein!«

»In Dresden war ich selbst noch nie«, sagt Seiler, »der Dienst in der Marine hält einen ja meist fern vom Landesinneren.«

»Wem sagen Sie das. Aber Sie waren wohl lange in England, nicht wahr? Ich höre es an Ihrem ausgezeichneten Englisch.«

So ein gerissener Hund, denkt Seiler, und antwortet: »Ja, ich habe meine Kindheit in Hampshire verbracht. Meine Mutter ist Engländerin.« Er versucht es andersherum: »Sagen Sie, warum hat man Sie als Admiralstabsoffizier mit der Abholung der amnestierten Agenten beauftragt?«

Gordon wirft ihm einen amüsierten Blick zu. »Es sind immerhin Marineoffiziere, bis auf diesen Stewart. Den kenne ich nicht. In der Admiralität wird man sich gedacht haben, Gordon ist ohnehin in Berlin, da sparen wir uns das Geld für eine Extrareise.« Er lacht. »Geizkrägen allesamt. Das wird bei Ihnen kaum anders sein, nicht wahr?«

»Allerdings«, grinst Seiler, obwohl er sich über diese glatte Antwort ärgert. Aber Gordon legt noch etwas drauf. »Im Vertrauen, Lieutenant Seiler, mein Admiral interessiert sich für diese Burschen. Er findet sie bewundernswert und möchte mehr über ihren Ausflug erfahren. Ich soll sie für ihn mal ein wenig beschnuppern. Aber da kommt der Zug, nicht wahr? Na, ich bin ja mal gespannt.«

Pünktlich auf die Minute dampft die Maschine mit ihrer langen Wagenschlange heran. Und da kommen sie schon, Trench, Brandon und Stewart, jeder in Zivil und mit einem großen Koffer, eskortiert von einem Unteroffizier mit zwei Soldaten. Die Eskorte soll sicherstellen, daß sie auch wirklich in Berlin ankommen und unterwegs nicht irgendwelche Abstecher machen.

Gegenseitige Vorstellung zuerst. Seiler ist von Tapken über Lieutenant Stewart informiert worden, über den er vorher noch nichts gehört hat. Bertrand Stewart ist Lieutenant der Imperial Yeomanry und wurde im Zusammenhang mit der Marokkokrise nach Deutschland gesandt, um herauszufinden, ob die kaiserliche Marine mobilisiert wird. Stewart hat praktisch das gleiche wie Seiler vor zwei Jahren getan, nur hatte er das Pech, erwischt zu werden. Er war 1911 in Bremen verhaftet und zu dreieinhalb Jahren Festungshaft in Glatz verurteilt worden. Auf Seiler macht er einen arroganten Eindruck. Anders als Trench und Brandon schlägt er Seilers dargebotene Hand aus und grüßt sogar seinen Landsmann Gordon nur mit einem knappen Kopfnicken.

Nun müssen die Formalitäten erledigt werden. Steinhauser unterschreibt das Übergabeformular der Militäreskorte, die schnurstracks zur Bahnhofsrestauration abmarschiert. Dann händigt er den Briten befristete Pässe aus und erklärt: »Meine Herren, Sie sind hiermit offiziell frei und können Ihrer Wege gehen. Ich wünsche Ihnen eine gute Heimreise.« Er lüftet den Hut zum Gruß und geht. Den Schutzmann nimmt er mit.

»Well, noch ist es nicht soweit«, sagt Gordon, »auf Sie wartet ein kleiner Empfang im Hotel Britannia, der Ihnen Gelegenheit geben wird, Seiner kaiserlichen Majestät Ihren Dank für die Begnadigung zu übermitteln. Und ein anschließendes Abendessen, zu dem auch der Zweite Sekretär der britischen Botschaft kurz erscheinen wird. Morgen können Sie sich auf die Heimreise nach good old England begeben, das heißt, falls Sie Ihren Aufenthalt nicht noch verlängern wollen. Die Pässe erlauben Ihnen eine ganze Woche.«

Seiler ergänzt: »Für Ihr Gepäck steht ein Dienstmann bereit, der es ins Hotel bringen wird. Wenn Sie nun so gut sein wollen, uns zum Britannia zu begleiten? Draußen wartet eine Droschke.«

LONDON, SECRET SERVICE BUREAU, 15. OKTOBER 1913, MITTWOCH

»Die Deutschen behaupten, daß dieser Diesel von uns ermordet wurde!«, sagt Kell und sticht mit dem Zeigefinger auf die Titelseite der *Neuen Preußischen Zeitung*, die in Deutschland wegen des Eisernen Kreuzes auf dem Titel *Kreuzzeitung* genannt wird.

Kell kann gut Deutsch, wie Drummond weiß. Die Schlagzeile versteht auch er:

ERFINDER DES DIESELMOTORS VOM ENGLISCHEN GEHEIMDIENST ERMORDET?

»Na so was! Warum sollten wir den umbringen«, wundert sich Drummond, »der hat uns doch immerhin das Patent seines Motors verkauft, oder irre ich mich da?«

»Das hat er«, erwidert der Captain, »und dieser Motor hat unsere Unterseeboote erst hochseetauglich gemacht. Wär er Engländer gewesen, hätte er einen Orden verdient.«

Er zieht unter dem deutschen Blatt die *Daily Mail* hervor. »Und jetzt lesen Sie mal das da!«

ERFINDER INS MEER GEWORFEN – SOLLTE PATENTVERKAUF AN ENGLAND VERHINDERT WERDEN?

Der Erfinder des Dieselmotors, Dr. Rudolf Diesel, war am 29. September 1913 in Antwerpen an Bord des Postdampfers DRESDEN gegangen, um in London an einer Konferenz der Consolidated Diesel Manufacturing Ltd. teilzunehmen. Am folgenden Morgen wurde er vermißt und blieb trotz gründlichster Durchsuchung des ganzen Schiffes verschwunden.

Am 10. Oktober sah die Besatzung des niederländischen Lot-

senbootes Coertsen *bei heftigem Seegang die Leiche eines Mannes im Wasser treiben. Sie konnte die in Auflösung befindliche Leiche nicht bergen und entnahm der Kleidung des Toten eine Pastillendose, ein Portemonnaie sowie ein Taschenmesser und ein Brillenetui. Diese Gegenstände wurden von Diesels Sohn Eugen in Vlissingen als seinem Vater gehörend identifiziert. Die Hinterbliebenen glauben jedoch nicht an Selbstmord, sondern vermuten ein Verbrechen.*

Es wäre auch vorstellbar, verlautet aus informierten Kreisen, daß die deutsche Geheimpolizei verhindern wollte, daß Diesel Patente, die Weiterentwicklung seines Motors betreffend, nach Großbritannien verkaufe.

»Die Zeitung vermutet übrigens«, sagt Kell, »daß außer uns auch die Ölgesellschaften dahinterstecken könnten. Es heißt nämlich, Diesel habe an einem Kraftstoff aus Pflanzenölen gearbeitet.«

»Hm. Wäre das eine gefährliche Konkurrenz für Erdöl geworden?«

»Vielleicht. Wer weiß. Das Ganze geht uns ohnehin nichts an.«

Kell zieht seine Schreibtischschublade auf, holt ein Papier heraus und wird wieder dienstlich. »Das hier ist die Liste aller dringend der Spionage verdächtigen Deutschen, die in England leben, Mr. Drummond. Einundzwanzig sind es. Lassen Sie zwei Abschriften machen, und bringen Sie eine davon dem Superintendenten der Special Branch im Yard. Meine Empfehlung, und er möchte so freundlich sein, sie an alle Chief Constables in England und Schottland weiterzuleiten. Die Leute sollen von jetzt an im Auge behalten werden. Wo die Anschriften fehlen, bitten wir darum, sie baldmöglichst zu ermitteln und uns mitzuteilen.«

»Ja, Sir. Wird erledigt, Sir.«

»Weisen Sie nochmals darauf hin, daß diese Personen unter gar keinen Umständen merken dürfen, daß sie unter Überwachung stehen.«

»Ja, Sir.« Drummond zögert einen Moment. »Darf ich Sie etwas fragen, Sir?«

»Nur zu.«

»Ich habe ja im Mai Captain Trench und Lieutenant Brandon in Berlin abgeholt. Mir geht die ganze Zeit die Frage im Kopf herum, ob die beiden wirklich auf eigene Faust nach Borkum gezogen sind, Sir.«

Kell runzelt die Stirn. »Hm. Das fällt eigentlich unter Geheimhaltung. Aber die Angelegenheit ist ja nun erledigt und abgeschlossen. Also gut. Bevor Sie deswegen nicht mehr schlafen können: Trench und Brandon hatten sich freiwillig gemeldet, insofern ist ihre Aussage keine direkte Lüge gewesen. Aber ihren konkreten Spionageauftrag haben sie vom Chef der Foreign Section bekommen, Captain Cumming. Er hat sie hinausgeschickt. Bewahren Sie Stillschweigen darüber.«

1914

London, Cecil Court, 15. März 1914, Sonntag

»Sag mal, Vater, hast du schon einmal daran gedacht, nach Deutschland zurückzukehren?«, fragt Vivian, während sie Arm in Arm durch den Hydepark schlendern.

»Ich? Ja, doch, das hab ich. Nicht nur einmal. Warum fragst du?«

»Nur so. Wegen dem ganzen Ärger hier, mein ich. Diese Deutschenhetze.«

»Deswegen hab ich auch mit dem Gedanken gespielt. Aber ich glaube nicht, daß es uns im Reich viel besser erginge. Man würde uns dort womöglich als englische Spione verdächtigen, der gleiche Mist, nur umgekehrt. Und dann ist mir Deutschland zu autoritär und auch zu engstirnig. Dort zählt doch nur das Militär.«

Peterman bleibt stehen. »Und schau dir nur mal die konservativen deutschen Politiker an, mit ihren Schmissen und Monokeln, fett und vollgefressen, rechthaberisch und laut. Und alle katzbuckeln«, das Wort sagt er auf deutsch, »untertänigst vor dem Kaiser! Da sind mir die Englischen doch zehnmal lieber.«

Katzbuckeln! Vivian lacht über das Wort. Zu Weihnachten hat ihr der Vater die Originalzeichnung einer Karikatur geschenkt, die 1908 in dem satirischen Wochenblatt *Ulk* erschienen war und den Titel trägt: *In Ehrfurcht erstorben.* Sie zeigt leere, fahnengeschmückte Tribünen und Straßenkehrer, die Pferdeäpfel wegfegen. Davor der Berliner Bürgermeister Kirschner im Frack und mit Amtskette, in tief gebückter Haltung erstarrt. Ein Schutzmann spricht ihn an: »Was stehn Sie denn hier noch rum! Prinz August Wilhelm und seine Braut sind ja längst vorbeigezogen!«

»Ich weiß schon«, sagt Peterman, als könnte er ihre Gedanken lesen, »du würdest nur zu gerne nach Deutschland ziehen, um deinem deutschen Offizier näher zu sein.« Er macht eine lange Pause. »Trotz allem, was wir erlebt haben, in England lebt es sich besser, glaub mir.«

Vivian muß sich eingestehen, ihre Verfolgung durch den Geheimdienst scheint tatsächlich aufgehört zu haben. Bis jetzt jedenfalls hat man sie beide in Ruhe gelassen. Der Anwalt hat auch die Schadenersatzforderung endlich durchgesetzt und eine Zahlung von 140 Pfund erstritten, für die kaputte Türe und andere Schäden. Der Vater hat auch gehört, auf Bitten der Familie Cecil-Porter habe sich sogar der höchste Offizier der Royal Navy für ihn eingesetzt, nämlich der Erste Seelord, His Serene Highness Admiral Prince Louis von Battenberg. Dieser, von deutscher Abstammung, steht allerdings selbst unter Druck. Das weiß Vivian. Bereits 1911, als er zum Zweiten Seelord ernannt worden ist, hatte das wöchentliche Nachrichtenblatt *John Bull* geschrien: *Should a German boss our Navy? Bulldog breed or Dachshound?*

»I was a damned German«, soll der Prinz das nachher kommentiert haben. Er gilt als einer der hervorragendsten Offiziere der Navy, aber er hat einflußreiche Neider, die nicht müde werden, seine Loyalität in Zweifel zu ziehen.

Eine ganze Weile gehen sie schweigend nebeneinanderher, bis der Vater auf einmal sagt: »Vivian, Liebes, sei nicht traurig. Jetzt fahren wir erst einmal dieses Jahr wirklich zur Kieler Woche im Juni. Ich hoffe, du wirst es mir nicht noch einmal ausreden wollen wie letztes Jahr. Einmal im Jahr in die alte Heimat, das tut mir gut. Und eine Krankheit wird mir auch nicht mehr dazwischenkommen, ich fühle mich gesund und munter wie der junge Lenz.«

Sie schaut ihn von der Seite an. Ja, er hat recht. Verglichen mit vor einem Jahr, als er gerade aus dem Gefängnis gekommen war, sieht er ausgesprochen gut aus. Mehr Falten, aber sein Gesicht ist fülliger geworden. Die Lungenentzündung, die ihn damals ein paar Tage nach seiner Heimkehr niedergeworfen hat, hat er längst überstanden. Das sei die Quittung für die Aufregung und den Gefängnisaufenthalt, hatte Dr. Rosenblatt gesagt. Und so war es gekommen, daß Vivian ihren Adrian schon seit einem Jahr nicht mehr gesehen hat. Daß sie sich mindestens einmal pro Woche schreiben, ist kein wirklicher Trost.

»Und dieses Mal nehmen wir Emmeline mit, wenn es dir recht ist«, sagt Petermann. »Dann kann sie auf dich aufpassen.«

Da zwickt sie ihn in den Oberarm und lacht. »Und ich auf sie«, sagt sie, »die wird sich dort bestimmt einen Deutschen anlachen, wetten?«

Kieler Förde, querab von Strande, 23. Juni 1914, Dienstag

Ein grauer, diesiger Morgen. Es nieselt, und eine leichte Brise kräuselt die äußere Förde. Eine schnittige Motorbarkasse hält mit schäumender Bugwelle auf das Bülker Feuerschiff zu. Das Boot ist schneeweiß und blitzsauber, das nasse, dunkle Teakdeck glänzt, alles Messing ist spiegelblank geputzt. Am Heck flattert die Kriegsflagge.

Seiler fährt mit Kapitänleutnant von Hase und dem britischen Marineattaché Captain Henderson dem besuchenden englischen Geschwader entgegen. An Bord der Barkasse ist auch ein Navigationsoffizier, der dem Flaggschiff beim Einlotsen helfen soll. Seiler hat Hase darum gebeten, mitfahren zu dürfen, um die Schiffe aus der Nähe zu sehen.

Beim Feuerschiff liegen bereits sechs Barkassen mit den Navigationsoffizieren, die die übrigen Schiffe lotsen sollen. Zum erstenmal besucht ein englisches Geschwader aus modernen Großkampfschiffen Kiel. Im Norden sind schon seine dunklen Rauchwolken zu sehen.

Das Geschwader, befehligt von Vice Admiral Sir George Warrender, besteht aus vier Dreadnoughts. In zwei Kolonnen dampfen sie heran. Es sind die Schlachtschiffe KING GEORGE V., AJAX, AUDACIOUS und CENTURION, die größten Kriegsschiffe der Welt. Begleitet werden sie von den Kleinen Kreuzern SOUTHAMPTON, BIRMINGHAM und NOTTINGHAM unter Commodore Captain William Goodenough.

Die Barkassen halten auf die riesigen dunkelgrauen Schiffe zu. Als man sie bemerkt, geht auf dem Geschwaderflaggschiff ein Flaggensignal hoch. Die Schiffe verlangsamen ihre Fahrt. Mächtig schäumt und brodelt das Wasser um ihre Hecks, als die Schrauben rückwärts schlagen. Dampf wird abgeblasen und vermischt sich mit dem rußigen Qualm aus den hohen Schornsteinen. Endlich liegen sie gestoppt. Die graue Ostsee plätschert spielerisch an ihre eisengepanzerten Flanken.

Die Barkassen mit den Lotsen scheren längsseits, jede an einem der sieben Kriegsschiffe.

Über das Seefallreep steigen von Hase und Henderson hinüber auf KING GEORGE V., um Admiral Warrender willkommen zu heißen. Hase wird ihm mitteilen, daß er für die Dauer des Aufenthaltes in Kiel zum persönlichen Dienst bei ihm befohlen sei.

Seiler bleibt auf der Barkasse und schaut sich den Gefechtsmast des Schlachtschiffes an, der schwarz und kirchturmhoch in den Himmel ragt. Brücken und Scheinwerferstände umgeben ihn, Spieren und Signalrahen stechen aus ihm hervor und tragen ein verwirrendes Netz von Drähten, Stagen und Signalleinen.

»Ablegen!« befiehlt der Fähnrich, der die Barkasse kommandiert, und unterbricht Seilers Betrachtung. Der Matrose am Bug stößt sie mit dem Bootshaken ab, der Benzolmotor knattert los, und der Fähnrich fährt einen schwungvollen Bogen. Das Flaggschiff schickt ihnen aus seinem Typhon einen ohrenbetäubenden Heulton nach.

Seiler läßt sich bei den Seebrücken absetzen. Der Nieselregen hat aufgehört. Das Wetter klart auf, und die Sonne scheint auf die Förde. Eine Viertelstunde später, um neun Uhr morgens, läuft das Geschwader ein. Die Salutgeschütze der Besucher senden ihren donnernden Gruß, weißgrau rollt der Qualm über das Wasser. Das Fort Friedrichsort erwidert den Salut. Langsam schieben sich die sieben dunklen Schiffe in die Förde. Auf der Höhe vom Kap Kitzeberg machen sie alle zugleich an den ihnen zugewiesenen Tonnen fest. Vor H. M. S. KING GEORGE V., dem Spitzenschiff, liegt jetzt das deutsche Flottenflaggschiff S. M. S. FRIEDRICH DER GROSSE. Im Großtopp weht die Flagge des Chefs der Hochseeflotte, Vizeadmiral Friedrich von Ingenohl.

Seiler schaut sich das eine Weile an, die dunkelgrauen Engländer, die deutschen Kriegsschiffe in hellem Grau, in der Sonne beinahe weiß. Das Gewimmel der Motorboote um den schneeweißen HAPAG-Dampfer VIKTORIA LUISE, den Albert Ballin regelmäßig zur Kieler Woche schickt. Auf diesem luxuriösen Vierschornsteiner trifft sich allabendlich die feine Gesellschaft zum Tanz.

Ein Blick auf die Uhr: Es wird Zeit, zum Bahnhof zu gehen, um Vivian, ihren Vater und Emmeline abzuholen. Sie wollen um 11 Uhr 30 mit dem Zug aus Hamburg ankommen.

KIEL, SEEBRÜCKE 1, 24. JUNI 1914, MITTWOCH

Kurz vor Beginn der Kieler Woche hat die Einweihung des vertieften und neu ausgebauten Kaiser-Wilhelm-Kanals stattgefunden. Nun kann er selbst von den größten Kriegsschiffen befahren werden und erlaubt einen raschen Austausch von Flotteneinheiten zwischen Nordsee und Ostsee. Ein wichtiger strategischer Vorteil, da der lange und im Kriegsfall riskante Umweg um Skagen vermieden wird.

Um zehn Uhr passiert Seiner Majestät Yacht HOHENZOLLERN, aus dem Kanal kommend, die Holtenauer Schleuse. Damit beginnt die Kieler Woche, die, so sagen alle, unter dem Zeichen zunehmender englisch-deutscher Entspannung steht. Seiler fragt sich, ob das wirklich so stimmt oder bei dem herrlichen Wetter nur der allgemeinen Stimmung entspricht. Aber jetzt will er nicht mehr daran denken, Vivian ist endlich wieder da. Was sollen da trübe Gedanken. Ärgerlich nur, dass er heute den ganzen Tag dienstliche Verpflichtungen hat.

Alle Kriegsschiffe feuern Kaisersalut. Dreiunddreißig Schuß donnern aus den Rohren, wie ein schweres Gewitter rollt es über die Förde und läßt noch in der Stadt die Scheiben klirren. Rauchwolken verdecken minutenlang die Schiffe, bis der leichte Wind sie davontreibt. Auf den Achterdecks der britischen Schlachtschiffe und Kreuzer paradieren die Seesoldaten in roten Röcken, ihre Spielleute schlagen den Präsentiermarsch. Matrosen in Weiß mannen in Paradeaufstellung die Seiten.

Seiler steht mit Kapitän Tapken am Zugang zur Seebrücke 1. In Galauniform, komplett mit Zweispitz und Säbel, warten sie auf die Pinasse, die sie auf die kaiserliche Yacht bringen soll. Auf ihr wird gleich nach dem Festmachen die Vorstellung der englischen Offiziere vor dem Kaiser erfolgen. Korvettenkapitän Erich von Müller, der Marineattaché in London und Nachfolger Widenmanns, gesellt sich zu ihnen. Tapken fragt ihn, ob er Admiral Warrender persönlich kenne.

Der Attaché zuckt die Achseln. »Kennen ist zuviel gesagt. Ich bin ihm nur einmal auf einem Empfang begegnet. Sehr weltmännisch, war mein Eindruck, vornehm, aber ganz umgänglich. Soviel ich weiß, ist er Mitte der Fünfzig und schwerhörig. War Chef der East India Station und ist vor ziemlich genau einem Jahr zum Vizeadmiral befördert worden.«

»Freue mich darauf, ihn kennenzulernen«, meint Tapken, »er wird in meiner Sammlung der vierte englische Admiral sein, nach Seymour, Cradock und letztes Jahr Jellicoe.«

Das Gesicht des Attachés verdüstert sich. »Hüten Sie sich vor den Engländern, Herr Kapitän! England ist bereit zum Losschlagen, wir stehen unmittelbar vorm Kriege, und der Zweck dieses Flottenbesuches ist nur Spioniererei. Sie wollen ein klares Bild von der Bereitschaft unserer Flotte haben. Erzählen Sie ihnen bloß nichts von unseren U-Booten!«

Tapken und Seiler werfen sich einen verwunderten Blick zu. Das sind harte Worte aus dem Mund eines Diplomaten, gerade jetzt, wo die Beziehungen zwischen den beiden Nationen doch besser geworden sein sollen. Seiler würde den Attaché gern fragen, welche Gründe er für seine Aussage hat, aber die Gelegenheit ist schon vorbei. Gerade sagt von Müller ärgerlich: »Da kommt das Boot ja endlich. Verdammte Trödelei! Können Seine Majestät doch nicht warten lassen. Also los, meine Herren!«

Die Pinasse rauscht mit Volldampf los, auf die kaiserliche Yacht zu, die soeben ihren Liegeplatz erreicht hat. Ein merkwürdiges Fahrzeug, denkt Seiler, halb Luxusdampfer, halb Kriegsschiff. Dabei ist es ein großes Schiff, das 4500 Tonnen Wasser verdrängt und über 120 Meter lang ist. Die Bemerkung des alten Admirals Knorr fällt ihm ein, der die Yacht einmal als einen ins Wasser gefallenen Omnibus bezeichnet hat.

Flugzeuge der Marine und ein Luftschiff umkreisen die weiße HOHENZOLLERN. Dabei kippt ein Flugzeug ab, trudelt hilflos abwärts und stürzt ins Wasser. Barkassen eilen zur Unfallstelle, doch der Empfang auf der Yacht des Kaisers duldet keine Unterbrechung.

KIEL, WASSERALLEE, 25. JUNI 1914, DONNERSTAG

Seiler schlendert mit Vivian, Emmeline und Peterman die Wasserallee entlang und erntet neidvolle Blicke wegen seiner hübschen Begleiterinnen. In der Nähe der Hansabrücke bleiben die Leute stehen und zeigen aufs Wasser hinaus. Scheinbar gibt es etwas Besonderes zu sehen. Tatsächlich, dicht hinter den Barkassen und Segelbooten, die hier an ihren Bojen liegen, gleitet langsam ein U-Boot in Richtung Holtenau. Seiler drückt Vivians Arm und sagt: »Schau mal, ein U-Boot!«

Es ist das erste Mal, daß während der Kieler Woche ein U-Boot zu sehen ist, und entsprechend viele Neugierige drängen sich an der Ufermauer, um einen Blick zu erhaschen. Bisher wurden sie immer versteckt, und jetzt auf einmal fährt eines spazieren, so nahe, daß man jede Einzelheit sehen kann. Seiler erkennt U 8 an dem Wellenbrecher vor dem Turm, den sonst kein Boot hat. Allerdings ist auf den Turm in großen weißen Ziffern 89 gemalt. Es muß ein Ulk sein, denn es ist ja eins der alten Petroleumboote. Scheinbar will man ausländischen Beobachtern weismachen, daß es entsprechend viele U-Boote gibt. Tatsächlich sind erst neunundzwanzig Boote im Dienst. Zehn davon haben die neuen Dieselmotoren, U 19 bis U 28. Weitere elf sind im Bau. Deutschland war die letzte Seemacht, die solche Boote in Dienst gestellt hat. Die Royal Navy hat derzeit knapp sechzig Boote, die veraltete A-Klasse nicht mitgerechnet.

Peterman fragt Seiler, ob es tatsächlich neunundachtzig oder mehr Boote gebe. Seiler schüttelt den Kopf. »Nein, es gibt nicht mal halb so viele. Der Kommandant hat sich einen Scherz erlaubt.« Wahrscheinlich Forstmann, denkt er, das mit der Nummer würde zu ihm passen.

»Ziemlich klein, die Dinger, und irgendwie unheimlich«, meint Peterman, »übrigens habe ich mal gelesen, daß man im Admiralty Establishment der Ansicht sei, U-Boot-Fahrer sollten wie Piraten behandelt und aufgehängt werden. Ich glaube, es stand in der *Daily Mail*. Ist aber 'ne Weile her.«

»Ja«, nickt Seiler, »das haben wir hier auch gehört. Unterwasserangriffe seien unfair, hieß es. Da müßten sie aber fairerweise ihre eigenen U-Boot-Leute auch aufhängen.«

Peterman nickt abwesend. Er schaut zu den Kriegsschiffen hinüber, die alle über die Toppen geflaggt haben. »Wissen Sie eigentlich, wie das bei uns in der alten Marine hieß? Große Wäsche!«

Seiler begleitet seine Besucher zu ihrem Quartier und hofft, am Abend ergebe sich endlich eine Möglichkeit, mit Vivian allein zu sein. Sosehr er Emmeline und ihren Humor mag und die Konversation mit dem Buchhändler schätzt, langsam gehen ihm beide irgendwie auf die Nerven. Peterman hat diesmal frühzeitig vorbestellt und zwei Zimmer in Holsts Hotel am Schloßgarten gebucht. Die sind mit 7 Mark 50 pro Übernachtung ziemlich teuer, aber dafür auch recht gemütlich und mit Blick auf die Förde. Vivian teilt ihr Doppelzimmer mit Emmeline. Sie müssen also nicht immer den langen Weg über die Förde nehmen, um zu ihrer Unterkunft zu kommen.

Seiler hat ein gedrucktes Programm der Kieler Woche dabei. Morgen wird die Seewettfahrt der großen Yachten stattfinden, der Kaiser wird mit seiner Segelyacht METEOR teilnehmen. Das große Ereignis am Abend wird der Ball der Offiziere der Ostseestation sein. Er findet jedes Jahr statt und wird nur der Blumenball genannt. Diesmal sind auch die britischen Offiziere eingeladen. Den will er nicht versäumen und Vivian und Emmeline mitnehmen. Für Emmeline braucht er noch einen Begleiter, und er weiß auch schon, wen. Der kann sich dann um sie kümmern, auch nach dem Ball. Denn heute, das merkt er, wird es auch keine Gelegenheit geben, Vivian von den anderen beiden zu trennen. Aber morgen, da könnte Vivian die Nacht bei ihm verbringen. Wenn Emmeline mitspielt, würde Peterman das gar nicht merken.

KIEL, ALTE MARINEAKADEMIE, 26. JUNI 1914, FREITAG

Die Marineakademie in Düsternbrook ist ein großer romanisch-gotischer Backsteinklotz, direkt am Wasser mit eigenem Landungssteg.

»Hier findet der Ball statt?«, wundert sich Vivian, »In einer Schule?«

»Na ja, es ist die alte Marineakademie. Ich finde, sie sieht mehr wie ein Bahnhof aus«, sagt Adrian.

»Stimmt«, meint Vivian, »jedenfalls wie ein deutscher Bahnhof. Aber warum heißt sie *alte* Akademie?«

»Weil sie zu klein geworden war. Außerdem hat der Kaiser befürchtet, daß hier in Kiel die Moral der jungen Kadetten leiden könnte. Die Stadt ist nämlich berüchtigt für ihre sozialdemokratischen Umtriebe, hauptsächlich wegen der vielen Werftarbeiter. Dafür hat Wilhelm nichts übrig. Darum hat man eine neue Marineakademie in Mürwik gebaut, an der Flensburger Förde. Ein riesengroßer Backsteinbau, wir nennen ihn das rote Schloß am Meer.«

An Adrians Arm betritt sie die festlich geschmückte Aula, gefolgt von Emmeline mit ihrem Kavalier Max Valentiner. Adrian hat ihn darum gebeten und sie einander vorgestellt. Valentiner, ebenfalls Junggeselle, ist erst vor einem Vierteljahr zum Kapitänleutnant befördert worden. Er trägt den Preußischen Kronenorden IV. Klasse, den man ihm für die Rettung der Mannschaft von U3 verliehen hat. Jetzt ist er Lehrer an der U-Boot-Schule. Nebenher, sagte ihr Adrian, habe er sich auch den Ruf eines Herzensbrechers erworben. Valentiner sieht auch wirklich gut aus. »Na, Emmeline wird ihn schon zurechtstutzen, falls es nötig werden sollte«, bemerkt Vivian trocken.

Die prachtvolle Aula ist leergeräumt und in ein Blumenmeer verwandelt worden. Eine phantastische Kulisse tut sich auf: Rhododendren schmücken die Simse, Rosen flammen gelb und rot, weiße und violette Lilien umranken die Säulen. Blauregen tropft in üppiger Blütenfülle von den Wänden, und Zierpalmen bilden einen exotischen Hintergrund.

Es ist märchenhaft, und Vivan staunt mit großen Augen und sagt: »Sie müssen ja sämtliche Gärtnereien in Schleswig-Holstein ausgeplündert haben!« Adrian scheint aber nur Augen für sie zu haben, und sie freut sich darüber. Sie weiß, sie sieht heute besonders gut aus. Wie alle Damen trägt auch sie ein weißes Ballkleid, tief ausgeschnitten und mit bloßen Schultern. Die Röcke sind kürzer geworden, sie schleifen nicht mehr auf dem Boden und zeigen ihre hübschen orangefarbenen Lackschuhe. Und Adrian kann sich auch sehen lassen, in seinem eleganten, dunkelblauen Messeanzug mit der eng sitzenden, taillenkurzen Jacke, die nicht zugeknöpft wird, darunter weiße Weste mit Goldknöpfen, gestärktes Hemd mit Stehkragen und schwarzem Binder. Kopfbedeckungen werden im Saal weder von den Herren noch von den Damen getragen.

Gut fünfhundert Gäste müssen jetzt im Saal sein, schätzt Vivian. Kellner in Weiß schlängeln sich durch die Menge, bieten Champagner und Fruchtsäfte an und empfehlen für nachher das vorzügliche Büfett im kleinen Saal nebenan. Englische und deutsche Offiziere unterhalten sich bereits eifrig miteinander und flirten zwischendurch mit den Damen, wo immer sie einen Blick erhaschen können.

Die Kapelle schmettert einen Tusch und bringt das Geplauder zum Verstummen. Der kommandierende Admiral der Ostseestation ist mit Admiral Warrender auf die Bühne gestiegen und hält eine kurze Begrüßungsrede. Er heißt besonders die englischen Offiziere willkommen und spricht von ewiger Freundschaft der beiden Brudervölker Albion und Germania, hier im Kleinen, draußen auf den Weltmeeren im Großen. Dafür erhält er brausenden Beifall. Zum Schluß läßt er die Majestäten hochleben.

Die Kapelle setzt ein, und die beiden Admirale eröffnen mit ihren Damen den Tanz mit dem Blumenwalzer aus der Nußknackersuite von Tschaikowsky.

KIEL, HOLSTS HOTEL, 27. JUNI 1914, SAMSTAG

Drummond stellt seinen Koffer vor der Rezeption ab und erkundigt sich bei dem uniformierten Empfangschef nach der Familie Peterman aus London. Der wirft nur einen kurzen Blick ins Registerbuch und antwortet ihm in gutem Englisch: »Mr. Peterman mit Tochter und Miss Riley, jawohl. Die Herrschaften sind zu einem Konzert in den Schloßgarten gegangen. Möchten Sie hier warten?«

»Nein danke«, sagt Drummond. »Wo finde ich den Schloßgarten?«

»Gleich gegenüber. Sie brauchen nur der Musik nachzugehen.«

Er fragt, ob er seinen Koffer hier deponieren kann, ein freies Zimmer gibt es selbstverständlich nicht, und eilt los.

Eine Menge Menschen hat sich um den Musikpavillon versammelt und lauscht andächtig. Schließlich entdeckt er Emmeline, am Arm von Peterman. Da ist auch Vivian, und Seiler in seiner Marineuniform. Drummond hält sich im Schatten der Bäume, er will nicht einfach auf sie zugehen, falls Melville da ist und sie beobachtet. Scheinbar wird ihnen jetzt das Gedränge zu ungemütlich, denn sie schlendern von der Menge weg, auf ein Reiterstandbild am nördlichen Ende des Parks zu. Er folgt ihnen, immer bemüht, in Deckung zu bleiben, und hält scharf Ausschau nach Melville, entdeckt ihn aber nirgends. Vielleicht ist der Detektiv ja tatsächlich nur nach Hamburg gefahren? Was aber, wenn er wirklich hier ist? Wenn Melville ihn sieht, wird er augenblicklich annehmen, er stecke mit den Deutschen unter einer Decke. Er spürt, wie ihm der Schweiß ausbricht. Das ist nicht nur die Hitze.

Daß er überhaupt hier ist, verdankt er einem Zufall. Drummond war vorgestern den Vormittag über im Home Office, wo er für den Captain die Akten mehrerer Verdächtiger einsehen mußte. Als er sich am Mittag bei Kell zurückgemeldet hat, hat er von diesem erfahren, Melville sei gestern früh nach Deutschland abgereist. Er hat Kell gefragt, ob dies mit Peterman zusammenhänge, aber Kell schüttelte den Kopf. Melville wolle in Hamburg einen Mittelsmann treffen. Mit Peterman habe das nichts zu tun. Der sei schließlich für tabu erklärt worden, und das SSB wolle sich nicht noch einmal mit der einflußreichen Familie Cecil-Porter anlegen, deren Schwiegersohn Peterman immerhin sei.

Nachtigall, ich hör dir trapsen, hat er sich da gedacht, soviel Zufall gibt es nicht. Nicht bei Melville. Angst um Emmeline hat ihn gepackt, und auch um Vivian. Da hat er kurz entschlossen ein plötzliches Unwohlsein vorgeschützt und die Erlaubnis erhalten, nach Hause zu gehen und für ein paar Tage dortzubleiben, falls es nötig sein sollte. In aller Hast hat er seine Reisetasche gepackt und ist mit dem nächsten Zug nach Dover gefahren. In Calais hat er mit knapper Not noch den Nachtschnellzug nach Hamburg erreicht. Und jetzt ist er hier in Kiel.

Kiel, Schlossgarten, 27. Juni 1914, Samstag

Vivian, Adrian und die beiden anderen verziehen sich in eine ruhigere Ecke des Parks. Sie finden eine freie Bank vor dem Denkmal für Kaiser Wilhelm I. und setzen sich nebeneinander. Vivian und Emmeline schwelgen in der Erinnerung an den gestrigen Ball. Adrian scheint in Gedanken versunken. Vielleicht, so hofft Vivian, denkt er an die Stunden nach dem Ball, als sie mit ihm in seiner kleinen Wohnung gewesen ist – ohne Emmeline. Adrian glaubt wohl, er habe das Valentiners Charme zu verdanken. In Wirklichkeit hat sie sich mit Emmeline abgesprochen. Vater hat nichts davon mitbekommen. Er ist gutgelaunt, wohl auch wegen der freundlichen Stimmung zwischen Engländern und Deutschen.

Ganz in der Nähe spielen zwei ältere Herren Schach mit metergroßen Figuren, und ein gutes Dutzend Zuschauer hat sich eingefunden. Einer dieser Zuschauer fällt Vivian auf. Es ist ein älterer Herr mit kurzem grauem Vollbart, der ab und zu mit einer kleinen Kamera das Schachspiel photographiert. Mit dem Kneifer auf der Nase könnte er ein Professor sein, aber sein brauner Anzug sitzt schlecht, so als würde er ihm nicht gehören. Wieder macht er eine Aufnahme, und zwar genau in ihre Richtung. Dann geht er um die Spielergruppe herum. Diese Art zu gehen kennt sie doch? Ihr wird erst heiß und dann kalt. Das ist dieser Morgan! Und er photographiert sie! Sie ist sich ganz sicher, trotz seiner Verkleidung.

»Vater, Adrian«, unterbricht sie Emmelines Redefluß, »der Mann dort mit dem Photoapparat, ich glaube, das ist der Scotland-Yard-Mann, der bei uns den Laden durchsucht hat. Er heißt William Morgan.«

»Was? Das kann doch gar nicht sein! Bist du dir sicher?« sagt ihr Vater.

»Ja. Ich kenne seinen Gang, bin ihm doch zweimal nachgegangen. Außerdem hat er uns photographiert. Er tut nur so, als ginge es ihm um das Schachspiel.«

»Ach, zum Teufel noch mal! Geht das schon wieder los? Und was sollen wir tun, deiner Meinung nach?«

Adrian fühlt sich angesprochen. »Wir fragen ihn, ob er uns photographiert hat. Dann werden wir schon sehen, ob er Engländer ist oder nur ein harmloser Schachfreund.«

Vater zögert und wirft ihr einen zweifelnden Blick zu. Das macht sie ein wenig unsicher. Was, wenn er es nicht ist? Aber Adrians Vorschlag ist gut, die Frage ist an sich harmlos genug. Jetzt geht der Mann weg. Ob er gemerkt hat, daß sie sich über ihn unterhalten? Morgan, wenn er es ist, steuert auf einen Baum zu, an dem ein Spazierstock lehnt. Da ist sie sich sicher. »Er ist es ganz bestimmt. Schau nur, er holt seinen Stock!«

Adrian und Peterman marschieren los, quer durch die Zuschauer, sie und Emmeline folgen ihnen zögernd.

Zu gern wüßte sie, was die beiden zu ihm sagen, aber sie wagt sich nicht näher heran und bleibt lieber mit Emmy in einiger Entfernung stehen. Jetzt sprechen sie ihn an. Der Fremde macht eine abwehrende Geste und wendet sich ab, aber Vater tritt ihm in den Weg. Sie reden – nein, sie schreien sich an! Adrian faßt den Mann am Arm, und der reißt sich los und fuchtelt mit dem Stock herum. Vater nimmt ihm den Stock weg, da greift der Mann in seine Jacke und zieht etwas heraus. Was hat er da? Ganz deutlich hört sie Adrians laute Stimme: »Sind Sie verrückt? Stecken Sie das weg!« Dann knallt ein Schuß.

Ein Mann stürmt an ihr vorbei und rennt auf Adrian zu, rempelt sich mitten durch die erschrockenen Zuschauer. Sie möchte auch hin, aber sie ist wie gelähmt.

Jetzt haben sie den Mann an den Armen, Adrian und ihr Vater und der Dritte, der hingelaufen ist. Ihnen scheint nichts passiert zu sein. Sie seufzt erleichtert.

Da packt Emmy sie am Arm. »Das ist ja Randolph! Wie kommt der hierher?«

Eine Pfeife schrillt, zwei Schutzleute kommen gelaufen. »Polizei! Was ist hier los? Wer hat geschossen?«

»Komm«, sagt Emmeline, »ich will wissen, was da passiert!«

»Dieser Herr hat uns photographiert«, hört Vivian ihren Vater sagen, »und als wir ihn darauf ansprachen, hat er einen Revolver gezogen und in die Luft geschossen!«

»Ich bin bedroht worden!«, ruft Morgan auf Deutsch mit starkem Akzent. »Ich bin britischer Staatsbürger und Polizeioffizier!« Sein Kopf ist hochrot.

»Her mit dem Revolver!« schnauzt ihn der ältere der beiden Polizisten an. »Und meinetwegen sind Sie der Kaiser von China. Hier wird nicht herumgeschossen!«

Den Revolver hat Peterman. Mit spitzen Fingern reicht er ihn dem Wachtmeister. Der riecht daran, dann klappt er die Trommel auf. »Ein Schuß ist abgefeuert worden.« Grimmig sagt er zu dem Festgenommenen: »Dafür werden Sie sich verantworten müssen. Wie heißen Sie?«

»William Morgan. Aus London.«

Der Schutzmann befiehlt seinem Kollegen: »Aufschreiben! Namen und Anschriften der Zeugen ebenfalls!« Er wendet sich an Adrian: »Ist dieser Mann von Ihnen bedroht worden?«

»Nein. Wir wollten nur wissen, warum er uns photographiert

hat. Er hat uns mit diesem Stock da bedroht und geschrien, wir sollten ihn in Ruhe lassen. Wir haben dann versucht, ihm den Stock aus der Hand zu nehmen, daraufhin hat er die Waffe gezogen.«

Der Polizist zeigt Respekt vor Adrians Uniform. »Sie sind Marineoffizier, Herr ...?«

»Seiler. Adrian Seiler. Kapitänleutnant im Reichsmarineamt.«

»Danke, Herr Kapitänleutnant! Wo können wir Sie erreichen, falls Ihre Aussage benötigt wird?«

»Fragen Sie nur im Büro der Marinestation Ostsee. Ich werde für die Dauer der Kieler Woche hier in der Stadt sein.«

»Danke verbindlichst!« Er legt die Hand an den Helm und knallt die Hacken zusammen.

»Wir werden den Mann mitnehmen. Er könnte immerhin ein englischer Spion sein.«

Morgan wirft Adrian einen feindseligen Blick aus verkniffenen Augen zu, als er abgeführt wird.

Emmeline zupft ihren Freund am Ärmel. »Randolph! Wieso bist du hier? Was ist los?«

Der macht ein verlegenes Gesicht. »Wegen diesem Morgan. Ich habe erfahren, daß er Mr. Peterman hierher gefolgt ist, und habe mir Sorgen um euch gemacht.«

»Was! Wie hast du das erfahren? Was ist das für eine Geschichte, Randolph?«

Randolph stottert: »Es ist eine ziemlich komplizierte Angelegenheit. Ich werde dir alles erklären, Emmy. Und Ihnen natürlich auch, Herr Peterman.«

Adrian sagt mit hochgezogenen Brauen: »Ja, bitte tun Sie das, Mr. Gordon! Wir sind alle sehr gespannt.«

Kiel, Seebrückenpromenade, 28. Juni 1914, Sonntag

Seiler steht an der Förde, mit Vivian, Peterman, Emmeline und Randolph Drummond, den er ja als Lieutenant Gordon kennengelernt hat. Gestern, nach dem Zwischenfall im Schloßgarten, hat Drummond ihn beiseite genommen und ihm erklärt, er sei ausschließlich aus Sorge um Emmeline hier und bitte deshalb um eine Art Waffenstillstand zwischen ihnen beiden. Seiler wisse wohl genauso wie er, daß sie beide für einen Geheimdienst arbeiteten. Randolph, wie er ihn jetzt nennt, hat ihm auch enthüllt, Morgan habe sich völlig in die Vorstellung verbissen, Peterman, aber auch Vivian seien deutsche Spione, die mit ihm, Seiler, zusammenarbeiten würden, ungeachtet der Tatsache, daß beide offiziell von jedem Verdacht befreit worden seien. Er traue Morgan ohne weiteres zu, einen Anschlag auf die beiden zu verüben, er kenne ihn als einen fanatischen Deutschenhasser. Nur deshalb sei er ihm nachgefahren, ohne Wissen seiner Vorgesetzten.

Seiler hat dies akzeptiert, obwohl ihm nicht wohl dabei war, und ihn gefragt, ob er nach Morgans Rückkehr zu Hause nicht in große Schwierigkeiten geraten würde. Gut möglich, sogar wahrscheinlich, hatte Drummond erwidert. Schlimmstenfalls werde er entlassen. Das sei ihm aber egal. Er liebe Emmeline, das sei alles, was für ihn zähle.

Seiler hat ihm daraufhin versprochen, alles für sich zu behalten. Sie haben sich die Hände geschüttelt und gehen seitdem miteinander um, als wären sie gute Freunde.

Sie stehen nebeneinander und schauen auf die Förde hinaus, die in der Sonne glitzert. Der Himmel ist blau und wolkenlos. Aber irgend etwas ist seltsam, dünkt es Seiler. In das lustige Treiben der Segelboote kommt eine merkwürdige Unruhe. Eine Marinebarkasse jagt mit Höchstfahrt quer über die Förde, am Bug ein Matrose, der mit Winkflaggen signalisiert. Auf Friedrich der Grosse steigt ein Flaggensignal hoch und weht aus, das Typhon bläst zwei scharfe Töne, um die Aufmerksamkeit der anderen Schiffe auf das Signal zu richten. Schon wird es niedergeholt, damit ist der signalisierte Befehl auszuführen. Matrosen laufen aufs Achterdeck und holen die Heckflagge nieder. Auch die Flagge des Admirals im Großtopp sinkt herab. Leute bleiben stehen und schauen zu den Schiffen hinüber. Was hat das zu bedeuten? Seilers Blick wandert über die versammelten Linienschiffe. Überall werden die Flaggen auf halbstock gesetzt, jetzt auch auf den englischen Schiffen. Auf dem Flottenflaggschiff steigt eine neue Flagge in den Großtopp, rot-weiß-rot, die Farben von Österreich-Ungarn. Eine sonderbare Stille senkt sich über Kiel und die Förde. Es muß etwas Schlimmes geschehen sein.

Von der Außenförde her kommt ein weißes Torpedoboot, schwarz qualmend, mit hoher Bugwelle. Es ist das Depeschenboot SLEIPNER, der kleine Begleiter der kaiserlichen Yacht. An seinem kurzen Stummelmast flattern fast zwanzig Signalflaggen. Als das Boot Fahrt wegnimmt und auf die HOHENZOLLERN zudreht, kann Seiler sie ablesen: *An alle Schiffe. Flagge halbstocks. Toppflaggen halbstocks. Österreichische Flagge im Großmast, anläßlich Ermordung des österreichischen Thronfolgers.*

KIEL, SEEBRÜCKENPROMENADE, 30. JUNI 1914, DIENSTAG

Die Stadt ist still geworden. Erzherzog Franz Ferdinand von Österreich und seine Gemahlin Herzogin Sophie von Hohenberg sind tot, an ihrem Hochzeitstag während eines Besuches in Sarajewo erschossen. Der Attentäter soll ein Schüler, ein bosnischer Nationalist, gewesen sein. Bereits vor der Tat soll es einen Bombenanschlag auf das Auto der Hoheiten gegeben haben, bei dem mehrere Menschen verletzt wurden. Der Erzherzog wollte den Besuch jedoch nicht abbrechen.

Gleich nach Bekanntwerden des Attentats waren die Festlichkeiten der Kieler Woche abgebrochen worden. Die Regatten werden zwar fortgesetzt, aber alle Tanzfestlichkeiten sind abgesagt.

Entlang der Seebrückenpromenade wehen die Flaggen der Nationen auf halbmast mit Trauerflor. Seiler spürt eine düstere Vorahnung. Österreich-Ungarn wird den Mord an seinem zukünftigen Kaiser nicht hinnehmen können. Es wird zum Krieg mit Serbien kommen. Und Serbien ist mit Rußland verbündet, Rußland mit Frankreich und das wiederum mit England. Deutschland aber hat einen Beistandspakt mit Österreich.

Kaiser und Kaiserin sind gestern schon am frühen Morgen nach Berlin abgereist. Admiral Warrender und der britische Botschafter Sir Edward Goschen haben sie am Bahnhof verabschiedet.

Wegen der politischen Spannung wird das englische Geschwader vorzeitig abberufen und macht sich zum Auslaufen bereit. Als die Schiffe langsam Fahrt aufnehmen, setzt Warrenders Flaggschiff KING GEORGE V. ein Flaggensignal als Abschiedsgruß:

FRIENDS TODAY, FRIENDS TOMORROW, AND FRIENDS FOREVER.

LONDON, SECRET SERVICE BUREAU, 1. JULI 1914, MITTWOCH

Drummond ist beklommen zumute, als er Kells Büro betritt. Ist seine Kieltour aufgeflogen? Und wenn, durch wen? Hat Melville etwa aus Deutschland telegraphiert? Captain Kell hat zu einer Sitzung einbestellt und bittet jetzt alle Mitarbeiter, die Detektive Drummond, Regan, Fitzgerald, Drake und seinen Assistenten Holt-Wilson, Platz zu nehmen. Drummond zieht sich einen Stuhl heran und setzt sich zögernd.

»Gentlemen«, beginnt Kell, »ich möchte Sie über den Fall Schröder alias Gould informieren, der vor drei Monaten seinen erfolgreichen Abschluß vor Gericht gefunden hat.«

Drummond atmet erleichtert auf, es scheint also nicht um ihn zu gehen. Daß Kell den Fall Gould bis jetzt unter strengster Geheimhaltung bearbeitet hat, wundert ihn nicht. Er findet es aber gut, daß der Captain das Fußvolk ausnahmsweise einmal informiert.

»Es handelt sich um Adolf Friedrich Schröder, einen Deutschen, der in Islington gelebt und eine Engländerin namens Maud Sloman geheiratet hat. Der Mann hat schon 1902 unserem alten Bekannten Steinhauer seine Dienste als Spion angeboten. Nachdem er hin und wieder ganz brauchbares Material geliefert hatte, akzepierte ihn N schließlich drei Jahre später als Beobachter für die Navy-Stützpunkte Sheerness und Chatham.«

Kell steht auf und wandert zwischen Fenster und Schreibtisch hin und her.

»Schröder, der sich inzwischen Frederick Gould nannte, hat von da an alle vierzehn Tage einen detaillierten Bericht über britische Marineangelegenheiten nach Berlin geschickt. Auf Steinhauers Empfehlung nahm ihn N ab Mai 1912 unter Vertrag und ließ ihm ein monatliches Gehalt von 15 Pfund zukommen. Ende 1913 zog Gould mit seiner Familie, er hatte inzwischen zwei Kinder, nach Wandsworth. Von dort aus reisten er oder seine Frau regelmäßig nach Rotterdam oder Hamburg, um sich mit Steinhauer zu treffen.«

»Zu der Zeit waren die Goulds mit Steinhauer schon gut befreundet«, wirft Holt-Wilson ein, »anscheinend hatten sie inzwischen auch seine Kinder kennengelernt, und ihre eigenen Kinder nannten Steinhauer Onkel Gustav, wie aus abgefangenen Briefen hervorgeht.«

»So wurden wir auch auf die Goulds aufmerksam«, ergänzt Kell, »vor nicht ganz drei Jahren und ziemlich bald nachdem wir vom Home Office die Befugnis erhalten hatten, alle Post von und an Steinhauers Adresse in Potsdam zu überwachen. Mr. Regan hier gelang es dann im Juni 1912, sich als angeblicher Seemann mit Gould anzufreunden. Anfang Februar dieses Jahres erfuhr er, daß Frau Gould nach Ostende fahren wolle, um Steinhauer ein Artilleriehandbuch der Navy zu übergeben, dazu Karten vom

Spithead sowie Planzeichnungen von einigen unserer neuesten Kreuzer. Das mußte natürlich verhindert werden, und der Direktor der Naval Intelligence ordnete die Verhaftung von Mrs. Gould an. Sie wurde am 22. Februar im Charing Cross Terminal festgenommen, als sie in den Zug nach Dover einsteigen wollte. Die geheimen Dokumente wurden in ihrem Gepäck gefunden. Gould selbst wurde am selben Tag in seiner Wohnung verhaftet. Bei der anschließenden Hausdurchsuchung wurden reichlich Beweise für ihre Spionagetätigkeit entdeckt.«

Holt-Wilson schmunzelt. »Unter anderem eine Photographie von Steinhauer in Polizeiuniform, unterschrieben mit *In freundlicher Erinnerung von G. Steinhauer, London, Februar 1913.* Damit konnten wir vor drei Monaten einen Haftbefehl im Rahmen des Official Secrets Act wegen Anstiftung zur Spionage gegen Steinhauer, alias Fritz Reimers, erwirken.«

»Richtig«, übernimmt Kell wieder, »die Verhandlung gegen die Goulds vor dem Central Criminal Court war am 4. April. Frau Gould ist aus Mangel an Beweisen und mit Rücksicht auf ihre Kinder freigesprochen worden, Frederick Gould wurde zu sechs Jahren Gefängnis verurteilt, mit der Empfehlung der anschließenden Ausweisung. Das war's, Gentlemen. Ein schöner Erfolg, wie ich meinen möchte.«

Beifälliges Gemurmel und Stühlerücken, während sie sich erheben. Kell räuspert sich: »Nebenbei, hat einer von Ihnen etwas von Mr. Melville gehört? Ich hatte ihn eigentlich heute erwartet.«

Allgemeines Kopfschütteln. »Nein, Sir.«

Drummond verläßt mit weichen Knien das Büro des Captains und fragt sich, ob Melville in Deutschland im Gefängnis sitzt. Seit dessen Festnahme in Kiel hat auch er nichts mehr von ihm gehört. Eher unwahrscheinlich, sagt er sich, vermutlich wird der Fall geprüft, und dann wird man ihn ausweisen. In ein paar Tagen spätestens wird er hier auftauchen und mich der Komplizenschaft mit Seiler und den Deutschen überhaupt bezichtigen. Was dann? Ich könnte behaupten, Peterman auf eigene Faust bis nach Kiel gefolgt zu sein, um seine Kontakte dort festzustellen. Als Melville dann aufgetaucht ist und von Peterman und Seiler enttarnt wurde, habe ich mich verpflichtet gefühlt, zu seinem Schutz einzugreifen. Eigentlich keine schlechte Geschichte. Das einzige, was man mir vorwerfen könnte, ist, daß ich, um nach Deutschland zu fahren, eine Krankheit vorgetäuscht habe. Das allerdings dürfte mir einen scharfen Verweis eintragen, oder sogar die Entlassung. Melvilles Beschuldigungen wird er jedenfalls entschieden zurückweisen müssen.

Er schüttelt zum wiederholten Mal den Kopf. Was ist nur in den Mann gefahren? So eine Idiotie, auf einmal einen Revolver zu ziehen und in die Luft zu schießen. In Deutschland! Melville ist einfach cholerisch veranlagt und wird dann völlig unberechenbar. Zudem war er wohl wieder angetrunken, er hatte es an seinem Atem riechen können. Das könnte ihm, Drummond, wiederum helfen. Es dürfte kaum in Melvilles Interesse liegen, wenn diese dumme Geschichte hier bekannt würde. Je länger er darüber nachdenkt, desto mehr ist er überzeugt, daß Melville den Mund halten wird. Aber er wird von jetzt an sein erbitterter Feind sein.

Dover, Ferry terminal, 26. Juli 1914, Sonntag

Seiler kommt in Dover zusammen mit Steinhauer an. Die Einreisekontrolle ist streng, ihre Koffer werden geöffnet und durchgesehen. Sie passieren jedoch unangefochten als britische Geschäftsleute, die aus Brüssel zurückkehren. Ihr Auftrag: nach Kriegsvorbereitungen in den Häfen Ausschau halten. Der Zustand drohender Kriegsgefahr ist erklärt worden, aber vorläufig noch nicht öffentlich, und sie haben einen dringenden Fragebogen der Admiralität erhalten und auswendig gelernt. Sie trennen sich am Morgen nach der Ankunft in London, Steinhauer will sich die nördlichen Marinestützpunkte vorknöpfen, Aberdeen und den Moray Firth und danach ganz hinauf zu den Orkneys. Dort soll Scapa Flow als nördlichster Flottenstützpunkt ausgebaut werden. In London will er Angelausrüstung kaufen, um sich als holländischer Sportangler zu tarnen. Seiler soll morgen als englischer Journalist mit entsprechenden Papieren nach Portsmouth und danach gleich weiter nach Edinburgh. Dort soll er im Hotel auf einen Anruf von Steinhauer warten. Sie wollen sich dann treffen, gemeinsam letzte Beobachtungen in Rosyth machen und danach einen Dampfer nach Dänemark nehmen, um nach Deutschland zurückzukehren.

Sie sind beide nervös wegen der Lage. Schon auf der Fähre haben die Mitreisenden über nichts anderes gesprochen als über den bevorstehenden Krieg.

»Gleich nach Sarajewo hätte man uns losschicken sollen«, meint Steinhauer, »jetzt spitzt sich die Lage immer mehr zu, und das Unternehmen wird gefährlich. Wenn uns der Kriegsausbruch hier in England überrascht, riskieren wir unser Leben. Spione werden im Krieg erschossen, da ist es vorbei mit politischen Rücksichten und milden Strafen.«

LONDON, CECIL COURT, 27. JULI 1914, MONTAG

Seiler, in einem grauen Anzug mit Bowler und falschem Bart, schlendert langsam durch den Cecil Court, ohne dem Buchladen besondere Beachtung zu schenken. In der Gasse herrscht morgendlicher Betrieb, Pakete werden vor den Läden ausgeladen, Schaufenster geputzt, Hausmädchen in Schürzen sind mit Körben am Arm unterwegs. Keine Müßiggänger. Es sieht nicht so aus, als würde jemand den Buchladen überwachen. Er bummelt zur Charing Cross Road zurück und sucht sich eine Stelle, von der aus er den Eingang im Auge behalten kann.

Er kauft einem Burschen eine Zeitung ab und überfliegt die Nachrichten. Das österreichisch-ungarische Ultimatum an Serbien beherrscht die Titelseite. Sir Edward Grey, der britische Außenminister, spricht darin vom furchtbarsten Dokument, das je ein Staat an einen anderen gerichtet habe. Er schlägt eine Botschafterkonferenz der nicht direkt beteiligten Großmächte Großbritannien, Frankreich, Deutsches Reich und Italien in London vor, um den drohenden Krieg zu verhindern.

Seiler rollt die Zeitung zusammen und steckt sich eine Zigarette an. Kaum hat er den ersten Zug genommen, sieht er Vivian aus der Tür kommen. Sie geht in die andere Richtung, vor zur St. Martin's Lane und schwenkt ein leeres Einkaufsnetz. Wahrscheinlich will sie zum Covent Garden Market. Sie hat ihm einmal erzählt, daß Mrs. Rutherford die Einkäufe macht, sie aber trotzdem fast täglich zum Markt geht, um frisches Obst und ein paar besondere Leckerbissen zu kaufen. Außerdem liebt sie den Markt mit seinem bunten Treiben.

Er folgt ihr in einigem Abstand durch den engen Goodwins Court in die King Street und schaut ab und zu über die Schulter, ob ihr oder ihm jemand folgt. Aber zu dieser Zeit sind so viele Leute unterwegs, daß es wenig Sinn hat. Da müßte einer schon auffällig dicht hinter ihm bleiben, um ihn nicht aus den Augen zu verlieren. Wie der junge Clerk im schwarzen Anzug etwa, aber der biegt gerade in die Bedford Street ein und ist weg.

London, Covent Garden Market, 27. Juli 1914, Montag

Die Tomaten sehen gut aus, und Vivian zeigt darauf. »Zwei Pfund von denen, bitte.« Da tippt ihr wer auf die Schulter, und sie fährt erschrocken herum. Ein Gent mit kurzgestutzem blondem Vollbart – was will der Kerl? Aber dann erkennt sie Adrian an den Augen und seinem Grinsen, noch bevor er »Guten Morgen, Vivian!« sagt. Sie zieht die Augenbrauen hoch. »Sie schon wieder! Ist man denn nirgends sicher vor Ihnen, Herr Seiler?« Aber schon beim letzten Wort muß sie lachen. »Wie, zum Teufel, hast du mich hier gefunden?«, will sie wissen. »Bist du mir etwa nachgegangen?«

»Ja«, sagt er, »wollte dich nicht vor dem Laden ansprechen. Falls es wer sieht. Du weißt schon.«

Sie verlassen die Markthallen und steuern auf den Blumenmarkt zu, wo es etwas ruhiger zugeht. »Ich muß nach Portsmouth«, erklärt er, »heute noch, mit dem Nachmittagszug. Nur für einen oder zwei Tage. Dann komme ich zurück, muß aber gleich weiter nach Schottland.«

»Nichts Gefährliches, hoffentlich«, sagt sie, »jetzt, wo sie alle so aufgeregt sind?«

»Nein. Das Übliche. Einen Blick in die Häfen werfen. Willst du eine Rose?«

Sie nickt und zeigt auf eine sehr schöne, dunkelrote. »Die da.«

Er kauft sie und reicht sie ihr. »Wenn ich aus Schottland zurückkomme, hättest du Lust, mit mir nach Berlin zu fahren? Für ein oder zwei Wochen, oder für wie lange du willst?«

Sie erschrickt. »Hm. Weiß nicht.« Kommt jetzt der Tag der Entscheidung? Will er ihr dort einen Antrag machen? »Vielleicht. Wenn bis dahin kein Krieg ist. Alle reden davon.«

»Ich glaube nicht, daß es Krieg gibt«, sagt er, »jedenfalls nicht mit England.«

»Ich eigentlich auch nicht. Ja, Berlin, das wär schön. Wenn Vater nichts dagegen hat.«

Nein, einen Krieg zwischen England und Deutschland kann sie sich auch nicht vorstellen. Zwar stehen die Österreicher bereits Gewehr bei Fuß, um in Serbien einzumarschieren und sich für die Ermordung ihres Thronfolgers zu rächen. Aber solange die anderen Mächte einen kühlen Kopf bewahren, besteht wohl keine Gefahr. Das jedenfalls ist Vaters Meinung, und sie hat keinen Grund, daran zu zweifeln.

»Sollen die Österreicher und die Serben das unter sich ausmachen«, hat Vater gestern gesagt, »Europa wird nicht so dumm sein, sich deswegen in einen großen Krieg jeder gegen jeden verwickeln zu lassen.«

»Es wird gut sein«, meint Adrian, »wenn wir uns jetzt gleich verabreden. Es könnte ja sein, daß eure Wohnung immer noch heimlich beobachtet wird, deswegen komme ich lieber nicht mehr in die Nähe.«

»Ja, ich traue dem Frieden auch nicht so ganz. Obwohl, gesehen habe ich schon lange keine Geheimen mehr, die bei uns herumlungern. Allright, wo sollen wir uns treffen?«

»Vor der Liverpool Street Station, in genau einer Woche, am 3. August, das ist ein Montag. Der Zug geht um sieben Uhr morgens. Nimm nicht zuviel Gepäck mit, es wird wahrscheinlich alles durchsucht. Und sei rechtzeitig da, versprochen?«

»Versprochen. Ich freu mich!«

»Nein, *ich* freu mich.«

Sie grinsen sich an, er nimmt ihre beiden Hände, drückt sie ganz fest, dann macht er kehrt und verschwindet im Gewühl vor der Blumenhalle. Sie schaut lange dorthin, wo ihn die Menge verschluckt hat. Wie Vater wohl reagieren wird?

PORTSMOUTH, DOLPHIN HOTEL, 29. JULI 1914, MITTWOCH

Seiler hat dasselbe Zimmer im Dolphin bekommen, in dem er schon vor ziemlich genau drei Jahren einmal war. Es hat sich nicht verändert, ist höchstens ein wenig grauer und schäbiger geworden. Nach dem Frühstück geht er hinaus und wartet auf die Straßenbahn zum Hard. Am Fähranleger steigt er aus. Hier stehen zwei Zeitungsverkäufer, wie sie verschiedener nicht sein könnten. Ein eleganter Stutzer mit steifem Kragen und Krawatte, eine flotte Sportmütze auf, preist den *Hampshire Telegraph & Post and Naval Chronicle* an und macht mit lauten Rufen auf seine Schlagzeilen aufmerksam: »Österreich-Ungarn erklärt Serbien den Krieg! Unsere Flotte in Alarmbereitschaft!«

Der andere ist ein alter weißbärtiger Mann in abgerissener Kleidung, einen speckigen Bowler auf dem Kopf. Er bleibt stumm und pafft seine Pfeife. Ein großes Schild vor seinem Bauch wirbt für den Londoner *Globe* mit der fetten Schlagzeile *To Hell With Serbia!*

Eine Gruppe von Navy-Matrosen wartet hier auf die Fähre. Alle haben einen Seesack dabei, also wollen sie an Bord eines der kleineren Kriegsschiffe hier im Hafen. Seiler stellt sich neben sie ans Geländer und lauscht ihrer Unterhaltung. Sie reden ganz unbekümmert darüber, daß die Home Fleet in der vergangenen Nacht aus Portland ausgelaufen ist, an die vierzig Schlachtschiffe. Sie sollen in der kommenden Nacht, im Schutz der Dunkelheit, durch die Straße von Dover laufen und dann hinauf nach Rosyth und Scapa Flow gehen. Seiler fühlt einen leichten Schauer im Nacken. Rosyth und Scapa Flow sind die War Stations der britischen Flotte für einen Krieg mit Deutschland. Die Royal Navy macht sich bereit.

Damit weiß er eigentlich schon genug. Kein Grund, hier noch mehr Zeit zu verschwenden. Am besten fährt er gleich hinauf nach Edinburgh.

Dalmeny Rail Station, 31. Juli 1914, Freitag

Seiler steigt als einziger in Dalmeny aus dem Local von Edinburgh. Die kleine Bahnstation liegt auf der Auffahrtrampe zur Firth-of-Forth-Brücke, deren südlicher Brückenkopf nur eineinhalb Kilometer entfernt ist. Es ist sieben Uhr morgens und schon warm, aber der Himmel ist düster und verhangen. Jenseits des Firth blitzt es aus tiefhängenden bleiernen Wolken, Donner grollt und rumpelt. Wind rauscht in den Bäumen, bestimmt wird es bald regnen. Seiler knöpft seine Jacke zu, drückt sich die Mütze fester auf den Kopf und rückt den Riemen der Umhängetasche zurecht. Er wünscht dem einsamen Bahnhofsvorsteher guten Morgen und macht sich auf zur langen Treppe, die zur Uferstraße hinunterführt. Etwa in der Mitte, außer Sicht der Station, verläßt er sie und steigt durch den Laubwald wieder zu den Gleisen hinauf. Sollte ihn jemand ausfragen, ist er Ingenieur, der die Brückenkonstruktion begutachten soll.

Er und Steinhauer haben sich eine Legende ausgedacht, um für alle Fälle ihren Aufenthalt auf der Brücke erklären zu können. Sie sind Ingenieure eines Konsortiums, das im Auftrag der Forth Bridge Railway und der North British Railway ein Gutachten zu den Instandhaltungskosten erstellen soll. Steinhauer hat in der kurzen Zeit gut vorausgeplant. In der Waverley Station hatte er ein Schreiben der North British Railway von einem Aushang genommen und mit Hilfe einer Druckerei und einer vom Hotel geliehenen Schreibmaschine zwei Schreiben gefälscht. Die tragen sie nun bei sich. Sie sind die Ingenieure William Moss aus Southampton und Harald Eriksen aus Kopenhagen, beauftragt mit einer vorläufigen Inaugenscheinnahme der Brücke. Seiler ist Moss. Steinhauer hat als Eriksen allein im Barnton Hotel übernachtet, während Seiler wie ausgemacht im Edinburgher Queensberry logiert hat. Steinhauer müßte jetzt gerade mit der Fähre von Queensferry auf das Nordufer übersetzen. Am nördlichen Brückenkopf wollen sie sich treffen. Es kommt darauf an, herauszufinden, was die Royal Navy hier vor Rosyth versammelt hat und ob die Schiffe einen kriegsbereiten Eindruck machen.

Seiler stapft auf dem Trampelpfad neben den Schienen auf die Brücke zu. Der leichte Bogen, den die Gleise hier machen, verhindert, daß er von der Bahnstation aus gesehen werden kann. Ein greller Blitz erleuchtet die Stahlkonstruktion vor ihm, ein Donnerschlag kracht. Zugleich fallen die ersten Tropfen. Ein paar Minuten später regnet es wie aus Kübeln.

Jetzt ist er über den Brückenkopf hinaus und schon klatschnaß. Der River Forth ist grau und vom Regen aufgerauht. Böen pfeifen darüber hin und jagen Schaumstreifen über das Wasser. Hin und wieder blickt er über die Schulter, ob etwa ein Zug kommt. Leicht möglich, daß er ihn im Rumpeln des Donners überhört.

Gleich ist er beim ersten Pfeiler. Kriegsschiffe auf der Reede, graue Schemen im Regenvorhang. Unmöglich zu erkennen, um was für Typen es sich handelt. Vielleicht, wenn er näher ans Nordufer kommt. Herrgott, wie kann es nur so heftig regnen! Er muß sich das Wasser aus den Augen wischen und sieht trotzdem nur verschwommen. Von Steinhauer ist auch noch nichts zu sehen. Noch ein Blick über die Schulter. Kein Zug, aber was ist das? Da kommt einer hinter ihm her! Hat ihn ein Eisenbahner entdeckt? Oder gar ein Polizist? Oder ist es nur jemand, der die Brücke als Abkürzung benutzt? Steinhauer etwa? Aber der wollte doch die Fähre nehmen, weil er so näher an die Schiffe herankommt. Er zögert, späht mit zusammengekniffenen Augen. Ein Mann, vornübergebeugt, ein Gummimantel weht ihm um die Beine, den Hut hält er mit einer Hand fest. Es blitzt, ein schmetternder Donnerschlag. Hoffentlich schlägt es nicht in die Brücke! Er achtet darauf, keiner der Stahlstreben zu nahe zu kommen. Der Mann ist jetzt auf fünfzig Meter heran. Steinhauer ist es jedenfalls nicht. Jetzt winkt er ihm. Seiler wartet. Er kann sich ja ausweisen, wenn der Mensch wissen will, was er hier treibt. Fünfzehn Meter vor ihm bleibt der Mann stehen und zeigt auf ihn. Was soll das? Was hat er da in der Hand? Aus der Hand blitzt es, ein Schuß knallt. Etwas rupft an seinem Jackett. Der schießt ja auf ihn!

Er dreht sich um und rennt los, so schnell er kann. Rüber auf die andere Seite, schreit es in ihm, Steinhauer hat einen Revolver! Hoffentlich ist er schon da! Ein Blick über die Schulter, der Mann läuft ihm nach, und im selben Augenblick gleitet Seiler auf dem nassen Boden aus, versucht entsetzt, sich zu fangen, stürzt aber der Länge nach hin. Er will sich aufrappeln, kommt halb hoch, aber sein linkes Knie knickt ein.

»Keine Bewegung!« Der Mann keucht, ringt nach Atem. »Hier ist Schluß mit Ihrer Spioniererei!«

»Wieso schießen Sie auf mich? Wer sind Sie?«, fragt Seiler. Zeit gewinnen, denkt er, vielleicht hat Steinhauer den Schuß gehört.

»Geht Sie nichts an.« Er zielt mit dem Revolver auf sein Gesicht. »Sind Sie allein?«

Seiler sagt nichts. Der Regen trommelt auf den Asphaltweg.

»Aufstehen!« befiehlt der Mann jetzt und macht einen Schritt zurück. Er hat seinen Hut verloren, Wasser rinnt ihm übers Gesicht, tropft aus dem Schnurrbart. Er atmet immer noch schwer. Und plötzlich weiß Seiler, wer der Mann ist: Der Kerl mit der Kamera, der in Kiel verhaftet worden ist! Morgan, so hieß der. William Morgan. Er richtet sich vorsichtig auf. Das Knie schmerzt, aber es trägt ihn. Reden. Zeit gewinnen.

»Ja«, sagt er, »ich bin allein hier.« Er wird plötzlich wütend. »Verdammt noch mal, haben Sie den Verstand verloren? Ich bin Brückeningenieur!«

Der Mann lacht grimmig. »Ein verdammter Spion sind Sie, Seiler! Glauben Sie, ich hab Sie nicht erkannt? Wir sind uns doch in Kiel begegnet, wissen Sie das nicht mehr? Und hier hängt Ihr Konterfei in jeder Polizeistation!«

Das Knie will wieder einknicken, Seiler tastet nach dem Geländer. Es tut verdammt weh.

»Was ist mit Ihrem Bein? Hab ich Sie getroffen?«

Seiler nickt mit schmerzverzerrtem Gesicht. Soll er nur glauben, daß er ihn verletzt hat.

»Kein Blut zu sehen. Aber das läßt sich ändern.« Er grinst und zielt mit dem Revolver auf Seilers Bauch. Seiler verlagert sein Gewicht auf das andere Bein, versucht ins Gleichgewicht zu kommen. »Wollen Sie mich erschießen?«

»Ja. Das wird für uns beide das einfachste sein. Ihnen erspart es das lange Warten im Tower aufs Erschießungskommando und mir eine Menge Papierkram.« Er lacht, bricht ab und lauscht. Seiler hat es auch gehört. Der heisere Schrei einer Lokomotivpfeife.

»Wissen Sie was?«, sagt der Mann, »setzen Sie sich auf das Gleis. Tut mir leid, das mit Ihrem Bein.«

Seiler schüttelt den Kopf. Der Mann macht zwei Schritte auf ihn zu, der Revolver berührt fast seine Brust: »Aufs Gleis! Los!«

Die Brücke erzittert ein wenig. Seiler hat das schon erlebt. Er läßt das Geländer los, macht einen taumelnden Schritt und wirft sich mit seinem ganzen Gewicht gegen den Mann. Der packt ihn, um nicht hinzustürzen, aber Seiler hat seine Revolverhand schon umklammert und stößt ihm die Stirn ins Gesicht. Er hört ein gräßliches Knacken und spürt einen stechenden Schmerz im eigenen Kopf. Sie schwanken zwischen Geländer und Gleis hin und her, der Mann versucht verzweifelt, seine Hand frei zu bekommen. Blut rinnt ihm aus der Nase, vermischt sich mit dem Regenwasser. Die Brücke klirrt und dröhnt jetzt. Der Lärm des nahenden Zuges übertönt das Rauschen des Regens. Ein greller Warnpfiff, ein Luftstoß, kaum zwei Meter neben ihnen schießt das dampfende Ungeheuer mit wirbelnden Kuppelstangen vorbei. Sie torkeln gegen eine Stahlstrebe, immer noch fest umschlungen. Der Revolver fällt auf den Boden. Seiler drückt den Mann gegen das Geländer, bekommt einen Arm frei und stößt ihm den Ellbogen ins Gesicht. Ein Fußtritt trifft sein Schienbein, ein gräßlicher Schmerz. Rasende Wut packt ihn, er duckt sich und rammt dem Kerl den Kopf unters Kinn, mit solcher Wucht, daß es seinen Gegner von den Füßen reißt. Der läßt los, sucht verzweifelt nach Halt, will noch einmal zutreten, aber Seiler erwischt sein Bein und reißt es nach oben. Der Mann kippt rücklings über das Geländer, hängt einen Augenblick in der Schwebe und rutscht ab. Kein Schrei. Seiler sieht gerade noch das Wasser aufspritzen, fünfzig Meter unter ihm. Dann nichts mehr. Er müßte ihn sehen, wenn er wieder hochkommt. Außer, es ist gerade Flutstrom. Der würde ihn unter die Brücke treiben. Er will auf die andere Seite hinüber, aber dann sieht er, wie Blut auf den Boden tropft. Er tastet nach seiner Stirn, die Hand kommt blutverschmiert zurück. Die Hand zittert heftig. Ihn schwindelt, und die Beine geben nach. Er wird sich einen Moment hinsetzen, um wieder zu Atem zu kommen.

»Seiler? So sagen Sie doch was, Mann!«

Mit Mühe kriegt er die Augen auf. Steinhauer. Da hockt er neben ihm im Regen, das Wasser läuft nur so an ihm herunter.

»Was ist passiert? Sie bluten!«

Seiler ächzt. Sein Gesicht fühlt sich verschwollen an, seine Stirn schmerzt. »Ein Mann«, bringt er heraus, »er hat auf mich geschossen.«

»Wo hat er Sie getroffen?«

»Nicht getroffen. Bin gestürzt. Knie verletzt.«

»Wo ist der Kerl jetzt?«

»Unten. Im Fluß. Ertrunken wahrscheinlich. Ist übers Geländer gefallen.« Er rappelt sich mühsam auf. Das Knie tut immer noch weh, und ihn schwindelt.

»Mein lieber Schwan!« Steinhauer hilft ihm auf die Beine. »Was war das für einer?«

»Geheimdienst, glaub ich. Er hat mich beim Namen genannt. Hat gesagt, ich bin ein Spion.«

Steinhauer wirft einen Blick über die Brüstung. »Nichts zu sehen.« Dann entdeckt er den Revolver. Er hebt ihn auf, prüft die Trommel und sagt: »Fehlt nur ein Schuß. Kein Monogramm. Können Sie gehen? Ja? Wir müssen hier weg, so schnell wie möglich.« Er steckt den Revolver ein und zieht ein nasses Taschentuch aus der Jacke. Damit tupft er Seiler das Blut ab und säubert sein Gesicht. »Platzwunde oben an der Stirn. Hat er Ihnen eins übergebraten?«

Seiler will den Kopf schütteln und zuckt vor Schmerz zusammen. »Autsch! Verdammt. Nein. Ich hab ihn mit dem Kopf gestoßen. Ins Gesicht.«

»Schwein gehabt, Mann!« Er zieht eine Taschenflasche aus der Jacke. »Nehmen Sie einen Schluck! Das hilft!«

Seiler nimmt einen kräftigen Schluck. Wie flüssiges Feuer rinnt der Whisky durch die Kehle. Wärme durchströmt ihn. Steinhauer kippt den Rest hinunter, dann schleudert er die Flasche in den Fluß. »Los, kommen Sie! Erst mal aufs Südufer zurück. Dann sehen wir weiter.«

Seiler humpelt, und Steinhauer stützt ihn.

»Da liegt ein Hut!«

»Ja, er hatte einen auf. Muß ihn verloren haben.«

Im Hutfutter sind zwei Metallbuchstaben, Initialen. Steinhauer pfeift durch die Zähne. »W. M. William Melville. Mein Gott, Seiler, sagen Sie bloß, Sie haben Melville umgebracht?«

»Melville? Es war der Mensch, der in Kiel mit seinem Revolver herumgefuchtelt hat. Der hieß Morgan. William Morgan.«

»Ja, das war einer seiner Decknamen. Schon älter, über Sechzig? Stirnglatze? Korpulent?«

»Ja. So sah er aus.«

»Melville also.« Steinhauer wirft den Hut übers Geländer, der Wind wirbelt ihn davon.

»Na, dann nichts wie weg. Das wird einen Heidenaufstand geben. Jetzt zählt jede Minute. Wir müssen irgendwie runter nach London und sehen, wie wir von dort wegkommen. Am besten über Harwich nach Holland. Und jetzt erzählen Sie mir erst mal, was da in Kiel los war mit diesem Morgan oder, besser gesagt, mit Melville.«

Harwich, Port Station, 3. August 1914, Montag

Mit eineinviertel Stunden Verspätung erreicht der Frühzug der Great Eastern Railway von London Liverpool Station den Bahnhof Parkeston Quay von Harwich. Dreimal mußte er unterwegs aufs Ausweichgleis, um Eilgüterzüge vorbeizulassen.

»Höchst ungewöhnlich«, meint Steinhauer stirnrunzelnd, während er Vivians Koffer aus dem Gepäcknetz wuchtet, »der

Expreß hat normalerweise immer Vorfahrt. Das sieht mir stark nach Mobilmachung aus. Wahrscheinlich Munitionszüge.«

Seiler sagt nichts. Er sorgt sich um Vivian, die bleich und müde in ihre Jacke schlüpft. Wer weiß, ob sie noch aus dem Land kommen? Und was wird Vivian in Deutschland erwarten, wenn es tatsächlich zum Krieg kommt? Sie werden heiraten müssen, sonst wird sie entweder ausgewiesen oder, schlimmer noch, als Angehörige einer Feindnation interniert.

Er hat sie im Zug schon gefragt, ob sie es sich nicht anders überlegen will, jetzt, da die Nachrichten immer unheimlicher werden, aber sie hat den Kopf geschüttelt und gesagt, nein, ich komme jetzt mit. So froh er auch darüber ist, es hilft ihm nicht über das unheimliche Gefühl hinweg, daß ganz Europa dabei ist, in einen schrecklichen Krieg zu schlittern.

Auf dem Nachbargleis entlädt ein Sonderzug Reservisten. Hunderte von Männern in Zivil, schwere Seesäcke über der Schulter. Auf dem Vorplatz treten sie an. Offiziere der Navy ordnen und mustern die Reihen. Pfeifen schrillen, Befehle werden gebrüllt.

Auf dem kurzen Weg zum Fährterminal hören sie hinter sich noch ein lautes »Hurrah!« aus vielen hundert Kehlen.

»Jetzt geht's los«, sagt Seiler, »hoffentlich lassen sie uns noch durch.«

Neben dem Ticketkiosk schreit sich ein Zeitungsverkäufer heiser: »Latest News! Deutschland besetzt Luxemburg!«

Beim Zoll müssen sie ihre Koffer öffnen. Flüchtige Durchsuchung ohne Beanstandungen. Dann die Ausreisekontrolle. Die Polizisten sind überfordert von dem großen Andrang der Reisenden und wollen nicht mehr wissen als Staatsangehörigkeit und Reiseziel. Steinhauer gibt sich als amerikanischer Staatsbürger aus, Korrespondent für die *Chicago Tribune,* Seiler als Beamter des Foreign Office auf dem Weg zur britischen Botschaft in Den Haag, begleitet von seiner Frau. Müde Detektive mit rotgeränderten Augen schauen ihnen ausdruckslos ins Gesicht. Man winkt sie durch.

Der große Fährdampfer BRUSSELS der Great Eastern Railway nach Hoek van Holland ist überfüllt mit Holländern, Deutschen und Belgiern, die nach Hause zurückkehren wollen, bevor der Krieg ausbricht. Seiler, Vivian und Steinhauer bleiben erst mal an Deck, bis sich die Passagiere in ihre Kabinen oder in die Salons verlaufen haben. Als der Dampfer sich schwerfällig in Richtung Ausfahrt dreht, stupst ihn Steinhauer an. »Schaun Sie mal, Seiler! Dort, ganz am Ende des Kais! Sind das nicht U-Boote?« Seiler beugt sich über die Reling und späht. »Sie haben recht! Das muß die neue E-Klasse sein, sehen Sie nur, die treppenförmige Abstufung des Turms nach achtern! Über die hätten wir gern mehr gewußt.«

Das Schiff dreht weiter, und die Boote verschwinden aus seinem Blickfeld.

»Tja«, sagt Steinhauer, »das hätten wir früher wissen sollen, wo die Tommies die versteckt haben. So nahe am Parkeston Quay, wo sie jeder sehen kann, das hätte ich nicht gedacht.«

Seiler nickt nur. Daß die Engländer die meisten ihrer U-Boote in Harwich stationieren, war allerdings zu vermuten gewesen, denn von hier aus können sie in kürzester Zeit die Themsemündung und den Ärmelkanal sperren. Nach diesen neuesten Booten hat er eigentlich immer gesucht, und nun liegen sie hier vor seiner Nase, aber zu spät und zu weit entfernt.

Der Dampfer passiert das Landguard Fort und steuert auf den Kanal hinaus. Vivian stellt sich neben ihn, und er legt den Arm fest um ihre Schulter. Schweigend sehen sie zu, wie die Sonne in prachtvoller roter Glut hinter den grauvioletten Wolkenschleiern versinkt.

Deutsch-Niederländische Grenze bei Hengelo, 4. August 1914, Dienstag

Gegen drei Uhr Nachmittag erreichen sie in der Nähe von Hengelo die holländisch-deutsche Grenze. Zu beiden Seiten der Straße lagert holländisches Militär, Geschütze sind offen aufgefahren. Am deutschen Schlagbaum geben sie sich als Beamte des Reichsmarineamtes zu erkennen. Man bittet sie ins Wachhaus, an dem ein großes Schild hängt: *Achtung! Ankommende Reisende, welche Angehörige der Reserve oder der Landwehr sind, hier melden!*

Es dauert eine halbe Stunde, bis eine Telephonverbindung mit Berlin zustande kommt und das Reichsmarineamt ihre Angaben bestätigt. Von dem leitenden Grenzbeamten erfahren sie, daß Deutschland gestern abend Frankreich den Krieg erklärt habe und deutsche Truppen heute in den Morgenstunden in Belgien einmarschiert seien. Und England habe der deutschen Regierung vor einer Stunde ein Ultimatum überreicht. Der Grenzwächter kennt den Inhalt schon: Wenn Deutschland nicht bis Mitternacht eine verbindliche Neutralitätsgarantie für Belgien abgegeben habe, werde England sich als im Kriegszustand mit Deutschland befindlich betrachten.

Eine Antwort der Reichsregierung erfolgt nicht. Um elf Uhr Greenwich Time, Mitternacht nach deutscher Zeit, läuft der britische Funkspruch um den Erdball:

+ Admiralty to all ships:
Commence hostilities against Germany +

Ende

Epilog

Alle Bemühungen, den Frieden zu wahren, scheiterten. Zwischen dem 3. und dem 16. August verhaftete die britische Polizei nach einer vom Secret Service Bureau herausgegebenen Liste 21 deutsche Agenten, Steinhauers gesamtes Netz.

William Melville hat den Sturz von der Firth-of-Forth-Brücke überlebt. Er bezichtigte Drummond des Verrats wegen der Bekanntschaft mit Seiler, doch Kell wollte kein Verfahren einleiten. Auf Kells Rat quittierte Drummond den Dienst beim Secret Service Bureau und verzichtete auf eine Untersuchung gegen Melville wegen dessen zweifelhafter Vergangenheit. → Glossar: Melville.

Randolph Drummond wurde bei Kriegausbruch zur Merchant Navy eingezogen. Er überlebte den Krieg, heiratete *Emmeline* und ging mit ihr aufs Land. Dort zogen sie zwei Söhne groß, die beide im Zweiten Weltkrieg fielen.

Julius Peterman blieb in London. Sein Buchladen gehörte zu wenigen deutschen Geschäften, die nach Kriegsausbruch nicht durch deutschfeindliche Pogrome zerstört wurden. Er schloß ihn jedoch im Dezember 1914 und lebte von seinen Ersparnissen. Im März 1920 reiste er nach Berlin und sah seine Tochter nach sechs Jahren zum erstenmal wieder.

Adrian Seiler und *Vivian Peterman* heirateten am 15. September 1914 in Berlin. Seiler blieb bis Herbst 1915 bei N, wurde dann als Torpedooffizier auf den Großen Kreuzer DERFFLINGER kommandiert und nahm am 31. Mai 1916 an der Seeschlacht vor dem Skagerrak teil. Danach wurde er zum Korvettenkapitän befördert. 1923 zog er mit Vivian nach London und übernahm mit ihr den Buchladen ihres Vaters. Ihre Ehe blieb kinderlos.

Dank

Für Anregungen, Kritik und Ermutigung danke ich besonders Sophie Matuschke, Ziska Riemann und meiner Schwester Sylvia Seyfried.

Als besonders wertvoll erwies sich die Einsicht in die Unterlagen des MI5 dank des gerade zur rechten Zeit erschienenen Werkes von Christopher Andrew, *The Defence of the Realm. The Authorized History of MI5.* Penguin Books, London, 2010.

Aus der Vielzahl der geschichtswissenschaftlichen Abhandlungen und persönlichen Erinnerungen zum Thema habe ich einige wenige im Glossar erwähnt. Auch ihren Autoren gilt mein Dank.

Glossar

Angaben zu Namen, Alter, Dienstgraden und zivilen Rängen, Ortsbezeichnungen, Verkehrsverbindungen etc. beziehen sich auf die Jahre 1911 bis 1914.

Ausweispflicht: Eine Paß- bzw. Ausweispflicht gab es vor dem Ersten Weltkrieg weder in Großbritannien noch in Deutschland. Reisepässe wurden in der Regel nur zu diplomatischen Zwecken ausgestellt, und zwar in der Form eines Akkreditierungs- bzw. Beglaubigungsschreibens.

Baedeker: Reiseführer aus dem Verlag Karl Baedeker, Leipzig. Wenig größer als DIN A6, rot eingebunden. Äußerst detailliert und weltweit bekannt. (Übersetzungen englischer Begriffe, Orts- und Amtsbezeichnungen etc. orientieren sich im Zweifelsfall an *Baedekers London und Umgebung*, Leipzig, Verlag von Karl Baedeker, 1912; 17. Auflage).

Brandon, Vivian H.: Historische Person. Lieutenant R.N., Admiralty Survey Service, am 22.08.1910 in militärischem Sperrgebiet von Borkum wegen Spionage verhaftet. Ab dem 21.12.1910 Prozess vor dem Reichsgericht in Leipzig, Urteil am 22.12.1910: Vier Jahre Festungshaft in der Festung Glatz, Niederschlesien. → Trench.

CLARKE, Stanley: Historische Person. Captain in der Armee mit elf Jahren Dienst in Indien. Ab Januar 1911 Assistent von Captain Kell und Detective in der Home Section des Secret Service Bureau. Clarke verließ am 30.11.1912 das SSB, ohne einen Grund anzugeben.

CREW: (engl.) Mannschaft, Besatzung. Gibt in der Royal Navy wie in der deutschen Marine das Dienstalter der Offiziere an: Crew 87 (abgekürzt C/87) bedeutet: Eintritt in die kaiserliche Marine im Jahr 1887.

CUMMING, Mansfield: Historische Person. Captain (Navy), Leiter der Foreign Section des Secret Service Bureau. *1859. Er wurde als »C« bekannt, und diese, von ihm mit grüner Tinte geschriebene Signatur soll noch heute von seinen Nachfolgern im Secret Service (MI6) verwendet werden. Ein wichtiges Werk dazu ist: Judd, Alan, *The Quest for C. Sir Mansfield Cumming and the Founding of the British Secret Service.* HarperCollinsPublishers, London, 1999.

DREADNOUGHT (Fürchtenichts): Revolutionäres Schlachtschiff, dessen Name zum Synonym für alle nachfolgenden Großkampfschiffe wurde. Alle vor 1906 gebauten Schlachtschiffe werden als Vor-Dreadnoughts bezeichnet.

EDMONDS, James: Historische Person. Major im War Office und seit 1907 Leiter der Abteilung MO5, → MO5.

FADEN: (Fathom) 1 Faden = 1,8288 m

F. T.: Funkentelegraphie, damals gebräuchliche Abkürzung für Funkausrüstung und Funkverkehr in Morsezeichen.

Hektometer (hm): Hundert Meter (10 hm sind demnach 1 km), bei der Marineartillerie gebräuchliches Längenmaß zur Entfernungsangabe.

H. M. S.: Her (His) Majesty's Ship.

Home Office: Das britische Innenministerium.

Imperial Yeomanry: Britisches Kavallerieregiment aus Freiwilligen, 1899 aufgestellt, im Burenkrieg eingesetzt und 1908 wieder aufgelöst. Yeomanry bezeichnet Einheiten der britischen Territorial Army oder Heimatverteidigung.

Kapitänleutnant: Seeoffiziers-Dienstgrad über dem Oberleutnant zur See und unter dem Korvettenkapitän. Die bekannten Abkürzungen Kaleu oder Kaleunt sind erst nach dem Ersten Weltkrieg aufgekommen.

Kell, Vernon: Historische Person. Captain (Army), Leiter der Home Section des Secret Service Bureau. *1873 Yarmouth. Beherrschte vier Fremdsprachen: Deutsch, Französisch, Russisch, Chinesisch. Obwohl von deutschen Invasionsabsichten überzeugt, war er nie germanophob. Immerhin überließ er ab 1907 die Erziehung seiner Kinder einer deutschen Gouvernante. Kell leitete das SSB, später MI5, 31 Jahre lang bis zu seiner Versetzung in den Ruhestand im Juni 1940.

Kiplings Great Game: Bezieht sich auf Rudyard Kiplings Roman *Kim,* erschienen 1901 als einer der ersten Spionageromane, zugleich eines der schönsten Bücher über Indien. Mit »The Great Game« bezeichnet Kipling das »nie endende Duell« zwischen den britischen und russischen Geheimdiensten in und um Britisch-Indien.

Knoten: = 1 Seemeile/h = 1,852 km/h

Kimm: Der sichtbare Horizont; die Trennlinie zwischen Meer und Himmel.

Kopenhagen: Die britische Flotte unter Admiral Parker erschien 1801 vor Kopenhagen, um durch eine Stärkedemonstration das noch neutrale Dänemark daran zu hindern, seine Flotte mit der russischen und schwedischen Flotte zu vereinigen. Im Falle des Kriegseintrittes dieser drei Länder auf seiten Napoleons hätte dies eine bedeutende Verstärkung der französischen Flotte zur Folge gehabt. Parkers Stellvertreter Admiral Nelson entschloss sich daher, am 2. April 1801 die versammelte dänische Flotte anzugreifen und zu zerstören. Dabei ignorierte er das Rückrufsignal Admiral Parkers mit den berühmt gewordenen Worten: »Welches Signal? Ich sehe kein Signal«, während er das Fernglas an sein blindes Auge hielt.

Le Queux, William Tufnell: Historische Person. Schriftsteller. Brite, englische Mutter, französischer Vater. Aussprache: Le Kew (Kju). *02.07.1864 London, † 13.10.1927. Relevante Werke:

England's Peril: A Story of the Secret Service. F. V. White, London, 1899.

The Invasion of 1910. With a Full Account of the Siege of London. E. Nash, London, 1906.

The German Spy: A Present-Day Story. George Newnes, London, 1914.

Spies of the Kaiser. Plotting the Downfall of England. Hurst & Blackett, London, 1909.

Hingewiesen sei noch auf die unterhaltsame und beißende Parodie seiner Werke, die A. A. Milne 1909 unter dem Titel *The Secret of the Army Aeroplane* im Satiremagazin *Punch* veröffentlicht hatte.

Lieutenant: Leutnant; britische Aussprache: Lef'tenent, Royal Navy jedoch: Le'tenent; amerikanisch: Lu'tenent. Die bei der Royal Navy gebräuchliche Rangstufe Senior Lieutenant entsprach dem deutschen Kapitänleutnant.

Linienschiff: Schlachtschiff. Schlachtschiffe, englisch *Battleships*, wurden in der deutschen Marine als *Linienschiffe* bezeichnet.

Melville, William: Historische Person. Chief Detective in der Home Section des Secret Service Bureau. Zuvor Superintendent der Special Branch, Scotland Yard. MVO (Member of the Royal Victorian Order). Melville unterhielt unter dem Alias W. Morgan, General Agent, ein eigenes Büro in No. 25 Victoria Street, Westminster. *25.04.1850 Sneem, County Kerry, Irland, † 01.02.1918. Hauptsächliche Quelle zu seiner Person und Geschichte: Andrew, Christopher, *The Defence of the Realm. The Authorized History of MI5.* Penguin Books, London, 2010.

MO5: Military Operations Branch 5. Die Special Section (5) der Abteilung Military Operations im War Office, direkter Vorläufer des Security Service MI5 (Military Intelligence Department 5; offizieller Name seit dem 03.01.1916). Bei Kriegsausbruch wurde der Abkürzung MO5 ein g für »german« hinzugefügt.

Müller, Erich von: Historische Person. Korvettenkapitän, C/90, Nachfolger von → Widenmann als Marineattaché in London 23.12.1911 bis August 1914.

N: Nachrichtenabteilung im Admiralstab. Geheimer Nachrichtendienst der kaiserlichen Marine, 1901 gegründet. Leiter von 1901 bis 1914: Kapitän zur See Arthur Tapken. Leiter der Abteilung Aufklärung England: Gustav Steinhauer. N war ausschließlich für Marineangelegenheiten zuständig und hatte keinerlei Verbindung mit dem eigentlichen deutschen Geheimdienst, der Abteilung IIIb im Großen Generalstab.

Material dazu u.a. in: Boghardt, Thomas, *Spies of the Kaiser. German Covert Operations in Great Britain during the First World War Era.* Palgrave Macmillan, New York, 2004

PORTEMANTEAU: Großer Handkoffer.

ROYAL MARINES: Die britische Marineinfanterie. Auf allen großen Kriegsschiffen zur Bedienung der Artillerie eingeschifft und für Landungsunternehmen vorgesehen. Im Gegensatz dazu war die deutsche Marineinfanterie nur zur Verteidigung der Seefestungen Kiel, Wilhelmshaven und Tsingtau sowie für Einsätze in den Kolonien vorgesehen.

SEEMEILE: 1853 m; in Deutschland 1852 m.

SCHLACHTKREUZER: Der in England seit Herbst 1911 eingeführte Begriff *Battle Cruiser* wurde in Deutschland in der Übersetzung *Schlachtkreuzer* bis weit in den Krieg hinein nicht verwendet. Die offizielle Bezeichnung lautete *Großer Kreuzer,* im Sprachgebrauch meist *Panzerkreuzer* genannt.

S. M. S.: Seiner Majestät Schiff.

SPERRSTUNDE: (Last Orders) Eine Sperrstunde für Pubs gab es in England vor dem Ersten Weltkrieg nicht. Sie wurde zuerst im Kriegsjahr 1915 eingeführt, um den Alkoholgenuß der Rüstungsarbeiter einzuschränken.

SECRET SERVICE BUREAU, FOREIGN SECTION: Captain (Navy) Mansfield Cumming; Vorläufer des MI6 (Military Intelligence

Department 6, Secret Intelligence Service). Zuständig für Auslandsaufklärung. Details → Secret Service Bureau, Home Section.

SECRET SERVICE BUREAU, HOME SECTION: Captain (Army) Vernon Kell; Vorläufer des MI5 (Military Intelligence Department 5, Security Service). Zuständig für Spionageabwehr. Gegründet am 04.10.1909, nur besetzt mit Captain Cumming und Captain Kell ohne weiteres Personal und mit minimalen Geldmitteln. Ihr Auftrag lautete, »sich um Spionage in diesem Land und um unsere Agenten im Ausland zu kümmern«. Da ihre Aufgabenbereiche vollkommen verschieden waren, beschlossen sie am 28.04.1910, das SSB in zwei Abteilungen zu teilen und für Foreign Section und eine Home Section jeweils ein eigenes Büro anzumieten.

STEINHAUER, Gustav alias Fritz Reimers: Historische Person. Leiter der britischen Abteilung der Nachrichtenabteilung → N des Admiralstabs. Ehemaliger Marineangehöriger; Detektiv der Pinkerton-Detektei während seines Aufenthaltes in den USA; Kriminalbeamter in Berlin und Leibwächter des Kaisers bei mehreren Auslandsreisen. *1870, † 1930.

Seine Erinnerungen sind in folgenden Werken veröffentlicht worden:

Steinhauer, Gustav, *The Kaiser's Masterspy: The Story as Told by Himself.* Hrsg. F.T. Felstead, Verlag John Lane, London, 1930.

Steinhauer, Gustav, *Der Meisterspion des Kaisers,* Karl Voegels Verlag, Berlin, 1930.

Steinhauer, Gustav, *Ich war der Spion des Kaisers,* Wunderkammer Verlag, Neu-Isenburg, 2009.

STEWART, Bertrand: Historische Person. Lieutenant Imperial Yeomanry, Jurastudium in Eton, geboren in London 1872, verheiratet. Wurde nach Deutschland gesandt, um herauszufinden, ob die kaiserliche Marine im Zusammenhang mit der Marokkokrise mobilisiert wird.

1911 in Bremen verhaftet, Prozess vor dem Reichsgericht in Leipzig ab dem 31.01.1912. Nach vier Tagen verurteilt zu dreieinhalb Jahren Festungshaft in Glatz. Begnadigt zusammen mit Trench und Brandon anläßlich des Besuchs von King George V. in Berlin. → Brandon, Trench.

STRICH: Kompaßstrich = 11 ¼ Grad.

STÜTZ: Befehl an den Rudergänger, eine Drehbewegung des Schiffes durch Gegenruderlegen aufzuheben.

TAPKEN, Arthur: Historische Person. 47, Fregattenkapitän bzw. Kapitän zur See, C/83 (→ Crew), Chef der Nachrichtenabteilung (N) des Reichsmarineamtes Oktober 1909 bis März 1914. Zuletzt Vizeadmiral. *1864, † 1945.

TIRPITZ, Alfred von: Historische Person. Großadmiral, C/65 (→ Crew), Staatssekretär im Reichsmarineamt (Marineminister) und Schöpfer der deutschen Flotte im Kaiserreich. *19.03.1849 Küstrin, † 06.03.1930 München.

TOPPEN, über die Toppen geflaggt: Großer Flaggenschmuck bei feierlichen Anlässen. Die üblichen Flaggen am Bug, den Masttopps und am Heck werden untereinander mit Signalflaggen verbunden, wobei zwischen jeder Buchstabenflagge ein Zahlenwimpel plaziert wird.

TRENCH, Bernard Frederick: Historische Person. Captain R. M. L. I., am 23.08.1910 im militärischem Sperrgebiet von Borkum wegen Spionage verhaftet. Ab dem 21.12.1910 Prozess vor dem Reichsgericht in Leipzig, Urteil am 22.12.1910: Vier Jahre Festungshaft in der Festung Glatz, Niederschlesien. Bezog sich im Prozeß auf Erskin Childers *Riddle of the Sands.* → Brandon.

TYMPANON: Ein reliefartig geschmücktes Giebelfeld über einem Eingang.

U 9: Kommandant: Kapitänleutnant Otto Weddigen. U-Boot mit Petroleummotorenantrieb. Bekannt geworden durch die Versenkung der britischen Panzerkreuzer HOGUE, CRESSY und ABOUKIR am 22.09.1914. → Weddigen. U 9 wurde am 20.04.1916 Schulboot, am 26.11.1918 an die Alliierten ausgeliefert, am 23.05.1919 verschrottet.

UNION JACK: Die britische Flagge.

WÄHRUNG: Zwischen 1911 und 1914 entsprachen 10 Pfund etwa 200 Mark. Zum Vergleich: Ein Leutnantsgehalt in Deutschland betrug im gleichen Zeitraum etwa 140 Mark im Monat. Ein gelernter Arbeiter verdiente in etwa 90 bis 120 Mark. Das Existenzminimum lag bei 75 Mark im Monat.

WAR OFFICE: Das britische Kriegsministerium.

WEDDIGEN, Otto: Historische Person. Kapitänleutnant, Kommandant U 9. C/01 (→ Crew). *15.09.1882 in Herford, † 18.03.1915. Später Kommandant von U 29, das am 18.03.1915 vor Schottland von dem Schlachtschiff DREADNOUGHT gerammt und versenkt wurde. Es gab keine Überlebenden. → U 9.

WHITE ENSIGN: Flagge der Royal Navy, weiß mit rotem St.-Georgs-Kreuz, Union Jack in der Oberecke.

WIDENMANN, Wilhelm Karl: Historische Person. Korvettenkapitän, C/90, (→ Crew), *20.06.1871 London, † 1955, Marineattaché an der deutschen Botschaft in London 22.12.1906 bis 1912.

WILHELM II.: *27.01.1859 Berlin; † 04.06.1941 Haus Doorn, Niederlande. Vollständiger Name Friedrich Wilhelm Viktor Albert von Preußen; entstammt der Hohenzollerndynastie. Deutscher Kaiser und König von Preußen vom 15.06.1888 bis 28.11.1918.